Loup DURAND

DADDY

roman

FRANCE LOISIRS
123, boulevard de Grenelle, Paris

Édition du Club France Loisirs, Paris
avec l'autorisation d'Olivier Orban

ISBN 2-7242-3558-4

A mon fils, Jean-François

Thomas le Jeune, le 18 septembre 1942, jour exact de ses onze ans, ouvre les yeux. Il est au plus cinq heures du matin. Thomas regarde par la fenêtre. Le ciel est parcouru de flammes de lumière qui tombent sur la mer ; la chaleur est déjà grande, le silence est lourd, il pèse...

Ce silence n'est pas normal.

Le regard de Thomas passe sur le paysage immobile, mais ne découvre rien ni personne qui expliquerait pourquoi il s'est tout à coup éveillé, pourquoi la mécanique dans sa tête a brusquement sonné l'alarme, et pourquoi en trois pas il s'est porté à la fenêtre. Ce n'est pas logique, tu devrais dormir encore. La veille tard dans la nuit, il a relu entièrement *l'Homme au pied bot* de Valentin Williams, qu'il aime au moins autant que *le Loup solitaire* de L.-J. Vance, dans la même collection « Le Masque » ; il ne s'est endormi que vers une heure du matin.

Rien en vue.

Il escalade l'appui et s'assied sur l'allège, les jambes pendant dans le vide. « Aujourd'hui, j'ai onze ans, je suis drôlement vieux, et je n'ai encore pas fait grand-chose... »

D'accord, il se moque de lui-même ; ce n'est pas tellement vieux, onze ans. Il examine ce qu'il y a dans sa tête et pas de problème, la mécanique tourne rond, elle passe tout au tamis, elle scrute le paysage millimètre après millimètre, à l'affût du plus petit détail qui ne serait pas en ordre, sûrement qu'elle n'oubliera rien, il peut lui faire confiance. Il s'accorde un répit, il rêve un tout petit peu, puis revient à l'intérieur de sa chambre, se culotte et se chausse. Il met des espadrilles. Il en a cent vingt paires qu'*Elle* lui a rapportées d'Espagne, deux ans plus tôt, à l'occasion de l'une de Ses visites secrètes ; cent vingt parce qu'*Elle* ignorait sa pointure exacte et aussi parce qu'*Elle* avait prévu qu'il grandirait, en sorte qu'*Elle* en a acheté douze paires de chaque taille, du trente-trois au quarante-deux.

Il sait parfaitement ce qu'il va faire, maintenant, à supposer que tout soit bien en ordre, dehors. On n'a pas onze ans tous les jours.

Il va aller contempler dans sa cache l'Hispano-Suiza, qui est inséparable d'*Elle,* au point presque d'être *Elle,* oh mon Dieu tu sens encore Son parfum quand tu t'approches, chaque fois tu le sens.

Deux ans déjà qu'il n'a pas vu l'Hispano. Il a respecté les ordres formels qu'*Elle* a donnés. Mais aujourd'hui est un jour spécial, c'est vrai, sûrement qu'*Elle* dirait oui, puisqu'*Elle* sait que tu sais depuis quatre jours qu'*Elle* ne viendra pas pour ton anniversaire.

Elle lui manque, c'est vraiment horrible. Presque tu en vomirais de chagrin.

Ça va, arrête.

Thomas l'Ancien, Hans Thomas von Gall, meurt le 11 juillet 1934. Il se jette par la fenêtre d'un immeuble, à Munich, depuis un cinquième étage. L'unique photo qui subsiste aujourd'hui de lui avait été prise à son insu par la Gestapo : un homme d'assez haute taille, d'une évidente distinction, qui ne paraît guère ses soixante-dix-sept ans ; derrière lui, on aperçoit la façade d'un établissement bancaire de Zurich, sur la Paradeplatz ; il s'apprête à monter à l'arrière d'une Mercedes Benz, dont le chauffeur en livrée, casquette à la main, lui ouvre respectueusement la portière.

Le cliché a été pris six jours avant sa mort.

On l'a enlevé le 5 juillet, en territoire suisse, et ramené en Allemagne pour être interrogé. Avec une glaciale courtoisie, d'abord, durant les premières heures : banquier de la huitième génération, il est l'ami personnel de personnages aussi importants que Krupp von Bohlen, Fritz Thyssen, Albert Voegler, Georg von Schnitzler, Otto Wolf et le baron Kurt von Schroeder, ce dernier également banquier à Cologne. Le ton de l'interrogatoire change avec l'entrée en scène, le 6, d'un certain Reinhard Heydrich, récemment promu chef du service de sécurité SS. Les menaces sont mises à exécution. Thomas l'Ancien n'en modifie pas pour autant ses réponses : s'il a pu procéder à des transferts de capitaux vers l'étranger, il l'a fait en accord avec la législation allemande de l'époque, et sur la demande expresse de ses clients ; bien entendu, il ne peut être question qu'il révèle quoi que ce soit de leur identité, ni de la destination des fonds — soit dit en passant, le chiffre de cent millions de marks avancé, « vociféré » serait plus juste, par Herr Heydrich, est ridiculement faux.

Et non, il n'est personne, parmi tous les employés de sa banque de Cologne, qui ait la moindre lumière sur ces opérations de transfert, qu'il a conduites entièrement seul.

Il dit aussi qu'il a prévu depuis plus de six ans qu'il pourrait se trouver un jour dans une situation telle que celle-ci ; qu'il a pris toutes ses dispositions en conséquence, en application d'un plan longuement mûri ; qu'il ne demeure plus en Allemagne aucun membre du peu de famille qui lui reste, sur qui l'on pourrait exercer un chantage ; qu'on peut lui prendre sa propre fortune, sa banque, et même sa vie, mais que, à son âge, ces choses-là n'ont plus guère d'imp...

Il craque. Après cent dix heures d'interrogatoire ininterrompu. Pendant lesquelles on l'a contraint à demeurer debout, nu. On l'a frappé, sur le bas-ventre et les reins surtout, avec divers tuyaux de caoutchouc. Pour une raison obscure, Reinhard Heydrich a absolument tenu à savoir si ces coups allaient ou non entraîner des écoulements de sang dans les urines ; aussi, après chaque séance, on a présenté au vieil homme un seau en métal. Comme il prétendait ne pouvoir uriner, on lui a même administré toutes les quatre heures environ deux litres d'eau bouillante.

Il craque et accepte enfin d'écrire, faute de pouvoir parler. On lui donne du papier et il est autorisé à s'asseoir. Il écrit pendant à peu près deux heures, il aligne des colonnes de noms, de chiffres et de codes, puis s'évanouit, à bout de forces. On va porter à Heydrich les trente-trois feuillets qu'il a remplis et, alors qu'on le croit inanimé, semi-moribond et parfaitement incapable de bouger, il se dresse, court et se jette au travers de la croisée, allant s'écraser cinq étages plus bas, dans un impressionnant silence tout au long de l'interminable chute...

Il ne faut pas longtemps à Heydrich pour découvrir qu'il a été berné : aucun des noms de la liste ne correspond à des individus réels. Le vieux banquier a forgé les patronymes les plus fantaisites à l'aide des lettres des mots *dummkopf* (imbécile) et *blödsinnig* (crétin), inlassablement répétées selon le principe de l'acrostiche. Pire : juste avant de cesser d'écrire et de paraître s'écrouler, Hans Thomas von Gall a aligné des noms très authentiques, assortis d'une appréciation personnelle. Ceux de Paul Joseph Goebbels (écrivain raté), Gregor Strasser (alchimiste), Ernst Roehm (homosexuel alcoolique), Horst Wessel (maquereau), Hermann Goering (patapouf drogué), Adolf Hitler (peintre en bâtiment hystérique), Heinrich Himmler (éleveur de poules), Reinhard Heydrich (pianiste d'alcôve).

Et les tout derniers mots tracés avant le suicide sont : « Le chiffre exact est de 724 millions de marks[1]. »

1. A titre comparatif, l'investissement global du Troisième Reich — en hommes, matériel et capitaux — durant toute la guerre civile espagnole, est évalué à 500 millions de marks.

L'idée est de Heydrich en personne. Dans le courant de janvier 35, une conférence a réuni autour de lui Goering, Himmler, le docteur Robert Ley, Gauleiter de Cologne, et le jeune et brillant chef de la section juridique du Parti, Hans Frank ; on y a décidé la création d'un Sonderkommando chargé par tous les moyens de récupérer l'énorme somme. Il fallait un nom de code, on a d'abord pensé à *Sesam,* mais Heydrich a préféré *Schädelbohrer,* littéralement « perceur de crâne », autrement dit le trépan avec lequel on fracture les boîtes crâniennes pour mettre à nu le cerveau.

Les quatre années suivantes sont perdues, de par la stupidité des chasseurs ordinaires de la Gestapo qui ne sont pas de taille à affronter la rouerie infernale de feu Thomas l'Ancien. On a beaucoup poussé les investigations en Suisse, avec un résultat hélas négatif : l'Association des banquiers helvètes a fait ajouter un quarante-septième article à la loi fédérale sur les banques, ayant pour but de garantir le secret total, justement pour contrer les recherches nazies. A l'automne 38, Reinhard Heydrich, excédé, réorganise entièrement *Schädelbohrer* ; il en confie la direction à deux hommes, complémentaires selon lui. L'un est Joachim Gortz, juriste spécialisé dans les mouvements financiers internationaux. L'autre est Gregor Laemmle.

Himmler n'était absolument pas d'avis qu'on utilise Gregor Laemmle : quelle idée étrange et quasi décadente que de faire appel à cet agrégé de philosophie, pas même membre du parti national-socialiste, qui n'a aucune expérience policière, dont l'armée n'a jamais voulu en raison d'une prétendue malformation cardiaque, qui a déjà publié des poèmes et un roman, et que surtout lui, Himmler, a détesté au premier coup d'œil tant les yeux jaunes de Gregor Laemmle exprimaient d'insolence !

Heydrich a insisté, engagé sa responsabilité personnelle. Gregor Laemmle n'est pas n'importe qui : pour vaincre un vieux chat très rusé tel que Thomas von Gall, il faut un autre chat carrément diabolique ; or il tient Gregor Laemmle pour l'homme le plus intelligent qui soit dans l'Allemagne de ce temps, « notre bien-aimé Führer et nous-mêmes étant exceptés, bien entendu ». Heydrich pense ce qu'il dit, s'il ne dit pas tout ce qu'il sait : à deux reprises déjà, il a sauvé Gregor Laemmle ; une première fois des conséquences qu'aurait pu avoir ce cours révoltant qu'il a donné à ses étudiants de Fribourg-en-Brisgau, sur Nietszche ; et une autre surtout, antérieure, quand il a fait maquiller son état civil, pour effacer le fait que Gregor Laemmle avait une grand-mère juive.

Ces choses-là attachent. Rien de tel que de rendre un grand service à quelqu'un pour se sentir à tout jamais lié à lui et en quelque sorte responsable.

Reinhard Heydrich a gain de cause. En novembre 38, Gregor Laemmle prend la direction de *Schädelbohrer*.

La vraie traque est alors lancée.

Thomas le Jeune descend l'escalier et traverse le hall en alignant ses pas (il imagine qu'il marche sur un fil tendu entre les deux berges des chutes du Niagara). Il redouble de précautions au moment de dépasser la cuisine, d'où lui parvient une senteur de café : Papé Allègre est déjà debout. Mais Thomas sort sans être vu ni entendu, il est dehors dans l'air tiède et huileux de la nuit qui s'attarde et que le soleil va assécher. Il longe la haute haie de buissons ardents enneigés de fleurs blanches et contourne la villa. Il avance sur la terrasse puis fait peut-être vingt pas dans l'allée bordée de palmiers. De l'autre côté du portail, sur la route. Thomas ne distingue rien mais pourtant, inexplicablement, a le sentiment de *quelque chose.* Il hésite.

Pour finir, il coiffe son béret et s'en retourne. Il est parvenu à se convaincre que c'est décidément *l'Homme au pied bot* qui le hante. Il regagne les arrières de la maison, où un jardin potager a remplacé le parterre de roses, à cause des restrictions ; tout comme on a fait du terrain de tennis un poulailler.

— Couché, Adolf !

Il parle au chien chargé de veiller sur les poules. Ce n'est pas le grand amour, entre le chien et lui, ils se tolèrent, « et au moins, il n'aboie pas, cet abruti ! ». Le chien Adolf le regarde passer, museau aplati entre ses pattes allongées, le suit d'un œil mobile (le reste du corps ne bouge pas), mobile mais froid, tandis que lui, Thomas, se glisse au travers des lauriers d'Espagne ; c'est un croisement de berger des Pyrénées et de malinois, dans les cinquante kilos, qui exècre la terre entière à la seule exception de Mamé Allègre, à qui il voue une vénération imbécile. Foutu clebs.

Derrière les lauriers, un premier mur, un chemin

rocailleux, puis un autre mur de pierres sèches. Thomas entre sous le couvert des pins. Après cent ou deux cents pas, il se retourne une première fois : il est déjà plus haut que le toit de la villa et à cette altitude la vue est dégagée. Il découvre l'anse de Port-Issol, la pointe du Ban Rouge, une partie de la route qui vient de Sanary, et la mer jusqu'à l'archipel des Embiez.

Toujours rien d'anormal.

Il se remet en marche et monte encore, s'attendant d'une seconde à l'autre à être frappé dans le dos par le soleil surgi de la mer. Et au lieu de cela, à la seconde même où il atteint la crête avec ses rochers blancs, il *sent* la présence humaine. Grâce à ce que, en riant, un jour, *Elle* a appelé son *instinct de rat.* Son regard se porte sur un pin un peu plus gros que les autres, à vingt mètres de lui à droite. Il est certain que quelqu'un se cache derrière. Il effectue trois pas de plus. L'homme apparaît, appuyé au tronc avec une fausse nonchalance ; un très grand diable, noir de poil, au grand nez busqué, au visage funèbre, avec des mains de géant très noueuses dont l'une, la gauche, est amputée du petit doigt et de l'annulaire. L'homme porte une casquette, un blouson de cuir noir et un fusil.

Reinhard Heydrich avait vu juste : en quelques mois, Gregor Laemmle et Gortz ont débroussaillé la piste. Gortz est parvenu à reconstituer la manœuvre complète du vieux banquier de Cologne. Thomas l'Ancien ne s'est pas banalement contenté d'entreposer en Suisse les capitaux énormes qui lui ont été confiés ; il a prévu que, en cas de guerre en Europe, la neutralité helvétique pourrait ne pas être respectée ; il a donc, avec ou sans transit par la Suisse, expédié l'argent de l'autre côté de l'Atlantique, aux États-Unis principalement ;

mais mieux encore, le vieux renard a également envisagé l'éventualité que les autorités de Washington, toujours dans le cas d'un conflit généralisé, fassent jouer les clauses de l'*Enemy Act* et bloquent tous les avoirs étrangers. Les exemples d'une telle prévoyance ne manquent pas. Gortz pense notamment à la société néerlandaise Philips. Il est même convaincu que von Gall a imité les Hollandais — s'il ne les a pas précédés ; von Gall aura tout viré en Amérique, non sur des comptes ordinaires mais dans des sociétés de droit américain, vraisemblablement dans le très accueillant État du Delaware ; des sociétés que leur structure permet d'échapper à l'*Enemy Act* s'il venait à être appliqué, officiellement gérées par des Américains, mais dont la propriété réelle est établie par des actes de trust secrets.

Gortz estime plus que probable que von Gall a détenu avant sa mort ces actes de trust, qu'il était le *trustee* général de cet extraordinaire ensemble. Le remboursement aux mandants ? Là encore, Gortz pense tenir la réponse : un Müller ou un Bernstein qui a confié par exemple cinq cent mille marks au banquier a certainement reçu de celui-ci des instructions : sorti d'Allemagne, Müller ou Bernstein devra par exemple aller à Montréal, à Mexico ou à Panama — ou n'importe où, en fait ; sur sa demande, formulée selon un certain code, il s'y verra remettre un faux passeport d'un pays non belligérant ; ensuite, dans une banque dont on lui aura fourni l'adresse, il recevra tout son argent, intégralement, augmenté d'intérêts, en dollars ou dans la monnaie de son choix, à l'endroit de la planète qui lui conviendra.

Une mécanique de haute précision. Gortz admire en grand professionnel qu'il est lui-même.

Et obtient la preuve que ses hypothèses sont fondées : Gregor Laemmle (l'ancien professeur de philosophie de Fribourg se révèle un formidable chasseur d'hommes) a entrepris dans tout le Troisième Reich une recherche, il a démasqué six des mystérieux mandants de Thomas von Gall — deux seulement sont des Juifs. Quatre des inculpés parlent, révèlent les mécanismes de récupération de l'argent transféré. En mars et avril, Gortz part pour l'Amérique, se rend à Montréal, Toronto, Philadelphie et Mexico, porteur d'identités fausses (celles des détenus) et des codes d'accès arrachés sous la torture, se faisant chaque fois passer pour le bénéficiaire de tel ou tel transfert. Chaque fois la même procédure : un avocat ou un banquier pareillement impénétrables lui demandent quarante-huit heures de délai, puis rendent une réponse identique et glaciale : ils ne comprennent pas de quoi on leur parle, quel argent ? Qui est ce monsieur von Gall ou ce Müller ou ce Bernstein au nom de qui ils détiendraient telle ou telle somme ? Et que signifient ces codes secrets dont jamais ils n'ont entendu parler ?

Gortz n'est pas dupe de ces dénégations, surtout après cette attente de deux jours à laquelle on l'a chaque fois contraint. Il comprend que s'il est parvenu à faire sauter presque tous les verrous du dispositif de sécurité, un dernier subsiste, dont il ne sait pas la nature, contre lequel il est pour l'instant sans ressources.

Il rentre en Allemagne début mai. A bord du paquebot *Hamburg* de la Hapag, il fait le compte de ses atouts, constate qu'il ne lui en reste qu'un, capital mais des plus difficiles à abattre : Thomas l'Ancien, qui a tout prévu, a nécessairement envisagé sa propre mort (naturelle ou non), et donc son remplacement, en tant que trustee ; il a sûrement désigné un, voire plusieurs successeurs, ce que l'on nomme des *protectors trustees.*

Lesquels peuvent être n'importe qui, et peuvent se trouver n'importe où dans le monde.

Les identifier résoudrait tout, mais semble absolument hors de question.

Or Gortz apprend la nouvelle à son débarquement. L'étrange Gregor Laemmle a réussi l'impossible.

Il sait qui a succédé à Thomas l'Ancien.

— *Buenos dias,* Javier, dit Thomas.

— *¿ Hola, que tal ?* dit l'homme au blouson et au fusil.

— *Buenos dias,* Miquel, dit Thomas à un deuxième homme caché sur sa gauche, et dont il ne voit que la pointe d'un soulier et l'extrémité du canon du fusil.

— *Hola, buenos dias,* répond Miquel l'Invisible.

Aucun des deux guetteurs n'a bougé. Thomas passe entre eux, à égale distance de l'un et de l'autre, et franchit la crête. Le soleil paraît alors, d'un coup il dispense une lumière très blanche mais sans éclat. Thomas va s'engager dans la pente mais se retourne une dernière fois : la villa ocre rouge est désormais en contrebas, la vue s'est encore élargie, sur la pointe de la Cride, l'île de Bandol et les Embiez. Deux, trois secondes, Thomas réfléchit et se demande s'il va ou non faire part à Javier de cette sensation bizarre qu'il éprouve depuis son réveil. Il décide que non. Tu peux faire confiance à Javier Coll pour remarquer tout, rien jamais ne lui échappe. La preuve : Miquel l'Invisible et lui sont déjà à l'affût, fusil en main, et sûrement les deux autres, Tomeo et Joan, ne sont pas loin.

Depuis un moment, Thomas marche sur le sommet des vallonnements, le soleil montant toujours dans son dos, et la chaleur, la sécheresse augmentant à chaque pas ; ce qui reste de terre entre les rochers blancs est calciné, de la cendre, après tant de jours d'été sans pluie. Sous le pied de Thomas, la moindre brindille craque avec un délicat bruit de vertèbres, dans un étouffant silence. Il débouche à l'orée d'un lopin planté de chardons aux reflets métalliques. La petite maison est en face, mais il s'en désintéresse et se dirige vers la paroi rocheuse à gauche. Il y a là une grosse porte à deux battants de planches disjointes, grises et veinées de noir, fermée par un cadenas qui sauterait sur un coup de pied de libellule. Maintenant, Thomas prend d'infinies précautions. Il scrute de tous côtés puis, c'est à peine s'il entrouvre le vantail. Il se glisse à l'intérieur de la grotte servant d'appentis, s'applique à ne pas poser les doigts n'importe où, surtout pas sur les dames-jeannes clissées recouvertes de poussière. Il progresse jusqu'au fond, entre les bonbonnes et les toiles d'araignée, réfléchit calmement et touche à coup sûr la pierre, au creux d'un certain endroit. Un léger déclic se fait entendre, la roche bouge et se déplace de gauche à droite.

La voiture apparaît alors, sertie dans cette cache creusée spécialement pour elle des semaines durant. L'ampoule électrique que Thomas allume dévoile son incroyable splendeur. C'est un coupé-chauffeur Hispano-Suiza J-12, carrossé par Franay, de type 68 *bis,* à long empattement de quatre mètres. Elle est gris argent et noire ; la merveilleuse cigogne stylisée qui surmonte le bouchon de son radiateur est en argent pur. Elle étincelle. Malgré la semi-pénombre, on la dirait vivante.

Gregor Laemmle tient sa piste. Il en a acquis la certitude par le raisonnement et aussi grâce à cet instinct de chasseur qui s'éveille et suscite en lui une passion véritable pour cette traque.

Il est convaincu, à en jouer sa tête, que le protector trustee — puisque Gortz en son jargon le nomme ainsi — est une femme, du nom de Maria Weber.

Gregor Laemmle est blond roux et de petite taille. Au milieu des grands éphèbes blonds dont Heydrich si volontiers s'entoure, il s'est toujours fait l'effet d'un caniche gambadant en compagnie de lévriers. Il ne croit strictement à rien, ne s'intéresse aux religions et aux idéologies qu'en tant qu'idiosyncrasies de l'espèce humaine, comme d'autres étudient la vie des abeilles. Son homosexualité n'est pas fervente, elle ressortit à un goût très simple, tel celui des chocolats, dont il pourrait se priver vingt ans s'il le jugeait nécessaire. Il a quarante-six ans et sait déjà (dans la mesure où l'événement dépendra de lui) quand et comment il va mourir : il se suicidera, dans la sérénité. Devant la vie et la mort des autres, son indifférence est plus grande encore. De Heydrich, il a sollicité et obtenu de visiter quelques-uns des cinquante camps de concentration créés dès 1933, tels Dachau, Oranienburg puis Sachsenhausen, Buchenwald et Ravensbrück ; il en a parcouru une demi-douzaine, fort intéressé mais vraiment pas ému.

L'offre d'emploi de Heydrich lui proposant de diriger *Schädelbohrer* est arrivée à point nommé : il était sur le point d'abandonner l'université, de toute façon. Non pas en raison de l'exclusion de Husserl dont il a été peut-être le meilleur disciple (Husserl est d'origine juive) ; pas davantage à cause du serment de fidélité à Hitler exigé de tous les universitaires (et qu'un Heidegger a prêté) ; mais parce que la politique d'enseignement dans le Troisième Reich ne lui envoyait plus que des crétins comme élèves et surtout parce qu'il voulait écrire, dégagé de tout souci financier grâce à la fortune de feu sa mère. Il a dit oui à Heydrich comme on dit oui à un raseur, pour s'en débarrasser et puis, pour la première fois de sa vie, il s'est surpris lui-même : *Schädelbohrer* l'enfièvre, lui que rien n'atteint et que personne n'attache.

Maria Weber. Sur elle, il a repris l'enquête là où les agents du SD l'avaient laissée : elle est la petite-fille de Thomas l'Ancien, elle est née en 1909, du mariage de l'unique fille du banquier de Cologne avec un industriel français d'origine alsacienne. Elle a fait ses études à Paris, où elle habitait au 23 de la rue Raynouard — un appartement de huit pièces pour elle seule, cette étudiante avait de gros moyens. En août 1931, elle est partie sans laisser d'adresse. Elle a disparu, n'a plus jamais donné signe de vie, ni en Allemagne ni en France ; si elle est morte, c'est sous un autre nom que le sien, toutes les vérifications possibles ont été faites. Gregor Laemmle ne croit pas qu'elle soit morte. Il voit dans cette disparition de 1931 l'effet d'une connivence entre Thomas von Gall et son unique descendante. D'entrée de jeu, il s'accroche à cette seule piste, exclusivement. Il se *rend* à Paris (il parle admirablement le français) et *rend* visite à tous ceux qui ont connu la jeune femme au temps de ses études de droit. Un profil se dessine, très net, saisissant : Maria Weber était exceptionnellement secrète, elle était belle, nul n'a jamais rien su de sa vie privée, elle s'absentait souvent, pour des destinations inconnues, elle parlait, outre le français, l'allemand, l'anglais et l'espagnol, elle jouait (fort bien) au tennis, elle avait le goût des très belles choses et beaucoup d'argent, elle aimait les tailleurs de Coco Chanel, la délicatesse des roses-thé, les meilleurs restaurants, la musique nègre, elle conduisait une Bugatti à une allure démente. Une seule fois, elle a laissé échapper quelques mots : c'était au *Dôme* de Montparnasse, à une table où une bonne quinzaine de personnes étaient invitées à dîner, dont Cocteau, Hemingway et Gertrude Stein. Quelqu'un s'est mis à parler de Suzanne Lenglen et elle a souri, « de son sourire si secret », elle a dit : « J'ai joué contre elle, sur le court de tennis de mes parents et je lui ai pris quatre jeux... »

Les parents de Maria Weber sont morts, lui Pierre Weber en 1916 devant Verdun, à la tête de son bataillon d'infanterie française, elle Mina née von Gall, en 1926. Il n'y a jamais eu chez eux de courts de tennis pas plus que dans aucune des propriétés de Thomas l'Ancien. « Elle aurait donc, quelque part, une maison dont elle n'a jamais parlé à quiconque », en a conclu Gregor Laemmle. Qui huit ans plus plus tard et quatre mois durant s'est efforcé de marcher sur les traces de la disparue. Il a dressé une liste de cent soixante-quatre personnes qui peu ou prou, concierges, serveurs de restaurants, portiers d'hôtels, partenaires de tennis ou condisciples à la faculté de droit, ont connu Maria Weber. Une constatation : nul n'a de photo d'elle, plusieurs se souviennent qu'elle a toujours refusé d'être saisie par un objectif. « Elle se cachait déjà », pense Gregor Laemmle.

Et le miracle se produit. Chez Coco Chanel, où lui-même a ses entrées grâce au décorateur Christian Bérard, une femme a passé commande de huit ou dix modèles qu'elle s'est fait livrer à un appartement de l'hôtel *Ritz* ; elle a payé comptant et en liquide, puis a disparu. La réception du palace l'a enregistrée comme S. Lamiel, née à Grenoble en 1908. La mémoire de Gregor Laemmle sonne l'alerte : il y a une Sophie Lamiel dans la liste aux cent soixante-quatre noms, une Sophie Lamiel donnée par plusieurs témoins comme « la meilleure amie » de Maria Weber, mais que Gregor Laemmle n'a pas interrogée pour cette raison péremptoire qu'elle est officiellement morte en juillet 1931, dans un accident de voiture.

La Sophie Lamiel du *Ritz* est brune comme la morte mais elle est plus grande, plus belle surtout, elle a des yeux gris, « aussi inoubliables que son sourire, une femme comme on n'en voit pas deux par an », a dit le barman du *Ritz*. Et après son départ de la place Vendôme, elle s'est volatilisée avec la même virtuosité que Maria Weber en août 1931. Le signalement correspond, le style est identique ; les goûts aussi : l'inconnue a demandé qu'on lui fleurisse chaque matin sa suite de roses-thé.

Gregor Laemmle part pour Grenoble. Il n'y a aucun contact, mène une enquête fort discrète : sûr de toucher au but, il ne veut rien faire qui puisse alerter cette adversaire qui désormais le hante. A Grenoble existe bien une famille Lamiel, qui a pignon sur rue et maison de campagne (mais nul court de tennis aux abords de celle-ci). Une famille composée d'un médecin, de sa femme et de leurs deux enfants — il y avait trois enfants mais la fille aînée Sophie s'est tuée en 1931 au volant de sa Bugatti. Et durant quelques secondes, l'ex-professeur de philosophie devenu chasseur d'hommes a un battement de cœur, à la vue d'une jeune femme brune en robe claire, qui marche devant lui dans la rue Condillac. Il peut croire un instant qu'il a retrouvé Maria Weber.

Ce n'est que Catherine Lamiel, sœur de la défunte Sophie. Dont les yeux sont bleus et non gris, qui n'a que vingt-deux ans et sans doute n'a jamais mis les pieds au *Ritz,* quoiqu'elle pourrait y faire belle figure.

En poussant son enquête plus loin sur elle ou sur sa famille, Gregor Laemmle risquerait de dévoiler sa chasse. Il se décide à jouer sa carte espagnole — ne lui a-t-on pas affirmé que Maria Weber savait l'espagnol ? Il part pour l'Espagne, ayant en tête les vers de Gautier dans *Émaux et Camées* : « La plus délicate des roses/ Est, à coup sûr, la rose-thé/Son bouton aux feuilles mi-closes/De carmin à peine est teinté »... Le réseau madrilène de la Gestapo se met à son service. En pure perte. Juin passe, et puis juillet. Gregor Laemmle, sous passeport suisse, parcourt nonchalamment la Côte d'Azur française, à la recherche de toutes les propriétés équipées d'un terrain de tennis. Il s'est remis à écrire, un roman, et s'exaspère de retrouver Maria Weber à chaque ligne — « une femme, quelle horreur ! ». Le signal d'alarme retentit le 17 août : une Sophie Lamiel a été repérée dans un grand hôtel de Lisbonne, où elle est restée trois jours : elle arrivait de New York, mais elle a de nouveau disparu depuis une semaine.

Gregor Laemmle retrouve lui-même la piste, ayant eu

l'idée qu'*Elle* avait pu passer en France et descendre dans un grand hôtel. Il saute dans le premier train mais la rate de douze heures à Biarritz. Elle est effectivement descendue à *l'Hôtel d'Angleterre,* a eu des rendez-vous énigmatiques dans la matinée, l'après-midi et la soirée du 26 août, puis a fait monter dans son appartement une machine à écrire, une grosse quantité de papier à lettre et deux cents enveloppes qu'au matin du 27, elle est allée poster elle-même. C'est à l'occasion de cette sortie que l'un des portiers a remarqué le premier des gardes du corps — le premier car le témoin dira que, à son avis, ils étaient au moins deux, sinon davantage, visiblement espagnols, le chef étant « un homme très grand et très maigre, avec un visage de pierre, des yeux à vous glacer le sang, un blouson de cuir noir. Un homme à qui il manque deux doigts de la main gauche. »

Elle a quitté l'hôtel, et Biarritz sans doute, au matin du 28. Dans des circonstances qui vont fournir à la traque deux éléments essentiels. Il y a d'abord ces achats qu'elle a faits, guidée par un groom de l'*Hôtel d'Angleterre* : une énorme boîte de chocolats de chez *Dominique,* et surtout un jeu complet de Meccano ; elle a précisé en souriant à la vendeuse de *Biarritz-Bonheur* : « C'est pour un garçon de huit ans qui en aurait plutôt quatorze ou quinze d'âge mental, et qui va sûrement hurler de fureur devant ce cadeau pour bébé. »

Il y a ensuite la voiture dans laquelle elle monte et s'en va pour disparaître encore, et qui est pilotée par l'homme à la main mutilée. Il s'agit d'un modèle exceptionnel, comme il n'en existe pas trois dans le monde, un coupé-chauffeur Hispano-Suiza de douze cylindres et onze litres trois de cylindrée.

Un ou plusieurs gardes du corps espagnols. Plus, surtout — quelles informations capitales ! — une voiture et un enfant. Un enfant qui serait né en 1931, cette même année où Maria Weber s'est volatilisée en quittant son appartement de la rue Raynouard, qui pourrait donc être son fils, qu'elle cacherait peut-être en France — pourquoi pas dans cette même propriété comportant un tennis ? —, qui constituerait le plus efficace des moyens de persuasion, sous réserve de le capturer.

Et une voiture admirable, sur le passage de laquelle il est fatal qu'on se retourne, au point qu'on doit aisément la suivre à la trace, comme si elle était lumineuse. « Je la tiens », pense Gregor Laemmle, tremblant d'une fièvre surprenante ; « Je la tiens, c'est l'affaire de quelques heures, de quelques jours désormais... »

La guerre éclate.

Dans l'instant, Gregor Laemmle ne voit en cette guerre qu'une péripétie imbécile, qui le contraint de suspendre sa traque et même ruine celle-ci. Les mois passent et, bien qu'il piaffe d'impatience, il finit par comprendre qu'il aura dorénavant derrière lui, en soutien, toutes les armées du Troisième Reich. Physiquement présentes, et toutes-puissantes sur une grande partie du terrain de chasse. Il aurait préféré continuer d'opérer seul, pour la beauté de la chose, mais qu'y faire ?

Et d'ailleurs Heydrich s'énerve.

En septembre 1940, Gregor Laemmle entre dans Paris sur les talons de la Wehrmacht. En civil, quoique Reinhard Heydrich ait insisté pour lui conférer le grade d'Obersturmbann-führer de la SS (lieutenant-colonel).

La traque aussitôt reprend.

Une voiture et un enfant.

D'abord, Thomas s'installe à l'arrière de l'Hispano-Suiza. Retrouve le moelleux des sièges de cuir noir. Constate qu'il ne peut toujours pas poser ses pieds sur la barre d'appui à même le plancher — malgré les vingt-quatre mois écoulés, il lui manque encore quelques centimètres. Il ouvre le bar de noyer. Les flacons de cristal taillé de Lalique sont en place, ainsi que les verres. Il La revoit lui servant à boire — de la limonade — tandis que la voiture progressait majestueusement sur la Promenade des Anglais, dans le feulement presque imperceptible de ses douze cylindres. *Elle* avait l'habitude de lui parler à voix basse, se confiant à lui comme à un adulte et mieux encore comme s'il était Son complice et compagnon unique, « tu as toujours été, tu seras toujours le seul homme de ma vie, Thomas ». Il en frissonne et ferme les yeux. Les rouvre, a la sensation d'une présence, qu'aucun bruit n'a pourtant signalée : entré à son tour dans la cache rocheuse Javier est tout près de lui, et l'observe, impassible, de l'autre côté de la portière. Leurs regards se croisent et s'accrochent, puis Thomas fait un signe et Javier lui ouvre la portière, mettant bas sa casquette, avec des gestes de chauffeur de maître, bien qu'il ait toujours son fusil en main.

— *Está muy limpio,* remarque Thomas.

— Nous la lavons une fois par mois, répond Javier Coll en français.

Thomas prend place devant le volant, allonge les jambes et, cette fois, réussit à actionner les pédales. Il joue avec les manettes, celle qui règle les amortisseurs et les deux autres qui permettent de doser le retard à l'allumage et le ralenti. Il effleure le merveilleux tableau de bord où tous les cadrans (le compteur de vitesse est gradué jusqu'à 200) sont sertis dans du noyer. Les clés sont mises, il suffirait d'appuyer sur le démarreur... — Je pourrais la conduire, maintenant. — Sûrement, dit Javier. — C'est mon anniversaire, aujourd'hui, il fallait que je vienne. — Je sais. Bon anniversaire, Thomas. — Merci, dit Thomas, caressant le volant de ses paumes.

Nouvel échange de regards, nouveau silence. De sa

voix sourde, Javier Coll observe que ce n'est pas trop le moment de venir dans la cache. Thomas acquiesce, yeux gris un peu écarquillés dans la semi-pénombre. Il pourrait parler et demander s'il y a, comme il a cru le pressentir ce matin, un danger autour de la villa rouge. Mais ça alarmerait encore un peu plus Javier qui est déjà en alerte, et ils devraient tous deux quitter l'Hispano dans la seconde. Il se tait. Il se souvient, ses yeux s'élargissent davantage. Il revit la scène capitale de la Grande Corniche. Sur Son ordre à *Elle,* Javier, ce jour-là, il y a deux ans, a arrêté l'Hispano juste au bord d'un grand précipice. Javier est sorti de la voiture et s'est éloigné. Derrière, en retrait et pour ainsi dire invisible, la Citroën servant d'escorte, avec Miquel Enseñat au volant, s'est immobilisée. Quand *Elle* a été sûre qu'ils étaient vraiment seuls, *Elle* lui a demandé ce qui pouvait lui faire plaisir, entre tout. A son habitude, il a pris le temps de réfléchir mais il a trouvé très vite. A part bien sûr vivre avec *Elle* chaque jour de sa vie — mais il sait que c'est impossible —, il souhaiterait une fois au moins conduire l'Hispano-Suiza. *Elle* l'a fixé longuement, a hoché la tête, d'un air soudain très triste ; *Elle* a dit : « Pour la voiture, on peut essayer dès à présent. » Ils ont mis pied à terre et sont allés s'asseoir sur la banquette avant, placée à l'extérieur de la cabine et qu'une capote de cuir, repliée en cette fin d'été 1939, protège de la pluie. *Elle* a dit : « Prends le volant, Thomas. » Il a essayé tant qu'il a pu mais rien à faire, il n'est pas parvenu à actionner les pédales, ses jambes étaient trop courtes. *Elle* n'a pas ri et ne s'est pas du tout moquée de lui, *Elle* a continué de le fixer, avec une tendresse et une tristesse à vous donner envie de hurler et de mordre. *Elle* a dit que cela viendrait, ces deux choses qu'il souhaitait, que ce n'était qu'une question de temps. Puis *Elle* a regardé devant et derrière, pour s'assurer encore une fois que personne ne pouvait les entendre et *Elle* lui a demandé s'il se rappelait ce qu'*Elle* lui avait dit, la veille, alors qu'ils marchaient côte à côte, seuls, sur la plage et les rochers de Port-Issol. Il s'est concentré comme il sait si bien le faire, en quelque sorte il a tourné une clé dans sa tête et lui a tout répété, mot pour mot, les noms, les codes et les chiffres. A la fin, il Lui a souri, assez fier de lui. Quelque chose de tout à fait extraordinaire est arrivé : au lieu de lui retourner son sourire d'un coup, *Elle* s'est mise à pleurer. Très doucement. En silence et sans faire aucun geste. En proie à un chagrin dont il a dans la seconde mesuré combien il était dramatique et sans recours. Parce que ce n'était vraiment pas son habitude de pleurer ; en vérité il n'aurait jamais cru la chose possible. Les premières secondes, pétrifié, il a pensé que c'était sa faute, à lui, qu'il s'était trompé quelque part dans son énumération... Mais non. Il n'y était pour rien. Si bien qu'il a éprouvé une colère formidable contre cette saloperie de monde qui Lui causait ce chagrin. Durant les années qui vont suivre, comme un volcan jamais éteint, il va inlassablement revivre cette scène de la Grande Corniche, en analysera encore et encore, avec une minutie chirurgicale, le moindre mot, la moindre inflexion de voix, les silences et les plus infimes frémissements de Son visage à *Elle,* sa mère.

Et chaque fois lui reviendront la même douleur, les mêmes remords horribles (mais il n'était alors qu'un petit garçon de huit ans) de n'avoir pas su lui dire qu'il comprenait et approuvait tout ce qu'*Elle* avait pu faire ; qu'il se satisfaisait de ne La voir que de très courts moments, au terme de longues absences, et dans le secret ; qu'il ne La tenait nullement pour responsable de cette mission dont *Elle* avait été investie et qui L'obligeait à vivre traquée, où qu'*Elle* allât, et même La contraignait à cacher jusqu'à l'existence de son propre fils, afin qu'on ne pût s'en servir contre *Elle.*

Et tant d'autres choses encore qu'il eût aimé Lui dire : leur connivence inouïe, instaurée dès qu'il avait été en âge de parler, parce qu'*Elle* ne l'avait jamais traité en enfant, avait toujours sollicité son opinion en toutes choses, faute sans doute d'un mari qu'*Elle* n'avait jamais eu. « Je n'ai connu ton père que peu de temps, il n'a pas compté et ne sait même pas que tu existes. Si un jour tu veux le connaître, tu prendras seul ta décision... » ; leur connivence et l'amour proche de la vénération qu'il Lui portait — des décennies plus tard, son implacable mémoire lui restituera sans faille tel mouvement de Ses cheveux, de Ses mains, de Ses lèvres, et le son de Sa voix et Son fabuleux sourire, et jusqu'à Son parfum, toutes choses à lui chavirer le cœur...

Javier Coll parle.

Il parle et le film déroulé par la mémoire de Thomas s'interrompt net.

— Il vaudrait mieux ne pas s'attarder ici, répète Javier.

— *Vamonos,* dit Thomas.

Docilement, il descend de l'Hispano, gagne la première grotte puis, ayant traversé la deuxième où sont entreposées les dames-jeannes, sort dans la pleine lumière. Le grand jour s'est levé, la chaleur bourdonne et la calcination recommence, tandis qu'éclatent les premiers crissements des cigales. Lui, Thomas, ressent encore dans ses os le froid et l'humidité de la caverne, il est aveuglé, mais cette transition brutale n'a pas altéré l'*instinct de rat.* L'inexplicable sensation d'une menace est immédiatement très forte, bien plus qu'à son éveil. Thomas pivote, afin de chercher le regard de Javier, et la confirmation du danger qu'il pressent. Il n'a pas le temps d'achever son mouvement. La grosse main croche son bras, l'entraîne :

— *¡ Muy pronto, Tomás ! dateprisa !*

Ils commencent à courir.

Gregor Laemmle est à Paris en septembre 1940 et y perd son temps. Du moins se plaint-il dans ses rapports à Reinhard Heydrich d'être freiné par la rivalité entre la Wehrmacht et la Gestapo : la première s'appuie sur l'arbitrage rendu par le Führer et prétend gérer seule les territoires occupés, la seconde a fait dans la capitale française une entrée quasi clandestine.

La réponse de Berlin est vague. Il comprend : *Schädelbohrer* a déjà six ans d'existence et n'a pas été une réussite. On préférerait qu'il se montre discret, et même se fasse oublier. Toutefois, il disposera d'un bureau au 11 de la rue des Saussaies, de dix hommes et — surtout — de tout l'argent français qu'il voudra, ou presque — puisque l'occupant perçoit, à ne plus savoir qu'en faire, des sommes phénoménales versées chaque mois par le gouvernement de Vichy.

Gregor Laemmle ne va pas du tout rue des Saussaies, au vrai il n'y mettra jamais les pieds. Ni là, ni au *Lutetia,* ni au *Majestic,* ni en un quelconque endroit officiel abritant la Gestapo. A son usage personnel, il loue un appartement rue de l'Abbaye à Saint-Germain-des-Prés (étudiant, il a habité trois ans rue Saint-Benoît, au temps où il faisait sa licence de philosophie à la Sorbonne et sa licence de lettres classiques pour compléter ses doctorats allemands). Il loue également, pour ses bureaux, tout un étage rue de Babylone. S'il y a un moment où il est très près de basculer dans une semi-clandestinité, retrouvant ses marques et ses habitudes anciennes, et de se mettre à jouer les sentinelles oubliées, c'est bien celui-là. Il a toujours profondément aimé Paris et son ambition d'écrire directement en français ne l'a jamais quitté ; ces circonstances où l'on vient de le placer ont quelque chose de miraculeux ; il pourrait les mettre à profit, et par suite renoncer à sa chasse.

Il n'en fait rien. Non par patriotisme, dont il est totalement dépourvu, mais par besoin intellectuel : ce serait comme interrompre une partie d'échecs avant son terme, ou un puzzle avant son achèvement. Peut-être aussi cède-t-il à une obsession : « La plus délicate des roses... » Il est exclu que Gregor Laemmle soit amoureux de Maria Weber. Pourtant c'est vrai qu'il en est à la voir partout, à l'imaginer, *Elle* dont il ne connaît pas le visage mais dont il pressent l'intelligence, l'esprit de décision, la froide méthode, la force dite virile. Décidément, il n'aura de cesse qu'il ne l'ait face à lui.

A sa merci, en somme.

Gortz vient le rejoindre en novembre. Rentrant via la Suède d'un voyage au Canada, aux États-Unis, au Brésil où il a mis en place les mécanismes d'achat de matières premières à destination du Troisième Reich, appelés à fonctionner même en cas de conflit généralisé (« Parce que vous voudriez me faire croire, lui a dit Gregor Laemmle, que des échanges commerciaux se poursuivront entre pays belligérants ? Que Nous Autres Affreux Nazis ferons encore du commerce avec ces pays mêmes que nous combattons ? Et qui nous combattent ? – Absolument. Les affaires sont les affaires », a répondu Joachim Gortz, imperturbable).

Gortz est très sceptique quant à *Schädelbohrer*. Pour lui, l'affaire est morte, « à supposer que votre Maria Weber soit vraiment notre protector trustee, elle se sera depuis longtemps mise à l'abri en Amérique, bien tranquille et, si vraiment elle a un fils, elle l'aura abrité de même. Ou bien, si elle l'a laissé en France, surprise par l'avance de notre armée, l'enfant est sûrement en zone non occupée, où je vois mal comment vous pourriez le rechercher. Elle a pu, par exemple, le camoufler, depuis des années, dans une famille amie. Que d'hypothèses ! ».

Les dix hommes affectés à Gregor Laemmle sortent tous de l'école d'espionnage d'Altenburg en Thuringe.

Deux ou trois seulement parlent un français capable de donner le change sur leur origine, les autres baragouinent. Quatre mois durant, Gregor Laemmle leur fait fouiller Paris et la zone occupée. Le moins médiocre de ces agents — il s'appelle Hess, pas Rudolph mais Jurgen — est expédié à Grenoble, dès septembre : la famille Lamiel n'y est plus ; six mois plus tôt, elle a déménagé pour le Maroc ; départ précipité : Catherine Lamiel (c'est la jeune fille de vingt-deux ans que Gregor Laemmle a quelques secondes prise pour Maria Weber, dans la rue Condillac à Grenoble, en 1939) a interrompu ses études de médecine juste avant d'aborder sa cinquième et dernière année. Dans ce mouvement si brusque, Gregor Laemmle voit la conséquence d'un geste tactique de Maria Weber : « Elle a obtenu la complicité des Lamiel pour endosser l'identité de Sophie puis les a tous retirés du jeu, à temps, pour qu'on ne puisse s'en servir contre elle. Beau déplacement de pièce, sur l'échiquier. »

De Grenoble, Hess a rapporté des fiches fort complètes, avec photos, sur chacun des quatre Lamiel, père, mère, fils et fille ; sur ces deux derniers surtout, parce que selon certains bruits Catherine et Frédéric Lamiel seraient revenus du Maroc et se trouveraient à nouveau en France. Autre détail du dossier : Frédéric, frère aîné de Catherine et lui-même étudiant en architecture, présente cette particularité d'avoir combattu en Espagne dans les Brigades Internationales. Comment ne pas établir un rapprochement avec ces gardes du corps espagnols qui accompagnaient Maria Weber à Biarritz ?

Fin février 1942, c'est Jurgen Hess qui conduit la battue à l'Hispano. A force de recherches, on a en effet acquis la certitude que la somptueuse voiture, quittant Biarritz au matin du 28 août 1939, ne s'est pas dirigée vers le nord et n'a pas non plus franchi la frontière espagnole. C'est donc qu'elle a roulé à l'est, vers ce qui est devenu la zone non occupée. Où peut-être elle est encore. Or elle consomme, à pleine vitesse, cinquante litres d'essence aux cent kilomètres. A moins d'être allée se tapir aux alentours de la Côte basque, elle a forcément dû se ravitailler quelque part. Et quel pompiste, même à dix-huit mois de distance, aurait oublié le passage de ce monstre argent et noir de deux mille six cent kilos ?

L'équipe Hess prend ses positions de départ, sur une ligne qui va de Libourne au nord-est de Bordeaux jusqu'à Saint-Jean-Pied-de-Port. Chacun de ses hommes s'est vu assigner un couloir de dix à quinze kilomètres de large, tracé jusqu'à la frontière italienne ; chacun dans son secteur devra contrôler une à une toutes les pompes à essence, systématiquement, ces pompes auraient-elles cessé d'être en service depuis août 1939.

Le 2 mars, le commando franchit la ligne de démarcation.

La manœuvre enchante Gregor Laemmle, par son implacable netteté.

... Sauf qu'elle ne donne rien. Rien du tout. Seize semaines durant. Ou bien il s'est trompé en croyant que l'Hispano, depuis son départ de Biarritz, s'est dirigée vers l'est, ou bien (et c'est l'explication qu'il retient le plus volontiers, dans son désir et même son besoin de concevoir une adversaire au moins aussi machiavélique et rusée que lui-même) Maria Weber, déjouant ce calcul, a mis en place des points de ravitaillement secrets.

Reste que début mai la battue a atteint la verticale Marseille-Saint-Étienne et n'a strictement rien ramené.

Alors Gregor Laemmle change de tactique. Il recrute des renforts. Puiser dans les effectifs de la Gestapo lui amènerait d'autres Hess, qu'il n'aime guère, justement parce que Jurgen Hess n'est pas idiot et se permet de le juger ; sa propre indépendance en serait atteinte. Voilà des mois qu'il n'a plus adressé le moindre rapport à Berlin et tout se passe comme si Heydrich et Himmler avaient oublié jusqu'à son existence ; il ne voit vraiment pas l'intérêt d'aller se rappeler à leur souvenir : ils seraient capables de mettre un terme à *Schädelbohrer* « et en somme me priveraient de mon jouet ». Après tout, il continue de percevoir ces millions et millions de francs français et nul ne se préoccupe de connaître l'usage qu'il en fait. En cas d'urgence, il aurait toujours la ressource d'exciper de son grade d'Obersturmbannführer de la SS, de son ordre de mission signé de Hitler en personne et d'obtenir le concours d'une division entière, avec un peu de persuasion.

Il accepte une proposition que Gortz lui a faite, au mois de février précédent. Dans une villa du square du Bois-de-Boulogne à Paris, il rencontre le responsable des bureaux d'achat allemands en France créés par Goering. L'homme s'appelle Otto Brandl. Il lui offre les services de l'un de ses protégés — « un homme très exceptionnel », dit Brandl.

C'est un Français, auquel on a conféré, depuis peu, la nationalité allemande et le grade de capitaine dans la Wehrmacht, pour services rendus et notamment le démantèlement d'un réseau belge de résistance. Il est grand, massif, viril en dépit d'une étrange voix de fausset ; la confiance qu'il a en lui-même est totale ; il répond personnellement de tous les hommes de main qu'il fournira, cinquante ou cent, et même davantage, et mieux que cela, il a pour adjoint celui qui a été baptisé « le premier policier de France », Pierre Bonny.

Il discute les prix avec une bonhomie charmante : deux cent mille francs pour retrouver la voiture, deux millions pour l'Enfant, dix millions pour la Femme.

De son vrai nom Henri Chamberlain. Dit *Normand.* Dit *Lafont.* Aujourd'hui, la gloire venue, il est *Monsieur Henri.* Il avait ses bureaux avenue Pierre-Ier-de-Serbie, il vient de pendre la crémaillère dans son nouveau quartier général, au 93 de la rue Lauriston.

Thomas et Javier Coll courent sous le couvert des pins, en demeurant constamment dans le creux des combes. La cache de l'Hispano est déjà à cinq ou six cents mètres en arrière d'eux, la villa rouge est bien plus loin encore. Ils ont dépassé Miquel Enseñat, qui était étalé à plat ventre, de telle façon que seuls ses yeux et le canon de son arme étaient visibles entre les créneaux d'un petit entassement rocheux. Et sitôt après leur passage, Miquel a décroché. Lui aussi s'est mis à courir, mais en se retournant très souvent, pour couvrir la retraite. Doigt sur la détente — et tu pourrais chercher, personne, personne au monde ne tire aussi vite et aussi juste que Miquel.

Un peu plus loin, Joan Llull agit de même. Lui, il couvrait le flanc gauche. Il vient de se redresser et trottine, l'œil en alerte. Aucun des gardes du corps, aucun *guardaespaldas* n'a encore prononcé un mot ; ils croisent leurs yeux et bougent un doigt et ça suffit, ils se comprennent. La précision et la sûreté avec lesquelles ils opèrent émerveillent Thomas et l'emplissent de fierté.

On débouche sur un tout petit sentier encaissé entre les chênes verts, les arbousiers et autres arbustes de garrigue à la senteur huileuse. Il s'agit de s'y faufiler sans bruit, de n'y faire bouger aucune feuille. Par endroits, tu dirais que le chemin s'arrête, mais non, tout est prévu, on soulève tel bosquet d'un coup, mine de rien, et l'on passe. Thomas le sait, pour lui la scène n'est pas neuve : depuis des mois et des mois ils l'ont jouée, à deux ou trois reprises ; une fois même, Javier Coll a tiré Thomas de son lit, en pleine nuit, vers trois heures, l'a pressé terriblement, ils ont pris le même itinéraire et dans les mêmes circonstances, avec les trois autres

Espagnols armés couvrant pareillement la fuite, ils ont marché à l'ouest et puis au nord, ont traversé la route nationale, puis la voie ferrée, après quoi ils sont restés une journée entière cachés dans une espèce de bergerie à flanc du Gros Cerveau, en ne rentrant que la nuit suivante, seulement après s'être assurés que ce n'était qu'une fausse alerte.

Le sentier s'interrompt. La route est en vue. Un geste de Javier fige tout le petit détachement. Les autres fois, Tomeo Oliver se trouvait posté en éclaireur pour, justement, surveiller cette route et en permettre le franchissement.

Cette fois, il n'y est pas.

La Bentley blanche de Monsieur Henri parvient au sommet d'une petite côte, et tout de suite après se révèle à main gauche une anse rocheuse, garnie cependant d'une plage de sable.

— Port-Issol, dit Monsieur Henri de son étrange voix de fausset. La villa est un peu plus loin sur la droite. Il n'est même pas six heures, ils dorment. C'est seulement cette nuit, pendant que vous nous arriviez en train, que nous avons été convaincus que c'était la bonne. De toute façon, c'était elle ou l'autre, celle d'Anthéor. Il y avait un gosse d'environ dix ans dans les deux et toutes les deux ont un terrain de tennis.

La Bentley prend à droite une route qui longe le bord de mer.

— Mais à Anthéor le gosse a bien une mère et un père, même qu'ils sont juifs. Nous les avons inscrits sur nos listes, il ne faut rien laisser perdre. Pas le môme de cette villa-ci. Il s'appelle Thomas, c'est soi-disant le petit-fils des gardiens. Les gardiens s'appellent Allègre, Joseph et Alphonsine. Ils ont raconté dans Sanary que c'était le fils que leur fille, Marthe, aurait eu avant son mariage. Le gosse serait né le 14 décembre 1931 à Courthézon dans le Vaucluse. On a vérifié, tout était en ordre, registre d'état civil et acte de baptême. Impeccable. On a failli laisser tomber...

Dans la Bentley, Gregor Laemmle est sur le siège arrière, à la droite d'Henri Lafont (lequel a une très agréable odeur d'homme, fleurant l'eau de toilette de qualité). Un certain Soëft, adjoint de Jurgen Hess, a pris place à côté d'Eddy Pagnon, le chauffeur de Monsieur Henri. Soëft est venu lui aussi attendre Gregor Laemmle à l'arrivée du train de Paris, en gare de Toulon. La Bentley commence à ralentir et, au travers de son pare-brise, une Citroën à traction avant apparaît, garée sur le bord de la petite route.

— ... On a failli laisser tomber mais j'ai quand même insisté. L'instinct, vous diriez. On n'a pas pu retrouver la Marthe, ça fait des années qu'elle est partie vivre en Afrique avec son mari. Alors on a cherché la sage-femme de décembre 1931 à Courthézon et elle, on lui a mis la main dessus à Nice, où à la suite d'un héritage qu'elle aurait fait, elle s'est acheté un appartement et vit tranquillement de ses rentes. Cette nuit, mon neveu Paul et deux de mes hommes lui ont rendu visite ; ils l'ont un peu chauffée et elle a fini par parler : en 1931, la Marthe avait bien eu un enfant mais il était mort-né et c'est un autre gosse, qui avait déjà dans les deux mois d'âge, que Joseph Allègre a déclaré à la place. Et d'un. Et de deux : des Espagnols habiteraient pas loin de cette villa-ci. Derrière, dans la colline. Trois ou quatre, pas bavards, dont un avec la main un peu coupée. Voilà. On y est.

Un petit groupe d'hommes bavarde à côté de la traction avant. Gregor Laemmle connaît déjà ou va connaître chacun des douze hommes qui prendront part à l'affaire de Sanary. Outre Paul Clavié, neveu de Monsieur Henri, il y a là Louis Haré, Jean-Michel Chavez dit Nez-de-Braise, Menigault, Charles Cazauba, Abel Danos le Mammouth, lui-même flanqué de Mohamed Begdane dit Jean-le-Manchot et de Bernard Bonange baptisé la Soubrette, et enfin Alex Villaplana, ancien joueur de football, et Dominique Carbotti, Adrien Estebeteguy et Georges Kaïdjian l'Arménien. La Bentley a stoppé. Paul Clavié rend compte. Il est arrivé le premier sur les lieux, venant directement de Nice et, voilà à peu près trente à quarante minutes, un gosse est sorti de la villa rouge, a marché sur la terrasse et même dans l'allée conduisant au portail, mais il a fait demi-tour et est rentré : « A se demander ce qu'il foutait dehors à une heure pareille. On le voyait à travers les feuilles, on a failli lui sauter dessus. Mais j'étais seul avec Adrien et il y avait la grille à sauter, on a eu peur de manquer le coup. On ne sait pas combien ils sont, dans la villa... »

Il dit aussi qu'une équipe forte de cinq hommes, conduite par le Mammouth, a pris position depuis vingt minutes derrière la villa, sur la route nationale.

— Ils sont sûrement en place, à présent.

Gregor Laemmle descend de la Bentley, dont il ne referme pas la portière. Il contemple la villa rouge, qu'il discerne assez mal en raison d'un mur de clôture et d'une épaisse haie de troènes qui double l'enceinte. Il s'étonne de sa propre placidité et presque de son indifférence. Il est certain que toute l'opération se soldera par un échec. Pour un peu, il l'espérerait, cet échec. A sa gauche, Soëft, grand et blond, yeux clairs, a stupidement dégainé son Lüger et marche, derrière la première ligne des maquereaux, des voleurs, des tueurs français en train d'investir la villa. Et ce ramassis de gouapes écœurantes mettrait la main sur *Elle*?

Machinalement, Gregor Laemmle consulte sa montre et voit qu'il est cinq heures cinquante-trois, au matin du 18 septembre 1942.

Quatre minutes déjà qu'on ne bouge plus. Et trois depuis que Miquel Enseñat est parti en reconnaissance, à sa façon, silencieuse et furtive, le temps de tourner la tête et il n'était plus là. Thomas croit fermement que Miquel l'Invisible serait capable de traverser le rideau de perles d'une boutique sans en faire bouger une seule.

On attend. Thomas cherche à lire sur le visage de Javier la décision qu'il va prendre mais comme à l'ordinaire, ce visage n'exprime rien. Beaucoup de gens ont peur de Javier Coll, Papé Allègre par exemple, qui dit souvent : « Il me donne froid dans le dos, celui-là ! », beaucoup mais pas Thomas. Javier Coll parle peu, en tout cas pas souvent, il ne sourit guère ; ses yeux noirs sont un peu fendus, on sent le poids de son regard quand il se pose sur toi ; il est déjà vieux, il a au moins quarante ans ; il est très grand et paraît très maigre, mais attention : il te soulève un sac de cinquante kilos d'une seule main comme tu le ferais d'un sachet de boules de gomme, et il te casse une noix en la serrant entre le pouce et l'index ; il a toujours deux coûteaux sur lui, un dont la lame rentre dans le manche et s'ouvre avec un déclic, et un autre, plus petit, dans un étui de cuir très plat, attaché à l'intérieur de son avant-bras gauche et tu n'as même pas vu bouger sa main que déjà le couteau a sifflé dans l'air et s'est planté dans le tronc du pin, à une distance incroyable. Thomas n'a pas du tout peur de Javier et d'ailleurs, *Elle* l'a prévenu : « Il est la seule personne au monde à qui tu pourras donner ta confiance... jusqu'à ce point que tu sais, bien sûr... »

— *¡ Cuidado !* chuchote Joan Llull. Il se produit un mouvement sur la route. D'abord un bruit de moteur mais ensuite une voiture paraît. Elle roule très lentement, c'est une traction avant noire, avec deux hommes à son bord dont les regards fouillent les bas-côtés. Et voici qu'elle s'arrête. Les deux hommes descendent, l'air assez tranquille mais quand même en alerte. Ils transportent chacun une mitraillette, d'un air un peu négligent. Malgré la lourde patte de Javier qui lui plaque le nez contre le sol, Thomas continue de regarder et de voir, au travers des feuillages du fourré, et sa mémoire enregistre : l'un des hommes n'a qu'un bras, l'autre est un vrai géant avec un poitrail très puissant et très large. Thomas scrute bien leurs visages et jusqu'à leur façon de marcher, de se tenir, il ne les oubliera plus et désormais les reconnaîtrait même de dos.

Abel. Il y en a un qui se nomme Abel, le manchot vient de l'appeler ainsi. Et c'est justement cet Abel-là qui franchit le fossé, qui avance, droit sur eux, il est au plus à soixante mètres à présent et chaque nouveau pas qu'il fait révèle un peu mieux combien sa stature est monumentale. Si bien qu'une idée s'impose aussitôt à Thomas : Il attend et au vrai il espère que Javier Coll et Abel vont se battre comme des chiens et quand tu as un chien plus fort que tous les autres et qu'il rencontre un chien de la même taille, bien que tu aies peur qu'ils se sautent à la gorge, en même temps tu as très envie qu'ils le fassent, parce que tu sais au fond de toi que ton chien mettra une foutue pâtée à l'autre, peut-être même le tuera ; Thomas a un peu honte de comparer Javier Coll à un chien, « pourtant je l'aime bien », mais c'est ainsi, ces choses lui passent par la tête et il est bien forcé de les constater.

D'ailleurs, rien n'arrive. Parce que dans l'instant où Abel le colosse entame la montée de la butte, alors qu'il n'est plus qu'à quarante mètres, un premier coup de feu part sur la gauche, loin dans la direction de Bandol, et aussitôt après un deuxième, et d'autres, bientôt c'est tout un crépitement. Miquel l'Invisible ou Tomeo ou les deux ont dû tirer et des mitraillettes ont riposté. A la seconde, celui qui se nomme Abel et l'autre, le manchot, courent vers leur voiture, ils y montent, font demi-tour et démarrent très vite, disparaissent. Joan Llull se dresse alors, sur un signe de Javier, il descend vers la route, la traverse et indique que la voie est libre. Thomas et Javier le rejoignent. Très vite, ils sont de l'autre côté. Vingt minutes plus tard, ils marchent encore, d'un très bon pas, ayant franchi la voix ferrée. Contrairement à l'attente de Thomas, cette fois on ne va pas droit sur la bergerie mais au nord-ouest et, tandis qu'il trottine, répétant exactement chaque zigzag de Joan Llull, lui vient la certitude tout à la fois douloureuse et exaltante qu'il part pour toujours, que jamais plus il ne reverra Papé et Mamé Allègre — ni le foutu clebs, mais lui, ce n'est vraiment pas une perte —, que sa petite vie est en train de changer énormément, d'un coup.

Juste après, ils arrivent à la ferme.

Gregor Laemmle se tient debout au centre de la chambre qu'a occupée le petit garçon. Lui, Gregor Laemmle, n'a touché à rien, il a laissé faire Soëft dont la fouille a révélé la présence, dans les placards, de seize boîtes de Meccano toutes intactes, de puzzles (certains de trois et quatre mille pièces et, grand amateur lui-même, Gregor Laemmle a immédiatement noté qu'il s'agit de fabrications spéciales, sur commande, de chez Symington et Travis de Manchester), de toutes sortes d'autres jeux, de quoi combler toute une colonie de vacances.

Dans un autre placard, bizarrement, pas moins de dix douzaines de paires d'espadrilles, de toutes les tailles.

Et partout, des livres. En avalanche. Collections complètes du « Masque » (policiers à couverture jaune, cartonnée, romans d'aventures de la série « Émeraude »), des Jules Verne d'Hetzel, des œuvres intégrales de Louis Boussenard, de Karl May, de Curwood, de Wells, de Dumas, plus les Kipling et Paul Féval, Gustave Aimard, les aventures de Pistol Peter, d'Arsène Lupin et de Rouletabille et de Chéri-Bibi, et de Fantômas. Plus inattendus : *La Dame de Malacca* de Francis de Croisset, *la Condition humaine* de Malraux (« A dix ans ? » s'étonne Gregor Laemmle), *l'Adieu aux armes* d'Hemingway.

Et des atlas, français, britanniques et allemands, une douzaine au moins, tous superbes...

Hurlement sauvage d'une femme, en bas, au rez-de-chaussée de la villa rouge.

... Tous superbes et dont les cartes ont été zébrées de coups de crayon, pour figurer d'imaginaires voyages. Soëft touche ces livres un à un et les feuillette, puis les jette sur le plancher sans ménagement ; lorsque leurs couvertures sont cartonnées, il les lacère d'un coup de rasoir au cas où elles cacheraient quelque chose.

— Pour rien, vraiment pour rien, remarque Gregor Laemmle avec amertume et chagrin.

Il veut dire que, à son avis, nulle part on ne trouvera le moindre document de quelque intérêt et même pas la photo de Maria Weber. Il se détourne, mal à son aise ; il ne supporte pas de voir ces livres ainsi déchiquetés ; il passe dans la pièce attenante : c'est une salle d'étude et de jeux. Grammaires française, espagnole, allemande et anglaise voisinent sur une étagère, mêlées à des dictionnaires et autres ouvrages de référence. Aucun texte manuscrit ; il s'y attendait ; il a noté la présence d'un gros chaudron dans lequel, à l'évidence, le petit garçon doit brûler tout ce qui pourrait constituer un indice.

Sur une très vaste planche posée sur des tréteaux, un puzzle de cinq mille pièces est en cours de reconstitution. Il représente un paysage de cottage anglais, surabondamment fleuri. La moitié des pièces à peu près, dont évidemment les bords, a été déjà mise en place ; le reste est soigneusement trié et réparti par couleurs dans des boîtes à chaussures. Ordre et méthode. Pour un peu, Gregor Laemmle se pencherait et s'absorberait dans la recherche, de ces carmins par exemple qui font partie d'un massif de fleurs, juste sous un colombage et qu'on a alignés avec tant d'habileté et de mémoire visuelle.

Il est pareillement tenté de s'asseoir devant l'échiquier où une partie est entamée, avec avantage aux blancs, qui devraient gagner en cinq... non six coups... à moins que... « Nom d'un chien, j'ai bien failli ne pas remarquer ce cavalier noir du roi. Quel joli piège ! »

Il ressort dans le couloir. Essaie une porte puis une autre. A la troisième, il sait qu'il a trouvé, avant même d'en avoir franchi le seuil.

Qu'il passe à la seconde même où, du rez-de-chaussée, un autre hurlement monte, exprimant, si la chose est possible, plus d'épouvante et de douleur encore que le premier. Gregor Laemmle entre dans la chambre où le parfum de Maria Weber semble flotter encore. Elle est vaste, très délicatement meublée autour d'un lit à quenouilles et courtepointe de dentelle blanche, qui s'ouvre à la pleine lumière de l'aube par quatre fenêtres donnant sur la mer. Dans ce mobilier d'ébène, Gregor Laemmle croit reconnaître le style de Paul Iribe et plus sûrement celui de Jacques-Émile Ruhlmann (il a fréquenté les deux décorateurs). Après trois ou quatre pas, il s'arrête, presque oppressé à force de ressentir ici une présence, « jamais je n'ai été aussi près d'*Elle...* ». *Elle* qu'il n'a jamais vue, il La voit aller et venir dans cette chambre, peut-être remontant du tennis où *Elle* a affronté Lenglen, ou au contraire veillant tard dans la nuit, à refaire inlassablement ses comptes de protector trustee.

Ça ne hurle plus, en bas. Ça geint et ça halète, comme une femme en couches. Écœurant.

Gregor Laemmle se remet en mouvement. Il s'assied où sûrement *Elle* s'est assise, à ce merveilleux bureau Mazarin. Ne prend même pas la peine d'en ouvrir les tiroirs, convaincu qu'il n'y trouverait rien qui vaille, du point de vue de la traque. Il élargit ses yeux jaunes, et tente d'échapper un peu à la puissante émotion qu'il éprouve. A ce point-là ? Quelques instants plus tard, Soëft, qui vient de mettre à sac la salle de jeux et d'étude, entre à son tour dans la chambre et le trouve au même endroit.

— Ne touchez à rien, lui dit Gregor Laemmle sans prendre la peine de tourner la tête.

— Je pourrais..., commence à dire Soëft.

— Foutez-moi le camp, ordonne Gregor Laemmle avec une véritable fureur, presque de la haine.

Il sort enfin, bien après que le grand SS blond soit reparti. Il descend l'escalier et constate que le silence s'est fait, *ça* ne gémit plus du tout, *ça* a fini par se taire. Pénétrant dans la partie de la villa où logent les gardiens, il découvre les raisons de ce silence : on a égorgé le chien et le couple, et celui des hommes de Lafont qu'on appelle Adrien la Main Droite, Estebeteguy de son nom complet, a décapité les trois corps et a interchangé les têtes, celle de l'homme sur le corps du chien, celle du chien sur la femme. Indifférent, Gregor Laemmle enjambe les cadavres et demande si l'on a pu obtenir des renseignements.

Il paraît que oui.

Joan Llull entre seul dans la ferme, tandis que Thomas et Javier Coll demeurent hors de vue, un peu à l'écart au bord d'une petite route, cachés derrière un coupe-vent fait de cyprès et d'ifs. Il faut attendre encore. Thomas s'assoit à même la terre très sèche. Il est un peu fatigué par cette longue marche.

— Est-ce que Papé et Mamé Allègre vont avoir des ennuis ?

— Peut-être un peu, dit Javier.

— On va leur poser des questions sur moi, c'est ça ?

— C'est ça.

— Sur moi et sur d'autres ?

(Il n'a pas réussi à dire *Maman,* et non plus n'a pas voulu dire *Elle.*)

— C'est probable, dit Javier.

— Et des questions aussi sur toi et Miquel et Joan et Tomeo ?

— Papé et Mamé Allègre me connaissent mais ils ne connaissent pas Miquel, Joan et Tomeo.

— C'est vrai, reconnaît Thomas.

Il réfléchit. Et voilà que tout lui paraît clair. Et très pénible aussi.

— *Van a matarlos,* dit-il, en espagnol, dans cette langue les mots ayant pour lui moins de force qu'en français ou en allemand.

— Qui va tuer qui ?

— Tu le sais très bien, *lo sabes muy bien,* dit Thomas. Et il détourne la tête, parcourt l'horizon du regard, sans autre but que de cacher qu'il est au bord des larmes, il suit la ligne de crête des collines et c'est à ce moment-là qu'il enregistre le détail, l'inscrit machinalement dans sa mémoire sans pour l'instant en peser l'importance.

Silence. Rompu par un bruit de moteur. Une camionnette à gazogène sort de la ferme, passe devant eux sans s'arrêter mais lentement. Assez lentement pour que Javier puisse hisser Thomas sur le plateau et y monter lui-même. Après quoi ils s'aplatissent l'un et l'autre, à l'abri des regards en raison des ridelles et d'un entassement de cageots contenant des tomates. Thomas se couche sur le flanc, à même l'acier brillant et chaud du plateau. Il a toujours ses prunelles élargies.

— *Lo sabes muy bien,* dit-il. On aurait dû les emmener avec nous.

— Ils ne seraient pas venus avec nous, répond Javier très doucement.

Trop doucement : il est clair que Javier a compris combien lui Thomas a de chagrin, et qu'il fait de son mieux pour le consoler. Heureusement sans aller jusqu'à le prendre dans ses bras. Thomas ne supporterait pas d'être touché, ni consolé. Par qui que ce soit. Il se recroqueville un peu plus sur lui-même.

— Ils n'auraient pas pu venir avec nous de toute façon, ce n'était pas prévu, dit Javier.

— On arrête d'en parler, dit Thomas.

— *Vale,* dit Javier. Mange une tomate.

Thomas en mange plusieurs. Il a faim, ce ne sont pas des choses qui se discutent. Faim et soif, chagrin ou pas. Une trentaine de minutes plus tard, la camionnette sort des gorges d'Ollioules, elle roule vers le nord mais peu de temps après avoir tra...

— Et l'Hispano ?

— Ils ne la trouveront pas, Thomas.

... Après avoir traversé Saint-Anne d'Evenos, elle quitte la route nationale et s'engage à droite sur un chemin non goudronné, très pentu. — Tu peux te relever, maintenant, dit Javier. Et lui-même se redresse. Thomas l'imite et sur la piste où ils sont, découvre, à deux ou trois cents mètres en arrière d'eux, une deuxième camionnette qui les suit, avec deux hommes à son bord. Il reconnaît Tomeo au volant. Et assis sur le plateau, Miquel, dont il ne distingue que le haut de la nuque.

On progresse quelque temps encore, puis Javier frappe du plat de la main sur le toit de la cabine et Joan stoppe aussitôt. On est dans une espèce de défilé rocheux, et il n'y a plus une seule maison en vue.

— Tu es sûr, pour l'Hispano ?

— Certain, dit Javier.

Les quatre Espagnols mettent pied à terre. Les voilà qui se concertent, dans ce dialecte chuintant et incompréhensible dont ils se servent entre eux et qu'ils appellent *mallorquín*. Exclu, Thomas va s'asseoir sur un bloc de rochers. A aucun moment il ne s'est inquiété de savoir comme *Elle* allait le retrouver, à présent qu'il a abandonné la villa rouge. Sûrement que Javier a fait le nécessaire. Non, en vérité, étant parvenu à écarter de ses pensées Papé et Mamé Allègre, c'est surtout à l'Hispano qu'il pense. Et tout bien réfléchi, il est de l'avis de Javier Coll : « Ils » ne La trouveront pas.

C'est déjà ça.

Il a une envie folle de La revoir, d'être contre *Elle*. Ils ne se diraient rien, peut-être ne se regarderaient-ils même pas, ils seraient côte à côte.

Deux ans qu'il ne L'a pas vue. Deux ans. C'est vraiment très très dur.

— Les propriétaires officiels de la villa sont des Suisses qui...

— Ça ne m'intéresse pas du tout, dit Gregor Laemmle.

Lafont rit : — D'accord. Alors, la femme. Les Allègre ne la connaissaient que sous le nom de Sophie Lamiel. Joseph Allègre travaillait aux chantiers navals. Un soir d'octobre 1931, elle est venue chez eux, au volant d'une Bugatti. Elle était au courant, pour la Marthe qui était enceinte sans être trop mariée ; elle a proposé que la Marthe prétende accoucher de jumeaux, et qu'elle arrangerait tout ; elle a mis deux cent mille francs sur la table.

— Détails sans intérêt, on passe.

— On passe. Jusqu'en 1933, elle a habité avec eux et son fils. Elle n'a jamais dit que c'était son fils, d'ailleurs, les Allègre n'ont fait que supposer. En 1933, elle est partie en emmenant le gosse avec elle, elle est restée quatre ans sans revenir mais chaque année elle a payé le voyage aux gardiens pour qu'ils puissent rendre visite à leur soi-disant petit-fils. Les Allègre sont allés ainsi en Suisse, en Italie, en Espagne.

— Où, en Espagne ?

— Palma de Majorque. Un hôtel. Les Allègre ne l'ont jamais vue que dans des hôtels, des palaces à chaque fois. Ils n'ont jamais su où elle habitait vraiment. Elle a ramené le gosse en 37, l'a laissé, a commencé à s'absenter de plus en plus souvent, parfois elle était des mois sans apparaître. Elle téléphonait au gosse, en allemand. Le gosse parle l'allemand, l'espagnol et l'anglais et pas mal l'italien, il est intelligent comme trente-six diables. Les Allègre ont essayé de le mettre à l'école à Sanary mais ça n'a pas marché, le môme refusait d'ouvrir la bouche ; pour finir, on lui a fait suivre des cours par correspondance. Il a trois ans d'avance sur le programme. Au moins. En 39, arrivée de l'Espagnol.

— Celui qui a deux doigts en moins.

— Celui-là. Petit doigt et annulaire gauches. Plus grand que moi, dans les un mètre quatre-vingt-dix...

— Une photo ?

— De lui ? Rien. D'elle non plus. Aucune. Une fois, en Suisse, le père Allègre a voulu se servir d'un petit Kodak, il a pris la femme Lamiel et le gamin. Un type a surgi et a arraché le film de la boîte. Le type s'appelait Miguel ou Michel.

— Ce n'était pas l'Espagnol ?

— C'était un autre. Les Allègre ne l'ont vu qu'une fois mais ont toujours eu l'impression qu'il était en permanence autour d'eux, à rôder sans être vu.

— Qui a présenté le grand Espagnol aux Allègre ?

— Elle, la femme Lamiel.

— Ne l'appelez pas la femme Lamiel, s'il vous plaît, dit doucement Gregor Laemmle. Dites *Elle*.

— C'est *Elle* qui l'a présenté aux Allègre, disant que le Xavier Gimenez La représenterait désormais et que eux les Allègre devaient obéir au Gimenez.

— Quand était-ce ?
— Fin 39. Il y a presque trois ans.
— Une liaison entre Gimenez et *Elle* ?
— D'après les Allègre : sûrement pas.
— Les gardiens connaissaient les autres Espagnols ?
— Ils ne les ont jamais vus.
— L'Hispano-Suiza ?
— Ils ne connaissaient même pas son existence.
— Vous me déposez ici, dit Gregor Laemmle.

La Bentley stoppe à la jonction d'un chemin non asphalté et de la route. Bandol est sur la gauche, en vue. Gregor Laemmle descend de la voiture et rectifie l'ajustement de son panama. Il est ce jour-là vêtu d'un complet de tussor crème, coupé sur mesure, à Londres, vingt-six mois plus tôt et avec lequel il serait allé villégiaturer à Venise pour relire Thomas Mann peut-être, si *Schädelbohrer* ne lui était tombé sur la tête.

— D'accord, dit Lafont, je reconnais qu'on a plutôt foiré ce coup-ci. Mais on vous a quand même déniché la maison, le nom de l'Espagnol, celui du gamin, qui s'appelle Thomas et...

— Mais pas l'Hispano.

Gregor Laemmle sourit aimablement à Lafont, qu'il trouve très séduisant, « il a des cuisses superbes ».

— Nous n'avons pas retrouvé l'Hispano, concède Lafont. Pas encore. Mais on mettra la main dessus. Sur cette putain de voiture, sur *Elle,* sur les Espagnols et sur le môme. J'ai plein d'amis qui peuvent m'aider.

— Dans le Milieu ?

— Ce sont de vrais hommes, qui ne demandent qu'à me rendre service. J'en fais ce que je veux, de ces types. Je suis le patron.

— Je vais y réfléchir, dit Gregor Laemmle avec bienveillance.

— Il sait que Lafont, pour constituer son étrange armée personnelle, s'est notamment rendu en personne à la prison de Fresnes à Paris et y a fait libérer d'un coup vingt-cinq ou trente détenus de droit commun, sans autre loi que la sienne.

— Autre chose : on est le 18 septembre et c'est l'anniversaire du petit. Sauf l'année dernière, elle, la fem... la madame Lamiel est toujours venue pour faire la bise au môme.

— *Elle* ne viendra pas, dit Gregor Laemmle souriant toujours. Il ne servirait à rien de mettre en place une souricière. Je suis sûr qu'*Elle* ne viendra pas. Et ma réponse à votre autre proposition est non également.

Lafont éclate de rire.

— Je vous ai proposé quelque chose, moi ?

— Vous alliez le faire. Vous alliez remarquer que tôt ou tard, on trouvera ces cadavres dans la villa rouge, on pensera que les Espagnols sont les assassins, puisqu'ils auront disparu, dès lors la police et la gendarmerie française où vous comptez des amis vont frénétiquement se lancer à leur recherche.

— C'est vrai que j'en ai quelques-uns, dit Lafont très gaiement. Les temps ont un peu changé. Flics ou pas, il y a toujours des types pour savoir d'où vient le vent.

— Ça ne m'intéresse pas le moins du monde, dit Gregor Laemmle.

Il referme lui-même la portière de la Bentley, en sorte que Lafont est contraint de baisser la vitre pour les derniers mots de leur conversation.

— Je ne veux pas être payé cette fois-ci, dit Lafont. Je n'ai pas réussi, donc pas d'argent. Je ne veux rien.

— Tant de conscience professionnelle vous honore.

— Mais je n'ai pas dit mon dernier mot. Je vous apporterai la tête de ces Espingouins sur un plateau. Pour le gosse et surtout la femme, vous les aurez vivants.

— Je m'en réjouis d'avance, dit Gregor Laemmle.

— Vous voulez vraiment qu'on vous laisse seul au bord de cette route ?

— C'est exactement cela : je veux que vous me laissiez seul au bord de cette route. Cette route me plaît infiniment.

Il suit des yeux la Bentley blanche jusqu'à ce qu'elle ait disparu dans Bandol. Alors seulement il lève une petite main potelée et peu de temps après apparaît la voiture immatriculée à Genève avec Jurgen Hess à son volant. Gregor Laemmle s'assied à l'avant, ôte son panama et constate avec une répulsion véritable qu'un peu de transpiration en macule la coiffe : « Je suis sale ! » Il en ressent un grand malaise. L'hygiène corporelle...

Jurgen Hess, tout en parlant, déploie une carte routière Michelin.

L'hygiène corporelle a toujours été une obsession pour Gregor Laemmle. L'un des très rares souvenirs heureux qu'il conserve de son enfance, ce sont ces bains quotidiens, que lui donnait sa gouvernante, une Suissesse à la grande carrure, aux grosses et dures mains d'homme ; elle le lavait, ou mieux le récurait avec une méticulosité bouleversante, tournant et retournant son petit corps d'enfant si doux et si tendre, dans l'eau tiède et parfumée.

— Ils sont exactement ici, à deux ou trois kilomètres près, dit Jurgen Hess. Et son doigt dessine un petit cercle sur la carte, à la droite du Beausset. L'enfant est dans une camionnette à gazogène qui transporte des légumes. Deux hommes l'accompagnent, dont le grand maigre. Et derrière, une autre camionnette, avec encore deux hommes, ceux qui ont fait diversion en tirant sur les hommes de Lafont. Nous avons le numéro des deux véhicules. Ils roulent au nord-ouest. Cette zone où ils sont est déserte et très montagneuse, ils ne peuvent en ressortir qu'en trois endroits par le sud-est, vers Solliès-Toucas, au nord-nord-ouest vers Signes, ou bien plein ouest en direction du massif de la Sainte-Baume.

— Et vos hommes sont postés à chacun de ces endroits ?

— J'ai exécuté vos ordres, répond Hess.

— C'est notre bien-aimé Führer qui va être content, dit Gregor Laemmle.

Mais si répugnant qu'il se sente, avec cette sueur sur son corps, il n'en éprouve pas moins une certaine exaltation. La partie commence enfin, au terme d'interminables préliminaires. Il a joué lui-même le premier coup, l'adversaire a riposté à tous égards comme il avait prévu qu'il le ferait. C'est très satisfaisant.

Ses yeux jaunes luisent.

Thomas essaie de voir l'heure au soleil, mais il n'y a pas de soleil, rien qu'une aveuglante lumière blanche qui noie tout et traque avec acharnement chaque petit morceau d'ombre. Dans cette blancheur pulvérulente et ce monde sec de rocaille, Thomas retrouve l'Espagne. Il est en Espagne avec *Elle,* ils viennent une fois de plus de quitter une maison, celle de Murcie, ils remontent au nord ; *Elle* a fait halte et improvisé un pique-nique, en cet été 37 ; c'est Joan Llull qui conduit la voiture et Miquel Enseñat est déjà là, lui aussi, soignant sa blessure de la bataille de Teruel. Javier, lui, ne les a pas encore rejoints ; à cette époque, il est encore à se battre, sur sa femme et ses deux fils la bombe n'est pas encore tombée, il a encore son cabinet d'architecte à Barcelone, son grand appartement près de la plaza de Cataluña, sa belle maison blanche de Soller à Mallorca où *Elle* et lui, Thomas, ont passé presque trois mois l'année précédente, en 1936 ; la main gauche de Javier est intacte, son dos est vierge de l'épouvantable entaille qui l'obligera à remettre lui-même ses intestins en place dans son abdomen (Tomeo racontera plus tard cette histoire à Thomas) et à marcher des kilomètres ainsi ; Javier n'est pas encore tout à fait mort à l'intérieur de lui-même, il pleure sur son Espagne en train de se suicider et de se partager en deux.

C'est ce jour-là, alors qu'ils sont *Elle* et lui, Thomas, assis sur le marchepied de la Voisin C 24 Carène, qu'*Elle* lui apprend qu'il va rentrer en France, qu'il redeviendra le petit-fils officiel de Papé et Mamé Allègre et donc ne vivra plus vraiment avec *Elle* et « s'il te plaît Thomas mon fils ne pleure pas, je n'ai pas trop de courage moi-même et si tu pleures, je vais me mettre à pleurer aussi... ».

Ce jour-là en Espagne, il y avait la même blancheur éblouissante dans tout le ciel et la même chaleur bourdonnante. Comme aujourd'hui, tandis que Javier Coll et les trois autres continuent à n'en plus finir de se concerter en *mallorquín.*

Mais tout de même leur conciliabule prend fin.

Javier marche vers Thomas et vient s'asseoir aussi sur le bloc de rochers. Il met un moment à se décider à parler, ce qui est bien le signe qu'il a beaucoup à dire.

— La première chose, dit-il enfin, est qu'ils t'ont trouvé. Je ne sais pas comment ils ont fait mais ils y sont arrivés, c'est cela qui compte. Est-ce que dans ta chambre ?...

— Ni dans ma chambre ni ailleurs je n'ai rien laissé d'important, dit Thomas. Ils pourraient tout fouiller pendant dix ans.

— *Muy bien.* Tu as vu les deux hommes sur la route ?

Thomas acquiesce.

— Donc, tu les reconnaîtras désormais. Thomas, à présent, je voudrais que tu réfléchisses bien, que tu repasses dans ta mémoire tout ce qui est arrivé ce matin depuis la seconde où tu t'es éveillé.

Thomas prend son temps. Il a compris où Javier veut en venir. Il met tout en ordre dans sa tête. Il dit :

— J'ai fait deux erreurs. L'une a été de sortir de la maison, de marcher sur la terrasse et dans l'allée, alors que je sentais quelque chose ; l'autre a été de garder pour moi cette impression. J'avais trop envie de voir l'Hispano et je ne vous ai parlé de rien.

(Thomas dit « vous » à Javier quand il lui parle en français, mais le tutoie en espagnol.)

— *Muy bien,* dit Javier. Tu comprends pourquoi je te fais prendre conscience de tes erreurs ? Réfléchis bien.

— C'est tout réfléchi, dit Thomas. A partir d'aujourd'hui, tout est changé. Ils m'ont retrouvé et ils ne vont plus arrêter de me chercher, partout où on ira. Ils savent que j'existe et comment je m'appelle et à quoi je ressemble. Et il ne faudra plus faire d'erreur du tout.

Javier Coll baisse la tête puis la relève. Ses yeux noirs sont légèrement troubles. « Il pense à ses deux fils qui sont morts », se dit Thomas à lui-même, « il me compare à eux et à ce qu'ils auraient pu devenir si la foutue bombe ne les avait pas tués et il est très malheureux. »

— Tu es très intelligent, Thomas, terriblement intelligent. Ça fait presque peur, par moments.

(Du coin de l'œil, Thomas note que les trois autres Espagnols bougent, eux aussi ; ils viennent pour écouter ses réponses, on dirait ; mais pas seulement pour cela : Miquel manœuvre, très lentement et très adroitement, l'air de rien, juste comme quelqu'un qui recherche l'ombre ; sauf que ce n'est sûrement pas son vrai but, c'est très clair que Miquel va disparaître, il va s'effacer ; Miquel est comme une fumée, soudain elle se dissipe et tu ne vois plus rien.)

— Normalement, dit Javier, on ne dit pas ces choses à un petit garçon, on ne lui fait pas des compliments pareils, ça pourrait lui enfler la tête. Mais je ne crois pas que ça risque de t'arriver. N'empêche que j'ai peur pour toi. *Es muy difícil,* il est très difficile de vivre avec une machine qui tourne jour et nuit dans la tête, dans la situation où tu es, ça pourrait être très dangereux. Parce que tu pourrais avoir trop de confiance en toi et croire que les autres qui te recherchent sont faciles à tromper. Tu comprends ?

— Je comprends, dit Thomas.

Il sourit à Javier très gentiment. Il ne se rappelle pas avoir jamais entendu Javier Coll parler aussi longuement. (Sauf il y a des années, quand *Elle* et lui Thomas se trouvaient dans la maison de Majorque, mais c'était un autre temps, une autre vie, Javier avait de la gaieté, alors.) Thomas aimerait beaucoup dire à Javier combien il est triste, pour ses deux fils tués par la bombe, mais ça n'arrangerait rien, les choses qui vous font vraiment mal, moins on en parle et mieux ça vaut ; comme pour Papé et Mamé Allègre, on arrête d'en parler et on enfouit le souvenir au fond de soi, le plus profond possible, il n'y a pas d'autre solution.

— Je ferai très attention, dit Thomas.

— *Muy bien,* dit Javier. *Vale.*

Il se lève à son tour. Tous les Espagnols sont maintenant debout devant Thomas, assis sur son rocher, avec son béret sur la tête et les jambes pendantes dans le vide, seul comme devant un tribunal.

Tous les Espagnols sauf un. Car voilà, c'est fait, presque sans déplacement visible, en tout cas sans bruit, sans aucun signe, Miquel a disparu, il s'est effacé.

— Thomas, dit Javier, quand Miquel et Tomeo ont tiré avec leurs fusils pour nous permettre de passer, Miquel a vu quelqu'un sur les hauteurs, très loin, quelqu'un avec des jumelles qui regardait tout, un homme grand et blond. Et il y en avait un deuxième dans la direction de Bandol, à guetter de même.

Le détail revient aussitôt à Thomas, détail qu'il avait machinalement rangé dans un coin de sa mémoire, tandis que, assis sur la terre sèche, il attendait que Joan vienne les embarquer sur la camionnette.

— Un homme sur une motocyclette, à un kilomètre au moins. Il avait des jumelles, je crois.

Un homme dont il aurait dû aussitôt signaler la présence, mais il en était alors à tenter de refouler son grand chagrin, pensant à Mamé et Papé Allègre et...

— Ça va, Thomas, dit Javier.
— C'est une troisième erreur que j'ai faite.
— On arrête d'en parler, Thomas.
— *Vale,* dit Thomas.
— On parle plutôt de ce que signifie la présence de ces hommes. Tu serais un petit garçon ordinaire, on ne te mêlerait pas à ces choses, nous ne te dirions que ce que tu dois faire et tu le ferais, puisque nous sommes responsables de toi, quoique nous ayons commis des erreurs graves, nous aussi. Mais tu n'es pas un petit garçon ordinaire. Et tu comprends ce que veut dire la présence de ces hommes, *no*?

Thomas prend à nouveau le temps de réfléchir. Il acquiesce.

— Il y a deux groupes d'hommes, dit-il. Un premier qui doit entrer dans la villa pour me prendre, et un deuxième qui ne fait rien d'autre que nous suivre. Peut-être qu'il y a deux chefs qui ne sont pas d'accord entre eux. Ou bien...
— Continue, dit Javier.
— ... Ou bien il y a un seul chef mais il est très malin, il a deviné que le premier groupe ne réussirait pas à me prendre à cause de vous et que la seule chose intelligente à faire était d'essayer de nous suivre. En nous laissant croire que nous avions réussi à nous échapper. Peut-être pour me prendre plus tard, à coup sûr. Ou peut-être...
— Continue, dit Javier.
— Ou peut-être...

Thomas s'interrompt encore. Parce que tout est devenu extraordinairement et épouvantablement clair.

— Peut-être pour obliger *quelqu'un* à venir me rechercher et pour attraper ce *quelqu'un.*

(Toujours cette impossibilité de dire « Maman ».)

Silence. — *Muy bien,* dit Javier d'une voix sourde et comme étranglée. Seul parmi les trois hommes qui lui font face, Tomeo sourit à Thomas, avec une amitié chaleureuse. Tomeo est le plus gai, le plus jeune des quatre Espagnols ; il a dix-huit ans et demi, il ne sait pas lire, et quand Thomas veut partager le plaisir d'une lecture, Tomeo est l'interlocuteur idéal. Des après-midi entiers, il peut écouter, fasciné, le récit (pas mal enjolivé par l'imagination de Thomas) des aventures de Rouletabille, de Pistol Peter ; il sourit à Thomas comme à un petit frère qui vient de répondre brillamment à un examen très difficile et dont on est sacrément fier.

Thomas lui retourne son sourire. Mais la mécanique dans sa tête continue de tourner, et le torture ; il a reconsidéré tout son raisonnement et le trouve logique, irrémédiablement. Et il voit bien que Javier Coll a calculé de même ; Javier n'a pas besoin de moi pour lui expliquer ces choses, il souhaite seulement que je parvienne à la même conclusion que lui.

Thomas fixe le sol entre ses pieds et demande :

— Est-ce qu'*Elle* devait venir, pour mon anniversaire ?

— Oui. Surtout qu'*Elle* n'avait pas pu venir l'année dernière.

— *Elle* est en France ?

— Je ne sais pas encore. Je ne sais pas où *Elle* est. Je devais le savoir aujourd'hui.

— Et si *Elle* allait à la villa rouge ?

Javier secoue la tête : non. Il assure qu'il n'y a aucun risque, heureusement, de ce côté-là.

— C'est moi qui devais t'amener à *Elle,* Thomas.

— Sauf que ça n'est plus possible, maintenant, dit Thomas, complètement déchiré par cette conclusion à laquelle sûrement Javier voulait qu'il arrive, et à laquelle il est arrivé.

— Sauf que ce n'est plus possible maintenant, reprend Javier gagné par le chagrin et la honte. Et les deux autres, Joan et Tomeo, détournent la tête, leurs visages montrent la même tristesse, il y a presque des larmes dans les yeux de Tomeo.

— Ce n'est plus possible maintenant, dit Javier. Pas avec ces hommes qui nous suivent et dont nous ne savons pas combien ils sont. Nous en avons vu deux ou trois, mais peut-être qu'ils sont trente ou quarante, ou davantage encore, peut-être qu'ils sont partout autour de nous. Et tu as très bien compris, Thomas : je crois qu'ils attendent que je te conduise à ta mère.

— Il ne faut pas qu'ils La prennent, dit Thomas, comme il annoncerait sa propre mort.

— Il ne le faut pas.

— Je préfère ne pas La voir, dit Thomas.

En disant cela, il sent sa gorge se durcir, il est obligé d'en arracher chaque syllabe, la tête lui tourne, il a très envie de vomir et s'accroche avec un énorme désespoir au rocher sur lequel il est assis. Parce que c'est horriblement difficile à dire, pour lui qui depuis deux ans, compte les mois, les semaines, les jours et les heures dans l'attente de La revoir, c'est la chose la plus difficile qu'il ait jamais faite.

— *Creo que,* je crois que malheureusement c'est plus raisonnable. C'est une décision très courageuse, Thomas. Mais il faudra que j'aille La voir et que je réussisse à Lui parler de quelque façon, sans être suivi par quiconque. *Elle* a sûrement très envie de te voir, *Elle* aussi. *Elle* en a tellement envie qu'*Elle* est capable de courir les plus grands risques.

— Vous devez Lui dire que je ne veux pas La voir, et qu'*Elle* ne doit pas chercher à me voir. Que c'est moi qui le Lui demande. Dites-le Lui bien.

Javier Coll hoche la tête et il est clair qu'il a beaucoup de mal à parler, lui aussi. Un silence pénible s'installe, rompu par le sifflement parfois crépitant des gazogènes.

Si bien que le petit bruit qui se fait alors entendre est comme un soulagement pour tout le monde. Le bruit est celui d'un caillou minuscule qui vient frapper le sol, non pas tombé du ciel par hasard mais lancé par quelqu'un, à la façon d'un signal. Thomas va relever la tête quand il note que ni Javier ni les deux autres n'ont réagi, pas un ne regarde en direction des rochers d'où le caillou a certainement été envoyé.

Thomas ne bouge pas davantage.

Il entend Javier parler et Javier le fixe, lui Thomas, comme s'il s'adressait encore à lui. Sauf qu'il s'exprime en *mallorquín.*

Langue que Thomas ne comprend pas. Toutefois, il y entre bien assez de castillan et de français pour qu'il saisisse le sens général. Pas de doute : Javier et Miquel l'Invisible discutent au sujet d'un homme à moto qui les guette avec des jumelles à quelques centaines de mètres.

Que Miquel va rabattre comme un gibier...

Et que l'on va tuer.

« J'espère », pense Thomas avec une haine incroyablement féroce, « j'espère qu'ils le feront beaucoup souffrir, avant de le tuer ! »

Au cours des années qui vont suivre, Gregor Laemmle (assez nonchalamment à vrai dire) s'interrogera sur les autres déroulements possibles de l'histoire dans le cas où, à Sanary, il eût employé une tactique différente. Il lui paraîtra toujours évident que, renforçant les hommes de Lafont par ceux de Jurgen Hess, voire en faisant appel à d'autres mercenaires français, il aurait pu investir la villa et s'emparer de l'enfant dès le 18 septembre 1942. (A supposer bien entendu que le prétendu Xavier Gimenez, l'Homme à la Main Coupée, n'ait pas eu d'autres tours dans son sac.)

En peu de temps, l'affaire aurait été définitivement réglée, « et toi Gregor Laemmle, ayant bouclé *Schädelbohrer* à la grande satisfaction de ces sinistres abrutis de

Berlin, tu te serais retrouvé affecté à quelque mission imbécile, peut-être même contraint d'arborer ce grotesque uniforme noir qui te serait allé comme un tablier en vichy à une vache tyrolienne ».

Il pensera toujours qu'il a fait le bon choix, lors de l'affaire de Sanary. Il le pense déjà en ce mois de septembre, trente heures après l'attaque de la villa rouge. Il est à Bandol. Où il n'était encore jamais venu mais qui lui plaît beaucoup, à croire que les échos de la guerre n'y ont jamais retenti. La veille au soir, il a dégusté une bourride, payée au prix du caviar et, puisqu'il est officiellement suisse, il a eu la délicatesse de ne s'exprimer qu'avec un fort accent vaudois. L'expérience l'a enchanté. On l'a pris pour un imbécile et « être pris pour un imbécile par des cons est un plaisir rare ». Au matin, tôt levé et tiré du sommeil par le crissement des cigales, il est allé promener son ventre potelé au long de la plage de Rènecros. Il y a vu de fort jolies femmes, qui l'ont laissé complètement indifférent, et des adolescents bronzés qui ont éveillé en lui des émotions anciennes. A présent, il marche sur le boulevard Louis-Lumière, vêtu d'un autre de ses costumes coupés à Londres, chaussé d'admirables mocassins bicolores de chez Celestini à Milan, coiffé d'un bouleversant panama blanc à bande jaune d'œuf. Et il écoute patiemment Jurgen Hess lui faire le rapport de ses échecs.

— Nous les avons perdus, dit Jurgen Hess. J'avais un homme sur leurs talons, il les suivait à moto, il a disparu, sans doute l'ont-ils tué. On a retrouvé sa moto devant la gare de Toulon. Une des camionnettes aussi a été retrouvée, sur un chemin forestier, à quelques kilomètres de la route départementale reliant Le Camp à Signes. Si vous m'autorisez à faire appel à la police française que nous avons les moyens de faire agir, par Lafont, nous...

— Non, dit Gregor Laemmle, suave.

— Ce serait déjà le moyen de connaître le nom des propriétaires des deux véhicules.

— Je suis sûr, dit Gregor Laemmle, qu'ils ont pensé que nous pourrions le faire. Ça n'a donc aucun intérêt. Trouvez mieux.

De son côté, il cherche. Il ne fait que cela. Voilà plus de trente heures qu'il essaie de se mettre dans la tête d'une femme. Dont l'intelligence serait — le cas est rarissime — égale à la sienne (supérieure serait quand même trop). Un duel très intéressant en vérité. Passionnant même. A sa place, étant Maria Weber, j'aurais envisagé l'investissement de la villa, et la capture du couple des gardiens, et les aveux de ces derniers. Je ne leur aurais donc confié rien d'essentiel — ni même d'accessoire. J'aurais pris toutes mes précautions pour que, contraint d'abandonner la villa rouge, mon fils et ses gardes du corps puissent rapidement gagner un refuge sûr, que j'aurais bien évidemment préparé de longue date. Hors de France, cela va de soi. Mais avant de les faire sortir de France, j'aurais établi une première position de repli, un relais. Quelque chose de confortable et de bien quiet. Voyons un peu, qu'aurais-je fait, moi qui suis si intelligente ?

— Ils n'ont pas pu s'embarquer, est en train de dire Jurgen Hess. Un policier ami de Lafont a fait contrôler tout ce qui flotte, y compris les bateaux pour la Corse. Le contrôle est encore plus strict depuis hier matin. Vous m'y aviez autorisé : j'ai offert un million pour l'Homme à la Main Coupée et deux cent mille francs pour chacun des autres Espagnols.

— Excellent, dit Gregor Laemmle.

Qui réfléchit beaucoup : je serais Maria Weber, j'aurais choisi une position de repli pas trop loin de Sanary. Parce qu'on voyage mal, par les temps qui courent ; les transports en commun sont surchargés, les contrôles sont nombreux, ne serait-ce qu'à cause du marché noir. J'aurais donc opté pour quelque chose à... disons cent kilomètres — au plus — de la villa rouge ; un gamin escorté de quatre Espagnols patibulaires, ça ne passe pas trop inaperçu. Surtout quand c'est poursuivi. Premier point. Et le deuxième : je ne les aurais pas installés à la campagne, dans une maison isolée. Tant que je pouvais croire qu'on ne recherchait pas mon fils, ça pouvait aller, mais plus maintenant ; c'est fragile, une maison isolée, ça vous a l'air complètement désert mais il se trouve toujours un gai laboureur pour noter votre arrivée, vos déplacements et la marque de vos caleçons suspendus à la corde à linge. Alors qu'en ville on peut cohabiter dix ans avec un voisin de palier sans rien connaître de lui que le nom qu'il a mis sur sa porte. J'aurais installé mon fils et ses janissaires dans une ville, à moins de cent kilomètres de Sanary. En attendant bien sûr de les extraire de France où villégiaturent ces ignobles nazis.

— J'ai également, annonce Jurgen Hess, alerté nos réseaux de Rome, Madrid et Genève, dans le cas où les Espagnols tenteraient un passage immédiat de la frontière.

Moi Maria Weber, j'aurais choisi entre Marseille, Aix, Avignon peut-être, et Toulon, Cannes et Nice, tous endroits qu'on peut gagner rapidement, en moins d'une demi-journée, au départ de la villa rouge ; où l'on peut se réfugier très vite, d'un seul bond furtif de souris, avant que les recherches puissent s'organiser ; où l'on peut se fondre immédiatement dans la foule citadine.

— Ce matin à Sanary, dit Jurgens Hess, le facteur a été surpris du silence. Il est entré, il a découvert les cadavres, a alerté la gendarmerie. Les soupçons de celle-ci se sont portés sur Gimenez. J'ai cru judicieux de faire savoir aux gendarmes que quatre Espagnols vivaient aux alentours et non un seul.

— Admirable, dit Gregor Laemmle. Quelle subtilité diabolique !

Je suis donc Maria Weber et, me connaissant comme je me connais (quoique je ne me sois jamais vue !), j'ai installé mon fils dans le cœur d'une ville. Dans un immeuble évidemment, à plusieurs étages ; pas dans une maison isolée, encore une fois. Dans un appartement, mais très vaste — je ne peux décidément pas cloîtrer mon fils chéri dans un deux-pièces et qu'est-ce que je ferais des Espagnols ? Comme je suis une femme qui aime les belles choses et que j'ai beaucoup d'argent, le décor est beau. D'ailleurs, des voisins riches sont moins curieux et moins familiers que la normale. L'appartement est plein de livres : mon fils ne pourrait vivre sans eux, surtout s'il doit rester des jours et des jours sans mettre le nez dehors. Et attention, voici une idée intéressante : *l'appartement est déjà occupé quand mon fils y arrive !* Forcément : sans quelqu'un pour baliser le terrain d'atterrissage, l'irruption de quatre Ibères armés et d'un garçonnet attirerait l'œil. Il est occupé par un soi-disant tonton, ou une tata, ou les deux, ou par d'autres grands-parents pourquoi pas, comme à Sanary.

— On se tait un peu, Jurgen. Je pense.

Pour la ville elle-même, j'irais où je suis allée avant-guerre, au temps heureux où je jouais les garçonnes... A Cannes ? C'est bien, Cannes... Pas Marseille, en tout cas, je déteste Marseille, c'est plein de grosses femmes avec du poil sous les bras. Cannes, donc... ou Nice.

Ou Aix.

J'ai sûrement dû aller à Aix quand j'étais jeune fille. J'y ai fait les antiquaires et les librairies. Tout comme le merveilleux et si cultivé et si intelligent Gregor Laemmle. Comme lui, j'ai peut-être rêvé d'enseigner là-bas, la philosophie par exemple, à des Provençaux sceptiques que j'aurais cloués par mes répliques virulentes, enseigner là-bas et vivre dans quelque bastide aux alentours du Tholonet, en vue de la Sainte-Victoire de Cézanne.

Aix.

Il faut bien commencer quelque part, après tout.

Pour les gendarmes activés par Jurgen Hess, je m'en fous complètement. Je ne les crois pas du tout capables d'attraper l'Homme à la Main Coupée. Il est bien trop intelligent pour eux.

L'Homme à la Main Coupée, quel surnom superbe ! A croire que nous jouons tous un film de Fritz Lang.

L'une après l'autre, Thomas parcourt les pièces de l'appartement. Qui est grand et très curieusement fait : sa fantaisie le dispose en arc de cercle. Thomas va de pièce en pièce, en ouvre les portes, regarde et passe. Dans trois pièces consécutives, des livres. Mais enfermés derrière du grillage ou, pire, du verre. Des prisonniers.

Droite, gauche, droite : à chaque nouvelle porte ouverte et refermée, Thomas reprend l'épine dorsale du couloir, dont le parquet craque. « Je déteste cette maison, je déteste cette maison, je déteste cette maison. » Il arrive en vue du grand salon. La porte est entrebâillée. Elle découpe un étroit rectangle de lumière. Odeur de pipe. Thomas oblique, de façon à frôler le mur opposé, à la fois pour passer au large et pour faire le moins possible craquer ces foutues lames de parquet. Il traverse le rai de lumière mais la voix le rattrape.

— Thomas ?

Il s'immobilise.

— Je suis heureux de constater que tu t'es enfin décidé à quitter ta chambre, Thomas.

Il attend. La voix d'homme qui lui parle est douce, bienveillante, attristée, mais ce sont justement cette douceur, cette bienveillance et cette sollicitude qui enragent Thomas. Il ne veut pas être consolé. Par personne.

— Tu ne veux pas entrer, Thomas ? Il paraît que tu joues très bien aux échecs.

« Il va me mettre au défi de jouer contre lui », pense

Thomas dans la seconde, « rien que pour m'attirer vers lui ! » Nouvel accès de fureur. Il se remet aussitôt en marche, sans plus se soucier du bruit qu'il peut faire, et dans la pièce qu'il vient de dépasser, la voix du colonel, qui est son nouveau grand-père, dit :

— Si tu me donnes un pion, je crois que je pourrais te tenir tête. Ou essayer, du moins.

« En tout cas, il n'a pas proposé de me donner un avantage et ne parle pas de me battre ! » se dit Thomas, pris un court instant d'un léger remords. Mais il poursuit et une dizaine de mètres plus loin, le corridor ayant fortement tourné à gauche, il débouche sur la grosse porte qu'il a repérée la nuit précédente, mais qu'il n'a pas ouverte alors — déjà il avait produit un bruit du diable rien qu'en tripotant la clenche dans l'obscurité. Cette fois-ci, un escalier droit se dresse de l'autre côté du battant. Il monte. La porte tout en haut est munie de deux verrous qu'il suffit de tirer. L'instant d'après, Thomas est au cœur d'un embrasement d'étoiles, en pleine nuit et en plein ciel. Après les quatre jours de claustration qu'il s'est imposés, il revit et respire avec avidité. Trois pas le portent sur un chéneau de pierre entre deux toits. Un vent tiède l'enveloppe, chargé de la senteur des tuiles romanes chauffées par le soleil du jour passé. De la lumière d'acier noir, ses yeux s'accommodent très vite : s'il ne distingue pas la ville sous lui, il découvre en revanche l'architecture tectonique des toitures imbriquées très étroitement entre elles, à se demander si des rues existent vraiment, en dessous. Il repère la silhouette humaine du guetteur proche de lui mais accolée à une cheminée jusqu'à faire corps avec elle. Il voit surtout le gros clocher hexagonal de la cathédrale Saint-Sauveur par-delà la tour de la cloche elle-même coiffée de son araignée de fer.

Il est à Aix-en-Provence.

Gregor Laemmle est à moins de vingt mètres de son gibier, quoiqu'il n'en sache rien encore. Il ne le sait pas et néanmoins a comme un pressentiment. Il a refait vingt fois son raisonnement de Bandol et dix-huit fois sur vingt l'a trouvé sans faille. (Complètement idiot, certes, mais irréfutable, du point de vue de la logique et de ce qu'il sait de Maria Weber.)

Et d'ailleurs, a-t-il le choix ? Ou bien suivre son instinct de chasseur ou bien se fier à un Jurgen Hess, aux mercenaires d'Henri Lafont ou, plus ridicule encore, à la gendarmerie française.

Durant les soixante-douze dernières heures, il a fait toutes les librairies aixoises. Composant sur son visage une expression de gêne et de crainte, il est allé raconter que, sans ressources depuis qu'il a fui Paris, il cherche à monnayer le seul bien qui lui reste : sa collection de livres anciens — il a laissé entendre qu'il était juif, dès lors que cela pouvait l'aider. Au fil de ces démarches, il a établi une liste de gens possédant des bibliothèques importantes. Huit ou dix noms de bibliophiles. Déjà, il en a écarté la moitié, pour des raisons diverses et notamment ce fait que certains suspects étaient submergés d'enfants : « Moi Maria Weber, je ne placerais pas mon rejeton, si intelligent et si solitaire, au milieu d'autres mioches qui, en plus, pourraient parler. »

Restent quatre noms, au soir de son troisième jour à Aix. Et encore parmi ces quatre adresses, deux correspondent-elles à des bastides dans la campagne aixoise, ce qui ne cadre pas avec sa théorie.

Ce troisième jour, il donne audience à Jurgen Hess. Il a tenu à ce que la rencontre soit discrète. Il ne veut pas être vu en compagnie de son adjoint qui, bien qu'il sache parfaitement le français et le parle à merveille, sans accent, n'en a pas moins, et furieusement, une tête de Teuton. Hess est d'ailleurs assez beau, à sa façon nordique, et, soit dit en passant, il commence à se poser des questions à mon sujet ; il n'en est pas encore à envisager de jouer les révoltés du Bounty, mais cela pourrait venir. Amusant.

Dans une chambre d'hôtel, Hess commence par évoquer interminablement ce qui se passe en dehors du jeu, la guerre, les guerres en cours, ce qui advient à l'Est ou en Orient ou dans des contrées aussi ridicules que la Cyrénaïque, ce qui va se passer outre-Manche sitôt qu'on aura débarqué chez les Anglais (« Pourvu qu'ils n'aillent pas me pulvériser mon tailleur ! » pense Gregor Laemmle, à part cela fort indifférent à tous ces cataclysmes). Gregor Laemmle ne lit jamais aucun journal — hors les rubriques des livres et des arts —, il n'écoute aucun bulletin d'information.

Vient tout de même un moment où Hess met un terme à ses communiqués. Il en arrive à l'enquête en cours, exhale illico sa haine : on a retrouvé celui de ses hommes qui suivait en moto les Espagnols ; il y a eu égorgement et le cadavre a été enfoncé à coups de pierres dans un creux de rocher, « ces gens sont des sauvages ». Hess dit aussi qu'il a renforcé ses contacts avec les truands de Marseille et de la Côte par le truchement de Spirito : la chasse aux réfugiés espagnols bat désormais son plein, on va bien finir par les prendre...

— Très bien, répond Gregor Laemmle, pour une fois sur un ton dépourvu de sarcasme. Il n'a encore rien dit à Hess de ses propres recherches, de ses calculs si fumeux, « déjà qu'il me croit fou ».

Mais il a une autre raison de se taire. Cela lui est venu tandis qu'il marchait sous la voûte en platanes du cours Mirabeau, en allant à ce rendez-vous, dans un petit hôtel près de la gare. Ça l'a pris d'un coup, par l'un de ces grands basculements de cœur et de tête auxquels il est parfois sujet, et qui le précipitent dans un dégoût général de la vie et surtout de lui-même. Il n'a jamais entretenu le moindre doute quant à la fabuleuse stupidité de *Schädelbohrer*; les sommes en jeu lui ont toujours paru extravagantes, démesurées, il lui semble aveuglant que Thomas l'Ancien à l'instant de mourir n'a lancé ce chiffre de sept cent vingt-quatre millions de marks qu'à seule fin de narguer ses bourreaux et de leur empoisonner l'existence — un bras d'honneur de banquier, en quelque sorte ; il faut être bête comme un nazi pour ne pas le voir. Mais au moins *Schädelbohrer* a-t-il eu ce mérite de lui faire traverser assez agréablement ces trois dernières années ; surtout depuis qu'il s'est, si curieusement, pris de passion pour ce jeu, ce duel d'intelligence avec une femme.

Or justement, d'un coup, toute l'affaire l'insupporte et même l'écœure. Il répond presque n'importe quoi à Jurgen Hess. C'est ainsi qu'il donne son agrément à une stratégie qu'il aurait sans doute rejetée en temps ordinaire : d'accord pour une traque systématique de l'Hispano-Suiza, par tous les moyens, dans une action quasi concertée de la police française, de la Gestapo également française de Lafont et Bonny, et de la truanderie marseillaise. Mise à prix : deux millions, et prime doublée si la découverte de la voiture entraîne celle du gamin, décuplée si elle conduit les chasseurs à la Femme.

Il quitte Jurgen Hess. Remonte vers le cours Mirabeau en traversant le damier du quartier Mazarin désert et silencieux ainsi qu'à l'ordinaire, clos derrière ses façaces d'hôtels particuliers. Il dîne, affreusement mal, dans un restaurant de la rue Lacépède, où à l'évidence on s'est défié de lui, refusant son argent et sans doute le prenant pour un contrôleur du marché noir.

Son morne dégoût s'est accentué. Il a déjà eu une telle crise, il en aura d'autres, probablement. Mais dans ce cas précis...

Par sa profondeur et sa persistance elle ranime sa vieille obsession du suicide.

Bien moins apaisante que de coutume, toutefois. « Faut-il que je sois exalté... »

Ayant dîné, il va prendre un ersatz de café à la terrasse des *Deux Garçons.* Celle-ci, vide — il est vrai que la rentrée universitaire n'a pas encore eu lieu. Si tant est qu'il puisse y avoir encore une rentrée universitaire dans ce monde fou. Il repart des *Deux Garçons.* Ayant très bien entendu et compris, mais n'ayant pas relevé les remarques faites sur lui par un serveur. Lequel ne s'est pas laissé abuser par son camouflage helvétique et l'a tenu pour allemand. Pour la première fois de sa vie, Gregor Laemmle a éprouvé une brève mais violente flambée de haine. Qu'on le traite de sale enculé de Boche, passe encore ; en n'importe quelle autre circonstance, cela l'eût fait plutôt sourire... Mais que cet analphabète aux ongles noirs puisse penser une seconde n'avoir pas été compris le jette dans la fureur : « Je parle le français cent fois mieux que lui ! »

Il en pleurerait presque.

Il a choisi de regagner son propre hôtel, voisin de l'établissement thermal, par l'entrelacs des ruelles de la vieille ville. Il doit être dans les dix heures. A l'angle de deux rues, au lieu de monter droit vers l'hôtel de ville, il tire machinalement à gauche. D'abord sans savoir pourquoi (il en est encore à haïr le serveur). Cinquante pas plus loin, il découvre la raison de son changement de cap : il est en vue d'une place très charmante, semi-rectangulaire, organisée autour d'une fontaine. Et le souvenir lui revient. Habite ici l'un des deux collectionneurs de livres dont il a sélectionné les noms. Un certain Apprinx, colonel en retraite de plus de quatre-vingts ans d'âge, « demain je vérifierai s'il n'aurait pas ces derniers jours, par quelque hasard miraculeux, hérité de quelque arrière-petit-fils ».

Il s'intéresse à demain, c'est à demain, c'est donc qu'il va survivre à cette nuit, et surseoir à sa propre extermination. Il s'en doutait depuis que cet abruti de serveur a réussi à l'enrager.

Il contemple la place sous la lune, et la façade de l'immeuble. Il va lever les yeux quand le pressentiment le frappe. Il en tremblerait. *Il ne regarde pas le toit.* « Si *Elle* l'a caché ici, les gardes espagnols ne doivent pas être très loin, ils guettent. Nécessairement, il doit y en avoir un sur le toit, ou bien derrière l'une de ces persiennes closes, plus un autre de l'autre côté de la rue, derrière moi, dans l'immeuble d'en face, de façon à surveiller les allées et venues. Et dans un tel cas, qui serait extraordinaire mais parfaitement vraisemblable, on me regarde, à cette seconde même.

« Il serait paradoxal, qu'on me tue alors même que je viens de repousser la date de mon suicide ! »

Pour un peu, il sentirait s'enfoncer une lame de couteau sous son omoplate gauche.

Il se détourne et se remet en marche.

Crise terminée et ayant conclu avec lui-même une suspension d'armes.

Traque relancée encore.

Thomas est allongé à plat ventre sur les tuiles encore chaudes. A quinze mètres en contrebas de lui et dans la rue, il suit du regard les évolutions d'un petit homme rondouillet mais coquet, dans un costume clair, coiffé d'un chapeau blanc et jaune et chaussé de chaussures assorties. L'homme est venu de la droite, il s'est arrêté deux ou trois secondes, a regardé la fontaine et peut-être aussi la façade ; à présent il s'éloigne, vers la gauche.

Bientôt il va disparaître par les ruelles obscures. Le bruit de ses pas commence à s'estomper.

A voix basse :

— Miquel ?

— Oui, Thomas ?

— Est-ce que Javier et toi avez tué l'homme à la moto ?

— On ne demande pas ces choses.

— Je n'ai pas entendu ton fusil. Il ne fait pas beaucoup de bruit mais quand même. Je crois que c'est Javier qui l'a tué, avec son couteau. Tant mieux. J'espère que Javier lui a fait très mal.

Pas de réponse.

— Je ne dois pas en parler, c'est ça ?

— Tu ne dois pas en parler, Thomas.

Le petit homme dans la rue a disparu (il a tourné sur la droite, vers l'hôtel de ville). « Je me demande », pense distraitement Thomas, « s'il n'a pas eu l'intention de regarder vers moi et puis, au dernier moment, il aurait changé d'avis. C'est quand même bizarre, ce mouvement qu'il a eu. » Il classe le fait dans sa mémoire, à tout hasard. L'*instinct de rat.* Maintenant la rue est déserte. Thomas se déplace de quelques centimètres, calant ses maigres épaules étroites entre deux alignements de tuiles. Au-dessus de lui le ciel nocturne, très beau. Il a toujours aimé monter sur les toits et contempler le ciel, la nuit. Une fois — c'était il y a très longtemps, quatre ou cinq ans au moins — il a essayé d'imaginer l'infini. Rien à faire. A en pleurer de rage.

— J'ai envie de parler, Miquel.

(Au vrai, il ne voit pas Miquel, sinon comme une ombre indistincte.) Il pense que Miquel est debout, dos contre la pierre, fusil dans la saignée du bras, son canon vertical, et les mains molles comme tous les tireurs très vifs et très précis ; personne au monde ne tire plus vite et plus juste que Miquel.

— *Soy un hombre,* dit Miquel, je suis un homme qui écoute très bien.

— Est-ce que Javier va rentrer bientôt ?

— *No sé.*

— Tu sais où il est allé ?
— Non.
— Tu me dirais où il est allé si tu le savais ?
— Non, répond Miquel, avec peut-être de la tristesse dans la voix.

Thomas acquiesce. Il bouge à nouveau et cette fois réussit à caser son épaule et sa hanche entre les tuiles. Ses yeux sont écarquillés. Il chuchote encore :

— Tomeo dit que j'ai tort de m'enfermer dans ma chambre ici depuis que nous sommes arrivés, et de ne pas vouloir parler à mon nouveau grand-père.

— Je suis de l'avis de Tomeo, dit la voix de Miquel l'Invisible.

— Tomeo dit que mon nouveau grand-père le colonel est un homme très gentil.

— *Lo creo también,* dit Miquel. Je le crois aussi.

Thomas acquiesce encore. En fait, depuis quelques secondes, il pleure. Très doucement et sans le moindre bruit, de grosses larmes coulent de ses yeux. Il a retenu ses larmes des jours et des jours mais à présent, vraiment, il n'en peut plus :

— Papé Allègre était gentil, Mamé Allègre était très gentille. Et ils sont morts, je suis sûr qu'ils sont morts. Ça sert à quoi d'aimer les gens quand vous savez qu'ils vont mourir parce qu'ils sont gentils, justement ? Quand vous savez qu'ils vont mourir à cause de vous ?

Long silence.

— Je ne sais vraiment pas ce que je dois te répondre, Thomas.

— Tu es un adulte, pourtant.

— Je n'ai que vingt-deux ans. Ce n'est pas très vieux.

— Tu es quand même deux fois plus vieux que moi. Et tu as tué des gens.

— Ce n'est pas très vieux, vingt-deux ans. Et ce n'est pas bien de tuer les gens comme des sangliers, ça vous rend très malade. Et je ne suis pas très intelligent, tu es bien plus intelligent que moi *mucho más.*

« Et voilà », pense Thomas avec une immense amertume, « voilà qu'on me parle encore de mon intelligence... Ah, c'est vraiment utile d'être intelligent, ça oui ! On comprend peut-être un peu plus vite les choses, seulement, mieux et plus vite on les comprend et plus elles deviennent compliquées, et plus on est malheureux. Ah, c'est vraiment utile ! »

Il pleure à chaudes larmes, il pleure comme une cataracte, tous ses barrages rompus. Il n'a même plus la ressource, ou à peine, de se regarder pleurer, de se regarder de l'extérieur, de voir le petit garçon couché sur les tuiles d'une toiture aixoise, d'un toit entre mille autres toits incrustrés les uns dans les autres et très exactement ajustés comme les pièces d'une armure. S'il réussit à se projeter hors de lui-même dans les étoiles, c'est seulement par éclairs, trop brefs pour servir à quelque chose ; même cette recette-là ne marche plus.

Il pleure deux, trois minutes et enfin ça s'arrête. Tout se remet peu à peu à passer par le tamis, tout est décortiqué. Il note que Miquel n'a pas bougé et il lui est reconnaissant d'être simplement resté dans l'ombre à l'attendre, d'avoir compris qu'il ne voulait pas être consolé.

Même pas par *Elle,* si *Elle* était là. Par *Elle* moins que quiconque, ce serait vraiment la pire des choses qu'*Elle* le voie pleurer et puisse croire un seul instant qu'*Elle* ne peut pas compter sur lui.

Tout est clair dans sa tête, à présent, il a recouvré l'essentiel de sa lucidité effrayante et anormale. Il dit, exprès en allemand sur un ton de conversation très banale et contemplant le grand ciel noir :

— Je suis seulement un petit garçon de onze ans et quelques jours qui est très triste, qui est séparé de sa mère qu'il aime plus que tout au monde, et qui a quand même été obligé de dire qu'il ne voulait surtout pas la voir, alors que ça fait deux ans et quelques jours qu'il attend chaque minute qu'elle revienne. Parce que, comme je suis paraît-il si intelligent, il a fallu que ce soit moi qui décide de ne pas la voir. Et je l'ai fait, et j'ai dit ce qu'on attendait que je dise. Sauf que j'ai un chagrin de petit garçon qui n'a pas sa maman. Sauf que je suis très triste et très malheureux. A cause aussi de Papé et Mamé Allègre qui sont sûrement morts sinon on ne m'aurait pas caché le journal comme on l'a fait. Malheureux je le suis encore à cause de mon ami qui a les doigts coupés, je ne prononce pas son nom parce que tu le reconnaîtrais, toi qui m'écoutes, appuyé contre la foutue cheminée ; je suis triste à cause de lui qui est parti voir ma maman et qui ne revient pas et peut-être qu'on l'a déjà tué, lui aussi. Comme on vous tuera sans doute tous, toi qui m'écoutes et tes amis, qui me protègent. Comme on tuera aussi mon nouveau grand-père. Ça fait que je pense de plus en plus à m'en aller, tout seul, ça me paraît la seule solution, il n'y en a pas d'autre et puis j'étouffe, je suis trop malheureux, peut-être qu'en m'en allant je le serai un peu moins et on arrêtera de tuer ceux qui m'aiment.

Silence.

Les yeux gris largement écarquillés de Thomas redescendent et fixent l'ombre de la cheminée.

— Je ne sais pas l'allemand, dit la voix de Miquel. Je n'ai pas compris. *Ni una palabra,* pas un seul mot.

— Je sais, dit Thomas.

Redescendu du toit, Thomas marche dans le long couloir qui sert de colonne vertébrale à l'appartement. Tout à l'extrémité de ce couloir, Tomeo est apparu, sorti de l'office où il a pris position depuis leur arrivée à Aix. Il regarde avancer Thomas et son visage rond exprime une inquiétude chagrine ; voilà bientôt cinq jours qu'il essaie de le tirer de sa prostration ; ses bras courts et épais sont ballants mais sous sa chemise on voit très bien le renflement que fait le pistolet passé dans sa ceinture.

— Tout va bien maintenant, lui dit Thomas en espagnol. *Ahora, va bien.*

Il sourit à Tomeo. Sur sa droite à lui Thomas, se trouve la porte entrebâillée du grand salon, qui découpe le même rectangle de lumière. Il frappe au battant puis, sur l'invitation à entrer, entre. Son nouveau grand-père a des moustaches blanches et des yeux très bleus, le visage lisse et rose, c'est presque un double de l'Homme au Képi Bleu dont on flanque le foutu portrait partout, comme font les Indiens avec leurs totems, d'après Louis Boussenard. Malgré la chaleur de la nuit, il a placé sur ses genoux une couverture à carreaux rouges et bleus. Il est en train de lire, et à cinq ou six mètres de distance, Thomas voit que son livre a pour titre *Roses et Pommes,* de quelqu'un appelé J. Psichari.

— Je suis venu, dit Thomas, se tenant très droit et usant de cette voix claire et calme qu'il imite d'*Elle,* je suis venu vous présenter mes excuses. Je n'aurais pas dû refuser de quitter ma chambre. J'espère que vous voudrez bien me pardonner mon attitude.

Ils se considèrent l'un l'autre, sans un mot de plus, puis voilà que leurs regards glissent vers l'échiquier posé sur une table basse, à la gauche du colonel.

— Je vous laisse les blancs, dit Thomas. Comment dois-je vous appeler ?

Le colonel fait semblant de réfléchir, penche la tête.

— Grand-père ?

— Je préférerais *monsieur,* dit Thomas. Si cela ne vous contrarie pas.

— Pourquoi pas ? dit le colonel. Je disais moi-même monsieur à mon père et à mon grand-père. Tu joues depuis longtemps aux échecs ?

— Depuis que je suis tout petit, dit Thomas en avançant lui aussi le pion du roi.

Les premières minutes, il se concentre vraiment sur la partie. Il ne sait pas si le colonel est très fort ou non.

Mais il n'est pas très fort, seulement fort. A moins qu'il ne fasse semblant, ce qui est toujours possible, peut-être qu'il veut me laisser gagner parce qu'il croirait que ça peut me consoler ? Ça, ça m'énerverait drôlement !

Cette pensée l'occupe trois ou quatre minutes, tandis qu'il joue. Jusqu'à ce qu'il ait acquis la conviction que non, décidément, le colonel n'est pas *vraiment* fort.

Il met le colonel mat en vingt-trois coups.

— Contre qui joues-tu, d'habitude ?

— Seul, répond Thomas. Je joue tout seul, d'habitude.

Pendant la deuxième partie, son attention s'écarte de plus en plus des pièces d'ivoire. Il a jeté un coup d'œil sur la série des doubles fenêtres, qui sûrement donnent sur la place avec la fontaine et dont les rideaux sont tirés. En principe, Joan Llull a dû prendre position de l'autre côté de la rue, au deuxième étage de l'immeuble d'en face, et il surveille la façade. Tomeo est dans l'office et Miquel est sur le toit (d'après Tomeo, Miquel dort dans une chambre d'un immeuble voisin mais de sa fenêtre il peut passer sur les toits quand il veut). Tout est en ordre.

Ensuite, l'attention de Thomas se porte sur le colonel lui-même. C'est vrai qu'il est gentil ; « sacrément vieux et maladroit et même un peu timide avec moi, mais gentil, j'ai le temps de l'aimer un peu, ça ne devrait pas être très difficile ; je peux l'aimer pendant quatre ou cinq jours, ça ne sera pas trop dangereux pour lui puisque je vais m'en aller... ».

Parce que sa décision est prise : il va attendre quatre ou cinq jours encore, c'est décidé. Si dans quatre ou cinq jours Javier n'est toujours pas rentré, il partira. On est un mercredi soir. Il partira dans la nuit de dimanche à lundi.

Même Miquel avec ses yeux si perçants ne le verra pas s'en aller.

Il sait comment faire pour filer sans être vu de personne.

Tout comme il sait où aller, et dans quel but.

Il gagne la deuxième partie encore plus facilement que la première. Mat en dix-huit coups. Et encore, il a un peu fait traîner les choses, occupé qu'il était à réfléchir vraiment.

Au cours des trois jours qui suivent, Gregor Laemmle s'assure que son pressentiment était fondé. Il prend les précautions les plus minutieuses, pour vérifier une à une ses hypothèses ; se reproche d'être stupidement passé devant la façade de l'immeuble où habite le colonel Apprinx. Même de nuit. Ou surtout de nuit. C'était de la dernière imprudence, il aurait pu être repéré et peut-être même l'a-t-il été.

Cela dit, il est émerveillé, stupéfait, réjoui par les découvertes qu'il a faites (en tant que philosophe, les pressentiments et autres intuitions l'inquiètent énormément, ces certitudes irraisonnées devraient être bannies). Le moindre de ses calculs, pourtant pas mal extravagants, se révèle exact. Il avait imaginé qu'un guetteur devait normalement être posté quelque part dans l'un des appartements en face ? Eh bien, c'est le cas : voilà cinq jours, trente-six heures environ après l'investissement de la villa rouge, un certain Jean Llop né à Collioure, représentant de commerce, s'est installé dans un logement de trois pièces du deuxième étage ; ses fenêtres offrent une vue imprenable sur la porte d'entrée du colonel en retraite Apprinx. Et ce prétendu Llop est originaire de la Catalogne française, ainsi que le soi-disant Xavier Gimenez. Il y a mieux : le même jour que Llop, un dénommé Michel Boyer, venant de Toujouse, a pris ses quartiers dans une chambre de bonne qui, à priori, n'a aucun rapport avec l'appartement Apprinx... sauf qu'à étudier la disposition des lieux à la jumelle, depuis la plate-forme de la Tour de l'Horloge (comme Gregor Laemmle l'a fait), on constate vite que la fenêtre de cette chambre permet aisément de gagner les toits avoisinants.

Et mieux encore, le colonel Apprinx, qui jusque-là vivait seul avec une gouvernante-cuisinière presque aussi âgée que lui, a en vingt-quatre heures radicalement bouleversé son mode de vie : il a recueilli l'un de ses arrière-petits-fils, venant de Dijon, et, pour assister la vieille, a engagé un jeune homme d'une vingtaine d'années. Lequel serait un lointain neveu de la domestique, se nommerait Thomas Vidal et parle le français avec un fort accent catalan.

Le samedi seulement, Gregor Laemmle convoque Hess et lui fait part de ses découvertes. Avec toute la satisfaction qu'il en espérait : tandis que policiers, gendarmes, truands et SS en civil courent en tous sens, lui Gregor Laemmle, assis sur son derrière rose et ne se servant que de sa tête, a résolu seul le problème.

Une satisfaction d'amour-propre certes, mais également des regrets, et presque des remords : Gregor Laemmle voit bien qu'il met fin au jeu, de la sorte. Une fois l'Enfant capturé, obliger la Femme à se rendre ne sera plus que routine. Inéluctablement il aura mis un point final à *Schädelbohrer.*

« *Elle* devra venir à moi. Au besoin, pour La convaincre, un Soëft se fera un plaisir de découper son cher fils en rondelles. *Elle* viendra et je La livrerai à Gortz, à Heydrich, à Himmler ou à quiconque m'en fera la demande par la voie hiérarchique, peu importe. Ce qui compte est que je La verrai et que, nécessairement, je serai déçu : comment pourrait-*Elle* être à la hauteur des rêves que j'ai conçus ? »

Jurgen Hess est partisan d'une attaque immédiate. Il se fait fort, en quelques heures et grâce à ses contacts avec les grands truands de Marseille, de constituer un groupe d'assaut autrement plus efficace que celui qui a opéré à Sanary. Il engagera vingt ou trente hommes, quarante si besoin est. Partagés en trois groupes ; un qui abattra l'Espagnol dans l'immeuble d'en face, un pour exécuter le guetteur sur les toits, un troisième (que Jurgen Hess conduira lui-même) pour investir l'appartement et se saisir du gosse. Hess affirme pouvoir être prêt à agir dès le soir même, dans la nuit du samedi au dimanche. Il estime qu'attendre trop serait risqué ; le quatrième Espagnol manque à l'appel, n'a pas été repéré et il est probable que c'est justement le chef des gardes du corps, l'Homme à la Main Coupée ; dont le retour signifiera sans doute un nouveau déplacement de l'Enfant, cette fois en vue de lui faire quitter la France.

Gregor Laemmle pense de même. C'est en fait pour cette raison (attaquer en mettant à profit l'absence du soi-disant Gimenez) qu'il s'est décidé à parler à Hess, surmontant ses propres réticences. Mais de là à se précipiter...

Non, décidément, une offensive trop hâtée ne lui convient pas. Vingt-quatre heures de plus ou de moins ne changeront pas grand-chose : ce sera pour la nuit de dimanche à lundi.

Le mistral s'est levé le samedi matin, mordant et presque froid ; il récure le ciel par-dessus les platanes, lui restitue sa vraie couleur, d'un surprenant bleu de Prusse. Après avoir conclu avec Hess sa conférence d'état-major, Gregor Laemmle s'est forcé à une promenade, lui qui exècre tout exercice physique. Mais c'est une façon de réprimer son envie farouche d'aller tirer des bords du côté de l'appartement. Où il a d'ailleurs interdit à Hess d'effectuer des reconnaissances, « ces diables d'Espagnols ont l'œil perçant, ils vous repéreraient à la seconde, surtout vous, qui avez l'air aryen comme il n'est pas permis ». Au plus a-t-il autorisé une surveillance lointaine, et seulement par des hommes de Spirito.

Il sort d'Aix par la route du Tholonet et, par le seul fait qu'il vient d'abattre à pied trois kilomètres d'une traite (distance considérable pour lui), il mesure soudain à quel point il est peu en paix avec lui-même. Ce n'est pas assurément le carnage à venir qui le trouble, il n'a pas hésité à ordonner qu'il n'y ait aucun survivant — en dehors de l'Enfant, bien sûr ; d'accord pour qu'on exécute non seulement les trois Espagnols mais aussi le colonel en retraite et sa gouvernante. Pas de témoins. Ainsi, dans le cas extraordinaire où le gamin ne serait pas pris, ceux qui seraient tentés de l'héberger sauraient ce qui les attend.

Plus cet argument qui pour Gregor Laemmle est bien plus péremptoire : la boucherie Lui donnera à réfléchir, à *Elle,* si les deux morts de Sanary ne L'avaient pas déjà convaincue. *Elle* sera psychologiquement affaiblie.

L'indifférence ordinaire de Gregor Laemmle à la mort des autres a fait le reste. C'est au point qu'il a même songé un instant à profiter du massacre pour faire assassiner le serveur des *Deux Garçons* qui l'a tant enragé. Il eût suffi de raconter n'importe quoi à Jurgen Hess, par exemple que l'homme est un agent secret des Espagnols. Quelle sensation grisante que de détenir ainsi le pouvoir de vie ou de mort, tout philosophe qu'on soit. Il sourit à une femme qui passe, très âgée et pas trop propre et le visage las, et qui ne lui retourne pas son sourire. Il pense : « Elle aussi, je pourrais la faire tuer, si la fantaisie m'en prenait, ce serait même un service à lui rendre. »

Le mistral le décoiffe et aurait déjà emporté son panama, s'il n'avait pris la précaution de le tenir à la main. Il continue de marcher, et continue de penser à *Elle.* Il L'aura bientôt face à lui. Déjà, il Lui en veut, de cette déception qu'*Elle* va lui donner, et donc de briser son rêve.

« Je suis décidément un homme assez compliqué. Mais seuls les imbéciles sont simples. Et encore, on ne peut pas s'y fier ! »

Thomas est maintenant Rouletabille dans *le Château noir,* s'extirpant des griffes de Kara Selim. Il a mis dans les quarante minutes pour sortir de sa propre chambre, suivre l'interminable couloir sans faire craquer une seule lame du parquet, actionner la clenche de la porte, gravir les premières marches de l'escalier qui conduit au toit, s'arrêter à mi-hauteur et prendre à main droite, entrer dans le petit grenier bas de plafond, y ramper avec des précautions extrêmes, parvenir enfin à la lucarne. Au travers de celle-ci, aucun adulte, homme ou femme, ne pourrait se glisser, tant elle est étroite. Thomas, si. Mais de justesse : ses hanches passent au millimètre et même raclent.

Et immédiatement après, le vide. D'autant plus angoissant qu'il est noir, sans fond, il donne le sentiment d'un tombeau très étroit, plein de toiles d'araignées probablement très gluantes, et de quantité de bêtes qui rampent. « Qu'est-ce que j'ai peur ! » pense Thomas avec toute la sincérité du monde. Il a maintenant tout son corps à l'extérieur, sauf les jambes jusqu'aux genoux. Il se trouve dans l'espace de soixante centimètres de large qui sépare deux immeubles hauts de dix mètres au moins. Il tient en l'air parce qu'il a posé ses épaules sur la muraille en face et pousse de toute la force de ses reins, comme s'il voulait écarter les deux immeubles l'un de l'autre.

« J'ai vraiment peur. »

Il sort un pied, l'applique aussitôt sur la paroi qui lui

fait face, et ça marche, il ne tombe pas. Il retire sa deuxième jambe et la dispose à côté de la première. Pas de doute : il tient.

Et même il progresse, faisant glisser centimètre après centimètre les semelles de ses espadrilles. D'abord, il est tout à fait enchanté de la facilité de la chose, qu'est-ce que c'est marrant d'être une mouche ! Cela vient ensuite, alors qu'il approche d'un mur qu'il a prévu de franchir et derrière lequel il y a une gouttière qu'il devra descendre pour gagner un autre toit puis un autre et encore un et une autre lucarne qui lui permettra de...

Cela vient et tout vient en même temps : en premier lieu, un halètement terrible qu'il ne parvient plus à contrôler et que sûrement Miquel va entendre, puis les premiers tremblements de ses jambes, de ses cuisses surtout qui se tétanisent, puis le pas infiniment furtif et léger de Miquel en alerte, puis d'autres pas, un bruit de course très silencieuse, un bruit de lutte.

Et le premier coup de feu.

Que d'autres coups de feu suivent.

Gregor Laemmle est assis à l'arrière d'une 15 CV Citroën. Dont Soëft tient le volant. Dans laquelle a également pris place un autre SS du nom de Greifer. On n'attend plus que Jurgen Hess et l'Enfant pour à la seconde prendre la route du nord, vers la ligne de démarcation qu'on franchira afin de trouver un abri en zone occupée, dans la première Kommandantur venue.

Gregor Laemmle, jusqu'au dernier moment, s'est creusé la cervelle pour trouver une bonne raison, une seule, de remettre l'assaut aux calendes grecques. Il n'en a trouvé aucune. Pour autant qu'on le sache, l'Homme à la Main Coupée n'a pas encore rallié ses compatriotes espagnols ; nul doute qu'il est allé rendre compte, peut-être L'a-t-il vue, *Elle* ; il aura pris Ses ordres et dès son retour, agira, mettra l'Enfant en sûreté, le fera sortir du jeu. Tergiverser n'aurait donc aucun sens. Dommage.

Un, puis trois coups de feu.

— Exactement deux heures du matin, dit Soëft.

La 15 CV traction avant est garée sous un porche, dans l'une de ces rues parallèles au cours Mirabeau. Elle est, à vol d'oiseau, à cent cinquante mètres du champ de bataille. Gregor Laemmle a vu les troupes monter en ligne, il a assisté à l'investissement de ce quartier si tranquille ; une trentaine d'hommes au minimum, tous furtifs mais sûrs d'eux-mêmes, affectant le plus grand naturel, surgissent par très petits groupes, en une concertation parfaite pour une Nuit des longs couteaux à la mode provençale.

D'autres coups de feu, plus étouffés que les premiers, pour cette raison sans doute qu'ils ont été tirés à l'intérieur des maisons. Et d'autres encore. On perçoit soudain des bruits de course et même, avec le son si net et si tranché d'un tissu de grosse toile déchiré d'un seul mouvement, le hurlement d'un homme précipité dans le vide du haut d'un toit. Çà et là aux fenêtres avoisinantes, des lumières s'allument. Gregor Laemmle met pied à terre.

— Ils ne vont plus tarder, remarque Soëft.

Il veut parler de Jurgen Hess et de l'Enfant.

Et veut également dire que ce n'est pas trop le moment de s'éloigner, que dans très peu de temps, il faudra décamper en vitesse, quoi qu'il arrive. Gregor Laemmle ne lui répond pas. Il fait quelques pas hors du porche. Un étrange silence s'est abattu sur le lieu de la bataille. S'il s'est en tout écoulé une minute, entre les premières détonations et les dernières, c'est bien le bout du monde ; et dans la théorie, cela a dû suffire, il devrait maintenant y avoir cinq cadavres — ceux des trois Espagnols plus ceux du colonel en retraite et de sa gouvernante plus quelques corps excédentaires, si les Espagnols ont eu le temps de riposter avant d'être écrasés sous le nombre.

Gregor Laemmle s'éloigne un peu de la Citroën. Il est maintenant dans l'alignement d'une rue, au terme de laquelle il aperçoit le cours Mirabeau. « Il semble », se dit-il à lui-même, « que quelque chose ne se soit pas tout à fait passé comme nous l'espérions... » Et une gaieté assez bizarre s'empare de lui, bel et bien faite de soulagement. Bruits de pas. Non sur sa gauche, d'où Jurgen Hess devrait surgir, mais de la direction opposée. Paraît un rubicond agent de police français en uniforme, hors d'haleine, qui ralentit sa course en le voyant.

— On n'aurait pas dit des coups de feu ?

— On l'aurait dit, en effet, répond Gregor Laemmle sans se compromettre.

Il sourit au policier avec bienveillance, pensant : « Que Jurgen Hess surgisse à cet instant et tu es mort, mon brave... Et peut-être d'ailleurs devrais-je ordonner à Soëft de t'abattre, pour cette seule raison que tu m'as vu. » Mais déjà l'homme s'est remis à courir, et tandis qu'il galope de ses petites jambes, il tente maladroitement de dégainer le ridicule pistolet à bouchon qui lui tient lieu d'arme. Gregor Laemmle quant à lui se remet en marche. Il descend vers le cours Mirabeau. Sans raison précise, et même sans raison du tout. Sinon ce sentiment que toute l'affaire tourne mal, pour une cause qui lui échappe. Il prend en réalité ses distances d'autant plus que, jetant un coup d'œil derrière lui, il voit Soëft à son tour descendu de la voiture et, debout à la sortie du porche, guetter sans rien voir venir, mine sombre, l'arrivée tant attendue de son chef Jurgen Hess avec un enfant dans les bras.

« Hé hé hé », pense Gregor Laemmle, sans trop savoir pourquoi il ricane, ou préférant ne pas le savoir.

On commence à entendre, dans la ville brutalement tirée de son sommeil, des coups de sifflets roulants. Des policiers accourent. En voici quatre sur le cours Mirabeau ; ceux-là pédalent vaillamment sur des bicyclettes. A cause d'eux, Gregor Laemmle oblique et s'enfonce dans la première ruelle qui se présente. Il s'immerge aussitôt dans un monde de silence et de nuit ; le fracas de la bataille n'y est pas parvenu, l'unique lumière est dispensée par une fenêtre basse, à peine mieux qu'un soupirail, qui aère le fournil d'un boulanger ; on peut voir, au travers d'une vitre fort sale, l'homme et son mitron retirer d'un four leurs baguettes. Gregor Laemmle s'arrête. Le mistral du plein jour s'est assoupi, il a des langueurs entre deux bourrasques tournoyantes et dans ces accalmies subites, le calme est total. On s'entend alors respirer et mieux encore on capte, à dix ou quinze mètres de distance, le halètement de quelqu'un hors d'haleine, en train de courir. A Gregor Laemmle vient aussitôt l'image d'un fugitif, donc un rescapé de la bataille, qui pourrait fort bien être espagnol. Il a juste le temps de se glisser dans une encoignure, heureusement très sombre et très profonde : « La coïncidence serait un peu forte », se dit-il à lui-même, « j'ai proprement abandonné le théâtre des combats, je m'en éloigne tranquille comme Baptiste et je tomberais sur un tueur que mes tueurs à moi n'ont pas tué ! C'est tout à fait imbécile. »

Du recoin où il s'est tapi, grâce au halo de lumière émis par le fournil, il a la meilleure vue possible sur la ruelle qu'il vient de quitter. Et ça ne tarde pas : une silhouette s'y engage ; durant quelques secondes, elle s'immobilise et hésite. C'est tout petit, c'est frêle, ça porte des culottes courtes et un béret et surtout, ça braque en tout sens un bouleversant regard gris nullement apeuré mais bien au contraire très froid et diablement aigu, d'une perspicacité sidérante. L'impression qu'éprouve Gregor Laemmle, à cet instant, est extraordinairement forte ; il ne l'oubliera jamais ; elle n'est pas due au miracle qui fait se croiser la route du chasseur et celle du gibier, à l'heure où la chasse semblait définitivement manquée ; pas due davantage à son propre esseulement, lui qui vient de mettre en ligne trente ou quarante hommes de main et pourrait en mobiliser dix fois plus ; et même pas due à l'âpre jouissance de la traque enfin conclue.

Il est fasciné, tout simplement. Plus tard, amusé et séduit — il a relu cinq ou six fois le livre de Thomas Mann —, il relèvera les traits qui lui sont communs avec le personnage central de *la Mort à Venise.* Pour l'heure, tout est instinctif et presque rien n'est réfléchi. La fragilité de la silhouette enfantine l'a ému, et aussi une certaine façon de porter la tête, de la dégager des épaules, et cette lenteur dans le pivotement du corps et surtout le regard, qui sans nul doute est très exactement le Sien, à *Elle...*

Lorsque l'enfant repart, Gregor Laemmle le suit, à distance. A aucun moment n'ayant eu l'idée de rameuter Jurgen Hess et ses chiens courants. Ou, s'il a eu cette idée, l'ayant aussitôt écartée.

Il est allé de toit en toit, d'un immeuble à l'autre, il est passé par plusieurs lucarnes où nul autre que lui ne se serait glissé et plutôt que de déchirer sa culotte et sa chemise, les a carrément enlevées. En deux ou trois occasions, des hommes ont couru sur les tuiles à un mètre de lui. Une fois même, il a traversé une chambre à coucher dont les occupants ne l'ont pas vu, occupés qu'ils étaient à regarder par la fenêtre, s'interrogeant sur le vacarme. Il a effectué trois tentatives pour gagner le niveau des rues en s'aidant de gouttières et a dû remonter — il y avait en bas des guetteurs et des voitures. Quand même, il a fini par se retrouver au sol. Il s'est rhabillé, s'est obligé à progresser uniquement dans des ruelles obscures — une seule était un peu éclairée, à cause d'un boulanger en plein travail et dans celle-là il a hésité, se sentant observé ; mais il n'a rien discerné, même sous cette voûte sombre où quelqu'un aurait très bien pu se cacher ; et d'ailleurs, on lui aurait sauté dessus, si ç'avait été un patrouilleur ennemi.

Il est donc reparti et dans Aix qu'il ne connaît que par les descriptions du colonel et de sa gouvernante, il a dû zigzaguer pas mal pour atteindre son premier objectif : le cloître Saint-Sauveur. Il y est entré. Il a gagné le coin opposé à la porte, le plus sombre et a attendu là, accroupi et en prenant soin de ne pas se salir, jusqu'à ce que les premières lueurs de l'aube éclairent les reliefs barbares de la statue de saint Pierre aux mains et aux pieds hors de proportion. Ressorti alors du cloître, après avoir une nouvelle fois compté ses sous — il a trois pièces de vingt francs dans la poche droite de sa culotte, mille autres francs en billets de cent côté gauche, plus vingt mille dans un sachet de caoutchouc qu'il porte sous sa ceinture à même la peau, maintenu par un cordonnet —, il est descendu jusqu'à la gare afin de prendre le premier train pour Marseille.

D'où il repart, à destination de Lyon, par le train de dix heures cinquante-trois. Passer les contrôles et même acheter un billet ne lui a guère coûté qu'un peu d'imagination et de culot, et bien sûr quelque argent. Il a très soigneusement choisi une vieille femme dans l'énorme foule qui bat comme un ressac la gare Saint-Charles, l'a désignée à distance comme étant sa grand-mère, qui marche mal et qui est très triste depuis qu'elle a appris le double décès de son fils et de sa belle-fille, « autrement dit mon papa et ma maman à moi, et si je ne m'occupe pas d'elle, qui s'en occupera ? ».

Il a aidé la vieille dame à monter avec lui dans le wagon de première classe, après lui avoir tiré des larmes en lui contant comment il venait de perdre son pauv' papa à qui était destiné le deuxième billet. La dame se rend à Tarare et quand on arrive à Lyon, elle lui offre, en attendant sa propre correspondance, un succulent goûter avec de vrais pains blancs au chocolat, dans une boulangerie qui appartient à son neveu. « Pauvre petit, tu ne vas pas repartir sans rien, prends donc cette musette et ce pain et aussi un peu de jésus, on n'en trouve plus beaucoup par les temps qui courent, il faut savoir se débrouiller, et tu habites où à Lyon ? D'accord, tu vas aux toilettes et mon neveu t'emmènera chez ton tonton dans son gazogène... »

Il s'évade par la fenêtre des toilettes et revient à Perrache, y répète sa tactique marseillaise, cette fois avec un curé et à destination de Grenoble.

Sauf que ça marche pas, « je n'aurais pas dû prendre des billets de première encore une fois ». Le curé le renie lâchement et quant à lui Thomas il fixe tranquillement les gendarmes de son regard gris et remarque :

— Voyager seul ? Qui voyage seul ? Je ne voyage pas seul !

Les gendarmes regardent autour de lui et ne voient strictement personne (le curé qui a autant de charité chrétienne que les Indiens qu'affronte Pistol Peter s'est enfui pour regagner son wagon de troisième classe). Les gendarmes en font la remarque.

— Et mon oncle ? dit alors Thomas. Qu'est-ce que vous faites de mon oncle ? Il est dans le compartiment tout au bout de ce wagon-ci. Il est petit et rond, il a des yeux jaunes, et les cheveux blonds, il porte un costume crème et des chaussures blanches et noires. Il avait un chapeau assorti mais il l'a jeté dans un égout à Aix. C'est un fou. Mais c'est mon oncle, on ne choisit pas sa famille.

— Mais bien sûr que je suis son oncle, dit Gregor Laemmle aux gendarmes. Il me semble que cela se voit, la ressemblance saute aux yeux. Pas les yeux, bien sûr, ni le visage, ni les cheveux, ni la silhouette générale, mais nous avons sans aucun doute un air de famille. Mon neveu Aloysius...

— Jamais je ne me suis appelé Aloysius, dit Thomas avec sadisme.

— En réalité, mon neveu se prénomme Otto, mais il a toujours détesté...

— Je ne m'appelle pas Otto non plus, dit Thomas. Encore moins qu'Aloysius, si c'est possible.

— C'est le fils de ma sœur, explique Gregor Laemmle aux gendarmes. Il tient d'elle un grand esprit de contradiction. Ma sœur a un tel esprit de contradiction que, si on la noyait dans le Rhône à la hauteur d'Arles, son cadavre remonterait le courant jusqu'aux sources du Saint-Gothard.

Gregor Laemmle sourit aux gendarmes, auxquels il a parlé avec un stupéfiant accent suisse.

— Autre chose que je puisse faire pour vous ?

— Non, répondent les gendarmes avec quelque hésitation — ils ont longuement scruté les documents d'identité que leur a présentés leur interlocuteur et qui établissent sa nationalité suisse et son appartenance à la Croix-Rouge internationale. Les gendarmes finissent par quitter le compartiment. Toutefois, avant de s'éloigner dans le couloir, il y en a un pour se retourner et demander :

— Vous avez vraiment jeté votre chapeau dans un égout d'Aix-en-Provence ?

Gregor Laemmle ne bronche pas.

— Absolument, dit-il. Je procède toujours ainsi

quand quelque chose a cessé de me plaire. Une fois à Lausanne, c'était mon pantalon. Nous autres Suisses avons plus de fantaisie qu'on ne pourrait s'y attendre.

Les gendarmes cette fois s'en vont définitivement, ils quittent le wagon et le train. Trente secondes plus tard, le train pour Grenoble démarre.

— Et je t'aurais suivi depuis Aix ?

— Vous n'avez pas osé entrer dans le cloître derrière moi, c'est vrai. Mais vous êtes resté devant la porte tout le temps que j'y étais.

Le train roule.

— Tu m'as vu ?

— Je vous ai vu avant d'entrer et vous étiez encore là quand je suis sorti.

Thomas choisit et pèse très soigneusement ses mots. Il a déterminé sa stratégie : il doit apparaître intelligent mais pas trop, et pas trop innocent non plus.

Cela dit, cet homme aux yeux jaunes le déconcerte énormément. L'intrigue même, et peut-être l'attire. En l'obligeant à intervenir quand les foutus gendarmes sont venus l'embêter, Thomas n'a pas du tout agi sous l'impulsion du moment ; ça a été un déplacement de pièce sacrément réfléchi. Il guettait une occasion semblable, pour mettre à l'épreuve celui qui le suit depuis maintenant dix-sept ou dix-huit heures. Car, encore une fois, il pense aux échecs : tu avances une pièce (d'ordinaire, pour cet examen probatoire, Thomas utilise volontiers un cavalier, qui progresse en sautillant sur l'échiquier, de manière presque erratique), tu avances donc une pièce sans raison, juste pour savoir si ton adversaire sera surpris ou non, s'il découvrira qu'il ne s'agit que d'un leurre, en bref comment il va réagir...

Or, face aux gendarmes, l'adversaire a réagi vite et

bien, pas de doute. De manière erratique lui aussi, *« il est vraiment fort... »*.

— Vous m'avez encore suivi, dit Thomas, quand je me suis rendu à la gare d'Aix. C'est à ce moment-là que vous avez jeté votre chapeau.

— Et pourquoi ai-je fait ça ?

— Un galurin pareil, ça se voyait à cinq cents kilomètres.

— C'était un très beau panama. Je ne m'en suis séparé qu'à contrecœur.

— Et pour rien, puisque je vous avais déjà vu.

— Ce n'est peut-être pas de toi que je me cachais, remarque tranquillement l'Homme aux Yeux Jaunes.

Thomas réfléchit. Finit par acquiescer.

— C'est vrai, dit-il. Mais de moi aussi, vous vous êtes caché.

— Peut-être que je ne me cachais pas du tout de toi mais d'autres, qui nous suivaient tous les deux. Peut-être tout simplement que je ne voulais pas que ces autres nous voient ensemble, toi et moi.

Nouvelle réflexion, très calme.

— Ça tient debout, dit Thomas.

Le train s'arrête, repart.

— Tu as entendu des coups de feu, à Aix ?

— J'ai entendu des bruits.

— On a tiré des coups de feu, des gens se sont battus. Pour toi.

Silence. « La partie est vraiment commencée, à présent », pense Thomas, « et je ne dois plus faire d'erreur du tout. »

— Je pourrais très bien, dit l'Homme aux Yeux Jaunes, faire partie de ceux qui te veulent du mal.

— C'est très possible, dit Thomas.

Il plante encore une fois ses yeux gris dans les yeux jaunes, puis détourne la tête et fait semblant de se passionner pour le paysage qui défile devant la fenêtre.

— Je pourrais faire partie de ces gens qui te veulent

du mal, bien sûr. Mais dans ce cas, lorsque j'ai passé des heures à attendre que tu sortes du cloître, je me demande pourquoi je ne suis pas allé chercher des renforts. J'aurais vraiment pu le faire.

— Peut-être que vous avez eu peur que je m'en aille pendant que vous alliez chercher des renforts ?

— En plusieurs heures, j'aurais eu le temps de trouver des solutions. Des gens sont passés, j'aurais pu leur demander de transmettre un message.

Silence.

— Or, je n'ai rien fait. J'ai seulement attendu que tu ressortes. Voilà la preuve que je ne te veux pas de mal.

— Pas forcément, dit Thomas.

Et aussitôt après, dans la seconde qui suit, il s'en veut à mort d'avoir répondu « pas forcément ».

Le train s'arrête encore, repart à nouveau.

Parce que, en toute logique, dès lors qu'il a répondu « pas forcément », l'Homme aux Yeux Jaunes va lui demander quelle autre raison il avait de ne rien faire du tout, tandis que lui Thomas se trouvait dans le cloître, à attendre le lever du jour et le départ du premier train pour Marseille.

— Et selon toi, demande en effet l'Homme aux Yeux Jaunes, pourquoi n'ai-je pas essayé de te prendre ?

— Peut-être que vous essayez de me prendre tout seul, pour avoir une médaille, répond Thomas.

L'Homme aux Yeux Jaunes éclate de rire :

— Je crois que tu te paies ma tête, Thomas.

« Il sait mon nom ! » remarque aussitôt Thomas. « Il sait mon nom et ne l'a pas prononcé par hasard, par distraction. Il l'a fait exprès. Il est drôlement fort. » Et durant quelques secondes, Thomas est véritablement au bord de la panique, c'est bien la première fois qu'il se retrouve opposé à quelqu'un d'aussi fort, peut-être même plus fort que lui !

Seul le sauve, en définitive, ce souvenir très ancien

qu'il a d'*Elle,* perdu dans les limbes de sa propre mémoire. Il avait quatre ans, peut-être moins, quand *Elle* lui a appris à faire bouger les pièces sur l'échiquier. Ils ont disputé cinquante ou cent parties. Jouant de son fume-cigarettes argent et noir, *Elle* le fixait de ses yeux éclairés d'un sourire, *Elle* le battait, l'écrasait à chaque fois, absolument impitoyable, le traquant de case en case jusqu'à ce qu'il craque et pleure de rage devant sa propre faiblesse, lui disant que c'était justement cela la vie, que nul jamais ne lui ferait de faveur, qu'il devait apprendre à conserver son calme en toute circonstance, à demeurer lucide et froid même et surtout lorsqu'il se sentirait acculé, piégé, broyé, car c'était dans ces moments-là qu'on donnait sa vraie mesure. « Oh mon chéri, mon amour, *mein Schatz* », lui disait-*Elle* en le prenant dans ses bras et en pleurant avec lui, « par quel autre moyen t'armer pour cette vie que tu auras par ma faute ? » Peu à peu il a commencé à lui tenir tête, puis à La battre, d'abord une fois de temps à autre, puis une fois sur deux, puis deux fois sur trois, puis systématiquement, chaque fois, à son tour implacable et *Elle* pleurant encore, mais de joie à présent. Lorsqu'il avait honte de L'avoir ainsi écrasée, c'est *Elle* qui le consolait et finissait par l'entraîner dans l'un de ces merveilleux fous rires qu'*Elle* savait si bien faire naître.

— Tu n'as toujours pas répondu à ma question, Thomas, pas vraiment, sinon par cette réplique d'ailleurs assez drôle, sur la médaille que je voudrais recevoir. Mais ce n'est pas une réponse, c'est une esquive. Tu étais dans ce cloître, je savais que tu ne pouvais pas en ressortir autrement que par la porte qui t'a servi à entrer, tu y es resté des heures et pourtant je n'ai rien tenté, pas même de te sauter dessus pour te faire prisonnier. Pourquoi, Thomas ?

« Cette espèce de salaud », pense Thomas, « avec ses foutus yeux jaunes est en train de me pourchasser à travers tout l'échiquier, avec sa dame, sa tour et tout le bataclan. Mais je ne vais pas lui répondre. Des clous. Je vais fermer ma gueule. Lui répondre juste pour lui démontrer que je suis très malin serait la pire erreur à commettre. Je vais faire le petit garçon perdu et qui a sommeil. Il n'y croira peut-être pas tout à fait mais il aura un doute, un sacré doute même, il n'arrivera pas à déterminer mon degré de force et pour le moment, c'est vraiment tout ce que je peux faire... »

D'ailleurs, il a vraiment sommeil, il n'a pas besoin de faire semblant. S'il a dormi deux heures en tout la nuit précédente, c'est le maximum. Il est fatigué et ses paupières s'alourdissent. La mécanique froide dans sa tête, elle-même, ralentit. Et pourtant elle tourne, ou du moins elle a drôlement bien tourné jusque-là. Par exemple, elle a fourni depuis longtemps la réponse à la question que l'Homme aux Yeux Jaunes n'arrête pas de poser. Réponse simple et claire : « Il ne m'a pas sauté dessus dans le cloître, il n'a pas cherché des renforts, il n'a pas tenté de me prendre, il s'est contenté de me suivre parce que ce n'est pas moi qu'il veut. Parce qu'il pense que je suis en route pour aller La rejoindre, et que c'est *Elle* qu'il veut prendre, *Elle* seule. Il fait comme Pistol Peter qui suit le cheval des bandits et le cheval lui montre le chemin, en passant sous la cascade où la grotte secrète est cachée et ainsi Pistol Peter peut arrêter tous les bandits.

« Sauf que je suis quand même un peu plus malin qu'un cheval ! »

Voilà la réponse qu'il pourrait faire. Il y en a d'ailleurs une autre : il se pourrait que l'Homme aux Yeux Jaunes soit délégué par *Elle,* en cachette des Espagnols, comme une protection nouvelle et supplémentaire, « mais j'y crois à peu près autant qu'à ces anges gardiens et au Diable avec une queue fourchue dont la pauvre Mamé Allègre me parlait en pelant ses pommes de terre ! ».

Il a terriblement sommeil mais craint de s'endormir

en tête à tête avec l'étrange Homme aux Yeux Jaunes. Le train s'est arrêté encore et encore, et à un moment montent dans le wagon de première classe une trentaine d'abrutis avec de grands bérets sur la tête, la plupart en culottes courtes, et il y a vraiment de quoi ricaner (même l'Homme aux Yeux Jaunes échange avec lui un regard de complicité sarcastique). Regroupés autour d'une espèce de ministre atteint de retour d'âge, ces responsables de chantier de jeunesse, très français aux yeux de Gregor Laemmle, c'est-à-dire petits, velus, débraillés, braillards, convaincus d'être le centre du monde et le sel de la terre, se cambrent et prennent des poses. Ils se livrent à une involontaire parodie de jeunesse virile-et-saine et Maréchal-nous-voilà, copie lamentable et grotesque de la force-par-la-joie. L'œil férocement aigu de Thomas les voit tels qu'ils sont : ce que Papé Allègre aurait appelé « des foutus counaïs » qui croient chaque mot qu'ils disent, qui croient aussi qu'ils sont des hommes, et très forts et très énergiques.

Thomas les hait.

N'empêche que la présence des foutus counaïs le rassure. Il ne lutte plus contre le sommeil et dort profondément quand le train arrive enfin à Grenoble.

Gregor Laemmle regarde l'Enfant endormi et en tremblerait presque. Ils sont, l'Enfant et lui, assis face à face dans les coins fenêtre du compartiment de première classe. La fascination qui l'avait saisi dans la nuit aixoise, au cœur du halo d'un fournil, ne s'est nullement affaiblie.

Il regarde dormir l'Enfant qui, après lui avoir cinq ou six fois planté ses yeux en plein visage, a passé tout le reste du temps front appuyé contre la vitre — sans que Gregor Laemmle puisse déterminer si c'était là une esquive, un refus, la manifestation d'une totale indifférence ou l'effet de la simple fatigue physique chez un petit garçon de onze ans épuisé par une nuit blanche et un voyage en train. « Le pire est que je me demande s'il n'a pas fait exprès d'entretenir ce doute ! »

La nuit est tombée, dehors. En face de l'Enfant, lui vient une timidité bizarre, incroyable, qui le sidère. « Je suis », pense Gregor Laemmle, « amoureux d'une femme et de son fils, des deux ensemble, ils ne font qu'un pour moi, situation peu banale pour ne pas dire extravagante, et dont l'extravagance s'accroît encore du fait que je les pourchasse, dans le seul but de les découper en rondelles. J'ai toujours su que j'étais hors des normes, mais là vraiment, je me surpasse... »

Le train entre dans Grenoble.

« Et je les découperai en très petits morceaux, pour finir, sans aucun doute. Je me connais, mon sadisme naturel l'emportera. Cela finira mal, je ne me fais pas la moindre confiance. »

Le train s'immobilise.

« Il me faudra bien les tuer l'un et l'autre, sitôt que j'aurai terminé de jouer avec eux comme un chat. Chacun de nous tue ce qu'il aime, comme disait le cher Oscar. Et moi, j'ai toujours su que je me tuerais. Alors, les autres !... »

Le train est arrêté depuis trois ou quatre bonnes minutes, le ministre français en tournée d'inspection des Chantiers de Jeunesse est descendu, suivi de sa cohorte en culottes courtes.

— Thomas ?

Il dormait vraiment.

— Thomas ? Nous sommes arrivés.

Ils sortent ensemble de la gare, invraisemblablement associés à compter de ce jour. Et pour le pire, c'est bien un point sur lequel Gregor Laemmle voit très clair.

Il s'appelle David John Quattermain, il entre à ce moment-là dans l'histoire de Thomas et de Gregor Laemmle, dont il sera le troisième personnage essentiel. Il ne sait rien de cette histoire, il ignore jusqu'à l'existence de Thomas, à fortiori ce qui s'est passé à Sanary et à Aix-en-Provence, ou à Grenoble ; au vrai, il est presque indifférent à ce qui se passe en France et en Europe, quoique la chute de Paris, vingt-sept mois plus tôt, l'ait rendu mélancolique pour un soir.

On ne saurait imaginer plus apaisant et doux que le Vermont pendant l'automne. Quattermain s'y trouve depuis une heure, il marche dans le flamboiement des érables aux feuillages roussis illuminés par l'été indien. C'est un homme de haute taille, d'environ trente-quatre ans, d'une grande nonchalance, d'une égale liberté de gestes, qui avance à pas amples et souples, malgré une claudication légère, à peine perceptible, séquelle de l'accident de voiture de 1936 dans lequel il a fracassé sa Duesenberg et son bassin. Il sort de plusieurs semaines consécutives extrêmement chargées : en compagnie de cousin Emerson et de Joe Sowinski, directeur du département étranger de la banque familiale, il a effectué un très ennuyeux voyage au Venezuela et à Buenos Aires, pendant lequel ils ont beaucoup parlé de pétrole, d'étain et d'autres matières premières ; rentré à New York juste le temps de siéger au conseil d'administration du Moma (le musée d'Art moderne fondé par le Clan et notamment par tante Abbie), il est aussitôt reparti pour Chicago et Saint Louis afin de faire semblant de se passionner pour les investissements que cousin Larry l'a persuadé d'entreprendre, dans la compagnie aéronautique Eastern Airlines d'abord, puis dans l'usine d'aviation d'un Écossais de l'Arkansas, un certain James S. McDonnell ; en dépit d'une indifférence absolue à toutes les affaires, Quattermain a fini par signer deux chèques — l'un de deux cent cinquante mille, l'autre de cent quatre-vingt mille dollars —, qui lui ont permis de devenir le deuxième plus important actionnaire, après cousin Larry bien entendu.

Il se trouve que Larry est l'aîné de ses sept cousins ; autant dire qu'il deviendra l'homme le plus riche du monde, dès qu'oncle Peter aura cassé sa pipe.

Et puisque Quattermain avait son chéquier à la main, on en a profité pour lui faire établir d'autres chèques dont l'un de quatre cent vingt-cinq mille dollars versés à l'Association pour le Progrès sud-américain. Cousin Henry en est le président, et son objectif est d'évincer d'Amérique latine les intérêts allemands et italiens (puisqu'on est en guerre avec ces gens-là, autant en profiter), mais aussi britanniques et français, au bénéfice d'entreprises et de capitaux américains. « Qu'au moins cette stupide guerre en Europe serve à quelque chose », a dit cousin Henry qui rêve de s'installer un jour à la Maison Blanche ; « il y a de bons placements dans le portefeuille britannique en Amérique du Sud, pourquoi ne pas les ramasser dès à présent ? Il est temps de mettre fin à cette colonisation anglaise... et d'ailleurs le prêt-bail nous coûte assez cher... ».

David Quattermain au total a redéployé pour neuf millions de dollars de capitaux en suivant les directives du Clan. Comme toujours. Un clan dont il ne porte pas le nom, puisqu'il n'est cousin que par sa mère, mais dont il fait partie par naissance, par tradition, par les alliances multiples, par ses relations sociales et sa fortune propre ; tout enfant, il ne s'est guère passé de dimanche d'été où il ne soit allé jouer avec cousin Larry, James, Emerson, Henry, Michael, Winthrop et Rodman dans les centaines d'hectares de la maison de campagne d'oncle Peter sur les bords de l'Hudson ; il n'a reçu que quatorze millions de dollars en 1934, quand les lois du New Deal rooseveltien ont contraint sa mère à partager la fortune familiale entre elle-même, les deux sœurs de David, et David en personne ; s'agissant d'argent, il faut convenir (il en convient et en plus ça le fait rire) qu'il n'a jamais pris la moindre décision personnelle, il s'est contenté de suivre les conseils d'oncle Peter et de ses cousins et bien lui en a pris : il a plus que largement doublé son capital de départ.

Il est allé à Princeton évidemment et, à la surprise générale, en est sorti avec une licence de philosophie. Ensuite Harvard, mais pour un an et demi à peine — le droit l'ennuyait à mourir. Il n'est pas marié, depuis plus de dix ans il esquive tous les pièges matrimoniaux qui lui sont tendus, avec une réussite dont nul ne saurait dire au juste si elle est le fruit d'une rouerie infernale, ou l'effet d'une paresse naturelle renforcée par l'irrésolution la mieux accomplie.

La veille, il a signé le dernier des chèques qu'on attendait de lui : trois cent vingt mille huit cent cinquante et un dollars pour les activités philanthropiques dont tout membre du Clan doit nécessairement faire montre. Toutes ses obligations étant ainsi remplies, il a téléphoné à son bureau de Washington pour annoncer son arrivée prochaine.

Et il a mis cap au nord, en voiture, seul, en direction de cette petite ferme du Vermont qu'il a achetée quatre ans plus tôt dans la plus grande discrétion, à l'insu même de ses conseillers fiscaux, pour y abriter ses amours avec des danseuses ou n'importe quoi portant des jupes.

Il vient d'y arriver. Il marche donc sous les érables en vue du lac Champlain. Les bagages sont restés dans le coffre de la Packard V 12, il se dirige vers la fermette où, dans deux ou trois jours, Ginny aux longues jambes le rejoindra (ou est-ce Tessa, non je crois bien que c'est Ginny, Tessa était brune), sitôt qu'elle en aura terminé avec son idiote de tournée théâtrale durant laquelle sa troupe et elle ont rodé le futur spectacle de Broadway.

Il entre dans la maison, et ce faisant, dans l'histoire.

Les deux hommes, qu'il n'a jamais vus, sont en effet à l'intérieur.

A l'hôtel des *Trois Dauphins* sur la place Grenette à Grenoble, c'est l'Homme aux Yeux Jaunes qui leur a obtenu les chambres. Des officiers italiens occupaient les lieux dans tous les sens du terme, mais les choses se sont vite arrangées ; un conciliabule s'est tenu, réunissant les forces armées de Mussolini, le directeur des *Trois Dauphins,* et l'Homme aux Yeux Jaunes, celui-ci n'ayant cessé de sourire à Thomas, demeuré à l'écart.

Un véritable appartement s'est trouvé libre, à la fin.

L'Homme aux Yeux Jaunes a prétendu se nommer Pierre Golaz-Hueber, suisse de Lausanne, représentant la Croix-Rouge internationale ; il a montré un passeport, des documents en français et en allemand, des liasses de billets drôlement grosses, il en a plein les poches ; il a même obtenu qu'on les serve dans le salon attenant à leurs deux chambres, avec des chandeliers d'argent et des bougies (allumées, les bougies, alors que l'électricité marche) et on leur a bel et bien servi du foie gras, un canard rôti, trois sortes de légumes, quatre desserts, du champagne.

— Je ne prendrai pas de champagne, merci, dit Thomas.

— Tu en as déjà bu ?

— Non.

Ce n'est pas vrai mais Thomas se ferait arracher la langue plutôt que de raconter comment, une fois, à Saint-Moritz, *Elle* lui a fait boire une flûte de Dom Pérignon. Il en a été tout étourdi. La salle du restaurant était drôlement trouble et bougeait, et *Elle* et lui ont dansé ensemble, *Elle* en robe blanc et noir ornée de dentelles ; après, la tête lui a complètement tourné ; la mécanique ne marchait plus bien du tout, alors *Elle* l'a pris et l'a emporté, et cette nuit-là dans la pénombre de la chambre il s'est endormi entre ses bras, fou de bonheur et bercé par sa voix : « Oh, je t'aime, Thomas, tu es mon fils et mon homme, *mein Schatz,* tu es un autre moi-même, je vivrai deux fois par le seul fait que tu existes, ne me regarde pas ainsi, que Dieu te protège de ta propre intelligence, tu entres dans l'adolescence avec toutes les armes que je t'ai données, peut-être trop, par ma faute, j'ai presque peur de ce que j'ai fait de toi. Viens contre moi, plus près, voilà, nous sommes bien mon chéri adoré. »

— Bois un peu de champagne, dit doucement l'Homme aux Yeux Jaunes.

— Je suis trop jeune.

— Tu n'as jamais été jeune, Thomas. Essaie, au moins — je parle du champagne.

— Non, merci, dit Thomas.

Il prend entre ses doigts la flûte à demi pleine, la retourne cul par-dessus tête, puis se remet très paisiblement à manger. Il a drôlement faim.

Il réfléchit, ayant dans sa tête refermé le tiroir du souvenir, et mis en route la mécanique froide. Il calcule comment il va procéder, maintenant, avec sur ses talons l'Homme aux Yeux Jaunes, « qui s'appelle Golaz-Machin comme moi Mistinguett ; j'aurais peut-être dû filer en gare de Marseille, profiter de tout ce monde qui montait dans les trains. Peut-être. Sauf qu'ils pouvaient aussi bien être vingt ou trente, à me courir derrière. Et si ça se trouve, il a fait exprès que je le voie, avec son chapeau d'imbécile et son costume des tropiques que tu dirais Savorgnan de Brazza dans les vieux numéros de *l'Illustration*. Et alors j'aurais cru qu'il était seul et je ne me serais plus inquiété et je n'aurais plus fait attention aux trente autres... Et encore autre chose : tu t'es servi de lui, pour monter et surtout pour rester dans le train, pour envoyer braire les foutus gendarmes, pour passer la ligne de démarcation. Sans compter que tu te sers encore de lui, puisque tu ne savais pas où manger et dormir à Grenoble. Qu'est-ce que c'est emmerdant, d'avoir onze ans ! »

— Je vous prie d'accepter mes excuses, dit Thomas, pour le champagne que j'ai renversé.

— Nous acceptons tes excuses, la nappe et moi.

Thomas se tient très droit, coudes au corps, manipulant couteau et fourchette comme *Elle* le lui a appris. L'Homme aux Yeux Jaunes se tait et l'observe à n'en plus finir, « s'il croit qu'il va m'impressionner, il se trompe drôlement ! ».

Thomas est prêt, il attend la question ; sûrement qu'elle sera posée d'une seconde à l'autre : pourquoi il est venu à Grenoble, et ce qu'il va y faire et comment et avec qui.

D'accord.

Quattermain ne s'étonne guère que la porte de la maison ne soit pas fermée : Mme Annacone chargée de l'entretien, et prévenue de son arrivée, aura jugé inutile ou oublié de donner le tour de clé ordinaire ; après tout, on est au fin fond du Vermont, où les rôdeurs sont rarissimes.

Quattermain entre. La maison se compose de trois pièces, plus une salle de bains, une cuisine et un office ; la plus vaste des pièces est une salle de séjour centrée sur une cheminée de pierre, à laquelle le piano fait pendant.

Les deux hommes s'y trouvent.

Ils sont strictement vêtus et l'un d'eux porte une serviette de cuir. L'autre révèle qu'il se nomme Hobson, il est avocat et il travaille pour un cabinet de Boston, ses papiers l'attestent. Il prie Quattermain d'excuser une telle irruption dans une telle retraite.

— Où nous avons été contraints de vous suivre, monsieur Quattermain, quoique ce genre de mission ne soit guère dans mes habitudes. Mais vous avez quitté New York à la minute même où nous allions prendre contact avec vous. Vous conduisez à une telle vitesse que...

Quattermain considère le messager. C'est un homme d'environ trente-cinq ans, de type latin, d'assez petite taille, aux impénétrables yeux noirs.

— Mon rôle est désormais terminé, achève de dire Hobson. Je vais me retirer, si vous le permettez.

Avant de s'en aller, il dépose sur la table une carte de visite professionnelle, qui sera retrouvée trois jours plus tard par Virginia-Ginny Kendall la danseuse, lors de son arrivée dans la fermette vide ; la carte sera alors remise aux enquêteurs du Clan ; lesquels remonteront à Hobson ; mais ce dernier s'abritera derrière le secret professionnel durant deux semaines. Tout se jouera sur ce retard.

Hobson est sorti. Par une fenêtre, Quattermain le voit se diriger vers une Chevrolet noire rangée derrière un rideau d'ormes, et presque invisible. Hobson s'assoit au volant et allume une cigarette.

— Vous parlez l'espagnol ?

— L'anglais et le français seulement, répond Quattermain, qui se retourne et fait face au messager.

— Qui êtes-vous ?

— Mes ordres sont de remettre le message au seul David John Quattermain, en mains propres.

— J'ai mon permis de conduire, dit Quattermain, amusé.

— Vous avez vécu à Paris en 1930. Où habitiez-vous ?

— Rue de Lille.

— L'étage, je vous prie ?

— Troisième.

Quattermain sourit.

— Il y avait une table à dîner en marbre dans la pièce de droite, un grand salon à gauche avec deux canapés anglais en cuir noir. Dois-je décrire les chambres ?

— Seulement celle où vous dormiez, je vous prie. Ce qu'il y avait au-dessus de la cheminée.

— Une toile de Mondrian représentant une forêt avec des arbres rouges.

— La lettre, dit l'Espagnol.

Il la tend à Quattermain.

— Ce n'était vraiment pas la peine, Thomas, dit l'Homme aux Yeux Jaunes.

Il veut évidemment parler du couteau à viande très pointu et très tranchant que Thomas a ramassé sur la table du salon et emporté avec lui. Et dont il tient le manche bien serré dans sa paume, sous le drap et les couvertures du lit.

— Bonne nuit, monsieur Hubert Golaz.

— Golaz-Hueber. Bonne nuit, Thomas.

Il s'écoule alors pas mal de temps et enfin l'homme bouge ; il quitte le seuil de la chambre, va se rasseoir à la table du salon, et fait tinter une flûte à champagne, peut-être exprès. Les minutes passent. Thomas force sa respiration à s'apaiser, à devenir plus lente, et les yeux fermés il oblige sa mémoire à reconstituer très exactement la troisième partie de Capablanca et d'Alexandre Alekhine, à Londres, en juin de 1926, après le vingt-troisième coup, lorsque Alekhine a déplacé sa tour du roi en g4, amenant le mat en six coups. Et dans le même temps, jouant comme Capablanca le cavalier blanc en défense, il se tourne sur le côté, avec cette brusquerie dans le mouvement et ce petit grognement qu'avait Papé Allègre quand il plongeait dans un sommeil très profond. Il ne va tout de même pas jusqu'à ronfler mais trouve mieux. Sa main droite qui tient le couteau remonte dessous le drap et reparaît à l'air libre, les doigts s'écartent et relâchent l'arme.

Une minute et plus. « Qu'est-ce qu'il attend ? »

Mais ça marche, l'Homme aux Yeux Jaunes se lève, entre très doucement dans la chambre. Il s'approche du lit, à pas de loup, et dit dans un chuchotement : « Donne-moi le couteau, mon garçon. »

Et il le dit *en allemand.*

Thomas ne bouge absolument pas. Il contrôle drôlement bien sa respiration.

Même quand il lui ôte le couteau d'entre les doigts.

Et pas davantage quand lui parvient, vraiment très léger, le petit claquement de la porte de la chambre qui se referme.

Parce qu'il est très possible que l'Homme aux Yeux Jaunes ait fait seulement semblant de s'en aller, et qu'il soit encore là, à deux mètres du lit, immobile dans l'ombre et guettant.

Thomas joue le coup suivant d'Alekhine, c5 mange d6...

Puis les cinq coups suivants, chaque fois mémorisant le tablier aux pièces d'ivoire, mieux que s'il l'avait sous les yeux. Il met Capablanca échec et mat et rien n'arrive. Alors, il joue la revanche, avec la fameuse attaque du fou de Capablanca, soixante et un coups d'affilée, et il se bat contre le foutu sommeil qui vient, heureusement que la mécanique tourne, et drôlement bien.

Le loquet.

Le loquet de la porte communicante entre la chambre et le salon bouge à nouveau, il bouge deux fois, un coup quand le battant s'ouvre et un coup quand il se referme, très silencieusement. « Cette fois, il est bien parti. Mais tu attends encore un peu tout de même... »

Il joue le trente-deuxième coup d'Alekhine, les deux trente-troisième coups et se retourne.

Lentement.

La chambre est vide.

Il s'assoit dans le lit et pour la deuxième fois de la journée, un début de panique s'empare de lui : il ne sait pas au juste combien de temps il a mis à jouer les deux parties d'échecs l'une derrière l'autre, mais trente minutes, c'est très possible, « et il a été capable de me guetter pendant tout ce temps, juste pour voir si je dormais vraiment ! ». Une patience aussi énorme est presque affolante, elle donne la mesure de la force de l'Homme aux Yeux Jaunes !

« Ça se pourrait bien qu'il ait deviné ce que tu viens faire à Grenoble. Non, c'est même certain : il a compris. Ça va être drôlement difficile, avec lui sur tes talons, lui et d'autres. Sûrement qu'il n'est pas seul. Sûrement. »

Il se lève et marche jusqu'à la porte communicante. Juste à temps pour entendre se refermer la porte palière. L'Homme aux Yeux Jaunes est sorti. Comme prévu. « J'ai eu raison d'attendre. »

Il se rhabille. Bien sûr il pourrait s'enfuir. Essayer, en tout cas. Mais pas question. Pas pour le moment. Toujours pour la même raison qu'il a découverte au cours des heures passées dans le cloître Saint-Sauveur d'Aix-en-Provence, à attendre le lever du jour et le départ du train. « Je dois rester avec lui. Même s'il me suit uniquement pour que je le conduise à *Elle*. Surtout à cause de ça. »

Il ouvre la porte du salon, traverse celui-ci, sort dans le couloir.

Le messager espagnol a quitté la maison mais sans rejoindre Hobson dans la voiture : il attend dehors, regardant autour de lui avec curiosité. Il est trois heures de l'après-midi dans le Vermont, États-Unis d'Amérique. Quattermain va chercher une bière puis s'assoit face à la cheminée éteinte. Il relit la lettre. Maria Weber écrit : *« David, je ne me serais pas adressée à vous sans des circonstances exceptionnelles. Écrivant cette lettre, je romps avec toutes les règles auxquelles j'ai conformé ma vie jusqu'à ce jour. »*

Elle lui rappelle (mais cette évocation est froide comme un rapport de police) leur liaison d'août 1930 à février 1931. Leur vie à Paris et la chronologie très précise de leurs escapades à Taormina, à Séville, à Zermatt et bien entendu ces quelques jours de février au cœur de l'hiver quand, au volant de la Bugatti, elle l'a emmené pour ce qui devait être leur dernier voyage ensemble.

« C'est un fait que j'étais enceinte, et de vous. Ne vous y trompez pas : j'avais voulu cet enfant, plus que n'importe quoi au monde. J'ai rompu justement parce que vous me l'aviez fait. J'ignore quel souvenir vous avez conservé de moi, après douze années. Peut-être vous rappellerez-vous que je ne vous ai jamais menti.

« Il s'appelle Thomas. Il est né le 18 septembre 1931 à Lausanne, avenue du Grand-Chêne, dans la clinique du même nom, sous la fausse identité de Thomas David Lamiel, né de père inconnu. Sous certaines conditions, l'homme qui vous a remis cette lettre vous fera connaître les raisons du secret qui a entouré la naissance de mon fils. Les mêmes raisons font qu'aujourd'hui, par ma faute,

il se trouve dans une situation mortellement dangereuse. J'ai jugé que je n'avais plus le droit de le priver de l'aide que vous pourriez lui accorder. Que je vous supplie de lui accorder. »

« Maria » pour toute signature.

Les jours, les semaines, les mois à venir, Quattermain subira l'irruption d'autres réminiscences. Mais rien de comparable à cet instant où il s'hypnotise sur la lettre de Maria Weber. Rien qui ait la brutalité cruelle de cette résurrection de son passé au cœur du Vermont paisible : il est au bord de la Méditerranée avec elle, au terme de l'une de ces escapades démentes dont Maria a le secret. A l'extrême bord de la côte varoise, elle a conduit le capot noir de la Bugatti 41 Royale jusqu'à ce que les gigantesques roues du monstre touchent l'eau ; elle a enfin consenti à couper le moteur et s'est mise à parler : « Nous avons quatre jours à passer ensemble, David. J'aurais pu attendre le dernier moment, ou même vous écrire. Ç'aurait été lâcheté pure. » Et alors elle lui avoue qu'ils ne vont plus se revoir. « Je veux être sûre que vous ne ferez rien pour me joindre, c'est très important, David, je veux votre parole. » Aucune explication, il a toujours été convenu entre eux, depuis leur première rencontre, que chacun conserverait sa liberté entière. Ils passent les quatre jours qui suivent dans une grande villa isolée, prêtée par des amis suisses, dit-elle, de l'autre côté de Sanary, à l'amorce de la route de Bandol. Une villa à étages d'un ocre génois, tenue par un couple nommé Allègre, avec un terrain de tennis, et une très belle allée de vingt-quatre palmiers. La troisième nuit, vers deux heures du matin, Quattermain s'éveille sans comprendre pourquoi, puis découvre que le lit à quenouilles est vide à côté de lui. Il se lève et c'est dans le salon du rez-de-chaussée, devant le feu presque moribond, qu'il retrouve Maria pleurant à chaudes larmes, en proie à un chagrin désespéré. Il ranime et relance le feu, puis s'assied face à elle. En fureur. Passe qu'elle veuille rompre, et sans avancer la moindre explication ; passent même tous les mystères qu'elle a toujours entretenus sur elle-même, depuis sept mois qu'ils se connaissent (à Paris par exemple, il ignore où elle habite). Mais qu'elle refuse toute espèce d'aide l'enrage ; il pourrait mobiliser pour elle toute la puissance du Clan, la ramener en Amérique, l'épouser bien sûr (il le lui a proposé quatre fois)... Assis face à elle, il la regarde pleurer, déterminé à obtenir d'elle enfin la vérité. Mais sa résolution s'effondre lorsqu'elle lui tend les bras, se réfugie contre lui, et sanglote éperdument cette fois, tous barrages rompus. Le lendemain, elle a recouvré sa maîtrise ordinaire, infernale. Elle renouvelle son exigence : il ne devra en aucun cas la rechercher, de quelque façon que ce soit.

Ils sont convenus qu'il regagnerait Paris par le Train bleu, et sans elle. Elle le dépose en début d'après-midi au bas du grand escalier de la gare de Marseille puis s'en va, aux commandes de la Bugatti. Quattermain gravit quelques marches, s'immobilise, se retourne et voit alors passer, à bord d'une seconde voiture, deux hommes aux visages de chasseurs en alerte. Il les reconnaît : à deux ou trois reprises — une fois à Paris et une autre en Sicile —, il les a déjà repérés, veillant à distance. Les deux gardes du corps ont le cheveu sombre et le plus grand des deux, rencontrant le regard de Quattermain, lui adresse ce qui pourrait passer pour un signe amical, d'une grande main osseuse, à laquelle il manque deux doigts.

— Ils pouvaient très bien être espagnols, comme vous-même.

Silence. Le messager ne réagit pas. Quattermain demande :

— Où est-elle ?

— Je ne sais pas.

— Vous connaissez le contenu de cette lettre ?

— L'essentiel, dit l'Espagnol.

— Où est l'enfant ?

— En France. Dans le Sud. Il s'y trouvait quand j'ai quitté l'Europe.

— Il est en danger ?

— Oui.

L'Espagnol lève une main, paume ouverte.

— Je ne répondrai plus à aucune question, monsieur Quattermain.

— Ce qui signifie ?

— Vous devez d'abord prendre votre décision.

— Si je vais ou non m'occuper de cet enfant ?

— Oui.

— Quand dois-je me décider ?

Silence.

— Je vois, dit Quattermain.

Il tient toujours la lettre dépliée. Il marche. Sa mère et tout le Clan ont évidemment l'habitude de ses fugues, deux semaines pourront sans doute s'écouler avant que l'on s'inquiète de lui. Il contemple le matériel de pêche et les armes de chasse.

Et puis il y a Ginny, qu'il allait oublier. Il pourra lui laisser un mot (il va oublier de le faire).

— Comment est-il ? L'enfant ? Comment est-il ?

— Exceptionnel, dit l'Espagnol.

— Nous avons éliminé deux des gardes du corps espagnols, dit dans l'écouteur la voix de Jurgen Hess. Le troisième a réussi à nous échapper. Nous l'avons peut-être blessé.

— Mais des deux autres, vous êtes sûr ?

Jurgen Hess dit qu'il l'est. Oui, il sait que les ordres étaient de prendre vivant l'un au moins des gardes du corps, mais il n'a pas eu le choix : celui qui était dans l'appartement s'est défendu avec une vitalité inconcevable, bras et jambes déchiquetés par les balles, ayant abattu trois des assaillants, il a continué de tirer et d'avancer.

— J'ai dû l'achever, je n'avais pas le choix.

— Votre disparition n'aurait pas été une perte, mon bon Jurgen, vous n'avez pas exécuté mes ordres. De quoi d'ailleurs êtes-vous capable ? Si le Troisième Reich s'effondre un jour, vous y serez pour quelque chose.

Dans la cabine téléphonique du hall de l'hôtel des *Trois Dauphins,* Gregor Laemmle s'amuse énormément, sous le regard d'un groupe d'officiers supérieurs italiens assis non loin de là qui le dévisagent avec surprise ; il demande :

— Et les occupants de la maison ?

Il veut évidemment parler du colonel aixois et de sa gouvernante, dont il n'est tout de même pas fou au point de lancer les noms dans un hôtel. Hess répond que le colonel est vivant, et sa gouvernante aussi ; il les a fait transférer dans une villa tranquille, pour les interroger — sans grand résultat, ils n'ont pas l'air de savoir grand-chose. Mais le colonel parlera, tôt ou tard.

— Et l'Homme à la Main Coupée ?

On ne l'a vu nulle part, répond Hess qui se met à expliquer comment on le recherche et le voici soudain à récriminer : la disparition de Gregor Laemmle à Aix l'a surpris, il est sans nouvelles depuis vingt-quatre heures, il trouve anormal d'être tenu à l'écart, d'ailleurs il a pris contact avec la Gestapo à Paris et...

Gregor Laemmle raccroche, sort de la cabine et, saisissant un verre de chartreuse, il le lève à hauteur de son visage, salue les Italiens, dont deux ou trois continuent de lui couler des regards intrigués. Il note : « Et me voilà avec une mutinerie sur les bras, le bon Jurgen en est presque à penser tout seul. Le nazisme n'est décidément plus ce qu'il était. » Il marche dans le hall et un instant envisage de s'asseoir aux côtés des Transalpins, ne serait-ce que pour rafraîchir ses connaissances en italien. Mais au lieu de cela, il va vers la porte tournante, transportant son verre de chartreuse comme s'il eût contenu de la nitroglycérine. Au travers des vitres, il contemple la place Grenette. Sans la voir vraiment. Il se sent bizarre et presque au bord de basculer dans une de ses crises qui le précipitent dans un immense dégoût de lui-même et de la vie.

Il boit une nouvelle gorgée de liqueur quand il remarque le grand, blond, charmant Soëft installé dans une voiture à l'arrêt, en faction avec deux de ses hommes, dans l'attente d'un signal qui le mettra en mouvement. Ce n'est pas tout, bien entendu : d'autres pièces sont de même disposées, aux alentours de l'hôtel et dans tout Grenoble. Des *pièces*. La comparaison avec le jeu d'échecs s'impose : « La dame blanche et la dame noire sont à Grenoble, et naturellement je suis la dame noire, de toutes parts protégée par ses fous, ses tours, ses cavaliers et ses pions. Mais qui protège cette dame blanche en culottes courtes ? »

Sonnerie du téléphone. C'est pour lui. Voix de Joachim Gortz. Qui se trouve à Paris et accepte d'effectuer le déplacement, ainsi que toute la manœuvre que lui réclame Gregor Laemmle. Quoiqu'il n'en comprenne pas trop le sens.

— C'est sans doute que je l'ignore moi-même, réplique Gregor Laemmle. (Tout en parlant, il a machinalement porté son regard, non plus sur les Italiens, mais en direction de l'escalier menant aux étages. Il n'y a vu personne, ni le moindre mouvement furtif d'un garçonnet en culottes courtes. Mais il a ressenti quelque chose. A moins que sa rétine ait capté une ombre ? Gregor Laemmle sourit : « Il m'aurait trois quarts d'heure durant joué la comédie du sommeil ? Le petit monstre ! »)

— Mais pourquoi diable ce gamin, qui serait si intelligent, n'a-t-il pas essayé de vous échapper ? demande Gortz. Qui le protège ?

— Excellente question. Bonne nuit, cher Joachim.

Une nouvelle fois il raccroche et lampe ce qui lui reste de chartreuse, regrettant de n'avoir pas la langue assez longue pour atteindre le fond du verre.

Il va se coucher.

En montant l'escalier, à chaque étage, il s'attend, avec une angoisse légère mais délicieuse, à voir surgir l'Homme à la Main Coupée. Qui lui trancherait illico la gorge.

Mais non.

L'Enfant dort ou semble dormir profondément.

Quattermain se retourne sur son siège et par la lunette arrière de la Chevrolet, jette un dernier coup d'œil sur sa maison, devant laquelle la Packard douze cylindres est toujours garée.

— Je n'ai même pas eu le temps d'en sortir mes bagages. Oh, bon Dieu, j'ai oublié Ginny !

— Nous pouvons faire demi-tour, suggère Hobson.

— Aucune importance. Continuez.

« Et j'achèterai en route les vêtements dont je pourrai avoir besoin. Après tout, je serai de retour dans une huitaine... »

Il se rencogne dans l'angle de la banquette arrière. L'émissaire espagnol est assis à sa gauche ; il a montré un passeport au nom de Juan Vidal, né à Palma de Majorque en 1905 — il a donc trente-sept ans. Profession : directeur de banque.

Très peu de temps après, la voiture franchit la frontière canadienne, et arrive à Montréal une heure et demie plus tard. Hobson s'occupe des billets, les leur remet, s'en va.

— Comment peut-on se rendre en France ?

— Zurich est en Suisse.

— Jusque-là, je sais, répond Quattermain en riant.

(« Ce type est gai comme un banquier... ») Comment va-t-on en Suisse ?

— De Montréal à Shannon en Irlande, puis d'Irlande au Portugal, du Portugal en Espagne, de Madrid à Zurich. C'est l'affaire de trois jours au plus. Vous connaissez l'Espagne ?

Quattermain s'est rendu une fois à Madrid et une autre à Pampelune, en compagnie de cet abruti d'Ernest Hemingway qui tenait absolument à lui faire partager sa passion des corridas.

— Un jour, vous devriez venir à Majorque.

A présent qu'il est débarrassé de la présence de Hobson, l'Espagnol se montre un peu plus prolixe. Il révèle qu'il a déjà eu affaire au Clan, du moins aux représentants de celui-ci en Espagne.

— J'ai assisté à un dîner à Barcelone qui était organisé en l'honneur de M. Joseph Sowinski...

— S'il y a une chose qui m'intéresse moins que les activités des hommes d'affaires de ma famille, je serais curieux de la connaître, remarque Quattermain.

Le banquier espagnol sourit, pour la première fois. L'avion quadrimoteur vient de décoller et vole vers sa première escale, Gander à Terre-Neuve. La nuit tombe. Six heures plus tôt, Quattermain s'apprêtait à passer trois journées paisibles de pêche, suivies d'une semaine en tête à tête avec un mètre soixante-dix de chair rose : « Qu'est-ce que je fais dans cet aéroplane ? » Mais il ressent au vrai une excitation presque enfantine.

L'Espagnol parle du généralissime Franco (à qui il trouve beaucoup de mérite), puis de la France.

Quattermain le regarde stupéfait.

— Quelle ligne de démarcation ?

Dans le courant de la deuxième nuit, la pluie a commencé de tomber sur Grenoble et depuis n'a plus cessé. Gregor Laemmle marche sous un gigantesque parapluie noir, comme en ont les bergers et les curés de campagne. Il hait positivement cet ustensile, presque autant que les horribles vêtements qu'il porte, achetés à Grenoble faute d'avoir encore reçu ses valises d'Aix-en-Provence, « rien que pour cette négligence, Jurgen Hess mériterait d'être fusillé », mais il abomine par-dessus tout l'exercice auquel il se livre, pour la deuxième journée consécutive : déambuler dans les rues grenobloises, sur les talons de l'Enfant ; lequel va devant lui, fort allègre.

Tout a commencé la veille, alors qu'il était au plus six heures du matin : un bruit net et répété a tiré Gregor Laemmle de son doux sommeil, et plus il tentait d'ignorer ce bruit, plus celui-ci devenait insistant. Une fois levé et drapé dans une courtepointe, il est sorti de sa chambre, et a reçu en plein visage le regard tranquille des yeux gris ; déjà habillé et ses cheveux noirs encore humides de la douche, l'Enfant était assis à la table du salon et, avec le manche d'une fourchette, tapotait le bord d'une assiette :

— Si je vous ai réveillé, je vous prie de m'en excuser.

— Tu m'as réveillé et il n'est même pas six heures du matin.

— Je suis vraiment tout à fait désolé.

— J'en suis certain, a dit Gregor Laemmle, qui a dormi trois heures en tout (la veille, fouillant la petite bibliothèque de l'hôtel des *Trois Dauphins,* il a mis la main sur le *Henri Brulard* de Stendhal dont il a lu presque trois cents pages avant de trouver le sommeil).

— Merci de me pardonner, a dit Thomas avec toute la courtoisie du monde.

Sur quoi il a ajouté :

— Je prends du café au lait, d'habitude.

Avec des tartines.

Et du beurre.

Et de la confiture d'abricots (pas de confiture de fraises, il n'aime pas. A cause des pépins qui restent dans les dents).

Gregor Laemmle a dû sortir dans le couloir, marcher jusqu'à la cage d'escalier, héler un garçon d'étage, descendre jusqu'aux cuisines, passer commande, obtenir contre vingt francs la parole d'honneur du cuisinier que le service aurait lieu dans les cinq minutes suivantes. Tout cela noblement drapé dans sa courtepointe, quasi somnambule mais peu à peu émergeant de sa torpeur, et bizarrement troublé par le plaisir éprouvé à ainsi subir les exigences de l'Enfant ; et sans doute aussi par cette familiarité naissante, entre l'Enfant et lui. Il est revenu dans sa chambre, s'est hâté de faire sa toilette ; pour l'une des très rares fois de sa vie, il s'est privé de son bain très chaud et interminable et s'est contenté d'une douche. Pire encore, faute de vêtements de rechange, de sous-vêtements surtout, il a remis ceux de la veille, révulsé de dégoût.

On a dans l'intervalle apporté les petits déjeuners.

— J'ai très faim, monsieur Hubert Holaz.

— Golaz-Hueber. Mange, si tu as faim.

— Je ne sais pas beurrer les tartines.

Une impavidité totale dans le regard gris : « Il se paie ta tête et tu y prends plaisir. » Gregor Laemmle s'est attaqué à la confection des tartines : « Encore une, Thomas ? — S'il vous plaît, oui. Mais je ne voudrais surtout pas être impoli, monsieur. — Oui, Thomas ? — Vous n'êtes pas très fort, pour les tartines. Il y a des trous. — Je fais de mon mieux, je t'assure. D'ailleurs, tu exagères : il n'y a pas de trou dans ce pain. Je me demande même si c'est du pain. — Je ne parlais pas du pain mais de la façon dont vous mettez le beurre et la confiture d'abricots. Il y a des trous. Ici. Et là. Regardez vous-même. — Je vais m'appliquer, Thomas. Celle-ci n'est pas mal, non ? — Elle n'est pas mal, c'est vrai. Pas terrible, mais pas mal. — Tu n'en veux tout de même pas une autre ? — C'est que j'ai encore un peu faim. — Tu en as déjà mangé sept ! — Je suis vraiment désolé, monsieur. » Gregor Laemmle s'est employé à faire un chef-d'œuvre de la huitième tartine ; il a considéré l'Enfant y mordant à pleines dents : « Alors, Thomas ? — Elle est bien, celle-là. Vraiment bien. — Merci, Thomas, je suis enchanté d'avoir pu la réussir, surtout après seulement sept tartines pour m'entraîner. — Sauf que mon café au lait est froid, maintenant. Est-ce que vous pourriez demander qu'on me le change, s'il vous plaît ? »

Gregor Laemmle marche dans les rues de Grenoble sous son grand parapluie noir. Cette deuxième journée a débuté comme la première : même lever aux aurores, même cérémonie des tartines, même sortie de l'hôtel aux environs de sept heures quinze...

Même déambulation absurde.

L'Enfant conduit la marche. Après trois ou quatre cents mètres, il est entré dans une boutique, en l'espèce une boulangerie, il a pris place (et Gregor Laemmle derrière lui) dans la queue formée de ménagères. Lesquelles ont scruté sans aménité particulière ce tandem étranger au quartier, constitué d'un gamin (passait encore) et d'un adulte replet en complet crème et panama, un peu trop souriant. Quand est venu son tour de passer commande à la boulangère, l'Enfant a dit : « Je ne veux pas de pain, madame. D'ailleurs, je n'ai pas de tickets. J'ai juste un message que vous devez donner au boulanger : dites que le chien de l'Homme au Pied Bot a la scarlatine. Juste ça : le chien de l'Homme au Pied Bot a la scarlatine. Au revoir, madame. »

Demi-tour là-dessus et sortie de la boutique (que

Soëft et ses acolytes avaient déjà encerclée, discrètement).

Ce n'était qu'un début. Deux rues plus loin, c'est dans un bar qu'il est entré. Cette fois, au cafetier non moins ahuri que la boulangère, il a révélé qu'il venait de la part de Pistol Peter pour annoncer que le « lézard a maintenant des plumes au bec ».

Et ainsi de suite.

En tout, pour cette première journée, trente-sept boutiques, établissements et commerces divers, voire bâtiments publics (dont un bureau de poste où il a insisté pour parler secrètement au receveur, dans le but de le prévenir que « Rouletabille a trois cheveux »).

Mais la deuxième journée s'est vite annoncée sous d'identiques auspices : voilà cinq heures qu'ils marchent, sous une pluie battante. On en est déjà à vingt-trois messages délivrés, parfois aux mêmes endroits que la veille, parfois à des interlocuteurs nouveaux. Aucune ligne conductrice dans cette déambulation infernale à travers Grenoble. Ils passent devant telle quincaillerie en l'ignorant tout à fait, y reviennent une heure plus tard pour y délivrer un message, au terme d'un itinéraire de pure fantaisie, à peine moins farfelu que ledit message (« Arsène Lupin a revendu sa culotte »).

Ou bien ils défilent à cinq reprises devant l'église Saint-Joseph avant d'y entrer pour alerter le bedeau (interloqué) sur le rendez-vous qu'il a dans une heure, sur la plage, avec les Pieds Nickelés.

« A croire qu'il est un émetteur vivant de Radio-Londres, dans la série " Les Français parlent aux Français " », songe Gregor Laemmle envahi par un flot de sentiments contradictoires, parmi lesquels il identifie une certaine exaspération, une propension au fou rire et de l'admiration, voire une tendre fierté : « Cet adorable bambin aux yeux de rapace me promène, nous promène, Soëft, ses hommes et moi ; il nous ridiculise ; ce pauvre Soëft est en train de devenir fou, à vérifier toutes ces adresses, tandis que je commence à craquer moi-même, dans mes efforts pour garder en mémoire ces messages absurdes qu'il distribue tel un facteur en tournée. »

Ce qui assurément est l'un des buts poursuivis par l'Enfant. Parce que, bien entendu, un des multiples contacts établis dans Grenoble a sans doute permis au jeune Thomas d'alerter des amis de sa mère.

— Tu n'as pas faim, Thomas ? Il est midi et demi passé.

Les prunelles grises lentement se détournent de la vitrine d'un antiquaire chez qui, peut-être, il allait entrer. Les regards se croisent et, sans qu'un seul mot soit prononcé, l'échange est pourtant clair : « Il attendait que je parle et qu'en somme je demande grâce ! » Gregor Laemmle est furieux, le temps de quelques secondes du moins : « Ce petit morveux traîne derrière lui, en farandole, huit ou dix hommes — dont moi. Il le sait et s'en amuse ! Alors qu'il me suffirait d'un mot, d'un ordre, pour que toute cette comédie cesse, on lui mettrait la main dessus et par tous les moyens on le ferait parler. C'est ce que préconisent Hess, Soëft et même Joachim Gortz. Il devrait comprendre qu'entre ces hommes et lui, il n'y a que moi, nous sommes sa seule protection, moi et mes idées singulières. Il... »

Un instant.

« Et qui le protège, lui ? » a demandé Joachim Gortz, l'avant-veille au téléphone.

La réponse est évidente.

« MOI ! Moi, Gregor Laemmle ! »

L'Enfant a maintenant le nez collé à la vitre d'un restaurant de catégorie A (menus de trente-cinq francs dix à cinquante francs, prix maximal autorisé par l'arrêté ministériel du gouvernement de Vichy, constitués de hors-d'œuvre froids sans œufs ni poisson, et d'un plat sans beurre ni sucre, accompagné de vingt centilitres de vin seulement, le tout sur présentation des tickets prescrits).

L'Enfant demande :

— C'est quoi, une julienne de rutabagas ?

— Une héroïne de Stendhal, répond Gregor Laemmle.

« Il a compris que j'attends qu'il me conduise à sa mère, ou que sa mère tente de me le reprendre ; il sait que d'autres à ma place seraient prêts à lui arracher les yeux pour le faire parler. Tandis qu'avec moi, il a une chance. Et il me défie, comme aux échecs. »

— Viens, Thomas, allons ailleurs, où tu pourras manger à ta faim.

« Je vais lui accorder, m'accorder trois, non, quatre jours, jusqu'à lundi. Lundi soir. Ensuite, que Soëft se débrouille. Pas Hess. Hess me le défigurerait. »

Dans le restaurant de marché noir où l'a conduit l'Homme aux Yeux Jaunes, on leur sert du gigot de mouton aux haricots. Avant, il y a eu du jambon de Parme au melon, et après il y aura des îles flottantes. Thomas a déjà mangé autant qu'il l'a pu. Ce n'est pas qu'il soit tellement affamé, mais ce qui est pris est pris, comme disait Papé Allègre. Il est drôlement fatigué.

— Une autre tranche de gigot, Thomas !

— Non merci, monsieur. Vraiment.

— Je croyais que tu avais très faim ?

— Je n'ai plus très faim, maintenant.

Drôlement fatigué et pas seulement les jambes. C'est comme lorsque tu tries un puzzle. Ça prend du temps, surtout ceux de cinq mille pièces. Il faut trouver les bords, et ensuite tu les classes par couleurs, avant même de commencer.

Thomas a trié, en visitant tant de boutiques. Il a respecté ce que Javier lui avait dit, il a sacrément bien exécuté le plan. Javier a dit : « Si quelque chose arrivait,

Thomas, si un jour tu te retrouvais seul, avec Joan, Tomeo ou Miquel, mais sans moi, tu vas à Grenoble chez le marchand de légumes. Tu as son adresse, mais attention. »

— Tu as encore assez faim pour le dessert, Thomas ?

La question en allemand a failli prendre Thomas par surprise. Pour un peu, il répondait directement, sans réfléchir. « Je ne suis pas assez concentré, c'est comme ça qu'on perd des parties. » Il ouvre de grands yeux, faisant semblant de ne pas comprendre.

— Je te demandais si tu avais encore assez faim pour le dessert, dit l'Homme aux Yeux Jaunes, mais cette fois en français.

— Pour le dessert, oui, dit Thomas. J'aime beaucoup les îles flottantes.

« Mais attention, Thomas », a dit Javier Coll, « si tu es à Grenoble et que tu as l'impression, seulement l'impression, d'être suivi, ne va pas directement chez le marchand de légumes. Ou alors vas-y, mais de telle façon que ceux qui peuvent te suivre ne devinent pas que tu vas à un rendez-vous. Tu comprends ? — Je comprends. — Réfléchis bien, Thomas. Je peux t'aider à trouver une solution, mais je ne serai pas toujours à tes côtés. Je préférerais que tu y penses seul. Prends ton temps, on en reparlera demain, je serais curieux de savoir si tu peux trouver quelque chose de vraiment malin, je suis même sûr que tu vas trouver. » Thomas a réfléchi, comme il le fait lorsqu'il joue aux échecs (c'est exactement pareil), en se concentrant, et le soir même il est revenu voir Javier, il lui a expliqué comment il ferait, dans le cas où il serait à Grenoble, et suivi par des types, et sans personne pour l'aider à part le marchand de légumes chez Barthélemy, place Sainte-Claire, le Barthélemy qui est *mallorquín* et de Soller comme Javier : il irait dans cinquante ou soixante boutiques et même plus et comme ça, ceux qui le suivraient ne sauraient pas à quel endroit il aurait vraiment rendez-vous, surtout s'il parle à tous les commerçants en leur disant des phrases rigolotes, comme celles de Radio-Londres, que ma tante a mal aux dents et autres, il en a même entendu une vraiment marrante hier soir. Bon d'accord, c'est pas le moment. « En tout cas, ça ferait cinquante ou soixante magasins — ou même plus, pourquoi pas cent cinquante, ça dépend du nombre des magasins dans Grenoble, que les suiveurs devraient vérifier et ils deviendraient fous avec toutes ces phrases qui ne voudront rien dire, sauf une, qui elle dira au marchand de légumes que j'ai drôlement besoin de lui, et vite. »

Thomas sort du restaurant sur les talons de l'Homme aux Yeux Jaunes, « hé, hé, il a mal aux pieds ! ». Dehors, il repère trois autres hommes, en plus des quatre premiers dont le grand blond qui attendait dans la voiture devant l'hôtel, la première nuit, « celui-là ne peut être Jurgen Hess puisqu'il parlait au téléphone, au même moment. Ça doit être Soëft, ou un nom comme ça. En tout cas, ils sont déjà sept. Peut-être qu'ils ne sont pas trente, mais sept, ça fait pas mal. Sans compter ceux que je n'ai pas encore repérés ».

— Il pleut toujours, Thomas, remarque l'Homme aux Yeux Jaunes.

— Eh oui, dit Thomas sur un ton vraiment très neutre, pour pleuvoir, il pleut.

« Ne fais quand même pas trop le malin, Thomas », se dit-il à lui-même.

— Et il fait très froid. Je ne voudrais pas que tu attrapes froid.

« Tu parles ! Ils sont prêts à me découper comme du saucisson, lui et les autres, mais il fait semblant d'avoir peur que je m'enrhume ! »

— Je n'ai pas froid du tout, monsieur, je vous assure, dit-il. Je suis vraiment très bien, dans ce manteau et ces chaussures que vous m'avez achetés.

« Il commence à en avoir assez de faire des kilomètres dans les rues de Grenoble », pense Thomas en marchant vers cette place dont il connaît maintenant le nom, puisque ça fait sept fois qu'il la traverse, la place de Verdun. Il choisit au hasard un magasin où l'on vend des robes pour les dames. Il traverse tout d'un coup la rue en courant et se précipite à l'intérieur de la boutique (dans la vitrine, il voit avec la plus grande satisfaction les conséquences de sa manœuvre : affolés, ils sont tous, ils courent, eux aussi, « ça leur fait les pieds ! »). Il entre dans le magasin et confie à la vendeuse que « Bécassine vient d'acheter de la morue pas fraîche ».

— Je ne comprends pas, dit la vendeuse, juste au moment où l'Homme aux Yeux Jaunes arrive enfin dans la boutique.

— Ne faites pas attention : mon neveu est un peu espiègle.

Thomas se laisse docilement entraîner dehors.

— Tu vas continuer encore longtemps ?

« Attention, il commence à s'énerver. »

— J'ai bientôt fini, monsieur. Pour aujourd'hui.

Il fait très attention aussi à ses yeux : il ne faut surtout pas qu'il ait l'air de rigoler.

Il se remet en marche et cette fois pénètre dans un restaurant — message à l'intention de la cuisinière : « Bibi Fricotin est sur le toit et mange des oranges. » Ensuite, il visite successivement une mercerie, un café où des hommes boivent, une autre mercerie, un entrepreneur de pompes funèbres (« Est-ce que le cercueil de Tarzan est prêt ? »), une pâtisserie, un magasin de chaussures (ça fait trois fois que j'y passe), la réception d'un hôtel, deux cafés à la file, une boucherie.

Il a traversé la place de Verdun, croisé deux rues, fait un crochet vers une église dont il ne sait pas le nom.

Il entre dans un café où boivent des soldats italiens, dans une mercerie encore, un premier magasin de fruits et légumes, une épicerie, un marchand de meubles, un truc où il y a marqué sur la porte Contributions directes, où il fait la queue et en comprend assez pour se hisser sur la pointe des pieds et glisser à un homme chauve : « Je suis venu vous avertir que Mandrake le Magicien n'a pas payé ses impôts », un autre marchand de meubles (« Zig et Puce ont une armoire pleine de frites »), la même église que tout à l'heure mais dans l'autre sens, encore un café, puis une école.

Il semble se déplacer au hasard mais en réalité il approche de la place Sainte-Claire...

Et même l'y voilà.

Il entre et aussi naturellement que les fois précédentes, il prononce une phrase qui n'a pas davantage de sens. Et ceci bien qu'il ait reconnu Barthélemy le marchand *mallorquín* de légumes, et qu'il éprouve soudain l'envie très forte et très dangereuse de se jeter dans ses bras.

— Guy l'Éclair n'aime pas les poissons rouges.

Le marchand de légumes est en train de trier ses salades, il met un certain temps avant de lever la tête et considère Thomas, l'air impassible, à croire qu'il n'a pas compris le message. Il ne bronche pas. L'Homme aux Yeux Jaunes et le marchand de légumes échangent un regard.

— Ne faites pas attention à mon neveu, il s'amuse, dit l'Homme aux Yeux Jaunes. (« Il a déjà donné trente fois au moins cette explication à d'autres, pense Thomas, il n'a pas beaucoup d'imagination, il pourrait trouver autre chose, je trouve bien chaque fois une phrase nouvelle, moi. »)

Dans l'heure suivante (cinq heures de l'après-midi ont sonné à la cathédrale de Grenoble et les rues s'emplissent d'enfants libérés par les écoles, tandis que la nuit vient très vite), Thomas se présente successivement dans neuf autres magasins, boutiques et bureaux. Il n'en peut plus, il a sacrément mal aux jambes.

Il est vraiment temps que ça finisse.

« Tu y es presque...

« Si le marchand de légumes a compris, s'il a fait ce qu'il avait à faire, mais peut-être que je n'ai pas parlé au bon Barthélemy, c'était son frère ou son cousin, ils se ressemblent tous dans la famille.

« ARRÊTE ! Tu te fais peur pour rien !

« Encore cinq boutiques. »

Il regarde la rue devant lui. C'est celle de droite, il s'en souvient très bien.

Trois autres visites — encore une mercière, c'est pas vrai ! — et la nuit est tombée tout à fait, le froid est drôlement froid, on gèle, on dirait que la saleté de pluie va s'arrêter mais ça pourrait bien être de la neige, à la place.

« J'ai drôlement froid et qu'est-ce que je suis fatigué ! »

Encore deux. « C'est quelle phrase, je ne m'en souviens plus ! »

— Il est temps de rentrer, Thomas, tu ne crois pas ?

L'Homme aux Yeux Jaunes s'est planté sur le trottoir. Il semble ne plus vouloir suivre, ça se voit qu'il en a plein les bottes, lui aussi. Et il y a dans sa voix une irritation très inquiétante. Thomas était sur le point d'entrer chez un marchand de bois et charbon. Il pivote et regarde en arrière de lui, vers l'Homme aux Yeux Jaunes qui ne bouge toujours pas, il repère une fois de plus le grand homme blond qui peut-être s'appelle Soëft, et les six autres.

Non, ils sont huit. Merde ! Neuf en tout !

Il va entrer chez le charbonnier et soudain. Oh ! Bon sang, ÇA Y EST !

Ils sont là. Les trois jeunes garçons dont l'un au moins lui est connu : il était chez Barthélemy le marchand de légumes.

La voix de Javier :

— Ils s'appellent Mimi, Michel et Jacques, Thomas...

L'Homme aux Yeux Jaunes :

— Thomas, ça suffit, maintenant.

« C'est le moment ou jamais », pense Thomas.

Il fait cinq mètres de plus, dépasse la boutique du marchand de charbon, et pénètre dans le café où une heure plus tôt il est déjà venu. Dix à douze hommes et des gros sont accoudés au bar et boivent du vin blanc, à côté de joueurs de cartes. Thomas marche le long du comptoir et comme à sa visite précédente, il se dirige vers le patron derrière la caisse, jette un coup d'œil dans le miroir accroché au mur et voit l'Homme aux Yeux Jaunes qui est resté sur le seuil de la porte, le visage vraiment renfrogné, « il est pas content du tout ». Thomas a parcouru cinq mètres et soudain, au lieu de poursuivre jusqu'au fond, il s'infiltre dans le groupe des hommes accoudés au bar, en tire deux par la manche, prend sa plus petite voix, ouvre de grands yeux innocents (il a choisi celui qui parle le plus fort, ça lui a paru une bonne idée), et dit très bas, et très vite :

— M'sieur, j'ai peur. Il y a cet homme qui me suit tout le temps, depuis que je suis sorti de l'école du Bon Pasteur. Il a voulu me toucher et m'a demandé des choses très sales.

L'Homme aux Yeux Jaunes est intrigué, peut-être inquiet par ce changement. Il s'approche, lentement.

— Ce petit type blond et rose qui vient d'entrer ? demande l'homme qui parlait fort.

— Celui-là. Il m'a mis la main dans ma culotte.

— Ah vraiment ? dit le buveur de vin blanc. Il se redresse (et tu dirais une montagne qui se déplie, j'ai vraiment bien choisi, pense Thomas) et ses copains font pareil.

— Il me semble, messieurs, qu'un petit malentendu vient de naître, dit l'Homme aux Yeux Jaunes de sa voix très douce. Il se trouve que je suis l'oncle de ce garçon et...

— Tu veux dire sa tata ?

Thomas n'attend pas davantage : il file par l'arrière-salle, qui donne sur une cour où sont alignés des tonneaux. Il s'enfonce sous le passage couvert qu'il a remarqué la veille, lorsqu'il a fait exprès le tour du pâté de maisons.

Une rue étroite. Il y court. Une petite silhouette

apparaît, celle d'un jeune garçon, qui lui fait signe : « A droite ! » Il obéit et tourne, courant toujours. Il n'a pas trente mètres à faire, on l'appelle :

— Thomas ! Par ici !

« Il sait mon prénom », a le temps de noter Thomas. Déjà, on l'a fait entrer dans un couloir d'immeuble, on grimpe un étage, on entre dans un appartement vide — sauf des chats —, on sort par une fenêtre.

Un toit puis une autre fenêtre, qu'un adolescent referme après son passage :

— Je m'appelle Michel, je suis l'un des fils du marchand de légumes, viens.

Ils traversent un appartement où deux vieilles dames tricotent et font celles qui ne voient rien. Ressortent sur un palier, un escalier s'offre : « Tu sais monter à vélo, Thomas ?

— Un peu. »

Nouvelle porte, nouvelle rue, traversée comme si de rien n'était, celle-là. Ils s'enfoncent dans une ruelle, entrent dans une menuiserie par l'arrière ; trois hommes y travaillent mais aucun ne lève seulement la tête. Ils ne veulent rien voir ni rien entendre, c'est clair.

Un couloir. Ils sont dans une boutique de cordonnier, avec une porte vitrée donnant sur rue.

— Attends, Thomas.

Michel sourit, yeux pétillant de gaieté.

— On rigole, hein ?

— Drôlement, dit Thomas.

Qui reste sur ses gardes, prêt à filer comme l'éclair, quoique son instinct lui dise que tout va bien, que la course est finie, provisoirement. Un peu de temps passe. « Ils vont venir, Thomas, rassure-toi. On ne savait pas par où tu allais sortir, alors on t'a guetté de tous les côtés. Heureusement qu'on était trois. » Deux autres garçons enfin apparaissent, poussent la porte vitrée et entrent ; l'un, le plus petit, lui a fait signe, tout à l'heure.

— Mes frères, dit Michel. Le plus grand, c'est Mimi, et l'autre, c'est Jacques. Enlève ton manteau, ta culotte, ton chandail et ton béret, Thomas, et aussi tes chaussures. Allez, grouille !

Le changement a lieu dans l'atelier du cordonnier (le cordonnier n'est pas là, l'échoppe est vide, à part les quatre gosses). Thomas enfile une culotte qui le serre, une veste canadienne qui lui va à peu près, des galoches à semelles de bois, un passe-montagne en laine rouge et bleue, des gants également de laine ; ce sont les propres vêtements de Jacques qui, lui, met des habits tirés du ballot que transportait son frère aîné.

— Et mes affaires ? demande Thomas.

— Mimi s'en occupe. Papa a dit de les cacher. Viens.

Thomas se retrouve dans la rue, avec deux bicyclettes, chacune assortie d'une petite remorque en contre-plaqué, à deux roues. Les remorques sont emplies de légumes, surtout des salades fripées.

— Vite, Thomas. Mais attention, tu es Jacques, maintenant.

Michel a déjà enfourché sa propre bicyclette et le presse d'en faire autant. Thomas se hisse en selle et se dresse sur les pédales. La remorque le surprend par son poids, mais il finit par la mettre en route.

Ils roulent.

— C'est pour qui, toutes ces salades ?

— Les chèvres évidemment, répond Michel, hilare.

Quattermain est à Lisbonne. Il pense à *Elle,* Maria, il n'aurait jamais imaginé qu'*Elle* eût pu être enceinte, et attendre un enfant comme n'importe quelle femme, « mais j'avais vingt-deux ans, le Clan m'avait tout frais pondu, j'étais dans la pleine innocence de la jeunesse, dont il n'est pas si sûr que je me sois aujourd'hui départi ; d'emblée rue de l'Estrapade le premier jour où je L'ai connue, *Elle* m'a paru avoir vécu dix existences, j'étais un gamin et *Elle* était femme, au-delà du possible ».

Durant ces interminables heures où les hélices des avions successifs ont brassé l'air de l'Atlantique, si laborieusement, la lente remontée des souvenirs s'est poursuivie. Sans ordre ni raison, chaotique. Amère et pourtant mêlée de douceurs étranges, finalement douloureuses — car le chagrin aussi est revenu : il pensait avoir à tout jamais classé sa liaison au rang des « amours de jeunesse ». Il se sera donc trompé, et s'en étonne. Reste qu'il a quitté le Vermont dans l'heure, comme un voleur surpris, en réponse à une simple lettre. Voilà qui n'est guère explicable. « Serais-je romantique ? »

A défaut de lui faire peur, ce serait exagéré, *Elle* l'effarait. Il lui disait « je T'aime » (avec l'auto-exaltation qui est de mise) et *Elle* riait : « Peut-être es-tu en train de devenir adulte, David, mais le chemin est encore long. » *Elle* était d'une liberté extraordinaire ; une fois, en Sicile, en septembre 1930, *Elle* s'était mise nue pour nager et dorer au soleil, indifférente à des pêcheurs, ou bien alors, sous Son chemisier de Chanel, Ses seins dansaient, n'étant jamais retenus par rien ; sans parler de l'amour, et de Ses façons de le faire, et de dire tout crûment qu'*Elle* avait envie de lui enseigner à lui Quattermain comment il devait s'y prendre, pour La prendre, justement. Sans oublier cette intelligence fulgurante, exaspérée, lucide à faire peur, constamment sur le qui-vive jusqu'à créer de l'oppression. Et nonobstant cela, ces brutales plongées, ces silences, comme un arrêt de toute vie, inexplicables ou du moins jamais expliqués, ce sentiment qu'*Elle* donnait alors d'être brusquement rappelée à une réalité différente, cruelle (il était même allé jusqu'à imaginer qu'*Elle* souffrait de quelque mal incurable et vivait fiévreusement Ses derniers mois avec la certitude d'une mort imminente ; mais cette explication-là n'a pas tenu, et d'ailleurs, il y avait ces espèces de gardes du corps si mystérieux dont *Elle* était toujours accompagnée).

Quattermain à Lisbonne se prépare à partir pour Madrid. Dans la capitale espagnole, il doit prendre le lendemain l'avion de la Lati pour Zurich.

— Seul ? Vous ne venez pas avec moi ?

Juan Vidal le banquier secoue la tête.

— Je ne vous servirai à rien en Suisse, monsieur Quattermain, et je n'irai pas plus loin que Madrid, quant à moi. D'ailleurs, à ce rendez-vous de Genève que je vous ai indiqué, quelqu'un sera là.

— Que je reconnaîtrai comment ?

— Qui vous reconnaîtra, soyez sans crainte.

A aucun moment durant le long voyage, l'Espagnol de Palma de Majorque n'a révélé quoi que ce fût des « circonstances exceptionnelles » mentionnées par Maria dans sa lettre. Il a pourtant assez parlé : de sa chère Majorque où il est si heureux d'avoir pu revenir en y trouvant un poste, et de l'appartenance de Quattermain au Clan, qui l'impressionne à l'extrême. Il s'est longuement étendu (Quattermain faisant la sourde oreille) sur les intérêts très importants du Clan dans l'Espagne du cher Franco.

« Il a l'air de suggérer, en somme, que ma famille pourrait jouer de son poids dans cette affaire. Je me vois raconter mon histoire à l'oncle Peter ! Ou même à Larry ! »

— Vous êtes chargé de me dire quelque chose ?

— Pas du tout.

— Qui vous a demandé de venir me chercher ?

L'Espagnol s'est fermé comme une huître.

L'excitation ressentie à son départ du Vermont n'est pas tombée. Il a quatre heures devant lui. Il les emploie à marcher dans Lisbonne, baguenaude au long du Tage et sur les dallages du Rossio la place majeure, boit le porto de circonstance, se retrouve inopinément rue de l'Or et y grimpe dans l'ascenseur à la façon de Gustave Eiffel. « Je vais La revoir », il n'a que cela en tête.

Il regagne le hall de son hôtel. Juan Vidal l'y attend dans les fauteuils de rotin et lui tend une enveloppe close : « Je devais vous l'apporter en Amérique, mais elle ne m'arrive que maintenant. »

Quattermain décachette. A l'intérieur, des photos. Celles d'un petit garçon d'une dizaine d'années. A la seconde, Quattermain reconnaît les yeux : le petit garçon a Ses yeux à *Elle,* c'est hallucinant.

— Je n'ai jamais vu de chèvres, dit Thomas.

— Il n'y avait pas de chèvres, où tu étais ?

— Pas une. Sauf l'institutrice, qui en avait la tête.

Michel éclate de rire, « il a vraiment le rire facile, celui-là ! ».

— Et c'était où, où tu habitais ?

— Loin, dit Thomas, immédiatement repris par sa méfiance.

Ils dépassent les anciens remparts de Grenoble, Michel et lui sur leurs vélos tirant des remorques, puis entrent dans le parc de l'île Verte. Michel parle sans arrêt : il dit que son père est *mallorquín* (il prononce majorquin, comme les Français) mais que sa mère est d'origine savoyarde, qu'il sait un peu l'espagnol et mieux le majorquin : « Et toi, Thomas ? — Ni l'un, ni l'autre », répond Thomas, toujours par défiance.

Ils finissent par arriver à une villa sur un boulevard ; les chèvres dans le jardin se mettent à manger les salades, elles n'ont pas l'air très intelligentes. Michel parle toujours : il voudrait être ingénieur et construire des ponts. Ils entrent dans la villa, qui est très chaude et très tranquille et la fatigue d'un coup écrase Thomas, la fatigue et un soulagement immense : il a réussi, il a échappé à l'Homme aux Yeux Jaunes.

Il va La retrouver.

A peine se souvient-il du dîner avec le marchand de légumes, sa femme et ses trois fils. Ça le chagrine un peu, de ne pas dire à ces gens si gentils combien ils sont gentils, justement, mais il tombe de sommeil.

— Viens, mon garçon.

Barthélemy le marchand de légumes l'a pris dans ses bras et le transporte dans une chambre : « Tu n'en peux plus, petit. Dors, repose-toi, personne ne te fera d'ennuis, ici. »

Il s'abandonne, pour la première fois depuis des semaines. C'est drôlement bon, d'avoir quelqu'un pour s'occuper de vous. Des heures plus tard, il s'éveille brusquement, complètement affolé, découvre Michel près de lui, qui le calme, lui tapotant l'épaule : « Tu as eu un cauchemar, c'est rien. Un jour on ira à Majorque tous les deux, on ira à Soller, papa dit que c'est le plus beau coin du monde. Tu veux que je te parle de Soller ? »

Thomas se rendort, avec une sensation de paix vraiment extraordinaire. Au matin, on l'éveille doucement. C'est la maman de Michel et des autres, la femme de Barthélemy, elle lui apporte son petit déjeuner au lit : « Après, tu iras te débarbouiller. Et tu laves tout, s'il te plaît. Tout. » Mais elle lui sourit et presque il aurait envie de pleurer, à cause de ce sourire. Sauf que la mécanique roule, dans sa tête, et l'engueule : « C'est ça, laisse-toi aller, abandonne toute défiance, et le prochain coup, tu perdras. *Elle* te l'a pourtant dit un milliard de fois, de n'avoir confiance en personne, et que même les gens qui vous veulent du bien peuvent vous faire du mal, sans le faire exprès. »

Une heure après, un homme arrive, très costaud, avec un sourire large comme une porte. Il paraît que c'est l'oncle Mathieu, le frère de Barthélemy, celui qui doit le faire passer en Suisse : « Ça va aller tout seul, petit, tu ne seras pas le premier, ni le dernier. L'oncle Mathieu a une camionnette mais pas n'importe laquelle : dans le plateau près de la cabine, il y a une trappe, et dessous une cachette, des adultes y sont entrés, toi tu y tiendras à l'aise. On va partir. Si tu entends que je m'arrête, ne bouge surtout pas, tu peux respirer mais pas plus. Mais si tu m'entends chanter, alors c'est que tout va bien, tu pourras frapper et, selon l'endroit, descendre te dégourdir un peu les jambes. »

En route.

Thomas se rendort.

S'éveille à chaque arrêt, et il y en a bien quatre ou cinq, mais on repart à chaque fois. Il entend l'oncle chanter et, parce qu'il a un peu envie de faire pipi, il tapote la paroi à sa droite. Ça ne tarde pas, la camionnette s'arrête. Thomas sort et découvre des montagnes toutes proches, enneigées. Il va faire pipi, et l'oncle aussi :

— Tu parles espagnol, non ?

— Non, dit Thomas. (L'oncle a parlé castillan.)

— *¡ Qué va ! Entiendes muy bien.* D'après Javier Coll qui est de Soller comme nous, tu parles le *castellano* comme le Généralissime.

— Qui est Ravier Coille ?

L'oncle éclate de rire en secouant la tête : « Méfiant comme six renards, hein ? Mais c'est vrai tu es recherché, et pas par des Italiens, par des Allemands. Avec les Italiens, on peut toujours s'arranger, mais avec les Allemands... Sauf que c'est fini, on a franchi tous leurs barrages. Monte devant. Tu as faim et soif ?

Thomas préférerait rester dans la cachette, il ne trouve pas très prudent de se montrer. Mais l'oncle est déjà en train de remettre en place, sur la trappe, les batteries de voiture et les pneus qu'il transporte.

Un peu plus tard, on entre dans une petite ville. « Annemasse », dit l'oncle. La camionnette, une première fois, passe devant une espèce d'école religieuse, un curé ôte son béret et se gratte la tête : « Ça veut dire que tout va bien, Thomas. On peut y aller. » L'oncle fait demi-tour un peu plus loin et revient vers l'école. Cette fois il entre dans la cour. « *Adiós muchacho y suerte,* salue Javier pour nous. »

Thomas se retrouve dans une chambre. Le curé au béret, qui dit être le père Favre, lui montre, par la fenêtre, un mur au fond du jardin : « La Suisse est juste derrière ce mur. Je t'apporterai à manger dans un moment, tu veux quelque chose ? Un livre ? Il y en a dans la pièce voisine. Tu franchiras la frontière cette nuit. »

« Tout va trop bien », pense Thomas, « c'est trop facile ». Mais cela, c'est la mécanique qui le hurle dans sa tête et justement il n'a pas trop envie de l'entendre, pour une fois : il ne pense qu'à *Elle,* sûrement qu'*Elle* l'attend, de l'autre côté de ce mur.

Le père Favre lui apporte un plateau mais il mange à peine. Pour se calmer un peu, il essaie de jouer une partie dans sa tête, mais ça ne marche pas, il n'est pas assez concentré. Il lit. Il a trouvé un Gustave Aymard, *la Grande Flibuste,* qui se situe au Mexique, dans la province de la Sonora. Il s'endort à nouveau, après avoir tout de même lu les deux cents premières pages, à sa vitesse habituelle qui étonnait tant Papé Allègre.

« Ne pense pas à lui, n'y pense plus. Ni à lui, ni à Mamé Allègre. Oublie-les, oublie-les tous. Et le marchand de légumes aussi, et les fils du marchand de légumes. Et le colonel d'Aix. Ça ne te sert à rien de penser à eux, que tu ne reverras plus. Ça te fait du mal, et c'est tout. Même si tu as une mauvaise impression, un pressentiment tu dirais. Surtout parce que tu l'as. »

Il est neuf heures du soir. Thomas est maintenant dans le jardin, le père Favre lui fait signe de ne pas bouger. Deux soldats italiens se promènent tranquillement, ils s'éloignent et bientôt la courbure du mur les cache.

— Maintenant, dit le père Favre.

Thomas escalade l'échelle et découvre alors qu'il

n'est pas seul, il y a bien sept ou huit hommes et femmes qui passent avec lui.

— Vite, chuchote le père Favre.

L'un des hommes aide Thomas à sauter de l'autre côté, en le poussant en avant. Tout le groupe s'est formé et avance rapidement, dans la nuit noire. Soudain, des lampes électriques s'allument et des soldats surgissent, portant des fusils. « Tout va bien, ce sont des Suisses, Dieu merci », dit l'un des fugitifs.

Et la mécanique, l'*instinct de rat* hurlent de plus en plus fort. L'homme qui l'a aidé tout à l'heure le prend par l'épaule : « On a réussi, mon garçon, on est en Suisse, nous sommes sauvés. » Thomas se dégage brusquement et se met à courir, galope sur trente mètres peut-être, un fossé s'ouvre devant lui à la dernière seconde, il culbute, a le temps de se redresser, repart, droit vers un bosquet qu'il voit à peine. Il s'y jette, va le dépasser lorsqu'il découvre, devant lui, d'autres soldats avec des lampes. Il s'enfonce dans la broussaille, se terre. Les soldats n'ont pas eu l'air de faire attention à lui.

Un camion s'approche, éclairé par les phares d'autres voitures. Le groupe dont Thomas faisait partie y monte. « Je vais attendre qu'ils s'en aillent et ensuite... »

Et ça arrive : le petit homme qui vient de lui expliquer qu'ils étaient sauvés est en train de parler aux militaires, il leur indique l'endroit où Thomas est caché. Il crie : « Viens donc, mon garçon, tu n'as plus rien à craindre, on est en Suisse ! » Les soldats, du coup, braquent leurs lampes vers le fourré, ils arrivent, l'un d'eux accroche Thomas par le bras, le ramène au camion.

Il y monte, fou de rage, se retrouve à côté du petit homme chauve qui lui dit en souriant très gentiment : « Mais j'ai fait ça pour ton bien, mon garçon. Tu n'as plus de raisons d'avoir peur. » Le pire est qu'il est sûrement sincère, ce pauvre type. Thomas tremble d'une haine terrible. Le camion démarre, une ampoule électrique est accrochée à son toit de toile ; deux soldats sont assis à l'arrière et vraiment il n'y a aucun moyen de filer.

On débarque tout le groupe devant un bâtiment très éclairé, à côté de rails de tramway, et même il y a un tramway avec Genève marqué dessus.

Une demi-heure plus tard, Thomas est présenté à un homme assis devant une table : « Tu t'appelles Thomas David Lamiel, né à Lausanne ? »

Mais c'est très clair qu'il connaît la réponse, qu'il fait juste semblant d'ignorer. « Il savait que j'allais venir. »

— Tu passes dans la pièce voisine et tu attends, dit l'homme. On va venir te chercher.

Cette dernière phrase redonne à Thomas un vraiment tout petit espoir. Mais dans sa tête, il sait que ce n'est pas vrai. *Elle* serait là, déjà, si *Elle* avait dû venir, et même si *Elle* en avait été empêchée, Javier Coll ou quelqu'un d'autre l'aurait remplacée.

Il attend, dans une pièce, seul avec un soldat qui ne le quitte pas des yeux. Un temps très long s'écoule.

Des bruits de pas. On parle allemand, dehors, mais il n'entend guère, juste quelques mots, comme « merci », « reconnaissance », « service rendu ».

La porte s'ouvre et entre d'abord un homme d'au moins cinquante ans, avec des cheveux blancs et le visage rose, des yeux bleus, très bien habillé. Il sourit à Thomas.

— Bonjour, Thomas, dit-il. Nous t'attendions depuis que tu as quitté Grenoble. Je m'appelle Joachim Gortz.

A Zurich où son avion s'est posé, Quattermain n'a eu que le temps de franchir les contrôles : un homme s'est immédiatement adressé à lui. Il s'est présenté sous le nom de Moron et pour preuve qu'il était bien le messager de Maria, a mentionné le tableau de Mondrian, dans la chambre de l'appartement rue de Lille, à Paris, douze ans plus tôt.

— Est-ce que cela vous suffit, monsieur Quattermain ? J'ai aussi d'autres indications, que je dois vous fournir si la première ne vous paraissait pas suffisante.

Par pure curiosité (il ne mettait pas en doute la qualité d'émissaire de Moron), Quattermain a demandé, en effet, d'autres preuves. Ne fût-ce que pour savoir quels souvenirs *Elle* avait conservés de lui.

— Un hôtel de Zermatt où vous avez cassé un vase en cristal, un restaurant rue de l'Estrapade à Paris où vous avez demandé ce que c'était que de la gibelotte, une double crevaison sur la route de Séville. Je n'ai rien d'autre.

— C'est assez, a dit Quattermain en souriant.

Il est monté avec Moron dans le petit avion privé.

Il est à Genève. Dans un hôtel du quai Wilson, avec le lac s'enfonçant dans la nuit. Moron :

— Ma mission est terminée, monsieur. Vous devez attendre, pas nécessairement dans votre chambre, mais dans cet hôtel. Souhaitez-vous que je vous tienne un peu compagnie ou préférez-vous rester seul ?

Moron est parti.

Et six heures se sont écoulées lorsque l'on frappe doucement à la porte de sa chambre. L'homme qui entre est d'une taille égale à la sienne mais sa stature est impressionnante par ce qu'elle dégage de force. Et Quattermain le reconnaît soudain, à tant d'années de distance.

— Votre main, dit-il. Je ne l'ai pas oubliée. Vous m'aviez adressé un signe, alors que je me trouvais sur les escaliers de la gare de Marseille.

— Je m'appelle Javier Coll. Merci d'être venu.

La voix en français est teintée d'un accent chantant comme en ont les gens de Perpignan ou de Narbonne. « Il me tuerait, si nous devions nous battre. »

— Mais je crains que vous ne soyez venu pour rien.
— Où est Maria ?
— Pas en Suisse. Je parlais de l'enfant, monsieur Quattermain. Quelque chose est arrivé cette nuit, à quelques kilomètres d'ici.

Coll a refermé la porte du couloir mais il est à peine entré dans la chambre : il se tient adossé au chambranle.

— Ils ont à leur tête, dit-il, un homme qui se fait appeler Golaz-Hueber, mais son vrai nom est Gregor Laemmle. Sa présence pour conduire la chasse est peu compréhensible : c'est un ancien professeur de philosophie de l'université de Fribourg — le Fribourg allemand. Il est redoutable : il a retrouvé la villa de Sanary, puis l'appartement d'Aix-en-Provence, puis Thomas lui-même. Nous pensions néanmoins faire passer Thomas en Suisse, où Maria voulait que nous vous le confiions. Or ce Laemmle a prévu notre manœuvre. Je n'ai même pas pu m'approcher de la frontière française, des cordons de soldats m'en ont empêché, ils ont même essayé de m'arrêter.
— Où est... Où est Thomas ?
— De nouveau entre leurs mains. Je n'ai rien pu faire.

Javier Coll appuie sa nuque sur le chambranle et ferme les yeux.

— Il y a une police, en Suisse, dit Quattermain.
— Appelez-la. Ils vous diront qu'aucun petit garçon du nom de Thomas Lamiel n'a franchi la frontière cette nuit.
— Vous avez essayé ?

Les yeux se rouvrent et le regard noir se braque.

— Excusez-moi, dit Quattermain.

Pour la première fois depuis qu'il est entré dans l'histoire, il lui semble prendre une exacte mesure de son caractère grave sinon tragique.

— Y a-t-il quelque chose que je puisse faire ?

Les yeux du grand Espagnol sont toujours sur lui.

— *Elle* vous a écrit cette lettre de Sa propre initiative, dit-il enfin, de sa voix lente et un peu rauque.

— A-t-*Elle* des comptes à vous rendre ?

— Non.

— Qui êtes-vous ?

— Un vieil ami et rien d'autre.

— *Elle* vous a dit ce que j'ai été pour *Elle* ?

— Oui.

Silence.

— Où est-*Elle* ? demande Quattermain.

Javier Coll se détache soudain du chambranle de la porte et marche dans les trois pièces de la suite de Quattermain. Un moment même, il disparaît de la vue de ce dernier.

Il revient :

— *Elle* est prête à n'importe quoi pour sortir Son fils de la situation où il se trouve.

— Y compris se livrer *Elle*-même ?

— Oui.

— La Maria que j'ai connue n'aurait jamais cédé.

— *Elle* n'avait pas de fils, en ce temps-là.

— Où est-*Elle*, Coll ? Je souhaiterais Lui parler.

Un éclair très dur dans les yeux noirs.

— Il vous faudra vous rendre en France, en ce cas.

L'intuition traverse Quattermain. « Nous y voilà », et il imagine durant quelques secondes tout un plan machiavélique, destiné à l'attirer d'abord en Suisse, pour ensuite le persuader d'entrer en France, où on l'utiliserait comme un otage — pourquoi pas ? —, sans doute en raison de son appartenance au Clan, « puisque sans celui-ci je ne vaux guère, à part l'argent et encore... ».

— Où, en France ?

— En zone non occupée.

Javier Coll contemple le lac voilé par une nuit si noire.

— *Elle* m'aurait demandé mon avis, j'aurais été contre, je n'aurais pas fait appel à vous. J'ignore ce qu'elle vous a écrit.

— Thomas serait mon fils, dit Quattermain, découvrant soudain que c'est peut-être la question essentielle qu'il voulait poser.

— *Elle* ne m'a jamais rien dit de sa vie privée.

— Je ne suis pas obligé de vous croire.

— Vous n'êtes tenu à rien, Quattermain. En ce qui me concerne, vous pouvez rentrer en Amérique comme vous en êtes venu et nous oublier tous. *Elle* m'avait demandé de vous amener Thomas. J'ai échoué et suis venu vous en avertir.

De l'irritation perce chez Quattermain.

— Que va-t-il arriver à Thomas ?

— Si ce n'est déjà fait, ils vont l'emmener en Allemagne. Ou plus probablement le ramener en France. Ils savent qu'un échange sera mieux accepté par *Elle* en France.

— Un échange ?

— *Elle* contre lui. C'est *Elle* qu'ils veulent.

La silhouette si impressionnante bouge, elle revient et passe devant Quattermain.

— Et il n'y a rien que vous puissiez faire. Rien.

Javier Coll a déjà la main sur la poignée de la porte. Quattermain demande, en ayant conscience de la naïveté de sa question :

— Comment était-*Elle,* la dernière fois que vous L'avez vue ?

Un temps.

— Épuisée, répond Javier Coll. C'est une femme désespérée.

Il s'en va. Par l'une des fenêtres de son appartement, Quattermain guette sa sortie de l'hôtel.

Mais rien. « Il a disparu comme une ombre dans la nuit, après avoir dit, délibérément ou non, les paroles nécessaires pour me convaincre de me rendre en

France, d'intervenir... Comme si je pouvais intervenir, sauf en signant un chèque ! »

Il téléphone et demande qu'on lui monte à boire. Il est minuit trente. On lui apporte du whisky et de la glace. « C'est une femme désespérée... » Préméditée ou non, la phrase le touche à chaque minute davantage. L'animosité sourde de Javier Coll à son encontre peut s'expliquer aussi par l'amour que l'Espagnol porterait à Maria, ou par sa farouche conviction d'être le seul, lui Coll, à La connaître depuis des années — « Je suis un vieil ami » —, seul à pouvoir La défendre.

Ce qui probablement est vrai : « Il me faudrait entrer dans un combat qui dure depuis des années, dont je ne sais rien, auquel je ne suis nullement préparé. »

Vers une heure du matin, il rappelle la réception : existe-t-il un moyen de gagner la France non occupée, au départ de Genève ? On lui répond que oui. Il devrait partir par avion, et aller à Marseille, par l'Espagne.

« Tu n'es pas encore décidé, reconnais-le. »

Il vient de s'endormir quand le téléphone sonne. C'est Moron, et la communication est brève : à supposer qu'il se rende en France, à supposer qu'il soit à Marseille, hôtel *Noailles* sur la Canebière, quelqu'un prendra contact avec lui.

A supposer que.

Joachim Gortz secoue la tête et répète qu'il n'est pas d'accord : lui aurait de loin préféré ramener l'Enfant en Allemagne.

Gregor Laemmle sourit.

— Très cher Joachim, dit-il de sa voix douce, sans moi vous ignoreriez jusqu'à l'existence de cet enfant. Et qui plus est j'assure toujours, autant que je le sache, l'entière responsabilité de toute l'affaire. Le si charmant Reinhard Heydrich, dont l'humanité et le respect du prochain entreront assurément dans la légende, me l'avait assuré. Je ne sache pas que ces consignes aient été modifiées par quiconque. L'a-t-on fait ? Non. Vous voyez bien. Merci de m'avoir ramené Thomas.

— Ce n'était pas si facile : nous ne savions pas où il allait franchir la frontière et...

— Vous ai-je apitoyé avec les efforts que moi-même j'ai dû faire ? Nous avons tous eu notre part. Qui l'attendait en Suisse, cher Joachim ?

— Les Suisses ont intercepté un homme de haute taille, qui a tenté de forcer leurs barrages. Ils l'ont même appréhendé, mais il leur a échappé, en assommant trois douaniers. L'identifier a pris plusieurs heures : il était aisément repérable toutefois, avec ses amputations de la main gauche.

— On l'a arrêté, oui ou non ?

— Non. Il semble avoir réussi à quitter le territoire de la Confédération. Votre Jurgen Hess n'a pas réussi à retrouver sa trace.

— Ce n'est pas *mon* Jurgen Hess, cher Joachim. Je ne l'ai pas plus choisi que je n'ai choisi Adolf Hitler, c'est tout dire. Et le bon Jurgen ne me trouverait pas la cathédrale, si je l'envoyais à Chartres ou à Reims.

Gregor Laemmle se penche sur le lit dans la chambre de l'hôtel des *Trois Dauphins,* à Grenoble. L'Enfant dort encore, sous l'effet des somnifères qu'on lui a administrés lors de sa capture en Suisse, avant le franchissement en sens inverse de la frontière. Il dort avec toute la paix du monde sur le visage, et aucune trace de souffrance ne vient modifier le tracé si délicat des lèvres entrouvertes.

— Et maintenant ? demande Gortz.

Les petites mains sont détendues, presque complètement allongées, la respiration est régulière. Il ne devrait plus tarder à s'éveiller.

— Et maintenant ? répète Joachim Gortz.

— *Elle* va venir à moi, répond enfin Gregor Laemmle. Je parle de sa mère. *Elle* viendra, d'une façon ou d'une autre. Pourquoi ai-je besoin de vous expliquer ces choses ?

Il traîne l'un des fauteuils de la chambre et s'y assoit, près du lit.

— *Elle* viendra, cher Joachim, je La prendrai comme l'on prend une lionne en quête de son petit.

Il est fasciné par l'Enfant et d'ores et déjà a très grande pitié de lui-même.

— Et tout cela finira horriblement mal, vous pouvez m'en croire. Attendez-vous au pire.

Thomas donne un grand coup de peigne dans ses cheveux humides, il sort de sa chambre. L'Homme aux Yeux Jaunes est assis à la table du salon communicant. Il a sûrement entendu Thomas bouger, depuis une heure, mais il reste immobile. Il fait semblant d'être très concentré.

Thomas marche dans la pièce. Il va à la porte du couloir et bien sûr il y a un homme derrière ; il se porte à la fenêtre et regarde au-dehors : il pleut et les carreaux sont tout froids. Maintenant, il y a trois voitures, chacune avec deux hommes devant. Plus d'autres dans un camion. Plus d'autres encore sous des porches, aux fenêtres et sur les toits des immeubles en face. « Il a mis encore plus d'hommes qu'avant. »

A son réveil, il a pleuré, mettant son visage dans l'oreiller. Ayant une très grande envie de mourir. Ça n'a pas duré, la mécanique s'est remise en route : tu perds une partie, ça te fait très mal, mais tu l'oublies, tu retiens juste les âneries que tu as pu faire, pour les éviter la partie suivante. « Je n'aurais pas dû faire confiance à l'oncle Matthieu, tout brave qu'il était, je savais que ça allait trop bien et que c'était trop facile, j'aurais dû y aller seul. »

Il revient vers la table. Les pièces blanches sont devant l'Homme aux Yeux Jaunes, qui a joué seul les trois premiers coups, avançant les deux pions et un cavalier en f3 pour les blancs, les cavalier en f6 et deux pions pour les noirs. « Il ne sait pas comment me parler et il s'est dit que jouer aux échecs, c'était un bon moyen. »

La mécanique tourne bien.

Il lui donne l'ordre et elle se met à travailler sur la position des pièces.

— Je ne me suis jamais appelé Golaz-Hueber, Thomas. Mon nom est Laemmle, Gregor Laemmle. Tu ne sais toujours pas l'allemand ?

— Je n'ai pas eu le temps d'apprendre, en Suisse, dit Thomas.

Il s'assoit à la table. Il se sent drôlement féroce, « je vais te l'écraser. Pas sur un coup mais petit à petit, exprès, très méchamment ».

L'Homme aux Yeux Jaunes avance un pion en g3, pour son quatrième coup avec les blancs.

— Qui est l'Homme à la Main Coupée, Thomas ?

— Je connais seulement l'Homme au Pied Bot.

Il est drôlement bien concentré, à présent, « il peut parler tant qu'il veut, je m'en fous ». Il a failli jouer son fou en b7, comme d'habitude, mais l'idée lui vient, ou lui revient (ça fait longtemps qu'il y pensait, depuis au moins trois ans) et finalement il le place en a6 : « Il va peut-être monter sa dame en a4, puis son fou en g2 et ensuite roquer, c'est normal. Mais, alors j'aurais l'avantage, je serais mieux placé. A moins que... Non, fort comme il l'est, il va jouer son cavalier en d2. »

Le cavalier en d2.

— Tu as vu les hommes dehors, Thomas ?

« Cause toujours. »

— Ils sont au moins quinze, dit Thomas.

— Bien plus que cela.

« J'avance mon pion en c5, il jouera son fou en g2, forcément, il roquera dans deux coups — s'il est vraiment fort. Ça vaudrait mieux qu'il soit vraiment fort, ça lui fera plus mal, quand je l'écraserai. »

Thomas demande :

— Et sur le toit de l'hôtel ?

— Une vraie foule, sur le toit, dit l'Homme aux Yeux Jaunes. Je doute que tes amis espagnols aient la moindre possibilité de parvenir jusqu'à toi.

— Quels Espagnols ?

« Il a roqué comme prévu, moi j'attends encore. Je peux attendre. J'ai une défense sur trois lignes. J'attends. Il est vraiment fort, très fort même. Tant mieux. »

Quinze minutes dans le silence total. Thomas a cessé de voir l'Homme aux Yeux Jaunes, il a oublié les guetteurs, et Javier qui peut-être rôde aux environs, et *Elle* qui ne l'attendait pas de l'autre côté du mur en Suisse.

Il est drôlement bien concentré — chaleur aux joues, les bruits dehors qu'on entend sans les entendre, la mécanique qui tourne...

— Tu es vraiment très fort, Thomas. Si tu le fais exprès...

« Il cherche à te troubler, à t'énerver peut-être. Qu'est-ce qu'il croit ? »

Au vingt-troisième coup, ça y est, la position blanche est entièrement en déséquilibre. Thomas et l'Homme aux Yeux Jaunes ont perdu le même nombre de pièces, et de valeur égale, mais ce n'est pas ce qui compte, « j'aurais pu le tuer deux fois, déjà, mais ça aurait été trop rapide, il se serait dit que c'était de la chance, ou une erreur de sa part. Et je veux l'écraser, maintenant. Son roi est isolé. Même s'il s'en apercevait, c'est trop tard... ».

— Thomas, tu sais bien entendu que ta mère va être obligée de sortir de sa cachette.

« NE L'ÉCOUTE PAS ! »

— *Elle* va sortir, Thomas. *Elle* va prendre contact avec moi. *Elle* sait où je suis. Je L'attends.

— Échec au roi, dit Thomas.

« Ça y est, il a fini par comprendre. Tu crois qu'il a fait exprès de se laisser amener là où tu l'as mis ? Non, souviens-toi de ce qu'*Elle* t'a toujours dit, de ne jamais regarder les yeux de l'autre, mais ses mains. Et ses mains tremblent un tout petit peu. Il s'énerve. Il a fini par comprendre, sauf que c'est trop tard. Il a bien vu que son jeu était penché sur l'aile de la dame. Il va déplacer son roi pour le mettre à l'abri mais c'est trop tard. Mat en... NON ! Je ne veux pas le mettre mat, je veux qu'il abandonne ! »

— Échec au roi, dit Thomas, montant son cavalier en f2.

— J'attends ta mère depuis très longtemps, Thomas, très longtemps. Des années. Tu veux savoir une chose ? Je crois que tu as les mêmes yeux qu'*Elle,* et que tu Lui ressembles plus encore. Je crois...

— Échec au roi, dit Thomas. Par la dame.

« Il va être obligé de manger mon pion en d2 et s'attendra à une autre attaque par ma dame. »

— Je crois que cette rencontre entre ta mère et moi sera l'un des grands moments de ma vie, Thomas. Je crois qu'*Elle* a fait de toi une machine très fascinante.

— Échec au roi.

— J'ai peut-être une solution, pour ta mère et toi. Il suffira qu'*Elle* donne à M. Gortz ce qu'il veut et vous pourrez repartir ensemble, *Elle* et toi. Je m'y engage. Je peux vous protéger, Thomas...

« Ma tour en c6. Forcément, il va défendre contre le danger de ma tour en h6 et dans six coups... »

— Je ferai tout au monde pour qu'il ne vous arrive rien, Thomas.

Suivent quatre autres mises en échec, « il craque. Il va tenter une défense par sa propre dame, il ne peut rien faire d'autre, dans deux coups je répondrai par ma dame... non, par ma tour en d8, et il devra ramener sa propre tour ».

— Tu as entendu ce que je t'ai dit à propos de ta mère, Thomas ?

« Les pions à l'attaque, maintenant. »

— J'ai entendu, monsieur.

— Mais tu ne me crois pas.

— Ce serait très impoli de ne pas vous croire. C'est à vous de jouer, monsieur.

Silence.

Échec au roi.

Échec au roi.

Échec au roi.

« Je le massacre. »

Sonnerie du téléphone. L'Homme aux Yeux Jaunes fixe Thomas puis se lève et va décrocher. Il dit plusieurs fois « oui » en allemand et aussi « ce ne sont pas les ordres que j'ai donnés ».

Il raccroche et revient vers l'échiquier. Mais ne se rassoit pas à la table. Il fixe à nouveau Thomas.

— Tu n'as pas répondu à ma question, Thomas. Tu as entendu ce que je t'ai dit à propos de ta mère et de toi ?

— Je vous ai mis onze fois en échec au roi. Est-ce que vous voulez continuer à jouer, monsieur ?

— J'abandonne, Thomas.

— Alors vous devez renverser votre roi sur l'échiquier.

L'Homme aux Yeux Jaunes couche son roi blanc sur le tablier.

— J'ai perdu. Tu es trop fort pour moi. Tu as très bien joué cette partie.

— Peut-être que vous gagnerez une autre fois ?

— Tu crois que je peux gagner contre toi, Thomas ?

— J'ai peur que non, monsieur. Je ne le crois pas. Excusez-moi d'être impoli. Victoire au soixante-troisième coup, par abandon.

Il soutient le regard jaune.

— J'ai pensé que nous pourrions peut-être aller faire un tour, Thomas. Tu n'es pas sorti depuis longtemps. A ton âge, on a besoin de grand air.

— Je viendrai avec plaisir, monsieur, dit Thomas. Merci de votre invitation.

Quattermain entre dans le consulat des États-Unis d'Amérique à Marseille, dépendance de l'ambassade auprès du gouvernement de Vichy. Il se fait connaître et en un temps remarquablement court, est introduit dans le bureau d'un nommé Callaghan.

— Monsieur Quattermain ?

— En personne.

— David John Quattermain ? Je ne me trompe pas, vous êtes bien le neveu de... ?

— Je suis, dit Quattermain. Et certains jours, je me demande si c'est une bonne idée.

Il contemple le portrait de Franklin Roosevelt et durant les minutes suivantes répond avec sa nonchalance ordinaire aux questions qui lui sont faites sur la santé d'oncle Peter, de cousin Larry et des cousins Henry, Emerson, James, Stuart.

Du président avec qui il a déjeuné une semaine plus tôt.

Du secrétaire d'État qui est venu passer le week-end avec le Clan.

Quattermain dit qu'il va assez bien lui-même, merci.

Callaghan est un diplomate de carrière et un expert des affaires françaises depuis qu'il a effectué, quelques années plus tôt, une traversée de l'Atlantique en paquebot avec Maurice Chevalier comme voisin de cabine ; d'ailleurs, il sait *Ma Pomme* en entier et en français.

— Je suis impressionné, dit Quattermain. Il saute

aux yeux qu'avec vous, les intérêts de notre pays sont entre de bonnes mains.

Callaghan s'enquiert du motif d'une visite aussi prestigieuse. Quattermain répond qu'il est venu en passant et souhaiterait quelques informations. Par exemple, qui est ce maréchal dont on voit des portraits partout, et quelle est la différence politico-géographico-économico-juridique entre la zone occupée et la zone non occupée, et si un simple citoyen américain peut se promener un peu, étant entendu qu'il ne franchira pas la fameuse ligne de démarcation.

— Dont vous n'auriez pas le tracé, par hasard ?

Callaghan lui fait cadeau d'une carte routière Michelin sur laquelle il dessine la ligne à l'encre noire ; il souligne qu'aucun état de belligérance n'existe entre le gouvernement de Vichy et les États-Unis.

— En tant que citoyen américain, vous êtes libre d'aller et venir. Je ne vous le recommande pas, toutefois. Nos relations avec le gouvernement de M. Laval...

Quattermain déjeune dans un restaurant du vieux port, avec Callaghan qui a tenu absolument à lui servir de cicérone. Ensemble, ils vont ensuite dans un garage où le consul lui livre une voiture, une Ford à l'immatriculation française mais équipée d'un macaron officiel. C'est sa voiture personnelle, dit-il, et, outre que son réservoir est plein, le coffre contient trois bidons de vingt litres, « vous pourriez avoir quelques difficultés à vous procurer de l'essence ».

Quattermain remercie comme il se doit, prétexte des amis à voir, se débarrasse de son compagnon.

Il revient à l'Estaque, devant le restaurant où il a déjeuné jadis, où il L'a vue pour la dernière fois.

A l'hôtel *Noailles* où il est de retour vers cinq heures, il s'assure qu'aucun message n'a été déposé à son intention puis ressort, afin de marcher un peu. Il marche, tout au long de la Canebière puis dans les rues avoisinantes, saisi d'un sentiment d'étrangeté extraordinaire,

« je me sens d'une innocence peu banale et ne comprends rien à rien. Qu'est-ce que cette France si bizarrement coupée en deux ? La France il est vrai m'a toujours surpris, elle m'a toujours paru incompréhensible, tantôt délicieuse et tantôt exaspérante, et d'autant plus exaspérante qu'elle a pu être délicieuse ».

Sans quasiment y prendre garde, il est revenu à son hôtel. Il se dirige à gauche vers le bar.

Se fige.

La jeune femme lui tourne le dos, elle est debout, juchée sur de très hauts talons ; la silhouette est fine et gracieuse ; le tailleur est de Chanel et le manteau négligemment posé sur le dossier d'un fauteuil à côté d'elle est à n'en pas douter de grand prix. Durant les deux secondes qui suivent, le souffle manque à Quattermain, pétrifié par un reflux de souvenirs.

Puis il croise le regard qu'elle lui adresse, par le truchement du miroir d'un poudrier. Les yeux sont bleus et non gris. La jeune femme alors se détourne, lui fait face, vient droit sur lui, l'embrasse sur les lèvres.

— *Don't say anything,* ne dites rien.

Elle l'embrasse encore et lui sourit, telle une femme amoureuse retrouvant celui qu'elle aime.

Sauf qu'il ne l'a jamais vue.

— Allons, Thomas.

L'homme aux Yeux Jaunes qui s'appellerait Gregor Laemmle lui indique la portière ouverte. Thomas monte dans la voiture, au volant de laquelle se trouve le grand homme blond qui doit être Soëft, et, assis à la droite de celui-ci, un autre homme.

— Soëft, nous voudrions un peu d'air et de verdure, ce jeune homme et moi.

Une deuxième voiture les précède, une troisième

ferme le convoi qui roule très lentement ; les autres guetteurs n'ont pas de mal à suivre, à pied sur les trottoirs, de chaque côté.

— C'était une façon très amusante de m'échapper, Thomas, voici deux jours. Tu es très malin.

— Je ne me suis pas échappé, je me suis perdu.

Gregor Laemmle se met à rire et ordonne en allemand à Soëft de suivre « l'itinéraire convenu » dans Grenoble et voici qu'ils repassent sur ses traces à lui Thomas, tandis qu'il marchait de boutique en boutique, traînant derrière lui l'Homme aux Yeux Jaunes et ses tueurs.

Voici qu'ils arrivent place Sainte-Claire.

Pas en face de chez Barthélemy, le marchand de légumes, mais de l'autre côté de la place.

— Tu n'aurais pas envie de quelques fruits, Thomas ? Allez donc nous chercher des fruits, Soëft.

Silence dans la voiture pendant que Soëft descend et traverse la place. Thomas sent sur lui les yeux jaunes et c'est horriblement difficile de ne pas bouger, de rester assis sans même tourner la tête, ou alors à peine, comme s'il ne s'intéressait pas du tout à Soëft ni aux autres tueurs qui cernent la voiture.

Deux minutes.

Le Soëft revient, transportant quelque chose emballé dans des pages de journal. Il tend le paquet à Laemmle, et dit en allemand :

— Des pommes et des noix, il n'y avait rien d'autre.

— On repart, Thomas ?

— Si vous voulez.

— A moins que tu préfères rester sur cette place ? On pourrait y marcher. Tu aurais envie peut-être d'entrer dans un magasin ou deux. Ou bien aurais-tu préféré acheter les fruits toi-même ?

Quelques secondes, Thomas cherche désespérément quoi répondre. Il dit enfin :

— Je croyais qu'on devait aller marcher dans la campagne ?

Silence.

— On repart, Soëft.

La voiture s'éloigne de la place Sainte-Claire et emprunte, mais alors de façon très exacte, le chemin qu'il a pris trois jours plus tôt, le café d'abord, puis le passage couvert, puis la rue à droite, et on contourne le pâté de maisons, on arrive devant la menuiserie et juste à côté, l'échoppe du cordonnier où il a échangé ses vêtements avec Jacques, le plus jeune des fils du marchand de légumes.

— Tu aimes faire de la bicyclette, Thomas ?

— Un peu.

— Je pourrais t'en acheter une.

— Non merci, monsieur. Je n'en ai pas très envie.

— On y va, Soëft.

Les trois voitures ne se sont pas vraiment arrêtées, elles tournent et tournent et maintenant elles s'engagent dans la longue avenue où se trouve la villa avec les chèvres.

— Et les chèvres, Thomas ?

— Quelles chèvres ?

— N'importe quelles chèvres. Les chèvres en général. J'y pense parce que je viens d'en voir, dans le jardin d'une villa. Tu aimes les animaux ?

— Pas les bergers allemands, dit Thomas.

« S'il croit qu'il va me faire peur ! »

Les trois voitures, l'une suivant l'autre, sont dans le parc de l'île Verte.

— Ici, Soëft.

Elle s'arrêtent. Les guetteurs à pied arrivent et se déploient en formant un cercle.

— On marche quand tu veux, Thomas. Tu viens ?

Les guetteurs portent presque tous des manteaux de cuir noir et des chapeaux. Ils gardent les mains dans leurs poches, signe bien sûr qu'ils sont armés. Thomas marche à côté de Gregor Laemmle, qui l'abrite de son grand parapluie noir, et à mesure qu'ils avancent, tous les deux, le cercle des guetteurs se déplace de telle sorte qu'ils demeurent toujours au centre, l'Homme aux Yeux Jaunes et lui.

— Des noix, Thomas ?

— Non merci, monsieur.

— Une pomme, alors ?

Thomas relève la tête et croise le regard jaune. Une idée surgit. Il sait qu'elle est idiote, mais elle est drôlement tentante.

« Pas encore. »

— Je veux bien une pomme, dit-il. Merci, monsieur.

Gregor Laemmle lui donne à tenir le manche du parapluie, choisit très soigneusement deux pommes dans le paquet qu'il porte depuis leur descente de la voiture, les essuie longuement avec un mouchoir de soie. Il en tend une à Thomas et reprend le paraluie.

— Est-ce que tu aimais M. et Mme Allègre, dans la villa de Sanary ?

« Gagne du temps. »

— C'est quoi Sanary ?

« Mais tu as compris déjà ce qu'il va te dire. Oh non ! » Il s'apprêtait à planter ses dents dans la pomme. La peur lui vient d'un coup, vraiment très forte. Il fait semblant de chercher le meilleur endroit, pour croquer.

— Tu les aimais comment, Thomas ? Comme des domestiques ? Ou comme un grand-père et une grand-mère ?

— Je ne sais pas de quoi vous parlez.

— Ils sont morts tous les deux, Thomas. Ils ont beaucoup souffert avant de mourir, puisqu'il fallait les faire parler, leur faire dire ce qu'ils savaient de ta maman. Ta Mamé Allègre a énormément crié, avant de mourir ; elle n'avait pas peur, remarque bien : elle criait surtout de colère, elle nous insultait, c'était une femme très courageuse. Ton Papé Allègre aussi, d'ailleurs ; lui a très peu crié, presque pas en fait. Ensuite, nous les avons tués et quelqu'un sous mes ordres s'est amusé à leur couper la tête, il a même mis la tête du chien Adolf sur le cou de ta Mamé. Tu ne manges pas ta pomme, Thomas ? Elle n'est pas bonne ?

La main de Gregor Laemmle caresse les cheveux de Thomas, puis prend son bras et l'oblige doucement à continuer de marcher. Les deux paquets de fruits sont tombés par terre sous la pluie.

— Et maintenant, il y a le marchand de légumes, sa femme, ses trois fils et ses chèvres. Thomas, tu sais bien entendu que le marchand de légumes est d'origine espagnole ? Il est arrivé en France voici environ vingt ans. Sa femme est française mais lui vient de l'île de Majorque, dans l'archipel des Baléares, d'un petit village appelé Soller. Justement comme cet autre Majorquin nommé Javier Coll Planells, qui était architecte à Barcelone, dans le temps. Ce Javier Coll Planells est un personnage très romantique, Thomas : il a perdu sa femme et ses enfants dans un bombardement, pendant la guerre que les Espagnols se sont faite entre eux ; lui-même a été gravement blessé, c'est un vrai miracle qu'il soit encore vivant. Et presque intact : il lui manque seulement deux doigts de la main gauche, le petit doigt et l'annulaire. Tu sais qui est Javier Coll Planells, Thomas ? Tu sais où il est ?

Thomas a beau tout essayer, rien à faire : il pleure. Il a dégagé son bras de la main qui le tenait et hors de l'abri du grand parapluie noir, ses larmes et la pluie coulant sur son visage se mêlent. Bientôt, il va faire nuit, il voit de la brume grise qui rampe, entre les arbres et les guetteurs. Personne ne bouge plus.

— Tu veux maintenant que je fasse tuer le marchand de légumes et sa famille, Thomas ? On pourrait peut-êtyre échanger leurs têtes avec celles des chèvres, cette fois, ils sont en nombre égal, eux et les chèvres.

L'idée folle revient dans la tête de Thomas, elle s'inscruste et ne veut plus partir.

— Thomas, ce qui arrivera au marchand de légumes et à sa famille dépend de toi. De toi et de ce que tu diras à ta maman. Je te l'ai expliqué tout à l'heure, tandis que tu m'écrasais aux échecs, mais tu n'as pas l'air d'écouter. Je vais te le répéter : je veux voir ta maman, je veux Lui parler, je La veux en face de moi. Il me suffira qu'*Elle* accorde à M. Joachim Gortz ce dont il a besoin, et qui ne m'intéresse pas du tout, si tu tiens à le savoir. Moi, tout ce qui m'intéresse, c'est ta maman et toi. Et à ma façon, je ne vous ferai pas de mal. Tu es exceptionnellement intelligent, Thomas, je suis sûr que tu dois savoir quand on te ment, surtout si tu prends le temps de réfléchir, ce que tu fais toujours. Ta maman t'a merveilleusement entraîné, *Elle* a fait de toi un petit monstre. Seulement moi, il se trouve que j'aime les petits monstres. Je t'aime beaucoup, Thomas, je ne te ferai jamais de mal. Je crois que tu le sais. C'est pour cela que tu es resté avec moi, depuis Aix-en-Provence, tu avais compris que j'allais te protéger. Mais je veux ta maman. Pas pour La tuer. Pour Lui parler et La connaître. Je suis certain que c'est une maman très extraordinaire, et une femme comme on n'en rencontre pas dans toute une vie. Je sais presque tout d'*Elle,* sauf que je ne connais pas Son visage, ni le son de Sa voix. Tu as Ses yeux, n'est-ce pas ?

A ce moment, Thomas a eu envie de se coucher par terre et de pleurer, la tête dans ses bras, il a eu envie de se faire tout petit, il s'est senti vraiment écrasé.

Mais ça commence à passer, ça va un tout petit peu mieux.

Surtout à cause de l'Idée.

Et tant pis si elle est folle, tant pis !

Il regarde la pomme qu'il tient dans ses mains puis jette un coup d'œil vers les remparts qui se dressent à peu près à deux cents mètres derrière lui. Il s'approche ensuite d'un petit tas de branches, en choisit une, essaye de la casser.

— Est-ce que vous pouvez m'aider, monsieur, s'il vous plaît ?

Bien sûr, le regard jaune est drôlement intrigué. Mais le Gregor Laemmle acquiesce avec un demi-sourire, malgré sa surprise il casse la branche au bon endroit.

— Comme pour faire une fronde, explique Thomas. Et il montre ses deux doigts formant un V.

L'Homme aux Yeux Jaunes a l'air de s'amuser, à présent. Il demande :

— Je dois enlever les feuilles ?

— S'il vous plaît, oui.

Thomas attend. Il précise :

— Vous cassez les trois morceaux à gauche et à droite, et en bas. Pas trop court en bas, s'il vous plaît.

— Mais nous n'avons pas d'élastique, dit en riant l'Homme aux Yeux Jaunes.

— Ça ne fait rien, répond Thomas. C'est juste pour faire semblant. Vous voulez tenir la branche devant votre visage, maintenant ?

Les yeux jaunes le considèrent, amusés, entre les deux branches en V :

— Comme ça ?

Thomas en frissonne presque. C'est vraiment dur de ne pas bouger, à ce moment-là. « Mais ça serait encore plus fou ! Avec le Soëft tout à côté, sans compter les autres... »

— Vous pouvez la planter dans la terre, maintenant ?

Il indique le bon endroit, juste entre l'Homme aux Yeux Jaunes et lui-même. La branche s'enfonce sans difficulté (ça tombe bien : la terre est molle, avec toute cette pluie).

— Ça va, monsieur, dit Thomas. Merci beaucoup.

Il essaie de poser la pomme en équilibre entre les deux branches du V, mais elle ne veut pas tenir, elle est trop grosse, trop lourde et trop ronde. Alors il la mord et, d'un coup de dents, enlève juste ce qu'il faut.

Cette fois la pomme tient en équilibre.

— Regardez bien, s'il vous plaît.

Il lève le bras, compte : un, deux, trois.

Abaisse le bras.

BA-ANG ! le coup de feu retentit dans la seconde suivante et la pomme explose en tout petits morceaux.

Thomas braque son regard sur celui de l'Homme aux Yeux Jaunes.

— Tout à l'heure, la branche était devant votre visage. J'aurais donné le signal à ce moment-là, vous auriez un grand trou entre les deux yeux. Et vous seriez mort.

Il éprouve un sacré sentiment de triomphe et de férocité.

Mais ne se retourne pas en direction des remparts, d'où Miquel l'Invisible a tiré.

— Je m'appelle Catherine Lamiel, dit la jeune femme à Quattermain. Tout ce que j'avais pour vous reconnaître, c'était cette photo qu'*Elle* a prise de vous, à Saint-Moritz.

Elle lui tend la photo. Il reconnaît le cliché, ou du moins se reconnaît-il lui-même, faisant le pitre en équilibre sur ses skis, un amusant bonnet de laine enfoncé jusqu'aux sourcils et des branches de céleri lui sortant des oreilles.

Il rit :

— Vous êtes pour le moins physionomiste. Ma propre mère hésiterait à me reconnaître.

— *Elle* vous a décrit et m'avait parlé de votre accident de voiture.

— Qui a eu lieu des années après que nous nous soyons séparés. Comment le savait-*Elle* ?

Mouvement de tête :

— Je l'ignore.

« *Elle* m'a suivi, à distance, pendant des années ! Oh, my god ! »

Ils sortent de l'hôtel et descendent la Canebière : elle a préféré un endroit plus discret que le bar du *Noailles,* pour parler. Il l'examine de profil, et une vague réminiscence se fait jour dans sa mémoire. Mais elle secoue à nouveau la tête.

— Vous ne m'avez jamais vue. En revanche, je crois que vous avez rencontré ma sœur Sophie. Qui est morte en 1931 et dont Maria a pris l'identité. Je n'ai pas de voiture, vous en avez une ?

— Nous allons quelque part ?

— Pas tout de suite. Je préférerais rouler un peu. On parle mieux dans une voiture.

La nuit tombe, les deux anciens forts fermant le vieux port de Marseille se teintent de rose. Il fait très beau. Froid à cause du vent, mais beau.

Ils montent dans la Ford et il prend, faute de directive précise, la direction de la corniche.

— C'est une longue histoire, monsieur Quattermain...

— David.

Une longue histoire, et qui finira mal, si rien n'est fait. Telle est la conclusion qu'elle délivre, une bonne heure plus tard, la Ford étant immobilisée quelque part sur la route qui mène au village de Cassis. Catherine Lamiel en a terminé avec le récit de l'enlèvement et de la mort de Thomas l'Ancien, de la succession prise par Maria, de la naissance de Thomas le Jeune, de l'attaque de la villa de Sanary, du carnage d'Aix-en-Provence, de la tentative avortée de faire passer le jeune garçon en Suisse, où Javier aurait dû l'accueillir.

Silence. La Ford est à l'arrêt face à la mer, il n'y a pas âme qui vive autour d'elle.

— Où est Maria ?

— Je n'en ai pas la moindre idée. Peut-être en France.

— Quand L'avez-vous vue pour la dernière fois ?

Une hésitation à peine perceptible, qui intrigue Quattermain et qu'en tout cas il note — tout comme il a noté la nervosité sans cesse croissante de la jeune femme assise à sa droite.

— A Barcelone, où j'étais avant-hier. *Elle* venait de recevoir le télégramme de Javier Coll, l'informant que le passage de Thomas avait été manqué. Elle ne voulait même pas que je me rende à Marseille pour vous y attendre, j'ai dû insister. C'est à n'y pas croire quand on La connaît, mais *Elle* est prête à tout, y compris à se livrer *Elle*-même. *Elle* abandonne, après tant d'années.

De nouveau, dans la voix féminine, une sorte de fêlure bizarre.

Qui probablement est due à la tension.

Quattermain demande :

— *Elle* va prendre contact avec ce Laemmle ?

— *Elle* y est décidée.

— Quand ?

— *Emle* l'a sans doute déjà fait.

— Je m'appelle Gregor Laemmle, madame...

La voix de l'Homme aux Yeux Jaunes n'a jamais été si douce, tandis qu'il parle au téléphone. Lui Thomas est à trois mètres, assis sur une chaise, dans le salon séparant leurs deux chambres, hôtel des *Trois Dauphins*. Il ne bouge pas et retient sa respiration. Il ne peut entendre Sa voix. Pourtant *Elle* est là et parle, quelque part au bout de la ligne téléphonique.

— Je vous comprends parfaitement, madame, dit Gregor Laemmle. Vous rencontrer enfin me sera un honneur et une joie, auxquels j'aspire depuis si longtemps.

Maintenant *Elle* expose sûrement les conditions de

l'échange entre Thomas et *Elle.* « Je voudrais être mort, pense Thomas, tout serait drôlement bien arrangé si j'étais mort. » Les idées lui montent une à une dans la tête, la façon dont il pourrait mourir en ce moment même, tout de suite, pendant qu'*Elle* parle, maintenant qu'*Elle* est presque près de lui, et *Elle* saurait qu'il est mort, *Elle* en aurait du chagrin, bien sûr, mais au moins n'aurait plus besoin de parler à l'Homme aux Yeux Jaunes, d'être salie par lui, ce ne serait plus la peine qu'*Elle* accepte les conditions, plus la peine qu'*Elle* lui obéisse, à cette ordure puante. Il y a sûrement des moyens, il les étudie, froidement : par exemple s'étrangler avec son écharpe de laine ou avaler sa langue et s'étouffer... ou bien se trancher le cou avec l'un des couteaux sur la table mais le Laemmle se méfie maintenant, il ne fait plus mettre que des couteaux ronds, qui ne tranchent rien du tout. Ou bien il pourrait se jeter par la fenêtre.

Sauf qu'il y a le Soëft qui le surveille et qui certainement l'attraperait au vol (à supposer que j'arrive à passer à travers les vitres et les volets !).

« Je voudrais mourir ! Je veux mourir ! »

— C'est cela même, madame, dit le Laemmle, nous voici donc enfin d'accord. Je suis submergé de bonheur, veuillez le croire.

Un petit silence et puis :

— Mais bien entendu. Je vous le passe. Thomas ? Veux-tu venir parler à ta maman, s'il te plaît ?

Thomas ferme les yeux.

— Thomas ?

Il ne bouge pas et des deux mains s'accroche à sa chaise. Il pense : « Si je ne parle pas, si je refuse de parler, *Elle* croira que l'Homme aux Yeux Jaunes m'a déjà tué, et que je suis mort, qu'il est un menteur, et que ça ne servira plus à rien d'aller au rendez-vous, et *Elle* se sauvera, ils ne pourront pas La prendre.

— Thomas !

Le Laemmle a presque crié. Mais sa voix se radoucit, il dit :

— Amenez-le-moi, Soëft.

Thomas, yeux fermés, est arraché à la chaise à laquelle il s'agrippait avec désespoir. La voix du Laemmle près de lui :

— Madame, dans l'intérêt de tous, je vous suggère de le convaincre de vous parler.

Les dures mains de Soëft lui tordent le bras, et la douleur est vraiment très forte, mais ce n'est rien, il serre les dents, « peut-être que le Soëft va me tuer sans le faire exprès et ce sera bien fait ».

Sauf qu'on lui colle de force le récepteur contre l'oreille.

Sauf qu'*Elle* parle.

Et il a beau essayer de ne pas entendre, il n'y a rien à faire, tout un monde de douceur et de tendresse le submerge, le noie, il pleure, il n'en peut plus, c'est plus fort que lui, il sait qu'*Elle* va l'entendre pleurer mais qu'est-ce qu'il peut faire ? *Elle* parle, *Elle* le supplie de dire quelque chose... parce que sont en jeu la vie de Barthélemy Oliver et la vie de toute sa famille... parce qu'il doit absolument avoir confiance en *Elle* et La laisser agir.

Parce que s'il continue à se taire, en effet *Elle* le croira mort et dès lors sa propre vie n'aura plus de raison d'être, *Elle* se laissera mourir.

Et c'est ce dernier argument, par-dessus tous les autres, qui l'emporte, qui fait craquer toutes ses défenses et finit par le faire céder. Il pleure évidemment mais pas tant que ça. Il dit :

— Je suis trop petit. Je suis trop petit.

Elle lui demande de se rappeler une chose très précise qu'il Lui a demandée un jour qu'ils étaient sur la Grande Corniche, et il comprend qu'*Elle* veut une preuve qu'il n'est pas n'importe quel petit garçon de Grenoble que le Laemmle voudrait mettre à sa place, en faisant croire que c'est lui Thomas :

— Tu te souviens de cette chose, *mein Schatz* ?

— J'ai dit que je voulais conduire l'Hispano-Suiza.

Alors il L'entend qui pleure, *Elle* aussi. Et ça vraiment, c'est pire que tout, ça le met dans une rage folle. Il se débat, donne des coups de pied et de poing, il frappe les deux hommes et on l'emporte, le Soëft l'emporte à bout de bras, le met dans sa chambre, l'enferme. Il se redresse aussitôt libéré, et se jette contre la porte fermée à clé, tape dans le battant, essaie de le déchirer avec ses ongles.

— A très bientôt donc, chère madame.

Silence.

On tourne la clé et la porte se rouvre.

Le Laemmle le fixe de ses yeux jaunes, avec un air bizarre. Le Soëft n'est plus seul, trois autres guetteurs sont entrés en entendant les coups dans la porte, et tout le monde est immobile, à regarder Thomas.

Qui lève la main, dresse l'index et le pouce, ferme les autres doigts. Il vise l'Homme aux Yeux Jaunes et sa voix tremble tellement il est fou de rage et de haine :

— Je vous tuerai, vous. Je vous tuerai !

L'Homme aux Yeux Jaunes a toujours son air bizarre. Il sourit mais ce n'est pas un vrai sourire. Il hoche la tête. Il dit :

— Je n'en demande pas davantage, Thomas.

Un barrage de police a stoppé la Ford dès la sortie de Marseille, mais les papiers montrés par Quattermain et plus encore le macaron sur la voiture ont suffi à leur ouvrir le passage.

On roule depuis quelques minutes.

— Je ne suis certainement pas un homme d'affaires, moins encore un financier. Si je devais me définir, je dirais que je suis quelqu'un qui a hérité de beaucoup d'argent et a tenté de survivre à cette catastrophe.

— Votre humour est tout à fait de circonstance, dit-elle, la voix glacée. Comme ce doit être agréable de n'être concerné par rien.

« A chaque seconde qui passe, je deviens un peu plus idiot, je vais terminer en pithécanthrope », pense Quattermain.

— Je voulais simplement dire, poursuit-il à voix haute, que des avocats et des banquiers auraient pu prendre le relais, et la décharger de ses responsabilités.

— L'idée est merveilleuse (le ton de la jeune femme est sarcastique mais très las). Que craindre en effet d'adversaires qui vous enlèvent un vieil homme sur le territoire suisse et le torturent à mort, qui décapitent le couple Allègre ou qui attaquent un appartement dans Aix-en-Provence, tout en disposant de la plus puissante armée de tous les temps ? Un bon avocat leur aurait certainement barré la route : il aurait menacé Hitler, Himmler et Heydrich d'un procès et ils auraient reculé dans l'épouvante. Comment n'y avons-nous pas pensé ?

Ils avancent vers Aubagne, roulant dans une vallée envahie par d'écœurants effluves de savonnerie. Quattermain se souvient des papiers d'identité qu'elle a présentés au contrôle de police :

— Quel est votre vrai nom ?

— Celui que je vous ai donné. Pagnan était le nom de mon mari.

— Était ?

— Il a été tué.

— Pendant la guerre ?

(Quelle question imbécile !)

— Oui.

« Et pourquoi ai-je l'impression de... je ne sais pas, de quelque chose qui ne va pas ? » pense Quattermain.

— Je suis désolé.

— Vous n'avez pas à l'être, vous n'y êtes pour rien, dit-elle avec une indifférence dont il jurerait qu'elle est jouée — « mais pourquoi me jouerait-elle une comédie ? ».

— Où allons-nous au juste ?

— Près de Toulon, dans une villa.

— Maria y sera ?

Silence. Il tourne la tête et l'observe. Le visage pourrait être ravissant, n'était cette tension ou mieux cette mort apparente des traits, figés.

— Oui ou non ?

— *Elle* m'a dit qu'*Elle* était décidée à un échange : *Elle* et les codes bancaires qu'*Elle* détient contre la liberté de Thomas.

— *Elle* n'est pas du genre à se livrer sans avoir en tête, disons une porte de sortie. Laquelle ?

— Je l'ignore.

Silence :

— Pourquoi ai-je l'impression que vous me mentez ?

Battement de paupières, rien d'autre. Elle consent tout de même à croiser et soutenir son regard :

— Maria et moi avons vécu des moments très difficiles ces derniers mois.

— Où aura lieu l'échange ?

— Quelque part entre Menton et Marseille. L'Allemand, Laemmle, sera dans une voiture avec Thomas et un seul homme ; il devra partir de Menton après-demain matin à huit heures, et rouler à une vitesse convenue. *Elle* paraîtra quelque part sur le parcours.

— C'est de la folie.

— *Elle* ne sera pas seule : Javier Coll L'accompagnera. Et *Elle* ne se montrera que si *Elle* a la certitude que Laemmle a tenu sa parole d'être seul avec son chauffeur.

Ils traversent et dépassent Aubagne. Un peu plus loin dans une route en lacets précédant Cuges, Quattermain aperçoit, rangés sur le bord de la route, deux camions remplis de gendarmes casqués.

— Des gardes mobiles, précise Catherine Lamiel.

— Qui sont dans quel camp ?

— Aucun. L'affaire ne les concerne pas.

— Ce Laemmle a enlevé un enfant, tué je ne sais combien de personnes, et l'affaire ne regarde pas la police française ?

— Maria n'est même pas sa mère officiellement. *Elle* avait pris toutes les précautions et n'a jamais compris comment cet homme a pu retrouver Thomas.

— *Elle* pourrait tout de même faire appel à la police.

— Tous les policiers français ne sont pas dévoués aux occupants. Certains même sont gaullistes. Le problème est de savoir lesquels. Un policier de Toulon, au moins, travaille pour Laemmle.

— Vous l'avez rencontré ?

— Je suis arrivée à la villa de Sanary dans l'après-midi qui a suivi l'attaque. C'est moi qui ai découvert les cadavres et prévenu la police.

« Et encore cette impression qu'elle ne me dit pas toute la vérité ou ne me la dit pas tout entière... »

— Et c'est la seule raison ? Un policier pronazi ?

— Maria n'a rien voulu savoir. *Elle* n'avait confiance en personne.

— Pas même en vous ?

— J'étais la sœur de Son amie Sophie. Ma famille et moi L'avons aidée pendant des années. *Elle* n'aurait pas pu emprunter l'identité de ma sœur sans notre accord ni notre aide.

Une descente s'amorce. Toulon est à vingt-quatre kilomètres. A deux reprises, Quattermain a découvert, au sortir d'une succession de virages, les phares d'une voiture semblant régler sa vitesse sur la sienne. Mais depuis la traversée de ce plateau, rien. « Je deviens paranoïaque. Pourquoi me suivrait-on ? »

— Et si j'allais, moi, voir la police en racontant toute l'histoire ?

— Avec ce Laemmle, Thomas a une chance qu'il n'aurait pas avec la Gestapo ordinaire. Maria a choisi de jouer cette chance. Et c'est *Elle* qui décide.

Le raisonnement ne paraît pas des plus clairs à Quattermain. Mais en somme, il débarque au sens propre du terme, de quel droit irait-il conseiller une femme qui mène seule, depuis des années paraît-il, un combat dont il ignore tout ?

Il demande qui est Javier Coll et — surprise — Catherine Lamiel ne semble pas en avoir jamais entendu parler. Au plus sait-elle que Maria s'entoure d'Espagnols — « *Elle* a longtemps vécu en Espagne et venait souvent nous voir à Casablanca, où nous habitions ».

— Nous ?

— Mes parents, mon frère et moi.

La descente interminable s'achève. La partie suivante de la route rappelle un souvenir à Quattermain : les gorges d'Ollioules. La dernière fois qu'il les a franchies, c'était au volant de la Buggati Royale, Maria à sa droite, « et sans doute Javier Coll devait-il déjà nous suivre... Bon Dieu, cet homme était déjà avec Maria voici douze ans et plus ! »

La question lui vient sur les lèvres, mais il ne la pose pas encore.

On entre dans Toulon.

— A gauche. Prenez la route de gauche et montez sans arrêt.

Il finit par s'engager dans une allée de terre entre des pins. Une villa en effet se dresse.

— Nous y sommes. Vous pouvez laisser la voiture où elle est.

Cinq pièces au plus, et des chambres minuscules.

— Il nous faudra partager la salle de bains. Ma chambre est ici, vous pourrez donc vous installer dans l'autre.

Quattermain dépose les deux valises — la sienne achetée à Genève et celle de la jeune femme. Le seul charme de la salle de séjour consiste en une assez grande baie vitrée qui doit ouvrir sur la rade toulonnaise. Ils ont dîné avant de partir de Marseille, il est onze heures et quelque du soir.

— Faim ou soif ?

— Non, merci. Combien de temps allons-nous rester ici ?

Catherine Lamiel a déjà disparu dans sa propre chambre. Elle réapparaît, tenant en main des vêtements, visiblement en train de défaire son bagage.

— Le rendez-vous de Maria avec Laemmle aura lieu après-demain. Si tout va bien, je vous amènerai l'enfant ici.

— Et ensuite ?

Elle le fixe et cette fois son hésitation est des plus nettes. Mais elle entre dans sa chambre et en ressort avec un passeport américain qu'elle lui tend. Il l'ouvre : le document est au nom de Thomas David Quattermain, né le 18 septembre 1931 à Clamercy.

— Pourquoi Clamercy s'il est né à Lausanne ?

— Clamercy est une petite commune du nord de la France dont la mairie a été détruite avec toutes ses archives. Personne au monde ne pourra prouver qu'il n'y a pas été inscrit.

Le passeport a été établi par l'ambassade des États-Unis à Madrid. Autant que Quattermain puisse en juger, il paraît authentique.

— Et vous allez m'amener Thomas ici ?

— Si tout va bien.

— Je devrai donc attendre une quarantaine d'heures.

— Vous avez perdu bien plus de temps que cela en traversant l'Atlantique.

Il la sent plus que nerveuse : angoissée. Mais comment ne pas mettre cette angoisse sur le compte des événements en cours ?

— Depuis combien de temps connaissez-vous Maria ?

— Depuis toujours. (Elle secoue la tête.) Ne me posez pas la question que vous avez sur les lèvres.

Il se contente de la regarder.

— Si Thomas est votre fils ou non, dit-elle, je ne le

sais pas plus que vous. Je vivais au Maroc entre 1928 et 1935 et j'étais une gamine. J'avais quatorze ans à la naissance de Thomas. Je ne sais rien.

— Qui le sait ?

— *Elle.* Seulement *Elle.*

On réveille Gregor Laemmle. Son premier geste conscient est de s'assurer que l'Enfant est toujours là, enseveli sous des couvertures. Il n'aperçoit que ses cheveux sombres et le haut de son front.

Gregor Laemmle descend de voiture avec toutes les précautions du monde, pour ne pas l'éveiller ; il conserve lui-même une couverture sur les épaules. On est en pleine campagne, quelque part dans les Alpes de Provence, il est quelque chose comme deux heures trente du matin, et il y a quelqu'un, à part Soëft, l'Enfant, le chauffeur et lui-même.

Il y a Jurgen Hess avec une quantité très impressionnante d'hommes et de voitures, les premiers le plus souvent dans les secondes. En raison du froid, qui est tout simplement glacial.

On a quitté Grenoble presque à l'heure dite. Le cher Joachim Gortz s'est présenté trois minutes avant que Gregor Laemmle ne donne l'ordre de faire mouvement. Gortz était un petit peu morose : il trouvait pour le moins extravagant cet échange entre Menton et Marseille, offrant si peu de garanties, « vous risquez de perdre l'enfant et la mère, et courez en plus le danger d'être tué ». Gregor Leammle a ressenti de l'impatience, sinon de l'agacement : le cher Joachim aurait-il oublié quels trésors d'intelligence, de rouerie, de machiavélisme, de perfidie, de sang-froid il a jusqu'ici déployés, pour parvenir à la situation où l'on est, c'est-à-dire capturer enfin la femme détenant tous les secrets de feu Thomas l'Ancien. Autant dire terminer complètement *Schadelböhrer,* à la satisfaction générale et pour la plus grande gloire du Quatrième Reich, ou est-ce le Troisième, « je n'ai jamais eu la mémoire des chiffres » ? Ce rendez-vous itinérant sur la Côte d'Azur ? Eh bien alors ? Qu'a-t-il de si extraordinaire ? « Vous m'attristez, cher Joachim. Bien sûr que l'échange se tiendra dans le sud de la France, dans la zone nono, comme disent les Français ! En quel autre endroit d'Europe eût-il pu se dérouler ? Vous croyez une seconde qu'elle aurait accepté de franchir la ligne de démarcation, s'aventurant sur un territoire regorgeant de vos vaillantes troupes allemandes ? D'accord, ce sont *mes* troupes aussi, vous avez raison, j'ai un peu de mal à m'en souvenir. C'est plus fort que moi, que voulez-vous : quand je vois ces uniformes vert-de-gris, communément appelés Doryphores, courir dans les rues de Paris, je me sens moi-même occupé, et envahi — ne répétez pas ça à Adolf, il pourrait mal le prendre. Non, sérieusement cher Joachim, vous me voyez lui fixant rendez-vous à Paris ? Pourquoi pas à Berlin, pendant que vous y êtes ? » Face à Gortz, Gregor Laemmle s'est senti d'une allégresse stupéfiante ; il était encore sous le choc de Sa voix au téléphone, lui apprenant qu'il allait La voir... ; il frémissait de l'exaltation du triomphe si longuement espéré, et de la grande, de l'énorme, de la monstrueuse détestation de lui-même, en raison de ce qu'il avait fait à l'Enfant (« comment t'expliques-tu cela à toi-même, Gregor ? Tu aurais sans sourciller haché menu le marchand de légumes, ses enfants et ses chèvres, tu assisterais impavide — et au train où vont les choses tu y assisteras — à l'extinction presque complète de l'espèce humaine, ou du moins de l'Europe telle que tu l'aimes, mais dans le même temps tu as eu envie de tuer Soëft, cet autre toi-même à peu de chose près, pour cette seule raison qu'il tordait le bras de l'Enfant en lui faisant très mal. Au point que tu pensais vraiment ce que tu as répondu à Thomas quand il a menacé de te tuer : tu n'en attendais pas davantage. Ce serait en effet dans l'ordre des choses et comment dire, la preuve qu'il t'aimait un peu — (je me demande si je ne suis pas un peu trop complexe, même pour moi »).

— Du café, Soëft, je vous prie.

Gregor Laemmle s'éloigne de la Delage immobilisée au cœur des montagnes basses-alpines. Il avise une espèce de petite banquette rocheuse à vingt ou trente mètres de là, hors de portée des oreilles de l'Enfant au cas où ce dernier viendrait à s'éveiller. Il s'y dirige, forçant Jurgen Hess à le suivre. Il s'assoit, buvant le café issu d'une Thermos et serrant la couverture un peu plus, « j'aurais dû en prendre deux. Sans parler de mes petits petons roses, qui sont bien gelés... ».

— Voyons un peu, comment vont les affaires du monde, mon bon Jurgen ? Comment va la guerre ? (Si je le fais parler de ce qui l'intéresse, il sera de meilleure composition, tout à l'heure...)

Hess se jette à corps perdu dans le panneau et voici qu'il évoque certaine offensive russe qui tente désespérément de dégager Moscou, alors que les triomphales armées du Troisième Reich (« c'était donc bien le Troisième », pense Gregor Laemmle) sont en vue des coupoles dorées du Kremlin.

— Mais naturellement, dit Gregor Laemmle, cette pitoyable tentative des moujiks rouges, race inférieure s'il en est, sera impitoyablement balayée ?

— Ce n'est qu'une question d'heures, dit Jurgen Hess.

— L'enthousiasme me transporte, mon bon Jurgen. Quel grand pays que le nôtre ! Et à part ça ?

Nouveau communiqué de guerre, qu'il écoute avec patience, au vrai pensant à tout autre chose : l'Enfant s'est éveillé, sans doute tiré de son sommeil par cet arrêt qui se prolonge, peut-être même éveillé sur-le-champ, avec cet instinct animal du danger qui semble lui être inhérent ; quoi qu'il en soit, du coin de l'œil, Gregor Laemmle a aperçu deux grands yeux gris dans un étroit visage blême, derrière la vitre embuée.

« Finissons-en, on ne va pas passer la nuit ici. »

— Jurgen ? Qu'est-ce que c'est cette armée ?

Il indique le détachement constitué d'un nombre fort considérable de voitures et d'hommes, ceux-ci éminemment patibulaires.

— Je dispose de cinquante-quatre hommes, dit Hess. Je peux en avoir davantage. Et le policier de Toulon m'a promis quelques-uns de ses amis. Nous pouvons mettre deux cents hommes en ligne, d'ici à après-demain.

Gregor Laemmle plonge le nez dans sa chope de café très sucré.

— Non, Jurgen.

Hess se redresse et carre les épaules.

— Il ne faut pas qu'*Elle* nous échappe, dit-il.

— Quel est mon grade ?

— Vous êtes Oberführer, reconnaît Hess.

— Et vous ?

— Hauptsturmführer.

(« Je me souvenais bien que Reinhard Heydrich m'avait conféré quelque grade, mais du diable si je me souvenais lequel. Et il semble que j'ai pris du galon. Si je n'y prends pas garde, je vais me retrouver Führer tout court, un de ces matins et des dizaines de millions de petits Jurgen Hess au visage illuminé pleureront d'enthousiasme sur mon passage. L'expérience pourrait être amusante mais le moins que l'on puisse dire est qu'elle ne me tente pas, il me faudrait vociférer dans des porte-voix et j'ai toujours eu la gorge fragile... »)

— Je suis donc votre supérieur, mon bon Jurgen. Et je vous donne un ordre. Et pendant que j'y pense, pourquoi n'iriez-vous pas prendre Moscou, entre deux avions ? Cela vous demanderait quoi ? Deux jours ? Vous n'avez pas envie de rendre service, sur le front russe ?

Il soutient le regard de Hess, qui tout de même finit par baisser la tête.

« Comment dit-on déjà ? Ah, oui ! »

— Garde-à-vous, Hess, je vous prie. Voici mes ordres : vous garderez, disons trente-cinq de ces hommes. Vous irez à Menton, avec huit d'entre eux, vous y serez dans... (je n'ai jamais su calculer de tête)... dans trente et quelques heures. Vous y serez à huit heures quinze, devant le casino. A huit heures quinze, prenez la route, direction Marseille, par la nationale du bord de mer. Roulez à soixante kilomètres heure. Pas cinquante-neuf ni soixante-deux : soixante. Sauf si je vous donne d'ici là de nouveaux ordres et dans ce cas je vous appellerai... Quel est votre nom, par les temps qui courent ?

— Marcel Magny.

— Vous n'avez pas une tête à vous appeler Marcel, un Marcel porte une casquette et va à vélo danser dans les guinguettes, mais passons. Je vous appellerai au premier bar à droite dans l'avenue en face du casino, l'avenue de Verdun je crois. Tenez-vous dans ce bar. Si à huit heures quatorze je n'ai pas appelé, vous partez dans la minute. Ni avant ni après.

— Et les autres hommes ?

— Trente-cinq et un, en vous comptant, doivent faire dans les trente-six. Moins neuf, il reste probablement vingt-sept. Mettez-m'en huit à Nice...

Huit à Toulon et les onze autres répartis en trois groupes qui devront rester l'arme au pied à Cannes, Fréjus... et quelque part au choix sur la route nationale, à mi-chemin de Hyères et de Sainte-Maxime...

— Mais ils n'interviendront que sur mon ordre exprès, mon bon Jurgen, et vous-même respecterez le tableau de marche que je vous indique, à moins que vous ne teniez absolument à aller conquérir l'empire russe à vous tout seul, jusqu'au dernier flocon de Sibérie.

Gregor Laemmle sourit à Hess. L'hypothèse d'un excès de la part de Hess ne saurait évidemment être exclue. Il ne l'exclut pas du tout. En réalité, elle le dérange à l'extrême, « j'aurais dû depuis longtemps retirer ce fou du champ de bataille. Sauf que je ne savais pas à qui m'adresser pour ce faire. La mort de Heydrich m'a coupé de mes arrières et en somme je suis seul, ne représentant que moi-même, avec cet unique avantage que Jurgen Hess ne l'a pas encore compris, du moins je l'espère ».

Il scrute le visage de Hess et n'y découvre guère qu'une sorte de bouderie butée. « Mais tout ira bien. En quelque endroit qu'*Elle* surgisse (et je crois qu'*Elle* m'apparaîtra plutôt entre Toulon et Marseille), les douze ou quinze hommes de Soëft seront sur les lieux avant Hess. Tout ira bien... »

— Exécution, Hess.

Il regarde partir le détachement hessien puis jette sur le sol de glace ce qui reste du café. Il est pris d'une légère envie de vomir. Nullement à cause de cet épouvantable breuvage. Mais il est de nouveau en proie à l'une de ses crises, conséquence et prolongement ordinaires de son exaltation de Grenoble, quand il parlait à Joachim Gortz. Avec un détachement que l'on dit clinique, il note que chaque crise nouvelle, ces derniers temps, est plus forte et plus dure que les précédentes. Un temps, déjà fort lointain, il espérait pouvoir haïr quelqu'un, ou quelque chose, plus qu'il ne se hait lui-même. Cet espoir est depuis longtemps éteint.

Il revient à la Delage et y remonte, s'emmitouflant dans deux autres couvertures.

— Tu ne dors pas, Thomas.

Pas de réponse.

— On repart, Soëft.

C'est pur miracle s'il a pu dormir un peu, depuis le départ de Grenoble. Il n'escompte pas retrouver le sommeil. La Delage progresse dans une nuit assez claire. Il contemple l'Enfant endormi et s'abandonne un instant à cette tendresse pour lui si nouvelle...

Dont il attend le pire.

Le jour se lève. Thomas petit-déjeune en bordure de route, dans un endroit très joli et désert. Juste avant de s'arrêter, il a vu un panneau qui indiquait Saint-Paul-de-Vence. Il ne sait pas du tout où c'est. Ça ressemble un tout petit peu à la Provence, c'est peut-être en Provence.

— Parle-moi de ce tireur invisible, Thomas...

Il mange. Il a faim. Ça va drôlement mieux, depuis hier. Il a bien réfléchi à chacun des mots qu'*Elle* a dits, au téléphone, qu'il devait Lui faire confiance et La laisser agir. « J'aurais dû y penser plus tôt, je suis vraiment bête, *Elle* ne se laisserait pas prendre par l'Homme aux Yeux Jaunes, sûrement qu'*Elle* a trouvé un truc, une stratégie. Je dois attendre, et être calme. »

— Tu n'es pas très bavard, Thomas.

Voilà déjà dix minutes au moins que la voiture blanche marquée Delage s'est immobilisée sur le bas-côté. Le chauffeur et le Soëft sont descendus, ils ont préparé un réchaud à alcool, du lait, du chocolat suisse (c'était marqué aussi), du pain, du beurre, des confitures allemandes. Le chauffeur a mis une nappe sur le capot encore tiède. « A table, Thomas », a dit l'Homme aux Yeux Jaunes et ils sont descendus à leur tour et maintenant ils déjeunent. Tu dirais un pique-nique.

— Tu crois vraiment que ton ami qui tire si bien a pu nous suivre, Thomas ? Moi, je ne le pense pas. Je crois qu'il a perdu notre trace. Nous avons fait des tours et des détours toute la nuit... Voyons un peu, je dirais qu'il est en motocyclette. Mais nous avons surveillé les motocyclettes, aucune ne nous suivait. Où peut-il être ? Il serait resté à Grenoble ?

Comme si Thomas cherchait vraiment Miquel (et bien sûr ce n'est pas possible, il ne le cherche pas ; pour deux raisons, d'abord parce qu'il est absolument sûr que Miquel est quelque part dans les environs, et ensuite parce que ça ne servirait à rien de le chercher, tu vois Miquel s'il veut que tu le voies, un point c'est tout), il regarde tout autour de lui. Le Laemmle a choisi l'endroit pour s'arrêter : on voit sur des kilomètres, même Miquel ne pourrait pas s'approcher sans être vu (quoique) et en plus, il y a tous les tueurs du Soëft qui surveillent, et drôlement bien.

— Veux-tu une autre tartine, Thomas ?

— S'il vous plaît oui, merci monsieur.

Ce sont les premiers mots qu'il prononce depuis qu'il a dit à l'Homme aux Yeux Jaunes qu'il le tuerait.

— Reconnais que je me suis spectaculairement amélioré, pour les tartines.

— Je suis d'accord, monsieur. Elles sont très bien.

Qu'il le tuerait. Il parlait pour de vrai. Il sait même comment, maintenant, « je ne sais pas quand, mais comment, oui. Les Trois Mousquetaires qui font tuer Milady (et pourtant Milady est une femme, c'est la femme d'Athos) vont chercher un bourreau. Moi, j'en ai un. J'ai Miquel. Dans le parc de l'île Verte... ».

— Est-ce que je peux avoir encore un peu de chocolat, monsieur, s'il vous plaît ?

« Dans le parc de l'île Verte, j'aurais pu dire à Miquel de lui casser la tête, au Laemmle. Mais ça aurait été idiot. Si je l'avais fait, c'est le Hess qui me garderait, maintenant, ça ne serait pas pareil du tout. Non, il valait mieux viser la pomme — qu'est-ce qu'il a eu peur, le Laemmle ! Évidemment, il sait que Miquel existe, mais ça ne fait rien, c'est même mieux... »

— Je voudrais te parler, Thomas.

« Qu'est-ce qu'il a à s'exprimer tout doucement, comme s'il ne voulait pas que le Soëft et le chauffeur entendent ? Il fait semblant d'être ami. Il croit que je suis idiot, vraiment ! Il sait que je peux le tuer quand je veux et il a peur, c'est tout. »

— Thomas, demain toi et moi retrouverons ta maman. C'est *Elle* qui a fixé les modalités du rendez-vous. J'ai accepté Son offre. Si cela ne dépend que de moi, tout ira bien, je voulais que tu le saches, j'ai fait tout ce que je pouvais. Tu me crois, Thomas ?

« Ne lui réponds pas tout de suite... »

Thomas baisse la tête et fait semblant de contracter son visage, comme s'il était sur le point de pleurer (tu parles !).

— Thomas ?

La voix de l'Homme aux Yeux Jaunes est drôlement douce.

— Je voudrais que tu me croies, Thomas. Si je ne fais pas ce que je suis en train de faire, d'autres le feront, et ta maman et toi...

L'Homme aux Yeux Jaunes ne termine pas sa phrase et cette fois il fait semblant d'être très triste. Thomas le fixe et prend la nouvelle tartine qui lui est tendue, il pense : « Je dirai à Miquel de ne pas le tuer d'un coup, mais très lentement, pour qu'il ait très mal et très longtemps. »

— Je n'ai pas eu mon chocolat, monsieur, dit-il.

— Je préférerais que vous ne vous montriez pas dehors, dit Catherine Lamiel. Vous êtes trop américain, on vous remarquerait.

— On ?

— Personne en particulier, bien sûr.

Elle se force à sourire :

« Je suis sans doute nerveuse. »

Il doit être dans les neuf heures du matin, une grande lumière commence à entrer par la baie vitrée qui surplombe la rade de Toulon. Debout, Quattermain boit sa deuxième tasse de café. Il a peu dormi et dans la nuit, s'est levé, a marché dans la cuisine et la salle de séjour, sur ses pieds nus que les tommettes rouges du carrelage ont glacés très vite ; il a failli frapper à la porte de Catherine Lamiel, mais s'est abstenu. Il a toujours eu de la timidité avec les femmes et, réflexion faite, il ne se souvient guère avoir jamais couché avec l'une d'elles de son propre chef, ce sont plutôt elles qui l'ont choisi.

Il l'entend qui va et vient derrière la porte et quand il se retourne, il la découvre revêtue d'un manteau simple, presque modeste. Elle porte aussi un chapeau, juché sur ses cheveux haut coiffés, et des chaussures à semelles compensées en liège, peu plaisantes à l'œil.

Elle dit qu'elle doit sortir et qu'il n'est pas certain qu'elle revienne pour déjeuner.

— Il y a du pain et un poulet froid.

— Ça ira. Et si l'on téléphone ?

— Personne ne sait que je suis ici. Laissez sonner.

Elle s'en va par le chemin de terre ; juste au moment de disparaître entre les pins, elle se retourne. Ce mouvement à peine esquissé produit chez Quattermain une impression bizarre. Craignait-elle qu'il ne la suivît ? Peut-être. « Je suis dépaysé et voilà tout. Non seulement j'ai changé de continent, mais je suis entré dans une histoire dont on m'a raconté le moins possible. Ce qui est peu. »

Il se promène un moment dans la maison, très ordinaire, à part trois douzaines de livres dans un coin, et des photos dans trois ou quatre cadres. Catherine Lamiel y figure en compagnie de gens inconnus, le visage qui revient le plus fréquemment étant celui d'un homme assez beau, trente ans peut-être, cheveux plaqués et épaules larges, souriant volontiers à l'objectif : « Son mari, peut-être. »

Quattermain ouvre des tiroirs, avec ce plaisir pervers des violations de domicile et de vies privées. Il trouve d'autres photos, notamment dans un album de toile. Elles montrent une Catherine Lamiel bien plus jeune, enfantine même, en compagnie d'une adolescente qui doit être Sophie. Les paysages sont ceux d'Afrique du Nord, on reconnaît Marrakech.

Aucun portrait de Maria, nulle part. « Mais *Elle* n'a jamais accepté que je La photographie, *Elle* me l'avait même interdit. »

Il finit par fouiller la chambre de Catherine, non sans avoir au préalable fermé à clé, de l'intérieur, la porte de la maison. Il se donne comme prétexte cette quasi-certitude qu'elle n'a cessé de lui mentir, serait-ce par omission, depuis leur rencontre à Marseille.

Rien.

Et rien non plus, sinon des vêtements de rechange, dans la valise qu'elle avait la veille. A part peut-être une carte routière, au deux cents millièmes, de la région de Toulon jusqu'à la frontière italienne. La carte est pliée de telle sorte que seule est visible — un centimètre pour deux kilomètres — la zone côtière entre Hyères et Fréjus, avec au centre la corniche des Maures et cette grosse presqu'île entre Sainte-Maxime et Cavalaire. « Si c'est un indice, il est mince. »

Une heure passe, puis une autre. Il est revenu s'asseoir devant la baie vitrée et regrette de ne pas disposer de jumelles pour examiner ces énormes bateaux à l'ancre : « Que diable font ces cuirassés français, si tranquillement à l'amarre, dans un pays qui a perdu la guerre ? »

De l'impatience lui vient. Et l'envie de prendre un peu l'air, de sortir, de faire n'importe quoi sauf rester enfermé dans ces quatre pièces où il tourne en rond. Mais avec son pardessus coupé à Londres, il risque de ne pas passer inaperçu dans Toulon. Se souvenant du contenu d'un placard, il y trouve un imperméable certes un peu court pour lui mais qui le rendra un peu plus français.

Il abandonne son chapeau et monte dans sa voiture.

C'est précisément parce qu'il guette Catherine Lamiel qu'il remarque le mouvement dans son rétroviseur. Il lui semble qu'après la sortie de la Ford, lorsque celle-ci s'est engagée sur la route, un homme a traversé en courant. Il descend sur Toulon et ses soupçons se confirment : on le suit bel et bien. Deux hommes dans une voiture.

Il se gare un peu au hasard sur une petite place où se trouve un kiosque à musique et constate que ses suiveurs font de même. Leur attitude pourtant est à ce point naturelle qu'il se demande s'il n'est pas de nouveau la victime d'une petite paranoïa. D'autant que, parcourant ensuite les rues étroites de la ville, il ne voit plus personne derrière lui. Le hasard encore le fait passer devant un magasin où l'on vend des instruments de marine. Il entre et achète des jumelles, les plus puissantes qui soient. La très grosse liasse de billets de cent et mille francs qu'il extrait de sa poche pour régler son achat fait hausser les sourcils au commerçant. « Je fais vraiment tout pour me faire remarquer ! » On lui explique qu'on manque du papier nécessaire à un emballage et du coup il achète un petit sac de toile, dans lequel il place les jumelles.

— Américain ?

Le commerçant a baissé la voix, tout en lui rendant la monnaie. Quattermain hésite puis répond oui.

— C'est bien, c'est vraiment bien, dit le commerçant.

Quattermain est étonné. « Qu'est-ce qui est bien ? Que je sois américain ? » Il descend jusqu'au port de guerre mais n'ose pas sortir ses jumelles, de peur qu'on le prenne pour un espion. Il flâne en remontant vers le centre de la ville. Il commence à avoir faim. Sur une assez large avenue bordée de cafés et de cinémas, il repère un restaurant où on lui réclame des tickets. Qu'il n'a pas. Il dit qu'il est étranger. On hausse les épaules, l'air de penser que ce problème le regarde. Comment mange-t-on en France quand on n'est pas français ? Il repart et longe le boulevard et voilà que cela recommence : quelqu'un l'a rejoint et s'est porté à sa hauteur.

— Je vous ai entendu parler tout à l'heure, dans le restaurant. Vous êtes américain ?

— Oui. J'espère que ce n'est pas défendu.

L'homme le prend dans ses bras (malgré leur différence de taille) et pour un peu l'embrasserait.

— Je voulais vous dire que vous avez bien fait.

— Ah, dit Quattermain, incertain.

— Vous cherchez où manger ? Allez chez Mado place Puget et demandez Mado elle-même. Avec ou sans ticket, elle vous donnera tout ce qu'elle a.

L'homme lui assène trois nouvelles tapes dans le dos et s'en va. « Ma popularité ici augmente de seconde en seconde. Mais où est la place Puget ? » Une femme le renseigne, en lui souriant, surtout après avoir entendu son accent. « C'est décidément le fait d'être américain qui me rend si populaire. Curieux. La dernière fois que je suis passé à Toulon, je n'avais pas noté tant d'enthousiasme. »

Mado fait cent cinquante centimètres et presque autant de kilos :

— J'ai du filet mignon et de la ratatouille niçoise. Et je peux vous faire des frites, ça vous va ?

— J'en rêvais, dit Quattermain. Qui pense : « Je rêve. »

— Je parle anglais, *I speak english very good.* Et ici, vous venez quand ?

— Tous les jours si vous insistez.

Elle lui flanque un coup de coude amical dans les côtes :

— Agent secret, hein ? Goûtez-moi cette ratatouille.

La minute suivante, il apprend que des forces armées anglo-américaines ont débarqué en Afrique du Nord, aux premières heures de ce 8 novembre 1942.

Il est d'un naturel nonchalant et calme, mais quand

même. S'il n'avait pas eu au même instant la bouche déjà pleine, il aurait exprimé sa surprise. En fin de compte, il ne bronche pas. Sur le moment, il ne voit guère en quoi sa situation personnelle pourrait en être modifiée. Il termine son repas, veut payer, mais Mado refuse. Il sort et, tentant de revenir vers sa voiture, atteint une grande place dominée par la préfecture maritime, à la minute même où tout un groupe d'officiers allemands embarque dans des voitures à fanion. Et le sentiment d'un danger, jusque-là assez vague, grandit soudain en lui. Il s'enquiert de la poste et une fois qu'il y est entré, demande et obtient le numéro du consulat des États-Unis à Marseille. Callaghan est absent, mais un certain Pillsbury vient en ligne : « Monsieur Quattermain ? Bob Callaghan espérait que vous appelleriez ! J'ai un message pour vous : les relations diplomatiques entre Washington et Vichy seront rompues dans les prochaines heures ; tout le personnel diplomatique américain doit quitter le territoire français, à destination de l'Espagne. Bob vous propose trois rendez-vous : soit ici même au consulat avant demain matin neuf heures, soit à Nîmes dans le département du Gard, hôtel du *Cheval Blanc*, place des Arènes, soit encore directement au poste-frontière du Boulou. Bob insiste pour que vous nous accompagniez. »

La question vient à Quattermain (que se passerait-il s'il restait en France ?) mais il choisit de ne pas la poser. « Tu le sais déjà : tu vas attendre Maria et son fils. Alors, à quoi bon ? » Et puis il devrait avoir le temps de tout faire. L'échange, si échange il y a, se fera dans une vingtaine d'heures. « J'aurai le temps de rallier Nîmes, ou au pire le poste-frontière. »

Il retrouve sa Ford. La voiture des deux hommes, qui semblait le suivre, n'est plus là. « Je me suis fait des idées, évidemment. »

La villa sur les hauteurs de Toulon est vide. Aucun signe que Catherine Lamiel y soit revenue en son absence. Longtemps il se souviendra de ces heures qu'il passe alors, assis face à la baie vitrée donnant sur la rade toulonnaise, tantôt lisant, tantôt jouant avec ses jumelles. Au plus mène-t-il, sans grande conviction d'ailleurs, un débat sporadique avec lui-même : « J'ai toujours su que j'allais le faire », dira-t-il plus tard à Laemmle.

Catherine Lamiel survient vers sept heures, bien après la tombée de la nuit. Il a entendu le bruit d'un moteur. Il était dehors et la voit descendre d'une Peugeot de couleur noire qu'elle gare, non pas près de la Ford, mais en bas du chemin de terre, capot tourné vers la route. Il se hâte de rentrer dans la maison et, se reprochant un peu ce qu'il considère comme un enfantillage, affecte d'être passionné par la lecture des *Dames au chapeau vert* de Germaine Acremant. Elle paraît sur le seuil de la porte et il note un degré supplémentaire dans la tension presque désespérée de son visage. « Je vais vous faire à dîner », dit-elle. Il la rejoint dans la cuisine : « Je peux vous aider ? » Il s'attendait à une remarque sur le fait qu'il n'avait pas touché au repas de midi, mais elle ne s'en soucie guère, accaparée par ses propres tourments.

— Sûre de ne rien vouloir me dire ?

— Certaine.

Elle lui prépare machinalement une omelette sans avoir l'idée de regarder dans le four où le poulet rôti se trouve toujours. Ils dînent en silence. Il l'aide à débarrasser la table et pour la première fois de sa vie envisage de faire la vaisselle. Mais elle dit que quelqu'un viendra, demain, une femme, qui s'occupera de la maison.

Elle paraît extraordinairement lasse et plus que cela, brisée nerveusement.

— Vous m'attendrez ici, n'est-ce pas ?

Il acquiesce.

Elle se tient un moment devant la baie vitrée puis le

prie de l'excuser : elle doit se lever très tôt, demain matin.

— Faites comme si je n'étais pas là, dit-il.

Lui-même va se coucher peu de temps après, laissant ouverte la porte de sa chambre. Il s'éveille une première fois vers deux heures, parvient à se rendormir après une trentaine de minutes, essentiellement consacrées à cette question qu'il se pose : pourquoi Catherine Lamiel, qui ne peut ignorer la nouvelle, ne lui a-t-elle pas parlé du débarquement en Afrique du Nord ? « Parce que l'événement lui paraît très secondaire, dans les circonstances actuelles. Ça, c'est une première réponse. »

Il en trouve une autre.

Qui achève de le convaincre, s'il n'était pas déjà tout à fait décidé : le lendemain matin, il attend qu'elle soit partie, à pied (mais sorti derrière elle, il entend le moteur de la Peugeot qui démarre).

Il laisse s'écouler deux ou trois minutes, rafle son passeport, le passeport au nom de Thomas David Quattermain, plus tout l'argent qu'il a sur lui : quarante-cinq mille dollars environ, un peu plus de trente mille francs suisses et deux cent et quelques mille francs français retirés à Genève.

Il y a très peu de circulation certes, mais tout de même quelques véhicules roulent. Il parcourt plusieurs centaines de mètres sans rien remarquer de spécial derrière lui et ces étranges soupçons qui lui sont venus durant la nuit, maintenant, lui semblent injustifiés.

C'est alors que la même voiture apparaît, avec les deux mêmes hommes que la veille. Il les regarde passer, moins de trente secondes après qu'il s'est arrêté, qu'il a dissimulé la Ford dans une ruelle, qu'il a mis pied à terre pour vérifier s'il était ou non suivi.

Il l'est : les deux hommes semblent très surpris et peut-être inquiets de sa disparition pendant les trois ou quatre secondes où il voit leurs visages.

Leur voiture s'éloigne lentement, puis elle accélère,

sans doute son conducteur juge-t-il qu'il a été pris de vitesse.

Quattermain alors se remet au volant. Il fait demi-tour et au lieu de prendre la direction de Marseille, il se dirige vers l'est, vers Hyères et Fréjus, ayant décidé de tout jouer sur la façon dont la carte routière était pliée, dans la valise de Catherine Lamiel.

Il est huit heures quinze.

Partie à huit heures exactement de Menton, la Delage blanche roule depuis maintenant (Gregor Laemmle consulte une fois de plus sa montre)... depuis cinquante-neuf minutes et a parcouru soixante-trois kilomètres, à en croire à la fois le totaliseur du tableau de bord et les bornes kilométriques, elle entre dans Cannes.

— Nous sommes légèrement en avance sur notre horaire, Soëft. Nous allons nous arrêter et attendre. Non, pas ici même, mais un peu plus loin sur la Croisette. Tenez, devant l'hôtel *Majestic*.

« Et j'en profiterai pour m'assurer que le bon Jurgen Hess respecte mes ordres, au lieu de les contrecarrer, avec sa méchanceté ordinaire. C'est qu'il est tout à fait capable de me suivre à cinq cents mètres, au lieu des quinze kilomètres que j'ai fixés — sous réserve que soixante kilomètres à l'heure fassent bien un kilomètre à la minute. Comme je me le disais pas plus tard qu'hier, je suis nul en arithmétique. »

Gregor Laemmle est assis à l'arrière de la Delage blanche. L'Enfant est à sa gauche, côté mer en somme, la poignée de la portière correspondante ayant été retirée — c'est une idée de Soëft. Soëft lui-même conduit l'automobile, un très gros pistolet sur ses cuisses, un pistolet-mitrailleur posé sur le siège voisin du sien et dissimulé par un journal, un troisième tromblon placé à sa gauche contre la portière. Il est armé comme un général mexicain se préparant à quelque pronunciamento.

Il paraît aussi qu'il a quelque part des grenades, « je l'aurais laissé faire, il nous emportait un canon. C'est un garçon très consciencieux ».

La Delage roule sur la Croisette, parvient à hauteur du *Majestic* et stoppe. Gregor Laemmle sourit au portier de l'hôtel qui déjà s'avance, il lui fait signe que non, inutile qu'il se dérange. Gregor Laemmle se sent dans un état bizarre, il est quasiment fiévreux. La chose n'ayant rien pour surprendre dès lors qu'il s'attend à voir apparaître une Hispano argent et noir, pilotée par une femme, l'une et l'autre pistées par lui depuis environ quarante-huit mois.

— Ne coupez pas le moteur, Soëft.

Il se retourne et, regardant derrière lui, cherche des signes de filature tout au long de l'avenue rectiligne en bord de mer. Il ne serait pas trop étonné d'y voir survenir Jurgen Hess et trois douzaines de ses buveurs de sang.

Mais non.

« Ceci n'est pas un rêve étrange et pénétrant, Gregor Laemmle, ta quête s'achève, ou va se parachever dans les heures qui viennent, soit que tu verras l'Hispano avec *Elle* au volant, soit qu'*Elle* aura trouvé le moyen de te tuer sans que le gentil Soëft tue Son fils. Et alors, sous cette condition expresse que tu sois encore vivant, tu te retrouveras face à toi-même (la perspective a de quoi épouvanter), avec le désespoir qu'entraînent les rêves assouvis. »

Il observe toujours la Croisette par la lunette arrière, et sauf une camionnette à gazogène qui elle aussi s'est arrêtée, à quatre cents mètres en retrait (mais un homme en est descendu et il est allé porter un paquet dans une villa), il ne voit rien qui vaille. « Jurgen Hess m'aurait obéi ? Un vrai miracle ! »

— Trois minutes, annonce Soëft.

Gregor Laemmle abandonne sa surveillance, qui de surcroît lui fait mal au cou. Son regard se porte sur Thomas, qui est immobile, les mains mollement posées sur ses genoux nus, et contemple la mer avec des prunelles à peine écarquillées.

— On repart, Soëft.

La Delage roule à nouveau. Cinquante-deux minutes plus tard, elle traverse Saint-Aygulf et n'est plus qu'à une vingtaine de kilomètres de Sainte-Maxime. Elle se trouve dans l'un des endroits du parcours où, pour Gregor Laemmle, quelque chose peut se produire : il croit plus au massif des Maures qu'à celui de l'Esterel : l'Hispano y disposerait d'un plus grand nombre d'itinéraires de repli, à cause des routes secondaires. Mais il avait pensé, c'est vrai, qu'*Elle* surgirait à Menton même — il s'est trompé — et croit encore qu'*Elle* choisira par préférence la zone entre Toulon et Marseille, autrement dit les environs de Sanary.

Car il est absolument convaincu qu'*Elle* va apparaître, à un moment quelconque de cette lente progression entre la frontière italienne et Marseille sur le bord de mer, où il y a bien sept cents endroits possibles, sans compter justement la mer.

Il n'ose pas trop regarder l'Enfant.

Et pourtant, du coin de l'œil, note le changement d'attitude : à chaque kilomètre parcouru, la tension presque imperceptible dans le petit corps s'est accrue.

« Lui aussi sait qu'*Elle* va venir. »

A peu près vers dix heures, Quattermain repère enfin Catherine Lamiel.

Dès sa sortie de Toulon, il a roulé à une allure folle. Il a traversé Hyères comme un obus. Et de même pour l'agglomération suivante, appelée La Lande ou La Londe (il n'a pas eu le temps de voir). Il a fini par se retrouver devant une bifurcation importante : à supposer que la Peugeot noire fût bien passée par là, était-elle allée à gauche ou à droite ? D'abord sans trop de raisons, il a pris le chemin de droite.

Ainsi a-t-il roulé sur la corniche des Maures, des souvenirs en tête (il y est venu avec *Elle*) et dès lors les motifs de son choix lui parurent moins obscurs, s'agissant de l'itinéraire qu'il suit.

A un moment, il a vu une petite route sur sa gauche, qui sans doute remontait dans la forêt du Dom. Il y a presque machinalement jeté un coup d'œil, une demi-seconde même pas, et aussitôt après il a freiné violemment, jetant presque la Ford en travers de la route. Serrant le frein à main, moteur tournant et portière ouverte, il est revenu à pied, sur trente-cinq mètres.

La Peugeot noire de Catherine Lamiel.

La voiture était engagée plus qu'à moitié dans le raidillon d'accès à une villa blanche. Il s'est approché, de son grand pas contrarié par le dérèglement de sa hanche, et quoiqu'on fût en novembre (mais sous un grand soleil digne de mai), il a reconnu des parfums de l'été. Se rapprochant encore, il est entré sous un couvert de l'autre côté de la route, à dix mètres de la maison et, au travers de la végétation, il a suivi des yeux la jeune femme, accompagnée par un homme de haute taille, blond, l'air impérieux, parlant avec une froide assurance. (Il dit qu'il veut qu'elle vienne, d'ailleurs elle n'a pas le choix.)

Catherine Lamiel, jusque-là de profil arrière, pivote et Quattermain peut distinguer son visage infiniment torturé. Un bruit de portières qui claquent. « Ils repartent. » Il s'éloigne aussitôt et, dévalant une sente entre les pins maritimes, regagne la Ford, se remet au volant, démarre. Trois, quatre cents mètres plus loin, il trouve ce qu'il cherchait : un chemin minuscule, mais coudé comme il faut. Il s'y engage, étant ainsi hors de vue de la route. Coup d'œil sur sa carte : « Soit ils poursuivent sur cette départementale indiquée comme très sinueuse, soit ils passent au-dessous de moi et je les suis. Mais pourquoi ai-je tellement le pressentiment d'une catastrophe ? »

Deux minutes et le silence. « Bon, ils seront partis par la départementale, ou pire encore sont en route vers Hyères. » Il enclenche sa marche arrière.

Suspend son geste : une voiture vient enfin de passer et c'est la Peugeot. « Du calme. » Il compte jusqu'à vingt et exécute sa marche arrière, il repart.

Trop vite : quelques hectomètres plus loin, il doit ralentir et s'en veut : il s'est trop rapproché à la sortie d'un virage et, durant une poignée de secondes, s'est mis à découvert, ce qui lui a permis tout de même de constater que Catherine Lamiel, si elle n'est plus au volant, est désormais accompagnée, non seulement de l'homme blond mais de deux autres.

La filature se prolonge. On dépasse le Rayol, puis Cavalaire que des panneaux indiquent. Quattermain réduit encore sa vitesse, le tracé un peu moins tourmenté de la route l'obligeant à accroître la distance entre la Peugeot et lui.

Il double à son tour un gros camion chargé de bois, juste à la sortie des quelques maisons de La Croix-Valmer et sur le moment ne discerne vraiment rien d'extraordinaire dans sa présence. Il est un peu plus de neuf heures trente du matin, le ciel est bleu, sans un nuage, le vent s'est levé.

Trois kilomètres encore (le camion chargé de bois semble avoir augmenté son allure et suit à quatre cents mètres) et l'on parvient à ce carrefour où Saint-Tropez est fléché sur la droite, Cogolin sur la gauche, Sainte-Maxime et Fréjus droit devant.

C'est alors que deux autres camions entrent dans le champ de vision de Quattermain identiquement chargés de fortes billes de bois très peu équarries.

« Cette concentration de camions ne me dit rien qui vaille. »

Il est toujours assez calme, mais ce qui est bel et bien de l'angoisse monte constamment en lui. Quoique le sentiment qui prédomine soit finalement de la curiosité.

Il passe à son tour le carrefour...

Et brusquement se gare, à l'abri d'une haie de roseaux : trois autres voitures particulières sont venues à la rencontre de la Peugeot qui a immédiatement stoppé. Elle est à six cents mètres d'un terrain peu boisé et presque plat.

Quattermain ouvre sa portière et pose un pied au sol. Il braque ses jumelles : dix, quinze hommes sont en train de s'assembler, le grand homme blond figurant le centre de cette réunion, dont à l'évidence, il est le chef ; mains dans les poches latérales de son veston croisé, il parle, avec, dirait-on, du mépris.

Les jumelles cherchent et trouvent Catherine Lamiel ; elle est à l'écart, descendue de la Peugeot mais accotée à celle-ci : elle pleure.

Il abaisse ses jumelles, puis les porte de nouveau à ses yeux en décrivant un large mouvement panoramique. Selon la carte, il y aurait, à environ douze cents mètres, un autre carrefour mais il ne le distingue pas, la vue lui est fermée par des lignes de cyprès ou d'autres haies de roseaux ; les trois camions derrière lui se sont immobilisés, chacun d'eux transporte deux hommes et chacun occupe une route.

Plus un quatrième camion à gauche.

... Un cinquième en face, par-delà le groupe de l'homme blond.

Et encore au moins deux autres, loin sur les hauteurs, presque invisibles dans la forêt où ils sont tapis.

« Et rien n'empêche qu'il y en ait davantage. J'ai découvert le piège, sans trop savoir comment. »

Il prend la carte, l'examine, et l'évidence lui saute aux yeux : ce carrefour qu'il ne voit pas serait celui de

Saint-Pons-les-Mûres : à partir de là s'organise un entrelacs de petites routes et de chemins forestiers courant à travers le massif très boisé des Maures. Quelqu'un qui voudrait s'en approcher, ou au contraire le fuir, aurait le choix entre huit ou dix itinéraires différents, avec la possibilité de filer dans toutes les directions...

Surtout si des camions déversant ou non leur chargement de grumes venaient à barrer les routes.

Et il y aurait encore la possibilité de se servir de tout ce réseau d'échappatoires comme d'un leurre, pour camoufler une fuite par la mer.

Un instant.

Il avance de quelques mètres et braque à nouveau ses jumelles, cette fois vers le fond de ce petit golfe que la carte nomme Saint-Tropez : une grosse vedette s'y trouve en effet à l'amarre. Elle semble assez puissante pour filer vingt ou trente nœuds, et très peu de minutes lui suffiraient pour se ruer et se perdre en haute mer.

Il n'a pas la moindre idée de ce qu'il pourrait faire. N'est d'ailleurs pas très sûr de vouloir faire quelque chose.

Il reprend dans ses jumelles le massif forestier qui lui fait face — trois ou quatre cents mètres d'altitude au plus mais apparemment inextricable. Dès lors, il envisage cette manœuvre : il va gagner un point quelconque en hauteur, par exemple la région au-dessus de Grimaud.

Voire un peu plus au nord.

Il se remet au volant, jouant de l'embrayage et de l'accélérateur pour atténuer le bruit du moteur autant qu'il est possible. Il revient au carrefour des nationales, tourne une première fois à droite vers Cogolin.

Croise un camion immobile, dont les deux occupants le regardent sans réagir.

Il tourne une nouvelle fois à droite.

Neuf heures cinquante-trois du matin.

— La fourgonnette derrière nous, dit Soëft.

Gregor Laemmle se retourne et reconnaît le véhicule qu'il a déjà repéré sur la Croisette, et dont il ne s'était alors pas tellement méfié. Un seul homme visible, mais rien n'empêche que d'autres soient dissimulés à l'arrière : « Reste à savoir qui sont ces gens, s'ils sont des éclaireurs de Jurgen Hess outrepassant mes ordres ou bien ses éclaireurs à *Elle...* »

La Delage vient de ressortir de Sainte-Maxime et roule au sud-est, mer à gauche et des collines fort boisées à droite. D'après la carte posée sur les genoux de Gregor Laemmle, la prochaine agglomération serait Beauvallon. Puis il y aura quelque chose de délicieusement champêtre, quant au nom, Saint-Pons-les-Mûres. Après quoi l'on devra prendre à gauche vers La Croix-Valmer et la corniche des Maures, que lui Gregor Laemmle aime beaucoup — il a vingt ans plus tôt séjourné tout un mois au Rayol-Canadel, avec Chère Mère et son ombrelle.

Il considère sa carte, encore tout à la tendresse de ces réminiscences, et cela lui vient d'un coup, dans une brusque décharge d'adrénaline qui lui ferait trembler les mains, pour un peu.

« Je n'aurais tout de même pas peur ? La chose serait inouïe. »

Bien sûr que non. C'est sûrement autre chose. La fièvre de la chasse, par exemple. Pimentée de cette sensation, extravagante pour un homme aussi lucide que lui, de ne plus trop savoir ce qu'il attend vraiment. En somme, il en est à souhaiter qu'*Elle* apparaisse, tout en espérant qu'*Elle* continuera de demeurer mythique. On s'y perdrait à moins. « Ceci n'est pas un rêve cocasse, mais un mystère insondable, qui te flanque en l'air quarante-cinq et quelques années de vie. »

Il vient en effet d'être saisi d'une quasi-certitude : *Elle est là.*

Comment ne l'a-t-il pas remarqué plus tôt ? La carte est formelle, elle indique une disposition routière, à coup sûr idéale, avec ce golfe de Saint-Tropez en entonnoir et toute cette forêt derrière, offrant une possibilité de fuite presque infaillible.

Il relève les yeux, à la seconde où Soëft vient de dépasser un gros camion chargé de bois en grumes.

— Attention, Soëft, je crois que nous y sommes.

La Delage se rabat, son dépassement terminé. Une maison ou deux se profilent, devant et encore assez loin.

« Je suis proprement fébrile », pense Gregor Laemmle.

Les secondes courent.

— Derrière ! crie soudain Soëft, en même temps qu'il dégage son pistolet-mitrailleur.

Gregor Laemmle pivote une fois encore : à deux cents mètres en retrait, l'énorme camion chargé de bois est en train de broyer littéralement la fourgonnette.

« J'en étais sûr : c'est maintenant ! »

La route soudain s'écarte de la mer, un carrefour apparaît.

— Attention, devant nous ! crie Soëft.

Et le spectacle éclate au visage de Gregor Laemmle, bien mieux que dans tous les rêves qu'il a pu faire en quatre années.

Il la voit et n'en croit pas ses yeux.

Mais c'est elle, il ne saurait en exister deux : immobile à l'amorce d'une petite route, un chemin forestier, étincelante sous le soleil, d'une beauté sombre et comme vibrante au cœur de cet écrin de verdure et sur la terre ocre de la piste : l'Hispano argent et noir.

Quattermain roule très lentement. Il ne sait plus au juste où il est, à la rigueur sur les hauteurs qui dominent Saint-Pons. Il parcourt encore cent mètres, au plus, et arrive à une bifurcation. Un panneau indique Plan-de-la-Tour à gauche et un autre...

Il stoppe brutalement : un homme vient de surgir d'un talus, il est armé et pointe un fusil.

Cinq secondes.

Puis voici que l'homme relève le canon de son arme et fait signe : « Avancez ».

Quattermain avance.

Il arrive à hauteur et nouveau signe : « Allez ! Passez ! »

Quattermain prend à gauche. Dans son rétroviseur il voit le premier homme armé rejoint par un deuxième.

Un tournant lui cache la suite.

Il progresse.

S'arrête, encore très incertain : « Ça n'a pas de sens. »

Descend de sa voiture et revient à pied à la bifurcation. Qui est déserte. Il considère la deuxième route. Il n'y a trace d'aucun asphalte, c'est au mieux une piste, en terre ocre, ravinée.

Où pourtant des traces de pneus se dessinent. Elles sont encore toutes fraîches.

« Ça n'a vraiment aucun sens, tu vas te faire tirer comme un lapin sans profit pour personne et ils deviendront fous, en Amérique, en essayant de comprendre pourquoi tu es mort, en novembre 1942, en France. »

Il s'engage sur la piste dont on a voulu l'écarter (aucune sentinelle n'est désormais visible). Très vite, la pente s'accroît. Il règne sur la forêt un silence irréel. Un tournant puis un autre et soudainement la forêt s'entrouvre, dans un éclatement de lumière et de couleurs.

Quattermain se fige. Sous lui, en contrebas, par-delà trois ou quatre autres lacets de piste muletière, il découvre un spectacle qui le stupéfie.

Il voit une voiture blanche, une Delage, qui roule ses derniers mètres et s'arrête...

A trente pas au plus, nez à nez, d'une Hispano-Suiza argent et noir extraordinairement brillante sous le soleil très blanc.

Et ce n'est pas seulement la confrontation de ces deux voitures qui est sidérante. Il y a aussi ces mouvements convergents qui se produisent et la manœuvre concertée, dans un rayon de trois cents mètres, d'un nombre presque incroyable d'hommes à pied ou à bord d'autres véhicules, en progression lente et comme reptilienne.

L'Hispano-Suiza constituant leur point de convergence.

Quattermain a braqué ses jumelles sur l'Hispano. Une femme brune, qu'il n'aperçoit que de dos, tient le volant de ses deux mains gantées ; un homme est assis à sa droite et son profil anguleux, ses grosses mains noueuses qui soulèvent une arme, ne laissent place à aucun doute : c'est Javier Coll.

Quattermain cherche ensuite la Delage : l'homme au visage de femme qui est à l'avant ne l'intéresse guère.

Mais il est fasciné en revanche par l'enfant, qu'il voit pour la première fois, assis sur la banquette arrière, et soudain se dressant, dans un sauvage élan de tout son corps, en proie à une tension effrayante, accrochant ses mains au dossier du siège devant lui, élargissant jusqu'à l'impossible ses prunelles grises.

Et hurlant.

Le cri atteint Quattermain qui en frissonne, mais il est aussi comme un signal attendu, et dès lors les premiers coups de feu éclatent.

— Je descends, Soëft, a commencé à dire Gregor Laemmle. Il avait déjà la main sur la poignée de la portière alors que la Delage roulait encore, il l'actionne, enregistrant du coin de l'œil le mouvement de Soëft qui braque le canon de son arme sur le front de l'Enfant. Il dit :

— Ne me le tuez pas, Soëft. Ou alors seulement si je suis mort moi-même.

Sa portière est enfin ouverte et il descend. Machinalement, il rectifie les plis éventuels de son costume clair et il avance vers l'Hispano, porté par une exaltation qu'il ne voudrait réduire pour rien au monde, spectateur de sa propre action. Il se voit et se reverra inlassablement marcher, mains écartées et bien visibles, signe qu'il ne porte aucune arme ; il a déjà accompli dix, quinze pas, vingt peut-être en direction de ce visage de femme qu'il distingue mal à cause du soleil frappant le pare-brise, mais qu'il imagine, pour l'avoir si souvent rêvé ; sans doute perçoit-il, à l'entour de lui, les autres mouvements qui se produisent, ces fracas de ferraille, ces grincements de tôles entrechoquées, ces clameurs, ces cris, ces hurlements, ces ordres, et il en comprend la signification, à savoir que non seulement Jurgen Hess a contrevenu à ses ordres, mais qu'en plus il savait où aurait lieu la rencontre.

Une pensée lui vient : « Je tuerai assurément ce bon Jurgen pour ce qu'il est en train de faire », mais il l'écarte, tant il repousse à la frange de sa conscience le premier hurlement de l'Enfant derrière lui, puis les premiers coups de feu, l'assaut de plus en plus brutal d'une horde en laquelle il identifie sans aucun doute possible cette assemblée de tueurs qu'il a déjà vue sur les hauteurs de Digne, et dont il avait alors refusé les services.

En fait, il croit qu'il peut encore maîtriser cette situation, ce n'est qu'une simple question de logique ; si fanatique et stupide qu'il puisse être, Jurgen Hess ne l'est quand même pas au point d'oublier qu'il faut prendre cette femme vivante, « il n'irait pas me La tuer ». Non, il va mettre fin à toutes ces absurdités.

Il est à quatre pas de l'Hispano-Suiza. Il sourit et déjà forme dans sa tête la phrase qu'il devra dire, très courtoisement. Il fait un pas de plus, avec la plus sereine indifférence pour une balle qui lui siffle aux oreilles, et pour une autre qui frappe le sol à ses pieds.

Un pas supplémentaire. Il contourne le capot et goûte en connaisseur la beauté de celui-ci, pour un peu il caresserait la cigogne stylisée, en argent pur, du bouchon de radiateur. Mais c'est toujours *Elle* qu'il fixe, autant qu'il puisse L'apercevoir, et il se dit qu'il est normal qu'*Elle* secoue pareillement la tête, d'un air atrocement désespéré. Même le fait que l'homme assis près d'*Elle* se soit mis à tirer et à cracher le feu, même tous ces impacts qui percent la carrosserie, font éclater les phares, crèvent les pneus, trouent le radiateur et dessinent des étoiles dans les vitres, même tout cela lui apparaît de peu d'importance, il va forcément interrompre cette fusillade imbécile.

Il est à la hauteur du grand garde-boue, à vingt centimètres de la roue de secours enveloppée dans sa gaine de métal à double liseré d'argent pur, et sourit : « Le moment est venu. »

Sauf que la voiture bouge, elle s'ébranle et part en marche arrière, elle s'éloigne de Gregor Laemmle qui pressent alors la tragédie. Il crie :

— Revenez ! Je suis votre seule chance !

Le pire étant peut-être ceci : « *Elle* croit que je n'ai pas tenu mes engagements avec *Elle* ! »

Il se met à courir, ce qu'il n'a pas fait depuis trente-cinq ans au moins, il court mais l'Hispano, même en marche arrière, s'éloigne de lui quoi qu'il fasse. Déjà, elle est à vingt mètres et amorce son demi-tour et sa fuite.

Des hommes ont surgi sur la gauche et l'un d'eux a lancé quelque chose. Immédiatement l'Hispano explose, d'énormes flammes jaunes bondissent. De la voiture qui s'arrête soudain un homme terrifiant par sa taille et son envergure jaillit, transformé en torche vivante. Et pourtant il tire, hurlant comme une bête, une arme dans chacun de ses poings énormes, résistant aux rafales qui le transpercent, debout, encore et toujours debout. Cela semble durer une éternité et Gregor Laemmle hurle lui-même, dans ce paroxysme d'épouvante et de désespoir qui le ramène quarante années en arrière au temps de son enfance, la nuit. Pourtant il se relance, se remet en mouvement et se précipite ; il court à l'autre portière restée close, il tente de l'ouvrir, s'acharne en pleurant, ayant sous les yeux une femme qui brûle, qui tourne avec une horrible lenteur son visage vers lui en écarquillant des yeux immenses et gris, une femme qui est dévorée par les flammèches courant sur ses épaules et ses cheveux noirs.

Qui s'affaisse enfin sur le volant et se recroqueville, se réduit, se calcine, dans une atroce puanteur et sans le moindre cri.

Quattermain a d'abord couru vers les deux voitures, la noire et la blanche, qu'on eût dit engagées dans un conciliabule familier au cœur de toute cette démence ; mais il a dû obliquer, ayant débusqué trois ou quatre hommes sur lesquels il a manqué de se jeter ; il a crocheté, comme au football naguère, en oubliant la vieille douleur de sa hanche ; il s'est lancé sur sa gauche, a traversé en trombe un premier chemin, puis un autre, pour débouler enfin sur le brasier qu'est devenue dans l'intervalle l'Hispano-Suiza.

Il se fige, paralysé par une stupeur horrifiée ; toute la scène s'imprime dans sa mémoire, la voiture en feu, la femme si épouvantablement immobile à l'intérieur de l'habitacle, jusqu'à cette hallucinante torche qui sans nul doute est Javier Coll, sur lequel on s'acharne de toutes parts mais qui riposte à larges rafales ; il voit aussi un petit homme blond-roux, en costume clair et coiffé d'un panama, dont il n'oubliera plus jamais le visage, hurler d'une voix couverte par le crépitement des flammes et les détonations, tout près d'une portière de l'Hispano autour de laquelle il semble danser follement.

Il voit encore d'autres hommes et il en voit surtout un qui, l'apercevant, tourne son arme dans sa direction, le vise...

Puis s'écroule lui-même, un trou sanguinolent se formant aussitôt dans sa tempe. Une seconde, Quattermain le regarde sans comprendre. Il se remet à avancer et voilà qu'un autre tueur, qui à son tour le mettait en joue, s'abat sur son passage.

Et un troisième.

On lui ouvre la route. Quelqu'un quelque part le protège et exécute, les uns après les autres, tous ceux qui viennent en travers de son chemin. Il se remet à courir et en même temps cherche qui peut être cet ami inconnu.

« Cela vient de ma gauche... Et donc de la montagne. »

Il progresse vers la Delage blanche dont le moteur tourne au ralenti. L'homme au visage de femme, toujours assis au volant, soulève l'enfant de sa main libre, révélant du même coup le canon du pistolet braqué sur sa tempe.

Quattermain avance encore et voici qu'il repère une silhouette éloignée de deux cents mètres environ, juchée sur un rocher, celle d'un homme qui paraît jeune, porte un blouson de cuir et tient, très légèrement entre les doigts, canon dressé vers le ciel, un fusil à lunette. Et la silhouette lui fait signe, d'un mouvement du canon : « Avancez vers la voiture ! Allez-y ! ALLEZ ! »

Comme dans un rêve, Quattermain reprend sa progression jusqu'à la portière :

— Je tue l'enfant si vous approchez encore, dit en français l'homme au visage de femme, mais qui arbore une fine moustache blonde.

— Auquel cas je vous tuerai plutôt deux fois qu'une, répond Quattermain dans un état second. Et il jette son bras par la vitre ouverte, croche le canon du pistolet, sans même avoir conscience que l'arme est pointée contre sa poitrine. Il arrache tout, l'homme et son arme, entend bien un coup de feu mais n'y prête pas la moindre attention. Une invraisemblable fureur haineuse le tient, il tire l'homme par la fenêtre, frappe avec un ahan de bûcheron, projette le corps comme on se débarrasse d'une branche qui vous gêne.

Il va se mettre au volant de la Delage.

Il se redresse et regarde en direction du tireur sur son rocher. Qui de nouveau lui fait signe : « Allez ! »

Il acquiesce et prend place au volant, il démarre, droit devant lui, jetant la voiture sur les hommes en armes. Il se saisit du pistolet-mitrailleur posé sur le siège voisin du sien, en pose le canon sur le rebord de la portière et actionne la détente, éprouvant une inconcevable joie à voir des corps déchiquetés par ses balles. Il passe au travers d'une masse qui s'écarte, au travers d'un tourbillon de fumée noire empuantie par l'odeur de chair brûlée, et il accélère toujours, la Delage arrache la terre sous les roues, et se rue à l'assaut de la piste muletière.

Il arrive à la bifurcation et là encore agit comme s'il était somnambule. Il arrête la Delage, descend :

— *Come on, kid.* Viens.

L'enfant ne semble même pas entendre, il ne réagit

absolument pas, yeux écarquillés comme s'ils étaient figés par la mort. Quattermain ouvre la portière et le prend dans ses bras, s'assure qu'il est indemne. Il l'est.

Il court sur cent mètres avec le gamin dans ses bras et retrouve la Ford.

Il démarre et roule à fond dans les secondes suivantes, pilotant comme jamais il ne l'a fait sur une route sinueuse mais tout à fait déserte. Il ne se préoccupe même pas de la carte, sans autre volonté — mais très farouche — que de s'éloigner au plus vite... et d'ailleurs, il est bien trop absorbé par le seul fait de garder la voiture sur la route, à l'allure démente où il va, virage après virage. Une éternité plus tard, il parvient enfin à la nationale 7. Par un réflexe qu'il ne s'explique pas lui-même, il évite de s'y engager, ni à gauche, ni à droite, et attend, caché, qu'aucun autre véhicule ne soit en vue. Alors seulement il traverse et poursuit tout droit à la même vitesse hallucinante.

Un peu de conscience lui revient. « Calme-toi ! Tu vas te tuer et surtout tu vas le tuer ! »

Il ralentit, le temps de jeter un coup d'œil sur la banquette arrière. Le gamin y est couché, quasi désarticulé, tel un pantin.

Mais les yeux restent dramatiquement ouverts, ne voyant rien, toujours aussi écarquillés.

Quattermain repart de plus belle. Il traverse une ville qui s'appellerait Lorgues, puis deux villages qui auraient pour nom Salernes et Aups. Il se rue droit devant lui.

Puis il débouche sur une région morte, montagneuse et aride, qui pourrait être le fin fond de l'Arizona ou du Nouveau-Mexique.

Où il est seul...

Il prend la précaution de rouler jusqu'au creux d'une petite gorge. Il s'y enfonce...

Il coupe le moteur et la voiture courant sur son erre va frapper une paroi rocheuse avant de stopper tout à fait.

Il est pris de tremblements. Il descend et va vomir.

« O my God ! »

Il vomit à n'en plus finir, mais après un moment revient à la Ford. Le gamin n'a pas bougé.

— Thomas ?

Pas un tressaillement.

Quattermain entre dans la voiture et s'assoit sur la banquette.

— Thomas ?

Il le touche, essaie de redresser le petit corps totalement inerte.

Il le prend dans ses bras, lui pose le visage contre sa propre poitrine et craque : il se met à pleurer.

Il pleure pendant peut-être une ou deux minutes.

— Thomas, dit-il enfin, je suis américain et j'ai aimé ta mère autrefois. Je m'appelle David Quattermain. Est-ce qu'*Elle* t'a jamais parlé de moi ?

Cette fois, David Quattermain n'agit plus sous une impulsion irraisonnée : il met un plan à exécution. Sa décision est prise : il rejoindra Nîmes, au cas où la mission diplomatique américaine s'y trouverait encore (et elle doit s'y trouver si tout le personnel venu de Marseille, de Vichy ou d'ailleurs a prévu de s'y assembler), puis, le cas échéant, poursuivra jusqu'à la frontière espagnole.

Il s'accroche à cet objectif. Faute de mieux. Il voit mal à ce qu'il pourrait faire d'autre. Un instant, il a envisagé de gagner la Suisse. Mais il ne se fie guère à ses chances de passer la ligne de démarcation et, de toute façon, doute que la frontière helvétique soit si facile à franchir.

Au vrai, il n'a pas encore complètement recouvré tout son calme, et la pleine maîtrise de lui-même. Il continue de ressentir les effets du drame, d'éprouver la même horreur, sinon la même incrédulité : il a vraiment assisté à cette abomination d'une Maria brûlée vive ? Inlassablement, avec l'entêtement implacable d'un ressac, les images lui reviennent, celles enregistrées et celles qu'il imagine, les secondes pires encore que les premières : le feu rampant sur le ventre blanc de Maria, sur ses seins, des flammes léchant la roseur des lèvres, pénétrant dans la bouche et carbonisant la langue...

« Arrête !

Et *lui,* alors ? »

Le gamin a enfin fermé les yeux, apparemment endormi, « j'espère qu'il l'est ». À plusieurs reprises, traversant des villages, Quattermain a pensé acheter un somnifère, ou frapper à la porte d'un médecin qui aurait administré au gosse quelque chose, pour atténuer l'état de choc. Il n'a rien fait finalement. A tort ou à raison, il juge plus urgent, sinon vital, d'être vu le moins possible et d'égarer des poursuites dont il est sûr qu'elles doivent être déjà engagées.

— Thomas ?

Évidemment pas de réponse, pas plus que les fois précédentes. Le gamin s'est pourtant redressé sur le siège et s'y tient très droit, mains posées à plat de part et d'autre de lui, yeux fermés.

Livide.

Quattermain roule toujours aussi vite. Sa montre indique une heure trente. Le réservoir d'essence est presque vide et il va devoir s'arrêter. Il bénit Callaghan qui a pris la précaution de le munir de trois bidons de secours. La route est déserte ; d'après sa carte, ils se trouvent quelque part entre la Durance et une petite chaîne montagneuse, le Luberon ; Nîmes doit être à une centaine de kilomètres. Il ralentit et stoppe.

— Je vais remettre de l'essence, croit-il bon d'expliquer.

Il est en train de déverser le contenu d'un bidon

quand il entend s'ouvrir la portière arrière droite. Le gamin apparaît. Quattermain reçoit un choc : les yeux gris sont d'une ressemblance qui le fait trembler. « Et je croyais avoir oublié Maria ! »

— Ne t'éloigne pas trop, nous repartons tout de suite.

Le gamin enjambe le fossé puis s'éloigne dans un champ aux éteules noircissantes avec une tranquillité qui abuse Quattermain, soucieux par ailleurs de ne pas perdre une goutte de son essence si précieuse. S'écoulent ainsi, peut-être, une quinzaine de secondes, après lesquelles il relève à nouveau son regard.

— Thomas !

Le gosse s'est mis à courir, il est déjà à quatre-vingts mètres, filant avec une vitesse stupéfiante.

— Thomas !

Quattermain en lâche presque le bidon. Il le repose. Il n'est pas encore vraiment inquiet, n'envisage nullement une fugue mais au plus une course au terme de laquelle l'enfant s'abattra de lui-même, et donnera libre cours à ses larmes. Il franchit à son tour le fossé, la distance entre eux étant déjà supérieure à cent mètres. Il se met à courir, d'abord réglant son allure sur celle du gamin, croyant toujours à un arrêt dans les minutes suivantes. Mais il s'est trompé, l'écart s'agrandit bien que la petite silhouette aux jambes nues soit à présent engagée sur une pente. « Il va m'échapper ! » Dans la seconde suivante, Quattermain se rue en avant, oubliant ou voulant oublier la douleur de sa hanche. Il traverse l'étendue de chaume, à son tour il est dans la pente, piochant le plus possible de sa jambe gauche. Parvenu au sommet, il découvre un premier vallonnement planté de vignes, mais au-delà un second dévers se présente, plus raide que le premier, et le gosse y est déjà, il se hisse à travers les rochers. « S'il lui arrive quelque chose, je ne me le pardonnerai jamais ! » Il accélère encore, retrouvant des sensations vieilles de ses douze années. Il ressort des vignes et se jette dans la nouvelle pente. La distance entre eux semble s'être réduite à une cinquantaine de mètres mais ce n'est qu'une apparence, due à la nature du terrain. « Je ne lui reprends rien ! »

— Thomas !

La douleur gagne sa jambe droite et l'abdomen, et elle le tétanise presque ; il vient de s'arracher à moitié l'ongle d'un doigt sur une arête rocheuse ; et, malgré un vent glacé, il est déjà en sueur, sous son pardessus de loden. Mais il se hisse, mètre après mètre, hypnotisé par la silhouette qui le précède. « Il veut m'échapper, sa tentative est délibérée. Quelle vitalité incroyable ! »

Un incident favorise un peu Quattermain : le jeune garçon a voulu escalader un rocher à hauteur d'homme, et il perd du temps en s'obstinant, jusqu'à ce qu'enfin il se décide à le contourner.

Ce même bloc, Quattermain le passe par un simple rétablissement. Il a ainsi gagné quinze mètres et voudrait crier à nouveau — le soufflet de forge dans sa poitrine l'en empêche. Un éboulis derrière la crête et soudain une pluie de cailloux s'abat, l'un d'entre eux atteignant Quattermain à l'épaule. « Il se défend comme un diable ! »

Crête franchie, un court dévalement précède une première ligne d'arbres. Le gamin y disparaît...

Il en ressort et tout se joue sur les secondes suivantes : de l'autre côté de ce premier bosquet, en effet, une vaste étendue herbeuse s'étend, bordée sur la gauche par une forêt très épaisse. Quattermain mesure à l'instant le danger : « S'il arrive à s'y faufiler, je le perds ! »

Mais le miracle se produit : le gosse part tout droit et sur cette partie presque plate, la puissance supérieure de l'homme va se révéler déterminante.

Quarante mètres.

Puis trente.

L'enfant ne se retourne pas, il court la tête dans les épaules, se servant peu de ses bras.

Quinze mètres.

Il trébuche et tombe. Il n'a pas le temps de se relever : Quattermain a plongé et parvient à accrocher une cheville, il reçoit une terrible ruade en plein visage mais ne lâche pas sa prise, au contraire il l'assure, son autre main agrippant le genou. Il s'empare de l'enfant qui se débat avec une invraisemblable violence, bouche ouverte et yeux démesurément agrandis, mais muet. La crise nerveuse éclate enfin, précédée d'un cri suraigu de souris prise au piège, les hurlements suivent, tandis que le petit corps se tord en tous sens, frénétique. Quattermain tente de le maintenir à bout de bras pour se protéger des coups de pied et des coups de poing, voire des morsures. Un moment, le gosse lui échappe mais un nouveau plongeon lui permet de le rattraper et cette fois il le couche au sol, s'allonge sur lui, le serrant aux poignets et lui écartelant bras et jambes :

— *Take it easy! Keep cool!* Du calme ! Du calme, Thomas ! Thomas !

C'est à n'y pas croire : le gamin ne veut toujours pas se rendre et continue à lutter, hurlant à s'en déchirer la gorge ; il se tend et s'arc-boute, réussissant trois ou quatre fois à soulever les soixante-dix-huit kilos de Quattermain.

Et puis c'est fini, enfin. Le petit corps s'affaisse, pantelant. Il s'écrase, inerte.

Quattermain reprend son souffle avant de se soulever avec prudence. Le mince visage est d'une blancheur de craie, il y a du sang sur les lèvres. Les yeux braqués sur l'Américain sont terriblement impressionnants.

— Ça va, kid ?

Une impassibilité absolue, pour toute réponse.

Quattermain se détache avec précaution et se tient prêt pour une nouvelle tentative. Le soufflet de forge dans sa poitrine ralentit enfin.

— On rentre à la voiture.

Il saisit le col du petit manteau et remet l'enfant debout.

Ils reviennent vers la route.

— Tu es calmé, maintenant ?

Il le force à s'asseoir sur la banquette arrière :

— Que veux-tu que je te dise ? Que j'en suis malade, moi aussi ? J'ai aimé ta mère, Thomas, je...

« Oh mon Dieu, qu'est-ce qu'on peut dire à un gosse de dix ou onze ans dans un cas pareil ! » Une nouvelle vague de pitié déferle en lui. Il secoue la tête, incapable de trouver les mots...

Il se replace au volant et se souvient au moment de tirer sur le démarreur qu'il n'a pas terminé son ravitaillement en essence. Il complète le plein du réservoir avec le deuxième bidon. Sans perdre de vue plus d'une seconde le gosse qui ne bouge plus.

Il remonte à bord et démarre.

— Tu perds ton temps et tes forces à me haïr, kid. Je ne suis pas ton ennemi. Je te le répète : je suis américain et je m'appelle David Quattermain. Je suis venu en France uniquement parce que ta mère m'a écrit pour me demander de venir.

Il s'interrompt. Il allait dire : « Et *Elle* m'a affirmé que tu étais mon fils. » Mais les mots ne passent pas.

Il dit : « *Elle* m'a demandé de m'occuper de toi, dans le cas où il lui arriverait quelque chose. »

Et aussitôt il s'en veut férocement : quelle formulation stupide !

Il accélère.

— Il est plus que probable que l'on te poursuit. Moi aussi, peut-être. Sans doute savent-ils qui je suis.

Il se sent plus à son aise sur ce terrain et poursuit :

— Thomas, je parle à peu près le français mais avec mon accent, les gens s'aperçoivent tout de suite que je suis étranger. Je peux avoir besoin de toi. Si tu ne m'aides pas, les autres vont te reprendre.

Il jette un rapide coup d'œil, presque timide, vers le profil aigu et il se sent soulagé de constater que les yeux se sont à nouveau fermés. « Il ne m'a peut-être même pas entendu. »

Une demi-heure plus tard, la Ford traverse la Durance. Elle file ensuite plein ouest, sur une route jaune sur la carte. Le gosse ne bouge plus mais il ne dort pas, quoique ses paupières soient toujours closes ; il a repris sa position antérieure, mains à plat de chaque côté de ses jambes, buste très droit, nuque appuyée sur le dossier.

Le pire de la crise semble passé.

— Nous allons à Nîmes. Je te donne l'adresse, à tout hasard : hôtel du *Cheval Blanc* place des Arènes. Si je n'étais pas avec toi, demande un M. Callaghan, Robert Callaghan. C'est un diplomate. Tu sais ce qu'est un diplomate ? Il travaille pour l'ambassade des États-Unis.

La Ford pénètre dans Arles.

— Tu lui donneras ceci.

Quatterman retire de sa poche le passeport que lui a remis Catherine Lamiel, établi au nom de Thomas David Quattermain. Il le pose sur les genoux nus.

Pas de réaction.

La Ford traverse Arles.

— Ce passeport dit que tu es mon fils, Thomas. C'est ta mère qui l'a fait établir.

Aucun geste.

Quattermain hésite : il n'a pas faim lui-même mais tôt ou tard le gamin aura besoin de manger. Il roule lentement dans les rues où il se souvient d'avoir marché, sur les traces de Vincent Van Gogh.

En fin de compte, il choisit de ne pas s'arrêter : d'instinct, il sent que traverser le Rhône, ce formidable obstacle naturel vers l'ouest, est urgent. Le plus tôt sera le mieux. « Et nous ne sommes guère qu'à une vingtaine de minutes de Nîmes. Où, à cette heure-ci, je suis à peu près sûr de trouver tout le personnel diplomatique américain. »

Il se relance, sa décision prise. Il aborde le pont avec prudence, s'attendant au pire : une meute de voitures faisant barrage, ou des hordes de tireurs embusqués. Mais il ne voit rien.

Il est passé.

Il enclenche la troisième et appuie sur l'accélérateur.

Et le gamin parle pour la première fois :

— On nous a vus, dit-il.

— Qui ?

— Deux hommes dans une traction avant. Ils nous ont vus et il y en a un qui a couru téléphoner.

Le regard presque constamment sur son rétroviseur, Quattermain roule encore quatre ou cinq kilomètres puis ralentit.

— Tu es sûr ?

Silence.

— Il n'y a personne derrière nous, Thomas.

Il s'arrête. Autour d'eux, à perte de vue, s'étend un paysage rigoureusement plat, très pauvrement planté, qui évoque une image à l'esprit de Quattermain : celle d'un glacis, un de ces terrains plats qui précèdent les fortifications, sur lesquels on voit l'ennemi arriver de loin sans qu'il ait une chance de trouver un abri. « Pourquoi diable cette idée m'est-elle venue ? »

Il jette un coup d'œil sur le gosse. Qui n'a absolument pas bougé et n'a pas non plus tenté d'ouvrir le passeport. Et qui, poings serrés sur ses genoux, semble lutter désespérément contre lui-même.

— Ça va, Thomas ?

« S'il pouvait pleurer, au moins ! Je suis sûr que s'il pleurait ça irait mieux, d'une certaine façon. »

— Tu es vraiment certain d'avoir vu ces hommes ?

Acquiescement.

« Il va falloir me contenter de ça. »

Durant quelques secondes, il examine l'éventualité d'un retour à Arles, pour en avoir le cœur net.

« Je ne sais vraiment pas quoi faire. »

Bien sûr, il éprouve cette tentation furieuse de redémarrer et d'abattre à une vitesse démente les deux douzaines de kilomètres qui les séparent encore de Nîmes. Sa main se porte même vers le démarreur.

Il n'achève pas son geste.

« Réfléchis ! Pense à Catherine Lamiel. A tort ou à raison, tu es convaincu qu'elle a trahi Maria, et indiqué à Laemmle l'endroit de l'échange. Peu importe que tu te trompes ou non : tu le crois. Parce que Catherine Lamiel te connaît, elle a une photo de toi, elle a vu ta voiture, elle ou Laemmle savent ce que tu comptes faire, on t'a suivi à Toulon, tu y étais constamment sous surveillance, on a peut-être intercepté ta communication téléphonique avec le type du consulat, Fosbury ou quelque chose comme ça... Prévois le pire : Laemmle a compris que tu te diriges vers Nîmes. Et il est absolument certain que tu vas tenter de rechercher la protection de la mission diplomatique en route vers l'Espagne.

« Une mission qui d'ailleurs ne pourrait guère te protéger. Avoue que tu ne miserais pas un quart de dollar là-dessus. Parce qu'il te faut voir les choses en face : tu as tué des gens.

« Et à la limite, on pourrait même t'accuser d'avoir enlevé ce gamin. Qui va venir te défendre ? Sa mère est morte et avec elle cet Espagnol que tu serais fichtrement heureux d'avoir à tes côtés.

« Attention, Quattermain, voilà un nouveau danger... Imagine que ce Laemmle ait l'idée de prévenir la police française. Ce serait un comble mais pourquoi pas ? »

— Thomas ?

Il découvre soudain qu'une nouvelle crise est en train

de secouer le gosse : un tremblement vient de gagner tout son corps, les dents se serrent, les membres se tendent, le hurlement jaillit et il semble presque impossible qu'il puisse provenir d'une gorge humaine.

— Thomas, calme-toi !

Cette crise-là dure une dizaine de minutes, elle est à certains égards moins violente, mais sans doute plus impressionnante : le corps est rigide, glacé, au point que Quattermain a des difficultés à l'extraire du siège avant et à le transporter sur la banquette à l'arrière. Il l'enveloppe dans des couvertures trouvées dans le coffre. Aux hurlements de bête à l'agonie ont succédé de petits halètements et des geignements plaintifs, lui-même s'est assis sur la banquette et avec une maladresse qui le navre, tente d'apaiser cette douleur, ce chagrin inouïs. « Nom de Dieu, qu'est-ce que je peux faire ? »

Le corps entre ses bras semble enfin se détendre, les geignements s'espacent, remplacés par des plaintes très douces, à peine audibles. « Il s'endort, Dieu merci. Je me sens désarmé à un degré incroyable et suis vraiment le dernier des cons ; j'aurais dû trouver un médecin. » De nouveau il envisage de faire demi-tour et de revenir à Arles. « Non. » Alors, à Nîmes ? « Qu'est-ce que tu attends ? »

Le gosse semble décidément s'être endormi. Très délicatement, il allonge le petit corps, lui faisant un oreiller de son pardessus replié. Ce n'est plus seulement de la pitié qu'il éprouve mais de la tendresse : « Qu'est-ce que tu sais des enfants, en somme ? Tu appartiens à une famille — tu as sept neveux et nièces — où l'on emploie des nurses, pour ces affaires. Tu peux chercher, tu ne trouveras aucun exemple d'un enfant près de toi, se plaignant de quelque chose. Des cannibales de Nouvelle-Guinée te surprendraient moins. Tu n'es vraiment pas bon à grand-chose. »

Il se remet au volant et reprend sa carte. A la sortie

d'Arles, il a évité de s'engager sur la route à bornes rouges menant directement à Nîmes.

Il continue de croire qu'on l'y attend, qu'on les y attend, le gosse et lui. Sa conviction est absolue, bien qu'elle n'ait d'autres bases que ce que croit avoir vu, à Arles, un gamin fou de chagrin, et un vague raisonnement qu'il a forgé lui-même, à partir de soupçons plus ou moins fondés.

Il remet la voiture en marche et roule très lentement, sa montre indiquant presque trois heures. « J'ai perdu un temps fou. »

Il revient donc vers l'ouest. « J'espère que tu sais ce que tu fais. »

Il entre dans Bellegarde comme il s'aventurerait sur un champ de mines. Mais la plus grande tranquillité y règne, rien ne vient contredire les observations qu'il a faites avant de s'approcher, dans ses jumelles.

— Je n'ai rien à vendre, dit l'épicier.

Quattermain pose sur le comptoir cinq billets de cent francs :

— Je suis suédois, dit-il (il est à peu près sûr que la Suède est neutre. Et il fait de son mieux pour prendre un accent vaguement germanique, faute de savoir comment un Suédois parlerait français).

L'épicier le dévisage, considère les billets, bouge enfin. Il part dans son arrière-boutique et revient avec un saucisson et des biscuits dans une grosse boîte en fer-blanc.

— Cinq cents francs de plus pour les biscuits, dit-il.

— Du chocolat ? demande Quattermain.

— Et puis quoi encore ?

Quattermain détache mille francs supplémentaires :

— Ce que vous avez.

— Des œufs durs ?

— Très bien. Et du sel, s'il vous plaît.

Six œufs rejoignent le saucisson et la boîte de biscuits dans le sac destiné aux jumelles.

— Pour le sel, je vous en fais cadeau, dit l'épicier sans même sourire.

Quattermain amorce sa sortie.

— Un Américain, dit l'épicier derrière lui. Un Américain très grand, boitant un peu de la jambe droite, voyageant dans une voiture américaine avec un enfant d'environ dix ans et aux yeux gris.

Quattermain se fige, puis se retourne.

— C'est à moi que vous parlez ?

L'épicier acquiesce.

— Ils sont passés vers midi. Toute une bande dans une demi-douzaine de voitures, allant vers Nîmes. Dans l'heure suivante, d'autres sont passés aussi, le même genre de bonshommes. Dans le premier groupe, il y avait un grand type blond qui parlait très bien le français, mais qui n'est pas français. Il a discuté avec les gendarmes d'ici.

Quattermain ressort sa liasse d'argent français.

— Pour les gendarmes, leur poste est juste à la sortie, sur la route de Nîmes justement. Et ils n'ont que des vélos. Quelqu'un qui voudrait les éviter prendrait la route de Saint-Gilles, par là à droite en sortant.

L'épicier regarde, impassible, les billets qui lui sont tendus. Il secoue la tête :

— Moi, je vends de l'épicerie, c'est tout, dit-il.

— Merci pour le sel, dit Quattermain.

— Il n'y a pas de quoi. Dans le commerce, il faut savoir faire un geste, de temps en temps.

Thomas ouvre les yeux et constate que la voiture est de nouveau arrêtée. Non plus sur une longue route plate où n'importe qui pourrait la voir, mais dans un petit chemin bordé de roseaux. Il se redresse. Il est seul dans la voiture. La portière côté conducteur est ouverte.

Il regarde d'abord derrière et ne voit rien d'autre que le chemin. Puis devant et alors il découvre l'Américain, à quelques mètres debout dans les roseaux. Il a les bras levés et, sur le moment, Thomas se demande ce qu'il peut bien faire. Puis l'Américain bouge un peu et les jumelles qu'il tient apparaissent.

Thomas accomplit un effort extraordinaire, rien que pour maintenir ses pensées sur l'Américain, sur la voiture, sur le chemin, sur le moment où ils ont traversé Arles et passé le pont, avec les deux guetteurs dans la traction avant.

Il n'a pas beaucoup d'autres souvenirs.

Il sait qu'*Elle* est morte, ça oui.

Mais c'est justement pour ça qu'il doit accomplir cet effort extraordinaire. C'est comme de marcher sur une passerelle très étroite qui bouge sous ton pied alors que de chaque côté il y a un précipice tout noir. La passerelle, c'est l'Américain, c'est aussi le problème d'empêcher que l'Homme aux Yeux Jaunes le rattrape, ce sont des détails comme la voiture, les roseaux, pourquoi il est dans cette voiture avec un étranger et ce qu'ils font ensemble à attendre, cachés, dans la nuit qui tombe et où on est.

Il doit absolument se concentrer très fort là-dessus. Remettre la mécanique en route.

Et ne pas regarder le précipice.

Ça commence à revenir, attention ! Une énorme chose rampe, s'approche, serre sa tête très fort, ça fait un mal terrible et il sent qu'il bascule dans le précipice ; l'odeur du feu, la couleur des flammes qui La brûlent dans l'Hispano, et Javier Coll brûle aussi, il est coupé en deux par les balles et *Elle* ne descend pas de l'Hispano, *Elle* se penche en avant avec le feu sur Sa tête, se tord et lui, Thomas, hurle, il est broyé...

— Thomas, Thomas...

L'Américain est contre lui, et le tient très fort et ils sont tous les deux hors de la voiture, au bord d'un canal.

— Lâchez-moi, s'il vous plaît, dit Thomas.
— Ça va ?
— Oui.
— Tu as eu une autre crise. Tu es sûr que ça va, maintenant ?
— Ça va, dit Thomas. Puisque je vous dis que ça va !
L'Américain se soulève et cesse de l'écraser, il bouge très lentement, comme s'il avait peur. Mais il s'écarte :
— Tu as essayé de te jeter dans le canal, Thomas. Tu ne vas pas recommencer ?
— Non. C'est fini.
L'Américain se redresse. Sa main est pleine de sang.
— Tu m'as mordu, Thomas.
— Je suis désolé.
L'Américain sourit :
— Ce matin, c'était l'oreille mais tu l'avais ratée de peu. Là, tu ne m'as pas raté.
— Je vous prie de m'excuser, dit Thomas. Je vais faire très attention, à partir de maintenant. Je suis vraiment désolé de vous avoir mordu.
— On n'en parle plus, dit l'Américain. Tu peux te relever ?
Thomas s'assoit, puis se met debout. Il a mal aux poignets et aux bras, probablement là où l'Américain l'a retenu.
Celui-ci lui paraît drôlement grand. Un peu plus que Javier mais moins...
« Ne pense pas à Javier ! »
— On revient à la voiture ?
— D'accord.
Ils marchent le long du chemin. La voiture est au moins à deux cents mètres. A un moment l'Américain ramasse les jumelles qui étaient par terre. Il fait presque nuit.
— Où nous sommes ?
— D'après ma carte, en Camargue. Il y a une ville appelée Nîmes à une vingtaine de kilomètres.

— Pourquoi on se cache ?

— Parce que des hommes nous recherchent.

— L'Homme aux Yeux Jaunes, dit aussitôt Thomas.

— Qui ?

— Il dit qu'il s'appelle Gregor Laemmle. C'est sûrement lui qui nous recherche.

Ils arrivent à la voiture et s'y assoient.

— Tu veux manger ?

— Je n'ai pas faim.

— Tu devrais quand même manger un peu.

Thomas mange un œuf dur et finalement un autre, puis une banane. Il boit de la limonade. La mécanique tourne bien, ça y est. Il demande :

— Vous avez acheté ça chez un marchand ?

— Je ne vois pas où j'aurais pu les trouver ailleurs, dit l'Américain en souriant. Il y a très peu de bananes sur les arbres, par ici. Il n'y a même pas beaucoup d'arbres.

Thomas l'examine. Qu'est-ce que c'est que ce type ?

— Je ne sais pas votre nom, dit-il.

— Quattermain. David Quattermain, je suis américain.

— Excusez-moi. C'est très impoli de ne pas se rappeler le nom des gens. Maintenant je me rappelle. Mais le marchand aussi va se rappeler et il dira qu'il nous a vus.

— C'est très possible. Mais nous ne pouvions pas rester sans manger.

— Ils sont loin, les hommes qui nous recherchent ?

— J'en ai vu passer deux tout à l'heure, à environ trois kilomètres.

— Peut-être qu'ils nous ont repérés, dit Thomas. Peut-être qu'ils sont juste derrière nous, en train de s'approcher.

(Il n'a pas regardé en arrière et ce qu'il veut faire, c'est juste savoir si l'Américain est nerveux : s'il se retourne brusquement, c'est qu'il est nerveux. Et un peu bête.)

L'Américain ne bouge pas du tout, il ne regarde même pas le rétroviseur. Au lieu de cela, il ramasse une carte routière et l'étale sur ses genoux.

« Il est drôlement calme et il ne se laisse pas impressionner », note la mécanique dans la tête de Thomas.

— Je pense, dit l'Américain, qu'ils nous attendent à Nîmes.

Et il explique l'histoire de l'ambassade auprès de Vichy et du consulat américain de Marseille qui quittent la France et s'en vont en Espagne. Il explique encore qu'il ne croit pas que l'ambassadeur et le consul leur seraient de beaucoup d'aide. D'après lui, les tueurs de l'Homme aux Yeux Jaunes seraient maintenant placés sur une ligne qui va d'une ville appelée Aigues-Mortes au bord de la mer, jusqu'au nord de Nîmes au moins :

— Thomas, ils n'ont pas eu le temps de prendre position sur le Rhône, qui aurait été le meilleur endroit pour nous attraper. Je crois que tout ce qu'ils ont pu faire, c'est envoyer un ou deux hommes à chaque pont. Et ce sont ces hommes que tu as vus.

— Mais maintenant ils savent que nous avons franchi le Rhône.

— Exactement.

— Et le marchand leur dira à quelle heure on est passés dans sa ville.

— Ils finiront en effet par le savoir.

— Et maintenant, ils se demandent pourquoi on n'est pas encore arrivés à Nîmes, alors qu'on devrait y être depuis longtemps.

L'Américain sourit :

— C'est vrai qu'ils doivent commencer à se poser la question.

— Et c'est pour ça qu'ils nous cherchent entre Nîmes et le Rhône.

Thomas se concentre. C'est un problème assez facile. Il y a cinq solutions, pas une de plus : ou bien tu restes dans la Camargue en attendant l'arrêt des recherches, ou bien tu rejoins l'Espagne directement (en franchissant le barrage puis en traversant ou en évitant Nîmes, quoique ça soit plus facile de se cacher dans une ville que dans la campagne), ou bien tu repars à l'est, vers Marseille et Toulon, ou bien tu trouves un bateau et tu dis au marin de t'emmener en Afrique.

Ou bien tu vas au nord.

— Je crois qu'il faut aller au nord, dit-il. Remonter entre le barrage qu'ils ont mis à l'est et le Rhône. Je peux descendre, monsieur ?

— Rien ne t'en empêche, dit l'Américain.

— Je ne vais pas m'échapper.

— Tu n'as pas besoin de t'échapper puisque tu es libre de me quitter quand tu le veux. Je te cours derrière seulement quand j'ai peur que tu te fasses mal.

— Je veux juste faire pipi, dit Thomas.

Il descend et va faire pipi. Ça lui donne le temps de réfléchir. Et c'est très clair que l'Américain a réfléchi, lui aussi, et qu'il est d'accord pour aller vers le nord. Parce que c'est vraiment la chose à laquelle l'Homme aux Yeux Jaunes s'attendra le moins.

Il revient s'asseoir dans la voiture. L'Américain étudie toujours sa carte ; il n'est ni blond ni brun — entre les deux ; il a de grandes mains maigres avec de très longs doigts et il ressemble à cet artiste de cinéma qu'il a vu une fois dans un film de cow-boys ; ce n'est pas Gary Cooper bien sûr (l'Américain est moins maigre) mais c'est sûr qu'il lui ressemble.

— Qu'est-ce qu'on va faire, monsieur ?

— Je ne sais pas encore, Thomas. J'y réfléchis. Et je réfléchis aussi à cet homme avec un blouson de cuir et un fusil qui était si adroit, et qui m'a aidé, dans le Var. Tu sais où il est ?

— Non.

— Tu sais qui il est ?

— Non plus.

Silence. L'Américain hoche la tête. « Il sait que je lui dis des mensonges. »

— Mais tu sais où le retrouver ?

— Non, monsieur. Puisque je ne sais pas qui il est.

Les mains de Thomas étaient posées de part et d'autre de lui, comme elles doivent l'être quand on est un garçon bien élevé.

Mais rien à faire : elles bougent malgré lui, se joignent entre ses genoux, et se crispent.

Il est de nouveau en train de se battre contre la Chose qui rampe, dans sa tête.

Ça va à peu près.

Il a juste envie de pleurer, c'est tout.

La nuit est tombée, elle est très noire, on ne voit plus les roseaux pourtant à un mètre. L'Américain remet la voiture en route, il avance lentement sans allumer ses phares. Enfin, il débouche sur une vraie route avec du goudron et le moteur tourne très doucement, presque sans bruit.

Quattermain s'est remis à parler. Il explique à Thomas ce qu'ils vont faire, s'il est d'accord bien sûr.

— Je peux compter sur toi, Thomas ?

— Je vais faire très attention, ça ne m'arrivera plus.

— Je compte sur toi.

— D'accord.

Un moment encore puis l'Américain allume les phares et tourne à gauche sur la route goudronnée. Il roule quelque temps puis, juste après, il y a un panneau qui annonce Nîmes à sept kilomètres.

Gregor Laemmle est arrivé à Marseille au début de l'après-midi du 9 novembre 1942. Sorti de sa prostration, il avait abandonné l'idée de se réfugier en Italie dans sa villa de Fiesole. Il est descendu à l'hôtel

Noailles et le hasard seul a fait que Quattermain y avait séjourné avant lui. Les événements ont décidé de la suite : les hommes de l'équipe de Soëft ont commencé d'appeler, pour rendre compte de leur poursuite. Au fil des heures, leurs rapports incessants n'ont cessé d'arriver, d'ailleurs tous négatifs ; ils ont toutefois révélé que Jurgen Hess et sa horde menaient une traque identique à la leur, avec des moyens plus importants.

Les premières informations réelles ont été transmises dans le milieu de l'après-midi : on avait repéré la Ford de Quattermain lors de son passage du Rhône, preuve que l'Américain se dirigeait bien vers Nîmes.

Gregor Laemmle s'est fait communiquer le dossier Quattermain, avec les photos prises dans Marseille au côté de Catherine Lamiel, et la brève note établie grâce aux indications de cette dernière. Sur l'une des photos, il a scruté le visage de l'Américain pour tenter d'y retrouver des ressemblances avec l'Enfant ; il n'en a vu aucune, « mais je suis peut-être de très mauvaise foi ».

Soëft est enfin revenu, à l'heure du dîner. Il était porteur d'autres nouvelles, celle de la présence de Jurgen Hess à Nîmes, celle de l'appel fait à la police française, grâce au témoignage du policier de Toulon prétendant, au terme de son enquête, qu'un certain Américain avait organisé le carnage de Saint-Pons-les-Mûres, à l'aide d'une bande de mercenaires. « Soëft ? Vous me ferez penser à réclamer une médaille au Führer pour le bon Jurgen, je ne lui savais pas tant d'imagination maligne. »

Gregor Laemmle est allé se coucher, convaincu qu'il ne pourrait dormir ; il n'a pas dormi, et le téléphone sonnait avec une régularité à rendre fou.

Au matin du 10, malgré son insomnie, il est peu à peu sorti de son abattement. N'avait-il pas toujours pressenti que l'affaire tournerait mal ? Où donc est la surprise ?

Et un raisonnement induit a presque achevé de lui

rendre sa pugnacité sarcastique : s'il abandonne au seul Jurgen Hess la conduite de la poursuite, c'est sûr qu'il ne reverra plus l'Enfant.

En ce matin du 10, il a longuement pris son bain. Il a reçu la confirmation que l'Américain et l'Enfant n'ont toujours pas été repris : Quattermain ne s'est pas présenté à Nîmes, on ne l'a vu nulle part en contact avec ses compatriotes de la mission diplomatique en cours de repli vers l'Espagne, tous les guetteurs disposés sur l'axe Aigues-Mortes-Alès affirment à l'unisson qu'aucune voiture Ford correspondant au signalement n'a été vue, les barrages de gendarmerie ont fait également chou blanc.

Alors Gregor Laemmle joue aux échecs. Du moins dispose-t-il les pièces sur l'échiquier, les blanches devant lui, les noires devant la chaise vide, de l'autre côté de la table, dans la chambre-salon du *Noailles*. « J'ai entamé par le pion en d4, il a posé son cavalier en d6 ; puis c4 et e6 ; puis le cavalier blanc en f3, son pion en b6 ; j'ai ensuite joué g3... et c'est alors qu'il m'a surpris pour la première fois, en déplaçant son fou, non pas en b7 comme je m'y attendais, et ainsi d'ailleurs qu'il est d'usage, mais en a6. Pourquoi ? »

— La mission américaine vient de repartir de Nîmes, à destination du Boulou, annonce Soëft, pendu au téléphone.

« Supposons qu'il ait joué son fou en b7, ce que donc il n'a pas fait, dans ce cas-là j'aurais... *Hé là !* Tout s'explique : par un gambit au septième coup, les blancs prenaient effectivement un avantage ; léger certes mais réel ! Et ce petit monstre l'a bien vu ! »

— La Ford qu'on a retrouvée appartenait à un certain Callaghan, qui est le consul américain de Marseille, dit Soëft, parlant à un interlocuteur nouveau, au téléphone.

— On se tait, Soëft, dit Gregor Laemmle.

« Et si j'avais joué ma dame en a4 ? (Il réfléchit, se lève et va prendre place devant les noirs.) Non, quoi que j'eusse pu faire, il se serait à tout coup retrouvé au cœur de ce *hérisson* triple qu'il a si adroitement constitué ; la chose est claire, Gregor Laemmle : il a été plus fort que toi, ce qui n'est pas donné à tout le monde. Le petit monstre !

Pour un peu, il éprouverait de l'orgueil.

Re-téléphone.

— C'est M. Gortz. Il arrive.

— Dites-lui que je viens de partir pour la Patagonie !

Joachim Gortz se présente une heure plus tard. Il raconte qu'il vient directement de Bâle et a dû relayer son chauffeur au volant de sa nouvelle Mercedes Benz : une 540 K.

— Dont je ne suis d'ailleurs pas très content — je parle de la voiture et non du chauffeur. Je préférais le roadster d'il y a cinq ans, ou même la 500. L'augmentation de la cylindrée n'a rien apporté d'extraordinaire, et pas davantage la cinquième vitesse. Pourquoi diable ont-ils modifié la carrosserie ?

Gregor Laemmle raccroche le téléphone — il en est à son vingtième appel de la matinée — ensuite il commence une réussite :

— Laissez-nous, Soëft, je vous prie.

La porte se referme sur Soëft.

— J'ai horreur de sa moustache, finalement, reprend Gregor Laemmle. Je vais lui ordonner de la couper, par un ordre du jour à en-tête du grand quartier général de Hitler. Cher Joachim, je n'imagine rien qui m'intéresse moins que la cylindrée d'une Mercedes.

— A part les déambulations de l'armée d'Adolf.

— C'est juste : les déambulations de l'armée d'Adolf m'intéressent encore moins que la cylindrée des Mercedes. Du café ?

— Je me servirai moi-même.

Silence.

— Que s'est-il passé dans le Var, Gregor ?

— Jurgen Hess a dû faire un rapport, je présume.

— Il l'a fait. C'est votre version que je voudrais entendre.

— On vous a chargé de m'interroger, cher Joachim ?

— Je ne me rappelle pas vous avoir jamais vu de mauvaise humeur, jusqu'ici.

— Le mot est faible. Dans le Var, le bon Jurgen savait par avance où aurait lieu la rencontre, il a négligé de m'en prévenir. Maria Weber est venue au rendez-vous qu'*Elle* avait avec moi, les tueurs du bon Jurgen aussi ; *Elle* les a vus et a voulu S'enfuir ; ils ont tiré ; *Elle* est morte et avec *Elle,* ce grand Espagnol à qui il manquait deux doigts d'une main.

Gregor Laemmle bat ses cartes et les dispose en sept colonnes irrégulières, certaines retournées, d'autres non.

— D'après Hess, dit Gortz, il vous aurait communiqué les renseignements en sa possession mais vous auriez refusé de les utiliser, ne voulant en faire qu'à votre tête, obsédé par on ne sait trop quel esthétisme...

— Le bon Jurgen ignore jusqu'au mot esthétisme.

— Et vous auriez volontairement laissé partir l'Enfant.

— Très bien, dit Gregor Laemmle en sortant l'as de trèfle.

— Vous savez d'où Hess tenait ses informations ?

— La Gestapo de Paris a capturé une certaine Catherine Lamiel qui pratiquait un sport appelé résistance. La Gestapo a hébergé cette jeune femme rue des Saussaies, dans une cave, et a brûlé à l'acide certaines parties de son corps ; le père, la mère et le frère de Mme Lamiel épouse Pagnan, tous adeptes du même sport, ont ainsi été arrêtés. On les a fusillés ce matin, contrairement aux promesses que le bon Jurgen avait faites pour convaincre cette charmante jeune femme de l'aider un peu. Il paraît qu'elle est légèrement désorientée, depuis. Qu'êtes-vous venu me dire exactement, Joachim ?

— Vous savez où est l'Enfant ?

— C'est le bon Jurgen qui mène les recherches, pas moi.

— Il a une chance d'attraper l'Enfant ?

Gregor Laemmle sourit tout en recouvrant de la dame de cœur le roi de pique :

— Pas la moindre.

— Il est aidé par la police et la gendarmerie françaises.

— Amusant, dit Gregor Laemmle.

— Je répète ma question : vous savez où est l'Enfant ?

— Pourquoi répéter ? J'avais entendu, la première fois.

— Depuis la mort de Reinhard Heydrich, dit Gortz, vous êtes dans une situation peu banale. En quelque sorte, vous existez sans exister. Il y a bien un Gregor Franz Laemmle, promu Oberführer SS en mars de cette année, mais il n'a reçu à ce jour aucune affectation. Plus surprenant, il n'a perçu aucune solde. Vous l'a-t-on jamais payée, Gregor ?

— En octobre de 1940, puis quelques mois plus tard, on a mis à ma disposition des sommes faramineuses.

— En francs français. Il s'agit d'une petite partie des indemnités que Vichy nous verse comme loyer depuis que nous occupons la France. Et dans votre cas, c'était une marge de manœuvre. Il vous en reste ?

— A ne savoir qu'en faire.

— Sans parler de votre fortune personnelle, qui a toujours été considérable. Mais vous n'avez jamais reçu un seul mark de l'État allemand, ni de son armée. Gregor, ces dernières semaines, Hess a tout fait pour que vous soyez dessaisi de l'affaire von Gall. Il n'a pas réussi pour cette première raison qu'on ne peut vous enlever une mission qui officiellement ne vous a jamais été confiée.

— La deuxième étant que vous veillez sur les remparts, pour me défendre, cher Joachim. Est-ce que l'on va m'envoyer sur le front russe ?

(Le ton de Gregor Laemmle est tout à fait amusé.)

— Hess s'y emploie et tente de convaincre Himmler et Bloemelburg à Paris. Bloemelburg est le chef de la Gestapo en France. A propos, je sais que vous ne fumez pas, aussi vous ai-je rapporté des chocolats, de Suisse.

— J'en pleure de reconnaissance. Pourquoi êtes-vous venu ?

— Vous le savez peut-être.

— Vous savez que le bon Jurgen est un âne et vous comptez sur moi pour prendre, ou reprendre l'Enfant. Vous me le demandez sans me le demander tout en me le demandant quand même. Est-il possible d'envoyer Hess sur le front russe ?

— J'ai peur que non. Pas pour l'instant.

— Je suis un mignon petit chien de chasse très rusé et très propre, à qui l'on réclame de faire équipe avec un doberman parfaitement stupide, baveux, sale et qui ne sait rien faire d'autre que donner des grands coups de dents à tout ce qui bouge — et l'Enfant roulera le doberman dans la farine. Mais j'essaierai...

Gregor Laemmle sort successivement l'as de carreau et tous les carreaux jusqu'à la dame :

— Rendez-vous compte, cher Joachim, je n'ai même pas réussi à voir Son visage, tandis qu'*Elle* brûlait dans l'Hispano.

Silence.

— Mais j'essaierai de n'être pas trop gêné par le doberman. Pour quel autre motif souhaitiez-vous me rencontrer ?

— Quattermain.

— Comprends pas.

— Vous comprenez toujours. Quattermain vaut plus que le gosse.

— Par sa famille. Et par les relations que vous avez avec cette famille.

— Ne me le tuez pas, s'il vous plaît.
— Ces chocolats sont admirables.
— Ne me le tuez pas. Il vaut mille fois plus que l'Enfant, qui d'ailleurs ne vaut plus guère, à présent que sa mère est morte.

Gregor Laemmle sourit, tout en croquant les chocolats helvétiques. Il en vient à cette conclusion qu'il hait un tout petit peu Joachim Gortz. (Quoique le terme haïr soit sans aucun doute excessif, « il faudrait que je fusse capable de haïr quelqu'un en dehors de moi-même, ce qui n'est pas le cas ».) Je n'ai, comme on dit en France, aucun atome crochu avec le cher Joachim — ce qui est bien normal. Au moins le bon Jurgen présente-t-il tous les traits qui m'amusent : il est bête, fanatique, il est prévisible, concilie naturellement l'amour de la patrie et de la famille d'une part, et le goût des exterminations en masse et des égorgements d'autre part — en bref, c'est un homme ordinaire. Le cher Joachim est d'une autre trempe. D'abord, il me survivra. Il est de ceux qui toujours survivent et au soir des batailles parcourent pensivement les champs couverts de morts en calculant combien cela vaut désormais à l'hectare, ainsi fertilisé.

« Et puis je n'aime pas trop sa façon de parler de l'Enfant. A l'entendre, je serais un amant trompé et mes recherches n'auraient d'autre but que de récupérer l'objet de ma flamme, en massacrant sauvagement le vil séducteur, je veux dire Quattermain. C'est plaisant. Et d'autant plus irritant que c'est assez juste : je caresse en effet l'espoir de trucider cet Américain, surtout s'il se mettait à croire qu'il est le père de Thomas, avec des droits sur lui. Sans ces chocolats que je croque, peut-être serais-je en train de grincer des dents. »

— *Schädelbohrer* est terminé, cher Joachim ?
— Il a perdu sa priorité. Quattermain est avec l'Enfant ?
— Oui.
— Vous savez où ?

— La question est délicate.
— D'après Hess, ils auraient déjà réussi à quitter la France. Hess croit qu'ils auraient franchi son barrage à pied. Vous savez qu'on a retrouvé la Ford ?
Gregor Laemmle a réussi sa réussite. Il rebat les cartes et entreprend la difficile réussite de Marie-Antoinette — quoique la pauvre dame ait eu bien des malheurs de l'avoir faite, mis il n'est pas superstitieux.
— Vous le saviez, évidemment, poursuit Gortz. La voiture était cachée près de Nîmes, à moins de deux kilomètres de l'entrée de la ville. Et puis il y a eu ce coup de téléphone... Mais vous savez tout cela. Gregor, il me faut l'Américain vivant, et il faut le prendre sur le territoire français. Que voulez-vous en échange ?
Un temps.
— L'Enfant, d'accord, dit Gortz. Mais il me faudrait une bonne raison pour convaincre la Gestapo. Et Hess.
« Cette pauvre Marie-Antoinette devait avoir l'intelligence d'une tabatière », pense Gregor Laemmle, « sa réussite est idiote, un chimpanzé en ferait ses délices, sous réserve qu'il soit un arriéré mental. Vais-je ou non jouer cette carte ? Dès maintenant ? En la jouant, je condamne l'Enfant à mort, ou tout au moins à la torture, qui le brisera tout à fait ; la crémation de sa mère, déjà, a dû le mettre dans un état épouvantable, il va continuer de brûler lui-même, jusqu'au dernier jour de ses jours, et peut-être ne s'en remettra-t-il jamais. A tout le moins il sera quelque temps comme une bombe vivante, d'autant qu'il a été atteint à cet âge critique où les régulations de la société n'ont pas encore éteint ou détourné la cruauté de la jeunesse ; et qui plus est, l'entraînement qu'*Elle* lui a donné a décuplé une intelligence qui était déjà hors du commun. »
« Mais si tu ne joues pas cette carte, le bon Jurgen se fera un plaisir de te le tuer. Par crétinisme ou parce qu'il sait combien tu tiens à lui. »
— J'ai une raison péremptoire, dit Gregor Laemmle.

— Je n'ai jamais douté que vous en trouveriez une (Joachim Gortz sourit). Laquelle ?

— L'Enfant sait ce que sa mère savait. Le fils vaut la mère, pour *Schädelbohrer.* Tous ces petits codes et autres amusants secrets bancaires qui vous intéressaient tant avant que Quattermain ne vous fascine, il les connaît.

Silence.

— Vous ne tenteriez pas de me bluffer par hasard, Gregor ?

— Allez savoir, dit Gregor Laemmle, fort suave.

— Mais vous le savez. Et depuis quand êtes-vous au courant ?

— Je pense l'avoir toujours su. C'était la logique même ; la mère n'aurait pas à ce point préparé le fils, sans cela. Plus précisément, j'en ai la conviction depuis que nous avons voyagé dans un train ensemble, l'Enfant et moi. Et j'en ai eu définitivement la certitude lorsque nous avons joué aux échecs l'un contre l'autre. Il m'a battu à plates coutures, soit dit en passant.

Téléphone, encore.

— Vous aurez votre Américain, soyez tranquille, dit Gregor Laemmle. Au revoir, cher Joachim.

Dans la nuit du 9 au 10, Quattermain pousse une pointe jusqu'à Nîmes. A pied. Il a laissé le gamin et la Ford cachés aux abords d'un poste de chasse. Dès les premières maisons, il obtient la confirmation attendue : un fourgon de gendarmerie et des barrières filtrent la circulation très peu dense ; et il y a d'autres véhicules et des motos en attente. C'est un premier indice mais il ne s'en satisfait pas : à plat ventre et braquant ses jumelles, il repère d'autres voitures, moins officielles celles-là, disposées en une chaîne qui semble ininterrompue. « C'est une mobilisation générale. »

Trouver un téléphone lui prend du temps. Il marche en parallèle du barrage policier, impressionné par son étendue ; y relevant certes des faiblesses mais s'en défiant : peut-être s'agit-il de pièges. « Je deviens d'une subtilité sans égale. »

Enfin il remarque la ligne téléphonique. Elle sort bien évidemment de la ville et part tout droit à travers champs. Il marche en la suivant.

« Et avec encore vingt-cinq ou trente ans d'exercice, je serai un espion parfait. »

Il traverse des terres incultes, escalade des talus, saute des caniveaux cimentés, contourne un étang probablement artificiel, qui se révèle être un réservoir pour l'irrigation, quand une nouvelle idée lui vient.

Il suit toujours la ligne et atteint une grosse ferme. Mais de loin par une fenêtre, il aperçoit toute une tablée festoyante, et même une mariée.

Au terme d'une nouvelle marche de deux kilomètres, il arrive en vue d'une autre ferme. Celle-ci est tout éteinte. « Ses habitants ont sans doute été invités au mariage. Tu as de la chance. » Il essaie la porte principale, qui est en bois à deux battants et donne semble-t-il sur une large cour intérieure. Mais elle est fermée à clé. Un tour complet des bâtiments lui fait maudire cette manie bien française de considérer n'importe quelle habitation comme une forteresse en danger — aux États-Unis ou en Grande-Bretagne, casser une vitre lui eût suffi pour entrer. Il finit pourtant par repérer une fenêtre à quatre mètres du sol qui, miracle, n'est pas munie de barreaux et dont le volet pend de travers.

Dressant le bras d'une charrette, il y grimpe. Bientôt il se retrouve dans un grenier.

Et de là au rez-de-chaussée. A la flamme de son briquet, il met la main sur des bougies et les allume. L'aménagement intérieur l'étonne : ce n'est pas celui d'une ferme, plutôt d'une maison de campagne où les ustensiles agricoles, fourches à foin et autres, ne servent qu'au décor ; il y trouve des livres, des bibelots et une réserve ahurissante de produits alimentaires : la cave creusée dans la roche en est archipleine, on a aligné des conserves au long des couloirs, sous la table de la cuisine et jusqu'au sommet des armoires.

Il y a un bureau. Quattermain le fouille, déduit de ses recherches que le propriétaire de la maison est un certain Francis-Henri Maurel, occupant des fonctions importantes au ministère du Ravitaillement — « il s'est servi ». M. Maurel est marié, il a cinq enfants dont un fils aîné qui est lieutenant dans l'armée et en poste à Oran, sauf s'il a changé depuis, mais sa dernière lettre est datée du 6 octobre dernier.

Le téléphone est posé sur la table.

« Pas encore. »

Il achève son inspection du rez-de-chaussée et sort dans la cour intérieure. Ce qui autrefois était des granges a été aménagé en chambres, à l'exception d'un hangar et d'un garage. Où il découvre une voiture. En l'espèce une Chenard-Walker fort bien entretenue, sous une bâche, dont la batterie a été sortie et placée sur un banc, près d'une prise de courant à laquelle elle est reliée.

Il remet la batterie à sa place, la rebranche. Le moteur part aussitôt. Le réservoir est aux trois quarts plein.

« Ne perds pas de temps. Tu l'as laissé seul dans la Ford, ne l'oublie pas. »

Il effectue plusieurs voyages et emplit à demi le coffre de toutes les provisions, conserves et boîtes de biscuits, plus un jambon, plus une demi-douzaine de couvertures. Il rafle aussi un ouvre-boîte, un couteau et, à tout hasard, un rouleau de corde. Et des vêtements. Et tout un paquet de tickets de rationnement.

Et deux lampes électriques.

Il hésite devant les fusils de chasse mais finalement les abandonne.

Il court.

Il revient dans le bureau et empoche le jeu de clés de rechange qu'il a trouvé.

« Allons-y. »

Il décroche et l'opératrice met un temps fou à lui répondre.

— Je pas parler très bien français, dit-il. Je suis suédois, demande me pardonner. Je vouloir parler police. Vite.

Cela prend tout de même une bonne minute. Il obtient enfin une voix d'homme. Qui dit oui, c'est la gendarmerie, oui. Quattermain repart dans son charabia épouvantable, auquel il mêle des mots supposés être du suédois (« c'en est peut-être, si ça se trouve, en tout cas cela ressemble aux borborygmes qu'éructait cette actrice avec qui j'ai passé un charmant week-end à Palm Springs... »), il explique qu'il s'appelle Svenson, qu'il est donc de Suède et qu'il vient d'être attaqué par un homme qui a essayé de lui voler sa voiture. Il décrit son agresseur et voilà que le gendarme en ligne commence à s'intéresser énormément à son histoire : l'agresseur n'avait-il pas un enfant, un petit garçon aux yeux gris avec lui ? Ya ya, dit Quattermain, le petit garçon être dans petite voiture... S'il peut décrire la petite voiture ? Ya ya, c'est une Trèfle Citroën, il a même relevé le numéro.

Il donne le numéro minéralogique de l'une des petites voitures ayant amené les invités au mariage, explique que lui-même, Svenson de Stockholm, sera à Nîmes demain matin à la première heure, ya ya, et se rendra à la gendarmerie.

Il raccroche et va très vite, dès lors. Il fait sortir la Chenard de la cour intérieure, referme à clé la porte de bois à double battant. Quatre minutes plus tard, il est devant la première ferme, où l'on chante, à présent. Il descend, se dirige vers la minuscule Trèfle Citroën, la pousse sur cent mètres et seulement alors en lance le moteur. Il roule jusqu'au bassin-réservoir. A vingt mètres du rebord, il éteint les phares, trouve une pierre, bloque l'accélérateur, enclenche la première, s'écarte.

Dans le faisceau de la lampe électrique, la Citroën presque trop légère met deux interminables minutes à s'enfoncer et à disparaître sous l'eau.

Il remonte ensuite dans la Chenard et, parvenu à proximité de l'abri de chasse, croit d'abord s'être trompé : la Ford a disparu, elle n'est plus là où il l'avait laissée. Il descend, balayant les alentours du pinceau de sa lampe. L'abri de chasse est vide. « Il serait parti avec la voiture ? » Puis le faisceau lumineux accroche un éclair de chrome. La Ford est à vingt mètres.

— Thomas ?

« Je n'aurais jamais dû le laisser seul ! »

— Thomas, c'est moi, Quattermain.

— Je suis là.

Le gamin sort littéralement de terre, soulevant l'espèce de petite trappe qu'il s'était confectionnée avec des roseaux et des feuilles. « J'aurais pu passer à un mètre de lui sans le voir, même en plein jour. »

Thomas s'approche et considère la Chenard :

— Où vous l'avez prise ?

— Volée.

— Ça fera une raison de plus pour que les gendarmes vous courent après.

Le ton est celui de la placidité, sinon du sarcasme.

— Si tu m'aidais plutôt ?

Quattermain vide la Ford des jumelles, puis des bidons d'essence. Il déverse le contenu de celui qui est entamé dans le réservoir de la grosse Chenard. Le gosse le regarde faire sans bouger.

— Il y avait des gendarmes qui nous attendaient, à Nîmes ?

— Oui.

— Et les autres aussi ?

— Oui.

— Vous avez téléphoné ?

Quattermain rend compte, « il n'y a pas d'autre mot, je fais un rapport à ce gamin ! ».

— Monte, Thomas.

— C'est assez malin, dit le gosse. Je veux dire téléphoner et raconter ce mensonge. Pas *très* malin mais assez. Ça ne trompera pas l'Homme aux Yeux Jaunes, mais les autres oui.

— Quels autres ? Je croyais que c'était ce Laemmle qui dirigeait la poursuite ?

— Il n'est pas assez bête pour se servir des gendarmes et surtout pour faire en sorte qu'on voie son barrage à des kilomètres. Ça, ça doit être le Jurgen Hess, il est vraiment crétin, celui-là.

— Tu m'expliqueras qui est ce Jurgen Hess dans la voiture. Monte.

Loin de lui obéir, le gamin recule de trois ou quatre pas.

— Ça dépend où on va.

— Je sais très bien où je vais, dit Quattermain. Ne me fais pas perdre davantage de temps.

— Si je me mets à courir, vous n'arriverez pas à me rattraper, cette fois.

— Je t'ai déjà rattrapé une fois, aujourd'hui.

— Je ne m'en souviens pas. Mais si vous m'avez eu, c'est parce que j'étais troublé. Plus maintenant.

« Nom de Dieu ! » pense Quattermain, que les deux dernières heures, s'ajoutant aux précédentes, ont considérablement fatigué.

— Il faut que je discute avec toi de notre destination, c'est ça ?

— Ça vaudrait mieux.

— On nous attend à Nîmes et probablement sur des dizaines de kilomètres de part et d'autre de cette ville. On doit surveiller tous les bateaux sur la côte et l'on doit aussi surveiller les ponts sur le Rhône. Nous allons au nord en gardant le Rhône à notre droite. Nous passerons par les Cévennes et ensuite seulement nous redescendrons vers l'Espagne.

— Exactement ce que l'Homme aux Yeux Jaunes va prévoir qu'on fera. Il a laissé le Hess s'occuper de Nîmes et peut-être aussi des ponts sur le Rhône et des bateaux, avec l'aide des gendarmes, et lui il va nous attendre au nord. Il est drôlement fort.

— Plus fort que moi, c'est ça ?

— Il vous bat quand il veut, dit le gosse.

Mais il fait un pas puis un autre, il s'approche de la Chenard et finalement y monte.

— On va au nord, d'accord, dit-il.

— Bien, chef, dit Quattermain. Et pourquoi y aller puisque Laemmle nous y attend ?

— Parce que ça vaut mieux de tomber sur lui que sur le Hess. C'est un fou, le Hess.

Quattermain actionne le démarreur.

— Presque aussi fou que le Laemmle, ajoute le gosse.

— Parce que Laemmle aussi est fou ?

— Tout le monde est fou. Ça dépend comment et combien, c'est tout.

— Moi aussi ?

« Tu connais déjà la réponse, Quattermain. »

Les yeux gris tournent lentement et se braquent sur lui. Silence. Le gosse tire la portière et la referme :

— Je vous prie de m'excuser, dit-il, je n'ai pas été très poli avec vous. On part quand vous voulez.

Thomas s'éveille et constate que la nouvelle voiture roule sur une route si étroite que parfois les feuilles des chênes verts qui la bordent raclent la carrosserie.

Il ne bouge pas. La Chose est en train de revenir et c'est horrible de se battre contre elle.

La Chose insiste.

Alors il fait comme s'il s'agitait dans son sommeil et laisse aller son front contre la portière. Ainsi, il peut ouvrir les yeux et c'est un tout petit peu moins difficile. Et puis l'autre Thomas (celui qui fait marcher la mécanique et qui joue aux échecs) lui répète que ça va passer.

D'accord, ça passe.

C'est drôlement dur mais ça passe. Le pire, c'est quand tu as les yeux fermés et que l'autre Thomas s'endort et qu'il arrête de faire tourner la mécanique.

C'est passé.

Il se redresse et regarde l'Américain. Qui le regarde aussi et lui sourit. Mais qui ne dit rien. Il a l'air vraiment fatigué. Il est gentil, au fond. Sauf s'il fait semblant d'être gentil. Et il ferait semblant d'être gentil pour le faire parler, lui Thomas, pour lui faire dire des choses qu'il veut savoir, ces choses qu'*Elle* lui a dites en cachette, en lui expliquant bien ce qu'il devait en faire, et comment et où.

Mais c'est pas sûr. Peut-être qu'il est gentil comme ça, sans raison. *Elle* t'a dit que ça pouvait arriver, quelquefois.

Méfie-toi quand même.

Pendant que l'Américain était parti voir du côté de Nîmes, il a lu et regardé tous les papiers que celui-ci avait laissés dans son pardessus, ainsi que la lettre (le passeport de l'Américain et le passeport avec sa propre photo, et aussi des cartes, des papiers sans intérêt, des photos de gens inconnus). Il a lu tout ce que l'Américain avait laissé dans son pardessus. Bien sûr, c'est la lettre qui est restée dans sa mémoire. Il n'a pas tout compris mais l'essentiel, si. Il a reconnu Son écriture : « David, je ne me serais pas adressée à vous sans des circonstances exceptionnelles. Écrivant cette lettre, je... (un mot pas compris) avec toutes les règles... »

Et puis plus loin, cette phrase avec le mot *pregnant,*

qu'il ne connaît pas non plus mais dont ce n'était pas difficile de comprendre le sens puisqu'elle disait ensuite : « Ne vous y trompez pas : j'avais voulu cet enfant. »

Ça veut sûrement dire enceinte, *pregnant.*

« Et l'enfant, c'est moi.

« Autrement dit, il serait mon père, celui-là.

« Sauf si c'est une fausse lettre, si on a imité son écriture. »

« Peut-être. »

Il se concentre et réfléchit.

« Il y a une autre explication possible : peut-être qu'*Elle* a vraiment écrit la lettre mais *Elle* lui dit des mensonges, dedans, exprès pour qu'il vienne en Europe s'occuper de moi. »

D'ailleurs, ça n'a pas d'importance.

« L'Homme aux Yeux Jaunes le tuera, il dira au Soëft de le tuer et il sera mort. Ça ne sert vraiment à rien de t'intéresser à des gens qui vont mourir. Tu te mets à les aimer un peu et ils meurent. Ça ne sert à rien.

« Surtout si tu te sers de l'Américain comme d'un cavalier ou d'une tour, pour tendre un piège à l'Homme aux Yeux Jaunes, en sacrifiant la pièce. Quand c'est la seule façon de gagner, il ne faut pas hésiter. »

— Ça va, Thomas ? demande l'Américain.

— Oui, monsieur.

— Tu as pu dormir un peu, non ?

— Oui, monsieur. Vous conduisez vraiment bien, monsieur.

— Merci, Thomas. Tu n'es pas toujours obligé de me dire « monsieur », tu sais.

— Je sais, dit Thomas.

Vers quatre heures du matin, Quattermain se résout à faire halte. Il n'en peut plus et à deux reprises ses paupières alourdies se sont fermées. Seuls le crissement des gravillons la première fois, puis le choc violent sur le garde-boue avant droit l'ont arraché au sommeil. L'aile droite a été à ce point enfoncée qu'elle frottait contre le pneu et il a dû se servir du cric pour la redresser un peu.

Il a suivi d'innombrables petites routes, le plus souvent indiquées en blanc sur sa carte. D'après celle-ci, il serait en Ardèche. Qu'il connaît un peu. Pour se tenir éveillé, il s'est remémoré le séjour qu'il y a fait, quinze ans plus tôt, à bicyclette, en compagnie de cousin Larry et aussi, au début, de cousine Babe. Prétextant que ses abrutis de cousins l'avaient en réalité entraînée dans les Alpes, au lieu du centre de la France, « c'est vrai que ça monte tout le temps », elle n'avait pas cessé de râler. Pour finir, ils l'avaient flanquée dans la Rolls-Royce qui les suivait avec les bagages et Watson, le chauffeur-garde du corps imposé par oncle Peter. Alors cousin Larry avait été pris, pour une fois dans sa vie, d'une frénésie de liberté : il avait accepté de dévaler une prairie, puis un pont de bois, puis de pédaler comme un fou sur de petits chemins, et quatre jours durant ils avaient fait une fugue, couchant dans des granges, mangeant dans des auberges. Un soir, ils s'étaient mêlés à un bal de village, le summum de cette aventure aux yeux de Larry qui n'avait cessé de glousser comme un collégien. Lui, Quattermain, avait repéré deux filles et les avait entraînées dans un fenil. Il n'avait eu de cesse que cousin Larry jouât à retrousse-pampan avec l'une d'entre elles, et avait personnellement veillé à ce que celui-ci officiât dans les règles et fort complètement... et ça avait fini entre des gendarmes, parce que, de New York, oncle Peter avait alerté le Département d'État, l'armée des États-Unis, l'ambassade américaine à Paris, le président de la République française, le président du Conseil et le ministre de l'Intérieur, en sorte qu'on avait organisé une battue pour retrouver les fugitifs, que tout New York croyait déjà kidnappés par les Mangeurs de Grenouilles.

« J'avais dix-huit ans et demi, cousin Larry près de vingt et, depuis lors, il ne se passe pas un trimestre sans qu'il me flanque son coude dans les côtes, en gloussant stupidement. Et chaque année il arrange un peu mieux l'histoire, si bien qu'il est convaincu maintenant d'avoir quasiment violé la fille, alors que j'ai dû moi-même lui arracher son propre caleçon, auquel il se cramponnait.

« Et qui plus est, les Cévennes sont à gauche. Pour l'instant je suis en Ardèche et si je ne m'arrête pas pour dormir un peu, je vais enrouler la Chenard autour d'un arbre. »

Il engage la Chenard dans un chemin creux, ses phares éclairant une voûte d'arbres, peut-être des châtaigniers, « ce ne sont pas des cocotiers, la chose est sûre ». Il suit le chemin sur quarante mètres. La lune est cachée, on n'y voit goutte et la vitre à demi baissée ne dissimule pas qu'il fait un froid de loup. Le gosse dort, profondément cette fois et non plus de ce sommeil si agité qu'il a connu depuis le départ des environs de Nîmes ; il s'est éveillé trois heures plus tôt, un court moment, après une longue succession de plaintes et de petits cris aigus, de paroles indistinctes, qui pouvaient être de l'allemand ou du français. Quattermain lui a souri, lui a un peu parlé sans rien obtenir d'autre que des réponses brèves, plus ce regard étonnant, des grands yeux gris qu'on eût dit brillants d'une espèce de phosphorescence.

Quattermain se glisse dehors et, malgré la douleur de sa hanche, s'oblige à une inspection des alentours, nullement désireux de faire halte sous les fenêtres de quelque maison dont les habitants viendraient les surprendre au petit matin. Mais le chemin creux s'interrompt bel et bien, et se disperse en sentes minuscules, qui n'ont pas l'air d'aller très loin. Aucune lumière en vue, pas la moindre odeur de fumée. Et de la brume montante. Quattermain éprouve le sentiment d'une solitude extrême, presque tragique.

« C'est pour le moins excessif. »

Il ne relève nulle trace d'un charroi quelconque, la terre détrempée ne porte que le dessin des pneus de la Chenard-Walker. Il en efface la marque, s'aidant d'une grosse branche, tasse une première fois la terre meuble avec ses pieds, puis avec ses mains, et redonne un bon coup de balai, à la lueur de sa lampe électrique. Il titube de fatigue mais ne regagne la voiture qu'après avoir encore effacé, très soigneusement, ses propres traces. « Je deviens carrément paranoïaque. »

Mais il lui reste encore à faire : il soulève le gosse endormi et le transfère sur la banquette arrière, l'enveloppant dans trois des quatre couvertures — les yeux gris s'ouvrant dès le premier contact et le fixant. Le regard d'une pieuvre serait moins glacé.

— Tu seras mieux derrière, kid, tu pourras allonger tes jambes. Rendors-toi. Tout va bien.

Lui-même s'installe à l'avant, s'accommodant tant bien que mal et du volant et des deux sièges séparés, et de la longueur de ses jambes. Sa hanche le fait souffrir. Il s'emmitoufle dans la couverture restante et relève le col de son pardessus. Dans l'extraordinaire silence, il écoute un moment et guette la respiration de l'enfant, qui s'est endormi.

« ...J'avais voulu cet enfant, plus que n'importe quoi au monde. J'ai rompu justement parce que vous me l'aviez fait. J'ignore quel souvenir vous avez conservé de moi, après douze années. Peut-être vous rappellerez-vous que je ne vous ai jamais menti. »

Il s'endort à son tour.

Croyant, à tort sûrement, être surveillé par des yeux de hibou.

Pour Gregor Laemmle, la journée du 10, celle du 11, une partie de celle du 12 vont paraître se traîner.

En ce début d'après-midi du 10, certes, la nouvelle tombe que l'on a retrouvé la Citroën prétendument volée, et signalée par un soi-disant Suédois, qui aurait été lui-même attaqué. Gregor Laemmle n'a évidemment pas cru une seconde à ce Scandinave, en qui il a identifié Quattermain (et, du coup, l'image assez floue qu'il avait de ce dernier a commencé de prendre forme : l'homme a de la fantaisie, peut-être même de l'humour et assez d'imagination pour susciter un leurre qui a d'ailleurs trompé Hess et ses amis gendarmes pendant toute la nuit du 9 au 10).

Gregor Laemmle n'a pas cru davantage à une course de l'Américain vers l'est, par Nîmes, ou vers l'Espagne par n'importe où. Pas directement en tout cas. Ou alors il faudrait admettre que l'Américain est aussi bête que Hess et, en plus, que le petit monstre est encore trop traumatisé par les événements du Var pour prendre sa part dans la stratégie du tandem : « Et je n'y crois pas davantage, Soëft : notre jeune ami a d'incroyables ressources, je jurerais que son cerveau si précoce a d'ores et déjà recommencé à ronfler comme une turbine. »

Il a écarté l'hypothèse d'un retour à l'ouest, au prix d'un nouveau franchissement du Rhône : la manœuvre serait certes inattendue mais elle resterait dangereuse.

La fuite par la mer ? De deux choses l'une : ou bien elle était prévue à l'origine et dès lors il est trop tard pour faire quelque chose, « ils voguent vers les Baléares », ou bien elle est impossible, même Hess a pensé à faire surveiller le seul point d'embarquement possible, les Saintes-Maries.

Non, il ne restait plus que la route au nord :

— Depuis quand vos hommes sont-ils sur place, Soëft ?

Soëft dit qu'il les a expédiés dès le 9 à onze heures trente du matin. Selon lui, les guetteurs de la première ligne ont pris position avant la tombée du jour. Et la deuxième ligne a été établie, plus au nord, dans l'Ardèche donc, vers vingt et une heures environ.

— La petite Citroën a été volée entre dix-neuf et vingt-deux heures dans la soirée du même jour. Le coup de téléphone du soi-disant Suédois est de vingt et une heures vingt-trois et l'appel venait des environs immédiats de Nîmes. C'est bien ça, Soëft ?

— Oui.

— Ils ont abandonné la Ford et fait semblant de voler une Citroën. C'est donc qu'ils disposent d'un autre véhicule. On a signalé un vol de voiture ou de moto ?

— Non.

— De deux choses l'une, Soëft : ou bien ils ont réussi à trouver un chauffeur bénévole, complice ou non. Ou bien ils ont emprunté une voiture dont le vol n'a pas encore été signalé, c'est tout simple. Taisez-vous, Soëft, je ne sollicite pas votre opinion, vous êtes mon chœur antique, rien d'autre. Ils sont passés à travers votre première ligne, Soëft, n'allez pas me dire le contraire. La preuve, c'est que personne ne les a vus !

Soëft dit que ses guetteurs de première ligne ont relevé les numéros de tous les véhicules passés du sud au nord à partir du 9 à dix-huit heures, et qu'ils continuent de le faire quarante heures après.

Gregor Laemmle a appelé Krug von Nidda, le consul général d'Allemagne à Vichy, et a obtenu (c'est un vieil ami) qu'il intervienne auprès de Pétain, de Laval, de qui il voudra, mais qu'on lui fournisse les noms et adresses des propriétaires des véhicules. « Lisez la liste, Soëft. »

Rien durant toute la journée du 10.

Rien le 11.

Rien dans les premières heures du 12.

« Je les ai perdus ! »

De la stupeur d'abord, un vrai désespoir ensuite. Sa conviction qu'il est en train de perdre l'Enfant lui est insoutenable, après la mort tragique de la mère, « je cours de faillite en faillite avec une régularité digne de l'antique ».

Il reprend les photos de Quattermain qu'il possède : « Et ce serait ce cow-boy — bien habillé il est vrai, et assez beau je dois en convenir — qui me l'aurait pris ? » Le voici soudain envahi d'une rage qui le sidère : je haïrais quelqu'un, moi ?

C'est dans la soirée du 10 qu'il va joindre Henri Lafont à Paris.

Et c'est le 11 au matin que les premières informations arrivent :

On a découvert, depuis une dizaine d'heures, dans la liste des véhicules enregistrés par la première ligne des guetteurs de Soëft, une Chenard-Walker dont le propriétaire est un haut fonctionnaire de Vichy. Il n'a pas signalé le vol parce qu'il l'ignorait : il se nomme Maurel et possède une maison de campagne près de Nîmes.

On a repéré, dans la nuit du 10 au 11, la même Chenard, dont l'aile droite est enfoncée, roulant dans la partie ouest des Cévennes : elle est passée à une allure folle sous le nez d'un guetteur de deuxième ligne.

Et l'apothéose, qui va déclencher la curée : l'Américain dans la matinée du 12 est formellement identifié.

Au moment où, se dirigeant vers l'est, ils franchissaient le Rhône sur le pont de Valence.

Quattermain dans son sommeil rêve qu'il pleut sur son visage. Il ouvre les yeux et constate qu'une pluie très grasse et froide pénètre dans la Chenard-Walker par la vitre ouverte.

— Vous avez faim ?

Quelques secondes d'hébétude, ensuite les souvenirs évidemment lui reviennent : il est dans une voiture qu'il a volée (j'ai même volé deux voitures, oncle Peter en tomberait raide mort !), il est en Ardèche, traqué par la police française et des agents secrets allemands.

Et il reconnaît Thomas. Dont un faux passeport prétend qu'il serait son fils.

— Vous avez faim ?

Le gosse mange un très gros sandwich de pain et de jambon cru ; il porte un béret enfoncé presque jusqu'aux oreilles et tout le reste de son corps est enveloppé dans une pèlerine bleu sombre. Il tient accroché à son épaule un gigantesque parapluie noir dont le manche figure une tête de canard ou d'oie.

Quattermain reprend tout à fait conscience :

— Où t'es-tu procuré toutes ces choses ?

— J'ai pris le parapluie pour vous.

— Où ?

Geste nonchalant (mais le regard à l'acuité aiguë dément tout à fait cette nonchalance) :

— Il y a une ferme par là-bas. Il est drôlement bon, leur jambon.

Nouvelle bouchée enfournée dans la bouche :

— Et le beurre aussi. Et ils ont du café au lait.

« Je dors encore », pense Quattermain. Il s'assoit au volant (sa hanche lui expédie des élancements dans toute la jambe et le côté droit, et tout son corps n'est que courbatures), il se masse les paupières :

— Ne me dis pas que tu es allé jusqu'à cette ferme ! On t'y a vu ?

— On était onze à table, s'ils ne m'ont pas vu, c'est qu'ils étaient drôlement myopes. Vous venez ?

Quattermain pousse sa main vers le démarreur :

— Monte. On fiche le camp.

Le gamin hoche la tête, visiblement apitoyé par tant d'innocence. La bouche pleine :

— Ils cachent trois aviateurs anglais, dans une de leurs granges. Et en plus, ils cachent une mitraillette et des fusils. J'ai tout vu et je sais où ils ont mis tout ça. Ça m'étonnerait bien qu'ils courent prévenir les gendarmes, c'est même tout à fait sûr qu'ils ne vont pas le faire. Et en plus, si vous partez maintenant, les autres d'en face, dans l'autre ferme de l'autre côté de la route, verront sûrement la voiture et eux, ils préviendront les gendarmes, ce sont des pétainistes. Vous avez faim, oui ou non ?

Une minute plus tard, Quattermain se retrouve en train de marcher dans un bois de châtaigniers et sous la pluie qui redouble. Il écrase parfois sous son pied des bogues de châtaignes dont un moment il a failli croire qu'il s'agissait d'animaux inconnus. Il boite bas. Consultant sa montre, il voit qu'il est neuf heures bien passées, « j'ai donc dormi presque cinq heures, ce qui est beaucoup, dans l'inconfort où j'étais ». Si l'hébétude de son réveil s'est dissipée à peu près, son sentiment d'irréalité, voire de fantasmagorie dans ce bois noyé de pluie où de toutes parts montent des brumes, gagne au contraire en densité : « J'étais dans le Vermont et ensuite... »

— Depuis quand es-tu levé, Thomas ?

— Je n'ai pas de montre. Peut-être une heure.

Quattermain imagine assez mal les habitants d'une ferme prenant en chœur leur petit déjeuner après avoir fait la grasse matinée. Le gosse a dû s'éclipser aux aurores, sinon avant.

— Une heure, ou deux ou trois, reprend Thomas avec indifférence.

— Et tu as vraiment vu des aviateurs anglais ?

— Oui.

— Ils ont leur avion avec eux, peut-être ?

— Ils portent des costumes français qui leur vont comme un tablier à une vache. Ils ont des moustaches et ils parlent anglais.

— Tu leur as parlé ?

— Non.

Le gosse dit qu'il les a juste regardés, il était à deux mètres d'eux et ils ne l'ont pas vu. Ce sont peut-être de bons aviateurs pour jeter des bombes mais qu'est-ce qu'ils sont bêtes ! Ils vont se faire prendre, avec le bruit qu'ils font et leurs moustaches.

— Je n'ai pas de moustaches, dit Quattermain sur la défensive.

— Heureusement.

Le gosse conduit la marche, qui fait dans les sept ou huit cents mètres. Il s'insinue avec une sûreté incroyable entre les troncs noircis par la pluie, trouvant à chaque fois des sentiers invisibles, qui ne semblent pas avoir l'intention d'aller quelque part et débouchent pourtant toujours sur quelque chose. Une lisière apparaît bientôt, et au-delà s'allongent les lignes géométriques de bâtiments de pierre coiffés de lauses luisantes — qu'une ferme puisse être faite de pierre a été l'une des surprises de Quattermain en découvrant l'Europe.

Le gosse s'arrête.

— Les Cazes m'ont recommandé de faire attention, à partir d'ici, pour que les pétainistes ne nous voient pas, et pour que les crétins d'aviateurs anglais ne nous voient pas non plus. Bêtes comme ils sont, ils pousseraient des grands cris, en voyant un Américain. Il faut attendre.

— Attendre quoi ?

— Émilie. Elle a la rubéole, c'est pour ça qu'elle

n'est pas à l'école, mais moi je l'ai déjà eue, je ne peux pas l'attraper. Et d'ailleurs, elle est guérie, mais demain c'est vacances et elle n'aime pas l'arithmétique.

« A croire qu'il emploie un langage codé », pense Quattermain qui décide que la rubéole, mot dont il ne connaît pas la traduction anglaise, doit être une maladie infantile. Pour les pétainistes en revanche, les choses sont plus obscures, il serait prêt à croire qu'il s'agit de quelque tribu locale.

— Et autre chose, reprend le gosse, le fixant de son œil impassible, j'ai dit aux Cazes que vous étiez mon père.

Un mouvement à l'angle de l'un des bâtiments, une petite silhouette vient d'apparaître et leur fait signe d'avancer.

— Ton père ?

— Il fallait bien dire quelque chose, et pourquoi on est ensemble. Suivez les petits bâtons plantés dans la terre, sans vous écarter, c'est le seul passage où on ne peut pas nous voir, de la ferme d'en face.

Thomas laisse l'Américain en train de manger dans la cuisine sous la surveillance de Mme Cazes, et se glisse dehors. Il aime bien la pluie, surtout avec cette pèlerine sur le dos, ça sent bon, ça sent la campagne et la terre mouillée.

Il rejoint Émilie à l'endroit convenu.

— On y va.

L'un derrière l'autre, ils se faufilent de bâtiment en bâtiment. « Il est vraiment grand, ton père », dit Émilie.

A présent, ils marchent dans la forêt, la ferme déjà à des centaines de mètres derrière eux. Ils grimpent. « Vraiment grand », dit Émilie, « pourquoi il est américain ? — Parce qu'il n'est pas espagnol », dit Thomas.

« J'aurais cru qu'il y avait une raison plus compliquée », dit Émilie. Ils continuent de grimper, même que ça devient difficile, à cause de la pente et des feuilles mortes toutes pourries qui glissent, mouillées comme elles le sont. Et puis les sabots de bois sont lourds, sûrement qu'ils sont très bien pour marcher dans la boue, mais pas pour gravir des montagnes. Émilie grimpe comme une chèvre, ça énerve un peu Thomas, elle a l'air très à son aise et ne tombe jamais, alors que lui s'est déjà deux fois aplati sur les mains et même le nez, dans les feuilles pourries. « Tu es allé en Amérique, Thomas ? — Souvent. — Combien de fois ? — Dix-sept. — En bateau ? — Pas à la nage. — C'est joli, l'Amérique ? — Pas mal », dit Thomas. Il est tout essoufflé alors qu'elle gambade et se retourne sans arrêt pour l'attendre.

Ils arrivent au sommet de la première montagne et il sort les jumelles de sous sa pèlerine. Mais on n'y voit pas grand-chose, à cause des arbres.

— Et de l'endroit que tu m'as dit, on verra ?

— On verra tout.

Ils suivent une crête qui commence par descendre un peu avant de remonter. Thomas estime qu'ils ont quitté la ferme depuis plus d'une heure, et enfin ils arrivent sur des rochers. Émilie s'y hisse la première, en lui montrant par où il faut passer et à peine a-t-il pointé la tête qu'il constate qu'elle avait raison : on y voit drôlement bien, et loin. Une rivière coule tout en bas, peut-être à deux cents mètres, mais ce n'est pas ce qui compte. Il braque ses jumelles et le petit village apparaît, vingt, trente maisons, pas plus ; quatre routes s'y rejoignent. Il vérifie sur la carte de l'Américain : toutes ces routes sont en blanc ou en jaune.

Reste à trouver le guetteur de l'Homme aux Yeux Jaunes, qui doit y être, qui ne peut être que là, puisque c'est un carrefour de petites routes. L'Homme aux Yeux Jaunes a sûrement prévu ce que l'Américain allait faire, et qu'il a fait, depuis qu'ils sont partis de Nîmes :

rouler au nord uniquement par des petites routes. « Et donc, il a mis des guetteurs aux carrefours de ces routes. Ce n'est pas si difficile et il n'y a pas besoin de dix mille hommes, s'il y a huit ou dix carrefours vraiment importants, c'est tout. Avec huit ou dix hommes, tu surveilles tous les passages. »

— Tu as vu des Indiens, en Amérique ?

— Plein.

— Avec des plumes ?

— Plein de plumes.

— Tu as quel âge ?

— Onze ans et demi.

Il a failli répondre douze ans, pour faire plus vieux, mais même onze et demi, c'est déjà pas mal.

— Je suis plus vieille que toi : j'ai eu douze ans en avril.

— Tu es vraiment vieille. Tu devrais déjà être mariée.

Dans ses jumelles à mille cinq cents mètres de distance, il examine chaque maison, et les jardins derrière.

— Tu te moques de moi, hein ?

— Oui, dit Thomas.

Il est là !

Le guetteur est là. « Je le cherchais caché quelque part et il est juste au premier carrefour, il ne se cache même pas ! Quel idiot ! » L'homme est assis dans une voiture, on discerne mal son visage, on voit juste qu'il est seul et qu'il a l'air d'attendre depuis longtemps.

— Tu n'es pas très grand, pour onze ans et demi. Je suis plus grande que toi.

— C'est parce que je ne veux pas grandir.

— Mais pourquoi ?

— Ça ne me dit rien. Je n'ai pas envie. Le jour où j'aurai envie, je grandirai.

Mais ce n'est peut-être pas un guetteur de l'Homme aux Yeux Jaunes. Ce n'est pas *certain.* Et on ne peut pas jouer un coup comme celui-là sans être certain. Si une voiture passait, au moins.

Il reporte ses jumelles sur les deux routes de droite. Si l'Américain ne s'était pas arrêté pour dormir, la nuit dernière, on serait tombés tout droit sur ce guetteur.

L'Homme aux Yeux Jaunes avait dû mettre une première ligne de guetteurs plus au sud. On l'aura franchie cette nuit pendant que je dormais dans la voiture, et ils auront relevé notre numéro — surtout qu'elle est facile à reconnaître, notre voiture, avec son aile cabossée. Ils ont pris notre numéro et ils sont en train de chercher le propriétaire. *Ils savent peut-être déjà qu'elle a été volée.*

Bon.

D'accord, ils le savent. Mais ils ne savent pas où on est. Et si c'est vraiment un guetteur, le type là-bas dans la voiture, il appartiendrait à la deuxième ligne.

— Tu peux m'embrasser, si tu veux, dit Émilie.

— J'arrive, dit Thomas.

Et il inscrirait notre numéro, lui aussi, et il téléphonerait ce numéro et l'Homme aux Yeux Jaunes saurait dans quelle direction on va, il nous attendrait à l'est et aussi à l'ouest, comme ça il serait sûr de me prendre, qu'on aille en Suisse ou en Espagne.

C'est sûrement ce qu'il a fait, le Laemmle.

Thomas surveille les routes de droite.

— Tu n'es vraiment pas pressé de m'embrasser.

Il abandonne sa surveillance une seconde ou deux, le temps de regarder Émilie. Et une rage drôlement forte le prend, presque l'envie de la pousser et qu'elle tombe en bas dans la rivière. L'embrasser !

Après *Elle* !

Il s'accroupit et serre très fort les jumelles : « Ne pense à rien d'autre qu'à l'Homme aux Yeux Jaunes, rien qu'à lui et à la façon dont tu vas le battre et comment tu vas le tuer, après lui, le Soëft et le Hess, les tuer tous. NE PENSE QU'A ÇA ! »

— Tu es malade ?

Il relève la tête et découvre que les jumelles ne sont plus là, que c'est Émilie qui les tient, elle les lui a prises sans même qu'il s'en aperçoive et elle regarde vers le village.

— J'ai mal à la tête, dit Thomas. J'ai très mal.

— Je t'ai parlé et tu n'écoutais pas, tu regardais par terre.

— J'avais très mal à la tête.

— Qu'est-ce que tu regardais tout à l'heure ?

— Rien de spécial. J'aime regarder les choses.

Il lui reprend doucement les jumelles et juste à ce moment-là, sur l'une des routes de droite, un autocar s'approche.

« On va bien voir si c'est vraiment un guetteur. »

Il observe l'homme assis dans la voiture arrêtée à l'entrée du village, il le regarde descendre et faire comme s'il attendait l'autocar. Et l'autocar s'arrête, l'homme monte, il va jusqu'aux sièges du fond.

Mais il ressort aussitôt, en faisant semblant d'avoir changé d'avis.

« C'est bien un guetteur, pas de doute. »

L'homme se rassoit dans sa voiture et note quelque chose.

— Il faut qu'on rentre, dit Émilie. Surtout que j'ai la rubéole. Et puis c'est l'heure de manger.

Thomas abaisse ses jumelles puis les relève aussitôt : cette fois, c'est bien une voiture qui débouche sur la route de droite. Aussitôt, il revient au guetteur. Qui se redresse très vite, lorsqu'il aperçoit à son tour la voiture.

— Tu viens, Thomas ? Maman va nous attraper. Même toi.

— Pars devant.

Le guetteur a des jumelles, lui aussi. Il s'en sert et voilà qu'il note quelque chose — le numéro de la voiture qui arrive. Et dans celle-ci, il y a un homme, une femme et deux petites filles. Elle passe devant le guetteur et disparaît sur la gauche. Thomas continue de surveiller le guetteur. Il le voit descendre.

Traverser la route.

Entrer dans le café.

« Il va téléphoner. Mais il voit la route, de là où il est. On ne pourra pas passer sans être repérés.

« D'accord. »

Il est très content. Ça va marcher.

— Le premier en bas, dit-il à Émilie.

Et cette fois, c'est elle qui se casse la figure. Elle s'est fait un peu mal et elle pleure. Il avait à ce moment-là quatre mètres d'avance au moins. Il s'arrête et l'attend, renfilant ses sabots qu'il avait enlevés pour mieux courir. « J'aurais gagné, de toute façon », se dit-il.

Il n'aime pas perdre, pas du tout.

Mme Cazes peut avoir dans la cinquantaine ; elle est sèche, petite, très blanche de peau, avec un nævus à trois poils noirs au milieu de la joue gauche ; si jamais elle a été jolie, le souvenir s'en est perdu depuis longtemps, même par elle. Elle était seule dans la maison, avec l'une de ses filles, à l'arrivée de Quattermain. Elle l'a fait monter dans une des chambres de l'étage : « Ne bougez pas et ne vous montrez pas à la fenêtre, les pétainistes pourraient vous voir, ils passent leur temps à nous espionner. Je vais vous apporter à manger. » Sitôt dit, sitôt fait : elle est revenue avec des œufs, du jambon, du café. « Et n'allez surtout pas bavarder avec les Anglais. Ils auraient dû partir hier soir mais il paraît que les trains sont très surveillés, on va être encore obligés de les garder et ce n'est pas une sinécure. Ils sont fous. Ils jouent au *ruguebi* dans la grange et gueulent comme des putois, et il n'y en a pas un qui comprenne un mot de français. Des sauvages. Vous au moins vous êtes calme. Votre jambe vous fait mal ? Votre fils nous a raconté. Ce n'est pas de chance, de tomber en parachute juste sur un train. Ces crétins d'Anglais ont eu plus de chance, quand leur avion a été abattu, ils se sont posés comme des fleurs, des gens se sont décarcassés pour leur faire passer la Ligne et les amener ici et maintenant ils râlent, parce qu'ils ne sont pas déjà en Espagne. Je leur ai dit de prendre le Train bleu, la prochaine fois. Mais ils n'ont pas compris. Votre fils leur a dit de rester tranquilles et ça les a un peu calmés, heureusement. Mais il vaut mieux qu'ils ne vous voient pas. Votre fils, ça va, il peut passer pour un Suisse. Mais pas vous et s'ils venaient à être pris, ils pourraient parler de vous. Je vous ai apporté des livres, c'est tout ce qu'on a dans la maison. Votre fils a fini par rentrer, lui et Émilie étaient allés se promener, je vous demande un peu : sous la pluie et alors qu'elle vient juste d'avoir la rubéole ! Émilie, c'est la plus jeune de mes filles, elle est jolie, je me demande de qui elle tient. Le petit viendra vous voir dès qu'il aura mangé, il mange avec nous, c'est lui qui a voulu. Vous pouvez être fier de lui, il est malin comme un diable... Vous voulez de la soupe ? Je vais dire à votre fils de vous la monter, sitôt que les autres seront repartis travailler. »

Quattermain considère le gosse.

— La soupe est bonne ?

— Très bonne. Vous devriez la manger pendant qu'elle est chaude.

— Où étais-tu ?

Les yeux gris sont insondables.

— Je vous ai rapporté vos jumelles. Elles marchent drôlement bien.

Il pose les jumelles sur le lit, près de Quattermain. Puis il tire d'une poche un feuillet de papier et un crayon, il dessine de petits carrés, groupés, à partir desquels rayonnent quatre lignes doubles :

— Ça, ce sont les routes. On aurait continué cette nuit, on serait arrivés par cette route-ci. On serait tombés sur le guetteur. Il est ici. Il est seul mais peut-être qu'ils se remplacent et qu'un autre était quelque part à dormir. Quand une voiture passe...

Il explique le manège de celui qu'il appelle le guetteur, décrit ce qu'il pense être le dispositif adopté par Gregor Laemmle pour les prendre, un guetteur à chaque carrefour sur une largeur de cent cinquante kilomètres.

— Ça paraît beaucoup mais il n'y en a pas tellement de carrefours, finalement. Regardez vous-même. Il a dû en mettre un ici, un là, un là.

Il trace des croix sur la carte routière.

— *What's your idea ?*

Silence.

— Tu m'as très bien compris, Thomas, dit Quattermain en anglais. Pourquoi ne m'as-tu pas dit que tu parlais anglais ?

— Vous ne me l'avez pas demandé.

— Tu as lu la lettre, n'est-ce pas ?

— Quelle lettre ?

Quattermain se contente de fixer le gosse qui renverse un peu la tête en arrière.

— Vous avez fait exprès de la laisser dans le pardessus, c'est ça ? Et vous avez laissé les autres papiers avec parce que ça aurait paru bizarre que la lettre soit seule.

Silence.

— Je l'ai lue, dit le gosse.

— Tu as tout compris ?

— Oui.

Impossible de déchiffrer quoi que ce soit sur le petit visage troué par ces prunelles impénétrables.

— Je peux te demander ce que tu en penses ?

— Rien.

— Ce n'est pas une réponse, Thomas.

— Je n'ai pas envie d'en parler.

— Moi, j'ai envie d'en parler. J'en ai très envie. Figure-toi que j'ai accouru d'Amérique uniquement à cause de cette lettre et de ce que ta mère m'y disait.

— Je ne crois pas que vous soyez mon père.

La réplique est à ce point abrupte qu'elle laisse Quattermain quelques secondes sans réponse.

— Tu ne le crois pas ou tu n'as pas envie de le croire ?

— Je n'ai pas envie d'en parler.

— Tu as une raison de ne pas le croire ? Ne me mens pas.

— Non.

— Quoi, non ?

— Je n'ai pas de raison.

— En somme, tu penses qu'*Elle* m'aurait menti, dans Sa lettre ?

— Je ne veux pas que vous disiez *Elle*.

— Réponds à ma question.

— Oui.

— *Elle*... Ta mère m'aurait menti ? Tu penses que je ne suis pas vraiment ton père ?

— Ça fait deux questions que vous me posez.

— Je te les pose toutes les deux.

— Je pense que ce n'était pas vrai, dans la lettre et je pense que vous n'êtes pas mon père.

— Mais tu n'as aucune raison de penser ces deux choses ?

— Je n'ai pas envie que vous soyez mon père, c'est tout. « Tu l'as cherché, Quattermain. »

— Et selon toi pourquoi ta mère m'aurait-*Elle* menti ?

— Parce qu'*Elle* avait peur pour moi, parce que vous êtes américain, et très riche, et parce que vous connaissez des gens en Allemagne.

— Mais toi, tu n'as besoin de personne ?

— Non.

— Tu pourrais échapper à l'Homme... à ce Laemmle tout seul ?

Silence.

— Je peux le battre, dit le gosse.

— Tu es vraiment d'une prétention incroyable, tu sais.

— Je m'en fiche complètement. Votre soupe est froide, maintenant.

« Tu as affaire à un gamin qui est dans un état de nerfs épouvantable. Ne le traite pas comme un gosse ordinaire. Ce qu'il n'est pas et n'a jamais été, même avant qu'il voie sa mère brûler devant lui. Sans parler de ce qu'il a vécu, auparavant. Calme-toi. » Quattermain se lève et repose le livre — *les Misérables* — entre les pages duquel son index était jusque-là glissé. Il se souvient juste à temps qu'il ne doit pas se montrer à la fenêtre.

— Mais je peux t'être quand même utile pour passer ces lignes de guetteurs dont tu crois qu'elles existent ?

— Elles existent.

— Admettons. Je peux t'aider à les passer ?

— Si vous voulez, oui.

— Je suis enchanté de servir à quelque chose, dit Quattermain, se reprochant les mots à mesure qu'il les prononce. Il tournait le dos au gamin, le tourne encore et attend que son irritation s'apaise. « J'ai vraiment l'air malin, à contempler ces photos jaunies sur le mur d'une chambre, dans une vieille ferme au fin fond de l'Ardèche, et traqué en même temps peut-être par la Gestapo en civil et des gendarmes français en uniforme... »

Il pivote, fait face au gamin, est pris par surprise : le gosse est maintenant assis sur son lit ; pas assis à son aise comme quelqu'un qui vient d'avoir le mot ultime dans un affrontement, ni même selon sa curieuse habitude (très droit, tête portée haut, mains posées sur les côtés de son corps) ; non, il semble plutôt s'être laissé aller, presque abandonné sur le matelas. Il appuie son épaule au montant de cuivre, baisse un peu la tête et contemple ses mains avec une fixité bizarre, prunelles écarquillées, ses mains justement se nouant et se dénouant avec une lente nervosité.

Et l'irritation de Quattermain s'efface dans la seconde. Il éprouve un grand élan de tendresse et de chagrin, et de la pitié :

— Ça ne va pas, Thomas ?

Le menton du gamin s'enfonce encore un peu plus dans sa poitrine, tandis que les lèvres se contractent et qu'un frissonnement à peine perceptible parcourt le visage blême. « Ma parole, il va pleurer ! Quel extraordinaire petit bonhomme ! »

— Thomas, dit Quattermain. Thomas, je voudrais connaître quel plan tu as trouvé pour franchir ce que tu appelles la deuxième ligne des guetteurs, sans qu'ils te prennent. Tu veux m'en parler ?

Silence. Mais le frémissement sur le visage se propage encore.

— Thomas ?

Le gosse enfin acquiesce.

Thomas pense : « J'ai failli pleurer, tout à l'heure, c'est vraiment incompréhensible, je ne sais pas ce qui m'a pris. Je n'ai pas pleuré depuis qu'*Elle* est morte, j'ai essayé mais je n'ai pas pu, rien à faire, comme une rivière qui ne veut pas couler, et tout est sec, très sec, ou bien c'est la Chose qui me prend et alors je deviens fou, je ne sais plus où je suis, ni ce que je fais ; ou bien la mécanique tourne, elle force la Chose à repartir, je ne sens plus rien sauf des idées sur comment battre l'Homme aux Yeux Jaunes.

« Sauf qu'il n'y a pas que ça et ça, il y a autre chose entre les deux. Il y a l'Américain. L'Américain est entre les deux, ce n'est ni la Chose ni la mécanique. Je ne devrais pas m'occuper de ce qu'il pense mais je n'ai pas pu. Bien sûr qu'il est gentil ! Mais justement. C'est une pièce sacrifiée, je vais la perdre et j'ai besoin de la perdre pour gagner, il faut être drôlement idiot pour se mettre à aimer une pièce sur un échiquier.

« Il est gentil et drôlement intelligent. Je croyais qu'il était bien moins fort que l'Homme aux Yeux Jaunes, mais non : il n'est pas tellement moins fort. Il est différent, ce n'est pas la même chose. Par exemple, quand il m'a demandé de lui parler du plan sur comment on allait passer la deuxième ligne, eh bien il l'a fait uniquement parce qu'il a vu que j'étais drôlement triste, et d'un coup il a compris, il a dit ce qu'il fallait pour que je ne sois plus triste, ou moins triste...

« Ça fait une drôle d'impression d'avoir quelqu'un qui vous regarde les yeux et qui comprend que vous êtes triste et pourquoi. Même Javier ne pouvait pas. Lui l'Américain, on se regarde et ça ne sert plus à rien de parler. Et ça fait que je ne suis plus seul. On a parlé du plan et il avait raison de corriger des choses. Le plan qu'on a fait ensemble est drôlement bon, maintenant.

« Et ensuite, il m'a parlé de lui quand il était petit (et encore là, il l'a fait exprès, de me raconter des histoires parce qu'il voulait me calmer, et me faire penser à autre chose) et comment il réfléchissait lorsqu'il avait dix ou onze ans comme moi. C'est drôle qu'il ait pu avoir des idées pareilles aux miennes, lui aussi. Pas toutes, mais beaucoup. Par exemple quand tu détestes le monde entier, ou quand tu regardes le ciel la nuit et que tu as envie de hurler parce que c'est infini et que ça te rend fou de ne pas pouvoir imaginer ce que c'est, l'infini. Lui aussi, il a senti ça, c'est drôle...

« C'est dommage que je le rencontre maintenant, juste avant qu'il meure, vraiment dommage. C'est pour ça que je lui ai dit que je veux pas qu'il soit mon père. C'est vrai que je ne le veux pas, je n'en ai pas du tout envie. Surtout pas.

« C'est une pièce sacrifiée, rien d'autre. Autrement, ce serait horrible. »

M. Cazes survient dans le milieu de l'après-midi, alors qu'il pleut toujours.

— Et c'est parti pour pleuvoir des jours et des jours, quand les montagnes font cette gueule, tu peux préparer ton arche, comme nous disons dans le pays.

M. Cazes est engoncé dans une grosse veste canadienne à col de lapin qui, sitôt qu'il l'enlève, le réduit de moitié. C'est un homme vif et très déterminé, chaque mouvement qu'il fait confirme cette impression première ; il est à peine plus grand que son épouse, il est solide et marche les bras un peu ballants, ses mains toujours prêtes à crocher comme des tenailles ; avec ses grosses moustaches tombantes, on pourrait le croire mongol, n'étaient ses yeux bleus. Il ne parle pas mais crépite (ses conversations avec Mme Cazes doivent ressembler à un duel de mitrailleuses, pense Quattermain).

— Il faut que je vous parle, j'ai des nouvelles.

M. Cazes est arrivé avec une bouteille de vin et deux verres, qu'il remplit ; il boit un coup plus que généreux et fait claquer sa langue :

— Écoutez, finit-il par dire, passer des aviateurs anglais, c'est une chose. Même aussi abrutis que les trois qu'on a dans la grange, qui sont pourtant le fin du fin, dans la catégorie des emmerdeurs. Mais vous et votre fils, ce n'est pas la même farine.

— Nous allons repartir cette nuit, dit Quattermain, qui trouve M. Cazes très sympathique.

— Buvez votre vin, c'est du bon, on le fait nous-mêmes. En ville, j'ai le mari de ma sœur qui est receveur des postes et c'est ma sœur qui fait l'opératrice. Et dans l'autre ville sur le Rhône, un cousin de Mme Cazes dirige la compagnie des autocars. Je suis allé les voir, eux et d'autres, juste pour vérifier si votre fils ne nous avait pas raconté des mensonges, ce matin...

— A propos de mon fils..., dit Quattermain.

— Parce qu'il a un sacré culot, celui-là, poursuit M. Cazes comme s'il n'avait pas été interrompu. Je ne sais pas comment vous l'avez élevé, en Amérique, mais s'ils sont tous comme lui, je plains les Indiens. Surveiller ma maison, et la fouiller pendant qu'on dort encore, puis venir me dire, au saut du lit, qu'il a trouvé les aviateurs anglais et même les armes et que ça vaudrait mieux pour ma famille que vous ne soyez pas pris, vous et lui, sinon il dirait tout aux gendarmes, ça, c'est ce que j'appelle être effronté.

— Je ne sais vraiment que vous dire..., dit Quattermain.

— Sans compter qu'on l'a trouvé chez nous, Mme Cazes et moi, on mangeait notre soupe dans la cuisine et il était là, nous regardant comme un fantôme sorti du mur. Et il nous avait entendu parler des autres d'en face, ces foutus pétainistes, et il nous a dit tranquillement que ça tombait vraiment bien.

M. Cazes emplit à nouveau son verre. Un bruit de pas clopin-clopant très sonore se fait alors entendre dans l'escalier et le gosse apparaît, avec son béret, sa pèlerine, et ses sabots de bois expliquant à eux seuls le vacarme.

— Quand on parle du loup, dit M. Cazes. Tu aurais trois années de plus, je te botterais le cul, petit, pour ton effronterie et aussi pour que tu te décolles un peu de mon Émilie. Et on enlève ses sabots pleins de boue, avant d'entrer dans la maison.

— Oui, monsieur. Je vous prie de m'excuser.

— Je suis donc allé aux renseignements, reprend M. Cazes. Et ce morveux a dit la vérité, c'est vrai qu'on vous recherche tous les deux, et plutôt deux fois qu'une. A l'ouest, ils font même venir des gardes mobiles. On enquête dans tous les garages, pour le cas où un grand type n'y aurait pas acheté ou loué une voiture — un grand type qui ne parle pas ou alors avec un accent américain, qui a des yeux bleus et qui boite un peu de la jambe droite, et qui est accompagné par un petit garçon cheveux noirs et yeux gris. On enquête partout, c'est comme une battue qui vient du sud et va au nord-nord-ouest, elle sera ici demain, ou même avant. Ce n'est pas officiel mais c'est un bruit qui court : on parle de cinq cent mille francs, comme vous diriez une prime.

— Tes sabots, dit Quattermain au gosse.

Le gamin se déchausse et garde ses sabots à la main.

— Autre chose, poursuit toujours M. Cazes. D'après ma sœur, qui comme toujours écoute les communications, plusieurs types dans la région, des étrangers parlant français mais quelquefois avec un petit accent boche, appellent un autre type qui lui est à l'hôtel *Noailles,* à Marseille, et se nomme Golaz.

L'œil bleu de M. Cazes mirait le vin par transparence. Il remonte un peu et vient chercher le regard de Quattermain :

— N'allez pas me parler d'argent, on se fâcherait, et pas qu'un peu. Ne soyez pas couillon, en plus. Je peux vous cacher quelques jours, on ne vous trouvera pas. J'aurai déjà les Anglais mais tant pis, on s'arrangera.

— Nous allons partir cette nuit, répète Quattermain, ses yeux dans ceux du gosse et repris par cette tendresse si neuve, presque poignante, qu'il éprouve.

— Nous partirons cette nuit, mon fils et moi avons eu une idée qui nous permettra peut-être de poursuivre notre voyage.

— Il vous faudra changer de voiture. Votre Chenard n'ira pas loin.

M. Cazes prend enfin la décision que visiblement il soupesait depuis quelque temps : il emplit son verre pour la troisième fois.

— Deux de mes fils sont venus avec moi, ils sont en bas et nous aideront. Cette saloperie d'orage ne sera pas de trop. Vous voulez me parler de votre idée ou non ? Vous m'en parlez si nous pouvons vous servir à quelque chose.

— Vous le pouvez, dit Quattermain.

— Alors c'est fait. Vous le trouvez comment, ce vin ?

— Très bon, vraiment très bon, dit Quattermain.

— La vérité, c'est qu'il est complètement dégueulasse, dit M. Cazes. On voit que vous n'y connaissez rien.

L'Américain a réveillé Thomas ; il était une heure trente du matin et c'était le moment d'y aller. Ils sont descendus de la chambre et en bas, Mme Cazes, juste éclairée par une bougie (pour que les pétainistes d'en face ne voient pas de lumière en pleine nuit), leur a fait boire du café, a insisté pour leur donner un sac plein de sandwiches, malgré les provisions restées dans la Chenard ; Mme Cazes a dit qu'on n'avait jamais trop, par les temps qui courent, et que ça allait être une nuit pas comme les autres, et peut-être les jours suivants aussi et que de toute façon, elle n'aimait pas trop qu'on discute, ça pourrait la mettre de mauvaise humeur, « que le bon Dieu vous garde — fichez le camp maintenant ». L'un des fils Cazes attendait sous la pluie battante ; ils ont marché dans la forêt, en plein orage, « j'aurais dû dire adieu à Émilie et pourquoi pas l'embrasser puisque ça lui aurait fait plaisir, même avec ses boutons sur la figure, elle est drôlement jolie et gentille » ; ils sont arrivés à la voiture, avec l'aide de M. Cazes et ses fils ; ils ont fait sortir la voiture de sa cachette sans mettre le moteur — l'orage avait beau faire du bruit, quand même on ne sait jamais, avec les autres qui espionnent, de vrais malfaisants — puis ils l'ont encore poussée sur la route, jusqu'au moment où l'Américain a enfin mis le moteur en marche. On roule, ça y est.

Les deux voitures des fils Cazes prennent la tête du convoi, il y a deux ou trois cents mètres entre chacune, puis deux ou trois cents mètres encore entre la deuxième et la voiture que conduit l'Américain — mais ça dépend de la route : si elle fait trop de virages, on diminue la distance. Et dans le cas d'un danger, des gendarmes par exemple, la deuxième voiture des Cazes allumera trois fois ses phares et ses feux arrière ; alors il faudra se cacher rapidement, c'est simple.

L'Américain est drôlement calme.

Il demande :

— Pourquoi es-tu allé raconter que j'étais arrivé en parachute ? Et sur un train, en plus ?

— Comme ça, dit Thomas. Il n'y avait pas de raison.

— Mon œil, dit l'Américain. Tu es du genre à ne jamais rien dire sans raison. Je commence à te connaître un petit peu, figure-toi.

— Il n'y avait pas de raison.

— Peut-être avais-tu envie, au fond de toi, que je sois arrivé en parachute ?

Thomas réfléchit et d'un coup, il se sent étonné : « C'est peut-être bien pour ça, en effet ! C'est vraiment bizarre. »

— Je ne sais pas, dit-il.

— D'habitude, dit l'Américain, d'habitude les héros arrivent sur un cheval blanc. Moi, ce serait donc en parachute.

— C'est vraiment idiot, dit Thomas, furieux.

On roule au nord. La pluie par moments fait semblant de s'arrêter mais elle redouble à chaque fois ; il y a du vent et des éclairs qui illuminent la route, ainsi que la rivière transformée en un énorme torrent, et jusqu'aux montagnes, comme en plein jour. Thomas est vraiment en colère : l'Américain qui se prend pour un héros, maintenant ! Et surtout il croit que je crois qu'il est un héros ! Qu'est-ce qu'il croit !

— Tu es en colère, Thomas ?

— Pas du tout.

— Je ne suis pas un héros.

— Vous n'avez pas besoin de me le dire.

— Et je ne veux pas en être un. Je suis quelqu'un qui veut se sortir de cette histoire. J'ai eu tort de te faire cette réflexion, sur le cheval blanc et les parachutes. On n'en parle plus, d'accord ?

— D'accord.

« Mais je suis en colère quand même. Je me demande pourquoi je me mets en colère lorsqu'il me dit quelque chose, alors que ce serait un autre, je m'en ficherais pas mal. »

On roule très très lentement. On tourne à gauche, vers l'ouest. « Donc, on approche du village où il y a le guetteur... »

— J'aime beaucoup la famille Cazes, dit l'Américain. Enfin, ceux que je connais, c'est-à-dire M. et Mme Cazes. Je ne connais pas Émilie. Qui est très jolie, paraît-il.

— On parle d'autre chose, dit Thomas.

— On n'en parle plus, dit l'Américain. Mais si ça continue, on ne pourra bientôt plus parler de rien.

— On n'est pas obligés de parler.

— Sauf que nous voyageons ensemble, et que nous sommes poursuivis ensemble.

— C'est moi qu'on poursuit, pas vous.

— Je ne suis pas obligé de rester avec toi, c'est ça ?

Thomas hésite. « Il m'énerve. »

Il cherche encore sa réponse quand la voiture s'arrête d'un coup. Il a juste le temps de voir à travers le rideau de pluie des feux rouges, au bout d'une ligne droite, qui clignotent sans arrêt. L'Américain est déjà en train de faire marche arrière, il recule très vite dans un chemin.

Quattermain s'enfonce aussi loin qu'il le peut sous les arbres et dans les fourrés qui griffent la carrosserie de la Chenard. Il vient d'effectuer, à une allure folle, une marche arrière de cent cinquante mètres, avec ses feux de position pour tout éclairage et sur sa gauche une rivière roulant des remous énormes. « Je ne recommencerai pas ce genre d'exercice tous les jours ! Surtout de nuit ! »

Il coupe le moteur.

Se renverse sur son siège.

Découvre à cet instant seulement, qu'il a oublié d'éteindre ses phares, dont le pinceau coupe en deux la route qu'il a quittée. Il se précipite.

« Crétin ! »

Silence.

— C'est vraiment malin d'avoir oublié d'éteindre les phares, dit le gosse.

— La ferme.

Une minute sans autre bruit que le crépitement de la pluie sur le toit. Puis, coup sur coup, deux véhicules passent, dont l'un au moins semble être un fourgon de la gendarmerie française.

— Faites des signaux avec les bras en plus, la prochaine fois, dit le gosse.

Une petite envie de rire s'empare de Quattermain, qui bien sûr la réprime. Qu'il l'ait éprouvée toutefois le surprend, « ce morveux serait capable de tenir tête à oncle Peter en personne ! ».

Il allume une cigarette.

— Ça me fait tousser, la fumée, dit le gosse.

— Je m'en fiche complètement, dit Quattermain.

« Ce n'est pas vraiment de la gaieté, que tu éprouves. Il y a dix ou quinze milliards d'endroits et de circonstances qui conviendraient mieux à ce sentiment. » Non, il ressent comme une ivresse presque féroce et pour un peu, il se sentirait de taille à culbuter des montagnes, sans compter quelques divisions blindées qu'on appelle paraît-il panzers. « Tout cela à cause de la présence, à ta droite, d'un gamin que tu connais au plus depuis quarante heures. Mais qui a hérité de Son regard sous lequel tu te sens devenir complètement idiot. »

Il éteint sa cigarette et la jette au-dehors, bien qu'il ne l'ait qu'à moitié fumée, et encore. « Peut-on tomber amoureux, d'un amour paternel, comme l'on éprouverait un coup de foudre à l'égard d'une inconnue ? Ne te pose pas de question, il semble que tu en connaisses la réponse. »

Un temps anormalement long s'écoule, dans le silence, l'enfant demeurant immobile à ses côtés, lui-même peut-être touché par cette connivence nouvelle.

« Sauf s'il est encore en train de faire fonctionner cette mécanique infernale dans sa tête, pour combiner quelque plan machiavélique. »

Une demi-heure s'est écoulée lorsque enfin se profile, à l'entrée du chemin raviné par des flots de pluie, la silhouette de l'un des fils de M. Cazes. Il vient à la portière, dont Quattermain baisse aussitôt la vitre, et explique qu'il faut attendre encore ; ils ont réussi à éloigner les deux voitures de gendarmes montant la garde au carrefour du guetteur, mais il en reste une :

— Mon père essaye de la faire partir.

Il secoue la tête et du même coup, son chapeau d'où l'eau ruisselle :

— Ils vous veulent vraiment, pas de doute.

Il repart, pataugeant.

— Pourquoi tant d'acharnement, Thomas ?

— Je ne comprends pas votre question.

« *Elle* n'aurait tout de même pas fait ça », pense Quattermain, « confier à un gosse ces fameux codes bancaires. Et pourtant... *Elle* en était capable, sinon pourquoi l'aurait-*Elle* entraîné de la sorte ? Et puis il doit y avoir une explication à cette traque monumentale. On ne mobilise pas des centaines, sinon des milliers d'hommes pour capturer un enfant qui n'a d'autre caractéristique que d'avoir été le fils de Maria Weber.

« Ou le mien. Laemmle doit savoir ce qu'*Elle* m'a écrit, puisque Catherine Lamiel le savait. Et alors ? S'ils poursuivent Thomas parce qu'il est peut-être mon fils, me prendre aurait plus de valeur. En supposant que j'aie une valeur quelconque, et j'en serais le premier surpris. Ça ne tient pas debout. »

Caze fils réapparaît :

— Rien à faire, les gendarmes refusent de bouger. Mais on peut contourner leur barrage.

— Et passer tout de même devant le guetteur ?

— Oui. Il faudra conduire sans lumières, sur un chemin plein d'eau où l'on risque de s'embourber. On roulera au pas et j'irai devant à pied.

Ils reviennent sur la route et Quattermain n'apprécie guère les trois cents mètres suivants, parcourus dans une obscurité presque complète, au ras d'une rivière en crue. La silhouette du fils Cazes surgit tout à coup près de sa voiture :

— Vous avez un pont à gauche. Présentez-vous bien droit, ça doit passer tout juste. Et ne faites pas trop de bruit : les gendarmes sont à cent mètres de nous.

Quattermain préfère descendre et aller examiner l'endroit. Il n'y a pas de parapet au pont de bois et le tablier ne lui inspire qu'une confiance très limitée. « Amusant. Je ne sais pas combien pèse une Chenard-Walker mais je ne vais pas tarder à l'apprendre. »

— Tu descends, Thomas.

— Il pleut.

Quattermain ouvre la portière et extirpe le gamin :

— Va m'attendre de l'autre côté.

Il s'engage sur le pont. De temps à autre, le fils Cazes tape sur l'un des garde-boue, à gauche ou à droite. Selon les signaux convenus, des coups répétés signifient qu'il dévie et est en train de sortir du tablier, un coup laissant entendre que tout va bien. Le fils Cazes tambourine trois fois à gauche et cinq fois à droite.

Revient à la portière :

— Vous êtes passé. Pour être franc, on n'y croyait pas trop.

— Merci de m'avoir prévenu, dit Quattermain.

Thomas reprend sa place à son côté. On repart, au pas d'un homme cheminant dans la nuit la plus noire et sans doute progressant au toucher.

— Tu parles vraiment bien l'anglais, Thomas ?

— Un peu.

— Combien de langues connais-tu ?

— Le français, et l'anglais.

— Plus l'allemand.

— Un peu.

— Plus l'espagnol.

— Un peu.

— Et l'italien ?

— Non.

— Pas du tout ?

— Un petit peu.

— Dis-moi quelque chose en anglais, pour voir...

— *My mother is dead,* dit Thomas. *She was burned alive*[1].

« O my God ! » Quattermain a envie de pleurer. Il raffermit sa voix du mieux possible :

— On dira plutôt *burnt,* mais *burned* est correct aussi. Le verbe *to burn* est régulier et irrégulier en même temps. Tu as un très bon accent.

— Merci, monsieur. Je m'en souviendrai.

Dix, quinze minutes encore et le fils de M. Cazes réapparaît à la portière :

— Vous pouvez allumer vos veilleuses, maintenant. Mais pas vos phares. Et vous nous suivez, mon frère et moi.

1. Ma mère est morte. Elle a brûlé vive.

On roule dès lors un peu plus vite, on passe près d'une ferme où tout est éteint, on débouche sur un chemin plus large. Les deux voitures s'arrêtent.

— Vous y êtes, dit le fils de M. Cazes. Le carrefour où il y a le guetteur est à deux cent cinquante mètres à la sortie de ce chemin-ci, à gauche. Vous pouvez allumer vos phares. Bonne chance.

Quattermain attend d'avoir parcouru une centaine de mètres pour allumer ses phares, puis il accélère au milieu des flaques du chemin de terre. Il débouche sur l'asphalte. Les deux cent cinquante mètres défilent plus vite encore qu'il ne s'y attendait : soudain les premières maisons surgissent et, sur le côté droit de la route, apparaît la silhouette d'un homme chapeauté, en imperméable, qui à l'évidence vient de jaillir de sa voiture dont la portière est demeurée ouverte. Quattermain ralentit brutalement, comme s'il se préparait à un demi-tour, puis il se relance, visant l'homme et l'obligeant à un plongeon de dernière seconde, pour éviter le grand garde-boue de la Chenard.

Il passe en trombe, traverse la petite agglomération au maximum de sa vitesse, roule pied au plancher pendant les deux kilomètres quatre cents prévus, ralentit, freine sans faire hurler ses pneus, se rabat sur le bas-côté dès qu'il aperçoit les branchages en croix sur la route. Il passe volontairement dessus, pour détruire ce signal de reconnaissance et ralentit encore. La grille qu'il guettait est à cinquante mètres de là, elle est ouverte et il la franchit. Une femme la referme immédiatement après son passage. Au bout d'une longue allée doublement bordée de platanes, la grosse lumière d'une lampe électrique sur la droite de la grosse maison émet un signal.

Il stoppe à la hauteur de M. Cazes.

Qui monte à bord.

— Vous avez réussi à franchir le pont ? Je n'y croyais pas, il est tout pourri.

— Parlons d'autre chose, dit Quattermain.

On roule à travers un parc, dont on sort par une barrière ouverte. Immédiatement après il y a un ruisselet mais on y a disposé des planches et, guidé par M. Cazes, Quattermain le traverse sans difficultés. Il zigzague dans un verger, coupe à travers un premier champ.

— Un tracteur passera demain matin sur vos traces, explique M. Cazes. On est du pays ou on ne l'est pas.

Puis une clôture dont on a détaché les fils de fer barbelé pour y ménager un passage.

Puis un autre champ, une cour de ferme, un chemin de terre, deux champs à la suite.

— Un tracteur là aussi ?

— Dès demain matin à la première heure.

— On est du pays ou on ne l'est pas, dit Quattermain.

— Tout juste. Tournez à gauche.

Quattermain roule sur un chemin dont il ignore tout à fait la destination, et même la position, par rapport à la route. Il est perdu.

— A droite deux fois.

Il entre dans une grange dont les larges portes sont aussitôt refermées sur la Chenard-Walker. Une lampe s'allume.

— Coupez le moteur, on y est.

Il y a huit hommes dans la grange, trois armés de chalumeaux oxhydriques qui sifflent déjà.

— Ils vont vous découper votre voiture en si petits morceaux qu'il n'en restera plus de quoi faire une bicyclette. Elle était à vous, cette voiture ?

— Un membre du gouvernement de Vichy.

— Bien fait pour sa gueule. Venez voir.

Ils ressortent de la grange par l'autre façade, traversent une cour, entrent dans une maison, montent un escalier, pénètrent dans une chambre.

— Venez voir, dit M. Cazes dans un chuchotement.

Quattermain se penche à travers les interstices des

volets clos, découvre qu'il est exactement à la verticale du carrefour franchi vingt-cinq minutes plus tôt, là où était posté le guetteur.

Qui s'y trouve encore, occupé dans la lueur des phares de plusieurs voitures, à discuter avec un autre homme en civil et plusieurs gendarmes. L'homme en civil et le guetteur se séparent des gendarmes, ils reviennent, passent sous la fenêtre de la maison où sont Quattermain et M. Cazes. Ils parlent bas, dans une langue qu'on peut cependant deviner.

— De l'allemand, dit M. Cazes. Vous ne m'aviez pas dit que vous étiez fâché avec les Allemands aussi.

— Par timidité, je suppose, dit Quattermain.

Dans la pénombre de la chambre, les deux hommes se sourient. « J'aime décidément beaucoup M. Cazes... »

Ils repartent et regagnent la grange où le gosse contemple le travail des désosseurs de la Chenard.

— Il pourra marcher trois heures ou même quatre ? s'enquiert M. Cazes en le désignant.

— Je le crois capable de tout, répond Quattermain.

Les trois ou quatre heures suivantes, ils marchent, conduits par M. Cazes et escortés de l'un des fils de celui-ci. Ce n'est pas une marche facile : il faut constamment grimper ou descendre, et toujours sous cette pluie obsédante : « Ça va, Thomas ? — Très bien. Et vous ? »

Il doit être dans les sept heures du matin quand ils parviennent à une route. Sur leur chemin ils n'ont rencontré que des sentes, des ruisseaux qu'il a fallu franchir en se trempant les jambes, des raidillons très abrupts, des dévalements trempés, de vrais flancs de montagne — mais pas une maison. Ils sont passés comme des ombres.

La route est asphaltée. Ils y marchent encore pendant deux bons kilomètres, avant d'atteindre une bergerie. La voiture est là.

— Une traction avant quinze chevaux, réglée comme une montre. Il n'y aura pas grand monde pour vous courir derrière. C'est ce que je vous ai trouvé de mieux ; je l'ai eue pour la moitié de l'argent que vous m'avez donné. Son propriétaire l'avait cachée pour éviter qu'on la lui réquisitionne. Les plaques sont fausses, la carte grise est au nom de Svensson Bjorn. Vous m'auriez laissé du temps, on vous faisait un passeport suédois.

— Une autre fois, peut-être, dit Quattermain. Merci. Je reviendrai dès que vous aurez nettoyé le pays.

— Je n'en aurai pas pour longtemps, dit M. Cazes. Mais ne revenez quand même pas trop vite, des fois que je n'aurais pas fini.

Ils se serrent la main.

— Monte, Thomas.

Le gosse s'assoit sans adresser un mot à personne. Mais peut-être est-il tout simplement épuisé.

Quattermain met en route et prend la direction plein est.

Évidemment vers la Suisse.

Gregor Laemmle appelle donc Henri Lafont et cet appel intervient à un moment de la poursuite où depuis déjà des heures l'on ne sait rien de l'endroit où sont réfugiés l'Enfant et l'Américain, ni de la direction qu'ils ont pu prendre. A peine sait-on qu'ils se trouvent très vraisemblablement à bord d'une Chenard-Walker volée aux environs de Nîmes ; mais roulent-ils en direction de l'Espagne, sont-ils revenus sur leurs pas vers l'ouest, ont-ils réussi à s'embarquer en Camargue pour la côte catalane ou les Baléares, voire pour l'Afrique du Nord ?

Ou bien seraient-ils par hasard en train de remonter plein nord ?

Gregor Laemmle penche pour cette hypothèse et,

plus que cela, il la fait sienne, « avec une conviction d'autant plus farouche que je n'ai rien pour l'étayer ».

Il n'a pas encore reçu — il s'en faut encore de six heures — le signal d'alerte émis par le guetteur de deuxième ligne en Ardèche, qui annoncera le passage de la Chenard-Walker à l'aile cabossée roulant à toute vitesse en direction de l'ouest, vers le Cantal ou la Dordogne, à moins qu'elle ne redescende ensuite vers Toulouse puis l'Espagne, ayant en somme contourné par le nord le barrage du bon Jurgen.

Il appelle Lafont vers huit heures du soir.

La voix caractéristique de fausset, nullement désagréable :

— Et vous voulez tout ça pour quand ?

— Je vous demande peu de chose.

Éclat de rire :

— Rien de plus qu'une mobilisation générale, dit Lafont.

— L'argent n'est pas un problème et vous le savez.

— Je sais que vous mettez facilement la main à la poche, je n'ai jamais eu à me plaindre. Mais si je le fais, ce sera uniquement parce que vous m'êtes sympathique.

— Je suis flatté, dit Gregor Laemmle. (Qui pense : « Le plus surprenant est que je le crois sincère... et que la réciproque est vraie... »)

— Pour l'affaire du Var, dit Lafont, je n'y étais pour rien. C'est votre Hess qui a voulu se passer de moi, et recruter n'importe quels types dans Toulon et Marseille. Résultat : un carnage, qui n'était vraiment pas du travail soigné. Vous la vouliez vivante, cette femme, non ?

— En effet.

— Je m'en serais occupé, elle serait vivante. Votre Hess a été maladroit, c'est le moins qu'on puisse dire...

— Ce n'est pas précisément *mon* Hess.

La voix de fausset rit encore :

— Alors nous dirons que c'est un con. Vous êtes tellement sûr qu'ils vont aller au nord-nord-est, l'Américain et l'Enfant ?

— Absolument certain, dit Gregor Laemmle.

— Ils ne vont tout de même pas tenter de passer la Ligne ?

— Ce n'est pas impossible. Mais je crois davantage qu'ils vont tenter de traverser le Rhône.

— Pour passer ensuite en Suisse ?

Oui.

Silence.

Gregor Laemmle ferme les yeux :

— Entre Avignon et Lyon et sans compter ces deux villes, il y a dix-huit ponts sur le Rhône, dit-il. Je veux trois hommes et deux voitures à chaque pont.

— Cinquante-quatre hommes et trente-six voitures. Rien que ça !

— Et je veux des effectifs doublés à quatre de ces dix-huit ponts, ceux de Valence, La Voulte, Le Pouzin et Rochemaure. Parce que ce sont les points de passage les plus vraisemblables. En outre...

— Vous m'affolez, mon cher, dit Lafont en riant.

— En outre, je veux trois détachements en réserve, à l'arrière, disposés en sorte qu'ils puissent répondre immédiatement à toute alerte, sitôt signalé le franchissement d'un pont.

Silence.

— Près de cent hommes en tout, dit Lafont. Je vais devoir faire descendre des types de Lyon et bien sûr de Paris, et en faire monter d'autres de Marseille. Toute la grande truanderie française refaisant la ligne Maginot sur la rive est du Rhône, on aura tout vu. Et pour les primes ?

— Ce que vous jugerez bon de leur promettre.

— Dans toute ma vie, j'ai volé une bicyclette et cinq lapins. Aujourd'hui, je suis dans la police : je ne vole plus, je confisque. La vie est marrante. Je ne vous volerai pas.

— Je sais.
— C'est bizarre, qu'on s'entende si bien, vous et moi. On n'est pas précisément du même monde.
— Il est vrai que notre entente est parfaite et que j'en suis agréablement surpris, dit Gregor Laemmle.
— Ils peuvent flinguer, mes bonshommes ?
Gregor Laemmle prend le temps de réfléchir. Une demi-seconde. Le temps d'expédier mentalement au diable Joachim Gortz et ses recommandations concernant Quattermain :
— L'Enfant ne doit pas avoir la moindre égratignure.
— Et l'Américain ?
— Un accident est toujours possible. Mais ce doit être un accident.
Henri Lafont dit qu'il comprend. Il dit aussi qu'il ne pourra pas commander en personne la ligne Maginot sur le Rhône, il a d'autres obligations ; mais il confiera les opérations à son propre neveu, Paul Clavié, et au meilleur de ses lieutenants, Charles Cazauba — ces deux hommes quitteront Paris dans l'heure.
— Tous ces types que vous me réclamez seront à poste entre deux et quatre heures demain matin. Je ne peux pas faire plus.
— Vous faites déjà beaucoup.
Hésitations de la voix de fausset, puis Lafont évoque une démarche qui pourrait être entreprise par Gregor Laemmle et aboutirait à une promotion dans l'armée allemande, pour lui Lafont :
— Je ne suis que capitaine.
— Pourquoi pas ? répond Gregor Laemmle, avec bienveillance et tout l'aplomb du monde. (Il ne se voit pas du tout intercédant ou effectuant quelque démarche que ce soit auprès de Himmler...) Il dit :
— Je suis moi-même Oberführer, tous les espoirs vous sont donc permis.
Il raccroche, dîne d'une dorade et de moules de Tou-

lon, contemple la Canebière par l'un de ses balcons, parvient à sommeiller deux centaines de minutes.

Il est trois heures et quelque du matin quand, le téléphone sonnant à nouveau, il apprend par un guetteur de seconde ligne en Ardèche que la Chenard-Walker fonce plein ouest avec un homme et un enfant à bord. Aucun doute ne l'effleure : il s'est écoulé bien trop de temps entre les deux repérages de la Chenard par les deux lignes de guetteurs.

— Ils ont dû se terrer quelque part et viennent seulement de repartir. Les cartes, Soëft.

Il examine une nouvelle fois les cartes routières.

— Soëft, le petit monstre a fait exprès de se faire repérer. Sa manœuvre n'a pas d'autre but que de faire lever tous les barrages de police afin qu'ils soient reportés plus à l'est. De deux choses l'une maintenant : ou bien l'Américain et lui attendent la fin du déplacement des barrages pour se glisser au nord-nord-est, en se terrant quelque part...

Ou bien le tandem (et c'est plus vraisemblable) a déjà entamé sa marche, en se déplaçant à pied à travers la montagne.

Quitte à retrouver une autre voiture, ou une moto, voire de simples bicyclettes.

— Soëft, de combien d'hommes disposez-vous ? Seize ? Qu'ils se portent dans les plus brefs délais à tous les carrefours au nord-est et à l'est de l'Ardèche. Je ne sais pas où le petit monstre va ressortir mais il est certain qu'il marche en direction du Rhône.

Où les hommes de Lafont sont maintenant en place.

— Je les tiens, Soëft ! Je les tiens presque !

Sauf si le petit monstre a inventé quelque stratégie démoniaque. Il en est tout à fait capable.

« Oh mon Dieu, Gregor, tu prends un plaisir incroyable à cette chasse ! »

Thomas, dans le jour qui se lève, a le nez sur la carte.

— Il y a un carrefour dans un kilomètre.

— Il y a des carrefours partout, dit l'Américain. Mais si celui-ci te plaît particulièrement, je n'y vois pas d'inconvénient.

— L'Homme aux Yeux Jaunes a dû placer ses guetteurs. Forcément qu'il l'a fait.

— Vers l'est ?

— Est-nord-est. C'est forcé.

— Alors ils sont derrière nous et pas devant.

— On a perdu du temps en allant à pied. Eux, ils sont en voiture depuis qu'il les a bougés. Peut-être qu'ils sont devant.

A bord de la Citroën à traction avant, Quattermain surveille attentivement le contrebas de la route qui descend en lacets. Dès qu'il découvre un nouveau camion de gardes mobiles, il réagit promptement. Il s'enfonce dans un sous-bois.

Le camion passe. C'est le troisième qu'ils croisent et tous vont à l'ouest.

— Cela au moins marche très bien, Thomas : ils sont en train de déplacer leurs barrages plus à l'ouest.

— C'est vous qui y avez pensé.

— Merci de reconnaître mes mérites.

Thomas relève les yeux de sa carte et examine l'Américain, « c'est vraiment un type bizarre : il est drôlement calme et pas bête, pas bête du tout, même. Mon plan était bon, mais il a eu des idées intéressantes. Et en plus, il est vraiment rapide, pour conduire une automobile, il a l'œil et fait ce qu'il faut au moment où il faut le faire. Sans jamais s'énerver, tu dirais qu'il s'en fiche mais il a l'œil. C'est comme Pistol Peter ; tu crois toujours qu'il n'a rien vu, qu'il va tomber dans le piège des bandits, mais non il s'en tire...

« Sans compter qu'il est gentil, c'est pas croyable. Je lui ai dit des choses vraiment énervantes, il aurait pu se mettre en colère, eh bien non, il est...

« ARRÊTE !

« Parce que si tu continues, tu vas te mettre à l'aimer un petit peu. Et ça ne servira à rien. Il est déjà mort, il est encore vivant bien sûr mais c'est comme s'il était mort, l'Homme aux Yeux Jaunes le tuera, sûr comme deux et deux font quatre. Tu sais très bien que l'Homme aux Yeux Jaunes déteste l'Américain, simplement parce que l'Américain croit qu'il est mon père. Rien que pour ça il dira à Soëft de le tuer. C'est clair et ça ne sert à rien de faire semblant de ne pas le voir.

« D'ailleurs, tu le tueras toi-même, l'Américain, c'est inscrit dans ta stratégie puisqu'il est la pièce sacrifiée. Et on ne doit pas aimer les pièces, dans une partie, ce serait drôlement idiot. »

L'Américain parle et il n'a pas entendu ce qu'il disait. La traction est encore immobile.

— On devrait repartir, dit Thomas.

— Nous allons repartir, Thomas. Mais ce n'est pas à trente secondes près. Tu crois qu'il y a un nouveau guetteur au carrefour en bas ?

— Je crois qu'il y en a un, *peut-être.*

Silence.

— D'accord, dit l'Américain en souriant. Admettons qu'il y en ait un. Qu'est-ce que tu suggères ?

— On passe, il n'y a pas d'autre solution. Ils ne nous rattraperont pas, si vous conduisez très vite. On a une drôlement bonne voiture.

L'Américain le regarde. Il bouge la tête de haut en bas : « Ça y est », pense Thomas, « il a compris que l'autre solution est possible. »

— Je vois, dit l'Américain. Mais je n'ai pas trop l'habitude de ces choses, figure-toi. Je manque d'entraînement.

Thomas ne répond pas, il se tait, « qu'est-ce que je pourrais dire ? ».

L'Américain bouge encore la tête et sourit. « Pour être courageux, il l'est », pense Thomas.

Quattermain met la main sur la poignée de la portière :

— Tu m'attends ici, Thomas ?

— Oui.

« Il croit que je vais le sacrifier maintenant. »

— Je vous attendrai.

— Donne-moi vingt minutes. Ensuite, tu files, d'accord ?

— D'accord.

— Je ne te demande pas si tu sais où aller, je suis à peu près sûr que tu le sais. Si tu pars, prends les jumelles et la carte. Tu as de l'argent ?

— Oui.

Silence.

— A tout à l'heure, dit l'Américain.

Il sourit une dernière fois et s'en va, avec ses grandes jambes et son pas tranquille, boitant un tout petit peu.

« Ça te fait mal dans la poitrine, Thomas. Mais il s'en tirera comme Pistol Peter. Il va s'en tirer.

« Je suis drôlement triste, quand même. »

Quattermain a parcouru environ quatre cents mètres, il arrive à la lisière de la forêt, à portée de vue de la route.

Il s'immobilise et son regard fouille l'écran des feuilles de chênes verts. Le carrefour est à soixante mètres.

Et d'abord il ne voit personne, « Dieu soit loué ».

Puis il observe mieux et soudain découvre le guetteur, ou du moins sa voiture, dont le capot dépasse à peine d'un transformateur électrique. Son pouls et son cœur se mettent simultanément à battre la chamade, « il me faut bien convenir que j'ai une peur du diable. Je n'y arriverai pas, comment pourrais-je faire une chose pareille ? ».

Mais comme à son insu, il descend sans hâte le talus et le voilà marchant sur la route. « S'ils sont deux, j'aurai l'air très bête. »

Il marche et tente de se mettre en transes, faisant ressurgir de sa mémoire des images du Var. *Elle* en train de brûler vivante, et Javier Coll debout dans les flammes qui l'entourent et sous les rafales qui le coupent en deux. « C'est bizarre, penser à *Elle* m'enrage moins que de revoir l'Espagnol luttant jusqu'à la dernière des secondes de sa vie. » Il se sent d'une lucidité totale et a conscience des plus infimes mouvements de son propre corps.

Il parvient au transformateur et le dépasse.

Tourne la tête en s'efforçant de déposer sur son visage l'expression d'un promeneur paisible qui, au détour d'une rue, tombe sur une vieille connaissance.

Il n'y a qu'un guetteur, un seul, il est assis au volant de sa voiture et regarde Quattermain. Celui-ci lève les deux mains d'un air de très grande surprise. Il s'approche de la portière de la voiture, puis il toque à la vitre.

— Puis-je vous demander un renseignement ?

Le guetteur le dévisage, stupéfait ; il se décide à baisser la vitre.

— Je voudrais, dit Quattermain, rencontrer l'Homme aux Yeux Jaunes, également connu sous le nom de Gregor Laemmle.

Et il allonge calmement la main, comme s'il allait ôter, du col de l'homme, un fil qui dépasserait. Sauf qu'il le saisit à la gorge, très fort et très vite, son autre main venant dans la seconde à la rescousse. Il tire, s'arc-boutant de ses cuisses contre la portière, il arrache le guetteur à son siège et fait passer tout le haut du corps par la fenêtre, mais le reste ne suit pas, bloqué par le volant qui fait obstacle au passage de la hanche. « Oh mon Dieu, je n'y arriverai pas ! Il va se dégager, il doit être armé, déjà dans le Var je me demande comment l'autre m'a raté mais la chance ne sera pas deux fois avec moi. » Il accentue la pression de ses pouces sur la gorge, et le guetteur se débat toujours, ça n'en finit plus. Sans relâcher sa prise, Quattermain se penche en arrière pesant de tout son poids et la vitre éclate, le corps tout entier sort de la voiture. Quattermain se plaque contre la poitrine du guetteur et dans le même temps, il le frappe très violemment du front, en plein sur le nez qui se brise, et l'entraîne dans sa chute. Et il lui serre toujours la gorge. Il entend un râle qui ne vient pas du guetteur, mais de lui, et alors seulement il constate qu'il est saisi d'une envie folle, démente, de tuer, en souvenir de Javier Coll que pourtant il n'a vu qu'une fois.

Pour le gosse aussi, que ces infâmes ordures traquent à n'en plus finir.

Et ça y est, le guetteur s'affaisse, se laisse aller, la langue jaillissante et les yeux révulsés. « Je n'ai pas fini ! » Il serre encore, en proie à une rage glacée, jusqu'à ce que, enfin, les cartilages s'écrasent sous ses doigts. Parce que maintenant, les images lui viennent sans qu'il ait besoin de les recréer : le gosse, le gosse tétanisé par la douleur, dans sa voiture, haletant et poussant ses petits cris plaintifs, à cause d'un homme ou d'hommes comme celui qu'il tient.

« C'est fini, Quattermain, laisse-le. » Il écarte ses mains, se redresse, constate qu'il est à cheval sur sa victime. Il retire le pistolet de sa gaine et le jette à quelques mètres.

« C'est fini. Tu l'as fait, en fin de compte. N'importe qui peut tuer, en somme. Et tuer n'importe qui. »

Puis il prend conscience que derrière lui, il y a la route, où on peut passer et d'où on peut le voir. Il n'avait pas du tout réfléchi à ce qu'il allait faire, une fois le guetteur mort.

« C'est pourtant bien simple. »

Il ouvre la portière arrière et hisse le cadavre dans la voiture, ensuite il se souvient du pistolet. Il va le chercher — on ne voyait que lui, sur le tas de gravier — et le pose à côté du corps. Il se met au volant et démarre. Il prend la route en lacets et la remonte, jusqu'à l'endroit où il a caché la traction avec le gosse.

« Si le gosse y est toujours. »

Il y est et sans doute l'a-t-il vu arriver et reconnu car il se tient à côté de la Citroën. Toutefois, il ne s'approche pas du cadavre et regarde faire Quattermain.

Qui extrait le corps et le transporte dans les broussailles, jusqu'à un petit ravin dont le fond est tapissé de maquis.

Le guetteur y bascule et plonge tête en avant. Il disparaît.

« J'aurais dû le fouiller ! »

Il expédie le pistolet dans le ravin aussi.

Revient à la traction.

— Monte.

— On devrait regarder dans la boîte à gants.

— Vas-y.

Quattermain reprend place à son volant, laissant sa portière ouverte.

Le gosse revient :

— Ce n'était pas dans la boîte mais caché sous le fauteuil.

Il montre une carte jaune en allemand et en français.

— C'est une carte de la Gestapo, dit-il. Il s'appelait Heineman. Il avait aussi des Ausweis, des laissez-passer. On devrait les garder.

— Monte.

Il met le moteur en marche, exécute sa marche arrière, regagne la route, « une manœuvre dont je commence à avoir l'habitude. Je me sens d'un calme proprement stupéfiant... ».

— Vous avez du sang sur la figure, dit le gosse.

Le carrefour est vide. Ils prennent à gauche, plein nord.

— Je voudrais qu'on s'arrête, dit Thomas.

L'Américain ralentit puis comme il aperçoit un bosquet sur sa droite — du côté où il y a le Rhône —, il se range sur le bord de la route.

Thomas descend, marche sur une quinzaine de mètres puis pénètre dans le bosquet. Il se retourne et regarde la voiture (il n'a pas du tout envie de faire ses besoins, il a juste dit ça pour que l'Américain s'arrête). Il réfléchit. C'est clair que le moment approche, « il faudra le lui dire. Et tu sais comment. Tu le sais mais ça ne te plaît pas. Déjà que ça l'a drôlement impressionné de tuer ce guetteur. Il l'a fait mais ça l'a rendu malade. Il n'a pas dit un mot, depuis une heure, ses mains tremblent par moments. Ce n'est pas le Soëft ou le Hess, ni M. Cazes. Eux, ils tueraient quelqu'un sans problèmes, si c'était nécessaire. Pas l'Américain. Peut-être qu'il n'a pas l'habitude, d'accord, mais ce n'est pas la vraie raison. Il n'aime pas tuer les gens, c'est tout. Papé Allègre, quand il fallait tuer un lapin ou un poulet, il disait qu'il n'avait pas le tour de main, et finalement c'était Mamé Allègre qui le faisait, mais en réalité, Papé Allègre était dégoûté... »

Thomas regarde par-delà le bosquet et retrouve, à trois cents mètres à peu près en arrière (en retrait de la route), la maison qu'il a repérée au passage. Les volets sont tous fermés, ainsi que la grille. « Sûrement qu'elle est vide et qu'il n'y a personne dedans, ça se sent, une maison où il n'y a personne. »

La maison a deux étages et des volets bleus. C'est rare, des volets de ce bleu-là.

Il calcule comment il pourrait filer, tout de suite, là, maintenant, sans que l'Américain s'en aperçoive.

« Non. Il me chercherait. Et puis tu ne peux pas le quitter sans rien lui dire. Une pièce que tu sacrifies ne pense pas. Lui, si. »

Il revient à la voiture et y remonte.

— Je dois vous dire quelque chose : je crois que les ponts sont tous gardés.

— Par ton Homme aux Yeux Jaunes ?

— Oui.

Silence. L'Américain ferme les yeux. « Il s'énerve. Il est fatigué (moi aussi) et il est encore malade d'avoir tué le guetteur, alors il s'énerve, mais calmement, c'est sa façon à lui. »

— Tu ne crois pas que tu prêtes à ce Laemmle des qualités surhumaines ?

— Je ne crois pas, dit Thomas, très tranquille.

Autre silence.

— Et puis, dit Thomas, pour le guetteur, je ne me suis pas trompé : il y en avait un, là où c'était logique.

— Et il est logique que les ponts soient gardés ?

Thomas ne répond pas — ça ne sert à rien de dire des choses évidentes.

— D'accord, c'est logique, dit l'Américain. Les ponts sont gardés, nous allons l'admettre. Il y en a combien ?

— Entre Avignon et Lyon, dix-huit. Plus ceux dans Lyon.

— Ceux dans Lyon me paraissent plus sûrs, non ?

— Oui, dit Thomas.

Encore un silence. L'Américain se frotte les yeux avec le bout de ses doigts en soupirant très fort :

— D'accord. Si tu me disais tout de suite ce que tu as dans la tête ?

— On peut essayer de passer par Lyon.

Parce que des ponts dans une grande ville, c'est plus difficile à surveiller que des ponts dans la campagne ou dans des villes petites. Forcément. C'est logique.

— Mais ton Homme aux Yeux Jaunes va y penser aussi, non ?

— Sûrement. Mais s'il ignore que j'ai compris qu'il faisait surveiller les ponts il croira qu'on les franchira sans se méfier et alors il pourra nous prendre ou bien il sait que j'ai compris mais il pense que j'ai trouvé un truc pour passer quand même ou bien encore il pense que je vais penser qu'il pense que j'ai trouvé un truc et il se dit que puisque j'ai prévu qu'il l'avait prévu je ne passerai pas et donc c'est le bon coin pour passer.

— Je n'ai rien compris, dit l'Américain (et il sourit pour la première fois depuis un sacré bout de temps). Pas un mot. Tu ne voudrais pas répéter en mettant des points et des virgules, de temps en temps ?

— C'est clair, pourtant, dit Thomas.

« Enfin, presque », se dit-il.

— Si on allait à Lyon ? dit l'Américain.

— On peut essayer.

Il bâille, sans même le faire exprès :

— Sauf que j'ai drôlement sommeil, et faim aussi.

— On pourrait en effet s'arrêter, dit l'Américain. Nous pouvons espérer que le guetteur ne sera pas relevé dans les prochaines heures. Si ses consignes étaient de donner l'alerte au cas où il nous verrait passer, ton Homme aux Yeux Jaunes pensera que nous ne sommes pas passés par là où nous sommes passés et il nous cherchera ailleurs.

— Vous aussi, vous pouvez faire des phrases drôlement compliquées, quand vous vous y mettez, dit Thomas.

— L'hommage vient d'un expert et j'y suis très sensible, dit l'Américain. Et d'un autre côté, si ces ponts sont vraiment gardés comme tu le crois, ce n'est peut-être pas la peine de s'y précipiter. Nous devrions réfléchir un peu, avant de nous y engager.

— Surtout que si l'Homme aux Yeux Jaunes et ses guetteurs ne nous voient passer nulle part, ils pourraient penser que nous ne sommes pas où nous sommes, et qu'on est en train de rouler vers l'ouest, dit Thomas.

— Voilà qui me paraît très clair, dit l'Américain.
— A moi aussi.
— J'ai vu, pendant que tu faisais semblant de poser culotte, que tu examinais la maison aux volets bleus. Je l'avais remarquée moi aussi, en passant. Tu crois qu'elle est vide ?
— Je crois.
Un silence de plus.
— Dans la famille Quattermain, dit l'Américain, nous avons une très grande habitude d'être poursuivis par les gendarmes, la police, la Gestapo et les bandits. Ce genre de choses nous arrive constamment, en Amérique. Nous connaissons par conséquent des tas de trucs. Par exemple que le meilleur moyen de se reposer un peu n'est pas d'aller dans un hôtel français où l'on vous demande vos papiers. Et comme il est peu fréquent de rencontrer des monsieur et madame Cazes, le mieux est de chercher une maison vide et de s'y dissimuler — sans ouvrir les volets. On y va, Thomas ?
Et ce qui arrive alors c'est une vraiment très grosse vague comme celle qui, sur la plage de Port-Issol, lui a empli la bouche et la gorge d'eau, te l'a renversé et culbuté et il ne savait plus du tout où il était, déjà il croyait qu'il allait se noyer et même mourir ; mais Javier est arrivé, l'a pris par le bras de sa grosse patte et l'a tiré hors de l'eau.
Sauf qu'il n'y a plus de Javier et qu'il n'y en aura plus jamais, il sera toujours seul maintenant, sans personne, et je suis vraiment petit, c'est pas juste, il y a des moments où j'ai envie de mourir parce que ce n'est pas possible que ça dure.
— Thomas, oh ! Thomas, dit l'Américain d'une voix drôlement douce et gentille.
— Ne me touchez pas, s'il vous plaît. Ne me touchez pas.
La vague l'a repris et elle le culbute à nouveau et encore une fois il ne sait plus du tout où il est. Ça serait

drôlement bon que quelqu'un, pas n'importe quel quelqu'un mais lui l'Américain, te prenne par le bras comme Javier le faisait. C'est vraiment dur d'être seul, vraiment ; mais à supposer que tu l'aimes, l'Américain qui comprend mieux que Javier, qui est moins fort mais qui est gai et très gentil, ça lui porterait malheur, comme à tous les autres. Tous ceux qui t'aiment et que tu aimes, on te les tue. Le mieux c'est de n'aimer personne. Et la vague, c'est ça, tu aimes l'Américain et qu'est-ce que tu peux faire ? Rien.

— Ça va très bien, monsieur, dit-il. Ça va très bien. C'est juste parce que je suis très fatigué.

Il s'est entaillé les genoux avec ses ongles, tellement il était crispé, mais ça va mieux. La mécanique reprend le contrôle.

— Je crois qu'il faut d'abord vérifier que la maison est vide. Peut-être que les gens sont juste partis pour les courses et ils vont revenir.

— On va bien voir, dit l'Américain.

Il regarde sur la route, à gauche et à droite, et comme il n'y a personne, il fait demi-tour avec la traction avant. Il refait les trois cents mètres en arrière, s'arrête devant la grille et sonne. Ça ne répond pas. Alors il redémarre et il suit la route jusqu'à ce qu'il trouve un petit chemin et il suit le chemin et on arrive à une autre porte, en bois celle-là, qui donne sur une espèce de promenade avec un bassin plein d'eau et de nénuphars, et des platanes encore.

L'Américain dit : « Attends-moi ici, Thomas », il passe par-dessus la barrière de bois, entre dans la propriété et, après des minutes et des minutes, il revient : « Il n'y a vraiment personne » et le voilà qui ouvre le cadenas avec une clé, puis la barrière, il fait entrer la voiture et la conduit jusque dans un garage, dont il a les clés aussi. Thomas lui demande comment il a trouvé toutes ces clés, l'Américain explique qu'il est monté sur le toit, a soulevé des tuiles, s'est glissé à l'intérieur de la maison et a trouvé les clés de rechange : « Il y a toujours des clés de rechange, Thomas. »

La maison est vide et les lits sont faits.

— Dors, Thomas. Tu dors le premier, nous monterons la garde à tour de rôle, comme des soldats en campagne.

Il sourit.

Et Thomas s'endort. Il a finalement plus sommeil que faim.

Quattermain sursaute et rouvre les yeux, il a dans la bouche le goût amer des premiers sommeils interrompus. Il s'assure que le gosse dort paisiblement puis il se lève. « Je me suis endormi. Dans une armée en campagne, je passais en conseil de guerre. »

Il est midi trente à sa montre. Au travers des volets clos, de fenêtre en fenêtre et de chambre en salon, il inspecte les alentours, sans rien remarquer qui vaille. Depuis les pièces de devant, il aperçoit la route, puis, par-delà celle-ci et quelques arpents de broussaille, le fleuve. « Que nous pourrions évidemment tenter de traverser à la nage, ou en bateau, et pourquoi pas en montgolfière, à ceci près qu'il nous faudrait trouver une autre voiture, sur l'autre rive, de façon à rallier la Suisse. Pourquoi diable ai-je ce sentiment diffus qu'il n'a jamais eu l'intention d'aller en Suisse, en tout cas pas avec moi ? »

Il revient à la chambre dans laquelle le gosse dort. Et la tendresse aussitôt le reprend, si tant est qu'elle l'ait quitté un seul moment au cours des soixante dernières heures.

« Sauf quand tu tuais cet Allemand, et encore. Peut-être n'a-t-elle jamais été plus grande qu'à cet instant, et c'est ta seule excuse. Et la raison aussi de l'extrême insignifiance de tes remords. Au vrai, tu serais plutôt content — ou mieux très satisfait, d'avoir tué cet homme. »

« J'ai faim. »

Il descend farfouiller dans la cuisine et l'office, mais le résultat est plus que maigre, il est inexistant. Se souvenant alors du sac de provisions de M. Cazes, il sort dans le jardin de derrière et va le chercher dans le coffre de la Citroën. Dehors, tout est tranquille. Pas trop tranquille, juste ce qu'il faut. « Et si nous restions ici jusqu'à ce que cousin Larry et oncle Peter viennent me chercher, en compagnie de trois mille neuf cent cinquante divisions blindées américaines ? »

Il s'enferme à nouveau dans la maison et remonte au premier étage.

« Il dort comme un bébé », la pâleur presque blême du petit visage s'est effacée, dans le repos du sommeil, les cils sont très longs et noirs, à croire qu'ils ont été maquillés comme ceux de Lettie Spencer ou de Ginny Kendall. « Je les avais complètement oubliées, celles-là. Depuis combien de temps suis-je parti du Vermont ? Cinq ans ? » Il mange debout, par crainte de se rendormir. Juste avant qu'ils ne prennent ensemble la décision de chercher un abri provisoire dans cette maison, quelque chose de curieux s'est produit chez l'enfant, « j'ai bien cru qu'il allait enfin pleurer, il m'a semblé que ses yeux s'emplissaient de larmes et pendant une longue minute, il n'était plus avec moi dans la voiture, c'est-à-dire qu'il y était sans y être, sans doute à nouveau pris par l'horrible souvenir du Var. Ce gamin a une résistance et un courage que beaucoup d'hommes lui envieraient, moi le premier, quel étrange et merveilleux petit bonhomme ».

La maison est très bourgeoise, elle est spacieuse, les portes y sont historiées de motifs et de bosses rondes, les fleurs de lys des serrures luisent dans la pénombre qu'entretiennent les volets clos. C'est une demeure d'un autre temps, avec des meubles recouverts de housses blanches, sauf dans un tiers environ du premier étage. On voit que quelqu'un habite ici, ou y a habité voici peu, se résignant à l'usage d'une partie seulement des lieux. Dans l'état de fatigue où il est, l'imagination de Quattermain s'exacerbe. Il examine les tapisseries et les portraits aux murs, les rideaux et leurs cantonnières, les ciels de lit et les courtines des lits à baldaquin, et croirait presque respirer des odeurs de chairs tièdes et de douceurs anciennes, « c'est vrai que j'éprouve un besoin de douceur », peut-être pas ici dans cette maison si française, mais dans le Vermont par exemple, où il serait avec Thomas, « nous irions pêcher et chasser ensemble et il m'apprendrait à jouer aux échecs infiniment mieux que je ne le fais... »

Des roulements proviennent de la route en façade. Par les jalousies des contrevents, il distingue un bien étrange convoi formé de cinq ou six voitures ou fourgonnettes à gazogène, toutes également surchargées de choses disparates. Voilà qui lui rappelle des images d'actualité qu'il a vues par hasard l'une des rares fois où il est allé dans un cinéma en Amérique, et qui décrivaient un surprenant et pitoyable exode sur les routes françaises, vers 1940.

Ce premier convoi passe, ensuite la route est vide un grand moment puis un autre paraît, et ce défilé va de gauche à droite, c'est-à-dire du nord au sud.

Il est en train de considérer ce spectacle, probablement banal, lorsque le gosse dit dans son dos :

— Il y a une femme dans le lit.

Quattermain se retourne étonné (il n'a pas entendu le gamin arriver) et regarde à son tour le lit très haut perché et à quenouilles. Aussitôt, il reçoit un choc : il découvre, dépassant à peine des draps, une petite tête à cheveux gris au creux d'oreillers de dentelle. Les volets clos, mais aussi les rideaux presque complètement tirés aux deux fenêtres de la chambre ne l'avaient pas incité à examiner ce lit-là, devant lequel il est bien passé deux ou trois fois. Il s'approche et allume son briquet : la vieille femme est morte, sûrement depuis des semaines, c'est quasiment un squelette, à la peau près.

— Je crois qu'elle est morte de faim, dit le gosse. Je pense qu'elle vivait seule et elle n'avait plus rien à manger, et elle s'est couchée pour mourir.

— Qu'est-ce que tu en sais ? dit Quattermain un peu agacé par une constatation si péremptoire et si tranquille en même temps.

— Les lits étaient faits mais les portes étaient toutes fermées à clé, et même avec des chaînes, dehors. Peut-être qu'elle aura attendu quelqu'un qui n'est pas venu.

— Sortons d'ici, dit Quattermain, soudain oppressé.

Ils regagnent le salon.

— Tu as faim ?

Il considère le gamin déchirant le jambon avec ses petites dents blanches — des dents très carnassières en vérité.

— J'ai dormi longtemps, monsieur ?

— Six bonnes heures.

— Et vous ?

— Un peu. Je me suis endormi dans un fauteuil.

— Vous pourriez dormir maintenant. Je surveillerai.

— Je crois surtout que nous devrions partir.

— Rien ne presse. Plus on attend pour passer les ponts et moins ils seront gardés, peut-être que l'Homme aux Yeux Jaunes commencera à se dire qu'il s'est trompé et qu'on n'est pas du tout là où il croyait qu'on était.

— Cela semble logique, dit Quattermain.

— Ça l'est.

Le gosse interrompt le mouvement qu'il s'apprêtait à faire — porter à sa bouche la grosse tranche de pain épaissie par le jambon cru et le beurre...

— L'Homme aux Yeux Jaunes s'occupait de mes tartines, à l'hôtel de Grenoble. Je lui avais dit que je ne savais pas les faire. Il ne m'a pas cru mais il avait envie de les faire. C'est normal puisque c'est un *maricón.*

Le ton est des plus paisibles.

— Un quoi ?

— Un pédéraste. J'ai regardé dans le dictionnaire, la fois où Tomeo a dit le mot, en parlant d'un type qu'il avait connu.

Le gamin s'est remis à manger.

Quattermain est abasourdi.

— Et d'où tiens-tu cette information ?

— Ça se voyait, c'est tout. Et c'est pour ça que je suis resté avec lui, quand j'ai vu qu'il me suivait, à Aix, et puis dans le train et puis à Grenoble. Il me protégeait des autres, du Jurgen Hess et des autres. Et même maintenant : il sait à peu près où on est mais il ne le dit pas au Jurgen Hess, ni aux gendarmes. Il veut me prendre tout seul. Pour lui.

« Oh ! Dieu de Dieu », pense Quattermain, « il est tout bonnement en train de m'expliquer que le chef des chasseurs de la Gestapo est amoureux de lui ! Et qu'il s'est délibérément servi, comment dire, de ce sentiment pour s'échapper et essayer de s'échapper encore ! » Quattermain va jusqu'à la fenêtre du salon et de nouveau observe la route. Qui est vide, à présent, aucun charroi n'y est visible sur deux ou trois kilomètres de distance, aucun camion, nulle voiture et pas même un cycliste, le désert total. Une impression lui vient, qui est inexplicable mais forte : quelque chose se passe. D'abord cette espèce d'exode en vérité réduit à quelques dizaines de véhicules et puis, d'un coup, ce silence et cette immobilité, cette absence de vie.

— Je reviens, Thomas.

Il gagne le deuxième étage et de là le grenier, il retrouve ce trou qu'il a percé dans le lattis sous les tuiles. Il soulève une nouvelle fois les tuiles et sort très précautionneusement la tête.

Puis le reste de son corps. Il s'allonge sur le toit dans

l'ombre d'une cheminée et braque en tous sens ses jumelles, scrutant chaque bosquet, le moindre repli de terrain, toutes les cachettes possibles. Et il est alors bien près de croire qu'il va découvrir il ne sait trop quelle battue qui convergerait vers la maison, à tout le moins les guetteurs de Gregor Laemmle, ou des voitures.

Rien.

La vue pourtant s'étend sur des kilomètres. L'habitation la plus proche est à huit ou neuf cents mètres, c'est une petite chose de trois ou quatre pièces en bordure de route, nantie d'un jardinet. Un homme y bêche et sarcle tour à tour, très tranquille et tandis que Quattermain le tient dans ses jumelles, il le voit à un moment en train de parler avec une femme sur le seuil d'une porte — l'image est rassurante dans sa banalité. Dans le lointain, on aperçoit un village, ou un gros bourg, mais aucun mouvement ne s'y dessine : nul n'en sort et personne n'y entre.

Il reporte son attention de l'autre côté du fleuve, et sur la nationale 7. Même absence de vie, il faut des minutes avant que quelque chose y paraisse enfin, un autocar qui roule au sud — comme le mini-exode de tout à l'heure.

« Que diable se passe-t-il ? »

Thomas est d'accord avec l'Américain : c'est quand même drôlement bizarre, que rien ne bouge. Lui-même est monté, non pas sur le toit (l'Américain n'a pas voulu) mais sur l'appui d'une fenêtre du deuxième étage.

C'est peut-être un coup de l'Homme aux Yeux Jaunes, mais ce serait étonnant. De l'autre côté de la ligne de démarcation, oui peut-être il pourrait faire des choses pareilles, mais pas en zone nono.

— En tout cas, dit l'Américain, c'est une raison supplémentaire pour ne pas bouger. Je n'ai aucune envie de rouler sur des routes où nous serions absolument seuls, toi et moi. Aussi longtemps que je n'aurais pas compris pourquoi ces routes sont désertes. D'accord, Thomas ?

— D'accord.

L'Américain est en train de graver des choses, avec la pointe d'un couteau, sur des points noirs et blancs d'un jeu de dames. Il demande :

— *How do you say* pawn, en français ?

— Pion, dit Thomas.

— Un P dans les deux cas.

Il se remet à graver, il fabrique un jeu d'échecs.

— Tu as joué avec l'Homme aux Yeux Jaunes, Thomas ?

— Une fois.

— Tu as gagné ?

— Oui.

— Facilement ?

— Oui.

— Il est si mauvais que ça ?

— C'est moi qui suis fort, c'est tout.

— Qui t'a appris ?

Silence.

— J'ai appris tout seul, dit Thomas.

— Quelqu'un t'a bien montré le mouvement des pièces.

Thomas fixe l'Américain très fort dans les yeux :

— Je n'ai pas envie d'en parler.

— Et avec qui d'autre as-tu joué ? Javier Coll ?

— Il ne jouait pas. J'ai joué tout seul.

— Tu crois pouvoir jouer avec des jetons en guise de pièces ?

— Oui.

Ils jouent la première partie. Échec et mat en dix-sept coups. Ils jouent la deuxième : échec et mat en onze coups.

— Tu es vraiment fort, Thomas, c'est vrai. Je crois que je pourrais jouer dix parties contre toi chaque jour pendant vingt ans, sans jamais réussir à te battre.

— C'est parce que vous n'êtes pas assez concentré, dit Thomas. Vous faites des fautes vraiment bêtes.

Et voilà que l'Américain le regarde d'une certaine façon et dans la seconde il comprend tout, pourquoi Quattermain a voulu jouer aux échecs et pourquoi il a fait ces fautes bêtes. L'Américain dit en effet :

— J'ai appris à jouer en 1930, Thomas. Je n'ai presque plus joué depuis, mais entre le mois d'août de 1930 et février de l'année suivante, j'ai joué pas mal de parties. Toujours contre la même personne. Celle qui m'avait appris. Et que je n'ai réussi à battre qu'une fois ou deux.

— Parlons d'autre chose, dit Thomas.

— Je pense au contraire qu'il est temps que nous en parlions. *Elle* m'a fait revenir en France, Thomas, c'est un fait qui ne se discute pas. Tu as lu Sa lettre et que tu croies ou non qu'*Elle* m'ait menti est de peu d'importance. Que je sois ou non vraiment ton père, non plus. Nous ne le saurons probablement jamais, ni toi ni moi. *Reste assis, Thomas ! Je peux t'obliger à m'écouter, ne me force pas à le faire.*

Thomas se rassoit, appuie son dos contre le dossier du fauteuil, pose ses mains sous les accoudoirs, ne bouge plus. Il est en rage.

— Je L'ai connue au mois d'août de 1930, Thomas. Tu as exactement les mêmes yeux qu'*Elle,* je ne t'apprends rien.

L'Américain parle, parle et lui Thomas a beau essayer très fort de ne pas entendre, rien à faire, il écoute. Avec une rage terrible, mais il écoute. Les premiers moments, ça l'a rendu presque fou qu'un homme, n'importe quel homme même Celui-là, puisse raconter comment il L'a tenue dans ses bras et a dormi avec *Elle.* Il a même pensé qu'il allait tuer l'Américain aussi en plus du Laemmle. Mais c'est passé et malgré sa rage, il a commencé à drôlement étudier chaque mot et chaque histoire que l'Américain racontait. « C'est sûr qu'il ne ment pas, il dit trop de choses que je savais déjà, sauf que je ne savais pas qu'il y avait quelqu'un avec *Elle,* par exemple à Séville quand *Elle* habitait dans cette maison qu'*Elle* m'a montrée, et où il est allé, même qu'il sait qu'il y avait des colombes autrefois. Il ne ment pas et ça va être vraiment difficile, maintenant, de l'envoyer se faire tuer, de le sacrifier.

« Je ne sais plus quoi faire, je ne sais plus. »

L'Américain a fini de raconter les circonstances qui les ont réunis, *Elle* et lui, pour la dernière fois, aux Embiez puis dans la maison de Sanary et ensuite à Marseille, quand Javier est passé et lui a fait un signe de la main.

Après, c'est le silence, l'Américain se tait et lui Thomas évite de le regarder, il est perdu, même la mécanique n'est pas claire, rien n'est clair.

D'abord, c'est à peine si on entend le grondement, puis il augmente comme un tonnerre qui avance, tu entends des cliquetis de chaînes, en provenance de la route, ça vient du nord et ça va au sud, de gauche à droite. L'Américain s'est levé le premier et il regarde par les volets, il dit *« O my God ! »*, si bien que Thomas se met debout lui aussi et va jusqu'à la fenêtre. L'Américain le prend par la taille et le soulève, de façon qu'il puisse voir.

Et pour voir, il voit.

— Je crois bien que l'armée allemande vient d'envahir la zone dite libre, Thomas, dit l'Américain.

Thomas voit des camions pleins de soldats casqués, et des voitures, des motos side-cars et surtout des tanks avec des canons et des mitrailleuses. Ça défile sans arrêt et ça tient toute la route. Même le fleuve paraît petit, à côté.

La nouvelle de l'entrée en zone non occupée des armées d'Adolf ne comble pas du tout Gregor Laemmle, « est-ce que j'ai demandé quoi que ce soit à Adolf, Soëft ? De quoi se mêle-t-il ? Un éléphant dans un jeu de quilles, comme nous disons en français. Je suis atterré, Soëft ».

Il a appris la nouvelle avant les Français. Joachim Gortz la lui a communiquée par téléphone la veille, tard dans la nuit. Sur un ton exaspérant, qui plus est : « Nous avons décidé de vous envoyer des renforts puisqu'il semble que vous ayez quelques difficultés à reprendre ce que l'on vous a pris. Peut-être avons-nous eu la main un peu lourde, mais vous disposerez de tout le personnel nécessaire, et au-delà... »

Le reste à l'avenant. « Je hais le cher Joachim. »

— Autre chose, a dit Gortz, dans le cas très improbable où vous n'auriez pas tiré toutes les conséquences de ce qui va se passer demain matin à partir de sept heures : la position de votre camarade Marcel Magny en sera considérablement renforcée.

« Qui diable est Marcel Magny ? Ah oui, c'est le nom de guerre du bon Jurgen. »

Dont il paraît que Berlin a accru les responsabilités, le rendant en somme indépendant de lui Laemmle, avec des pouvoirs infiniment élargis puisqu'il pourra faire appel à toute l'armée d'occupation, sur tout le territoire français désormais.

— Gregor, si vous avez les moyens de retrouver ceux que vous cherchez, ne perdez pas de temps, ou bien vous serez devancé par la concurrence. Et je vous rappelle mes recommandations, qui viennent de plus haut que moi : le petit paquet ne m'intéresse que très modérément, en revanche je tiens beaucoup à l'autre. Toutes les consignes ont été données par ailleurs, c'est de vous que je crains quelques excès d'humeur. Je viendrai vous voir dès que possible, à moins que vous n'ayez du nouveau très vite.

Traduit en clair (Joachim Gortz est un financier, il n'oserait pas vous donner l'heure, au téléphone, de peur d'être entendu par une opératrice), cela signifie qu'il faudra prendre Quattermain vivant et pour l'Enfant, qu'il conviendrait de lui mettre la main dessus avant que Jurgen Hess ne le fasse.

« Comme si je ne le savais pas ! »

Les calculs qu'il a effectués dans les heures suivantes ont renforcé sa conviction — bien que Soëft lui-même paraisse totalement sceptique : l'Enfant et l'Américain, dans leur ignorance qu'ils marchent au-devant de l'armée allemande, font route au nord, ils n'ont pas encore obliqué à l'est, c'est-à-dire qu'ils n'ont toujours pas traversé le Rhône (les mercenaires de Lafont les auraient interceptés).

Certes, il y a bien ce retard, ce temps un peu trop long qu'ils mettent à réapparaître ; il est assez curieux que les guetteurs de Soëft n'aient rien vu, ni rien signalé, à la sortie de cette zone de petites montagnes boisées où ils sont forcément passés.

— Soëft, vous êtes sûr que tous vos hommes étaient à leurs postes en temps voulu ? Oui ? Bizarre...

Une chose est sûre : l'irruption des troupes de Hitler change au moins une des données du problème et contrarie la meilleure de ses astuces stratégiques : il avait jugé qu'à la place du petit monstre, il aurait subodoré, flairé la possibilité que les ponts sur le Rhône fussent gardés.

Et donc le petit monstre aurait plutôt choisi de remonter le plus au nord possible...

Or (et Gregor Laemmle pense cela en regardant défiler les chars d'assaut de la Wehrmacht), il est désormais acquis que le petit monstre ne pourra pas remonter au nord comme il avait sans doute prévu de le faire :

— A l'heure qu'il est, il a déjà dû voir les détachements précurseurs de notre glorieuse armée. Il est certes assez culotté pour imaginer de poursuivre quand même, mais j'y crois peu. Seul, il passerait peut-être, mais pas l'Américain, que j'imagine mal discutant avec des Feldgendarmen sans éveiller quelques soupçons. Vous me direz qu'il pourrait sacrifier l'Américain, comme on sacrifie un cavalier ou une tour, voire une dame, pour mieux préparer un échec et mat... Répondez donc à cette saleté de téléphone, Soëft, par pitié !

Soëft décroche, et, à l'expression qui s'inscrit sur son visage, Gregor Laemmle comprend aussitôt que la nouvelle est d'importance. Il prend lui-même le récepteur : « Répétez-moi ça ? » L'homme en ligne lui répète qu'un guetteur manque, il a disparu, avec sa voiture. On a d'abord cru à un incident ordinaire puis on a trouvé des traces de sang, juste à l'endroit où il était posté.

Gregor Laemmle reprend sa carte, demande où le guetteur manquant avait été placé. Il éprouve immédiatement ce délicieux frisson qui vous prend lorsque, devant un échiquier, votre adversaire fait exactement ce qu'on l'avait poussé à faire :

— Ils sont exactement passés où j'avais dit qu'ils passeraient, Soëft. Et une chose très surprenante s'est produite : l'Américain vient de tuer son premier homme de sang-froid, j'en suis sidéré, j'aurais juré qu'il en était incapable.

Mais ce n'est pas l'essentiel.

Il refait ses comptes, additionne les kilomètres.

— La chose est des plus claires, Soëft : ils n'ont pas eu le temps d'atteindre Lyon, les colonnes motorisées leur ont barré la route. Ils sont bloqués quelque part. Avec deux possibilités : tenter de venir quand même jusqu'à nous, ou essayer de franchir le Rhône. Dans tous les autres cas, ils se heurtent au bon Jurgen... vous m'avez bien dit qu'il est en train de faire mouvement avec ses hordes, qu'il remonte lui aussi au nord en déployant un filet à mailles très fines ? Oui, vous me l'avez dit. Voyons un peu, sur quoi pariez-vous, Soëft : le petit monstre viendra-t-il se jeter dans mes bras à Lyon ? Ou tentera-t-il le passage du Rhône ?

Quattermain ferme les deux serrures de la porte de la maison. Le gosse n'est déjà plus à son côté, ayant marché jusqu'à la Citroën. Il le rejoint.

— On ne sait jamais, Thomas. Je ne vais pas jeter ces clés n'importe où. Imagine que nous en ayons encore besoin. Regarde : je les enterre ici. Tu saurais retrouver l'endroit ?

Acquiescement. La nuit n'est pas des plus noires. Des nuages passent dans le ciel et par instants on y voit assez bien. Il est trois heures quarante du matin. Quattermain met la traction avant en route, démarre très doucement, passe près du bassin aux nénuphars, franchit la barrière, qu'il referme derrière lui, remettant chaîne et cadenas en place.

Il longe le mur de la propriété et parvient à la route asphaltée.

— Au nord, Thomas, c'est bien décidé ?

— Oui, monsieur.

Quattermain tourne à gauche. Il roule toujours sans hâte, se sent très calme et déterminé, « il n'est même pas impossible que j'éprouve une sorte d'allégresse, un peu comme lorsque je m'apprêtais à me jeter à ski dans une descente dont on m'avait bien prévenu qu'elle était impossible. Toute réflexion faite, je me demande si je ne suis pas un peu fou, sous mes airs si tranquilles ».

— Nous devrions être à ce pont dans trente ou quarante minutes, Thomas.

Pas de réponse.

— Parle-moi de tes lectures, Thomas. Voilà au moins un sujet qui ne t'engage à rien.

— Je n'ai pas trop envie de parler.

— Justement. Est-ce que tu as lu *l'Île au trésor*? Et *le Maître de Ballantrae*? Oui. Et *le Barrage d'Hermiston,* que l'auteur n'a pas réussi à terminer et c'est bien dommage, je pense que ç'aurait été son meilleur livre. C'est encore l'histoire d'une poursuite, et des liens qui unissent le chasseur et celui qui est chassé. Ce que je dis t'intéresse ?

— Bien sûr, monsieur.

Quattermain se met à raconter *le Barrage d'Hermiston* et il obtient le résultat espéré : lui et le gosse se mettent à discuter sur la façon dont ils auraient achevé le roman, à la place de Robert Louis Stevenson ; après quoi, le sujet n'étant pas loin d'être épuisé, Quattermain entreprend le récit de ses propres aventures, sur les traces du même Stevenson, dans les Cévennes, sans âne contrairement à l'écrivain, mais sur une bicyclette.

Ils arrivent en vue du pont, ils en sont encore à six ou sept cents mètres. Quattermain stoppe la Citroën toutes lumières éteintes.

Il met pied à terre et sans surprise constate que le gamin l'a imité. Ils avancent en parallèle ; dans de très petites rues obscures, chacun sur un trottoir ; tour à tour ils s'immobilisent, arrivant au carrefour de deux rues, et ils se font des signes, cela devient un jeu passionnant. « Tu joues ta dernière carte, Quattermain, en te faisant enfant aussi ; avec une facilité qui t'étonne, d'ailleurs. Tu cherches à lui laisser de toi le meilleur souvenir possible, sachant que chaque minute compte, avant votre séparation. »

Le pont surgit à trente mètres. Une automitrailleuse allemande tient le milieu du tablier et si ce n'était pas assez, deux autres véhicules militaires stationnent à l'entrée, disposés en sorte qu'il faudrait nécessairement ralentir et zigzaguer, pour gagner l'autre rive. Et encore aperçoit-on d'autres soldats, sur celle-ci. Quattermain rejoint Thomas. Il chuchote : « On ne passera pas, monsieur, même en roulant très vite.

— Je suis absolument de ton avis, Thomas. Nous devrions en essayer un autre. Mais plus au sud ; il semble probable que, à mesure de leur descente vers le sud, les forces d'invasion s'assurent le contrôle des ponts sur le Rhône ; l'espoir subsiste donc qu'en repartant dans la minute et cette fois en roulant à la plus grande vitesse possible, on puisse rattraper et dépasser les colonnes ; et parvenir à un pont qui ne soit pas encore gardé. »

Quattermain roule maintenant au sud, le compteur de la traction bloqué. Il laisse sur sa droite la maison solitaire aux volets bleus, au bassin décoré de nénuphars, à la vieille dame desséchée dans son lit à quenouilles. Dix minutes plus tard, il dépasse un petit détachement allemand arrêté sur le côté gauche.

Puis un autre, un peu plus important, avec un peloton de chars, cinq kilomètres plus loin. Là, on bivouaque carrément, on a allumé des feux et des soldats debout sur le bord de la chaussée regardent sans s'émouvoir cette voiture qui passe en trombe. Quattermain pense : « Nous nous cachons si peu que nous en devenons insoupçonnables, l'idée est à creuser. » Il a apposé sur son pare-brise l'une des cartes trouvées dans la voiture du guetteur étranglé — un document fait, semble-t-il, pour un tel usage — « j'espère que ce n'est pas un certificat de vaccination ou la carte de membre d'un club de boules du Bade-Wurtemberg ».

Il double une troisième colonne, celle-ci en marche, et s'offre la fantaisie de saluer de la main au passage l'officier en tête du convoi.

Le pont suivant est contrôlé comme le précédent.

Celui qui vient après de même. Un jour gris se lève, les nuages de la nuit se sont maintenant assemblés en une masse uniforme. Quattermain n'a pas cessé de doubler des colonnes, dont une qui s'allongeait sur près d'un kilomètre. « Ne te montre pas, Thomas, couche-toi sur le plancher derrière, sous une couverture » — et lors du dépassement de ce convoi, un motocycliste allemand est venu à sa hauteur, a jeté un coup d'œil sur la carte du guetteur apposée au pare-brise, il a dit quelques mots que Quattermain n'a pas compris. Quattermain s'est contenté d'un hochement de tête et il paraît que c'était la réponse à faire, le soldat sur sa moto n'a pas insisté.

Un quatrième pont alors s'est dessiné dans le jour naissant, desservant une ville sur l'autre rive. Quattermain a pris à main droite, gagnant une hauteur.

— On pourrait essayer celui-ci, Thomas. Il a une bonne tête.

Il avance le capot de la voiture jusqu'à l'extrême bord du terre-plein et coupe le moteur. « Nous avons à peu près quinze minutes d'avance sur la dernière colonne que j'ai doublée... »

Il descend et braque ses jumelles : le pont est en contrebas, à un demi-mile de distance et cent yards au-dessous.

— Un seul soldat allemand, Thomas. Un seul.

Il entend derrière lui la porte de la traction qui s'ouvre et se referme, mais il ne se retourne pas. Il continue d'observer les alentours du pont et découvre une fourgonnette de l'armée d'invasion, avec à son bord un chauffeur. Plus deux soldats en train de décharger des barrières légères en bois.

— Ce pont me plaît infiniment, Thomas. Je ne pense pas que nous trouvions beaucoup mieux. Les chars et les automitrailleuses que nous avons vus passer hier après-midi sont probablement déjà à Marseille et à Toulon, à l'heure qu'il est. Le choix est simple : ou bien nous tentons le passage sur ce pont-ci, ou bien nous descendons plus au sud... Au sud où — je suis de ton avis — celui que tu appelles Hess doit accourir vers nous.

Silence. Quattermain n'entend plus rien derrière lui. « Il ne serait pas déjà parti ? »

— Tu es encore là ? demande Quattermain.
— Oui.
— Je te croyais déjà parti, si tu veux savoir la vérité.
— Pour aller où ?
L'Américain rit doucement (il ne s'est toujours pas retourné et continue d'observer le pont avec ses jumelles) :
— Ça t'ennuierait que nous parlions anglais, kid ?
— Si vous voulez, dit Thomas.
Qui est à cinq mètres en arrière de la traction et c'est tout à fait vrai qu'il a eu envie de s'enfuir, il aurait reculé sans faire de bruit vers le bois de pins, pendant que l'Américain lui tournait le dos, et une fois dans la broussaille, il aurait couru et se serait caché, en attendant que l'Américain s'en aille.
Parce que c'est clair que celui-ci a compris qu'il allait être sacrifié, et même qu'il est d'accord pour être sacrifié, « je n'ai pas eu besoin de lui expliquer ».
— Ça m'ennuie un peu, de discuter stratégie avec quelqu'un que je ne vois pas et qui se cache derrière une voiture ou derrière le tronc d'un pin. Et plus j'examine ce pont et la route qui y mène, plus je me dis que nous n'avons pas trop de temps. *Viens près de moi, s'il te plaît.*
Thomas examine la grande silhouette qui lui tourne toujours le dos : « Ne sois pas idiot. S'il n'était pas d'accord pour se sacrifier, il aurait roulé directement jusqu'au pont sans te laisser descendre. Il a très bien compris. »
Il s'approche.
— Quel plan ?
— Ne fais pas l'imbécile, s'il te plaît.
— Je ne sais pas si nous avons le même plan, vous et moi.

— Je prends les paris, dit l'Américain, très gaiement.

— Vous passez le pont tout seul, on met dans la voiture à côté de vous quelque chose comme des branches enveloppées dans une couverture et les guetteurs croient que c'est moi, ils vous courent après et le pont est libre et je passe.

— Pas mal.

— Et votre plan à vous, c'est quoi ?

— Le même. Pour le début du moins. Je passe à toute allure, je fais en sorte que les guetteurs se lancent en effet à ma poursuite, tu observes tout cela avec les jumelles que je vais te laisser... et ensuite, tu t'en vas de ton côté, probablement sans traverser le pont.

— Je ne vais pas en Suisse ?

— Voilà un point que j'ignore. A mon avis, non. Je crois qu'après mon départ tu vas te rendre à ton rendez-vous.

— Quel rendez-vous ?

— Celui que tu as avec le tireur invisible. Ou avec quelqu'un d'autre. Mais le tireur invisible me semble le plus probable.

« Il a vraiment tout compris », pense Thomas, « il est bien plus fort que je le croyais. »

— Thomas, dit l'Américain regardant toujours dans ses jumelles, je ne te demande pas où est ton rendez-vous. Il vaut mieux que je l'ignore. Et d'ailleurs, tu ne me le dirais pas. J'espère simplement que la protection que tu trouveras auprès de cet homme sera suffisante. Et plus sûre que celle que je t'ai offerte.

Thomas voudrait absolument dire quelque chose mais sa gorge est bloquée, et puis il ne sait pas quoi répondre. C'est pire que tout ce qu'il avait attendu, cette explication avec l'Américain. C'est pire parce qu'il est formidablement gentil.

— Je vais traverser ce pont comme la foudre, continue l'Américain. Moi, je vois deux hommes avec une voiture, qui sont certainement des guetteurs. Mais il y en a peut-être d'autres. Regarde toi-même. Il y en a deux à la sortie gauche du pont et, me semble-t-il, deux autres encore un peu plus loin.

Quattermain tend les jumelles à Thomas.

Qui observe longuement.

— Quatre sûrement, dit-il enfin. Plus deux autres à l'entrée de la rue sur la gauche.

Il remarque une voiture qui a le numéro du département des Bouches-du-Rhône. Elle est vide, mais deux hommes sont assis à quelques mètres de là, à la terrasse d'un café, malgré le froid.

— Ils sont huit. Avec quatre voitures. Au moins.

Il baisse les jumelles et se sent écrasé.

— Ils vont vous tuer.

— Je suis Pistol Peter, dit l'Américain en riant. Pistol Peter en personne. Pistol Peter ne meurt jamais, tu devrais le savoir. Il traverse des hordes de bandits crachant le feu et au pis, il reçoit une toute petite balle dans l'épaule gauche — ou dans la droite s'il est gaucher. Et ces bandits-là ne sont que huit ? Je suis vexé, le chiffre est dérisoire, quarante oui, ça aurait représenté quelque chose.

— Ils vont vous tuer.

— Tu dis ça parce que tu ne m'as jamais vu conduire vraiment vite. Thomas, il est possible qu'ils réussissent à m'attraper et dans ce cas, ils comprendront aussitôt que tu n'étais pas avec moi et se remettront à te poursuivre. Je vais essayer de tenir le plus longtemps possible et même de m'arranger pour qu'ils croient que tu as bien passé le pont avec moi et que je t'ai débarqué quelque part, sur la route de la Suisse, et qu'ensuite seulement j'ai tout fait pour les attirer ailleurs. *Ne fais pas cette tête, s'il te plaît* : si tu penses un peu trop à moi, tu seras plus faible. Joue ta partie d'échecs avec l'Homme aux Yeux Jaunes et écrase-le. Ne pense à rien d'autre. D'accord, Thomas ?

Thomas s'est accroupi, il regarde par terre, il a un chagrin incroyable.

— Thomas ?
— D'accord, dit-il.

Quattermain jette un dernier coup d'œil sur le mannequin qu'il a confectionné, sur la banquette arrière de la traction, à l'aide de branchages et de deux couvertures. « Il faudra bien que ça aille. »

Il reprend les jumelles et constate que la colonne allemande dépassée dix ou douze minutes plus tôt n'est plus qu'à un kilomètre du pont.

Il rend les jumelles au gosse :

— Imaginons, dit-il, que nous ayons envie de nous revoir, simple supposition. Tu sais ce que tu devrais faire ?

— Aller dans une de vos banques et demander qu'on passe un message à votre cousin Larry et parler du jour où vous lui avez pris son pantalon et toutes ses affaires, pour qu'il reste tout nu en Ardèche.

— Tu n'oublies pas grand-chose, hein ?

— C'est vrai, dit le gosse.

Quattermain considère le petit visage culminant à soixante centimètres au-dessous du sien : « Il est au bord des larmes. La phénoménale carapace qu'*Elle* lui a forgée au fil des années est sur le point de craquer. Et moi je l'affaiblis, avec mon mélodrame, en un moment où il n'a jamais eu autant besoin de l'entraînement qu'il a suivi. Qu'*elle* ait ou non détruit l'enfance en lui est une autre histoire, que tu n'as plus le temps de régler. »

Il s'installe au volant, le gosse est à trois mètres et le fixe de ses yeux de hibou. « Ne dis plus rien, ou alors trouve quelque chose qui le renforcera. »

Il opère un demi-tour et s'en va.

« Je ne sais pas s'il est mon fils ou non, et il est certain que je ne le saurai jamais. Le plus surprenant est que je m'en fous complètement. J'aime ce morveux comme un fils et un point c'est tout, quel mystère. Saint Ernie Hemingway dit toujours que les hommes sentimentaux meurent les premiers. S'il a raison, au train où vont les choses, je vais crever comme un con sur une route française, et personne au monde ne comprendra jamais ce que je pouvais bien y faire... »

Il redescend de la colline et, à l'embranchement avec la route nationale, découvre la colonne en marche, exactement là où il l'attendait. Il se met à longer cette colonne, très lentement, souriant aux tankistes qu'il salue parfois de la main.

Finalement, la seule chose à peu près intelligente qu'il ait faite dans la dernière semaine a été d'écrire cette lettre adressée à l'agence parisienne de la Banque du Clan (et qui soit dit en passant continue de fonctionner bien que les États-Unis et l'Allemagne soient en guerre, c'est cela, la finance). Avec un peu de chance, cette lettre finira par arriver à cousin Larry.

Il est à vingt mètres du pont, sur lequel la tête de la colonne des blindés vient de s'engager.

« Pas tout de suite. »

Il se range, capot dans l'alignement exact du long tablier.

« Tu as fichtrement peur, dis donc ! »

Dans les jumelles tenues par Thomas, il y a la traction avant immobile, que dépassent par la droite les tanks allemands.

« Qu'est-ce qu'il attend ? »

Et puis bien sûr il comprend : l'Américain attend que les premiers tanks soient sur le point d'arriver à la hauteur des guetteurs de l'Homme aux Yeux Jaunes.

Et alors seulement il tentera de passer, il mettra les

tanks entre les guetteurs et lui, et même si les guetteurs le voient arriver et veulent lui tirer dessus, ils ne le feront pas. Parce que ce ne serait pas très malin de tirer des coups de mitraillette devant des soldats qui n'y comprendraient rien et qui risqueraient de riposter.

« Il est vraiment malin. »

Les secondes passent. Les tanks avancent et mettent un temps fou à traverser cette saleté de pont.

Thomas reprend la traction avant dans ses jumelles. Elle ne bouge toujours pas : « Il attend trop ! » Les Allemands vont bientôt installer des barrages, et ce sera trop tard !

« Vas-y ! »

Thomas crie dans sa tête.

Et ça se passe comme si l'Américain l'avait entendu : la traction bouge, elle bondit, elle arrive sur le pont, on dirait que les tanks sont arrêtés tellement elle va vite à côté d'eux...

Et elle va de plus en plus vite, « c'est parce que tu ne m'as jamais vu conduire vraiment vite », avait dit l'Américain, et c'est sûr qu'il avait raison. Personne ne pourrait faire ce qu'il fait, il surgit comme un éclair, se glisse entre le premier et le deuxième tank, ressort de l'autre côté, donne un grand coup de frein, évite la voiture allemande qui marchait devant tout le monde, il tourne sur la droite et l'arrière de la traction glisse, mais il se redresse et il repart, plus vite encore, dépasse le pont.

Il file le long du fleuve.

Thomas cherche les guetteurs dans les jumelles. Ils sont drôlement affolés, ils courent, ils ne sont pas huit mais dix ou douze, dans cinq voitures. Ils démarrent et ils se lancent à la poursuite de la traction qui a bien deux cents mètres d'avance.

Mais ça ne servira à rien. Tu penses bien que l'Homme aux Yeux Jaunes a prévu un coup comme celui-là, de passer très vite et tout. Sûrement que toute la région est pleine de ses hommes, qui doivent contrôler chaque route. Et en plus, maintenant, il a l'armée allemande pour l'aider.

Il n'a pas une chance, l'Américain. Pas une.

« Et tu le savais. »

Il se redresse et remet les jumelles dans le sac, puis la bretelle du sac à son épaule.

« A moi, maintenant. »

Elle le lui a dit et répété un million de fois : pour vraiment bien jouer, il faut être seul.

Il l'est.

— Cet Américain conduit comme un diable, dit au téléphone la voix de Paul Clavié, neveu et homme de confiance d'Henri Lafont.

— A six ou sept reprises au moins nous avons cru le tenir, mais chaque fois il est parvenu à filer.

Paul Clavié entreprend d'expliquer comment. Gregor Laemmle le coupe :

— Et l'Enfant ?

— Il est avec lui, bien sûr.

Une hésitation infime dans le ton de Clavié. Gregor Laemmle ferme les yeux — « l'exaspération me gagne... » — et demande avec douceur :

— Comment pouvez-vous en être sûr ?

— J'ai vu la silhouette du gosse dans la traction il y a à peine trois quarts d'heure, juste avant que l'Américain s'engage dans le massif où il se cache en ce moment.

Et où Clavié se fait fort de le débusquer d'ici à l'aube au plus tard, avec d'autant plus de facilité que la traction avant est désormais presque hors de combat.

« Une silhouette, oh mon Dieu ! » pense Gregor Laemmle soudain envahi par un frisson glacé :

— Vous auriez dû m'appeler beaucoup plus tôt, dit-il enfin. Il y a des heures et des heures que cette poursuite dure et c'est seulement maintenant que vous consentez à me joindre. Clavié, je veux que vous m'écoutiez attentivement : il est possible, sinon probable, que l'Américain fasse diversion. Auquel cas, pendant que vous courez après lui, l'Enfant avance seul de son côté. Seul ou accompagné d'un garde du corps espagnol portant un blouson de cuir et un fusil à lunette. Vous entendez ce que je dis ?

« Ne t'énerve pas, Gregor... »

Clavié propose de détacher une quarantaine de ses hommes et, en même temps, de demander à son oncle de faire intervenir les gendarmes français :

— Si le gosse file vers la Suisse, nous pouvons encore lui couper la route.

— Faites-le. Soëft ?

Soëft a compris et déjà il se penche sur les cartes : il va rameuter ses guetteurs, leur faire passer le Rhône, les lancer sur les traces de l'Enfant, il suggère en outre...

— Un moment, Soëft !

« Je ne sais plus quoi faire ! A-t-il ou non franchi le Rhône ? Il n'est quand même pas parti vers l'est ou le sud droit sur Jurgen Hess ! *Je ne sais plus quoi faire !* »

— Soëft ? Faites passer la moitié seulement de vos hommes de l'autre côté du Rhône. Gardez les autres à poste.

Gregor Laemmle reprend Paul Clavié :

— Où est la traction avant ?

Clavié explique que, après une incroyable série de feintes et de carambolages monstrueux, l'Américain traqué de toutes parts s'est réfugié dans une zone montagneuse où il n'y a plus de route ni même de sentier :

— Nous l'avons raté jusqu'ici mais cette fois nous l'aurons. Il n'a plus aucune chance. Nous savons où il est à deux cents mètres près. Sans la nuit qui est tombée, nous pourrions le suivre à la jumelle.

Deux secondes de silence.

— Je le veux vivant, dit soudain Gregor Laemmle avec une sauvagerie qui l'étonne lui-même. Vivant.

Il raccroche, puis aussitôt lance un nouvel appel :

— Joachim, j'ai des raisons de croire que l'Enfant et l'Américain se sont séparés. Votre armée a fait un beau gâchis en franchissant la Ligne, elle m'a flanqué en l'air toute ma stratégie. Pouvez-vous au moins lui demander de contrôler tous les passages vers la Suisse, à partir du Rhône ?

Mais non, il ne s'agit pas de l'Américain ! mais de l'Enfant :

— Pour l'Américain, il semble que nous le tenions. Mais c'est donnant donnant, cher Joachim : vous aurez votre Américain, vous l'aurez mort ou vif selon l'état dans lequel l'Enfant me sera rendu. Suis-je clair ?

Gortz demande si Jurgen Hess a été prévenu.

Gregor Laemmle coupe sans même répondre.

Il se trouve toujours à Lyon et a assisté à l'installation de l'armée d'occupation dans la ville. Il s'est senti envahi, c'est à n'y pas croire, et a retrouvé des sentiments identiques à ceux qui avaient été les siens lors de l'occupation de Paris par les troupes hitlériennes.

Il se sent morne et c'est bien pire qu'une de ses crises ordinaires de dépression : « J'ai échoué, je le sens. Quelle stratégie diabolique le petit monstre a-t-il pu inventer ? »

Quattermain reprend conscience. Il n'est pas mort, la chose est à peu près sûre — il aurait moins mal à la hanche et au cou.

Il n'aurait pas mal au genou non plus. Il ouvre les yeux et une partie de la réalité enfin lui apparaît : des branches pénètrent par le pare-brise éclaté dont les morceaux de verre recueillent les derniers flamboiements du soleil. Il réussit au prix d'un grand effort à se glisser hors de la voiture. Il rampe sur un véritable tapis de broussailles — son genou lui fait encore plus mal que sa hanche — et finit par gagner une zone moins dense. Il se met debout et découvre qu'il est à soixante mètres de la crête, à mi-hauteur d'une très forte pente plantée de gros bosquets au milieu desquels la voiture a tracé une trouée impressionnante, avant d'être enfin freinée.

« Et on ne m'aurait pas rejoint ? »

Le silence est total et la nuit va tomber. Il est bel et bien seul. On serait venu, on aurait constaté que Thomas n'était plus avec lui et on serait reparti sans plus s'occuper de sa personne.

En fait, la traction est à peu près invisible depuis le haut de la crête, en raison des fourrés épais dans lesquels elle s'est enfoncée ; seul son toit dépasse, et encore.

Il regarde vers le bas du dévalement : une ligne de rochers semble conclure ce dernier, mais la pente s'incline à gauche.

« Poursuivre à pied ? Je ne ferais pas cent mètres, avec ce genou. »

D'ailleurs, pourquoi ne pas rester où il est ?

L'idée l'effleure mais il ne la retient pas : il est déjà en train d'examiner la voiture, « je dois pouvoir la dégager, et pour peu que le moteur reparte... ».

Il s'acharne durant toute l'heure suivante : la Citroën a, au terme de son envolée, enfoncé son arrière dans la terre ; son pare-chocs tordu est planté comme un pieu, les roues ont labouré la pente ; tout l'avant en revanche demeure en équilibre, juché sur un énorme amas de feuilles et de branches accumulées. Le véhicule n'est pas dans l'axe de la descente. Piochant avec la manivelle, Quattermain déblaie et creuse, ouvrant un sillon double ; successivement il déterre le pare-chocs, puis une roue arrière, puis l'autre ; il leur trace un dévers, un plan incliné, il prépare un pivotement. Une bonne heure encore lui est nécessaire pour déraciner tout un petit bosquet à cinq ou six mètres en contrebas. Il amasse ensuite toute cette végétation contre la ligne de rochers qui conclut le dévalement, au-dessous. Il clopine, haletant de douleur à chaque fois qu'il s'appuie sur son genou probablement brisé — la nuit est tombée, quoiqu'une lumière blafarde lui permette d'y voir encore un peu. Il remonte une dernière fois, plante le talon de sa jambe valide dans le sol, et ses épaules contre le garde-boue arrière droit. Il pousse. Le pivotement s'amorce mais s'interrompt après dix centimètres : le pare-chocs tordu agit à la façon d'une ancre. « Je n'ai pas suffisamment creusé. » Il réemploie la manivelle et ouvre un nouveau sillon. Puis, à nouveau, il s'arc-boute et cette fois la traction bouge vraiment : elle chasse de l'arrière, se dégage, la voici perpendiculaire à la pente, son capot demeurant enfoncé dans les branchages déchiquetés. Une ultime poussée la décide pourtant : elle s'arrache et part, elle glisse sur plus de soixante mètres et vient buter contre les buissons entassés, devant la ligne des rochers.

« Il ne manquerait plus qu'elle ne veuille pas démarrer ! »

Mais non : à la deuxième sollicitation le moteur ronronne, imperturbable, et même l'un des feux de position s'allume.

Trente mètres plus loin, l'herbage s'ouvre sur un chemin qui s'enroule au flanc d'une autre montagne, traverse un bois, se glisse entre des murets de pierres plates ou des talus blanchâtres — il n'en finit pas et ne semble aller nulle part. Quarante minutes plus tard environ, une espèce de petit col ayant été franchi, les roues avant sans garde-boue mordent soudain sur de l'asphalte. Quattermain stoppe et met pied à terre. Il écoute et ne perçoit guère que le murmure d'un ruisseau tout proche.

« On aurait cessé de me poursuivre ? »

Le premier pas qu'il tente de faire en direction de

l'eau courante lui rappelle la douleur atroce de son genou. Alors il se met à sautiller sur un seul pied, avant de progresser à quatre, ou plus exactement à trois pattes, ses mains tâtonnantes dans l'herbe. Il parvient au ruisseau et y boit, se faisant l'effet d'une bête pourchassée, dans cette nuit pourtant si tranquille, « mais ils sont là quelque part, je les sens — ils m'attendent ». Il ne voit autour de lui que des masses noires et grises. « S'ils ont cessé de me poursuivre, c'est qu'ils ont pris Thomas. Oh, mon Dieu, faites que je me trompe. »

Il se traîne en retour jusqu'à la traction avant et se hisse au volant, il redémarre. Plus loin, il dépasse une première ferme, obscure. Puis d'autres. Il parvient à un carrefour.

Désert. « Où sont-ils passés ? Il opte pour la route en face, sans se préoccuper du nom de la localité inscrit sur le panneau. Il roule quatre ou cinq kilomètres, jusqu'à un autre croisement qu'il traverse de même, il continue, très lentement, son sentiment d'étrangeté s'accentuant au fil des minutes, dans ce silence qui l'écrase et ce monde vide de fermes solitaires, toutes claquemurées, qu'on pourrait croire abandonnées de leurs habitants. « Il n'est pas possible qu'ils aient renoncé, pas possible. Où sont-ils passés, avec leurs voitures ? » Une torpeur le gagne, et même un endormissement qui à deux ou trois reprises lui fait perdre le contrôle de la Citroën, mais à chaque fois il dégage celle-ci du talus où elle s'est enfoncée et repart.

Il roule depuis un temps interminable sur une petite route très sinueuse et sa torpeur maintenant confine à l'hébétude.

Il entre dans un village et enfin aperçoit un homme, un seul, qui flegmatiquement lui fait signe. Quattermain s'arrête devant lui.

— Votre voiture est dans un état vraiment extraordinaire, dit l'homme.

— J'ai eu un accident, explique Quattermain.

Derrière l'homme, une porte est à demi ouverte ; par l'entrebâillement, Quattermain découvre l'intérieur d'un café de campagne.

— Vous devriez entrer, dit l'homme.

Son intonation et l'insistance un peu amusée de son regard : il y a décidément chez cet homme quelque chose de bizarre. Quattermain regarde au-devant de sa voiture puis derrière elle. Il est au centre du bourg vraiment minuscule et le halo de lumière ne s'étend pas à dix mètres. Le moteur de la traction tourne encore, « je pourrais accélérer un grand coup et foncer ».

Il demande :

— Il y a quelque chose, devant moi sur la route ?

— Voyez vous-même, répond l'homme.

Quattermain allume ses phares : six voitures alignées lui font face, d'une façade à l'autre — une bicyclette ne passerait pas.

— Vous devriez entrer, dit l'homme flegmatique.

Il ouvre la portière ou plus justement l'arrache à moitié, sans paraître s'étonner qu'elle ne soit plus qu'un froissement de tôle, et s'écarte, avec des façons de chauffeur de maître.

— Et derrière ? demande Quattermain qui n'a toujours pas bougé.

Son interlocuteur lève une main nonchalante et en réponse à ce commandement, une rangée de phares s'allume.

— Je vois, dit Quattermain.

Quatre hommes se trouvent à l'intérieur du café. Trois sont debout, l'un d'eux étant d'évidence le propriétaire des lieux (pieds nus et en chemise, on vient de le tirer du sommeil), les deux autres ayant tout à fait l'air de ce qu'ils sont : des hommes d'armes. Le quatrième est assis, près d'un poêle qui ronfle. Il se lève, tenant à la main sa serviette de table. Il est petit, blond-roux, replet, très élégamment vêtu d'un costume clair à six boutons dont Quattermain jurerait qu'il a été coupé à Londres.

— Je m'appelle Gregor Laemmle, dit ce quatrième homme. Monsieur Quattermain, je suis sûr que vous avez très faim, après toute cette cavalcade. Me ferez-vous l'honneur de dîner avec moi ?

— Encore un peu de foie gras ? s'enquiert Gregor Laemmle.

— Non, vraiment.

— Moi j'en reprendrai, Soëft.

L'homme flegmatique au visage de femme ressort du grand panier d'osier la boîte de foie gras et effectue le service.

— Du champagne, alors ?

— Pas davantage, dit Quattermain.

Gregor Laemmle lui sourit.

— Vous êtes très sympathique.

— Merci, dit Quattermain.

Qui soutient le regard marron jaune. Depuis qu'ils ont commencé à dîner dans la salle du café de campagne, on a parlé de l'Amérique et surtout de littérature — Emerson, Thoreau, Melville, entre autres. La culture de Gregor Laemmle semble encyclopédique, son intelligence est sans nul doute hors du commun.

— Très sympathique, répète Gregor Laemmle. Vous allez rire : il y a une heure ou deux, j'étais absolument déterminé à vous tuer. A présent, j'hésite.

— Vous m'en voyez ravi, dit Quattermain, luttant férocement contre son hébétude.

— Vous connaissez Joachim Gortz ?

— Pas du tout.

— Lui vous connaît. Il connaît surtout vos cousins.

— Et qui est ce Gortz ?

— Celui qui m'interdit de vous tuer. Il prétend que vous valez plus que Thomas.

Quattermain boit un peu de champagne et demande :
— Qui est Thomas ?
— Amusant. Soëft ? Qu'avez-vous à nous offrir, ensuite ?
— Escalopes de langouste aux truffes en aspic, dit l'homme flegmatique.
— *Ach*-la-guerre-pas-bonne-chose, dit Gregor Laemmle avec un accent allemand outré.
Il sourit : « Rendez-vous compte : il m'a fallu des heures pour comprendre que non seulement l'Enfant ne pouvait pas être à bord de votre voiture, mais même qu'il n'avait pas franchi le pont avec vous... et que donc il était resté sur l'autre rive. J'ai été très mal secondé, mais tout de même, j'aurais dû me rendre compte plus vite qu'il vous avait sacrifié, comme l'on fait d'une pièce aux échecs.
L'homme flegmatique retire du panier deux assiettes qu'il dispose devant chacun des deux hommes.
— Je joue peu aux échecs, dit Quattermain.
— Et voilà que j'ai à nouveau très envie de vous tuer, dit Gregor Laemmle. Vous croyez que je plaisante ?
— Je n'en suis pas si sûr.
Silence.
Les yeux jaunes.
— Allez-y, Soëft : tuez-le.
L'homme flegmatique bouge : après avoir placé la seconde assiette devant Gregor Laemmle, il passe derrière Quattermain, qui se fige soudain.
Mais celui qui s'appelle Soëft continue. Il marche vers le cafetier et sa vitesse de bras est stupéfiante : l'arme surgit dans sa main, le canon s'appuie à l'emplacement du cœur. Il fait feu à deux reprises et, au moment où le corps s'effondre, il retient le cafetier par le col de sa chemise et tire une troisième balle, entre les deux yeux.
Il accompagne le cadavre dans sa descente vers le sol.

— Quattermain ?

Celui-ci a fermé les yeux. Il les rouvre et retrouve le regard jaune.

— Quattermain, dit Gregor Laemmle, je vous ai tué par procuration, en quelque sorte. Tel que vous me voyez, je suis en ce moment d'une nervosité extrême : l'Enfant bien sûr n'a pas franchi le Rhône, il a fait la seule chose qui pouvait me surprendre : partir plein ouest et ce faisant, il se dirige droit vers quelqu'un appelé Jurgen Hess. Je crains le pire, Quattermain.

Le cadavre ensanglanté gît à moins d'un mètre de la table.

— Je crains le pire. Avec moi, il avait toutes les chances ; avec Hess, il n'en a aucune. Il le sait et pourtant il a pris le risque. C'est un enfant. Savez-vous ce qu'est un enfant, Quattermain ? Les grandes personnes, ce sont eux, Thomas et quelques autres, pas nous. Nous — même moi —, nous ne sommes plus que des répliques, de pâles copies, affadies et perverties par ce que nous nommons l'éducation et la raison. Thomas est pur, il est implacable et froid, il n'a ni regret ni remords, il rêve l'impossible parce qu'il n'a pas encore appris que l'impossible existe. Quattermain, on est original et créateur, révolutionnaire si vous voulez, à proportion de la part d'enfance qu'on a conservée en soi.

— Vous êtes vraiment tout à fait fou, dit Quattermain, regardant toujours le cadavre du cafetier.

— Thomas est un enfant, il est l'Enfant et il est d'une intelligence absolument exceptionnelle. *Elle* l'a compris, l'a sans doute su depuis le début et *Elle* a tout fait pour qu'il devienne ce qu'il est : un monstre, selon les normes. Quand je dis *Elle,* bien entendu, je parle de cette femme qui était sa mère et, semble-t-il, votre maîtresse. Ce qui ferait peut-être de vous le père de Thomas. Peut-être. Je suppose que vous avez encore sur vous la lettre qu'*Elle* vous a écrite, et qui vous a convaincu de traverser l'Atlantique. Soëft va vous la prendre et je la lirai — avant de la détruire. *Ne bougez pas Quattermain : n'essayez pas de me toucher et encore moins de me tuer ! N'essayez pas !*

Un silence s'installe, troublé par le bruit de plusieurs moteurs de voiture, au-dehors.

Gregor Laemmle reprend doucement :

— La seule personne que j'autorise à me tuer est Thomas lui-même. J'espère qu'il tiendra la promesse qu'il m'a faite. En me tuant, il me donnerait en quelque sorte... (sourire) une preuve d'amour — je ne m'attends pas à ce que vous compreniez. Quant à vous, que vous pensiez être son père, qu'il croie que vous puissiez l'être ou surtout qu'il ait envie de le croire, tout cela me serait une raison de vous haïr au-delà du possible... Et il y a pis : ce que vous auriez fait de lui si par malheur vous aviez réussi à me le prendre. Vous l'auriez détruit, Quattermain, vous en auriez fait un enfant ordinaire, juste un peu plus intelligent que la moyenne : doux, tendre, affectueux, et cette merveilleuse machine qu'il a dans la tête ne lui aurait plus servi qu'à réussir des examens et à devenir l'homme le plus riche des Amériques — j'en ai le cœur soulevé. Vous ne touchez pas à votre langouste ?

Quattermain se lève et marche jusqu'à la porte vitrée donnant sur la rue, il écarte le rideau : un convoi de voitures est en train de s'organiser, autour d'une grosse conduite intérieure ; la traction avant a été déplacée et se trouve hors de vue.

— Je ne vais pas vous tuer, Quattermain. Pour une raison qui me semble péremptoire : il est très possible que dans les heures qui viennent, le bon Jurgen Hess attrape l'Enfant, j'ai toutes les raisons de le craindre. Dès lors, de deux choses l'une : ou bien Thomas est pris vivant et je vous échangerai contre lui, puisqu'il paraît que vous valez davantage... ou bien le bon Jurgen lui arrachera un œil ou un bras — ou pis me le tuera, et dans ce cas vous n'arriverez pas vivant jusqu'à Joachim

Gortz. Vers qui nous allons faire mouvement, puisque décidément vous ne voulez pas de langouste...

Thomas vient de parcourir plus de cinquante kilomètres depuis le pont, sur le vélo qu'il a volé devant une église où des enfants suivaient le catéchisme. Le coup du pot à lait accroché à son guidon a drôlement bien marché, plusieurs fois, même : des gendarmes l'ont laissé passer, évidemment ils ont cru qu'il était un gosse ordinaire se rendant à une ferme pour acheter du lait. Une fois même, ces crétins lui ont demandé si le lait était bon, s'il n'allait pas tourner et faire du beurre ; qu'est-ce que c'est bête, comme plaisanterie ! Et en plus, l'avantage d'un pot à lait, c'est qu'on peut vraiment s'acheter du lait et le boire ensuite.

« Je suis vraiment triste », se dit Thomas sur sa bicyclette.

« Tu pourrais peut-être penser un peu à l'Américain. Juste un peu, une minute pas plus et après, tu le mettras dans un coin de ta tête, bien enfoncé — comme la Chose.

« D'accord pour une minute.

« Tu sais très bien qu'*Elle* n'a pas menti, dans Sa lettre. *Elle* ne mentait jamais. Si *Elle* a fait venir l'Américain, c'est sûrement parce qu'il est ton père. Ou *Elle* a voulu qu'il le soit et c'est pareil. *Elle* l'a choisi. *Elle* l'a choisi et ça, tu ne peux pas le changer.

« Et il est mort. Mort-mort-mort. Comme *Elle.*

« *Ça va ! Arrête de penser à lui !* Tu te fais du mal pour rien, tu t'affaiblis et tu ne fais même plus attention à la route... »

Il continue d'avancer dans la nuit, poussant sur ses pédales. D'après sa carte, il n'est plus qu'à onze kilomètres, « ce n'est pas une raison pour te déconcentrer, au contraire, fais attention ! » De plus en plus souvent, il s'arrête et file se cacher, soit dans un fossé, soit parmi des arbres et des buissons quand il y en a. Onze voitures ou camionnettes passent, dans un sens ou dans l'autre, plus trois motos et plusieurs cyclistes.

Et puis voici que monte en lui une impression de danger *(l'instinct de rat),* cela fait bien vingt fois qu'il braque ses jumelles en tous sens, sans rien voir dans l'obscurité grandissante, mais avec le sentiment que *quelque chose* va arriver, « peut-être parce que tu as presque atteint ton but et tu t'énerves, mais peut-être aussi parce qu'il y a vraiment *quelque chose* ».

Ça devient si fort qu'il s'arrête tout à fait. Il met pied à terre. La route montante et descendante qu'il a suivie est à peu près droite à présent. Elle traverse une grande plaine avec de petites bosses de temps en temps, « heureusement qu'il fait nuit, on me verrait de loin ». Il a drôlement envie de repartir et de pédaler comme un fou vers la petite montagne à quelques kilomètres de là. Mais ce serait vraiment imbécile, de prendre des risques juste maintenant.

Pour finir, il se décide.

Et il fait une erreur terrible : il laisse le vélo par terre, dans le fossé mais pas trop bien caché quand même. Il se dit qu'il en a juste pour une minute, pas plus. Il enjambe le fossé et marche parmi les arbres, jusqu'à un monticule à cinquante mètres de la route — il veut monter dessus, rien que pour se prouver qu'il se trompe drôlement et qu'il n'y a rien d'inquiétant aux alentours.

Il se hisse sur le sommet du rocher le plus haut et commence à observer. Lentement (qu'est-ce qu'on y voit bien, la nuit, avec des jumelles !). D'abord il regarde dans la direction où il doit aller, d'après la carte.

Rien du tout.

Il regarde sur sa droite et sa gauche. Un pont et des fermes isolées dont les fenêtres sont éclairées.

Quelques voitures, dont les phares aussi sont allumés.

En voici justement une qui arrive. Il la prend dans ses jumelles : ce n'est pas une voiture mais un autocar. Des passagers à l'intérieur, des visages d'hommes et de femmes — rien d'extraordinaire non plus.

Pas le moindre bruit à part le moteur de cet autocar qui approche et forcément va passer devant l'endroit où il a abandonné son vélo. « Ils ne le verront pas, ils roulent trop vite. » Et c'est vrai que la bicyclette est dépassée sans que personne, chauffeur ou passager, ne la remarque. L'autocar s'éloigne. « Je vais descendre et continuer, il n'y a rien. » Il continue pourtant de suivre le véhicule qui s'approche du premier virage.

Et ça arrive.

La traction avant noire est éclairée par les phares de l'autocar. Thomas la reconnaît, ainsi que son conducteur : c'est l'un des deux hommes en civil qui attendaient au barrage qu'il a franchi des heures plus tôt.

Et il y a pire : la traction avance très lentement et les deux hommes à l'intérieur braquent des torches électriques sur les bas-côtés. En un éclair, Thomas comprend ce qui est en train de se passer : ce sont les hommes du Jurgen Hess. Ils auront vu défiler toute la troupe des écoliers en vélo parmi lesquels il s'était caché. Ils auront vérifié ferme après ferme et compté les enfants. Ils savent maintenant qu'il en manque un, ils ont probablement interrogé les élèves, qui leur auront dit que oui, il y avait avec eux un garçon qui n'était pas de leur école.

Et ils vont voir le vélo !

Thomas bondit, se jette en bas du monticule, court à travers les arbres.

Il se fige : *c'est trop tard !* Le pinceau des phares illumine déjà la route et ses fossés, si lui Thomas surgissait, on le verrait à coup sûr. Il en hurlerait de rage, « j'ai fait une erreur ! ». Il est vraiment très en colère contre lui-même.

Il bat en retraite, s'éloigne. Au lieu d'escalader à nouveau le monticule, il le contourne.

Se retourne, sachant déjà ce qu'il va voir, et qu'il voit : la traction s'est immobilisée à hauteur du vélo, l'un des hommes en descend, soulève la bicyclette, la montre à son partenaire. Il parle en allemand : « C'est sûrement lui, il ne doit pas être loin. Va prévenir, je vais essayer de le coincer, laisse-moi ta lampe. »

Et la traction repart, roulant sacrément vite à présent, tandis que l'homme reste sur place, braquant ses deux torches à gauche et à droite puis devant lui.

En direction de Thomas qui a juste le temps de se glisser derrière le monticule. Thomas n'attend plus : il se met en route, marchant vers le pont à deux kilomètres, refaisant ses calculs : onze kilomètres en vélo par la route, c'était l'affaire, disons d'une demi-heure. Mais à pied, à travers champ et en faisant des détours ? « C'est bien fait ! Tu n'avais qu'à faire attention ! C'est ta faute ! » Il n'a pas peur du tout, il est trop en rage contre lui-même.

Il se met à courir. Pas trop vite. Ça ne sert à rien de courir très vite quand on veut aller loin, et il doit avoir vingt bons kilomètres à faire, « calme-toi, tu n'es pas un lapin affolé ».

Les choses vont encore plus rapidement qu'il ne l'avait craint : vingt-cinq ou trente minutes plus tard, sur sa gauche, deux voitures apparaissent, l'une d'elles avec un phare mobile qui balaie les champs sur des centaines de mètres.

Puis trois autres à droite.

Et d'autres derrière, il en arrive sans arrêt.

Il vient de franchir le pont, l'a dépassé de trois cents mètres lorsqu'une voiture s'y présente et s'y arrête, phares braqués. La seule ressource qui lui reste est de plonger dans un fossé d'irrigation. L'eau y est drôlement froide et lui-même en sueur, après trois kilomètres de course. Il avance, il sort la tête et trouve à deux mètres devant lui une route de terre. Il la traverse juste avant qu'elle ne soit balayée par les phares de voitures. Un autre fossé très profond le reçoit, rempli d'une eau encore plus glacée. Il y rampe jusqu'à ce qu'une canalisation l'arrête et, constatant que la nuit est revenue au-dessus de lui, en ressort, grelottant. Il avance sur un terrain jonché d'un épais tapis de feuilles mortes, et planté d'arbres ; il parcourt cent mètres, peut-être plus.

Et se jette derrière un tronc : droit devant, une ligne de lumière vient d'apparaître, tu dirais qu'elle est sortie du sol, mais en vérité c'est une battue émergeant de la crête d'une petite colline. Ils sont des dizaines à avancer, aucun moyen de passer, « ils ne vont quand même pas me prendre ? ».

Il regarde derrière lui, puis à droite et à gauche...

Aucun doute : il est drôlement encerclé.

« RÉFLÉCHIS !

« Réfléchis, nom d'un chien ! NE PLEURE PAS ! »

— J'ai toute une théorie sur l'enfance, dit Gregor Laemmle.

Pas de réponse évidemment — il n'en attendait pas. L'Américain est assis à sa droite, dans la grosse Renault Viva sport de cinq mille et quelques centimètres cubes de cylindrée, à huit places ; on lui a mis des menottes ; il a posé sa nuque sur le rebord du siège et a fermé les yeux ; peut-être dort-il vraiment.

On entre dans Lyon. Une heure plus tôt, comme l'on dépassait un poste allemand de quelque importance, Soëft est descendu, s'est fait connaître, est remonté après de courtes palabres, disant qu'on aurait la réponse à Lyon. Soëft a quatre de ses hommes avec lui, trois pour surveiller l'Américain et un pour conduire.

On suit le Rhône, flanqués devant et derrière de quatre voitures d'accompagnement, dans lesquelles se trouvent les mercenaires d'Henri Lafont. Il fait une nuit très claire et dans cette lente procession au long du fleuve, Gregor Laemmle discerne il ne sait trop quoi de funèbre, « le sort de l'Enfant est en train de se jouer ».

« Il y a en moi, pense Gregor Laemmle, malgré ce sens de la dérision dont je m'enorgueillis (non sans raison, il est sublime), un goût forcené de l'exhibitionnisme. Et ce qu'en somme je cherche à faire, c'est à rendre aussi malheureux que possible cet Américain à ma droite, qui est le seul à me comprendre — avec Soëft, certes, mais Soëft a l'exacte importance d'un cordon de sonnette. »

Il tourne la tête et examine Quattermain. Il n'irait pas jusqu'à dire que David Quattermain est beau. Quoique. Les grandes mains sont superbes, le front est haut, la ligne de la bouche est parfaite ; les rapports lui attribuaient une certaine ressemblance avec cet acteur d'Hollywood du nom de Gary Cooper, et les rapports ne se trompaient guère. Il y avait là, déjà, de quoi agacer. Gregor Laemmle eût évidemment préféré un mâcheur de gomme nasillant, à la cravate bariolée ; ce grand escogriffe calme (et qui a lu Emerson et Thoreau, vous imaginez ça ?), qui n'est même pas dépourvu d'élégance, le déconcerte et au vrai l'exaspère. Mais l'enragent bien plus ces autres ressemblances, dans la ligne du front, du nez, de la bouche, dans le profil en un mot, qu'il croit déceler entre l'Américain et Thomas, qui donc accréditeraient la thèse d'une filiation entre l'un et l'autre. « Il me faut bien convenir que pour la première fois de ma vie, je hais très profondément quelqu'un. »

La Renault stoppe devant la Kommandantur lyonnaise.

— On descend, Soëft.

Gregor Laemmle pénètre dans le bâtiment, Soëft à grand renfort de cartes officielles lui ouvrant le passage. Un officier entre deux âges lui indique un bureau, puis un téléphone. Il se saisit du récepteur :

— Oui, mon bon Jurgen ?

Hess annonce que cette fois ça y est, il tient l'Enfant, ce n'est plus qu'une question de minutes ; il décrit la situation, qui en effet paraît des plus claires.

— Nous le prendrons vivant, dit-il.

— Merci de me tenir informé, répond Gregor Laemmle. (Luttant avec férocité contre son désespoir, à seule fin de n'être que sarcastique.) Mon bon Jurgen, cette chasse victorieuse entrera à coup sûr dans les annales et prendra rang parmi les plus grands exploits militaires de tous les temps.

Il regagne la Viva sport, dans le froid glacial de la nuit — « qu'est-ce que ça doit être, là-bas » — et y reprend sa place, disposant calmement la couverture sur ses jambes.

Et sentant sur lui le regard de Quattermain.

— On repart, Soëft. Et j'aimerais de la chartreuse. Vous en voulez, Quattermain ?

Pas de réponse. Gregor Laemmle remonte la couverture jusqu'à son cou et ferme les yeux. Avec une netteté qui le fait trembler, il imagine l'Enfant, dans la situation que Jurgen Hess vient de lui décrire.

« J'en pleurerais, à vrai dire. »

Pour la troisième fois Thomas répète sa manœuvre : il attend d'être sûr d'avoir exactement déterminé l'axe de la progression des chasseurs, pour chercher l'endroit. Celui-ci doit être plat, sans rien pour arrêter le regard — à part les troncs des arbres bien entendu ; il faut également qu'il comporte des points de passage, tu dirais des cheminements naturels, que les chasseurs devront nécessairement emprunter dans leur battue.

Ensuite, il rampe, jusqu'à ce qu'il ait trouvé le creux idéal, de préférence étroit et empli de terre molle, avec à l'entour beaucoup de feuilles mortes et pourrissantes. Alors, il creuse, faisant très attention de ne pas répandre la terre fraîche qu'il remue, il ramène et prépare des feuilles, il s'enterre, d'abord les jambes, et le ventre, puis la poitrine, puis un bras, puis le visage, puis l'autre bras.

Et ça marche, exactement comme Pistol Peter quand les Sioux le recherchent pour le scalper et lui passent à côté sans jamais le voir (sauf que Pistol Peter c'était du sable, mais c'est pareil).

Cette fois encore, les chasseurs passent drôlement près. Il les entend parler (en allemand et en français), se demander où il a bien pu passer, et pourtant ils avaient vu sa silhouette, de loin, à ce petit fumier...

La battue s'éloigne. Il ne bouge pas tout de suite, des fois qu'il y en aurait un à la traîne, ou un pour se retourner et regarder derrière lui et peut-être même qu'ils auraient tous fait semblant et qu'ils sont tous là à faire cercle autour de sa fausse tombe, « arrête de te faire peur tout seul, abruti ! »

Une minute.

Il bouge vraiment très doucement, il remue le visage de gauche à droite pour faire partir la terre et les feuilles de ses yeux, mais ces saletés collent et il est obligé de sortir une main pour s'essuyer.

Il fait nuit, pas de lumière ni de torche braquée.

Seulement des bruits lointains.

Il s'extrait avec de sacrées précautions, il a drôlement froid, « je suis en train d'attraper la mort ». Centimètre après centimètre il se dégage et rebouche le trou, replace et étale les feuilles : si les chasseurs revenaient et voyaient la fausse tombe, ils comprendraient le truc, forcément. Quoique ça commence à être usé, comme truc. Aplati sur le sol détrempé et tremblant vraiment très fort de froid, il jette un coup d'œil aux environs. On n'y voit pas grand-chose, sous les arbres. Sauf à sa droite la ligne des chasseurs arrêtée à cent mètres environ. Impossible de passer à travers.

Thomas identifie le chef, un grand blond, celui que l'Homme aux Yeux Jaunes appelle le bon Jurgen.

Il lève un peu plus le nez : les montagnes sont presque invisibles à présent ; si elles lui apparaissent, c'est parce qu'il a vraiment de bons yeux la nuit (il a regardé dans un dictionnaire, à Sanary, ça s'appelle la nyctalopie, d'y voir la nuit, même Javier ne connaissait pas le mot, « c'est comme les chouettes et les hiboux, Javier — Tu serais un hibou, Thomas *¿ de verdad ? — Claro que sí, soy un búho...* »).

Bon, il faudrait maintenant trouver un moyen de passer à travers cet encerclement (il a déjà un moyen en tête mais ça ne va pas être facile de l'appliquer, on verra bien). Il entend sans arrêt d'autres voitures qui arrivent, sur la route du bas et sur celle du haut et pas seulement des voitures, ça fait aussi un bruit de chenilles — si ça se trouve le Jurgen Hess aura convoqué toute l'armée allemande pour me prendre.

Il s'est mis à ramper, au centre presque exact d'un grand cercle de lumières. Il se glisse derrière un fourré pour éviter l'un des projecteurs en balade, puis aussitôt après roule sur lui-même et se coule dans un trou pour en éviter un deuxième, « qu'est-ce qu'ils sont bêtes ! Ils garderaient leurs lumières bien fixes, au lieu de les bouger tout le temps comme des fous, ils m'auraient attrapé depuis longtemps ! C'est pourtant facile : tu découpes le terrain en carrés, et tu fouilles les carrés un par un, puis tu passes au carré suivant. Je ne m'en serais pas tiré. Ils sont vraiment crétins ».

Et voilà, il est dans le caniveau, enfin le fossé. Il est au bord de la route du bas, où sont garées la plupart des voitures — il y en a au moins trente sans compter les camions. Évidemment, c'est plein de soldats sur la route, à aller et venir dans la lueur des phares.

Pas question de traverser, vraiment pas.

« Ce qui tombe bien : je ne veux pas traverser ! »

Il progresse dans le fossé, les pieds des soldats à deux mètres de lui (l'un d'eux parle de la pâtisserie que ses parents tiennent à Kronach) et de l'eau jusqu'au cou, faisant très attention au moindre clapotis, « qu'est-ce que j'ai froid ! ». Il a déjà parcouru quarante ou cinquante mètres, il approche...

Quand soudain des bruits l'alertent. Les voix de maîtres-chiens parlant à leurs bêtes, le bref aboi d'un chien, le petit halètement impatient d'un autre. *Des chiens !* La peur le prend tout à coup, il revoit aussitôt la sale gueule d'Adolf l'Abruti, le foutu clebs de Sanary. Lui Thomas a toujours eu peur des chiens, rien à faire...

Et ça juste au moment où il allait entrer dans le conduit de béton ! Merde, merde, merde ! C'est pas vrai ! Il s'aplatit encore un peu plus, immergeant jusqu'à son menton immédiatement gelé, c'est comme s'il le posait sur de la glace.

« Tu te calmes et tu réfléchis, Thomas. Comme aux échecs quand l'autre te sort sa saloperie de tour et que tu découvres que dans six coups il t'aura si tu ne trouves pas une défense. Réfléchis. Concentre-toi et réfléchis ! »

Vingt secondes. Il bouge son bras sous l'eau et des doigts touche le bord de la canalisation circulaire : « Si j'entre là-dedans je serai coincé et les chiens viendront, ils ramperont eux aussi et ils me mangeront vivant, et je ne pourrai même pas me débattre parce que je serai enfermé dans cette saloperie de truc en béton, je serai enterré et mangé vivant. »

Dix autres secondes d'une folle panique. Qui le pousserait presque à se dresser, à hurler, à se rendre.

Mais ça va, il reprend le contrôle de sa tête, il fait descendre le calme dans tout son corps, comme *Elle* le lui a appris.

Ça va. Maintenant il réfléchit, et drôlement bien, la

mécanique froide est de nouveau en route, tu l'entends presque cliqueter. Les yeux fermés, il reconstitue l'emplacement de chacune des pièces de cette partie qu'il joue contre le Hess : toute la ligne des voitures et des camions sur les deux routes parallèles, les soldats en sentinelle, les autres qui font la battue avec leurs torches électriques, les projecteurs baladeurs, le Jurgen Hess à deux cents mètres et lui Thomas, enfoncé jusqu'aux lèvres dans l'eau glaciale d'un fossé, lui le gibier.

Et la canalisation et surtout les chiens. Sûrement qu'ils vont lancer les foutus chiens à partir de son sac dans lequel il y a les provisions données par les deux fermières ; les chiens prendront son odeur dans leur nez et alors ils suivront sa piste, ils repéreront chacun des trois trous où il s'est caché et ensuite, forcément, ils viendront droit au fossé, ils renifleront sa trace et ils finiront par arriver au conduit pour se mettre à aboyer comme des cons.

Après ça, de deux choses l'une. Ou plutôt, les deux ensemble : le Jurgen Hess enverra le chien le plus féroce dans la canalisation et il dira à ses soldats de casser le béton partout. Il enverra des hommes en voiture ou à moto à l'autre bout, à la sortie, avec d'autres chiens. Comme ça, j'aurai un chien qui me bouffera les jambes et un autre le visage et la langue.

Ensuite, il enverra quelqu'un chercher le plan de la canalisation et il bouclera toutes les issues.

« Avant que tu aies le temps de sortir. Ça ne fait pas un pli qu'ils vont te coincer comme un rat. »

Bon.

D'accord.

C'est vraiment clair.

Il enlève son manteau, ce qui lui prend une bonne minute, puisqu'il ne doit pas faire clapoter l'eau et pendant tout ce temps, il entend les chiens qui jappent, vraiment contents d'eux, ces abrutis, sûrement qu'ils ont reniflé son odeur sur le sac et ont commencé à suivre la piste.

Il dépose son manteau dans le conduit et silencieusement (il y a un soldat qui lui tourne le dos à moins d'un mètre cinquante) il pousse le vêtement roulé en boule. Un mètre, et puis un autre, il est allongé dans la canalisation et c'est sacrément horrible de sentir ce béton autour de lui, qui lui serre les épaules et l'empêche de redresser la tête.

Au début, ça va à peu près, même si, pour avancer, il faut y aller centimètre par centimètre, puisqu'il ne peut pas ramper ni écarter les coudes ni plier les jambes. Mais ensuite, qu'est-ce que c'est dur ! Forcément avec son propre corps il bouche l'arrivée de l'air frais derrière lui, « et tu as l'impression que tu vas étouffer, que le béton se resserre, qu'il devient plus étroit, que l'eau monte et va envahir le conduit tout entier, jusqu'en haut. *J'ai peur !* » La panique lui revient, mille fois plus forte que celle causée par les chiens, c'est comme un éclair électrique qui le foudroie, il se débat, il crie sous l'eau où il s'est enfoncé, le manteau s'enveloppe autour de son visage comme une bête visqueuse et gluante qui vient de l'attaquer, un poulpe, une pieuvre qui lui colle et lui suce le sang ; la mécanique dérape et ne contrôle plus rien.

Un... deux...

Le réflexe a joué — Thomas s'est mis à compter, un, deux, trois, et quinze, seize, dix-sept, dix-huit, les chiffres un par un comme *Elle* le lui a appris, pas seulement en les récitant mais en se forçant à les visualiser, à les voir vraiment derrière ses paupières closes, d'une couleur différente à chaque fois, le 1 rouge, le 2 jaune, le 3 bleu, le 4 rose, le 5... Et jamais deux fois la même couleur, gardant en mémoire les couleurs déjà utilisées, et pas un bleu ou un rouge ordinaire, mais le rouge d'un géranium, le bleu du vase de Lalique dans Sa chambre, le jaune d'un tournesol...

Retour au calme.
La mécanique froide.
Ça va, ça va, tu es calme, Thomas. Ça va...
Il se remet à avancer, déjà il est à dix ou quinze mètres à l'intérieur de la canalisation.
Le bouchon est bien enfoncé.

Quattermain regarde la villa devant laquelle la grosse Renault vient de s'arrêter. C'est presque un hôtel particulier, entouré d'un jardin, dans la banlieue d'une ville. « Vous voudrez bien noter », lui dit Gregor Laemmle, « que vous êtes toujours vivant. » La portière s'ouvre et c'est un débarquement complet de tous ceux qui se trouvaient dans la voiture. « Par ici, je vous prie... »
Un perron, puis un hall. Dans ce hall, des portes sur la gauche et la droite, plus une au fond, sous l'escalier de marbre conduisant à l'étage. Deux hommes en uniforme de l'armée allemande montent la garde. On gravit l'escalier, on fait entrer Quattermain dans une chambre confortable et vaste ; où un troisième soldat est assis sur une chaise, face au lit, pistolet-mitrailleur posé sur ses cuisses, index sur la détente. « Vous êtes chez vous, Quattermain, vous y resterez jusqu'à ce que le sort de l'Enfant me soit connu. Bonne nuit, vous semblez avoir grand besoin de repos. Vous pouvez sortir de votre chambre, aller et venir. Mais au rez-de-chaussée, seules les deux pièces à droite en descendant vous sont ouvertes. »
Gregor Laemmle se retire, suivi de Soëft le flegmatique. Quattermain, qui n'a plus ses menottes, reste seul face à ce soldat immobile et muet. Il passe dans la salle de bain, qui ne comporte aucune issue réelle, il revient dans la chambre, dont les deux fenêtres sont garnies de

barreaux. Il ôte ses chaussures et s'allonge sur le lit, il éteint la lampe de chevet et ne subsiste plus que le halo rougeoyant d'une applique en grande partie masquée par un morceau de tissu. En sorte que le soldat qui le garde, assis à cinq mètres de lui, ne lui apparaît tout d'abord que comme une silhouette indistincte.

Mais ses yeux peu à peu se font à la pénombre, les détails se dessinent au fil des minutes pendant lesquelles il feint de s'être endormi.

Une heure au moins s'est écoulée et dans l'attitude de la sentinelle, il lui semble discerner une sorte d'abandon, « tu n'as jamais été en prison, Quattermain. Et pour cause : les six cents avocats d'oncle Peter auraient surgi immédiatement. Mais ton instinct te prévient, à qui veut s'évader, il est deux moments propices : soit dans les premiers instants, soit au terme d'une préparation très longue, qui prend des semaines ou des mois. Et tu n'as pas le temps d'attendre ».

La respiration du garde paraît avoir changé, et s'être faite plus lente. Quattermain glisse hors du lit, marche sur ses chaussettes de soie (« car je suis bel et bien chaussé de soie... »), il fait mine de retourner à la salle de bain puis, ne constatant aucun changement dans le souffle régulier de son garde, il avance vers lui. Quatre mètres, puis deux puis un. Tout naturellement, sa main trouve le lourd cendrier posé sur un guéridon. Le mouvement est celui du revers de tennis, vif et violent. Le bloc de verre frappe à la mâchoire, angle supérieur droit, et peut-être aussi à la pommette. Quattermain retient le corps et l'accompagne doucement sur le sol. Il tâte la jugulaire et s'assure que l'homme n'est pas mort — il ne l'est pas. Une clé se trouve dans la poche gauche de la vareuse. Quattermain s'en empare et l'utilise pour ouvrir la porte palière, qu'il entrebâille.

Le palier est vide.

Il s'y attendait, après ces deux coïncidences d'un

garde qui s'endort et d'un cendrier à l'endroit adéquat, tout indique que Gregor Laemmle souhaite une évasion. « Peut-être guette-t-il une occasion pour me faire abattre, et ce serait le meilleur des prétextes, ou peut-être Thomas n'a-t-il pas été pris, contrairement à ce que son attitude m'a laissé entendre, et il espère que nous aurons, Thomas et moi, quelque rendez-vous, afin de nous capturer ensemble. »

Il sort sur le palier et se penche par-dessus la rampe. Les deux gardes du rez-de-chaussée conversent, dans une langue qui chuinte. On ne voit que leurs ombres portées sur le dallage.

« Autant y aller, Pistol Peter. » (Il pense à Thomas, à cette seconde, et avec une tendresse qui ne l'étonne même plus.)

Il retire la clé de la porte de sa chambre et va chercher le tapis caoutchouté de sa salle de bain. Démonter une prise électrique à l'aide d'une lime à ongles lui prend au plus une minute. Il met les fils à nu, isole sa main en tenant la clé au travers du caoutchouc, touche les fils. Un petit claquement sec s'ensuit et toutes les lumières de la maison s'éteignent.

Il est déjà dans l'escalier, dont il enjambe la rampe à mi-pente, à la seconde où quelqu'un monte. Il se laisse basculer, ses chaussures suspendues autour de son cou, et atterrit sans bruit sur le sol. Il va très vite, il est déjà de l'autre côté de la porte en ogive sous la volée de marches. Il se retrouve dans une cuisine, heurte doucement une table, tâtonne, et finit par apercevoir la tache plus claire d'une porte vitrée — la clé est sur la serrure.

Il est dehors, dans un jardin. Il fait un froid de loup, mais il y voit suffisamment pour repérer un mur de clôture sur sa droite. Il le franchit et retombe dans un nouveau jardin, qu'il traverse en courant. Deux autres clôtures à la suite, qu'il passe de même, coupant droit, ne perdant pas une seconde dans sa ruée silencieuse, convaincu qu'on le suit, « je suis en train de me jeter dans un piège mais lequel ? ».

Il se rechausse rapidement, se met à courir sitôt ses lacets noués malgré l'horrible douleur de son genou, n'ayant nulle idée de la direction à prendre. Les événements décident pour lui : des phares soudain s'allument assez loin sur sa droite et leur pinceau le capte. Il précipite sa foulée d'ancien coureur de quatre cents mètres, traverse une chaussée, s'engouffre dans deux rues successives, crochète une voiture, se jette dans une ruelle, « je suis en train de faire exactement ce qu'ils souhaitaient me voir faire », il débouche sur une avenue et passe au ras d'un tramway bringuebalant, il court au long de vitrines éteintes, dans une aube pas encore levée. Gauche, droite, gauche dans les rues désertes et pas le moindre signe de poursuite derrière lui, « je me serais trompé et mon évasion les aurait réellement surpris ? ».

Quoi qu'il en soit, il lui faut une voiture. Quelques-unes sont rangées. Il en essaie les portières toutes fermées à clé, ce qui ne saurait l'étonner.

Il repart. Une avenue. Peut-être la même que celle qu'il a déjà empruntée. Un autre tramway s'approche. Ce qui se produit lui semble nimbé d'une irréalité totale : il lève le bras et le véhicule s'arrête ; il y monte, prend place, sur une banquette de bois, où il y a trois ouvriers et une femme aux visages mornes ; mais à la dernière seconde deux hommes en long manteau de cuir noir montent à leur tour ; et à un nouvel arrêt, trois autres manteaux de cuir noir embarquent.

Et deux autres à l'arrêt qui suit. « Je ne suis pas du genre à reconnaître une défaite, mais là... » Il appuie son front contre la vitre froide et cent mètres plus loin constate la présence d'une voiture, roulant à un mètre de lui, à bord de laquelle se trouve Soëft le flegmatique.

Qui le considère de bas en haut, son chauffeur réglant l'allure de la Renault sur celle du tramway.

Deux autres arrêts encore et cette fois, c'est Gregor Laemmle en personne qui grimpe, non sans souplesse, et vient s'asseoir auprès de lui :

— Qu'est-ce que j'apprends ? dit-il. Il paraît que vous auriez fait du propre !

Le tramway stoppe. « Allons, venez, cher Quattermain. » Il est embarqué dans la Renault, ramené à la villa. Le premier cadavre est sur le perron.

— Quelle sauvagerie de votre part, dit Gregor Laemmle, vous l'avez pour ainsi dire décapité.

Le deuxième corps dans le hall, en civil comme le premier et la gorge identiquement tranchée.

— Mais le plus horrible est à venir, Quattermain. Cette pauvre jeune femme dans la cuisine ! Pourquoi diable l'avoir tant tailladée ? L'assommer aurait suffi, il me semble. Il y a vraiment du monstre en vous, la stupéfaction me renverse. J'ignorais qu'un milliardaire pût être si assoiffé de sang.

Quattermain se refuse à monter l'escalier, si bien qu'on le porte. Il retrouve cette chambre où il a passé une heure en tout ; le soldat qu'il a frappé a disparu, le lit sur lequel il s'est allongé a été refait et la salle de bain a été modifiée : elle est emplie d'objets de toilette qu'il n'a jamais vus, ceux d'une femme.

— Résumons-nous, dit Gregor Laemmle. Non content d'avoir provoqué un carnage dans le Var, avec des tueurs marseillais à votre solde — pour récupérer, m'a-t-on dit, un enfant dont la mère vous refusait la paternité —, non content de cela, vous avez étranglé quelqu'un sur la rive droite du Rhône, vous vous êtes enfui, vous avez mortellement blessé un policier français en civil qui tentait de vous appréhender, vous vous êtes enfui encore, traqué à la fois par la police française et par l'armée allemande venue confraternellement en renfort. A bout de ressources, vous vous réfugiez dans cette villa où nous sommes, on vous y surprend, vous en tuez avec la dernière sauvagerie ses occupants... dont l'un se trouve être un soldat de notre glorieuse Werhmacht... D'accord, il s'agissait d'un Polonais plus ou moins enrôlé de force, mais tout de même. Vous ne pouviez pas faire pire, cher ami. A votre place, j'aurais égorgé toute une ville française de préférence.

— Où est Thomas ? Que lui est-il arrivé ?

Les yeux jaunes le fixent, impénétrables.

— On me l'a tué, dit enfin Gregor Laemmle d'une voix égale. Ils me l'ont noyé comme un rat. Il est mort, Quattermain, mort. J'espère que cette nouvelle vous fera souffrir énormément.

Quattermain frappe et, dans le dixième de seconde suivant, ses mains agrippent le cou et serrent, tentant de broyer les cartilages. Il prend un premier coup, puis deux autres, ce qui est bel et bien une barre de fer lui fracasse le poignet droit, il lâche prise mais tente encore de frapper, de crever ces yeux jaunes. On le roue de coups à nouveau, à la volée, et cette fois c'est son épaule gauche qui éclate, il traverse la pièce et va s'écraser contre la chaise où le garde était assis. Il veut se redresser mais la barre de fer lui fracasse le fémur ; il tombe, essaie de se relever. Dès lors, les coups s'abattent, avec une régularité méthodique, effrayante, abominable, chacun de ses os brisés, un à un. Il doute qu'on cherche à le tuer mais au vrai il ne pense plus guère, il rampe sans autre but conscient que de fuir cette monstrueuse bastonnade, perd une première fois conscience, capte encore quelques images d'un Gregor Laemmle affalé, le visage en sang, puis la barre de fer l'écrase une nouvelle fois et il entend clair et net le broiement d'un autre de ses os...

Alors seulement il s'évanouit tout à fait, il plonge dans l'inconscience avec avidité, « je suis en train de mourir, Thomas, dommage... ».

Les chiens ont relevé la piste, c'était prévu. Partant du sac, ils ont successivement conduit leurs maîtres à chacun des trois trous dans lesquels Thomas s'est enterré et couvert de terre et de feuilles. Puis ils sont arrivés au fossé, ont trouvé la première chaussure et, vingt mètres plus loin, la seconde ; ils ont continué d'avancer en poussant de petits jappements imbéciles.

Ils sont arrivés à l'entrée de la canalisation.

Le Jurgen Hess est accouru, il s'est penché à l'entrée du conduit et il a ordonné à Thomas de sortir de là, d'abord en français, puis en allemand.

Il a crié dans le silence, avec cent hommes autour de lui.

Thomas n'a pas répondu.

Le Hess alors a donné des ordres — il sait commander, pas de problème, il est bête comme trois balais, mais, pour commander, il commande —, il a dit qu'on aille immédiatement à toutes les sorties de cette putain de canalisation, et qu'on trouve le plan d'ensemble auprès de la mairie voisine ou des Ponts et Chaussées ou de n'importe qui, et *qu'est-ce que vous attendez !*

Et un dernier ordre :

— Faites entrer un chien là-dedans. Et s'il bouffe un peu le petit fumier, tant pis !

Quatre ou cinq minutes après, ramené par son maître tirant sur la longue laisse, le chien est ressorti, aux trois quarts noyé mais tenant le manteau entre ses crocs, et du coup le Jurgen Hess a rameuté tout son monde. Il a dit : « Cette petite ordure est vraiment entrée là-dedans ! Mettez-vous tous à casser ce putain de truc en béton ! Pour le petit fumier, vous pouvez lui couper un bras ou une jambe, ou même lui crever un œil, mais je le veux vivant ! »

Il a précisé qu'il tuerait le con qui tuerait le petit fumier.

« Le petit fumier t'emmerde », a pensé Thomas.

Qui a attendu, son corps transformé en glace, que tous les soldats aient rejoint l'entrée de la canalisation. *« Ça a marché. »* En fait, il n'est plus du tout dans la canalisation, il est à l'air libre, il s'est éloigné de deux cents mètres en se glissant dans le fossé ; pour plus de sûreté, il s'est laissé couler complètement sous l'eau, retenant son souffle aussi longtemps que possible (son record sous la mer est d'une minute et dix-sept secondes) et quand il a repointé son nez à l'air, il n'y avait plus personne. « Ça a marché. Ils croient que je suis toujours dans la canalisation. Qu'est-ce qu'ils sont bêtes ! » Alors il sort en rampant de cette saleté de fossé mais immédiatement il comprend qu'il fait encore une erreur et il revient dans l'eau, immergé jusqu'au-dessus des genoux il marche sur presque un kilomètre, pleurant de froid, pris de tremblements terribles, la gorge et la poitrine commençant à lui faire drôlement mal mais continuant tout de même à avancer, parce que c'est la seule façon de tromper les foutus clebs qui ne pourront pas renifler son odeur, voir Pistol Peter dans *le Sioux aux yeux clairs,* chapitre six.

Il finit par remonter sur la route de terre, il prend la peine de la traverser, de courir à travers champs sur deux cents mètres, jusqu'à la rivière où il entre pour dépister les chiens, il nage dans un courant très fort (il n'a pas pied) et c'est vraiment dur de revenir jusqu'à la berge.

Maintenant il prend sa vraie direction, celle des montagnes. Il court et marche en alternance pendant à peu près une heure. Un moment vient où il ne peut presque plus respirer, à cause de sa fatigue vraiment grande, mais surtout à cause de la douleur dans sa poitrine.

Il a froid et chaud en même temps. Et de la fièvre. Sa vue commence à se brouiller et par moments, sans comprendre ce qui s'est passé, il s'écroule, le nez dans la terre frisée de givre, l'herbe presque cassante. Il ne se rappelle pas être tombé, et il lui semble qu'il s'est endormi.

Il n'en peut plus, c'est sûr.

Il tousse et chaque fois c'est comme si on lui raclait la gorge avec un rasoir, ça fait drôlement mal. Heureusement que la mécanique tient le coup, elle continue à donner des ordres : va à droite, passe à gauche, prends cette route, non-pas-celle-là-l'autre, *ne t'arrête pas, tu ne pourrais plus repartir, NE T'ARRÊTE PAS !*

Il a passé les deux fermes depuis dix minutes au moins, et grimpe tout droit vers la montagne. Il est comme une machine consciente qui obéit seulement aux ordres de la mécanique, sans chercher à les comprendre. La mécanique lui ressort les mots de Javier Coll, prononcés des mois et des mois plus tôt, elle les lui restitue comme un gramophone : *« Après la rivière, tout droit, Thomas. Tu vois deux fermes sur ta gauche, la première, avec deux fenêtres rondes en haut comme des fenêtres d'église, l'autre qui est perpendiculaire à la première avec un pigeonnier. Tu ne t'y fais pas voir, tu continues. Un kilomètre et demi, trois mille pas plus loin environ, plus haut, il y a une bergerie, petite. Le mur côté ouest a une croix en fer pour retenir les pierres, les pointes de la croix sont comme une fleur de lys. »*

Il titube, se cogne aux arbres, monte à n'en plus finir, les poumons brûlés par du feu, les tempes qui battent très fort. Il arrive à la bergerie, appuie son front brûlant contre les pierres froides et humides et à tâtons, parce qu'il n'a plus la force d'ouvrir les yeux, il en fait le tour. Et du fer rouillé vient sous sa main, très rugueux, il le caresse de sa paume : il y a bien des pointes triples au bout de chaque branche de la croix : *« Ne prends pas la route de droite, Thomas, même si elle te paraît plus facile. Grimpe à travers les arbres, jusqu'à ce que tu rencontres un sentier. Tu verras un gros rocher posé en équilibre sur un autre. Tu sais ce qu'est un bilboquet ? Les deux rochers posés l'un sur l'autre ressemblent à un bilboquet. »*

La pente après la bergerie est drôlement dure, elle est pleine de souches, de racines, de terre très grasse et très collante, de feuilles pourries. Ça glisse, il progresse trois pas et recule de deux, il tombe sans arrêt. La plupart du temps, ses yeux sont fermés — les paupières sont trop lourdes —, et il pleure à très chaudes larmes. Il n'est pas découragé (non, ça va, la mécanique est sacrément implacable, elle lui ordonne de se relever à tous les coups, de faire un pas encore et puis un autre, elle lui répète de ne pas abandonner, jamais, jamais, et quand il commence à s'endormir, *Elle* l'engueule, le traite de dégonflé, de bon à rien, de fillette et mieux que ça, *Elle* lui envoie des images d'*Elle,* de Ses yeux dans l'Hispano, de Son sourire, de Sa voix : « Je sais que tu ne lâcheras jamais mon amour, ma vie, *mein Schatz...* »).

Il n'est pas découragé, il est à bout de forces et c'est tout. « Mais comme personne ne te voit pleurer, tu peux te laisser aller un peu. » Foutue mécanique, « je voudrais bien t'y voir, à ma place, je fais ce que je peux ! »

Il pleure mais grimpe et tombe encore, glisse en arrière, sur un mètre ou deux. Il s'endort, pas longtemps — juste une minute — juste pour souffler après je repars — juré craché par terre, non — c'est vrai — qu'est-ce que je peux faire de plus ? Et si je meurs tant pis...

LES CHIENS !

Au début, il a cru à un rêve. Mais non. Les aboiements se rapprochent, les foutus clebs arrivent. Sûrement que le Jurgen Hess a fini par comprendre. Il arrive, il est à nouveau derrière toi, tu es pris si tu ne bouges pas.

En fait il a bougé. Sans même s'en rendre compte, il est déjà en train de regagner les mètres perdus dans sa glissade, l'escalade recommence et cette saloperie de mécanique ne le félicite même pas, elle dit juste ce qu'il faut faire, monter bien droit et tout, elle s'en fout complètement qu'il soit malade et mort de froid et qu'il soit juste un petit garçon qu'on pourchasse avec des chiens et des fusils.

Le sentier tout d'un coup surgit sous son nez. Et devant lui il y a le bilboquet, et il est vraiment fier, il est arrivé pile dessus, il fallait le faire, « je suis monté droit, bien que je sois un peu malade ».

Le défilé, maintenant. La première fois où Javier Coll lui a parlé du défilé, Thomas n'a pas compris, sur le moment. Quel défilé ? Un défilé, pour lui, jusque-là, c'était quand des soldats marchent au même pas. Javier lui a expliqué qu'il voulait dire une espèce de ravin, un passage étroit entre des rochers ou des montagnes, un *desfiladero* en castillan.

Bon, il est là.

Il s'y engage. C'est vrai que c'est étroit, il pourrait presque en toucher les deux parois en même temps, rien qu'en allongeant les bras. Sauf qu'il n'a plus la force d'allonger les bras, ni de faire autre chose que de pousser une jambe après l'autre et encore il titube comme s'il était saoul, il rebondit d'une paroi à l'autre, il tombe à genoux, il repart. Quelque chose lui mord et lui griffe la poitrine de l'intérieur, c'est comme s'il n'avait plus de jambes, il ne peut presque plus ouvrir les yeux.

« Tu ressors du desfiladero, *Thomas, et sur ta gauche, tu vois un éboulis avec un petit sentier qui l'escalade. C'est là. »*

Les foutus clebs sont très près, on crie en allemand et en français.

Il attaque l'éboulis et tombe tout de suite, en plein sur le nez, il poursuit à quatre pattes, il monte de trois ou quatre mètres et quand les pinceaux des torches électriques le capturent, il voit bien les lumières mais n'en comprend pas ou refuse d'en comprendre la signification.

— Attrapez ce petit fumier, dit en français la voix de Jurgen Hess, vraiment très lointaine, comme s'il parlait depuis la lune.

Thomas monte, plus rien ne pourra l'arrêter maintenant, plus rien, il a beau tomber deux ou trois fois et s'entailler la joue sur des pierres tranchantes, il monte, il se hisse en aveugle, indifférent à tout. Il n'a même plus mal. *« Parvenu au sommet de l'éboulis, Thomas,* hay un sendero, *il y a un sentier qui suit la crête. Une fois là, tu seras presque arrivé et... »*

La voix du Hess :

— Attendez avant de me le cueillir. Laissez-le s'épuiser un peu, il nous aura fait assez courir.

Thomas entend des rafales de coups de fusil, il les entend mais c'est comme au cinéma, ce n'est sûrement pas pour de vrai. Lui, il monte, pas de problème il ira en haut, rien ne l'arrêtera ni personne. Il monte, sur fond sonore de bataille, ça tire dans tous les coins au-dessus de lui. A un moment, une grande main veut le saisir, il la mord et continue. Plus haut, au lieu d'une pierre, il sent sous ses doigts une jambe. Il la frappe, pour qu'elle s'écarte de son chemin — personne ne l'arrêtera, personne ! Il est drôlement en rage que quelqu'un veuille l'arrêter, et puis quoi encore, « je serais grand, je le tuerais ! »

Il continue à se débattre avec furie quand on le soulève du sol, il frappe des poings et des pieds, « ON NE M'ARRÊTERA PAS ! »

— *Tranquilo, Tomás, tranquilo... Calma te, soy Miquel...*

Il se débat saisi d'une fureur meurtrière, « une pierre, je vais prendre une pierre et lui casser la tête ! Je le tuerai, même si je suis petit ! »

— *Tomás ! Soy Miquel !* répète sans cesse la voix de l'homme qui le tient dans ses bras. *Soy Miquel, Miquel ! Calma te !*

Et enfin la voix, la langue espagnole, le timbre familier, tout cela finit par pénétrer sa conscience. Il cesse de se débattre mais se méfie, la mécanique lui dit de se méfier, peut-être que ce n'est pas le vrai Miquel, peut-être que c'est le Jurgen Hess qui fait semblant ! Il essaie d'ouvrir les yeux mais rien à faire.

— Qui est le chef, Miquel ? Et il était d'où ?

— Javier, Thomás, le chef était Javier. Et il était de Soller à Majorque.

« Oh mon Dieu ! » pense Thomas, « c'est lui, c'est Miquel l'Invisible, je suis arrivé jusqu'à lui, mon Dieu ! J'y suis arrivé ! »

— Je suis vraiment arrivé, Miquel ? *¿ De verdad ?*

— Tu es vraiment arrivé, c'est fini, dit la voix de Miquel et c'est clair que Miquel pleure, il est tout secoué par les sanglots, il pleure comme une femme.

« Et moi aussi j'ai vraiment envie de pleurer, ça a été drôlement dur, Miquel, drôlement, *estoy enfermo,* Miquel je suis malade. »

— Tout va bien, Thomás, tout va bien, c'est fini.

Et Miquel en pleurant l'emporte sur son dos.

— Monsieur Quattermain, vous m'entendez ?

Il ne réagit pas tout de suite et il semble que la voix l'appelle depuis déjà longtemps, une voix inconnue s'exprimant dans un anglais parfait, teinté d'un délicat accent d'Oxford.

— Je m'appelle Joachim Gortz, monsieur Quattermain. Et je suis en relation d'affaires avec votre famille depuis plus de quinze ans.

Quattermain parvient à soulever ses paupières, il constate qu'il est couché sur un lit d'hôpital et que la torpeur qu'il ressent provient sans doute de quelque drogue qu'on lui aura administrée.

— Est-ce que vous comprenez ce que je dis, monsieur Quattermain ?

Il bat des paupières en signe d'acquiescement. L'homme debout près de son lit a la cinquantaine, le teint rose, les yeux bleus, les cheveux grisonnants ; il est remarquablement bien habillé.

— Je sais que vos fractures de la mâchoire vous empêchent de parler, reprend Gortz, croyez que je regrette profondément ce qui vous est arrivé. Je veux tout d'abord vous rassurer sur un point : j'ai pu entrer en contact avec nos amis de New York et votre famille est prévenue. Vous êtes désormais sous ma protection et surtout, sous la protection de la haute finance. Votre vie n'est plus en danger.

« Thomas ? Qu'est-il arrivé à Thomas ? » Quattermain tente en vain de faire bouger ses lèvres mais tout se passe comme si le prétendu Joachim Gortz avait lu la question dans ses yeux :

— L'enfant qui vous accompagnait a disparu, monsieur Quattermain. Il n'a pas été pris par ses poursuivants. Par aucun d'entre eux. Je ne peux vous en dire davantage. J'ignore tout à fait où il peut être.

Quattermain referme les yeux. Tous son corps n'est que douleur et torture.

— Je vais vous faire transférer en Allemagne, sitôt que votre état le permettra, dit encore la voix de Joachim Gortz. Je serai plus sûr des soins qui vous y seront donnés.

Dans le récepteur téléphonique posé sur la table à côté de Gregor Laemmle, la voix furieuse bourdonne depuis déjà plusieurs minutes. Gregor Laemmle écrit, plus justement il recommence pour la cinquième fois une lettre dont il sait qu'elle ne sera jamais lue, puisqu'elle est adressée à l'Enfant : *« J'aurais fait tout au monde pour sauver la vie de ta mère, que j'ai pourtant recherchée si longtemps. »* Il est à Lyon, au deuxième étage d'un hôtel sur les quais de ce qui est soit la Saône, soit le Rhône — le détail lui semble de peu d'importance, qui s'intéresse à ces choses ?

Il déchire pour la cinquième fois sa lettre inachevée et se décide enfin à raccrocher le récepteur, coupant court, de la sorte, aux interminables récriminations de Joachim Gortz, « de quoi diable se plaint-il ? Je lui ai rendu son Américain vivant ! Un petit peu détérioré mais vivant ».

Il est secoué par la pire des crises qu'il ait connues en quarante-six années d'existence. C'est au point qu'il veille à ne pas trop s'approcher de la fenêtre, craignant de ne pas résister à l'envie de l'enjamber — « et je me raterais probablement, en plus ».

Il s'essaie à la lecture mais même son cher Montaigne finit par lui tomber des mains. Et lorsque deux heures plus tard Jurgen Hess arrive, il le trouve immobile, livre refermé sur la table, mains croisées sur l'abdomen, yeux jaune-brun dans le vide. Hess raconte sa tentative manquée, dit comment ses hommes et lui-même ont proprement broyé un ou deux kilomètres de canalisation avant de découvrir que le gamin ne s'y trouvait pas, comment dès lors il a lancé des équipes dans toutes les directions, comment l'une de ces équipes a fini par relever la trace du « petit fumier », comment il s'en est fallu de quelques mètres, et de quelques secondes, que le gosse ne fût pris, comment sont intervenus des tireurs très expérimentés, des résistants sans doute.

— Plusieurs d'entre eux, peut-être tous, parlaient l'espagnol.

— La garde espagnole de l'Enfant, dit Gregor Laemmle.

Il est assis, Hess est debout.

Hess reprend la parole et explique que les Espagnols ont décroché sans qu'il ait pu les poursuivre — il ne lui restait plus guère d'hommes en état de combattre. Et ensuite, les cinq jours suivants, il a battu en vain la région, et d'ailleurs il la bat encore, poussant ses recherches jusqu'à la frontière espagnole. Mais sans espoir.

— Je pense que le gamin l'a déjà franchie, dit Hess.

Silence.

— Et vous êtes venu me demander mon aide, remarque enfin Gregor Laemmle.

Jurgen Hess acquiesce.

Nouveau silence. Le regard jaune de Gregor Laemmle se porte sur la silhouette immobile de Soëft, debout près de la porte palière : « Il tuerait sûrement Jurgen si je lui ordonnais de le faire. Mais à quoi bon ? »

Il sourit à Hess.

— Qu'avez-vous fait de cette femme, Catherine Lamiel ?

— Emprisonnée à Fresnes.

— C'est bien elle qui vous a livré Maria Weber ?

— Oui.

— Et pourquoi une telle trahison ?

Parce que Hess avait promis un échange : Maria Weber contre la vie du frère de la jeune femme et la vie de plusieurs autres hommes.

— Vous avez tenu votre promesse, Jurgen ?

Non. Tous les hommes ont été fusillés.

— Je voudrais qu'elle meure, Jurgen. Débrouillez-vous. Vous pouvez faire en sorte qu'elle soit fusillée demain, ou expédiée dans un de ces camps de la mort dont vos chefs se font une glorieuse spécialité. N'allez pas me dire non, je vous prie : je vous demande un service, en échange de l'assistance que vous attendez de moi.

Et Gregor Laemmle pense dans le même temps : « Il

n'est pas juste que vive cette femme, qui en somme a permis qu'*Elle* fût brûlée vivante en ruinant tous mes plans. Et d'ailleurs, ce que je fais est pure miséricorde : quelle existence serait celle de Catherine Lamiel, si par hasard elle survivait ? »

— Oui ou non, Jurgen ?

— Oui.

— Vous la ferez fusiller, c'est promis ?

— Oui.

Gregor Laemmle ferme les yeux.

— Allez-vous-en maintenant, mon bon Jurgen.

Paupières toujours closes, il lève sa main petite et potelée pour prévenir la question qu'il pressent — retrouvera-t-il l'Enfant et quand ?

— Allez-vous-en.

Il attend que s'éloigne le bruit de pas de Hess car il est en proie à une crise qui le frappe comme une vague déferlante, ayant déjà oublié, ou presque, cette femme qu'il vient d'assassiner avec la tranquillité la plus grande.

— Nous partirons demain matin, Soëft.

Le lendemain, Soëft et lui arrivent à Grenoble. Ils se rendent tout droit place Sainte-Claire chez Barthélemy le marchand de légumes.

Gregor Laemmle prend patiemment son tour, dans la queue des ménagères. C'est un jeudi, il n'y a donc pas école, deux des fils du commerçant sont là et aident.

Vient le tour de Gregor Laemmle.

— Je voudrais vous parler de Thomas, dit-il.

Et bien entendu le marchand de légumes répond qu'il ne connaît aucun Thomas et ne comprend absolument pas de quoi il s'agit. Gregor Laemmle lui sourit avec beaucoup de gentillesse (il éprouve une sympathie réelle pour le Majorquin massif) et suggère un entretien en particulier.

— Dans l'intérêt de vos enfants, précise-t-il.

Ils sortent de la boutique, Barthélemy et lui, suivis de

Soëft, ils déambulent sur les trottoirs de la place Sainte-Claire, où tombe une neige légère, feutrant les bruits de la ville.

— Dans votre intérêt, celui de votre femme, de vos trois fils et de votre frère qui a conduit Thomas à Annemasse pour tenter de lui faire franchir la frontière. Et même dans l'intérêt de vos chèvres. Je dois vous dire que je serais fort capable de faire massacrer deux ou trois cents personnes, et quelques animaux en plus.

— Je ne connais aucun Thomas, dit le marchand de légumes avec le dernier entêtement.

Gregor Laemmle ne sourit même pas devant tant d'opiniâtreté. Il dit doucement :

— Javier Coll est mort, ainsi que les deux autres Espagnols, vraisemblablement majorquins eux aussi, qui se trouvaient à Aix. Seul survit encore le quatrième des gardes du corps de l'Enfant, celui qui porte d'ordinaire un blouson de cuir et un fusil à lunette. A l'heure actuelle, il a d'ores et déjà mis Thomas à l'abri. Cher monsieur, des circonstances tout à fait extravagantes ont fait que je dispose du pouvoir de vie ou de mort. Connaissiez-vous une femme nommée Catherine Lamiel ?

— Non.

— Elle a bel et bien été fusillée ce matin dans la prison de Fresnes à Paris ; il fallait que quelqu'un se chargeât de la punir, je m'en suis occupé ; il m'a suffi de le demander à Jurgen Hess. De même, si je lui racontais quel rôle vous avez joué, vos fils, votre femme, votre frère et vous dans l'évasion de Thomas voilà quelque temps, il se ferait une joie de vous exterminer. Non sans, au préalable, vous avoir haché menu pour vous faire avouer où se trouvent Thomas et son dernier garde du corps. Vous parleriez, monsieur, croyez-moi.

L'homme baisse la tête. Seul au monde, sans ses enfants et sa femme, il serait prêt à se laisser écorcher vif plutôt que de dire un seul mot sur Thomas.

— Je me tairai, reprend Gregor Laemmle. Vous vivrez donc, vous et votre famille, pour autant que cela dépende de moi. Vous voudrez bien toutefois transmettre un message à Thomas. Dites-lui trois choses. La première : Catherine Lamiel, qui a trahi sa mère, a été punie comme il convenait. La deuxième...

« Voici le seul véritable mensonge de ta vie, Gregor... »

— La deuxième : l'Américain est mort. Et quant à la troisième, elle me concerne : dites à Thomas que j'arrête la partie, je ne joue plus, je renverse mon roi sur la table. Répétez-lui mes propres mots, je vous prie, aussi exactement que possible. Et dites-lui encore que dans les mois ou les années qui viennent, je serai soit à Fiesole en Italie, dans une villa au nom de Golaz-Hueber, soit en Allemagne, dans cette Forêt-Noire qui a eu l'honneur de me donner le jour. Vous vous souviendrez ?

Le marchand de légumes ne bronche pas.

— Fiesole près de Florence ou bien la Forêt-Noire près de Fribourg-en-Brisgau. Il me trouvera, s'il veut s'en donner la peine. Vous pouvez retourner à vos pommes de terre, monsieur.

C'est à Fiesole bien plus tard que la lettre lui parvient, expédiée de Barcelone (mais il doute énormément que cela prouve la présence de l'Enfant sur les ramblas catalanes). Le message est bref, il comporte une ligne en tout, et seulement un T pour signature : *« Je viendrai, un jour. »*

De l'endroit où il est, en Bavière, à Berchtesgaden (le nom lui est inconnu), Quattermain sait assez peu de choses. Il s'agit d'une sorte de clinique où il dispose de trois pièces à son seul usage. S'il en avait la possibilité physique, il aurait droit à des promenades dans le parc planté de mélèzes. Mais, pour l'heure, il ne se déplace encore qu'en fauteuil roulant, quoique la dernière des vingt opérations qu'il a subies lui ait restitué l'usage presque intégral de sa jambe gauche. Il a pu marcher, pour la première fois depuis sept mois, mais la seule traversée de sa chambre sur des béquilles l'a totalement épuisé. Il a perdu près de trente kilos ; on a affecté une infirmière à son service, elle se nomme Rosie Maier, elle est viennoise et parle correctement l'anglais, appris près de son père hôtelier sur le Ring de la capitale autrichienne. Lui-même se débrouille assez bien en allemand, désormais.

L'été est venu, il resplendit par les fenêtres encadrant l'admirable panorama des Alpes de Bavière. Espacées au début, et très brèves, les visites de Joachim Gortz sont devenues plus fréquentes. Voilà deux mois, Quattermain a reçu de Zurich un appel téléphonique de Joe Sowinski. A aucun moment celui-ci n'a cité le nom de Joachim Gortz, parlant toujours de « notre ami près de toi », en qui lui David Quattermain pouvait avoir une absolue confiance, « autant qu'en moi-même, David ». Un long discours a suivi, développant le thème : puisque tu te trouves en Allemagne, pourquoi ne pas en profiter pour y représenter les intérêts du Clan ? Et pas seulement ceux du Clan, d'ailleurs, il y en a bien d'autres à défendre, par les temps qui courent, « Dave, personne ne t'a demandé d'aller où tu es. Nous t'avons cru mort et sans notre ami près de toi, tu le serais, essaie d'être raisonnable ».

« Et nom de Dieu, qu'est-ce que c'est que cette histoire de gosse ? »

Quattermain a raccroché. Il a demandé à Gortz qui le regardait en souriant :

— Quels intérêts ?

— Vous êtes actionnaire majoritaire et administrateur de la plus grande compagnie pétrolière américaine, la Banner Oil de New York.

— Et alors ?

— Si je vous disais que l'Allemagne a désespérément besoin de pétrole ?

— L'Allemagne est en guerre avec mon pays.

Gortz s'est mis à rire.

— Faisons l'économie des couplets patriotiques, si vous le voulez bien. Nous parlons finance.

— Oublions les incidents pénibles, c'est ça ?

— Exactement. Dans un, trois ou cinq ans, nos pays seront à nouveau liés par une amitié éternelle, contre le seul véritable ennemi, celui de l'Est, votre oncle et vos cousins l'ont compris. Autant sauter les étapes, dès lors.

— Je me vois mal passer commande de quelques millions de tonnes de pétrole par mois, à livrer ici. Même en sautant énormément d'étapes.

— Nous ne vous demandons rien de tel. Votre compagnie nous a déjà livré et nous livre tout le pétrole qu'elle peut raisonnablement nous faire parvenir.

— Je n'en crois rien.

Silence. Joachim l'a dévisagé avec curiosité, il a hoché la tête.

— Je vous enverrai un dossier, sitôt que vous serez vraiment en état de le lire. Mais je peux répondre en partie. Vous m'avez demande : quels intérêts ? Outre vos parts dans la Banner, vous êtes également actionnaire et administrateur, entre autres, de l'une des trois plus grandes banques des États-Unis, la Hunt Manhattan. Comme plusieurs de ses consœurs américaines — ou même britanniques —, elle a conservé son agence à Paris, et cela même après l'entrée en guerre qui a suivi Pearl Harbour. Nous faisons avec elle les meilleures affaires qui soient. Et à propos de banques, vous connaissez au moins de nom la Banque pour les règlements internationaux dont le siège est en Suisse, à Bâle... Il va de soi que mon gouvernement la contrôle totalement. Et pour cause : depuis décembre 1941, c'est-à-dire depuis l'attaque japonaise à Hawaii, nos dirigeants ont pris la précaution d'y entreposer quatre cents millions de dollars-or, à tout hasard. Soit dit en passant, cet or provient des rafles faites dans les banques centrales des Pays-Bas, de Belgique, du Luxembourg, d'Autriche et de Tchécoslovaquie... et également de tout ce qui a pu être collecté à ce jour dans les camps de concentration. La BRI elle-même a été créée voici douze ans par le président de notre banque centrale, Hjalmar Horace Greeley Schacht ; son rôle consistait, justement, à maintenir les transactions financières dans le cas d'un conflit international — entre nations belligérantes, il va sans dire. Nous ne vous demandons pas de siéger à son conseil d'administration, rassurez-vous ; en ce moment même, un banquier allemand représentant directement Adolf Hitler y côtoie très agréablement un Américain, un Britannique, un Français, un Italien et j'en passe ; entre financiers, l'atmosphère y est des plus cordiales.

Silence, encore. Quattermain a demandé :

— Supposons que pour retrouver et faire sortir cet enfant de France, je me sois adressé directement à... ma propre banque ? Celle de ma famille ?

Sourire.

— Des financiers peuvent toujours s'entendre, monsieur Quattermain.

— Et Gregor Laemmle ?

— Quelqu'un l'aurait sans doute convaincu de renoncer à sa chasse et de regagner sa gentilhommière en Forêt-Noire, pour se consacrer exclusivement à la philosophie. Et un certain Jurgen Hess eût sans doute été envoyé en renfort sur le front de l'Est.

— Vous seriez allé jusqu'à faire tuer Laemmle ?

— *No comment,* a répondu Gortz.

A partir de ce moment-là, des hommes sont venus, semaine après semaine et mois après mois. Ils apportent des dossiers, remportent ceux dont Quattermain a déjà pris connaissance. L'un d'eux explique régulièrement à Quattermain qu'il a le droit de consulter tous les dossiers qu'on lui montre, mais qu'il ne devra prendre aucune note ni soustraire le moindre document. Quattermain les examine, avec plus que de l'effarement (mais non de l'incrédulité — il ne doute pas une seconde de l'authenticité absolue de cette masse phénoménale de documentation). Il apprend, par exemple, que plus de la moitié de la haute finance de Wall Street a, dans les années trente, largement financé l'ascension et le maintien au pouvoir d'Adolf Hitler — « moi aussi, très probablement, puisque je n'ai jamais cherché à savoir ce que l'oncle Peter et le cousin Larry faisaient de mon argent ». Il lit aussi que pendant l'été et l'automne de 1942, le Français Pierre Pucheu a fait connaître à la Banque pour les règlements internationaux de Bâle (et donc à des financiers allemands soigneusement triés) l'imminence d'un débarquement anglo-américain en Afrique du Nord ; et que cette information, qu'il avait reçue d'un agent de la Hunt Manhattan judicieusement placé auprès de l'ambassade des États-Unis à Vichy, a permis l'une des plus fructueuses opérations financières des dernières années, ne fût-ce que par le virement immédiat de neuf milliards de francs provenant d'Allemagne et allant chercher refuge dans les banques algériennes.

Il parcourt le dossier fort complet de Joe Sowinski, dont il découvre qu'il triple depuis presque dix ans son salaire grâce aux dizaines de milliers de dollars que lui verse chaque année l'IG Farben, via la BRI et sur un compte de Zurich.

Il a la révélation de la monstrueuse omnipotence de la même IG Farben, dont l'état-major a compté dans ses rangs Max Warburg, citoyen allemand mais frère de Paul Warburg, qui lui est américain et l'un des fondateurs du système fédéral de réserve des États-Unis.

L'IG Farben dont toutes les armées allemandes dépendent, puisqu'elle est leur fournisseur à cent pour cent s'agissant du caoutchouc synthétique, du méthanol et des huiles lubrifiantes. A quatre-vingt-dix pour cent s'agissant des colorants et des gaz toxiques.

(*Dossier annexe :* le nom et l'emplacement des usines de l'IG Farben chargées de la fabrication du Zyklon B, « actuellement utilisé dans les camps d'extermination dont les noms suivent... » et suivent des noms totalement inconnus de Quattermain, tel Auschwitz.)

L'IG Farben dont le bureau NW 7 à Berlin abrite le centre le plus important du contre-espionnage nazi, « ce bureau est dirigé par Max Ilgner et Herman Schmitz, qui figurent également au conseil d'administration de la filiale américaine du trust, l'American IG, en compagnie notamment de Henry Ford, Paul Warburg de la Bank of Manhattan et Charles E. Mitchell de la Federal Reserve of New York. Vous connaissez personnellement ces trois hommes, n'est-ce pas, monsieur Quattermain ? ».

— Pas prendre de notes, Herr Quattermain, pas garder aucun papier, *bitte.*

Au tour de la Banner Oil. Des documents par milliers, par pleins cartons, chaque jour apportés et emportés. Et comment la plus grande compagnie pétrolière du monde a vendu — par des accords secrets — à l'industrie allemande la formule de l'iso-octane, additif à base de tétra-éthyle indispensable à l'essence d'avion, « en sorte que par le jeu d'opérations bancaires et de filières dont vous trouverez ci-joint le détail, le gouvernement britannique verse actuellement des royalties à l'industrie chimique allemande, afin d'obtenir les matériaux qui lui permettent de combattre l'aviation allemande qui elle-même arrose Londres. Amusant, non ? ».

Comment la même Banner approvisionne l'Allemagne hitlérienne en pétrole — de 50000 à 80000 tonnes par mois selon Joachim Gortz — depuis trois ans et plus.

Comment elle procède, à travers ses filiales vénézuéliennes et mexicaines, pour acheminer ses livraisons, dans un premier temps à bord de pétroliers allemands, puis par des navires battant pavillon de la France de Vichy ou de Panama. (*Dossier annexe :* la péripétie « amusante » d'un pétrolier français arraisonné par des bâtiments de la Royal Navy... et autorisé à poursuivre la route après une intervention du Département d'État, dûment houspillé par « les sénateurs de votre oncle Peter ».)

D'autres exemples, par centaines.

Tous étayés par des dossiers irréfutables.

Les semaines passent.

Quattermain a abandonné son fauteuil roulant et se sert désormais de ses béquilles. Parfois, il se risque à faire quelques pas en ne s'aidant que d'une canne. Il va dans le parc, mais il met vingt minutes pour descendre ou gravir l'escalier qui dessert son appartement-prison.

L'automne est superbe en Bavière.

« Et vous êtes très beau aussi », dit Rosie Maier, à qui il fait l'amour depuis trois mois déjà.

Et en effet, se contemplant dans un miroir, il a été stupéfié : les dernières opérations ont fait des merveilles, il a retrouvé son visage. Sa voix seule a été un peu modifiée, les chirurgiens allemands n'ayant rien pu faire pour sa gorge endommagée et ses cordes vocales atteintes : sa voix est un peu plus basse, elle est un peu voilée, presque rauque...

« *Very sexy* », dit Rosie.

Quattermain lit toujours. Un rituel s'est instauré. Les comptables (comment les appeler autrement ?) de Joachim Gortz surviennent, cinq jours par semaine chaque matin à dix heures : ils déballent leurs dossiers tirés de cartons sur une longue table tout exprès disposée, ils s'immobilisent et le regardent lire, eux-mêmes ne prononçant jamais un mot, replaçant tel ou tel document après lecture, dans son ordre exact de classement. Ils repartent chaque jour à quatre heures précises.

Quattermain doit encore subir une ultime opération, qui lui rendra en principe l'usage complet de sa main droite, et il pourra enfin écrire.

Il lit.

D'autres dossiers lui sont présentés et il découvre que la Banner et la Banque ne sont pas seules à jouer ce jeu effarant.

« Oncle Peter, mes cousins et moi-même, nous ne sommes pas des cas uniques. Lorsqu'on fusillera tous les Américains coupables de connivence avec l'ennemi, Park Avenue sera dépeuplée. »

Il se plonge dans les détails des étranges activités du vice-président du Bureau de l'industrie de guerre aux États-Unis. Cet homme semble surtout consacrer son énergie à la direction de la plus importante entreprise de roulements à billes du monde, la SKF. Dont il est — parallèlement à ses activités à Washington — le directeur pour les États-Unis — son codirecteur étant un certain von Rosen, « un cousin de Goering ».

Lui Quattermain n'en avait jusqu'ici qu'une vague idée, mais il apprend alors l'importance capitale des roulements à billes dans la guerre : aucun avion, aucun sous-marin ou navire de surface, aucun char d'assaut, pas le moindre camion ou véhicule, nul train, nul générateur, nul système de ventilation ou de visée, de communications ou de tir ne peuvent s'en passer, « un seul avion de chasse Focke-Wulf en utilise à lui seul quatre mille ».

La SKF est à l'origine une entreprise suédoise. Mais elle contrôle, sur le sol américain, tout le marché des roulements à billes, grâce à ses participations dans des mines, des hauts fourneaux, des fonderies, des usines de sous-traitance de toutes sortes ; l'un des trois principaux centres de la SKF est en Allemagne (Schweinfurt), l'autre en Suède (Göteborg), le troisième à Philadelphie. Et le dossier SKF présenté à Quattermain traite uniquement de Philadelphie ; il donne des chiffres par milliers, il contient des dizaines de kilos de documents, il démontre que dans le même temps où l'U.S. Air Force livre la bataille du Pacifique et s'apprête à s'engager en Europe, elle est partiellement clouée au sol, faute de roulements à billes en quantités suffisantes. Alors que d'énormes expéditions de ces pièces essentielles sont régulièrement acheminées, depuis les États-Unis, vers la Suède, l'Espagne, le Portugal et la Suisse, et donc en réalité vers l'Allemagne.

Un samedi matin, Quattermain, en ne s'aidant que de sa canne, met seulement sept minutes pour descendre et remonter les deux étages de l'escalier extérieur donnant sur le parc.

Il est dans la clinique depuis un an jour pour jour.

Et il lit maintenant le dossier de cette surpuissante firme automobile de Detroit, dont le président fondateur a reçu des mains de Hitler, en même temps que l'aviateur Charles Lindbergh, la Grand-Croix de l'Aigle allemand. Et dont les usines en France ont continué imperturbablement de tourner, non seulement après l'occupation allemande, mais aussi après l'entrée en guerre des États-Unis en décembre 1941. Ces usines fournissent aux armées hitlériennes les camions dont elles ont besoin, allant jusqu'à mettre en fabrication des pièces détachées pour la réparation des camions Molotov saisis sur le front russe, « si un jour prochain des colonnes motorisées américaines et allemandes venaient à s'affronter directement sur le sol européen, monsieur Quattermain, votre compatriote de Detroit se trouverait en situation d'avoir fourni les deux camps en camions, les affaires sont les affaires ».

— Joyeux Noël, dit Rosie en faisant cette nuit-là l'amour à Quattermain.

Deux jours plus tôt, Quattermain a reçu une visite exceptionnelle, celle d'un autre Américain, voyageant officiellement en Allemagne en sa qualité de président de la Banque pour les règlements internationaux. L'homme est évidemment un banquier, qui pendant seize ans a travaillé pour la Hunt Manhattan ; il connaît personnellement oncle Peter et cousin Larry ; il est très confiant quant à l'issue de la guerre (bien qu'il évite de fournir trop de détails sur son actuel déroulement) ; il rentre de Berlin, où il est allé conférer avec la haute finance allemande. Il a apporté cadeaux, livres et disques, et même une quarantaine de films, « Joachim va vous faire installer une petite salle de cinéma, avouez que vous êtes gâté ».

Le dossier TTT.

Téléphones et communications en tous genres.

« Vous devez certainement connaître personnellement l'homme qui a créé et dirige TTT, monsieur Quattermain », écrit Joachim Gortz, « puisque vous en êtes l'actionnaire principal. »

Le dossier TTT est énorme. « Une commission d'enquête du Sénat des États-Unis y passerait un an ou deux, et moi je ne dispose que de quelques semaines », pense Quattermain.

Il ne retient que quelques-uns des points essentiels. Par exemple le nom de l'un des représentants de l'empire TTT en Allemagne, Walter Schellenberg, qui n'est rien moins que le chef du service de contre-espionnage de la Gestapo.

Ou le fait que les versements soient depuis des années effectués à Heinrich Himmler et à son organisation SS.

Ou encore les très considérables investissements en Allemagne.

[*Dossier annexe :* le détail de ces investissements, dans toute l'industrie des communications — « ... vous noterez que la maintenance et la constante modernisation des réseaux téléphoniques et radio de M. Hitler, de son gouvernement et du haut commandement militaire allemand, l'OKW, sont assurés par des techniciens de la firme américaine, formés aux États-Unis » (*cf.* pièces 2137 à 2244...).]

« Un autre cas intéressant d'investissements étant celui de la compagnie Lorenz, contrôlée à près de cent pour cent par TTT ; la compagnie Lorenz, en août 1939, quelques jours avant l'entrée des troupes allemandes en Pologne, a procédé à l'achat de 25 % des actions de la Focke-Wulf AG de Brême, fabriquant les avions de chasse Focke-Wulf de la Luftwaffe. Cette participation a depuis été augmentée, en sorte que l'on peut presque dire que TTT est copropriétaire des appareils de chasse combattant dans les deux camps — les bénéfices provenant des participations en Allemagne transitant bien entendu par la BRI, sous le contrôle de ce charmant banquier américain qui vous a rendu visite, et à propos j'ai donné des ordres pour que votre salle de cinéma privée soit aménagée dès que possible. »

— Convaincu ?

Joachim Gortz a regagné Berchtesgaden, il accompagne Quattermain dans sa promenade désormais quotidienne ; les deux hommes marchent côte à côte dans les allées du parc où l'on a déblayé suffisamment la neige des premières semaines de 1944.

— Je constate avec un plaisir sincère, reprend Gortz, que votre état s'est remarquablement amélioré, nos chirurgiens ont fait des miracles. Vous pourrez bientôt vous passer de cette canne.

— Qui a établi ces dossiers ? Il a fallu des mois et plus probablement des années de travail.

— A votre avis ?

— Pas un seul Joachim Gortz mais plusieurs. Des dizaines, sinon davantage.

— Tout de même pas autant, dit Gortz, goguenard.

— Des hommes comme vous qui, peut-être dès avant le début de la guerre, ont préparé des embarcations de sauvetage.

— Vous avez fait des progrès stupéfiants en allemand, monsieur Quattermain. Par instants, on pourrait vous prendre pour un Allemand avec l'accent de Vienne.

Sourire, sur cette allusion à Rosie Maier.

— Avant d'aller plus loin, dit Quattermain, je voudrais des nouvelles du gamin.

— Je n'en ai pas. Ce qui est rassurant, d'une certaine manière.

— Comprends pas.

— Je suis sûr du contraire, mais je m'explique : si quelqu'un poursuivait encore l'Enfant, et surtout s'il avait été pris, je le saurais.

— Et Laemmle ?

— Rien de changé depuis notre dernière rencontre : il s'est retiré de la partie.

— Reste ce Jurgen Hess.

— Aux dernières nouvelles, il se battait avec beaucoup de fougue contre les Russes. Puis-je vous appeler David ?

— Non.

— J'appelle quatre de vos cousins par leurs prénoms, dont Larry.

Silence. Les deux cents et quelques mètres que Quattermain vient de parcourir l'ont épuisé. Il s'assoit sur un banc dont on a ôté la neige et Joachim Gortz prend place auprès de lui.

— Monsieur Quattermain, vous avez certainement beaucoup réfléchi aux raisons qui vous donnent tant de prix à mes yeux et à ceux de certains autres. Vous les avez trouvées ?

— Je suis un otage.
— L'explication est un peu courte.
— Comment va l'incident pénible ?
— Si c'est de la guerre que vous parlez, l'Allemagne est en train de la perdre superbement, ce devrait être chose faite d'ici à quelques mois, un an au plus en mettant les choses au pire.
— Votre ardeur patriotique m'émeut.
— Je suis très émouvant, c'est vrai, dit Gortz en allumant une Chesterfield entre ses doigts gantés.
— Je pense, dit Quattermain, que vous m'auriez fait disparaître dans quelque camp, ou simplement fusillé, si votre pays avait entrevu la victoire finale. Mais l'incident pénible tournant de plus en plus mal, je prends chaque jour de la valeur. Vous m'avez utilisé pour convaincre ma famille d'aider un peu plus l'Allemagne, vous m'utilisez maintenant pour préparer l'après-guerre, et le rétablissement de relations commerciales et financières fructueuses. Ma survie à elle seule prouvant votre bonne foi et votre grande humanité, vous prenez position pour la suite.
— Une embarcation, ou mieux encore une bouée de sauvetage, c'est ce que vous seriez ?
— Exactement. Et qui plus est, vous vous justifiez à vos propres yeux en affirmant servir les intérêts supérieurs de votre pays, par-delà les incidents pénibles.
— Magnifique, dit Gortz. Je suis un grand patriote, après tout.
— Je ne vous aime pas, Gortz.
— Vous m'en voyez désolé, sincèrement. Mais en poussant votre raisonnement à son terme logique, vous devriez détester également votre propre famille.
— Je crois que ce point ne concerne que moi-même.
— J'en conviens volontiers. Vos réflexions vous ont-elles amené plus loin que ce constat ?
— Peut-être irez-vous jusqu'à me confier ce dossier, ou une copie de ce dossier que vos amis et vous ont établi.

— L'idée est originale.

Quattermain, mains jointes sur sa canne, se décide à tourner la tête et à considérer le financier allemand.

— Je suis même arrivé à imaginer que vous me relâcheriez... ou que vous faciliteriez mon évasion.

A son tour, Joachim Gortz tourne la tête et leurs regards se rencontrent.

— Diable ! et pourquoi ferais-je une chose pareille ?

— Je pense que vous le ferez le jour où vous aurez l'absolue certitude que votre pays a perdu la guerre, et le jour aussi où vous saurez quand et comment les hommes de Wall Street arriveront en Allemagne sur les talons des soldats américains, pour y remettre le pays en marche dans les meilleurs délais.

Silence. Joachim Gortz le dévisage et se met à rire.

— Vous avez une imagination très fertile.

— Plus encore que vous ne pourriez le croire, dit Quattermain. Il m'est même venu à l'esprit que vos amis et vous pourriez envisager de faire assassiner Adolf Hitler, pour hâter le cours des choses et éviter que l'incident pénible ne devienne trop pénible.

Et il constate avec une réelle satisfaction qu'il a, cette fois, touché Gortz dans ses œuvres vives : le banquier ferme les yeux durant un centième de seconde.

— La question sera retirée et le jury ne devra pas en tenir compte, reprend Quattermain. Si ce genre de tentative devait un jour être faite, je suis convaincu que vos amis et vous-même n'y seriez nullement mêlés. Ou plus exactement, personne ne penserait à vous en tenir rigueur, si la tentative échouait. Gortz, je sais que vous avez sauvé ma vie, je sais que vous l'avez fait en prenant certains risques, je suis persuadé qu'il existe à Berlin, dans l'immédiat entourage de Hitler, des gens qui vous suspendraient à des crocs de boucher, s'ils apprenaient à quel jeu vous jouez.

— Est-ce une menace ? demande Gortz.

Quattermain sourit.

— Je pense que je vais pouvoir m'évader bientôt, dit-il. Autant que je m'en souvienne, la Suisse n'est pas si loin de cet endroit où nous sommes.

Joachim Gortz baisse la tête, puis la relève.

— Il est possible, je dis seulement possible, que vous vous retrouviez en Suisse un jour. En un tel cas, vous ne chercheriez pas à vous venger de moi.

— Et pourquoi pas ?

— Vous n'essaieriez même pas. Je ne suis qu'un financier ordinaire et ne suis pas assez important pour que vous me considériez comme un ennemi mortel. Cette guerre s'arrêtera et vous m'oublierez. Je ne suis qu'un pion.

— Tant de modestie vous honore. Vous avez pris part aux recherches de Thomas, n'est-ce pas ?

— J'ai recherché quelqu'un possédant des codes bancaires que l'on m'avait ordonné de retrouver. Mais c'est de l'histoire ancienne, aujourd'hui je ne traverserais pas une rue pour aller prendre l'argent caché par Thomas l'Ancien. Les circonstances ont changé, il me brûlerait les doigts.

— Qui est Thomas l'Ancien ?

— Un banquier de Francfort qui a, voici environ dix ans, sauté par une fenêtre. Il était l'arrière-grand-père de ce gamin que vous appelez Thomas.

— Si quelque chose arrive à Thomas, ni vous ni aucun de vos amis ne survivrez.

— Je doute qu'il soit votre fils, monsieur Quattermain. Vous n'en aurez jamais la preuve.

Une vague de rage secoue Quattermain, qui le stupéfie dans la mesure où lui-même ignorait à quel point son amour pour Thomas était immense et sans retour. D'interminables secondes courent, pendant lesquelles il lutte contre lui-même, à seule fin de se calmer.

— A mon tour je retire la remarque, dit Gortz.

Quattermain demande :

— Qui est responsable de ce qui s'est passé dans le Var en novembre 42 ?

— Jurgen Hess et Gregor Laemmle. J'ignore quelle a été la part de chacun d'entre eux, leurs versions divergent.

Rosie Maier vient d'apparaître à deux cents et quelques mètres, elle apporte une couverture ; l'après-midi de ce dimanche touche à sa fin et le froid de la nuit commence à se répandre.

— Je vous ai sous-estimé, dit Gortz. Vous étiez mon prisonnier et voici à présent que je suis le vôtre. Ma seule excuse est que votre propre famille ne vous tenait pas en très haute estime. Mais peut-être le Quattermain qu'elle a connu n'est-il plus celui d'aujourd'hui.

— Peut-être, dit Quattermain avec beaucoup d'indifférence. Vous êtes certain de vous en tirer, Gortz ?

— Je crois que oui. Je fais et ferai ce qu'il faut pour cela. Dieu bénisse la haute finance.

Rosie arrive près d'eux.

— Il est temps de bouger, dit-elle.

— M. Joachim Gortz et moi venions justement de parvenir à la même conclusion, dit Quattermain.

— Miquel ?

— *Estoy aquí,* je suis derrière toi.

— Tu as toujours besoin de te cacher, bon sang ? On est seuls !

— Plus je me cache et moins on me voit, dit Miquel — ou plus exactement la voix de Miquel.

— C'est malin ! dit Thomas.

Mais il sourit. Miquel est drôlement marrant, quelquefois. A part sa manie de se cacher tout le temps, tu crois qu'il est à des millions de kilomètres, qu'il t'a perdu et même tu t'inquiètes, eh bien non, pas du tout, il est là, vraiment silencieux, mieux que Pistol Peter quand il enlève ses bottes pour s'approcher du campement des bandits qui ont attaqué la banque et qu'il va flanquer en prison. Et c'est un sacrémenr bon tireur, le meilleur du monde, pas de problème. Le docteur Nadal (il est né à Majorque, lui aussi, mais il est en France depuis plus de trente-cinq ans) a voulu savoir comment Miquel tirait : « Thomas, tu ne voudrais pas lui demander de me faire une démonstration ? — De tir ? — Oui. Il paraît que la nuit où le groupe Kléber s'est sorti des pattes des Allemands, il a abattu huit hommes à lui seul, en quelques secondes et en pleine nuit... — Je ne sais pas s'il voudra, mais je vais lui demander. » Miquel a dit non, sans même bouger de son espèce de chambre, tout en haut du grenier où non seulement il dort mais d'où il surveille les environs. « Miquel, pour me faire plaisir... », a dit Thomas, un peu agacé de ce refus. Miquel alors a fait un grand discours (au moins vingt-cinq mots à la suite, un vrai miracle !) : Javier Coll lui a recommandé de ne jamais se servir de son fusil pour s'amuser, et Javier lui a dit aussi que tirer comme il tirait, c'était un vrai don de Dieu, et qu'il fallait pas faire le con avec. Bon. Thomas a insisté et insisté pendant des semaines et Miquel a fini par dire oui. Ils sont allés tous les deux avec le docteur Nadal dans la forêt, avec quatre bouteilles de vin vides. Miquel a expliqué comment il fallait placer les bouteilles — en équilibre l'une sur l'autre deux par deux — et ensuite il s'est éloigné, si loin qu'il ne faisait plus qu'un centimètre de haut, tu le voyais à peine. Il a tiré et c'est tout juste si le docteur Nadal et Thomas ont eu le temps de voir ce qui se passait, les quatre balles sont arrivées à peu près en même temps. Et les deux premières ont fracassé les bouteilles du bas, les deux suivantes celles d'en haut alors qu'elles étaient encore en l'air. Tu aurais vu la tête du docteur Nadal ! Lui Thomas s'est senti submergé d'orgueil. Le meilleur tireur du monde. Après quoi, Thomas a sorti la noix qu'il avait dans sa poche, il l'a tenue entre son pouce et son index, à hauteur de ses yeux, et la noix a explosé sans la moindre égratignure sur les doigts, avec juste l'impression d'un courant d'air.

— Miquel ?

— *Estoy aquí.*

(« Ça y est : il a encore changé de place sans que je le voie ni l'entende, il est sur ma gauche, à présent. »)

— Tu n'as pas envie de rentrer en Espagne ?

— *¿ A Mallorca ? ¡ Claro que sí !*

— Tu as quel âge ?

— Vingt-trois et demi.

— Tu es drôlement vieux.

— *Muy viejo,* je suis très vieux.

— Ta *novia* doit drôlement t'attendre.

Miquel n'est pas idiot, il comprend tout de suite où Thomas veut en venir.

— *Estamos muy bien aquí, Tomás,* nous sommes très bien ici.

— Il y a trop d'hommes du maquis, Miquel. Un jour, les Allemands viendront, ils enverront des tanks et des tas de soldats, et le Jurgen Hess viendra avec eux.

Miquel répond que c'est possible, mais il les verra arriver et alors seulement ils partiront, Thomas et lui, pour l'instant rien ne presse, il ne voit aucun danger et depuis plus d'un an que Thomas est le neveu du docteur Nadal, tout le monde dans la région est habitué, personne ne se méfie plus (Miquel bien entendu ne parle pas aussi longtemps, pour dire tout ça, il prononce juste quatre ou cinq mots et Thomas comprend ce qu'il y a derrière).

Thomas se remet en marche. Ce n'est plus tout à fait l'hiver, les odeurs de la terre changent. Il n'est pas si mal, dans cet endroit où ils vivent depuis plus d'un an ; il n'y manque pas grand-chose, sauf des livres. Il a déjà lu les trois cents, en français et en espagnol, qui sont dans la bibliothèque ; mais le docteur Nadal est drôlement gentil, c'est presque un oncle pour de vrai, et sa femme aussi, tante Mayo (son vrai nom, c'est Maria de Los Angeles, Marie des Anges, elle aussi est de Majorque) ; et puis il y a d'autres gens intéressants, les Berthier par exemple (ce n'est pas leur vrai nom non plus, mais eux ils sont juifs et se cachent), le père Berthier autrefois professeur de mathématiques à Paris lui donne des cours — c'est vraiment simple, les maths, en un an Thomas a fait le programme de quatre années scolaires — tandis que sa femme veut lui faire apprendre le français (comme s'il ne le savait pas déjà !) et aussi l'histoire et la géographie ; la géo, ça va, mais l'histoire ! je vous demande un peu l'intérêt que ça présente de savoir qui a assassiné Henri IV ? ça m'étonnerait bien que la police soit encore à chercher l'assassin.

— Miquel, tu crois que le Jurgen Hess me recherche encore ?

— *No sé.*

— Qu'est-ce que ça veut dire, *no sé*? Tu dois bien savoir si ses espions sont dans le coin.

Et en plus, il ne joue pas mal du tout aux échecs, le père Berthier : en cent vingt-trois parties, il a presque réussi à en gagner deux et cinq fois ils ont fait match nul, ce n'est pas si mal, pour un vieux de cinquante-neuf ans.

— Il y a des espions, oui ou non, Miquel ?

— *He visto ningún,* je n'en ai vu aucun. Mais ça ne prouve rien, dit la voix de Miquel, quelque part sur la droite.

Même si lui Thomas a fait exprès de ne pas jouer trop bien, contre le père Berthier. Pour l'encourager, tu dirais. Pas seulement pour l'encourager, d'ailleurs. Une fois au moins, s'ils ont fait match nul, c'est parce qu'il n'était pas trop concentré. Il regardait la culotte d'Élodie qui était assise dans le fauteuil rouge, derrière le père Berthier, et qui faisait semblant de lire en écartant bien les cuisses pour que je puisse lui voir la culotte. Forcément que ça t'a déconcentré.

— Qu'est-ce qu'il y a autour de nous, Miquel ?

— En ville ? En ville, il y a l'armée allemande, plus des SS, plus la milice, plus les gendarmes, plus des gardes mobiles, plus des hommes de la Gestapo française, ceux qui obéissent à Lafont et Bonny.

— Ça fait du monde.

— Ça fait beaucoup de monde, *Tomás. Hace mucha gente.*

« C'est qu'elle est drôlement mignonne, Élodie. Et c'est déjà une grande, elle a treize ans. Mais elle est gentille : elle m'a laissé voir ses seins presque tout de suite, je veux dire ces petits trucs qu'elle a, c'est pas des vrais seins comme ceux de la tante Mayo (énormes, ceux-là), j'espère qu'ils vont grossir encore un peu. On verra bien. »

— Tu ne crois pas que ça fait trop de monde, Miquel ?

— Non, dit très fermement la voix de Miquel.

— J'ai drôlement envie de bouger, Miquel. De partir.

— *Tenemos que esperar,* il faut que nous attendions, *Tomás.*

Mais Thomas ne peut tranquillement attendre la fin de la guerre comme une marmotte, sans bouger, même si on lui répète que tout le monde le croit passé en Espagne.

« L'Homme aux Yeux Jaunes, lui, *sait* que je ne suis pas en Espagne, il le sait, j'en suis sûr. Il ne vient pas me chercher parce qu'il ne veut pas, c'est tout. Il est clair qu'il ne mentait pas lorsqu'il a dit à Barthélémy, le marchand de légumes, qu'il renversait son roi. Il a quitté la partie, d'accord.

« Mais pas MOI ! »

Thomas s'accroupit. Il entend le bruit de l'eau en contrebas mais ne voit pas la rivière. Les élancements dans sa tête lui reviennent, comme chaque fois qu'il repense à la Chose, à l'Homme aux Yeux Jaunes, il en devient presque fou. Au début, le docteur Nadal lui disait que c'étaient les suites de sa pneumonie double, mais non, il se trompait. « C'est juste parce que je veux tuer l'Homme aux Yeux Jaunes, je veux le voir mort, je veux que ce soit moi qui le tue, je veux qu'il souffre !

« Parce que c'est facile à dire, *oublier,* c'est vraiment facile ! Mais je ne veux pas oublier, moi ! Je sens bien que je suis en train de changer, je le sens ; certains jours, c'est un peu moins clair dans ma tête, je pense à Élodie, à la *novia* de Miquel qui sûrement est très gentille et que Miquel a sûrement envie de revoir (surtout qu'il est le seul survivant des quatre, il doit se sentir drôlement seul), il veut revoir sa *novia* mais il préfère qu'on reste ici, il veut attendre à cause de moi, pour me protéger. Je pense à toutes les choses douces et en dedans de moi-même, je suis moins méchant, j'ai presque moins envie de tuer l'Homme aux Yeux Jaunes. Si j'attends, ce sera trop tard, j'aurai trop changé...

« Et d'ailleurs, je le lui ai écrit, que j'allais venir, un jour, pour le tuer. C'est comme si j'avais donné ma parole. »

— Miquel ? Il faut que je te dise quelque chose.

— *Sí, Tomás ?*

— Il y a une semaine, j'ai vu quelque chose dans mes jumelles. Il y avait quatre hommes dans une traction avant. Les autres, je ne les connaissais pas, ils étaient tous en civil, pas en uniforme, mais ils avaient des manteaux noirs comme la Gestapo, et la carte jaune sur le pare-brise. J'an ai reconnu un : il était sur la route de Sanary à Bandol avec le très grand qui s'appelait Abel. Je l'ai reconnu.

Silence.

Et voilà qu'il capte un bruit de feuilles, c'est drôlement rare que Miquel fasse du bruit quand il marche à travers les branches, ça prouve qu'il est inquiet.

« Ça prouve qu'il croit le mensonge que je viens de lui faire. »

— *¿ Estás seguro, Tomás ?*

Thomas ne prend pas la peine de répondre. Ce n'est pas vrai qu'il ait reconnu le manchot au visage d'Arabe qui se trouvait sur la route de Sanary à Bandol. Mais les quatre hommes dans la traction avant, ça, c'est vrai. Il les a vus et observés dans ses jumelles. Il n'en a reconnu aucun mais c'était le même genre d'hommes, du même genre que les chasseurs employés à Sanary par l'Homme aux Yeux Jaunes. Les hommes de Lafont.

Le mensonge qu'il vient de faire ne suffira pas à convaincre Miquel de partir, bien sûr. Mais c'est comme un premier pion qu'il vient d'avancer sur l'échiquier.

La partie repart.

Il se redresse et s'avance jusqu'au bord de la fracture. En bas, il y a la Corrèze qui coule, et un peu plus loin la ville de Tulle.

Gregor Laemmle est à Paris depuis trois jours. Il rentre d'Italie où, sous couvert de son passeport suisse au nom de Golaz-Hueber, il a longuement séjourné dans sa maison de Fiesole. Il a abandonné sa chère Toscane pour un certain nombre de raisons, la moindre étant assurément ce qui se passe au sud de la péninsule italienne : les Anglo-Américains y ont débarqué, ils remontent vers Rome, où ils finiront par arriver, quels que soient les mérites de la ligne Gustav qui, paraît-il, ne pourra jamais être franchie par quiconque. Toutes informations et assurances qui ont laissé Gregor Laemmle à l'état naturel du marbre de Carrare.

Il a quitté l'Italie parce que, au fil des mois, ses projets de suicide l'ont hanté à nouveau, avec une virulence chaque jour plus dure. Il avait conçu assez confusément l'espoir qu'il pourrait recouvrer, en ce lieu privilégié, sinon le goût de vivre — n'en demandons pas trop — mais quelque chose rappelant une patience résignée et sarcastique. Il eût dû mieux se connaître. Les choses ont empiré, l'obsession est chaque jour devenue plus oppressante.

Gregor Laemmle à Paris se réinstalle dans son ancien appartement de la rue Guynemer, sur le jardin du Luxembourg, qu'aucune réquisition n'a touché. Les trois premiers jours, il a fait des choses ordinaires, comme autrefois : il a effectué la tournée des libraires et tout un après-midi il est resté à parler de Verlaine, rue Saint-André-des-Arts ; il n'est guère sorti de Saint-Germain-des-Prés où il a retrouvé un antiquaire à qui il avait acheté des objets quinze ans plus tôt ; sans en avoir le moins du monde le désir, simplement pour se convaincre qu'il était encore en vie, il s'est laissé séduire par une verdure d'Aubusson, payée un prix hallucinant.

On sonne rue Guynemer au matin du quatrième jour. C'est Henri Lafont. Et le fragile équilibre que Gregor Laemmle pensait avoir retrouvé est ébranlé.

Lafont en effet lui parle de l'Enfant.

— On est tombé sur lui par chance, dit-il de sa voix cassée qui décidément n'est pas sans charme. Cela fait maintenant deux jours. Je suis passé vous voir à tout hasard, je ne pensais pas vous trouver. Mais c'est lui, mes deux hommes sont formels, ils l'avaient déjà repéré à Aix, puis à Saint-Tropez. Il est en Corrèze, j'ai l'adresse exacte. Vous savez ce que c'est : on infiltre leur saloperie de Résistance, on ramasse des renseignements, on fait des descentes. Je donne un coup de main, je fais de mon mieux, ce n'est pas facile. Bon, je parle trop, c'est vrai, c'est les nerfs. C'est que ça commence à pas sentir trop bon, pour moi. Je ne vous dirai pas tout ce que j'ai fait pour l'Allemagne, j'ai l'impression que vous vous en foutez complètement. Mais pour le gosse...

Lafont sourit, de ses yeux de chat sauvage à la mobilité très grande, et Gregor Laemmle qui l'examine, tout en buvant son café, trouve Monsieur Henri bien changé, depuis leur dernière rencontre, il y a des mois : derrière l'assurance et la faconde, la fébrilité transparaît — « mais pas la peur, cet homme-là n'a pas peur ».

— Et comment va-t-il ?

Lafont hésite, puis sourit à nouveau. Il explique que s'il a tardé à répondre, ce n'est en aucune façon pour faire monter les prix, « j'ai tout l'argent que je veux, ce n'est pas ce que je suis venu chercher chez vous ». Son regard se voile. Il se tait, trempe ses lèvres dans le café renforcé de cognac que Soëft vient de lui apporter, demande enfin :

— Il vous intéresse toujours, ce môme ?

« Pourquoi a-t-il fallu qu'il vienne ? » pense Gregor Laemmle.

— Oui, dit-il simplement.

Les yeux de chat sauvage le scrutent.

— Vous êtes un drôle de zigue, vraiment pas banal. Vous êtes spécial. Moi, je me fous de tout, mais vous alors... C'est peut-être ce qui nous rapproche.

— Allez savoir. L'Enfant est menacé ?

Acquiescement.

— Une carte, Soëft.

Gregor Laemmle se penche sur la Corrèze.

— Il est dans ce coin, indique Lafont. Près de la ville de Tulle. Chez un docteur qui s'appelle Nadal et qui est espagnol, malgré son nom.

— Nadal est aussi un nom espagnol.

« Tu croyais l'histoire finie, Gregor, tu le croyais vraiment. Mais non. » Il demande :

— Et à qui d'autre avez-vous vendu cette information ?

— Vous êtes bougrement futé, hein ?

— A qui d'autre ?

Hess, Jurgen Hess bien entendu. Qui a été expédié

sur le front russe mais par malchance en est revenu tout couvert de médailles. Il est Standartenfürher maintenant. En principe, il doit prendre un commandement dans une division SS à Bordeaux, la deuxième Panzer *Das Reich,* mais il se trouve encore à Paris.

— Je l'ai eu au téléphone, on doit se voir ce soir.

— Que sait-il exactement ?

— Que je sais où est le môme, rien d'autre. On s'est connus grâce à vous, en somme.

— Encore un peu de café ?

Lafont refuse, se lève, marche jusqu'à la porte. Il dit qu'il va crever, sans doute avant la fin de l'année, ce n'est pas grave, il aura vécu dix fois plus vite que les autres, il faut bien payer un jour et il est d'accord pour payer ; il ne sait pas pourquoi il est venu, une idée en passant.

Il s'en va.

Cet après-midi-là, Gregor Laemmle se rend à pied jusqu'au jardin des Tuileries — dédaignant le Luxembourg trop proche. Il s'assoit sur un banc. « Ce que j'ai accompli et suis en train d'accomplir demeurera sans aucun doute unique dans les annales de la philosophie allemande. Il est vrai que je ne crois plus depuis des lunes à la philosophie, dont la vacuité m'a toujours paru aveuglante. Je suis comme un marin qui haïrait la mer et pourtant ne peut plus vivre sur terre. » Des heures plus tard, un vieux gardien frigorifié le prie de sortir, on va fermer le jardin. Il sort et déambule, longeant les grilles, dans l'attente de Soëft.

Qui finit par arriver, dans la froide nuit d'un Paris blême, et avec les renseignements convenus.

— Merci, Soëft. Et j'aime beaucoup cette voiture que vous nous avez trouvée, elle est blanche, ce qui est la couleur du deuil dans l'empire céleste. Admirable.

Il prend place à l'arrière et s'emmitoufle, constatant qu'il est tout bonnement gelé.

— En route, Soëft.

« Voilà quelques dizaines d'heures, revenant d'Italie et passant dire adieu à Paris, j'étais sur le point de regagner le Schwartzwald de mon enfance afin, soit de me tirer une balle dans la bouche, soit de m'ouvrir les veines dans un bain chaud (je reconnais n'avoir pas déterminé ce point de détail). L'Enfant n'était plus qu'un souvenir et me voici à nouveau plongé dans l'histoire de Thomas. »

— Je suis pantois, Soëft.

— Bien monsieur, dit Soëft.

— Je voudrais venir avec vous, dit Rosie Maier, laquelle vouvoie Quattermain même en allemand.

Il tente de la convaincre de n'en rien faire et en désespoir de cause finit par l'assommer d'un coup de poing et l'enfermer dans le cabinet de toilette, bâillonnée et ligotée avec du sparadrap.

Quattermain a choisi cette nuit-là pour la seule raison qu'elle est noire. Elle l'est, et diablement : par les fenêtres devant lesquelles il est resté en attente plus de deux heures, il ne distinguait même pas la première ligne des arbres du parc, à trente mètres du bâtiment ni d'ailleurs la moindre silhouette de sentinelle, il est porté à croire qu'elles seront bizarrement absentes cette nuit.

Il est une heure quinze du matin quand son évasion proprement dite commence. La soirée précédente a été banale : il a dîné vers sept heures trente, la femme de service est venue une heure plus tard reprendre la table roulante, il a chargé lui-même le projecteur et regardé pour la deuxième fois *les Raisins de la colère* de Ford. Rosie l'a rejoint vers la fin du film, il était donc onze heures, il a éteint ses lumières une demi-heure plus tard.

La porte donnant sur le parc devrait être fermée à clé. Elle ne l'est qu'à demi, le tournevis fourni par Rosie lui permet de démonter la seule serrure qu'on a actionnée.

Personne dans la guérite au bas des marches. « Ce n'est même pas une évasion, c'est une promenade... » Quattermain atteint la première ligne des arbres lorsqu'il bute sur un corps : le soldat gît, la nuque ensanglantée. « Et avec quoi suis-je censé l'avoir assommé ? » Il repart et quinze cents mètres plus loin, arrive au petit étang qui marquait le terme de ses promenades, quand muni de sa canne il faisait encore semblant d'être incapable de tout exercice prolongé. Il contourne l'étang et passe le pont de bois enjambant le ruisseau dont le dessin a toujours rappelé à Quattermain la Serpentine dans le Hyde Park de Londres. « J'ai la très nette impression que quelqu'un m'observe. » Il dépasse une petite maison forestière reconvertie en poste de garde. Des lumières y brillent, et à deux cents mètres au-delà d'autres lampes éclairent l'entrée principale du parc, où vont et viennent des sentinelles, « l'itinéraire qu'on a choisi pour moi ne passe évidemment pas par là... ». Quattermain oblique sur sa gauche, restant sous le couvert des mélèzes et très vite le mur de clôture se dresse, haut de quatre bons mètres et couronné par une frise de barbelés, « je ne suis évidemment pas supposé franchir cette chose d'un bond, Joachim Gortz a certainement mieux à m'offrir ».

Ni patrouille ni chiens. Il suit le mur jusqu'à une ferme, qui se dresse au débouché d'un bouquet de noisetiers. Le corps d'un soldat est étendu sur le sol, « une autre de mes victimes », pense Quattermain, « je suis d'une efficacité qui m'étonne moi-même... ». Il pénètre dans la ferme, les pièces qui se succèdent sont désertes et conduisent à une porte ouvrant de l'autre côté du mur d'enceinte.

Il traverse la route et peu de temps après, un véhicule

militaire passe, sans le voir. Il marche dès lors sur un sentier.

Vingt minutes plus tard, soit vers deux heures du matin, il parvient en vue d'un petit village. La Mercedes s'y trouve, on ne voit qu'elle, garée pas très loin d'une auberge et au sommet d'une route asphaltée. Il suffit d'en desserrer le frein à main pour qu'elle se mette en mouvement, et sans le moindre bruit.

Il roule.

« Il y avait un homme à la fenêtre de l'auberge et il m'a regardé partir... »

... Il refrène une terrible envie d'enfoncer l'accélérateur et de libérer toute la puissance de la Mercedes. Et bien lui en prend. D'abord parce que la route ne cesse de descendre, de façon fort abrupte le plus souvent, ensuite et surtout parce qu'il s'attendait plus ou moins à ce qui finit par se produire. A la sortie d'un virage, soudain ses phrases éclairent un véritable barrage de trois voitures impossible à contourner.

Il stoppe.

Un individu de taille moyenne, mais très massif, se détache du groupe de six hommes. Il porte un manteau de cuir noir et un feutre marron, ses mains sont gantées ; le Lüger qu'il tient pend à bout de bras, canon vers le sol. Il vient jusqu'à la portière du côté de Quattermain et d'un signe de la main gauche lui demande de baisser la vitre.

— Allongez-vous sur le plancher, dit-il en anglais. Vite, s'il vous plaît.

Un grand calme dans le ton et comme Quattermain le fixe sans bouger, le canon du Lüger apparaît.

— Je ne vous tuerai pas mais on ne m'a pas interdit de vous tirer dans les jambes. Allongez-vous, je vous prie.

Quattermain obéit, s'aplatissant du mieux qu'il le peut. Dix secondes, puis les coups de feu éclatent, une rafale automatique touche la voiture, fait exploser les vitres latérales, perce une partie de la carrosserie. Le silence revient.

— Vous pouvez vous relever.

Quattermain se redresse, le barrage devant lui est en train de s'ouvrir, les tireurs s'écartent et remontent dans leurs propres véhicules. Et sur le siège arrière de la Mercedes l'homme massif vient de prendre place.

— Vous pouvez repartir, monsieur.

— Pour aller où ?

— Il y a un autre barrage, un vrai, à quelques kilomètres d'ici, vous devrez le franchir sans vous arrêter, ne vous préoccupez pas de leur barrière. Un soldat tirera peut-être mais son arme sera chargée à blanc. Et d'ailleurs, si vous êtes aussi bon pilote qu'on me l'a dit, il n'aura même pas le temps d'épauler. Vous pouvez rouler aussi vite qu'il vous plaira, dès maintenant.

Quattermain croise dans son rétroviseur intérieur un regard froid et impénétrable. L'homme massif tient le Lüger sur ses genoux.

La Mercedes répond à la première sollicitation, elle prend de la vitesse et quelques minutes plus tard, en effet, elle enfonce la frêle barrière de bois rouge et noire d'un barrage, passant bien trop vite pour que les trois ou quatre soldats de garde aient le temps de se mettre en position de tir.

— Vous conduisez remarquablement, monsieur.

On longe un lac.

— Qui a assommé ces deux soldats dans le parc de la clinique ? Vous ?

Les yeux noirs le fixent, parfaitement impénétrables. Il traverse en trombe un minuscule village endormi, finit par arriver à un premier carrefour où un panneau indique Salzbourg à droite.

— A gauche, monsieur, je vous prie.

Des lacs en enfilade, sur la gauche justement. La route continue de descendre mais les pentes, si abruptes peu auparavant, s'adoucissent désormais.

— Il y a un autre poste de police à un kilomètre devant nous. Ne vous arrêtez pas.

Compteur bloqué, Quattermain file comme l'éclair. C'est à peine s'il enregistre la présence, sur le côté droit de la route, d'un bâtiment éclairé, à la porte duquel deux soldats lèvent le bras dans une tentative dérisoire pour interrompre sa course. Il demande :

— Nous sommes en Autriche ?

— Nous venons d'y entrer.

La question vient sur les lèvres de Quattermain : et maintenant ? Mais il ne la pose pas. « Joachim Gortz a certainement prévu une solution. » Il reconnaît tout à coup la route sur laquelle il roule à tombeau ouvert, c'est celle de Kitzbühel ; il écarte les souvenirs qui s'y rattachent, c'était il y a des siècles, de toute façon.

— Dans très peu de temps d'ici, vous allez apercevoir un camion stationné sur la droite. Vous vous arrêterez, s'il vous plaît.

En fait de camion, il s'agit d'un fourgon. Les portes arrière s'ouvrent et un homme en descend. Sans qu'un seul mot soit échangé, il s'installe au volant de la Mercedes et démarre dans la seconde.

Quattermain, lui, monte aussitôt dans le fourgon, suivi par l'homme massif. L'échange n'a pas duré quinze secondes.

Le camion se révèle être un véhicule destiné au transport des fonds. Ses seules fenêtres sont des meurtrières grillagées. Il roule à bonne allure et deux heures et demie plus tard, il traverse Innsbruck. A quatre reprises, il a été arrêté par des barrages mais chaque fois les papiers montrés par le chauffeur ont suffi pour repartir sans encombre.

— Je suppose que l'homme qui m'a remplacé au volant de la Mercedes a attiré sur lui l'essentiel de la poursuite ?

L'homme massif a des yeux noirs, d'un noir de jais. Il acquiesce.

— Vers l'Italie, peut-être ?

Nouvel acquiescement.

— Et nous allons en Suisse, nous-mêmes ?

Acquiescement.

A aucun moment, les yeux noirs de gerfaut n'ont lâché Quattermain. Sauf lors du franchissement du troisième barrage, quand les soldats ont donné l'impression de venir ouvrir les portes du fourgon à emblème de la Reichbank. Un temps bref, cinq ou six secondes au plus, pendant lesquelles l'homme massif s'est déplacé, son arme déjà pointée, à l'écoute de ce qui se passait dehors.

Il a tourné le dos à Quattermain et ça a suffi : le rouleau de fil de fer se trouve maintenant dans la poche droite du manteau de Quattermain et les longs doigts de celui-ci ont presque achevé le nœud coulant.

L'avant-veille, Thomas s'est rendu à Tulle à vélo. Il n'a même pas eu besoin de prétexte : le docteur Nadal lui a demandé d'y aller, pour chercher des médicaments. Ce n'est pas sa première visite à la ville, il s'en faut, il a déjà effectué à plusieurs reprises l'aller et retour. Mais c'est vrai que ça le démangeait drôlement, cette fois : il a entendu parler les maquisards lorsqu'ils viennent le soir se faire soigner par le docteur Nadal, ils ont dit qu'un jour ils allaient attaquer Tulle, sans attendre les Américains.

Il avait envie de voir à quoi ressemblait l'ennemi. Une fois les médicaments obtenus à la pharmacie, il a systématiquement jeté un coup d'œil à tous les endroits que les maquisards attaqueraient, un jour ou l'autre. Il est passé devant l'*Hôtel Moderne* où siège la Gestapo, devant la Feldgendarmerie à l'hôtel *La Trémolière*, devant la caserne du Champ de Fer (qui abrite ces abrutis de la milice ou va savoir quoi), devant l'hôtel *Dufayet* près de la gare et l'*Hôtel Terminus* qui sont pleins d'officiers allemands paraît-il (c'est vrai) et il a poussé jusqu'à la place de Souillac, l'école et la manufacture d'armes du même nom. Là, pas de problème, il a vu plein d'Allemands.

Il n'a pas senti de danger particulier.

Sauf à un moment, quand il est passé devant la terrasse du café Tivoli. L'*instinct de rat* a immédiatement donné l'alerte. Une dizaine d'hommes étaient attablés, buvant et riant. Son regard est rapidement passé sur les visages. Il n'en a reconnu aucun. Mais quand même. « Tu sens quelqu'un derrière une porte, tu ne l'as pas entendu arriver, ni sonner ni rien, mais tu sais qu'il est là, c'est tout. » Il s'est aussitôt dressé sur ses pédales mais très vite s'est raisonné : « surtout ne pas filer comme un fou, tu te ferais remarquer ». Il a tourné dans la première rue, celle du Pont-Neuf, et là, un petit incident a eu lieu : des gardes mobiles avec leur mousqueton à l'épaule lui ont fait signe d'arrêter, ils ont voulu savoir ce qu'il fabriquait et pourquoi il n'était pas à l'école. Pas grave : il leur a montré le certificat établi par le maître, qui le dispensait de classe à cause des oreillons. Puis un vrai gendarme est arrivé, « c'est le neveu du docteur Nadal que je connais », a-t-il dit aux salopards avec leur casque et leur fusil.

Il est reparti.

Cela, c'était il y a deux jours. Il avait presque oublié sa balade — surtout à cause d'Élodie que, la veille, il a enfin réussi à convaincre de se mettre toute nue dans la grange.

Mais il s'en souvient, maintenant. Il revoit les visages des hommes attablés au café Tivoli, sa mémoire les lui ressort un par un.

Et pas de doute, en voici deux. Ils sont assis dans leur foutue traction avant, à environ huit cents mètres dans un bosquet à l'écart de la route. Ils attendent, immobiles, fumant cigarette après cigarette, l'air de rien, comme s'ils étaient là pour regarder le paysage. Sauf que placés comme ils le sont, ils peuvent drôlement bien surveiller la route qui va jusqu'à la maison du docteur Nadal.

— Miquel, tu les a vus ?

— *Sí.*

Thomas abaisse ses jumelles.

— Tu pourrais les avoir, Miquel ?

— Ça ne servirait à rien, *Tomás.*

« Miquel a raison, je suis vraiment bête. Une supposition qu'il tue ces deux-là, il en arriverait d'autres par centaines.

« Je suis repéré, ils m'ont reconnu à la terrasse du Tivoli, ils me surveillaient, ils auraient pu attaquer déjà depuis deux jours. Ils ne l'ont pas fait parce qu'ils attendent les ordres. Ce sont des types de Lafont et Bonny, et puisque l'Homme aux Yeux Jaunes s'est retiré de la partie, ils travaillent donc pour le Jurgen Hess...

« Voilà, c'est ça : le Hess va arriver et recommencer sa chasse. »

Il rampe et lorsqu'il est certain d'être hors de vue, se redresse.

— Je crois qu'il faut rentrer très vite. Miquel. Où es-tu ?

— Devant toi, puisque tu t'es retourné.

— Je ne l'ai pas fait exprès, Miquel.

— *No entiendo,* je ne comprends pas.

— Je n'ai pas fait exprès d'être repéré à Tulle.

Thomas s'est mis en marche, rapidement. Si ça se trouve, ça va être une question de minutes.

— Je ne l'ai vraiment pas fait exprès. Ou alors sans m'en rendre compte. Peut-être que dans ma tête, je *voulais* être repéré. C'est ma faute, de toute façon, je n'aurais pas dû faire l'imbécile sur mon vélo, à Tulle. *Lo siento,* je regrette.

Miquel ne répond pas. C'est ce qui est agaçant chez lui : déjà tu ne le vois jamais et en plus, il ne dit rien. Thomas progresse très vite. Dans sa tête c'est très clair : le Hess va tomber comme la foudre sur la maison du docteur Nadal et il est très capable de massacrer tout le monde : le docteur Nadal et tante Mayo et la bonne, mais également les Berthier. Peut-être même les gens dans les fermes aux alentours. Peut-être même Élodie, ses frères et ses sœurs et ses parents. Il faut les prévenir.

Maintenant il court, malgré le terrain accidenté, s'arrêtant à plusieurs reprises pour examiner les alentours avec ses jumelles — peut-être que le Hess ou les autres hommes de Lafont sont déjà sur place, à attendre son retour, il ne s'agirait pas d'aller se jeter comme un crétin dans le piège. « Tu t'es déconcentré, Thomas. Depuis que tu es en Corrèze, tu fais moins attention, tu es moins en alerte. Quand l'alarme a sonné dans ta tête, devant le café Tivoli, tu aurais dû te défier tout de suite. Et au lieu de ça, tu es rentré tranquillement sans rien dire à personne ! Je te déteste ! Tu t'es laissé aller à la douceur et voilà le résultat. »

L'angoisse l'étreint. Il imagine le docteur Nadal et tante Mayo déjà morts et leurs têtes coupées comme Papé et Mamé Allègre à Sanary, tout cela par sa faute. Il imagine ces horreurs, et en lui la méchanceté et la haine remontent vraiment grandes, dévorantes tu dirais. Parce que ça commence à bien faire, qu'on le poursuive encore et toujours ! Ça ne finira donc jamais ? Il a trop attendu, il s'est caché, il a joué uniquement la défense, il faut attaquer, il faut...

Un mouvement ! Ça bouge devant lui. Il a aperçu une silhouette à trois cents mètres ! Il s'aplatit et braque ses jumelles. Il reconnaît enfin le père Berthier, avec ses petites jambes, son ventre et son crâne chauve, il est tout suant et hors d'haleine. Thomas s'assure qu'il est vraiment seul, que ce n'est pas un piège, des fois qu'on se servirait du père Berthier comme d'un appât. Mais non, personne. Il se montre et, sitôt qu'il l'aperçoit, le père Berthier s'écrie que cela fait des heures qu'on le recherche, lui Thomas, tout le monde est très inquiet.

Il demande à Thomas s'il connaît quelqu'un appelé Barthélemy, et qui serait marchand de légumes à Grenoble. Oui ? Eh bien, ce Barthélemy a téléphoné, il a prévenu qu'il fallait filer tout de suite. Il a laissé un message.

— Thomas, le docteur Nadal veut que tu rentres au plus vite. Tu es seul ? Ton ami n'est pas avec toi ?

Thomas ne se préoccupe pas de répondre. Bien sûr que Miquel est là, bien sûr. Miquel est *toujours* là. Il écarte cette pensée. Il y a d'autres trucs sur quoi réfléchir et qui sont drôlement plus importants.

Il dit au père Berthier :

— Nous allons rentrer le plus vite possible. Mais il vaut mieux qu'on n'aille pas ensemble, vous et moi. Vous voulez bien marcher devant, s'il vous plaît ? Je vous suivrai. Et quand on sera à la maison, entrez le premier, et si tout va bien, vous ressortez et vous me faites signe.

« Pourquoi est-ce que je l'appelle le père Berthier ? Ce n'est pas respectueux. C'est un homme gentil et doux... Dès que quelqu'un de gentil et doux m'approche, il meurt. Papé Allègre et le colonel d'Aix aussi étaient gentils et doux. Et plus que tous les autres, l'Américain... *Ne pense pas à l'Américain, n'y pense plus, tu t'es juré de ne plus y penser ! Lui et la Chose, ça te fait trop mal !* »

Vingt minutes plus tard, M. Berthier arrive dans la maison du docteur Nadal (lui thomas étant à trois cents mètres et observant avec ses jumelles). Ça va, la voie est libre, M. Berthier ressort de la maison et fait signe que tout va bien. Thomas se méfie quand même encore un peu et termine son observation, fouillant chaque repli de terrain. Il finit par entrer à son tour. Le docteur Nadal est très nerveux, il ne comprend pas : comment Barthélemy, un marchand de légumes de Grenoble, a-t-il appris où Thomas se trouvait et qui est ce Barthélemy, d'abord, et nom de Dieu, pourquoi lui Thomas disparaît-il ainsi des journées entières ?

— Je suis vraiment désolé et je vous prie de m'excuser, dit Thomas, je n'ai vraiment pas été raisonnable. Est-ce que vous pouvez me dire quel était le message ?

Le message dit exactement : *L'imbécile blond a trouvé la cachette du petit monstre et Pistol Peter marche maintenant vers la Forêt-Noire.*

Le docteur Nadal secoue la tête :

— Je ne comprends pas un mot, Thomas. Et toi ?

Thomas répond qu'il comprend très bien, chaque mot. La mécanique est en route dans sa tête et tourne drôlement vite. Il demande si Bathélemy au téléphone avait l'accent de Majorque.

— Non, pourquoi ? dit le docteur Nadal, étonné.

— Ce n'était pas Barthélemy qui ne sait pas où je suis, de toute façon. La seule fois où il m'a envoyé un message, il a écrit à Majorque et sa famille de Majorque a transmis le message à d'autres *Mallorquins* de Toulouse et de *Mallorquín* en *Mallorquín,* vous l'avez reçu.

— Le petit monstre, c'est moi, explique Thomas. Et l'imbécile blond, c'est le Jurgen Hess, celui qui m'a poursuivi et qui a failli me prendre il y a presque deux ans. Le Hess sait où je suis, il faut faire très vite, peut-être qu'il est déjà en route. Il viendra avec des soldats. Miquel et moi on a vu deux guetteurs, mais il y en a sûrement d'autres.

— Tu vas filer chez les maquisards, tout de suite, dit le docteur Nadal. Toi et Miquel. Nous avons préparé vos sacs. Et d'ailleurs, où est-il, Miquel ?

— Quelque part dehors. Il surveille.

Thomas réfléchit sacrément. Il dit au docteur Nadal :

— Vous ne comprenez pas. Ce n'est pas seulement moi qu'ils veulent, ce n'est pas parce que je serai parti qu'ils vous laisseront tranquilles. Il faut que vous partiez aussi, vous, la tante Mayo et M. et Mme Berthier. Vous devez partir maintenant.

Il lit le refus dans les yeux du docteur Nadal, et dans ceux de M. Berthier et ça le met en colère, de voir qu'ils ne comprennent pas, ou qu'ils ne veulent pas comprendre. Qu'est-ce qu'ils croient ? Que le Hess va être poli avec eux et juste s'en aller quand il aura vu que lui Thomas a filé ?

— Je suis médecin, on a besoin de moi ici, je n'irai certainement pas dans la montagne, répète le docteur Nadal avec un entêtement incroyable.

Et M. Berthier dit que c'est pareil pour lui : ils sont trop vieux, sa femme et lui.

Thomas en hurlerait de rage.

Mais rien à faire.

— Nom de Dieu, Thomas, tu vas m'obéir pour une fois ! J'ai tout arrangé : quatre des hommes de Kléber vous attendent Miquel et toi, ils sont au rocher de la Demoiselle. File !

La nuit est tombée, Thomas s'est glissé hors de la maison. Il marche, portant les deux sacs, celui de Miquel et le sien. Il est envahi par un chagrin énorme, en pensant à ceux qu'il laisse derrière lui. Pourquoi n'ont-ils pas voulu comprendre, pourquoi ? Il est à ce point plongé dans sa tristesse qu'il bondit, presque affolé, lorsqu'une ombre surgit soudain près de lui, lui prend le plus gros sac des mains, lui serre l'épaule en un geste d'amitié. Il s'agit de Miquel, bien sûr, Miquel qui lui souffle très doucement à l'oreille que *¡ cuidado !* il y a des guetteurs pas loin, ils encerclent la maison, « ne fais pas le moindre bruit Tomás et suis-moi... ».

Ils vont maintenant l'un derrière l'autre et la mécanique engueule drôlement Thomas : « Ç'aurait pu être n'importe qui à la place de Miquel, tu ne l'aurais pas entendu approcher, tu serais pris maintenant ; tout ça parce que tu as perdu ta concentration, tu t'es amolli, tu ferais mieux de réfléchir à ce qui va se passer maintenant, *réfléchis nom d'un chien !* »

Il calque ses gestes sur ceux de Miquel qui lui ouvre la route, « Miquel est vraiment formidable, il est à deux mètres de moi et je n'entends rien, bon sang je n'aimerais pas être un sanglier *mallorquín* avec un Miquel au derrière ! ».

Il réfléchit, ça devient clair et net dans sa tête. Le message, d'abord. « Évidemment que c'est l'Homme aux Yeux Jaunes qui l'a envoyé, il n'a jamais voulu que Hess me prenne, rien n'est changé ; d'une façon ou d'une autre il aura appris que Jurgen Hess est en route pour venir m'attraper et il a trouvé ce moyen de m'avertir. D'accord. Reste l'autre partie.

« Pistol Peter est l'Américain.

« Et il marcherait vers la Forêt-Noire, le Schwarzwald. C'est-à-dire en Allemagne et pas n'importe où en Allemagne, mais vers la maison même de l'Homme aux Yeux Jaunes, près de Fribourg-en-Brisgau où il était professeur — et cette maison serait facile à trouver, d'abord parce que ça doit être une vraiment très belle maison (il a beaucoup d'argent) et ensuite parce qu'il suffirait d'aller à l'université et de demander où habite le professeur Laemmle.

« *Pistol Peter marche vers la Forêt-Noire.*

« Ça voudrait dire que l'Américain est encore vivant ?

« CALME-TOI ! »

Miquel s'est arrêté tout d'un coup, Thomas fait de même. Ils sont l'un et l'autre dans le fin fond d'un défilement, un ravin tu dirais, et plein de broussailles. D'abord le silence. Total. Et puis ça vient. Pas aux oreilles mais aux narines : une odeur de fumée de cigarette. « Il y a des guetteurs tout près. » Thomas s'accroupit, il attend, ne bouge plus du tout. Sauf dans sa tête où ça tourneboule et virevolte, comme un tourbillon, « CALME-TOI ! Ton cœur bat tellement fort qu'on va l'entendre ! Calme-toi. Réfléchis.

« D'accord, ça veut peut-être dire que l'Homme aux

Yeux Jaunes a menti la première fois, peut-être que l'Américain est encore vivant. Admettons. Et il *marche* vers la Forêt-Noire. Autrement dit, il se rend lui aussi à Fribourg-en-Brisgau, il y va (pour tuer l'Homme aux Yeux Jaunes mais aussi pour lui faire dire, avant, où il est lui Thomas) — ça c'est logique, puisque l'Américain m'aime. Il marche, dit le message. Ça veut peut-être dire qu'il était en prison quelque part et qu'il en est sorti, il s'est évadé ou on l'a laissé partir. Et le Laemmle l'aura appris et il me l'annonce.

« Pour que je vienne moi aussi.

« Et comme ça j'aurai deux raisons d'aller dans le Schwarzwald : tuer le Laemmle, et retrouver l'Américain.

« C'est bien joué. C'est vraiment un joli coup.

« Évidemment ça peut être un piège : l'Américain serait vraiment mort mais l'Homme aux Yeux Jaunes mentirait en disant qu'il ne l'est pas et comme ça il m'attirerait chez lui.

« Ça aussi, ce serait un joli coup : il m'avertirait de l'arrivée de Hess et dans le même temps, au lieu de me poursuivre et se casser la tête à me trouver, il attendrait que je vienne directement chez lui.

« Il est vraiment fort. »

Miquel devant lui se redresse très lentement, sa main dans la nuit fait un signe : « On y va. » Ils repartent.

Cent mètres plus loin, ils croisent un chemin et sur la gauche à deux cents pas, il y a une masse sombre de voitures à l'arrêt.

Miquel et Thomas traversent le chemin et poursuivent. Le rocher de la Demoiselle est à une demi-heure à pied.

« Et je vais aller dans son Schwarzwald, c'est clair que je vais y aller. Il veut me voir, il me verra, il peut compter dessus !

« J'irai quand j'aurai fait cette autre chose que je dois faire, et faire maintenant, le temps est venu.

« C'est clair. »

Devant lui, l'allure de Miquel s'accélère, « sûrement qu'on a dépassé la ligne des guetteurs ». Miquel lui fait signe d'aller de l'avant tout seul, ce serait dangereux de marcher côte à côte. Miquel préfère être une ombre que personne ne voit, et qui frappe et tue quand il le faut. C'est son goût, son idée des choses, il est comme ça.

— Miquel ?

La silhouette si furtive s'immobilise.

— Miquel, j'ai réfléchi. On ne va pas aller rejoindre les maquisards.

Miquel attend (« sans poser de questions, tu remarques »).

— On ne va pas y aller pour deux raisons, dit Thomas. La première, c'est que si on va chez les maquisards, on va attirer la foudre sur eux, le Hess les massacrera tous, il viendra avec une division blindée, des chars et tout, et il les tuera un par un ; aller chez eux, ce serait comme les condamner à mort ; et en plus, ce ne sont pas des vrais soldats, les maquisards, ils parlent trop, la preuve est que je les ai entendus raconter comment ils allaient attaquer Tulle ; ces choses-là, on les fait sans les hurler sur les toits ; je n'ai pas confiance ; et puis, je ne veux plus courir devant le Hess.

Silence.

— Je veux être le chasseur maintenant, Miquel.

Miquel s'accroupit et disparaît comme si la terre l'avait mangé.

— Tu es encore là, Miquel ?

— *Estoy aquí.*

(Il a changé de place, en quelques secondes — et pas un bruit.)

— La deuxième raison, dit Thomas, c'est le docteur Nadal, et tante Mayo, et M. et Mme Berthier. Il y a un moyen de les protéger, malgré eux. Un seul moyen. C'est de tuer le Jurgen Hess. Je crois que les autres

Allemands se fichent pas mal de m'attraper, ils ont d'autres soucis, à présent. Avec les Américains qui vont débarquer et les Russes qui les tuent. On supprime le Jurgen Hess et ça s'arrête, pour nous.

Silence. Thomas pense : « Concentre-toi bien, dis-lui les choses pour le convaincre. Celles-là et rien d'autre. Surtout, ne fais pas l'erreur de croire qu'il est bête. Il ne l'est pas. Il ne raisonne pas comme toi, c'est tout. »

— On ne va pas continuer à courir devant le Hess, Miquel. Pas devant lui qui a tué Javier et Joan et Tomeo. Et Papé et Mamé Allègre...

(« Tu n'as même plus besoin de faire semblant d'être ému, Thomas, tu l'es vraiment, oh mon Dieu, tu pleures presque tellement tu es ému et plein de rage et de chagrin... »)

— On ne va pas laisser vivre cet homme qui a fait ce qu'il a fait dans le Var, Miquel, ce qu'il Lui a fait à *Elle*...

Il y a alors un drôlement grand et long silence. Parce que Thomas n'arrive plus à dire un mot. « Je ne peux plus parler, ça vient de remonter d'un coup, du fond de moi, c'est une haine terrible, comme la lave d'un volcan, je sais que j'ai raison et qu'il faut tuer le Jurgen Hess pour être tranquille, d'accord, mais surtout parce que je le déteste, je le hais...

« Presque autant que l'Homme aux Yeux Jaunes. »

Thomas se baisse. Il a envie de vomir tellement la haine le fait trembler et pendant un moment, un court moment, même la mécanique dérape et ne contrôle plus rien du tout.

Ça passe.

« Maintenant, c'est fini, je ne veux plus de douceur. Je vais aller jusqu'au bout. »

Il se met en marche et au lieu d'aller droit vers le rocher de la Demoiselle, il prend à gauche, scrutant la nuit de ses yeux de hibou. Tulle est à trois heures de marche.

« Ce serait trop beau que l'Américain soit encore vivant. C'est impossible. Tu l'as sacrifié et il est mort.

« Ce serait trop beau. N'y pense plus. Pense au Jurgen Hess et comment tu vas le tuer.

« D'accord, tu sais déjà comment. Mais réfléchis encore. Concentre-toi. »

Il parcourt deux kilomètres, il arrive devant une route et avant de s'y engager, laisse passer un convoi de six camions remplis de soldats, précédé et suivi de deux automitrailleuses. Aplati dans le fossé, il attend encore, bien après le passage — quelquefois, il y a un autre détachement derrière et comme de l'autre côté de la route il y a un très grand champ découvert, il préfère ne pas prendre de risque.

Il a eu raison d'attendre : passent une troisième automitrailleuse et deux motocyclettes à side-car.

Le silence.

Thomas n'a rien entendu à aucun moment mais il sent la présence sur sa droite.

— *Olá,* Miquel.

— *Olá, Tomás.*

Thomas sort du fossé, traverse la route, puis le grand champ. Il marche d'un bon pas, mais sans courir, il se sent envahi d'une force énorme.

« Et ce n'est plus nécessaire de jouer à être Pistol Peter, ou Guy l'Éclair ou Tarzan.

« Je suis Thomas et rien d'autre. Et ça suffit. »

Tulle n'est plus qu'à deux heures de route. Il y sera avant minuit.

Le fourgon de la Reichbank a brusquement stoppé au bord de la route. Une voiture l'attendait embusquée à l'entrée d'un chemin de terre. L'homme massif aux yeux de gerfaut a ouvert les portes arrière, « veuillez descendre, je vous prie, monsieur ». Quattermain a sauté à terre et a payé cette petite acrobatie d'une fulgurante douleur dans la hanche.

— Veuillez monter, je vous prie.

La voix est d'une extraordinaire tranquillité. Quattermain a obéi, il a pris place avec Yeux de Gerfaut à l'arrière de la voiture, pilotée par un homme en veste de velours.

On sort du chemin de terre et l'on se retrouve sur la route asphaltée. Une trentaine de minutes s'écoule. Il semble à Quattermain qu'on se dirige vers le nord, « ce qui voudrait dire que nous serions en train de longer le Liechtenstein » — une fois il s'est arrêté à Vaduz, mais c'était sept ou huit ans plus tôt et ses souvenirs sont vagues. Le Liechtenstein est-il ou non occupé par Hitler, d'ailleurs ?

Troisième ralentissement, on vient de suivre une succession de petites routes. On roule presque au pas, tous feux éteints, pendant quelques minutes encore et les nerfs de Quattermain se tendent...

On s'arrête. Le chauffeur en veste de velours abandonne le volant et s'éloigne du véhicule.

— Prenez sa place, monsieur, je vous prie...

Le Lüger de Yeux de Gerfaut est pointé.

Quattermain s'exécute et vient s'asseoir sur le siège du conducteur.

— Veuillez démarrer s'il vous plaît, monsieur. Il y a une agglomération à quelques centaines de mètres devant nous. Le mieux serait de la traverser en évitant la rue principale, je vous guiderai. La frontière est proche...

Quattermain déroule alors le fil de fer, il élargit le nœud coulant (on y voit à peine, à l'intérieur de la voiture). Il dépose le fil sur ses cuisses, prend le volant, appuie aussi légèrement qu'il le peut sur l'accélérateur. Trois virages plus loin, des maisons se dessinent dans la nuit.

Chuchotement derrière lui :

— Le chemin de terre à gauche.

Il suit une haie, longe une série de bâtiments.

— A droite, je vous prie.

Il est dans une rue très étroite et quarante mètres plus loin croit à un cul-de-sac. Ce n'est qu'un passage voûté, un *Durchhaüser* comme il y en a tant dans le vieux Salzbourg. « Je ne passerai jamais... »

Chuchotement :

— Vous passerez. Nous avons pris les mesures de cette voiture. Essayez de ne pas toucher les murs, il y a au plus deux centimètres de battement, de chaque côté.

Il met vingt minutes pour couvrir trente mètres et n'effleure qu'une seule fois la pierre. Il se retrouve dans une nouvelle rue à ciel ouvert.

— A gauche, puis à droite.

Il ruisselle de sueur, du fait de la tension que lui impose cette délicate pression sur l'accélérateur. Il est obligé de jouer constamment de l'embrayage pour que le moteur ronronne le plus faiblement possible.

— Tout droit puis à droite.

Les dernières maisons disparaissent sur sa gauche et sa droite. Un chemin de terre entre les clôtures. Il débouche sur une route.

— A gauche. Le poste de police est à trois cents mètres derrière nous, vous pouvez rallumer vos phares. N'accélérez pas encore.

Trois minutes.

La voix presque normale désormais de l'Homme aux Yeux de Gerfaut :

— Vous pouvez commencer à accélérer, mainte...

Le démarrage est foudroyant. Quattermain monte les rapports avec une véritable frénésie, enfonçant l'accélérateur jusqu'au bout de sa course. Yeux de Gerfaut est rejeté en arrière, mais se redresse, relève son arme. Alors, Quattermain braque et freine en même temps, jetant la voiture dans un formidable tête-à-queue. Il lâche le volant de sa main droite, saisit avec la main gauche le nœud coulant, accroche le cou de Yeux de Gerfaut, et tire très violemment jusqu'à ce que le corps vienne à lui. Il saisit le poignet tenant le Lüger, écarte le canon, tandis que la voiture part en glissade à travers champ après avoir fracassé une barrière. Les secondes suivantes sont folles, c'est une mêlée confuse. La portière gauche s'ouvre. Quattermain se retrouve dans une position incroyable, le dos sur le sol et les jambes encore à l'intérieur de l'auto, tirant à deux mains sur le fil de fer. Son adversaire s'affale sur lui, le prend à son tour à la gorge, « je l'ai raté, j'ai laissé passer ma chance, je suis mort ! ».

Avec toute la force du désespoir, l'Américain continue pourtant à tirer, et soudain se desserre l'étreinte des doigts fantastiquement durs autour de son propre cou. Yeux de Gerfaut ne bouge plus.

Horrifié, Quattermain se redresse. Il contourne le capot en titubant, et s'engage sur une petit route bordée par des haies alternant avec des barrières de bois, « j'aurais dû prendre la voiture, pourquoi être parti à pied ? », il dépasse une première ferme, totalement plongée dans l'obscurité. « J'aurais dû prendre la voiture », les mots reviennent sans cesse dans sa tête et lorsque le faisceau lumineux lui éclate en plein visage, l'espace d'une seconde il croit voir le phare d'une moto. C'est une puissante torche électrique et il y a deux hommes derrière.

— Qui êtes-vous et où allez-vous ?

On lui parle en allemand.

— J'ai eu un accident de voiture, dit-il dans son allemand qui ne peut tromper personne.

— Vos papiers, s'il vous plaît.

Quattermain aperçoit le faible éclat d'un fusil que l'on braque sur lui. Aveuglé par la lumière, il distingue deux silhouettes d'hommes en uniforme, non pas casqués mais coiffés de calots.

Et tout va très vite : il est en train de chercher les mots pour expliquer qu'il a laissé son portefeuille dans la voiture, pas très loin de là, lorsqu'une forme surgit de la droite, frappe une première fois, puis une deuxième. C'est à peine si un très faible cri perce le silence. Et aussitôt après, le bruit mou de deux corps qui s'effondrent. Quattermain se penche pour ramasser le fusil tombé devant lui, il se retrouve avec le canon d'un Lüger à deux centimètres de son nez.

— Je n'ai pas voulu tirer tout à l'heure, dit Yeux de Gerfaut. Sinon, vous seriez mort. Reculez, je vous prie.

Quattermain s'écarte.

— J'aurais juré vous avoir tué.

— On ne me tue pas si facilement.

Le faisceau de la torche électrique balaie successivement les cadavres qui ont tous deux la gorge tranchée.

— Vous laissez décidément derrière vous une trace sanglante, monsieur. Aidez-moi à les pousser dans le fossé, je vous prie.

Yeux de Gerfaut en traîne un, Quattermain transporte l'autre par les épaules.

— Nous allons prendre le chemin qui est à gauche, à deux cents mètres d'ici. La frontière n'est plus très loin. Monsieur, je n'hésiterai pas à tirer, la prochaine fois. Suis-je clair ?

— Très clair, dit Quattermain.

— Marchez devant, je vous prie.

— Qui vous paie ? Gortz ?

— Mes ordres sont de vous amener vivant en Suisse. Vivant mais pas nécessairement intact, cela ne dépendra que de vous. Veuillez avancer et vous taire. Nous allons passer près de fermes et il y a beaucoup de gardes-frontière par ici.

La suite est un calvaire pour Quattermain : Yeux de Gerfaut lui a ordonné de quitter le chemin, et le fait progresser au travers de champs détrempés. Il est à bout de forces, les efforts des deux dernières nuits ont porté à son point de rupture un corps mal remis d'une trentaine d'interventions chirurgicales et qui, les deux dernières semaines de clinique, pouvait au mieux parcourir un mile aller et retour. Il est déjà tombé à plusieurs reprises et n'avance plus que par un prodige de volonté.

Une forte pente se présente.

« Je n'y arriverai pas. »

Il réunit toutes ses forces pour gravir peut-être dix à quinze mètres puis s'écroule, ayant tout juste le réflexe de protéger son visage avec son coude. Il n'a pas perdu conscience. Le faisceau de la torche vient sur lui.

— Relevez-vous, monsieur.

— Allez crever.

Une poigne absolument terrifiante le saisit à la nuque, le soulève du sol, le remet debout.

— Veuillez avancer, je vous prie.

Quattermain tente de frapper du poing l'homme massif qui ne cherche même pas à éviter le coup. Le simple élan de son bras suffit à déséquilibrer Quattermain : il part dans la pente qu'il a eu tant de peine à gravir, il plonge dans le vide et des mètres plus loin heurte du menton quelque chose comme une pierre ou un rocher.

Il perd connaissance.

Gregor Laemmle est assis sur la dernière marche du troisième étage, dans un immeuble de la rue de Lisbonne, à Paris. Pour éviter de salir le fond de son pantalon, il a étalé sous lui un très joli mouchoir qui lui sert ordinairement de pochette, « je suis d'un snob ! me voici à parfumer mon postérieur à la lavande ! ».

Il attend, depuis maintenant plus d'une heure. Soëft a fait quelque chose de très habile : il a trouvé un téléphone, chez un industriel à la retraite occupant l'appartement au-dessus ; en sorte qu'il peut en même temps monter la garde et lancer ses appels ; de Tulle, à un numéro indiqué par Henri Lafont, il vient justement de recevoir des informations sur l'endroit où l'Enfant se cache, chez un certain docteur Nadal — à part cela, il ne se passe rien, les hommes de Lafont continuent de surveiller à distance la maison du médecin, ils n'y ont rien remarqué de particulier, ils n'ont pas vu le gosse ressortir, après son retour un peu avant la tombée de la nuit (non, ils n'ont pas vu davantage le garde du corps espagnol, l'homme au fusil et, d'ailleurs, celui-là, à force de ne jamais le voir et faute du moindre signalement, ils ne sont pas si sûrs de son existence, « nous l'aurions repéré, autrement... »).

Gregor Laemmle pense à l'Enfant. Évidemment. Pour la première fois depuis quinze mois, il s'abandonne à la douceur de cette évocation ; tel un opiomane après s'être volontairement sevré, il revient à sa servitude. « Il a grandi certainement, peut-être est-il un peu changé, sa voix n'a pas pu muer, pas encore, il est probable qu'il a dû prendre davantage d'assurance, de confiance en lui, de fermeté dans l'opinion ; mais Dieu merci, il est toujours à l'âge des merveilles, où l'on n'est plus un enfant et pas encore un adulte, il est toujours, sans aucun doute, le petit monstre, la quintessence... »

— Monsieur ?

(La voix murmurante de Soëft qui descend de l'étage supérieur.)

— Oui, Soëft ?

— Il vient de repartir de l'hôtel *Lutétia,* il sera ici dans dix minutes.

— Merci, Soëft.

« Je serais surpris que le petit monstre n'ait remarqué les guetteurs de Lafont autour de la maison du docteur Nadal. Surtout après avoir reçu mon message qu'il a évidemment identifié. Il sait donc qu'il a été repéré. Partons du principe qu'il a remarqué les guetteurs. Il les a vus et a noté qu'on n'attaquait pas (alors que les hommes de Lafont sont paraît-il assez nombreux pour prendre d'assaut la maison du docteur Nadal). Il en a conclu que si cette attaque tardait, c'est parce qu'on attendait quelqu'un pour la lancer. Et attendre qui ? L'imbécile blond, cela coule de source. L'Enfant par conséquent sait que le bon Jurgen viendra à Tulle pour diriger l'offensive, il sait aussi (comme moi-même, soit dit en passant) que dans toute l'armée allemande par les temps qui courent, seul le bon Jurgen Hess s'intéresse vraiment à sa capture — les armées d'Adolf ont d'autres problèmes plus urgents à résoudre. A partir de là, quelle parade va-t-il inventer ?

« La première consiste à filer ailleurs dans les meilleurs délais, à se glisser adroitement entre les mailles du filet tendu par les hommes de Lafont et à trouver quelque part un nouveau refuge.

« C'est peut-être ce qu'il est en train de faire en ce moment même. Et il aura alors laissé derrière lui ces gens qui l'ont abrité, les sacrifiant tout comme il a sacrifié l'Américain. Parce qu'il n'ignore pas que le bon Jurgen passera sa colère sur eux, et en fera de la chair à saucisse.

« Dans cette hypothèse, on peut admettre qu'à l'heure où je pense, assis inconfortablement sur une marche d'escalier, le petit monstre est en train d'arpenter les maquis de Corrèze, avec pour seule idée de mettre entre Jurgen et lui le plus de distance possible.

« C'est bizarre : je n'y crois pas. Je connais trop mon petit monstre. Il aura trouvé autre chose, qui soit plus finement joué et surtout plus décisif (parce que, entre nous, courir à toutes jambes n'est pas une parade des plus subtiles).

« Autre chose, mais quoi ? »

Pause. Gregor Laemmle réfléchit. Et l'idée lui vient, saisissante.

« Nom d'une pipe, c'est qu'il en serait bien capable ! »

La conclusion à laquelle Gregor Laemmle aboutit a de quoi sidérer : il imagine tout bonnement que l'Enfant, au lieu de fuir, va se porter droit sur l'ennemi, c'est-à-dire sur Jurgen Hess !

— Soëft ?

— Oui, monsieur ?

— Où doit se rendre Hess, dès son arrivée à Tulle ?

— Au siège de la Gestapo locale, c'est-à-dire à l'*Hôtel Moderne.*

— Merci, Soëft.

« Réfléchis, Gregor. L'Enfant est tout à fait capable d'avoir eu cette idée ahurissante. Pourquoi pas ? Il a certainement avec lui son fameux tireur d'élite, prêt à vous mettre une balle dans l'œil droit (ou le gauche, selon la demande) à trois ou quatre cents mètres de distance. Cela peut paraître fou, mais pas plus que cela, quand on connaît le petit monstre...

« Comme c'est étrange : je crois profondément que j'ai raison. Ma conviction est faite. Autrement dit, je sais où est l'Enfant, où il sera logiquement dans les prochaines heures — il lui faut le temps d'aller, peut-être à pied, de la maison du docteur Nadal jusque dans le centre de Tulle, soit quinze ou vingt kilomètres, si mes souvenirs de la carte sont exacts — dans les trois ou quatre heures de marche. Il sera donc parti de la maison du docteur Nadal à la tombée de la nuit (pour éviter d'être vu par les guetteurs) et il arrivera à Tulle dans, disons deux ou trois heures.

« Et forcément, il prendra position au seul endroit possible : quelque part sur un toit, face à l'entrée de l'*Hôtel Moderne.* Avec à côté de lui son Espagnol au fusil à lunette, à qui il désignera la cible.

« Tu sais, sinon où il est, du moins où il va être, Gregor. La décision t'appartient. Et tu as deux heures pour la prendre. »

Il élargit ses yeux jaunes, envahi d'une fièvre délicieusement angoissée. C'est au point que la voix chuchotante de Soëft doit par deux fois renouveler son appel :

— Monsieur ?

— Oui, Soëft ?

— Il arrive. Le voilà.

La lumière dans la cage d'escalier s'allume. Gregor Laemmle en serait presque ébloui, au sortir de cette longue attente dans l'obscurité. Quelqu'un dans l'escalier, le pas est vif, c'est celui d'un homme en pleine forme physique — « il monte les marches deux par deux, ma parole ! ».

Jurgen Hess s'immobilise en découvrant Gregor Laemmle.

— Que faites-vous là ?

— Je vous attendais, mon bon Jurgen.

Hess est vêtu de l'uniforme noir de parade de la SS, il porte quelque chose qui apparaît, aux yeux fort inexpérimentés de Gregor Laemmle, comme la Croix de fer, « ou un machin de ce genre, le bon Jurgen est un héros, Dieu me pardonne ! ».

— Je voulais vous parler, Jurgen.

— Je vous croyais en Italie, dit Hess.

— Je ne suis à Paris que de passage. Puis-je entrer ?

Hess vient d'ouvrir la porte de l'appartement (que lui a prêté, selon les renseignements recueillis par Soëft, un autre héros pour l'heure en train de combattre fougueusement des Cosaques). Gregor Laemmle entre derrière lui.

— J'ai peu de temps, dit Hess. Je repars dans quelques minutes. Et je ne vois pas de quoi nous pourrions parler.

Il est déjà en train d'ôter sa vareuse et se prépare à se changer.

— De l'Enfant, dit Gregor Laemmle. Nous pourrions parler de l'Enfant.

Le regard bleu de Hess, tandis que Hess se défait de sa chemise, puis de son maillot de corps réglementaire, « il va se mettre tout nu devant moi ? ».

— Quel enfant ?

— Toujours le même, mon bon Jurgen. Celui que vous avez failli prendre en novembre il y a deux ans mais qui vous a échappé en vous couvrant de ridicule.

Celui dont vous avez appris ce soir qu'il se trouvait en Corrèze, chez un certain docteur Nadal. Celui que vous allez de nouveau tenter de capturer, en prenant dans une heure quarante environ un avion militaire pour Limoges. Ce qui vous mettra à Tulle aux alentours de deux ou trois heures du matin.

Le visage (assez beau, ma foi) de Hess ne bronche absolument pas, « il a pris de la consistance, ces derniers temps, sans doute parce qu'il a fait le soldat dans les steppes. Il a changé, il est plus dur, plus mûr... et probablement aussi idiot qu'avant, sinon davantage ».

— Comment savez-vous tout cela ? demande inévitablement Jurgen Hess.

— J'écoute aux portes.

« Il se met vraiment tout nu devant moi ! Je vais voir Jurgen tout nu ! Serais-je du genre à me pâmer devant un corps d'homme — ce qui n'est pas le cas —, j'en serais tout émoustillé. » Sur les talons de Hess tout nu, Gregor Laemmle entre dans la salle de bains.

— Foutez-moi le camp, Laemmle.

— Puis-je vous rappeler que je suis d'un grade supérieur au vôtre ? Je vous autorise à m'appeler *mein führer,* mais pas de familiarité excessive, je vous prie.

La salle de bains est des plus banales. Peinte d'un vert Nil misérable (la peinture s'écaille, en plus), elle comporte une baignoire à la douteuse propreté, un de ces horribles bidets français et un siège de toilettes. Plus, accroché au mur, tout un jeu d'haltères et de ridicules choses en caoutchouc qu'on est censé étirer en tous sens pour se gonfler les muscles.

— Vous faites du sport, Jurgen ? Je l'ignorais. Quelle idée bizarre.

— Foutez-moi le camp ou je vous flanque dehors moi-même, dit Jurgen Hess, manipulant les robinets de la baignoire (et il est évident qu'il s'apprête à prendre un bain dans l'eau froide — de l'eau froide, je vous demande un peu, cet homme est fou !).

— Je ne crois pas que vous prendrez l'Enfant, dit Gregor Laemmle. Pas sans mon aide, en tout cas. La descente que vous allez faire chez le docteur Nadal... est-ce bien ainsi que l'on dit, *une descente ?* — cette descente ne servira à rien. Vous égorgerez huit ou dix personnes, mais l'Enfant n'y est plus, d'ores et déjà.

Silence. Et dans le même temps que l'eau glacée coule à gros bouillons dans la baignoire, le corps d'homme musclé que Gregor Laemmle a sous les yeux, est saisi d'une crispation très légère...

« Je l'ai ferré. »

— Réfléchissez donc, mon bon Jurgen. Avez-vous jamais retrouvé l'Enfant sans moi ? Jamais. Il a toujours fallu que je vous aide.

— Je sais très bien où est ce petit fumier.

Hess se retourne, et une très grande gêne envahit Gregor Laemmle, « passait encore que je le visse nu, de dos. Mais de face ! Je suis dans un embarras extrême, j'ai toujours été puritain, c'est le vrai fond de ma nature ».

Il sourit à Hess.

— Vous savez où il était, vous ignorez où il est à présent.

— Et vous le savez, vous ?

— Absolument. Je sais où il sera dans deux heures. Jurgen ? Vous devriez entrer dans votre bain pendant qu'il est encore froid.

« Cette promiscuité me gêne horriblement, me voilà presque rougissant. Suis-je curieux, tout de même ! »

— Réfléchissez, Jurgen. Que ferez-vous après avoir écrabouillé le docteur Nadal et tous ses proches ? Mettre toute la Corrèze à feu et à sang en faisant accourir de Bordeaux votre division Das Reich ? Même avec une division, vous ne prendriez pas l'Enfant. Il y a quinze mois, vous l'aviez encerclé avec deux cents hommes et il vous a néanmoins échappé. Il vous échappera une fois de plus.

Hess se décide à entrer dans son bain, il s'assoit dans l'eau froide (Gregor Laemmle en frissonne), il demande :

— Et il serait où, selon vous ?

— Je pense, dit Gregor Laemmle (en abattant l'haltère sur la tête blonde), je pense qu'il vous attend à Tulle, en face de l'*Hôtel Moderne*, avec un Espagnol muni d'un fusil à lunette. Et ensuite, après vous avoir tué, il viendra me tuer, moi, dans le Schwarzwald de mon enfance, sous les jolis sapins du Bade-Wurtemberg.

Il frappe une deuxième fois (avec une maladresse dont il est tout à fait conscient) et l'eau de la baignoire rosit un peu plus. Mais l'haltère lui échappe dans la seconde même où Jurgen Hess, qui apparemment n'est pas mort encore, tourne vers lui un visage ahuri, « je me sers de cette chose comme le ferait une femme, mais il est vrai que je n'ai jamais donné le moindre coup de poing de ma vie, j'ai des excuses... ».

Il arrache du mur un autre haltère et celui-ci étant plus pesant, les résultats du troisième coup sont visiblement très supérieurs : la paroi crânienne s'enfonce et l'eau du bain devient rouge.

Il frappe à cinq ou six reprises, et réduit à l'état de pulpe le crâne de Jurgen Hess, « je lui aurais cru la tête plus dure ». Examinant l'haltère, il constate qu'il pèse cinq kilos : « Tout s'explique. »

La tête lui tourne un peu, il se sent bizarre.

Il devine, derrière lui, une présence. Il se retourne et découvre Soëft qui se tient sur le seuil de la salle de bains, ayant à bout de bras son arme munie d'un silencieux.

— Vous auriez dû me laisser faire, dit Soëft.

— Il y a ainsi des choses dans la vie que l'on a envie d'accomplir soi-même, répond Gregor Laemmle.

Soëft s'approche et lui prend l'haltère des mains ; il le dépose sur le carrelage.

— Nous devrions partir à présent, monsieur.

Gregor Laemmle se force à regarder une dernière fois la baignoire.

— Vous êtes sûr qu'il est mort ?

— Certain, dit Soëft.

Qui l'entraîne. Qui lui fait franchir la porte palière. Qui referme à clé celle-ci. Qui fait descendre les trois étages à Gregor Laemmle.

Ils sont dans la rue de Lisbonne et y marchent sans hâte, Soëft lui prenant le bras tout comme s'il eût été aveugle ou atteint de déliquescence mentale, « ce qui est le cas d'une certaine façon, je me sens vraiment très drôle... ».

— C'est la première fois que je tue quelqu'un, Soëft, je veux dire de mes propres mains.

— Mieux vaudrait attendre un peu pour en parler, remarque Soëft.

— Très juste. Excusez-moi, Soëft.

Ils arrivent à la Rolls-Royce qui était garée sous un porche, ils y montent, Soëft au volant, lui derrière.

— Vous devriez boire quelque chose, monsieur. Il y a de la chartreuse dans le bar devant vous.

La voiture démarre et s'en va.

— C'est la première fois que je tue quelqu'un moi-même, Soëft. L'impression est curieuse. Pas agréable, mais pas désagréable non plus, j'éprouve de la stupéfaction. Est-ce toujours le cas ? Que ressentez-vous, vous-même, en tuant quelqu'un ?

— De l'indifférence, monsieur.

A l'angle du boulevard Haussman et de la rue du Faubourg-Saint-Honoré, un quatuor hétéroclite leur fait signe de stopper pour un contrôle, constitué de deux agents de police français et de deux feldgendarmes allemands à plaque métallique leur battant la poitrine. Soëft montre des documents et parle allemand, les feldgendarmes saluent, la Rolls reprend sa route dans le désert des rues de Paris.

— Vous m'arrêterez quelque part où il y a de l'herbe, Soëft. Il me semble que je vais vomir.

Thomas est dans Tulle à présent. Il y progresse avec d'infinies précautions ; tantôt il va très vite, quand il s'agit de traverser une rue, tantôt il se glisse. L'exaltation, presque la fièvre qui l'ont porté jusqu'à la ville sont tombées. Il se sent drôlement calme et froid, maintenant — et ça va mieux. Il rase les façades et contourne les places.

Il ne sait pas du tout où est Miquel, pas du tout. Forcément qu'il ne doit pas être loin. Il suit, ça c'est sûr.

Une ombre, ce Miquel. Non, même pas une ombre : ça se voit, une ombre...

Il est parvenu, selon lui, à deux cents mètres de l'*Hôtel Moderne* quand, pour la première fois, l'*instinct de rat* l'alerte un tout petit peu : une voiture est garée le long d'un trottoir, tous feux éteints ; c'est une traction avant noire. D'accord, c'est normal qu'il y ait une voiture à l'arrêt au bord d'un trottoir dans une ville, mais celle-là ne lui plaît pas, c'est tout. D'abord, elle est juste devant une mercerie et tu as déjà vu une mercière en traction avant, toi ?

Il préfère un détour. C'est dommage, parce qu'il avait presque en vue l'*Hôtel Moderne,* mais tant pis. Il prend à droite dans une ruelle très sombre. Il ne fait pas de bruit en marchant (même lui, il ne s'entend pas marcher) et pour cause : il a ôté ses galoches et les a suspendues autour de son cou par les lacets ; il marche sur ses chaussettes, « si tante Mayo me voit, elle me tue ! ». La ruelle se prolonge sur environ vingt mètres, il tournera à gauche au prochain croisement et reprendra sa route.

Il stoppe net, plaqué contre la façade, ses prunelles

grises fouillant dans la nuit : il vient d'entendre un raclement de gorge, sur sa gauche, et donc dans la rue qu'il allait prendre.

Il y a quelqu'un.

Et son extraordinaire méfiance rapproche dans la seconde les deux faits : la présence d'une voiture là où elle ne devrait pas être, et puis quelqu'un dans la rue suivante, « c'est comme si on avait prévu que tu viendrais, Thomas... ».

D'accord, il va vérifier.

Il change de trottoir, rase les murs en se fondant dans l'ombre, progresse vers une silhouette bizarre qu'il n'identifie que lorsqu'il arrive à dix mètres d'elle : une charrette à bras. Là seulement il se retourne et braque ses jumelles. D'abord, il ne voit rien, « ça venait peut-être d'une chambre qui donne sur la rue, ou peut-être tu te fais des idées », et puis, à force de scruter tous les alignements, il finit par trouver : la pointe d'une chaussure dépasse. Il y a bien quelqu'un, un homme, immobile dans l'encadrement d'une porte, qui ne fume pas, ne remue ni les mains ni les pieds, qui attend, caché.

D'accord.

Au cours des vingt minutes suivantes, il inspecte quatre autres rues. A chaque fois un homme lui barre le chemin.

D'accord.

Thomas marche dans Tulle, il se rend bien compte qu'il est en train de contourner l'*Hôtel Moderne,* de passer au large sans jamais s'en approcher, « mais qu'est-ce que tu peux faire ? Ils le gardent leur foutu hôtel ! Ils ne le gardent pas contre les maquis — ils auraient mis plus d'un homme à chaque rue — mais contre autre chose, et ça ne tient pas debout qu'ils le gardent contre toi, ce n'est pas logique, comment ils auraient su que tu allais venir ? Tu ne le savais pas toi-même il y a quatre heures ».

D'autres rues et c'est pareil, il y a des hommes là

aussi. En général, ils sont assez bien cachés, mais pas toujours : il en voit deux qui se tiennent carrément au milieu de la rue, tu dirais qu'ils sont décidés à passer la nuit là à prendre l'air du soir — sauf qu'il est plus de minuit, ce n'est pas une heure à se promener et en plus, avec tous les policiers français et les soldats allemands qu'il y a dans la ville, c'est clair que ces types ont des Ausweis, des cartes pour avoir le droit d'être dehors?

« Je ne sais pas quoi faire.

« Et ça fait un sacré bout de temps que je n'ai pas vu Miquel. »

Il arrive dans une rue et tout au bout de celle-ci aperçoit enfin l'*Hôtel Moderne.* Pas la façade, mais tu dirais l'entrée de service ; c'est éclairé à deux fenêtres, et il y a une sentinelle qui est un vrai soldat avec sa mitraillette en travers du ventre et son casque et ses bottes. Le tout à même pas cent mètres de lui, Thomas, « c'est le plus près que je me sois approché, mais pour m'approcher encore, pas question ». Il fait cette constatation avec une colère drôlement grande, il est en rage contre ces types plantés partout comme des arbres.

Contre Miquel qui est décidément un peu trop invisible.

Contre lui-même qui n'arrive pas à trouver une solution et pourtant se refuse à abandonner — de ça non plus, pas question, jamais. Un souvenir le submerge tout d'un coup. Il est dans un hôtel de Suisse avec *Elle,* ils viennent de jouer deux parties d'échecs dans un salon. Un homme les a regardés, un homme petit, chauve, maigre, avec des yeux noirs, un nez un peu crochu, les épaules voûtées comme s'il avait peur qu'on le frappe ; il demande s'il peut livrer une partie « contre l'enfant » ; et *Elle,* qui d'habitude quand un étranger veut se mêler de ses affaires l'envoie au diable d'un seul regard, *Elle* dit oui — pourquoi pas — si mon fils est d'accord ; lui Thomas joue donc contre le petit homme, et dans les heures qui suivent (trois heures même), il devient presque fou, de la même rage que celle de cette nuit ; parce que le petit homme joue d'une façon drôlement déconcertante : il n'attaque jamais, il est tout recroquevillé en défense, un vrai hérisson, on ne sait pas par où le prendre, même les échanges ne font rien bouger, il ne cède pas un pion sans en prendre un lui-même et toujours il se replie, sans arrêt. Il ne cherche pas à gagner (c'est ça qui est incompréhensible, ça sert à quoi de jouer aux échecs si ce n'est pas pour gagner ?) et au bout de presque trois heures, Thomas a vraiment envie de lui envoyer les pièces à la figure, il s'énerve, n'écoute plus la mécanique dans sa tête, il prend des risques, il attaque comme un fou... et naturellement le petit homme saute sur l'occasion et paf ! en quatre coups, il le met mat. Thomas a boudé pendant presque tout le repas du soir, mais à la fin il a compris que le petit homme et *Elle* étaient complices depuis le début. *Elle* lui avait fait donner une leçon sacrément cuisante. Et pourtant, *Elle* lui souriait avec une tendresse qui lui donnait envie de hurler tellement c'était doux, *Elle* lui demandait pardon, « Oh ! mon amour, ma vie, je n'ai pas d'autre moyen de t'apprendre, j'ai si peu de temps pour te préparer et certains soirs j'ai honte de te former comme je le fais, j'en suis terrifiée... », et lui ne comprenait pas très bien ce qu'*Elle* voulait dire, il ne comprenait pas tout mais qu'est-ce que ça pouvait faire, il L'aimait.

Il écoute tous les bruits de la ville de Tulle. Peut-être que le Jurgen Hess est déjà dans l'*Hôtel Moderne,* peut-être pas. De toute façon, si la moindre voiture circulait du côté de l'*Hôtel Moderne,* pour en partir ou pour y arriver, il l'entendrait. Or il n'entend rien, il y a un silence vraiment extraordinaire dans toutes ces rues.

Il repart une fois encore pour chercher un passage, « pour être têtu je le suis, pas de problème, mais s'ils croient que je vais m'énerver et attaquer comme un fou, ils se trompent drôlement ; une fois ça va ! seulement, pour attaquer, je vais attaquer, ça prendra le temps qu'il faudra, je vais certainement tuer le Hess et après j'irai tuer l'Homme aux Yeux Jaunes, celui-là il ne perd rien pour attendre. Si aujourd'hui je devais jouer contre le petit homme voûté, ça me prendrait peut-être cent quarante heures mais je l'aurais ».

Il essaie la dernière rue qui lui reste.

Un autre type.

... Et il est obligé de se rejeter sacrément vite en arrière, derrière l'angle de la maison au croisement. Parce que ce guetteur-là regardait dans sa direction, « nom d'un chien, il a failli me voir ! A croire qu'il savait que j'étais ici ! ».

Il bat en retraite, sac sur le dos et tenant ses galoches d'une main, pour éviter qu'elles ne s'entrechoquent, pas possible de faire moins de bruit que moi. Il repasse par des rues qu'il a déjà suivies, refaisant en sens inverse le chemin parcouru et effectuant toujours un large cercle autour de l'*Hôtel Moderne.*

Et l'*instinct de rat* donne l'alerte une première fois, bien plus fort que lorsqu'il a découvert la traction avant. Ce n'est pas la sonnerie du téléphone qui l'alarme tellement (quoique ce ne soit pas trop normal, d'entendre sonner un téléphone dans la nuit, vers minuit trente). Non, c'est autre chose. D'abord le fait que la sonnerie provienne d'une maison devant laquelle il est déjà passé, où il y a une plaque marquée *Compagnie d'assurances,* qui a plutôt l'air de contenir uniquement des bureaux...

Et puis, et surtout, le fait que la sonnerie *s'arrête,* elle s'arrête brusquement. *Comme si quelqu'un avait décroché !*

Immédiatement l'image se forme dans la tête de Thomas : un homme aux aguets, debout derrière la fenêtre du premier étage, surveillant chacun de ses passages. « J'ai vu neuf hommes en tout qui me barraient les rues, sans compter celui qui était aplati dans la traction avant. Mais peut-être qu'ils sont bien plus nombreux et qu'ils s'appellent les uns les autres pour signaler où je suis. »

Il file à la seconde, « fiche le camp ! », il court sur quelques dizaines de mètres. Juste le temps que la mécanique lui ordonne de cesser de faire l'imbécile, « tu t'affoles ou quoi ? Tu vas courir comme un fou et te jeter entre leurs bras ? Du calme, bon sang ! ».

Il s'immobilise.

OÙ EST MIQUEL ? OÙ EST-IL ?

Et s'ils l'avaient pris, s'ils te l'avaient cravaté sans bruit, sans que lui, Thomas, se rende compte de quoi que ce soit ? Et il croirait que Miquel est toujours derrière lui, invisible, « mais en fait il n'y serait plus, je serais seul — tout seul avec des tas de types en train de m'encercler.

« *J'ai un peu peur.* Pas beaucoup, mais un peu, oui. Ce n'est pas trop agréable, ce silence et ces rues désertes. »

Il se plaque dans le renfoncement d'une porte, qu'il essaie d'ouvrir mais rien à faire, elle est fermée à clé. Juste face à lui de l'autre côté de la rue — « c'est vraiment ce qu'il me fallait pour me donner de la gaieté, tu parles ! » —, il voit un magasin avec écrit au-dessus *Pompes funèbres,* c'est très sombre à l'intérieur, du velours noir, mais une couronne est dans la vitrine.

Et ça arrive à te faire sauter le cœur entre les dents : Thomas aperçoit soudain un éclair jaune de lumière, un homme vient de gratter une allumette, et derrière la flamme se dessine un visage comme celui d'un fantôme, avec des ombres très grandes autour des yeux, une vraie tête de mort. Et l'homme s'avance, il fait quelques pas et se plaque tout contre la vitre de la porte, il fait exprès d'être bien en vue, il fixe Thomas avec des yeux sans expression, sans un geste, aussi longtemps que brûle l'allumette. Et même après que celle-ci s'est éteinte, il ne bouge pas.

« Il veut te faire peur, c'est tout. »

Thomas se décolle du renfoncement, il part non pas à droite vers cette rue où a retenti la sonnerie du téléphone, mais dans l'autre sens. Il se force à ne pas courir, obéit à la mécanique, qui ne cesse de lui répéter que l'homme dans le magasin de pompes funèbres a simplement voulu lui faire peur.

D'accord-d'accord, explique Thomas à la mécanique, peut-être qu'il essaie seulement, mais il réussit !

Il fait vingt mètres et voici qu'il entend derrière lui un bruit de clé tournée dans une serrure et immédiatement après, le délicat pivotement d'une porte, très lentement ouverte.

« Ne te retourne pas ! »

Mais il se retourne et découvre l'homme, avec son manteau de cuir noir et son chapeau de feutre, mains dans les poches, impassible, debout sur le trottoir.

Thomas s'éloigne à reculons, « ne cours pas », il gagne un autre croisement, il veut tourner sur sa droite...

Un autre homme. Debout comme le premier au milieu de la rue vide, mains également dans les poches de son manteau noir, le visage invisible sous l'ombre encore plus épaisse de son chapeau, tu dirais qu'il n'a pas de visage, c'est drôlement angoissant.

Thomas ne tourne pas à droite. Il veut continuer tout droit. « Ne cours pas. »

Un troisième homme se détache d'une façade. (Pareil pour le visage qu'on ne voit pas, pareil pour les mains dans les poches et pareil encore pour cette façon vraiment affolante de ne presque pas bouger, d'attendre...)

A gauche, alors ?

La rue de gauche est vide. Il s'y engage, ouvrant grande la bouche pour respirer un peu mieux parce que son cœur bat à toute allure, et il est essoufflé comme s'il avait couru sur des kilomètres, « tout à l'heure, j'avais un tout petit peu peur. Maintenant, c'est pire. Je n'ai pas encore très-très-très peur, mais j'ai nettement plus peur qu'il y a une minute ».

Des bruits de pas derrière lui : « D'accord, tu as envie de te retourner ? Alors, retourne-toi, mais calmement. Montre-leur que tu n'as pas peur d'eux... »

Il se retourne : les trois hommes se sont mis en marche et avancent derrière lui, un sur chaque trottoir, le troisième au milieu de la chaussée ; ils ne se regardent pas, c'est Thomas qu'ils fixent, avec leurs foutus visages invisibles sous leurs chapeaux de feutre gris et leurs mains dans les poches.

Thomas pivote et repart une nouvelle fois. Il arrive à un croisement et, naturellement, ils y sont : deux autres hommes identiques aux trois premiers, l'un dans la rue de gauche, l'autre dans celle de droite. « Immobiles, mais tu sens qu'ils vont te suivre, eux aussi. »

« Ils sont en train de te rabattre comme du gibier. *Oh ! mon Dieu, Miquel !* »

Mais immédiatement la mécanique corrige : « Ce ne serait vraiment pas malin que Miquel se montre maintenant, ça servirait à quoi ? Tu crois qu'il pourrait les tuer tous ? Tu ne sais même pas combien ils sont à te pourchasser, et puis si Miquel se mettait à tirer, ça réveillerait toute la ville, bientôt il y aurait mille soldats. *Non, reste où tu es, Miquel ! Ne te montre pas !* »

Il débouche sur une place avec des arbres et la reconnaît, c'est la place de Souillac avec ses balcons, ses lampadaires éclairés et sa lumière blafarde.

Avec la terrasse du café Tivoli où les tables et les chaises ont été rangées pour la nuit, mais pas toutes : trois ou quatre ont été ressorties, installées.

Et il y a des hommes assis à ces tables et sur ces chaises. Ils regardent Thomas, mais pas un ne bouge, pas un. « Et si je m'arrêtais moi aussi ? Si je refusais de faire encore un seul pas, qu'est-ce qu'ils feraient, hein ? Ils auraient l'air malin !

« Qu'est-ce que j'ai peur ! »

Il a marqué un temps d'arrêt en débouchant sur la place. Il jette un coup d'œil autour de lui et également derrière lui : les trois hommes à trente mètres en arrière se sont arrêtés aussi, ils attendent.

D'accord.

Il s'engage sur la place et commence à la traverser. Et il capte les mouvements de silhouettes, presque des ombres, cela bouge de partout : des hommes en manteau noir surgissent de chacune des rues qui desservent la place, en se figeant sitôt qu'ils parviennent à ses abords.

Tout est bloqué.

Pas une rue qui lui soit ouverte.

Il halète, dans le terrible effort qu'il fait pour ne pas se mettre à hurler et à courir.

Pour ne pas pleurer, non plus « je me suis drôlement fait avoir ».

Il tourne la tête et regarde en direction des trois ou quatre hommes assis à la terrasse du Tivoli, et voici que l'un d'eux bouge enfin. Il lève une main, pointe un index et lui indique une direction, celle de la gare.

« Je vais m'asseoir par terre au milieu de cette saleté de place et tant pis, ils feront ce qu'ils voudront ! Ce n'est pas juste, je suis seulement un petit garçon, qu'est-ce que je peux faire ? »

Des larmes montent à ses yeux, mais la mécanique aussitôt ricane, elle lui envoie de la rage et de la haine, elle lui ressort la Chose et la saloperie de sourire de l'Homme aux Yeux Jaunes.

Qui forcément a organisé tout ça, forcément. Qui d'autre ?

Il se remet en marche vers la gare. Elle est éclairée. Il entre dans la salle où l'on vend les billets et bien qu'il ne doive pas y être, à une heure pareille de la nuit, il y a un employé derrière le comptoir. L'employé qui est très vieux avec une moustache et des cheveux blancs le regarde d'un air bizarre, tu croirais qu'il a pitié ; mais il ne dit rien. Thomas traverse la salle et passe sur le quai. Il a encore un petit, tout petit espoir : qu'il puisse franchir les rails, aller de l'autre côté, se glisser, courir, filer, disparaître dans la nuit.

Tu parles ! Ils sont là aussi, deux hommes en manteau noir mains dans les poches, appuyés contre le mur du bâtiment d'en face, de l'autre côté de la voie.

D'accord.

Thomas rentre dans la salle où est l'employé derrière son comptoir.

— J'ai quelque chose pour toi, petit, dit l'employé avec son air si triste.

Il prend quelque chose sous son comptoir et le tend. C'est un billet de train.

— Pour où ? demande Thomas.

— Mulhouse. Et il y a autre chose...

Cette fois, il tend une petite enveloppe comme celles où l'on glisse des cartes de visite.

— Merci, dit Thomas.

— La salle d'attente est derrière toi. Attends.

Il offre une couverture à Thomas et dit encore :

— Le premier train passera à cinq heures cinquante. Tu changeras à Clermont-Ferrand et Lyon. On m'a également donné ça pour toi.

Des sandwiches au jambon, et d'autres au fromage.

— Je n'ai pas faim, dit Thomas.

— Prends-les quand même. Tu auras peut-être faim dans la nuit. Ou demain matin. Et demain matin, je te trouverai du café au lait.

— Vous êtes vraiment très gentil, monsieur, dit Thomas. Je vous remercie infiniment de votre obligeance.

Il gagne la salle d'attente et s'allonge sur l'un des bancs, en s'enroulant dans la couverture. Il n'arrive pas à fermer les yeux, rien à faire. Son envie de pleurer est bien passée, elle est vraiment finie, on n'en parle plus. Pas la rage ni la haine, elles sont drôlement dans sa tête, celles-là, plus que jamais.

Il s'est couché de façon à tourner le dos à la porte vitrée qui donne sur le dehors : il sait que les hommes en manteau noir sont derrière et le regardent immobiles comme des statues, avec leurs visages invisibles. Il les fait partir de ses pensées : ils ne sont rien, juste des pions, des chiens à qui tu dis quoi faire et ils le font, c'est tout.

Même le Hess ne compte plus. Ce n'est rien, le Hess. Rien du tout.

Thomas fait remonter les images de sa mémoire. Pour la première fois depuis quinze ou seize mois. Bien sûr, elles lui font un mal terrible, mais il les supporte, il peut les regarder sans devenir fou (« ou peut-être que je suis déjà fou, si ça se trouve ») : *Elle* en train de mourir dans l'Hispano-Suiza. Les images sont très claires ; il n'en manque pas une. Il les passe et les repasse, vraiment très froidement.

L'employé revient le voir et demande :

— Tu dors, petit ?

— Non.

— J'ai du café au lait pour toi, tu devrais en prendre.

— Tout à l'heure s'il vous plaît, monsieur. Veuillez m'excuser.

L'employé repart. Thomas se souvient alors de la petite enveloppe. Il l'ouvre. Elle ne contient qu'un simple morceau de carton blanc, où il y a juste écrit, en grosses lettres : ÉCHEC AU ROI.

D'accord.

« D'accord, j'arrive, monsieur Gregor Laemmle. Je vais venir, pas de problème. »

Des heures plus tard, des gens commencent à entrer dans la salle d'attente. Ce sont des voyageurs ordinaires, avec plein de bagages, et des paniers et tout, et même des volailles vivantes. Certains parlent de « ces types bizarres dehors, sûrement qu'ils sont de la Gestapo et attendent quelqu'un pour l'arrêter, et ce sont des Français, c'est une honte ».

Thomas mange un sandwich puis un autre. Ça ne sert à rien de te laisser mourir de faim, manger des sandwiches ne diminuera pas ta haine. L'employé lui fait signe. Il le rejoint.

— J'ai toujours ton café au lait, dit l'employé sitôt qu'ils sont entrés dans un petit bureau où il y a un réchaud. Mais je ne peux pas te le donner devant tout le monde, tu comprends ?

— Je comprends très bien, monsieur. Je me souviendrai toujours de votre gentillesse. Et je vous en remercie une fois encore.

Il boit son café au lait qui est très chaud et très bon, bien sucré comme il aime. C'est vraiment bizarre : son envie de pleurer lui revient (pas trop forte, heureusement), juste à cause de la gentillesse de cet employé, « tu es vraiment étrange, Thomas : tu pleures seulement pour les petites choses, pas pour les grandes. Pour les grandes, tu ne peux pas ».

— Il va y avoir un monde fou dans le train, dit l'employé (rien que pour empêcher le silence). Il y a toujours un monde fou dans les trains, par les temps qui courent. Je me demande quand ça finira. Et comment.

— Je m'arrangerai, dit Thomas.

— Je ne parlais pas pour toi, dit l'employé. Toi, tu as un billet de première classe et j'ai fait réserver ta place au départ de Toulouse. Et pareil au départ de Clermont-Ferrand et de Lyon. C'est tout près de l'Allemagne, Mulhouse...

(C'est la première fois qu'il pose comme tu dirais une question, sur Thomas et sur les hommes en manteau noir, et sur le voyage.)

— Très près, dit Thomas. De l'autre côté de la frontière, il y a un endroit appelé la Forêt-Noire.

L'employé le considère avec un air étonné. Thomas finit son café au lait.

— Au revoir, monsieur.

Il ressort du bureau, traverse la salle où l'on vend les billets, sort de la gare. Il les repère tout de suite et c'est facile puisqu'ils ne se cachent pas : trois hommes en manteau noir à côté d'une traction avant (même numéro que celle qui l'a alerté, juste après qu'il est entré dans Tulle). Les trois hommes le regardent, il en reconnaît deux — ce sont ceux qui montaient la garde près de la maison du docteur Nadal.

Il se détourne et revient une nouvelle fois dans le bâtiment de la gare, il va voir l'employé.

— Est-ce que je peux téléphoner, s'il vous plaît ?

C'est le docteur Nadal lui-même qui répond. Il dit qu'il va bien, que tout va bien (et tu sens qu'il ne veut pas trop parler, qu'il fait attention à chaque mot).

Thomas dit que tout va bien pour lui aussi. Il n'ajoute rien, ce n'est pas la peine.

— Adieu, dit-il simplement.

Le train arrive dix minutes plus tard. L'employé avait raison : il y a un monde fou, les gens s'entassent. Thomas attend et ceux-là aussi, il les repère : quatre hommes, qui vont deux par deux, sûrement qu'ils sont là pour le surveiller, pour savoir s'il va monter ou non dans le train. Il promène son regard sur les quais, faisant attention de ne pas avoir l'air de chercher quelqu'un.

Miquel n'est nulle part en vue, nulle part.

Peut-être qu'il est déjà dans le train et il aura plié ou démonté son fusil en le cachant dans son sac ? Ou peut-être qu'il est caché dans un coin de la gare et qu'il attend lui aussi et il embarquera à la dernière seconde.

Mais il est là, c'est sûr. Forcément qu'il est là.

Le chef de gare siffle. Thomas monte dans le train et il voit les quatre hommes qui en font autant, à sa gauche et à sa droite, « ils vont me suivre ».

Il trouve son compartiment et sa place marquée, il y a déjà quatre personnes : un couple avec une grosse femme qui a un manteau de fourrure et des bagues plein les doigts, et deux officiers allemands. Il s'assoit entre la femme et l'un des officiers. La femme lui demande s'il est sûr d'avoir le droit de voyager en première classe. Il montre son billet et la fixe, très méchamment, et elle finit par tourner la tête. Elle se sent mal à l'aise sous ce regard drôlement froid.

L'un des quatre hommes en manteau qui sont montés en même temps que lui apparaît et se plante dans le couloir, bien visible.

Le train roule.

Thomas se sent d'une méchanceté extraordinaire.

Forcément que Miquel est dans le train !

— Vous n'étiez plus en état de marcher, je vous ai porté, dit l'Homme aux Yeux de Gerfaut de sa voix tranquille.

Quattermain ouvre les yeux. Le jour se lève. Le décor est celui d'une bergerie de montagne, et lui-même est couché sur un bat-flanc recouvert d'un matelas de paille. Il y a dans l'air une odeur d'animaux et d'excréments.

— Où sommes-nous ?

— En Suisse.

Les pensées de Quattermain commencent à s'ordonner.

— Je me souviens d'être tombé, mais il y a des heures de cela. Je ne suis certainement pas resté évanoui si longtemps.

— Il est possible que je vous aie donné quelque chose, répond Yeux de Gerfaut avec beaucoup de placidité.

Son impressionnante carrure barre l'unique porte. Quattermain s'assoit sur le bat-flanc : « Mis à part deux millions de courbatures et quelques vertiges, je me sens admirablement bien. » Il se met debout et titube. Chacun des muscles de son corps est une brûlure. Il fait quelques pas puis marche vers la porte. Yeux de Gerfaut s'écarte. Quattermain sort et découvre, surgissant d'une brume matinale, un paysage de collines précédant des montagnes.

— Où en Suisse ?

— Le Rhin est à votre gauche et sur l'autre rive, c'est le Liechtenstein. Par où vous êtes passé cette nuit, après avoir franchi la frontière autrichienne.

— J'ai bien égorgé deux hommes, en Autriche ?

— Rien ne vous a arrêté, monsieur. Vous étiez une force en marche.

— Je suis censé me cacher dans cette bergerie ?

— Vous n'avez aucune raison de le faire. Vous êtes un Américain portant un passeport en règle et à qui les Suisses n'ont rien à reprocher. Vous pouvez circuler librement, désormais.

— Si je suis vraiment en Suisse.

— Le premier bourg est sur votre droite, il s'appelle Sennwald, à trois kilomètres de cet endroit où vous êtes. Je vous recommande l'auberge au pied du Hoher Kasten, et même l'ascension jusqu'au sommet de la montagne ; la vue y est superbe, on voit jusqu'au lac de Constance. Par beau temps.

Quattermain effectue une vingtaine de pas et, ses muscles se dénouant, ses raideurs commencent à s'atténuer.

— Qui vous paie ?

Pas de réponse. A quelques centaines de mètres en contrebas, les brumes sont en train de se déchirer lentement, le Rhin apparaît.

— Et pourquoi m'avoir déposé ici, si je ne suis qu'un touriste ordinaire ?

Silence derrière lui. Il pivote : Yeux de Gerfaut est déjà à soixante mètres et s'éloigne rapidement, balançant ses épaules. Bientôt, il disparaît parmi les arbres, sans s'être retourné à aucun moment, grimpant droit la pente.

Quattermain, lui, descend vers la vallée. Il arrive à un chemin, puis à une route et une vingtaine de minutes plus tard, un panneau indique en effet *Sennwald.* Il entre dans l'agglomération, l'auberge signalée par Yeux de Gerfaut n'est pas encore ouverte, on ne distingue rien derrière les carreaux colorés des fenêtres gothiques. Il s'assoit sur l'un des bancs de bois au milieu des géraniums et peu de temps après une voiture passe.

Le dépasse.

Freine brutalement et exécute une marche arrière. Deux hommes en descendent, strictement vêtus de complets sombres.

— Monsieur Quattermain ? Monsieur David Quattermain ? Bienvenue en Suisse, monsieur. Nous sommes heureux d'avoir été les premiers à vous trouver...

Ils disent qu'ils sont en tout plus de trente à parcourir la frontière dans cette seule région de l'Appenzell — « nous ne savions pas au juste par quel point vous alliez passer, ni même si vous alliez réussir dans votre tentative. Pouvons-nous vous féliciter de votre évasion ? ».

Ils le font monter à l'arrière, le fournissent en couvertures et coussins, lui offrent du café, des brioches, du whisky.

Il boit le whisky.

— Et où allons-nous ?

— Téléphoner la nouvelle d'abord, monsieur. Puis à Zurich, où M. Sowinski vous attend.

Joe Sowinski est posté à l'entrée de l'hôtel *Baur-au-Lac,* il donne l'accolade à Quattermain.

— Dave, je suis content de te revoir ! Ce que tu as fait est fantastique !

— Qui étaient ces photographes qui m'ont encerclé et mitraillé avec leurs appareils ?

— Toutes les agences américaines et même britanniques étaient là, mon vieux. Bon Dieu, qu'est-ce que tu crois : David Quattermain en personne vient de réussir la plus formidable évasion de cette guerre et tu voudrais que le public n'en soit pas informé ? Ça va faire un bien fou à la famille, Dave, ton oncle et tes cousins, surtout Larry, sont enchantés — et ils sont aussi fiers de toi. Tu crois que tu pourras donner une conférence de presse demain matin ?

— Joe..., dit calmement Quattermain, essayant de couper ce déluge.

— J'ai réuni la meilleure équipe médicale de Suisse, poursuit Sowinski. On va t'examiner et voir ce que les nazis t'ont fait, comment ils t'ont torturé et tout. Larry a insisté là-dessus : il nous faut un dossier médical prouvant chacun des sévices que tu as subis. Dave, ce n'est pas pour te le reprocher mais tu as presque bonne mine. Un peu amaigri, c'est tout.

— Je suis désolé, dit Quattermain.

— Ah ! une question importante, Dave : nous avons pris des accords avec les journalistes : on leur a donné le scoop mais à condition qu'ils ne le sortent que lorsque nous leur accorderons le feu vert. Quitte à attendre la fin de la guerre, dans le cas où des gens t'auraient aidé à t'enfuir d'Allemagne. Pour ne pas mettre ces gens en danger. Tu vois que nous avons pensé à tout. Remarque que la guerre est bientôt finie, nous serons à Berlin dans quelques mois, peut-être même avant. Toutes ces valises sont à toi, j'ai fait venir trente de tes costumes de New York. Pour les médecins : ça va, trois heures ?

— Joe ?

— Jusqu'à présent, le seul membre de la famille que je pouvais citer à la presse, c'était ton cousin Jimmy, qui s'est engagé dans les Marines après Pearl, mais comme il n'a rien fait d'autre jusqu'à présent qu'organiser des spectacles à Honolulu, tu te doutes que je n'ai pas vraiment pu exploiter son héroïsme. Tandis que toi...

— Joe, voudrais-tu s'il te plaît fermer ta putain de grande gueule, dit Quattermain sur un ton uniforme.

Silence. Joe Sowinski le considère puis hoche la tête.

— Je comprends. Les nerfs, hein ? C'est normal que tu craques un peu, après être passé entre les mains des nazis.

— Je ne crois pas avoir vu un seul nazi au cours des seize derniers mois, dit Quattermain. Ou alors je ne les aurais pas remarqués. Joe, je veux d'urgence — d'urgence — tous les renseignements sur un petit garçon qui a aujourd'hui douze ans et quelques, aux yeux gris, cheveux noirs, dont le prénom est Thomas et le nom, soit Lamiel soit Weber soit n'importe quoi d'autre. Je veux savoir si ce gosse est en Suisse, s'il y est entré depuis novembre 1942, je veux savoir s'il est en Espagne. Engage tous les détectives possibles, je paierai ce qu'il faudra. La récompense est sans limites, j'irai jusqu'à un million de dollars, ou dix, peu importe. Je veux qu'on interroge toutes les banques, tous les postes-frontière. Le gosse est ou était accompagné d'un Espagnol armé d'un fusil à lunette, un formidable tireur. Quels sont les pays encore représentés auprès du gouvernement de Vichy ? La Suède et la Suisse ? Je veux que leurs services diplomatiques soient interrogés, je veux qu'on leur demande d'intervenir auprès des autorités allemandes, toujours au sujet du gamin. S'il y a quelque chose à payer, qu'on le paie, n'importe quel prix. Autre chose, il paraît que nous avons les meilleures relations du monde avec la haute finance allemande, celle qui a soutenu Hitler depuis plus de dix ans et souhaiterait paraît-il se débarrasser de lui maintenant. Je veux que ces gens recherchent Thomas comme si leur propre vie en dépendait. Je te le dis et le dirai à oncle Peter et à Larry dès que j'en aurai l'occasion. Je veux ce gosse et je le veux vivant, s'il est encore vivant, je le veux plus que n'importe quoi au monde. Et il vaudrait mieux qu'il soit vivant, Joe, cela vaudrait mieux pour tout le monde. Parce que, dans le cas contraire, je donnerai effectivement une conférence de presse et je dirai comment je ne me suis *pas* évadé, comment je n'ai rien fait d'autre qu'être transporté tel un colis de la meilleure clinique d'Allemagne jusqu'en Suisse, et je dirai pourquoi j'ai bénéficié d'un aussi remarquable traitement de faveur, je réciterai tout ce que je sais, tout ce que je me rappelle du dossier que m'a communiqué Joachim Gortz, et ma mémoire est excellente. Autre chose, Joe : je veux tous les renseignements sur un ancien professeur de philosophie de l'université de Fribourg-en-Brisgau, dont le nom est Gregor Laemmle, je veux savoir où il est en ce moment même. C'est un homosexuel d'environ un mètre soixante-cinq de taille, assez corpulent, blond-roux, yeux marron-jaune, lui aussi accompagné d'un garde du corps qui s'appelle Soëft ; Soëft mesure un mètre quatre-vingts, il est brun aux yeux verts, il a un visage féminin. Je veux Laemmle vivant, Joe — pour d'autres raisons que l'enfant. Joe ? Je veux aussi cinq cent mille dollars en liquide dans les deux heures. A présent, aie l'extrême amabilité de foutre le camp de cette chambre et de te mettre immédiatement au travail. Immédiatement, Joe. Et dis à tes putains de médecins et à tes putains de journalistes d'aller se faire voir.

Quattermain s'assoit, ferme les yeux, allonge ses mains sur ses cuisses. Réussissant à peu près, pense-t-il, à maîtriser cette fureur si noire qui le tient depuis des semaines sinon des mois et que les deux ou trois dernières heures ont portée à son paroxysme. « J'ai fait la plus énorme connerie de ma vie en ne réalisant pas, dès le début, quel pouvait être le poids de David Quattermain, étoile de deuxième grandeur du Clan et de la haute finance. Mais je ne referai pas cette erreur. »

Sowinski a marché vers la porte. Main sur la poignée, il demande :

— Le gosse est vraiment ton fils, Dave ?

— Oui, dit Quattermain. Vraiment.

Vers sept heures du matin, se trouvant déjà à Mulhouse, Gregor Laemmle établit la communication téléphonique avec Henri Lafont à Paris. Les nouvelles qu'il reçoit sont excellentes : tout s'est déroulé comme prévu. Rire de Lafont dans l'écouteur.

— Mes hommes n'en sont pas encore revenus : jouer les nourrices, ils n'ont pas trop l'habitude. Mais le môme est bien arrivé à Tulle comme vous l'aviez prévu, et nous l'avons coincé comme demandé.

— Il est dans le train, oui ou non ?

— Il y est, avec quatre de mes bonshommes pour lui ouvrir la route et empêcher qu'on lui fasse des ennuis. Il arrivera à Mulhouse.

« Voilà qui m'étonnerait fort », pense Gregor Laemmle sans faire part à Lafont de sa conclusion. Au Français, il demande s'il a bien reçu les quinze millions de francs. Lafont dit oui. Gregor Laemmle le remercie de tous ses bons soins et raccroche, se souvenant — un peu tard — qu'il aurait dû lui poser une question de plus, concernant le Tireur Invisible. Il hésite et pendant quelques secondes est sur le point de rappeler le chef de la Gestapo française (« Gestapo française, je vous demande un peu ! ») puis finalement s'en abstient. Il ressort et monte dans la Rolls-Royce.

— Combien d'argent nous reste-t-il, Soëft, de tous ces sous que nous avait donnés Heydrich voici quatre ans ?

— Dans les soixante-dix millions de francs, dit Soëft.

« Tant que cela ? Que diable vais-je en faire ? »

— Soëft, vous allez d'abord me trouver un endroit où nous pourrons prendre un petit déjeuner acceptable, puis vous vous procurerez une liste de toutes les associations, à quelque but qu'elles soient vouées. Où ? Comment le saurais-je ? Essayez l'hôtel de ville, il est du XVIe siècle.

Il pense, tout en buvant son chocolat : « MON ÉCHEC AU ROI a dû le mettre dans la plus ardente et pure des colères. Certes, il devinera que c'était le but recherché, mais sa colère n'en sera pas moins considérable. Il va venir. Entre autres raisons à cause de Pistol Peter, autant dire l'Américain. Je lui avais communiqué la nouvelle de la mort de Quattermain et maintenant je lui annonce sa survie. Il viendra. Pour savoir.

« Et il viendra pour me tuer, évidemment, voilà bien le motif essentiel. Il apparaîtra dans la grande allée entre les sapins noirs et lèvera le bras comme il l'a fait à Grenoble quand il s'agissait d'assassiner une pomme — je serai la pomme, cette fois. Me tuera-t-il tout de suite ou me fera-t-il souffrir beaucoup, avant ? Je suis perplexe, cette incertitude est poignante... »

Soëft lui revient avec une liste qui ne comporte pas moins de dix-sept feuillets. Il y a de tout, depuis des organisations de charité jusqu'à des amicales de joueurs de boules. Gregor Laemmle en choisit trois — exclusivement des associations de pêcheurs à la ligne —, « quoique n'ayant jamais pêché moi-même, je me suis toujours fait une certaine idée des pêcheurs à la ligne. Ce sont nécessairement des gens calmes. Il me semble peu plausible que puisse rêver de carnages quelqu'un capable de demeurer huit ou dix heures sur une chaise pliante devant un étang, avec pour seule ambition d'attraper une perche qui vaudrait dix fois moins cher au marché... ».

— Soëft, vous divisez les soixante-dix millions en trois parts égales, et vous faites un don anonyme aux trois associations dont j'ai coché les noms. Allez, je vous attends. Rien ne nous presse.

Il déambule dans les rues de la ville, regarde couler l'Ill puis va contempler les vitraux du temple Saint-Étienne.

« Il viendra. Je pourrais évidemment l'attendre à Mulhouse. A ceci près que je doute énormément qu'il veuille passer par ici. Avec sa malignité ordinaire, il échappera aux quatre sbires de Lafont et tracera seul son itinéraire, le petit monstre. Dans un premier temps, j'avais pensé à lui faciliter le passage de la frontière en lui achetant des complicités, ou par le truchement de faux papiers (certifiant par exemple qu'il était mon neveu) qui lui eussent été remis par des moyens rocambolesques. Mais il n'en aurait pas voulu. Il franchira le Rhin par lui-même, j'en suis persuadé, c'est vrai qu'il est monstrueux, *Elle* a réussi à en faire un monstre dans le seul but de lui faire exécuter une mission absurde. *Elle* était folle.

« Il viendra. Et l'histoire touchera à sa fin, Gregor Laemmle : quarante-six années de la lucidité la plus implacable n'ont abouti qu'à cela : l'attente d'un enfant, porteur de ta propre mort. »

Lui Gregor Laemmle et Soëft et la Rolls-Royce passent le Rhin et par la suite la frontière allemande en fin d'après-midi de ce jour-là, les cartes d'identité de la SS jadis fournies par Reinhard Heydrich remplissant une dernière fois leur office. Par Mülheim et Badenweller, ils entrent dans la Forêt-Noire. La maison-chalet de vingt-six pièces est atteinte à la nuit.

Elle est intacte et éclairée, les quatre domestiques dont le plus jeune a soixante-dix ans d'âge ont été prévenus, ils attendent avec les flambeaux ainsi qu'il est d'usage. Du feu a été allumé dans chacune des vingt-deux cheminées.

La ferme la plus proche est à six kilomètres et serait-on de jour, par les six fenêtres de la bibliothèque aux dix-neuf mille six cents livres, Gregor Laemmle découvrirait le panorama qui a émerveillé sa jeunesse et son adolescence.

Il rend la visite rituelle aux appartements de sa mère, morte en 1924, appartements dans lesquels le moindre bibelot est demeuré en place. Ensuite il prend un bain, un vrai bain du Schwarzwald, dans la baignoire de porphyre qui lui a été offerte pour son dix-huitième anniversaire.

Il dîne seul, relisant paisiblement Montaigne.

L'attente commence.

— Et que veux-tu faire dans la vie ? demande l'officier de la Wehrmacht face à Thomas dans le compartiment de chemin de fer.

— Je veux être un terroriste, répond Thomas, en allemand.

Les deux officiers rient. Durant la demi-heure précédente, Thomas leur a expliqué pourquoi il était dans le train et en première classe, où il allait (Berlin), de qui il était le neveu (von Ribbentrop), qui est son grand-papa (l'ambassadeur d'Allemagne à Madrid « et c'est pour ça que je parle espagnol aussi, vous voulez que je vous parle en espagnol », où est sa maman (à Madrid avec papa), pourquoi il allait à Berlin (on l'a inscrit dans un collège pour qu'il devienne un bon Allemand) et comment il se fait qu'il voyage seul (il n'est pas seul, le type devant la porte dans le couloir est de la Gestapo, il me protège et ils sont au moins quinze dans le train et mon précepteur est tombé malade à Toulouse)...

Ils ont tout cru, ces abrutis.

Il faut dire qu'il y a eu le coup du contrôle : les deux types de la Gestapo ont demandé leurs papiers à l'homme et à la grosse femme, ils ont même réclamé leurs ordres de mission aux officiers... mais à lui Thomas, rien. Ils ont fait comme s'il était invisible. Vraiment marrant.

Et la mécanique s'est mise aussitôt en route : « Ça va, rigole, mais pas trop, ne te laisse pas déconcentrer.

Et ne fais pas trop l'imbécile avec ces officiers, bien qu'ils soient idiots. Pense plutôt à ce que tu vas faire à Clermont-Ferrand et à Lyon. D'accord, tu le sais déjà, mais ça n'a pas d'importance : recommence à y penser, des fois que tu aurais oublié quelque chose. »

Arrivé en gare de Clermont-Ferrand, il serre la main des deux officiers qui claquent des talons devant lui (il est le petit neveu de von Ribbentrop, après tout), descend du train et monte dans celui de Lyon, suivi de ses quatre gardes. Sa première idée a été de filer par la fenêtre des toilettes à n'importe quel arrêt. C'était une idée idiote, il l'a rejetée aussitôt. Elle est idiote à cause de Miquel, « comment veux-tu qu'il puisse te suivre si tu files comme ça ? Le seul moyen, c'est une grande gare avec énormément de monde, Miquel pourra se perdre dans la foule, il te suivra sans problème. Donc, c'est Lyon. Plus grand que Lyon sur le parcours, il n'y a pas. Je filerai à Lyon ».

Il a eu une autre idée : celle d'aller dix-sept fois de suite aux toilettes, rien que pour embêter ses gardes (il aurait dit qu'il avait la diarrhée) et ces crétins auraient été obligés de surveiller la fenêtre des toilettes.

Cette idée-là aussi, il l'a repoussée. « Si tu as une chance de les surprendre, à Lyon, c'est de faire celui qui est très triste et très abattu d'avoir été coincé à Tulle, tu fais le petit garçon malheureux — pas le clown. » Il a fait le petit garçon malheureux, ouvrant ses grands yeux gris dans le vague, drôlement mélancolique, ou bien les fermant avec comme tu dirais une envie de pleurer sur le visage.

Cela jusqu'à Lyon.

On arrive à Lyon. Il ne bouge pas (alors qu'il sait très bien qu'il doit descendre pour changer encore une fois de train), il fait le petit-garçon-malheureux-qui-a-fini-par-s'endormir-à-force-de-chagrin-et-de-fatigue (c'est vrai qu'il est un peu fatigué mais pas à ce point) et finalement c'est le type dans le couloir qui lui touche le coude, et lui, Thomas, fait comme s'il s'éveillait et ne savait plus où il était. Il descend tristement du wagon juste au moment où il y a le plus de monde qui passe sur les quais, une vraie cohue, avec des gens qui se battent pour monter dans le train d'en face qui va à Marseille et Nice.

Il file.

Plus vite, ce n'est pas possible. Il a repéré l'exacte position des quatre gardes, il arrive à en contourner un sans être vu, et sort de l'espèce de carré (avec lui au milieu) qu'ils formaient, c'est comme dans ce jeu du loup et des brebis avec Papé Allègre (lui, Thomas, gagnait toujours) où le loup doit passer entre les brebis sur les cases de l'échiquier. Il remonte dans le train qu'il vient de quitter, et qui est vide maintenant, fonce dans les couloirs au triple galop et réapparaît à la dernière portière du dernier compartiment tout au bout. Là, il attend patiemment que l'un des quatre hommes l'ait vu enfin et il fait l'affolé, il saute sur le quai, traverse la foule qui veut monter dans le train de Marseille, et se faufile *sous* le train. Il rampe, « tout ce que j'ai à faire, c'est de courir sous le train de Marseille autant de chemin que j'en ai fait dans le train vide venant de Clermont, c'est clair... », et ressort cent mètres plus loin, ayant vu passer les jambes des quatre gardes qui couraient — ils sont vraiment bêtes.

Il ressort entre les jambes de voyageurs.

Personne ne le regarde.

Personne sauf Miquel, évidemment. Il est sûr que Miquel n'a pas bougé et attend quelque part — « il sait bien que je ne filerais pas sans lui laisser la possibilité de me suivre. Donc, il a attendu ».

Il reste un instant immobile pour que Miquel le repère bien.

Puis remonte dans le train de Clermont. A quatre pattes dans les couloirs successifs, il gagne le wagon-lit.

Il s'arc-boute et réussit à détacher la couchette de la

paroi. Avec l'une de ses galoches, il casse les mécanismes de la serrure afin de ne pas être enfermé. Il se glisse et s'allonge dans le petit espace, contre le lit maintenu par des sangles, dont il s'aide pour ramener la couchette. Il est dans le noir, mais avant de remettre le lit à la verticale, il s'assure une dernière fois que la saleté de serrure est bien cassée. Elle l'est, ça va, il pourra rouvrir quand il voudra. Il se met à compter, de un à trois mille cinq cents — « ne t'endors pas ! » — à peu près un chiffre toutes les secondes, puisque entre l'arrivée du train de Clermont-Ferrand et le départ du train suivant, il y a une heure et quarante-deux minutes. A trois mille cinq cent quatre, il sort.

Personne dans le couloir, beaucoup de monde sur le quai et cette fois c'est le train de Paris que la foule prend d'assaut. Quatre minutes encore — le temps de compter jusqu'à deux cent cinquante — pour s'assurer qu'aucun des gardes n'est plus en vue. Ils ne sont plus là, « si ça se trouve, ils sont tous les quatre dans le train de Marseille à me chercher partout, ces imbéciles ».

Il se mêle à la foule, à nouveau progresse jusqu'au comptoir où l'on vend les billets. A deux guichets différents, il achète deux fois deux billets (« je voyage avec ma grand-mère mais elle a mal aux jambes », explique-t-il aux employés), les premiers pour Nevers, les autres pour Montélimar.

Il sort de la gare, part en courant sur sa droite, s'enfonce dans la première rue qui se présente et attend — il compte jusqu'à cent cinquante — mais personne ne vient. Même pas Miquel. « Mais Miquel, c'est normal, il a compris que je faisais des feintes et il m'attend toujours dans la gare, forcément. Il n'est pas idiot, Miquel. »

Un petit doute pendant quelques instants vraiment minuscules : et si Miquel l'avait perdu ?

« Ne te fais pas peur tout seul, Thomas ! »

Il revient vers la gare par un autre chemin, mais ne

voit rien d'anormal. Par prudence, il ne traverse pas la salle des pas perdus, il en longe les murs, cherchant (quand même) un peu Miquel : « Pour être invisible, il l'est ! »

Une vraiment grosse foule au passage du contrôle des billets pour arriver sur les quais. Mais le contrôleur est un de ces types au regard qui traîne et Thomas le lit dans ses yeux : « Sûrement qu'il va me demander comment ça se fait que je voyage tout seul... »

D'accord.

Il laisse passer vingt ou trente personnes et choisit. Il repère une femme qui convient, elle a déjà deux enfants et une bonne tête. Il attend qu'elle ait franchi le contrôle, puis se présente à son tour quelques instants plus tard. Ça ne rate pas : le contrôleur le remarque et déjà il ouvre la bouche. Thomas lève une main en direction de la femme aux deux enfants. Il crie :

— J'arrive, maman, je suis là !

Ça marche, il passe.

Et pour plus de sûreté, des fois que le contrôleur continuerait à le lorgner, il court vers la femme, lui prend le bras, lui tend un billet de mille francs qu'il vient de tirer de sa poche.

— Vous avez perdu de l'argent, madame...

La femme regarde le billet, hésite un instant et dit :

— Tu es vraiment très honnête, mon garçon.

— Vous aussi. Ça se voit tout de suite, répond Thomas. Ils sont vraiment gentils, vos enfants. Vous voulez que je vous porte une valise ?

Il marche à côté d'elle pendant quelques dizaines de pas puis lui demande où elle va.

— Brioude, répond-elle.

« Je ne sais même pas où c'est », pense Thomas.

— Au revoir, madame. J'espère que vous ferez un très bon voyage.

Il en cherche une autre, « le mieux, ça serait une vieille, qui ferait ma grand-mère ».

Pas de vieille. « Alors une jeune qui sera ma sœur. »

Il en trouve deux, qui attendent le même train que lui. Il les dévisage. L'une est blonde et a l'air bête comme une boîte à lettres, l'autre est brune et sacrément jolie, « tu dirais Élodie quand elle sera grande — et avec des seins ».

La brune, pas de problème. Il l'accoste.

— Je ne veux pas que vous pensiez que je veux vous séduire, dit-il, le nez à la hauteur des seins de la jeune femme.

Elle se met à rire et il sait que c'est gagné (« Élodie, c'est pareil, tu la fais rire et c'est gagné »). Il lui raconte son histoire comme quoi il va rejoindre son père qui est ingénieur et ses parents sont divorcés et c'est embêtant d'aller d'un parent à l'autre et est-ce qu'elle ne pourrait pas dire qu'il est son jeune frère si des fois un contrôle... enfin pas son frère mais son beau-frère ou son cousin, puisqu'ils n'ont pas le même nom, « moi je m'appelle Thomas Nadal ».

Il lui parle d'Élodie, lui raconte la fois où Élodie et lui ont voulu traire les vaches et elle rit de plus en plus. A ce moment-là, ils sont déjà dans le train, elle et lui.

Il fait tout à fait nuit quand le train arrive à Annemasse.

A Annemasse, son premier examen (à distance et dans les jumelles) de l'école Saint-François de Ville-le-Grand le met immédiatement en alerte. Les fenêtres éclairées lui révèlent la présence de soldats allemands, dans les bâtiments mêmes.

« Sûrement que les religieux ont fini par se faire prendre et les Allemands auront mis des soldats pour qu'on ne puisse plus passer en Suisse par l'école.

« Qu'est-ce que je fais ? »

Il réfléchit un bon quart d'heure et finit par trouver, en avalant le dernier sandwich qui lui reste.

D'accord.

Il revient vers le centre d'Annemasse, en longeant la route. Il a envisagé une première solution, s'adresser au curé de la paroisse, lui dire qu'il est un ami du père Favre de l'école Saint-François et lui demander s'il y a encore un moyen de passer maintenant...

Risqué.

Il n'aime pas trop. Même si c'est un curé, c'est un inconnu. On ne sait jamais.

Il adopte une deuxième solution, finalement.

D'abord, il met au point son camouflage. Il s'achète un grand sac à provisions dans lequel il range ses jumelles et par-dessus une grosse botte de poireaux (c'est tout ce que l'épicier avait comme légumes). Le coup des poireaux lui paraît drôlement malin et d'ailleurs ça marche : un gendarme lui demande ce qu'il fait là (qu'est-ce que c'est emmerdant d'avoir seulement douze ans !) et Thomas en réponse montre la plaque du dentiste sur la façade d'une maison.

— J'attends Maman qui a mal aux dents. Et on va manger des poireaux ce soir. J'aime pas les poireaux.

— Moi non plus, dit le gendarme en s'en allant.

Les magasins commencent à fermer, ça devient inquiétant. Il surveille depuis un moment les portes de deux hôtels, quand soudain il aperçoit un couple avec un enfant, rien qu'à les voir tu comprends qu'ils sont mal à l'aise, pressés, inquiets. Ils ont une seule valise, mais qui pèse. Ils partent, non pas vers la gare mais dans la direction de ce patelin qui, sur la carte de Thomas, est indiqué comme Machilly. Ils marchent un long moment puis s'arrêtent, l'air d'attendre. Vingt minutes. Thomas s'est glissé entre deux maisons, dans l'ombre. Un autocar arrive enfin, les gens y montent. Thomas s'élance et franchit la porte juste au moment où le chauffeur allait la refermer. Il paie et va s'asseoir tout au fond, ses poireaux bien en évidence — « personne ne se méfie des poireaux, la preuve ».

Il regarde par la vitre arrière et, un moment, croit apercevoir une moto qui les suit.

Miquel ? Miquel qui aurait trouvé une moto ?

« C'est sûrement lui. »

A l'arrêt de Tholonaz, Thomas descend avant le couple et l'enfant (il les avait entendus indiquer leur destination au receveur). Il fait semblant de s'éloigner mais ne les perd pas de vue ; après un instant d'hésitation, ils finissent par se décider à prendre un petit chemin. Sortant de l'ombre, un homme vient à leur rencontre. Il leur dit qu'ils sont en retard et est-ce qu'ils ont l'argent ?

Ils repartent, guidés maintenant par l'homme qui est sans doute un passeur (« moi, je n'aurais pas confiance, les gens sont vraiment bêtes de faire confiance à n'importe qui... »). Ils marchent longuement dans des champs et des jardins. Et brusquement, les faisceaux de plusieurs lampes électriques percent la nuit, une patrouille de gardes-frontière allemands passe avec des chiens, et Thomas découvre la première ligne de fils de fer barbelé dans ses jumelles, à cent mètres. Elle est sacrément épaisse, personne ne peut la traverser, c'est impossible, comment ça se fait qu'un passeur amène ses clients justement là ?

Et la mécanique lui apporte aussitôt la réponse : parce que le passeur n'a pas du tout l'intention de faire passer ces gens, voilà pourquoi !

Peut-être même qu'il va toucher de l'argent deux fois : un coup l'argent du couple avec l'enfant, un coup l'argent que les Allemands vont lui donner.

C'est sûrement ça.

Il continue d'observer la barrière de barbelés. Il repère le trou dans les fils.

Et les soldats allemands passent juste devant sans le voir, ou — c'est ça ! — en faisant semblant de ne pas le voir...

Dans la seconde, Thomas résiste à une impulsion sacrément forte : se lever, courir, aller prévenir les gens avec l'enfant, leur dire que c'est un piège.

Il ne bouge pas.

Parce que ça ne servirait à rien (et en plus il se ferait prendre) et parce qu'il va pouvoir profiter de la situation — « tant pis ! je ne leur ai rien demandé, moi ! ».

La patrouille s'éloigne. Le passeur se relève le premier, presse les gens de le suivre, les conduit jusqu'au trou dans le grillage..., lorsqu'ils sont de l'autre côté, le passeur leur fait de grands gestes : allez-y, continuez !

Sauf qu'il a gardé leur valise et fait semblant de ne pas comprendre qu'ils la lui réclament.

Sauf que la patrouille revient soudain en arrière et ça va très vite, elle rattrape le couple qui s'enfuyait avec l'enfant, elle les ramène et la femme pleure, supplie qu'on laisse passer en Suisse au moins leur fils, au moins lui, mais rien à faire, les gardes-frontière les poussent en avant avec le canon de leurs fusils, son mari et elle...

Le passeur a filé (avec la valise, le salaud), Thomas le voit sur sa droite mais ne s'occupe plus de lui, « tu n'es pas Pistol Peter qui punit tous les méchants, tout ce que tu as à faire, c'est passer cette saleté de frontière. Et puis Miquel a dû voir, lui aussi... » Thomas braque toujours ses jumelles. L'un des gardes-frontière est en train de reboucher le trou dans les barbelés et en allemand il dit que ça y est, ils en ont pris encore trois. Il rigole.

Il s'en va.

Trois minutes plus tard, Thomas se glisse à travers la clôture. Il laisse le trou ouvert pour Miquel, qui évidemment le refermera, pas de problème. Cinquante mètres plus loin, de l'autre côté d'un très petit ruisseau, il rencontre le deuxième barrage de barbelés, mais celui-là est facile à franchir, juste quelques fils tendus. Il passe dessous, après avoir noté, dans ses jumelles, la position d'une autre patrouille, suisse celle-là, à deux cents mètres sur sa droite.

Toute l'heure suivante, il file, « qu'est-ce que je suis fatigué ! », il prend soin de n'avancer qu'au travers des vignes, sans jamais prendre un seul chemin ; « ce n'est pas parce que tu es en Suisse que tu dois te déconcentrer. Ne pense pas à ta fatigue, oublie-la ! ». Mais c'est plus fort que lui, il a beau ordonner à sa tête de rester tranquille, la mécanique elle-même a beau prévenir que ce n'est pas encore le moment, la Litanie commence à sortir de sa mémoire, tu dirais un fleuve qui a cassé son barrage et rien ne l'arrête plus.

« *Pas maintenant ! Non !*

« Tu parles ! Comme disait Papé Allègre quand il se plaignait que personne (c'est-à-dire Mamé Allègre) ne voulait l'écouter : " C'est comme si je pissais dans la mer pour la faire monter ! ", la Litanie se déroule.

« Alors, comme toujours quand tu n'es pas *très* en alerte, forcément, les catastrophes arrivent » : tout à coup Thomas entend une grosse voix qui l'interpelle avec l'accent de Genève, un homme se dresse devant lui, il demande qui est là, il dit avancez — ou je tire — venez à la lumière — les mains en l'air...

« Et tu crois que la foutue Litanie va s'arrêter pour ça ? Pas du tout. » Elle continue comme si de rien n'était, cette saloperie, et la suite, la mémoire de Thomas la vomit. Thomas s'accroupit, il n'a vraiment plus la force de courir et de s'échapper, à peine s'il arrive à ouvrir un œil et à voir que l'homme, un gendarme suisse, n'est plus qu'à un mètre de lui.

Mais le gendarme s'écroule, sa lampe électrique roule par terre, elle s'immobilise et le pinceau éclaire les genoux nus de Thomas. Qui s'assoit ou plutôt tombe en arrière, incapable de garder plus longtemps l'œil ouvert.

On le touche et on le relève.

— *¿ Estás bien, Tomás ?*

— *Estoy muy cansado,* Miquel, je suis très fatigué.

Miquel le prend sur son dos, comme des mois et des mois auparavant, il dit qu'il vaut mieux ne pas traîner à côté du gendarme suisse assommé, ça ne leur plaît pas trop d'être assommés, à ces gens-là.

— Il t'a vu, *Tomás* ?

La Litanie encore et toujours, Thomas est dans un demi-sommeil. Miquel le secoue.

— Ne t'endors pas, *Tomás,* pas encore. Il t'a vu ?

— Pas eu le temps de me voir.

Ils avancent et Thomas s'accroche aux épaules de Miquel, sa joue contre le blouson de cuir.

— Ne t'endors pas, *Tomás.* C'est quoi, le numéro de téléphone du Mallorquin de Genève ?

Ça y est ! La Litanie s'est enfin arrêtée. Un tiroir se referme, un autre s'ouvre, dans la mémoire de Thomas.

— *Son tres,* Miquel, il y en a trois.

Il récite les trois numéros et indique le code : *Puerto de Soller.*

— Et il doit te répondre qu'il n'est pas de Soller mais de Montuiri. S'il ne te répond pas ça, ne dis rien.

— *Muy bien,* dit Miquel.

— Miquel ?

— *Estoy aquí,* dit Miquel en riant.

— J'étais sûr que tu me suivais, j'en étais sûr.

— Forcément, dit Miquel.

La Litanie repart mais elle ralentit, ralentit, et Thomas s'endort.

— Excusez-moi, monsieur, dit à Quattermain l'employé au télégraphe de l'hôtel *Baur-au-Lac* de Zurich. Je dois vraiment transmettre ce message ?

— J'intenterais un procès à cet établissement si le moindre mot en était changé, répond Quattermain. Relisez-le-moi, je vous prie. Pas l'adresse, mais le texte lui-même.

— *Chers oncle Peter, cousins Larry, Emerson, Henry,*

James, Michael, Winthrop, Rodman, et tous tant que vous êtes, allez tous vous faire foutre — Signé David, lit l'employé.

— Parfait. Expédiez-moi donc ça, dit Quattermain en tendant un billet de mille francs suisses.

Il attend que l'employé ait quitté son appartement puis se penche à nouveau sur la carte de la Forêt-Noire allemande. Un cercle tracé au crayon indique l'emplacement de la maison — « fichtrement isolée ». Il étale les photographies aériennes fournies notamment par le *Club alpin* et les services d'état-major de la Confédération, et les agrandissements qu'il a demandés et qu'on lui a exécutés dans la nuit. Même à la loupe, la maison n'apparaît guère que comme une tache blanche ; elle semble pourtant comporter trois étages, et elle est vaste — vingt ou trente pièces.

Téléphone. Tout en continuant d'étudier les agrandissements, Quattermain décroche... et raccroche sans un mot sitôt qu'il reconnaît la voix de Joe Sowinski.

Il refait pour la énième fois ses calculs : la maison n'est même pas à vingt kilomètres de la frontière suisse, « je dirais plutôt quinze, à vol d'oiseau, et encore ! ».

Téléphone à nouveau, mais cette fois, c'est la réception qui lui annonce que le visiteur attendu est arrivé.

— Priez-le de monter, s'il vous plaît.

On frappe une minute plus tard à la porte de l'antichambre. On entre. C'est un homme d'environ vingt-huit ans, du nom de Karl Zaugg ; il est suisse.

— Il s'agit d'un vol un peu spécial, explique Quattermain. On m'a assuré que vous étiez capable de poser un avion sur le sommet d'une montagne.

Le regard de Zaugg sur Quattermain lui-même, puis sur les cartes étalées sur la table, mais à l'envers, de sorte qu'on ne puisse voir quelle région elles représentent.

— Tout dépend de la montagne, monsieur.

— On m'a parlé d'une mission que vous auriez remplie, en allant chercher des gens en Yougoslavie.

— Quelle montagne ?

— Je n'ai pas de limite de prix, dit Quattermain. Et j'ai l'avion, je l'ai acheté hier. C'est un Fieseler-Storch. Vous connaissez l'appareil ?

— Oui. Quelle montagne ?

Quattermain dévisage son interlocuteur, n'ayant déjà plus aucun doute quant à la décision à prendre. Il allonge une main et retourne les cartes et les agrandissements photographiques.

Zaugg se penche et suit un long, très long silence.

« Il va accepter. »

— Je veux cinquante mille dollars, dit Zaugg.

— Cent mille. Moitié au départ, moitié au retour.

— S'il y a un retour.

— S'il y a un retour. Mais vous reviendrez, vous. Au pire, on vous internera jusqu'à la fin de la guerre.

— Au pire, on me tuera, dit Zaugg, examinant les photos aériennes.

« Excusez-moi de vous avoir interrompu, monsieur...

— Vous serez, dit Quattermain, un pilote suisse effectuant un vol d'essai pour le compte d'une société dont le siège social est à Bâle. La société existe et a réellement acheté l'avion. En cours de vol, vous avez eu un malaise. Ce n'est pas le premier. Un médecin de Zurich attestera qu'il vous a déjà soigné, lorsque vous êtes venu le voir il y a environ deux ans. A cause de ce malaise, vous avez dévié de votre route, et franchi sans vous en rendre compte la frontière allemande. Vous vous êtes posé où vous avez pu. On vous internera mais divers organismes, tels la Banque des règlements internationaux à Bâle, ou d'autres établissements bancaires suisses — vous choisirez vous-même — intercéderont en votre faveur. Votre bonne foi sera établie.

— Vous serez à bord ?

— Oui. Mais bien entendu, dès l'atterrissage, je disparaîtrai et ce qui pourra m'arriver ne vous regardera pas. J'affirmerai être entré en Allemagne par mes propres moyens.

— Et je dois vous déposer, c'est tout ?

— J'espère que vous me ramènerez, dit Quattermain en souriant. Il me faudra le temps d'aller de l'endroit où vous vous serez posé jusqu'à la maison encerclée sur la carte et la photo, le temps de rester une heure dans cette maison, le temps de revenir. Tout dépend de l'endroit où vous vous poserez.

— De nuit ?

— Autant que possible.

— Et il faudrait que j'attende, pendant peut-être des heures, sous la menace des policiers allemands ?

— Réflexion faite, dit Quattermain, ce sera deux cent mille dollars. Voulez-vous boire quelque chose ?

— Juste du café, dit Zaugg en train de repérer à la loupe, sur les agrandissements, les taches plus pâles indiquant des clairières entre la mer noire des sapins.

Quattermain passe commande de cafés au service d'étage. On vient les servir. Le silence se rétablit. Zaugg est de taille moyenne mais très athlétique, il porte des leggins de cuir et une casquette.

Il finit par demander :

— Et quand dois-je vous donner ma réponse ?

— Rien ne presse. Vous avez cinq bonnes minutes devant vous. Je voudrais partir demain soir, répond Quattermain.

La Litanie, oh ! mon Dieu, la Litanie ! Elle jaillit comme un vomissement qui ne peut plus attendre. Thomas croit qu'elle va lui échapper et se dérouler toute seule — mais, non, quand même pas, heureusement. C'est incroyable, après tant de temps où il l'a gardée dans sa tête, sans jamais y penser. Bon, il comprend ce qui se passe. Hier soir, après le passage de la frontière, il était très fatigué, la longue course était finie, il venait d'arriver en Suisse. Ça s'est déclenché, forcément.

« Et c'est pareil ce matin. C'est dix fois plus fort même. Ce matin, tu es dans Genève, tu as trouvé le Mallorquin qu'il fallait, il est avec toi, il avait tes nouveaux papiers comme quoi tu es Thomas Darder, suisse ; tu es suisse, né à Genève ; lui, c'est Jean Darder, c'est ton oncle, un de plus mais le dernier, il habite place de Jargonnant, il est horloger-bijoutier au 37, rue du Rhône, depuis trente ans ; « il te parle français comme un Genevois, il a oublié beaucoup de son *castellano* et tout à fait son *mallorquín*... mais *Elle* et Javier Coll l'avaient bien choisi ; d'ailleurs, jamais ils ne se sont trompés, ils ne s'étaient pas trompés pour Papé et Mamé Allègre, pas non plus pour le colonel d'Aix-en-Provence, pas pour Barthélemy de la place Sainte-Claire à Grenoble, pas pour le docteur Nadal près de Tulle ; tu regardes en arrière et c'est une sacrément longue route que tu as faite, Thomas...

« Mais c'est fini, elle s'arrête, tu es au bout.

« Et c'est pour ça que tu sens ce très grand voile noir autour de toi, pour ça que la Litanie s'est enclenchée dans ta tête et n'en finit plus de vouloir couler, elle déborde ; tu en trembles et tu en as de la fièvre. »

Thomas et Jean Darder descendent à pied la rue de la Corraterie. Les ponts sur le Rhône sont en vue, droit devant, en bas. C'est vraiment l'arrivée, cette fois plus de doute et il n'aurait pu espérer homme plus doux et plus tranquille, plus apaisant que ce Jean Darder son nouvel oncle pour l'accueillir.

Personne sauf l'Américain.

« Mais ne pense pas à l'Américain. Finis d'abord ce que tu as à faire. Après, oui. Après, tant que tu voudras. »

Et pour combattre la Litanie, pour la retenir quelques instants encore, il pense à *Elle,* c'est le seul recours. Il est avec *Elle* à Séville, à Majorque dans la finca de Valldemossa, dans l'hôtel des montagnes suisses à Minorque, dans la maison blanche de Javier Coll, à Kössen en Autriche où il a passé tout un hiver et dans la villa rouge de Sanary, et sur la plage de Port-Issol encore. Il est avec *Elle* et à n'en plus finir en chaque circonstance. *Elle* lui apprend la Litanie, la lui fait réciter en pleurant de devoir le faire mais il secoue la tête et ne veut surtout pas qu'*Elle* pleure, il dit que ce n'est rien, il se souvient toujours de tout, c'est facile, il la sait par cœur, jamais il ne l'oubliera, il peut la réciter dans un sens ou dans l'autre...

« Oh ! Maman, Maman ! J'y suis arrivé ! Je n'ai rien oublié, j'ai fait tout ce que tu voulais que je fasse, tout. »

Ils entrent dans la banque. Jean Darder parle à un premier employé et aussitôt quelqu'un sort d'un bureau, s'avance, les regarde Jean Darder et lui Thomas, leur dit que oui, on les attend, qu'ils veuillent bien se donner la peine de le suivre. Ils gravissent l'escalier de marbre blanc. A l'étage, un autre homme vêtu de noir avec une chaîne d'argent sur la poitrine les reçoit, il leur ouvre des portes, puis encore une, qui est double et garnie de cuir rouge sombre sur ses quatre panneaux.

— Passe devant, Thomas, dit Jean Darder. Je ne peux plus rien faire, maintenant. Mon rôle est terminé. Que Dieu te bénisse.

Jean Darder s'en va et le laisse seul.

Seul en face des hommes, du moins. Thomas examine la pièce où il est : elle est grande et longue et tu sens qu'elle a beau avoir des fenêtres avec des rideaux, une drôlement longue table avec des fauteuils autour, tu sens que c'est comme une tombe, et que rien de ce que tu peux dire dans cette pièce ne sortira jamais.

Il règne un sacrément grand silence. Tous les hommes se sont levés à son entrée. Un instant, un très bref instant, il sent de l'orgueil lui venir : après tout il est un petit garçon en culottes courtes et ils se sont levés pour lui, bien qu'ils soient si importants et si vieux.

Ils sont huit. Certains ont dû accourir de Lausanne, Zurich et Bâle pour être au rendez-vous. *Elle* lui avait donné dix noms, mais Jean Darder, après les avoir contactés dans la nuit, lui a appris que deux d'entre eux étaient morts.

Ça ira. *Elle* a dit que six suffiraient.

Il avance d'un pas. Il n'a plus en tête que Sa voix lui répétant à l'infini ce qu'il doit dire maintenant et comment et à qui.

— Je suis le messager, dit-il de sa petite voix claire. Je vous prie de m'excuser mais avant de commencer, je dois vérifier qui vous êtes.

Il avance de trois autres pas et demande au premier homme de lui donner son code personnel et la réponse est bonne. Il passe au deuxième, puis au suivant, puis à tous les autres. Toutes les réponses sont bonnes.

« Maintenant, Thomas. »

Il est très très calme. Il dit qu'il est le messager de Maria Weber sa mère et de Thomas l'Ancien, Hans Thomas von Gall, son arrière-grand-père.

Il répète sa phrase en allemand et en anglais, exactement comme *Elle* lui a prescrit de le faire.

Et c'est très clair qu'à partir de là, il n'est plus lui Thomas mais *Elle,* qu'*Elle* n'est plus morte, puisqu'*Elle* parle par sa voix. Il les prie de s'asseoir et s'assoit lui-même, tout au bout de la longue table. Ses yeux se voilent, le voile noir descend autour de lui, « c'est comme quand tu es sous l'eau et que tes oreilles tintent », il n'entend plus rien, il sent l'odeur des algues de Port-Issol, le parfum des oignons sauvages de la finca de Valldemossa, *Elle* est près de lui et l'écoute en pleurant, pour voir s'il n'oublie rien.

Il n'oublie rien.

Il récite la Litanie à haute voix, chaque nom puis les prénoms, puis les noms et les prénoms des héritiers de chacun, les adresses et les numéros de code, les mots-codes d'accès, le montant des sommes, la date des dépôts, le nom et l'adresse des banques.

Sept cent vingt-quatre fois de suite.

Puisque la liste pour laquelle Thomas l'Ancien est

mort, puisque cette liste qu'il refusait de donner comportait sept cent vingt-quatre noms de clients, « et même lui n'aurait pas pu la garder dans sa tête, mon amour *mein Schatz,* toi seul peux le faire, avec ton effrayante mémoire, toi seul Thomas, que Dieu me pardonne ce que je fais de toi... ».

Il a terminé et se tait. Et l'un des hommes, dans le silence qui est tombé, demande s'il peut répéter les coordonnées de Dreyer Wilhelm Heinz, de Darmstadt — il dit bien les *coordonnées.* Alors, c'est comme si Thomas remontait d'une plongée très profonde, il entend la voix de l'homme qui a posé la question et d'abord elle est très lointaine, elle vient du dehors.

Il tourne lentement la tête et recommence à distinguer ces hommes qui l'entourent, il fixe de plus en plus intensément celui qui vient de poser la question. La rage le prend peu à peu. Il sait très bien ce que ce type à cheveux blancs cherche à faire et c'est justement ça qui le met tellement en colère : « il veut vérifier et voir si je suis capable, si je peux me rappeler tout et même il a fait une erreur exprès dans le deuxième prénom... ».

— Dreyer Wilhelm Hans — et pas Heinz, dit Thomas, Dreyer Wilhelm Hans, Bahnhofstrasse 62, Darmstadt, Hesse — Dreyer August Karl, Dreyer Alicia Beatrix, Hausser Edwina Margret — adresses : 607, Harrison Avenue, Harrison New York 10528, États-Unis d'Amérique — code 00050416113 KB — Accès Venezia 11 — 117.886 — 6 août 1931...

— Merci, mon garçon, dit l'homme en le coupant.

Silence.

L'homme secoue la tête.

— Oh ! mon Dieu ! dit-il. Oh ! mon Dieu !

La rage de Thomas s'en va, « c'est normal qu'il veuille vérifier, sûrement qu'ils avaient tous envie de le faire. C'est normal... ».

C'est normal — c'est normal, les mots se répètent sans cesse. La mécanique se détraque un peu, il ne sait plus où il est ; il avait posé ses mains sur la table, il les replie sur ses genoux nus sous la table, il se courbe et aurait envie de placer son front sur le bois sombre devant lui, de fermer les yeux...

« Je suis vide. »

Il sent sur lui les regards des huit hommes et bien sûr ils n'en reviennent pas qu'un petit garçon ait pu garder tant de choses dans sa mémoire, ils n'arrivent pas à croire ce qu'ils ont entendu.

Il s'en fiche.

La Litanie est morte.

Et donc, *Elle* est morte. Pour toujours, cette fois.

« Oh, Maman ! »

Il roule le mot *Maman* dans sa tête et sur sa langue, c'est un mot très, très doux, « tu l'emploies pour la première fois, *Elle* t'avait dit de ne jamais le faire, que ça pouvait être dangereux (et ça l'était, dangereux), mais à présent tout est fini, tu as fait tout ce qu'*Elle* t'avait demandé, tu l'as bien fait, la mission est terminée.

« C'est pour ça que tu es vide. »

Il descend de son fauteuil en bout de table, il sort de la pièce. Derrière lui, deux ou trois hommes le rappellent très gentiment, ils disent : « Ne pars pas si vite, mon garçon, viens près de nous, tu es vraiment un petit garçon pas ordinaire », mais il s'en va, il pense « je le sais bien, que je ne suis pas un petit garçon ordinaire et vous croyez que ça me donne du bonheur ? Ça me rend drôlement malheureux, ça oui, et c'est tout ».

Jean Darder l'attend dans une pièce, trois portes plus loin. Simplement il lui met la main sur l'épaule. Il dit :

— Viens, Thomas, allons-nous-en, c'est fini.

Rien de plus et c'est bien, il ne fallait pas en dire davantage. Mais il comprend, lui, Jean Darder.

Puisqu'il L'a connue. Et sûrement qu'il L'a aimée, aussi. Comme L'aimaient Javier et Joan et Tomeo, et Papé et Mamé Allègre, et le colonel d'Aix, et Barthélemy et ses fils, et le docteur Nadal. Et d'autres, certainement. Tous, ils avaient pour *Elle* de l'amour, ça se voyait dans leurs yeux. Aucun n'a jamais rien dit, pas plus que Jean Darder, mais des choses pareilles, le vrai amour, ça ne se dit pas. Tu en parles et ça le casse un peu, à chaque mot que tu prononces.

— Tu as faim, Thomas ?

— Pas maintenant, s'il vous plaît. Excusez-moi.

— On ferait peut-être bien de marcher un peu ?

Thomas fait oui de la tête (quoique ça ne soit pas poli de répondre avec la tête comme un cheval, mais pour une fois...).

Lui et Jean Darder vont jusqu'au Rhône, qu'ils longent, sans raison, juste comme ça, Thomas s'engage sur la passerelle. Il n'est pas assez grand pour poser ses bras sur la rambarde, alors il se contente de regarder l'eau à travers la grille. L'eau coule drôlement vite.

« Tu as tout fini. Tu ne vaux plus rien pour personne. »

— C'est vraiment fini, oncle Jean ?

— Oui. Vraiment, dit Jean Darder qui le tient toujours par les épaules.

Les minutes passent.

« *D'accord, tu peux penser à l'Américain, maintenant. Maintenant, tu peux aimer qui tu voudras, pas de problème.*

« Ça fait drôle, comme impression. »

La mécanique était complètement arrêtée, à croire qu'elle était morte. Mais non. Elle repart. Pas trop vite au début mais ça vient.

D'accord, c'est clair. Il demande à Jean Darder s'il a entendu parler de la banque de l'Américain. Et Jean Darder dit que oui — bien sûr —, c'est l'une des plus grandes du monde — tout le monde la connaît, au moins de nom.

— Est-ce qu'elle a une succursale à Genève ?

— Je pense que oui, dit Jean Darder. Nous devons pouvoir la trouver.

(« Et tu remarques qu'il ne pose pas de question, il ne cherche pas à savoir ce que Thomas veut faire avec cette nouvelle banque, Jean Darder est vraiment bien. ») Thomas réfléchit et puis d'un coup il découvre que pour la première fois depuis des années, depuis toujours même, il peut parler librement — il n'a plus de secrets puisqu'il vient de les donner aux huit hommes, c'est vrai que ça fait tout drôle.

D'accord.

— Je voudrais retrouver quelqu'un, dit-il à Jean Darder. Un Américain qui s'appelle David John Quattermain. Un jour, il m'a dit que si je voulais le revoir, je n'aurais qu'à aller dans n'importe quelle succursale de sa banque et le demander — enfin, dire que je voulais le voir — et que ça suffirait.

— Il travaille dans cette banque, c'est ça ?

— Je crois qu'il est le propriétaire de la banque, dit Thomas. Pas tout seul, il y a ses cousins et son oncle et lui, et d'autres personnes. Mais il est le propriétaire d'une partie. En tous les cas, il me l'a dit.

Il détourne enfin son regard de l'eau qui coule et, relevant la tête, scrute les yeux de Jean Darder. Il lit la question et comprend que Jean Darder hésite. Il dit :

— Vous pouvez me poser toutes les questions que vous voulez, maintenant que c'est fini. Surtout vous.

— Est-ce que tu as rencontré cet homme récemment, Thomas ?

— Pas récemment. Ça fait presque deux ans.

— Il t'a aidé ?

— Il m'a aidé mais ce n'est pas seulement ça.

Pendant un bon moment encore, il doit lutter contre sa propre et très extraordinaire méfiance, qui l'a habitué à ne jamais dire un mot de plus que nécessaire. Bon, il l'envoie balader. Il raconte toute l'histoire de David Quattermain, il la dit tout entière, le regard perdu dans les remous du Rhône. Des gens passent sans arrêt sur la passerelle des Bergues, derrière Jean

Darder et lui, mais Thomas ne s'inquiète plus de qui l'entend, de qui l'espionne, c'est fini.

— Peut-être cet homme est-il reparti pour l'Amérique, dit enfin Jean Darder, peut-être même est-il mort.

— Je ne crois pas, dit Thomas. Il n'est pas mort.

(« Tu ne le crois pas seulement à cause du message de l'Homme aux Yeux Jaunes. Ce n'est pas possible qu'il soit mort, c'est tout. »)

— Thomas, tu sais que tu as de l'argent, je veux dire de l'argent qui t'appartient. J'ignore combien. Mon seul rôle est de te conduire auprès des gens qui pourront te le dire. Mais tu as de l'argent. Beaucoup.

— Ce n'est pas très important pour le moment.

— Tu sais aussi que ma femme et moi, et toute ma famille, nous sommes disposés — et plus que disposés, nous en serions très heureux — à t'accueillir aussi longtemps que tu voudras rester avec nous.

— Je sais.

Thomas sourit à Jean Darder, aussi gentiment que possible. Mais dans le même temps, rien à faire, la mécanique tourne. Il sait quelle question Jean Darder va poser ensuite.

— Je voudrais te poser une question très peu banale, dit Jean Darder.

— Vous pouvez me poser toutes les questions que vous voulez.

— Est-ce que tu crois que ce David Quattermain est ton père, Thomas ?

« Évidemment qu'il allait poser cette question-là », pense Thomas.

Il ne répond pas tout de suite et pourtant il connaît la réponse.

Pas de problème. Il dit :

— Je voudrais que nous allions à la banque maintenant, je vous prie. Si cela ne vous ennuie pas, bien sûr.

— D'accord, Thomas, dit finalement Jean Darder après un assez long silence.

Ils vont en effet à la banque américaine, tout près de là. Thomas est trop petit, son front dépasse à peine le très haut comptoir — il ne voit même pas l'employé qui est derrière. « Ça serait vraiment urgent que je grandisse, quand même ! Mais je vais m'y mettre, surtout la semaine prochaine quand je n'aurai plus rien à faire, sauf d'aller dans leurs saletés d'écoles suisses. Je monterai jusqu'à un mètre quatre-vingts. Ou peut-être un peu plus, je verrai. »

En attendant, il grimpe sur une chaise que Jean Darder est allé lui chercher, avant de s'éloigner discrètement. L'employé considère Thomas avec surprise. Puis il abaisse son regard sur le papier qui lui est tendu, avec tous les noms, ceux de David Quattermain, de son oncle et de son cousin Larry.

— Vous ferez dire à M. Quattermain, dit Thomas, que Thomas Darder, place de Jargonnant à Genève, voudrait le voir dans une semaine. J'ai mis mon adresse au dos. Au revoir, monsieur.

Ils ressortent, Jean Darder et lui.

— Pourquoi une semaine ? demande Jean Darder.

— Parce qu'il lui faudra le temps de venir, s'il est en Amérique. Et parce que j'ai encore quelque chose à faire.

Pour l'Homme aux Yeux Jaunes aussi, c'est clair.

Quattermain quitte l'hôtel *Baur-au-Lac* et Zurich vers la fin de l'après-midi. Il a pris toutes les précautions afin que ni Joe Sowinski ni personne ne puisse avoir la moindre idée de sa destination. Il a quitté le *Baur-au-Lac* à pied, comme s'il allait se promener une heure ou deux. Ce n'est qu'au-delà de la Münsterhof et de la vieille ville, qu'il a retrouvé la voiture achetée au comptant et en liquide. Dans le coffre, Zaugg avait déposé des vêtements de rechange, des chaussures de marche, des rouleaux de corde, un poignard de tranchée, des jumelles et un colt 45 avec quatre chargeurs de réserve.

Il prend la route de Bâle par Baden, Brugg et Rheinfelden. Dans sa poche une lettre — que lira plus tard Joe Sowinski — où il stipule qu'il lègue, en cas de décès ou de disparition, tous ses biens à son fils — Thomas David Lamiel, né à Lausanne le 18 septembre 1931. Il est décidé à l'expédier. En fait, il ne la postera que le lendemain, à Rheinfelden même, moins d'une heure avant le décollage du Storch.

Quattermain n'éprouve pas le moindre doute quant à l'extravagance, sinon la folie de son entreprise. Il est encore porté par son élan, qui l'a jeté hors de la clinique près de Berschtesgaden ; il sait qu'il n'hésitera pas à abattre Gregor Laemmle, très froidement, dès que celui-ci lui aura dit où est Thomas. Lui Quattermain prêt à tuer quelqu'un, voire à le torturer, la chose est neuve ; mais elle ne le surprend plus.

Il fait un arrêt sur sa route, à Rheinfelden précisément. Zaugg n'y est pas encore. Selon leur plan, le pilote suisse ne posera son appareil que le lendemain, vers quatre heures trente, sur une petite route au milieu des salines. (Zaugg a affirmé bien connaître les lieux.) Dans le cas où des questions lui seraient posées, il dira qu'il est en route pour Berne et qu'un incident sans gravité l'a contraint à atterrir — mais qu'il va repartir ; et il repartira en effet, avec Quattermain à son bord ; droit sur la Forêt-Noire.

Rheinfelden. Le même nom sert aux deux villes, la suisse et l'allemande sur l'autre rive du Rhin. Il y a un pont auquel, depuis le Rheinfelden helvétique, on parvient par un petit tronçon de route. Quattermain à tout hasard prend soin d'examiner l'endroit dans ses jumelles. Il distingue les deux postes-frontière, l'un côté suisse assez nonchalant, l'autre sur la moitié allemande du tablier plus sévèrement gardé (ce qui en toute logique est normal : par les temps qui courent, on imagine mal quelqu'un voulant à toutes forces quitter le territoire de la Confédération pour se précipiter dans l'Allemagne de M. Hitler — une tentative en sens contraire serait moins pour surprendre).

« Une chose est certaine, en tout cas : même avec un char d'assaut lancé à cent cinquante kilomètres heure, j'aurais quelques difficultés à rentrer en Suisse par ce pont. »

Il est à Bâle moins d'une trentaine de minutes plus tard. Il ne connaît pas du tout la ville et perd près d'une heure à trouver enfin la petite Sulzerstrasse et la maison indiquée par Zaugg. Une jeune femme lui en ouvre la porte, le fait entrer. Elle est la sœur de la fiancée de Karl Zaugg. « Karl m'a téléphoné, votre chambre est à l'étage, le dîner sera prêt dans une heure, monsieur Wynn » ; c'est une blonde d'une trentaine d'années, pas extraordinairement jolie mais avec un regard intelligent. Elle ignore tout de l'expédition du lendemain.

Quattermain (il a choisi ce pseudonyme de Wynn parce que c'est le nom de l'un de ses amis, un avocat de San Francisco possédant le plus beau voilier de Californie) propose à la jeune femme d'aller plutôt dîner en ville. Au vrai, il voudrait parler allemand, entendre parler allemand et, dans les quelques heures qui lui restent, familiariser davantage son oreille aux sonorités germaniques.

« Tu as un peu peur, avoue-le... »

Ils vont dîner sur les quais, dans un restaurant où un étonnant concours de circonstances lui fait avoisiner (il suit la conversation de la table la plus proche) des représentants britanniques et américains de la Banque des règlements internationaux. Il ne se fait évidemment pas connaître et s'abstient lui-même du moindre mot en anglais ; il parle allemand, consterné de ses insuffisances en cette langue — « si je suis pris en Forêt-Noire, un interrogatoire de vingt secondes suffira à me démasquer, j'ai vraiment mis toutes les chances de mon côté ».

Il contemple le Rhin coulant à quelques mètres de lui. Au lieu d'un avion, il aurait mieux valu peut-être embarquer sur l'une de ces péniches qu'il voit passer et qui à l'évidence, au simple fil de l'eau, vont franchir la frontière. Un souvenir lui revient, né de la lecture du gigantesque dossier que lui a procuré Joachim Gortz, et il recherche au moins l'une de ces barges pétrolières louées par la Banner aux services nazis, et dont il est somme toute copropriétaire. Il n'en aperçoit aucune. Pourtant elles doivent transiter par Bâle, où chargeraient-elles sinon ?

« Finalement, à bien voir les choses me voilà sur le point de m'infiltrer dans un pays devenu fou, où je suis très déterminé à découper quelqu'un en rondelles avant de le tuer... et dans le même temps, je m'enrichis, grâce au commerce que j'entretiens avec le gouvernement de ce pays. Comment diable en suis-je arrivé là ? »

La question tourne un peu trop dans sa tête au cours des heures qui suivent. Ils ont regagné la Sulzerstrasse. Quattermain ne s'endort qu'à l'aube naissante après avoir tenté de lire de l'allemand pendant une partie de la nuit ; lorsqu'il s'éveille le lendemain matin, la maison est déserte. Il déjeune d'un appétit qui le surprend lui-même et une heure et demie plus tard, ayant confié à la voisine les clés de la maison, ainsi qu'un mot sur la table de la cuisine l'en priait, il se met au volant et prend la route de Rheinfelden.

Avant de quitter Bâle, toutefois, il achète dans une droguerie quatre rouleaux de sparadrap le plus large possible, puis une pelote de fine cordelette. Dans le cas où il aurait à bâillonner quelqu'un.

Il hésite devant une armurerie : un fusil ou pas ?

Non. Pas de fusil. Il m'encombrerait.

Il passe Rheinfelden puis atteint les salines dix-sept kilomètres plus loin. Sous l'effet d'un pressentiment étrange, il jette un regard sur le pont franchissant le Rhin. L'îlot rocheux au milieu du fleuve, qui porte les vestiges d'une ancienne fortification, est enveloppé par la brume. « Et si Zaugg n'était pas au rendez-vous ? Le sort en aurait décidé pour moi.

« Tu crèves de frousse, c'est tout, comme dirait Thomas. »

Zaugg est au rendez-vous, un serre-tête en cuir et des lunettes le rendant presque méconnaissable. Il s'affaire sur son moteur, impassible, sous l'œil de deux ou trois ouvriers des salines. Il est trois heures de l'après-midi. Quattermain ne s'approche pas de l'avion dont à peu près seize cents mètres le séparent. Il poursuit comme convenu jusqu'à l'auberge, gare la voiture, entre et s'installe devant un grand pot de café, déchiffrant avec la plus grande difficulté, le texte original de Musil, *Der Mann ohne Eigenschaften (l'Homme sans qualités),* qu'il a aimé dans sa traduction anglaise.

L'amère et douloureuse ironie de Robert Musil est tout à fait de circonstance. Quattermain se sent tour à tour d'une surprenante tristesse, puis repris par une froide détermination. Sa conviction qu'il va mourir dans les heures à venir est par instants des plus nettes.

Un peu avant quatre heures trente, Zaugg entre dans l'auberge et boit une bière. Aucun regard n'est échangé entre eux. Zaugg vide sa chope bleu et blanc puis s'en va, après une dizaine de minutes.

Quattermain sort derrière lui et le rejoint près de la voiture.

La nuit tombe, la forêt sur l'autre rive du Rhin se fait de plus en plus sombre.

— Le plafond est un peu bas mais ça devrait aller, dit Zaugg de sa voix tranquille, dans son anglais un peu rauque.

Ils vident le coffre.

— Pas de fusil, monsieur ?

— Non.

— J'en aurais pris un, à votre place.

— Je suis le plus mauvais tireur de cet hémisphère, répond Quattermain.

Les ouvriers sont toujours auprès de l'avion. Ils font quelques remarques narquoises dans un allemand fortement teinté d'accent italien. « Et qu'importe qu'ils me voient ou non monter à bord, après tout ? »

— On y va, dit Zaugg en lançant le moteur.

Le décollage est étonnamment court. A peine en l'air, le Storch vire sur la gauche, effectue un très large virage.

— Je ne pouvais pas piquer directement sur l'Allemagne, cela aurait paru suspect.

Zaugg met cap au nord.

— Nous passons le Rhin.

« Comment diable peut-il y voir quelque chose ? » pense Quattermain, fouillant l'obscurité — au plus a-t-il aperçu quelques très faibles lumières, celles de la Rheinfelden allemande sans doute. Et soudain, proches à donner le frisson, des cimes effilées de sapins surgissent sur la droite.

— Nous y sommes presque. Ce n'est pas un vol mais un saut de puce.

« Sauf qu'on a rarement vu une puce se tuer à l'atterrissage ! » (Quattermain garde la réflexion pour lui.)

— Ne vous inquiétez pas, dit paisiblement Zaugg. Je vais couper le moteur, mais c'est prévu. Nous appelons ça un atterrissage en feuille morte.

Et d'un coup, en effet, le silence — hormis un sifflement très léger.

Deux minutes au moins.

— Maintenant, dit Zaugg.

Le Storch s'incline un peu plus nettement. Des falaises de sapins défilent, noires sur le bleu nuit, à gauche et à droite. Un premier choc, l'appareil rebondit.

Deuxième contact, guère plus réussi que le premier, et suivi d'un autre rebond.

Le Storch roule, cahotant à l'extrême, touchant quelque chose avec — sans doute — la pointe d'une aile.

Il s'immobilise. Très bizarrement penché, au point que Quattermain doit se tenir à la poignée de la portière pour ne pas tomber sur son pilote.

— C'est plus plat que je ne le croyais, dit Zaugg.

Ils descendent tous les deux et Quattermain se retrouve sur une prairie à l'herbe rase. La pente est de plus de dix pour cent, « comment ce type a-t-il réussi à se poser ? ». Il sort de l'appareil le sac qui contient tout son équipement.

— Avant de partir, monsieur, je voudrais que vous m'aidiez. Il faut tourner l'avion pour lui mettre le nez dans l'autre sens. Et le reculer aussi.

Cela leur prend près de deux heures et à plusieurs reprises le Storch entame une glissade, chaque fois stoppée par l'amarre que Zaugg déplace à mesure que le petit avion se rapproche du mur des sapins derrière eux.

— Voilà, je crois que ça suffira, monsieur. Je vais couper quelques branches pour le dissimuler du mieux possible. Il est très possible que des policiers nous aient entendus et soient en train de nous chercher.

Quattermain change de chaussures mais finalement conserve son complet, au lieu du pantalon et du gros chandail sombres qu'il a emportés. Le froid est vif mais supportable.

Il est prêt.

— Où diable sommes-nous ?

Ils se penchent ensemble sur la carte au cinquante millième, éclairée par le pinceau d'une minuscule lampe électrique. Selon Zaugg, la « maison marquée d'un cercle » serait située à huit ou neuf kilomètres dans le sud-sud-est.

— A vol d'oiseau, monsieur. Je crains que vous ne deviez marcher davantage. A votre place, j'essaierais de joindre cette piste forestière, ici, et je la remonterais. Plutôt que de risquer de passer à côté de la maison sans la voir. Vous avez une boussole ?

« J'ai pensé à tout, sauf à ça ! »

— Non, dit Quattermain.

Zaugg lui en tend une.

— Prenez la lampe aussi. J'en ai deux autres. Monsieur ?

Quattermain respire un grand coup, devinant ce qui va suivre...

— Monsieur, dit Zaugg, je vous attendrai le plus longtemps possible. Je ne suis pas sûr de pouvoir redécoller, à vrai dire. En principe, je ne crois pas y arriver. Mais de toute façon, j'essaierai. Et je dois vous avertir : je ne réponds plus de rien à partir d'une heure avant l'aube.

— C'est déjà beaucoup, dit Quattermain. Merci.

— Je vous en prie, dit le Suisse déjà en train de manipuler la hache et les cisailles qu'il avait dans le Storch, avec l'intention évidente de cacher son appareil.

— Vous savez vous servir d'une boussole, monsieur ?

« Il me prend pour qui ? Davy Crockett ? La vérité est que tu n'as jamais eu un seul de ces trucs entre les mains. Même dans le Vermont ils ont des panneaux indicateurs ! »

— Évidemment, dit Quattermain en ramassant son sac et en passant la bretelle à son épaule.

— Bonne chasse, monsieur, dit Zaugg.

Quattermain cherche vaguement un mot historique et, n'en trouvant pas, s'enfonce sous les arbres. Cent pas plus loin, il se retourne : le Storch et son pilote sont désormais totalement invisibles, et le silence est absolu.

« J'ai à peu près quinze heures devant moi, et une bonne trentaine de kilomètres à parcourir, au bas mot ; ceci en supposant que je n'erre pas jusqu'à la fin de mes jours dans la Forêt-Noire, ou que je ne sois pas abattu comme espion dans l'intervalle. A moins que ce ne soit Gregor Laemmle qui me tue le premier. »

Trois cents pas plus loin, il doit déjà s'arrêter, complètement perdu sous la voûte des sapins. Il consulte pour la première fois sa boussole et décide que le sud-

sud-est se trouve vraisemblablement sur sa gauche.

Curieusement, et il s'en étonne, ses doutes quant au bien-fondé de son expédition, ses hésitations, ses appréhensions et même sa peur, tout cela a disparu, à la seconde où le Storch s'est immobilisé.

Il pense à Thomas, à vrai dire. Avec une extraordinaire tendresse.

Qui s'accommode fort bien de la haine féroce qu'il éprouve à l'encontre de Gregor Laemmle.

Soëft est immobile sur le seuil de la bibliothèque, ses yeux verts perdus dans la pénombre, tel un regard d'aveugle.

Ses bras pendent mollement le long de son corps et ce corps exprime toute la souplesse féline, redoutable, de ce tueur-né, « à la façon dont on naît pour la musique... ou la culture des rhododendrons, jamais tu ne pourras t'empêcher de te moquer de toi-même, Gregor. Surtout en des moments aussi décisifs que celui-ci... ».

Ce dernier ramène son regard sur le livre qu'il était en train de relire — *Die Verwirrugen des Zöglins Törless (les Désarrois de l'élève Törless).* Il se souvient de Robert Musil, mort voici presque deux ans à Genève ; il l'a connu à Vienne, au temps où Musil y était bibliothécaire, puis ils se sont revus à Berlin, « nous n'étions pas sans quelques ressemblances, lui et moi ; mais lui possédait ce talent que je n'ai jamais eu... ».

Le télégramme est sur une table, délivré trois heures auparavant par un facteur à vélocipède. Avant même de l'ouvrir, Gregor Laemmle a deviné sinon sa teneur, du moins l'identité de l'expéditeur. Il a fait donner cinq mille marks à l'employé des postes stupéfait, mais n'a pas décacheté le pli pour autant. Il est revenu dans la bibliothèque, et là, il a encore attendu, prenant une jouissance extrême à son incertitude angoissée.

Il repense à Robert Musil qui, au moins, laissera quelque chose, en l'espèce ses livres, et l'amitié que lui porteront, très longtemps peut-être, ceux qui le liront. « Mais moi ? Il est vraiment d'une injustice profonde qu'on puisse être doté par la nature d'une intelligence pareille à la mienne et dans le même temps, qu'on ne puisse déterminer à quoi elle peut servir, nonobstant quarante-huit années de recherche assidue. Je ne suis doué pour rien, voilà qui tient du miracle. Si Dieu vraiment n'existe pas, il faut l'inventer d'urgence, ne serait-ce que pour avoir quelqu'un à qui adresser mes reproches. A quoi me sert mon intelligence ? A m'examiner moi-même, avec une lucidité proprement infernale. Je me vois en permanence dans un miroir et le spectacle devient à la longue insupportable. Je n'arrive pas à me cacher quoi que ce soit. Je suis nu dans le miroir. Et naturellement, je m'enrhume, je prends toutes les maladies de l'âme qui passent. »

Il a fini cependant par ouvrir le télégramme. *« Je vous avais juré que je viendrais... »,* a écrit l'Enfant.

Et deux heures plus tard, un coup de téléphone a suivi. De Suisse également. « Le petit monstre est donc passé par la Suisse et une fois encore a joué un coup que je n'avais pas deviné. » Au téléphone la petite voix claire et glacée a fixé l'heure et les circonstances du rendez-vous.

— Soëft, allez donc demander qu'on me redonne de la mousse au chocolat. Et au retour, vous me servirez de la chartreuse.

« Je vous avais juré que je viendrais. Je viens. » L'Enfant est laconique. Lui, Gregor Laemmle, l'imagine, dans un bureau de poste genevois, se hissant sur une chaise pour être à la hauteur de l'employé et expédier ce texte sur lequel les chiffreurs des services d'espionnage et de contre-espionnage sont certainement en train de se pencher.

Le déferlement d'amour est tel qu'il ferme les yeux. On lui apporte sa mousse.

Le disque sur l'électrophone s'achève.

— Remettez-moi de la musique, Soëft. Du Grieg, s'il vous plaît.

Peer Gynt. « Pourquoi pas ? »

Les heures passent.

Il dit enfin, paupières toujours closes :

— Je vais y aller, Soëft. Et d'accord, vous pourrez venir avec moi. Mais aux conditions que j'ai fixées.

Quattermain a perdu trois bonnes heures à cause d'une montagne. Il aurait dû la contourner, par la base. Il a préféré l'escalader en ligne droite, éclairant sa voie par de furtives projections de sa lampe.

« Sud-sud-est, d'accord, je sais. » La fatigue lui est tombée dessus ou plus justement d'insupportables souffrances comme si son corps tenait vraiment à lui rappeler ses multiples fractures.

« Sud-sud-est. Appelez-moi Davy Crockett. »

Une lumière entre les arbres l'a figé. Il a cru être arrivé à destination. Par crainte des chiens, il s'est efforcé d'approcher sous le vent avant de constater que l'air était des plus immobiles, « comment en serait-il autrement au milieu de ces milliards d'arbres ? ». D'ailleurs, il n'y avait pas de chiens. Et pas de maison non plus, ce n'était qu'une simple cabane. Mais éclairée. Il l'a examinée à la jumelle et derrière la fenêtre unique, il n'a vu personne. « Un garde forestier peut-être. Passons au large. »

Nouveau détour. A sa montre, il y a déjà plus de cinq heures qu'il a quitté Zaugg et le Storch — « je me demande bien comment je vais les retrouver au retour, si retour il y a, comme dit Zaugg lui-même ».

Une rivière, heureusement fort étroite, mais c'est la cinquième qu'il passe, à moins que ce ne soit toujours la même, dans l'hypothèse très plausible où il tournerait en rond.

Sud-sud-est.

La piste forestière lui monte littéralement à la figure : il s'y étale, le pied crocheté par un petit fossé qu'il n'avait pas remarqué. Il s'assoit à même le sol, soufflant pour la première fois depuis le début de sa marche. Sud-sud-est, il veut bien, mais la piste est exactement orientée est-ouest et pour ce qu'il en voit sur sa droite et sa gauche, elle est formée de lacets très serrés, « pourquoi suis-je si bête pour ces choses ? ».

Il part à gauche et une minute plus tard, il arrive en vue — il en est à cent mètres au plus — d'un bâtiment et n'ose pas y croire : ce serait la petite auberge portée sur la carte ?

C'est elle, elle est éteinte et une route asphaltée la borde. « Nom d'un chien, j'y suis arrivé ! » Il prend à droite. Normalement, il n'est plus qu'à deux kilomètres de la maison de Gregor Laemmle. Il consulte sa montre : il marche depuis six heures.

« Je ne serai jamais de retour à temps. Et Zaugg ne m'attendra pas, en quoi il aura raison. A sa place, je ne serais même pas venu. Ce type a des nerfs en acier. »

Il est sur une route maintenant et cette fois, nul besoin de consulter la carte, ses souvenirs lui suffisent : il devra monter jusqu'à une bifurcation et là, suivre la voie de droite...

Jusqu'à la maison, juchée sur un gros tertre, avec à côté la petite construction qui doit être une chapelle (les photos aériennes laissaient planer un doute sur ce point).

Il parvient à la bifurcation et abandonne l'asphalte pour un chemin de terre. Les lumières se révèlent tout à coup, à la sortie du premier virage, elles sont incroyablement plus proches et plus brillantes qu'il ne pouvait s'y attendre. Tout le rez-de-chaussée est éclairé et outre cela, on a allumé des sortes de réverbères dans le jardin

— d'évidence un Laemmle ne se préoccupe pas d'observer les consignes d'un pays en guerre.

Le premier bruit lui parvient alors qu'il est encore à quatre cents mètres — un bruit de porte coulissante. Son réflexe immédiat est de sortir le 45 passé dans sa ceinture, mais il regrette aussitôt ce geste prématuré. Il continue d'avancer, obligé de s'enfoncer sous le couvert : le halo de l'un des réverbères du jardin éclaire le chemin. « Pourquoi ces lumières en pleine nuit ? Il m'attendrait ? » Il avance encore et n'est plus qu'à une cinquantaine de mètres de la grille en fer forgé...

Il a juste le temps de se glisser derrière un tronc : un vieil homme portant un flambeau vient d'apparaître dans l'allée, il se dirige vers la grille.

Qu'il ouvre.

Et monte dans le silence la voix si nonchalante de Gregor Laemmle, dont le seul son provoque chez Quattermain un frisson de haine.

— Quand même pas la Rolls, Soëft. Prenez quelque chose de plus modeste, je vous prie.

Quattermain arrive au mur d'enceinte, qui ne fait guère plus d'un mètre cinquante de haut. Il le passe aisément. Le vieil homme au flambeau est à trente mètres, lui tournant le dos, flambeau dans la main droite, tenant un vantail de la grille de son autre main — « qu'est-ce que c'est que cette mascarade en pleine nuit ? ». Quattermain regarde vers la maison et découvre ce qui semble être une grange, celle-ci accotée au bâtiment principal à trois étages. Des phares soudain s'allument.

Bruit d'un moteur qu'on lance et immédiatement derrière, celui de l'accélération : la Mercedes débouche et la brutale réaction de Quattermain est insuffisante : la voiture passe à quinze mètres, il a levé son arme mais les énormes troncs des épicéas ornant la pelouse s'interposent entre sa cible et lui. Il reconnaît Laemmle, il reconnaît Soëft au volant et dix secondes à peine se sont écoulées que les feux arrière ont déjà disparu. Il part en courant vers le garage dont la porte coulissante est restée ouverte. Trois autres voitures s'y trouvent, dont une deuxième Mercedes. Il s'installe au volant et à la première sollicitation du démarreur, le moteur part. Il sort en trombe et d'un appel de phares sollicite et exige que le vieil homme ne referme pas la grille devant lui.

Il est sur le chemin de terre, mais déjà l'autre voiture est hors de vue.

« Calme-toi. Tu ne l'as pas raté puisque tu ne voulais pas le tuer — du moins pas tout de suite. En tirant, et en le tuant, tu te privais de ta dernière chance de savoir ce qu'il a fait de Thomas.

Il ralentit et fait retomber sa vitesse. Deux kilomètres plus loin, il aperçoit les feux arrière. Il ralentit encore. « D'accord, je suivrai cet enfant de salaud jusqu'au bout du monde, s'il le faut. »

Soëft devant lui roule à une allure d'une extrême lenteur, on dirait une procession. Il est trois heures quarante du matin, on fait route au nord et peu après quatre heures, on entre dans une ville appelée Kandern — à peine un gros bourg. Soëft s'arrête et Quattermain l'imite, six cents mètres en arrière, suivant le manège dans ses jumelles. Il voit Laemmle parler, sans quitter sa place à l'arrière, à deux hommes en uniforme.

Qui secouent la tête, répondant négativement à la question qui vient sans doute de leur être faite.

Soëft repart, en direction du nord toujours. « Nous allons finir par rencontrer un barrage et mes chances de survie iront diminuant d'heure en heure. » Quattermain n'en est même plus à penser à Zaugg, « Dieu seul sait comment je ressortirai de ce pays, si j'en ressors un jour ».

On traverse avec la même lenteur un village nommé Schliengen, on progresse maintenant sur une route plus large.

Un barrage, et le cœur de Quattermain fait un bond. Un soldat intime à Soëft l'ordre de stopper, Quattermain se range aussitôt sur le côté, et éteint ses lumières. Il braque ses jumelles. Suffisamment à temps pour voir ce qui doit être un sous-officier se pencher sur un document qui lui est tendu, puis se figer immédiatement au garde-à-vous, bras tendu.

Soëft repart, si lentement qu'on le croirait immobile, mais la différence entre le barrage augmente bel et bien.

Une vague de rage secoue Quattermain : « Oh ! nom de Dieu ! il m'échappe ! »

Il continue de braquer ses jumelles et l'espoir lui revient : la Mercedes s'immobilise à nouveau, deux cents mètres à peine au-delà du barrage. Devant un bâtiment sur lequel flotte le drapeau à croix gammée. Et cette fois, Gregor Laemmle met lui-même pied à terre, il entre dans le bâtiment.

« S'ils repartent, je fonce. Tant pis ! »

Mais les minutes s'écoulent sans le moindre changement.

Un quart d'heure.

Puis trente minutes.

« Le jour va bientôt se lever. Zaugg est probablement déjà parti. Idiot de Quattermain ! Pourquoi n'es-tu pas arrivé cinq minutes plus tôt à cette putain de maison ! »

Une heure.

Des véhicules, pour la plupart militaires, commencent à circuler et, à chaque passage, il s'est laissé glisser au fond de sa voiture. Mais cette précaution ne lui paraît pas suffisante, si bien qu'il fait rouler sa Mercedes sur quelques dizaines de mètres et, en marche arrière, l'engage dans un chemin — « je reviens en Ardèche... ».

Il descend et au travers d'un écran de branchages continue son guet. Des minutes encore et enfin Laemmle réapparaît, bavardant avec un officier. Au salut duquel il répond par une insolente et fort nonchalante rotation de sa main dressée. « Quel drôle de personnage... »

Et une espèce de miracle se produit, à la seconde même où Quattermain s'apprêtait à démarrer pour se jeter à la plus grande vitesse possible au milieu du barrage.

Soëft revient. Il a fait demi-tour et revient ! Il franchit à nouveau le barrage et moins d'une minute plus tard, passe sans la moindre hâte devant l'entrée du chemin dans lequel Quattermain s'est enfoncé.

Une heure plus tard, soit peu après sept heures, le jour s'étant levé, les deux voitures ayant cette fois constamment fait cap au sud, la Mercedes pilotée par Soëft se gare dans une autre ville. Les deux Allemands mettent pied à terre. Il y a entre eux une sorte de discussion, Soëft secouant la tête comme s'il refusait une évidence...

Puis cédant, avec un mouvement significatif des épaules.

Laemmle s'éloigne seul.

Quattermain jusque-là à trois cents mètres descend à son tour, il marche derrière l'Homme aux Yeux Jaunes, il s'en rapproche. Un camion lui permet de dépasser Soëft, assis à son volant, sans être vu de lui.

La distance entre Laemmle et lui diminue, d'autant plus aisément que Laemmle avance sans hâte et même, devant une vitrine, il prend le temps de vérifier l'ordonnance de ses cheveux blond-roux.

Laemmle tourne à droite et sur le trottoir opposé, à une trentaine de mètres, Quattermain fait de même.

Ce qu'il découvre alors le pétrifie presque, durant une seconde : il est dans le prolongement exact du pont de Rheinfelden, à quelques kilomètres de l'endroit où il a décollé la veille. Et Laemmle se dirige vers l'entrée de ce pont.

Vers le poste-frontière.

Thomas est à Bâle depuis la veille au soir. Il est arrivé par le train et, pendant le trajet, il a ouvert dans sa tête le troisième tiroir — le premier, c'était la Litanie, le deuxième l'Américain.

Le troisième tiroir est celui de l'Homme aux Yeux Jaunes.

Thomas n'a pas voyagé seul. Il était accompagné de François, le fils de Jean Darder, qui est maintenant son cousin, tu dirais. François est vieux, il a au moins trente et un ans, et en plus il est marié, il a deux enfants, des garçons, dont un a été vraiment très malade quand il était un petit bébé et c'est *Elle* qui l'a fait soigner, même qu'*Elle* a fait venir de France un médecin pour aider les docteurs suisses ; ce qui fait que François est prêt à faire tout ce qu'il peut pour l'aider, lui, Thomas, tout ce qu'il peut et au-delà, dit-il, « nous aimions tous beaucoup ta mère, Thomas, beaucoup » ; et en plus, parmi les hommes qui, dans la banque, ont écouté et noté la Litanie, plusieurs ont affirmé que si Thomas avait besoin de quelque chose, qu'il le dise.

Bon, il l'a dit et ils ont répondu d'accord — pas de problème. Ils se sont occupés d'expédier le télégramme dans le Schwarzwald, et aussi de faire en sorte qu'il puisse téléphoner de l'autre côté du Rhin, quand il serait arrivé à Bâle.

Il en a presque pleuré, de les voir tous si obligeants, il a été drôlement ému. Jusqu'au moment où il a compris que c'était à *Elle* qu'il devait toute cette gentillesse ; *Elle* lui avait ouvert la route, et avait tout préparé pour lui.

« Tu penses vraiment que ces gens importants s'intéresseraient à un petit garçon comme toi, si tu n'étais pas Son fils ? Bien sûr qu'ils ont été étonnés, lorsque tu leur as récité la Litanie, mais ta mémoire aussi, c'est *Elle* qui te l'a donnée. »

D'accord. Cette émotion-là s'est évanouie, à mesure que le train roulait vers Bâle, pendant qu'il dépassait de sacrément beaux lacs et des montagnes et tout. Un moment, il a écouté François qui lui racontait des histoires (François travaille dans une banque, son patron est l'un des Huit Hommes) mais peu à peu la bulle s'est refermée. Il s'est reconcentré sur l'Homme aux Yeux Jaunes et sur comment le mettre en échec et mat.

Le battre vraiment.

Maintenant c'est clair, il tient une idée drôlement bonne ; c'est sûrement le meilleur coup possible.

Hier soir quand ils sont arrivés à Bâle, tout s'est passé comme il fallait, les pièces sur l'échiquier se sont déplacées de la bonne manière : les chambres dans l'hôtel, le coup de téléphone par-dessus le Rhin juste à l'heure demandée, François le laissant se concentrer, la concentration qui est venue, qui l'a pris tout entier, le tintement dans les oreilles qui veut dire que ça y est, il est prêt.

Drôlement calme, et vraiment froid. « Comme aux échecs quand tu joues les sept derniers coups qui mettent l'autre échec et mat contre toute défense. »

Ce matin, il roule sur la bicyclette que François s'est occupé de lui trouver. Il a quitté Bâle à six heures un quart. François l'a regardé partir sans ouvrir la bouche, ça se voyait qu'il était plein d'angoisse, évidemment, mais il n'a rien dit — il n'a pas l'habitude du Jeu, lui.

« Six heures un quart, ça suffit, tu ne mets pas trois jours pour faire dix-sept kilomètres. » Il ne fait pas trop beau. Les nuages sont dans le ciel, très bas, avec le jour qui se lève ils changent de couleur : de gris, ils passent au violet, ça se pourrait bien qu'il pleuve, sûrement que ça va éclater d'un coup, à n'importe quel moment. Il traverse Birsfelden puis la forêt de la Hard.

« Ça va, ça va, dit Thomas à la mécanique dans sa tête, ce n'est pas la peine de me répéter d'être calme et d'arrêter de penser à l'Homme aux Yeux Jaunes ! Comment tu voudrais que je sois plus concentré que maintenant ? *Calme-froid-et-féroce, Elle* disait toujours. Je suis calme, froid et féroce — drôlement féroce même. »

C'est vrai, non c'est vrai, il n'a même plus besoin de rechercher de la méchanceté en lui, de la faire naître, « j'ai toute la méchanceté qu'il faut, pas de problème ».

Sauf que c'est de la méchanceté très calme, c'est tout.

Il arrive à Rheinfelden.

Sept heures trois, « il me reste vingt-sept minutes, ça va ». Il grimpe, debout sur les pédales, jusqu'au parc, où il trouve l'endroit qu'il faut, on y voit tout : et le pont avec son île de rochers, et la Rheinfelden allemande, et les deux postes-frontière, l'un allemand, l'autre suisse. Il met au point ses jumelles et examine tour à tour les visages paisibles des soldats suisses et allemands.

Et une idée lui traverse l'esprit, pendant qu'il examine la ville derrière eux, et la campagne, la forêt, les montagnes sous les nuages violets. D'abord il repousse cette idée et puis il y revient — elle ne risque pas de le déconcentrer, plus maintenant. Bon, il l'examine : « Dans le fond, je suis allemand, au moins autant que français. Puisqu'*Elle* était allemande. C'est aussi mon pays, de l'autre côté du Rhin. Il est beau.

« Attention ! Tu commences à te déconcentrer.

« D'accord. J'arrête. On verra plus tard. »

Il tourne ses jumelles vers l'horloge d'une église. Sept heures vingt et une. « Neuf minutes, j'ai le temps. » Il revient à l'observation du poste-frontière.

Toujours rien.

Il commence à examiner une à une les rues qui débouchent sur le pont, une rue puis l'autre, puis encore une...

Il ferme les yeux, les rouvre.

Il est là.

Il porte un imperméable beige, il est tête nue, il s'avance tranquillement, très lentement même vers le poste-frontière ; les soldats casqués se retournent quand ils le voient arriver, un sous-officier va à sa rencontre et le salue, « sûrement qu'il aura prévenu le chef des soldats pour qu'on le laisse passer.

« Et peut-être qu'il a fait autre chose. Attention, Thomas, il est vraiment fort, tu le sais. C'est très possible qu'il ait joué un coup que tu n'aurais pas prévu.

« Mais lequel ?

« Je ne vois pas. Je ne vois vraiment pas. »

Il remonte sur sa bicyclette et prend la direction du pont de Rheinfelden.

C'est facile : ça descend.

— Nous avons été prévenus en effet, herr Doctor, dit l'adjudant du poste-frontière du pont de Rheinfelden, et il donne à Gregor Laemmle son titre universitaire de docteur en philosophie — « je ne suis donc plus Obermachinführer, me voici dégradé, il était temps que cessât cette pitrerie ».

Il sourit à l'adjudant, qui a largement passé la cinquantaine et a l'air d'un vieux chien fatigué.

— Auriez-vous un peu de café, dans votre poste ? Mon rendez-vous au milieu du pont n'est que dans huit minutes.

— De l'ersatz seulement, herr Doctor.

— Je m'en réjouis d'avance.

Il boit son faux café en tenant la chope à deux mains, les yeux fixés sur cette ligne qui marque le milieu du pont, et donc la frontière. Il a déjà oublié Soëft et cette dernière discussion qu'ils ont eue ensemble, à propos de ce que Soëft voulait faire. Plus rien ne compte. Le moment est venu et une très grande paix pénètre doucement en lui, même l'attente n'est plus rien, « je suis extraordinairement serein, le bon Socrate serait assez fier de moi... ».

L'apparition de l'Enfant sur l'autre rive ne lui fait pas battre le cœur, elle est dans l'ordre normal des choses, comme ces péripéties trop longtemps attendues, et qui ne sauraient plus vous surprendre, « je suis d'ores et déjà dans une étrange transparence, qui sans doute précède le grand sommeil ».

Il rend la chope à demi vide à l'adjudant des gardes-frontière, le remercie de sa voix très douce. Il attend qu'on ait relevé la barrière puis s'engage sur le tablier du pont. Bizarrement, son esprit capte avec une exceptionnelle acuité le bruit du Rhin se déversant sous lui, la cloche d'une église en train de sonner la demie de sept heures, les brumes montant du fleuve sous le plafond si bas des nuages violacés.

Mais bien sûr il n'a d'yeux que pour l'Enfant, qui, à son tour, a franchi une barrière, celle-là helvétique, et vient à sa rencontre.

Ils sont face à face, de part et d'autre de la ligne médiane, à un mètre au plus de distance.

— Bonjour, Thomas.

— Bonjour, monsieur.

— Tu as grandi.

— Pas encore beaucoup, mais je vais grandir, maintenant.

— Tu as retrouvé l'Américain ?

— Oui.

Les grands yeux sont impénétrables, et d'une froideur hallucinante. Gregor Laemmle sourit.

— Je suppose que tu as reçu mon message, à Tulle ?

— Échec au roi. Je l'ai reçu.

Un court instant, le regard de Gregor Laemmle s'écarte du petit visage blême et parcourt les hauteurs qui dominent le pont de Rheinfelden, sur la berge suisse.

— Comment s'appelle-t-il, Thomas ?

— Qui ?

— Le Tireur Invisible. Je crois que tu peux me dire son nom, maintenant.

— Je ne sais pas de qui vous voulez parler, monsieur. Excusez-moi.

— Que voulais-tu me dire ?

— Que j'ai gagné, monsieur. Pendant que vous La cherchiez et que vous me gardiez avec vous, j'avais tous les codes dans ma tête ; mais je suis arrivé jusqu'en Suisse et j'ai donné les codes comme *Elle* m'avait dit de le faire. Et j'ai retrouvé l'Américain. Vous avez perdu.

— Je le reconnais, Thomas : j'ai perdu.

— Vous êtes échec et mat.

— Je suis échec et mat.

L'Enfant hoche la tête, en reconnaissance de cette défaite acceptée, et Gregor Laemmle craint soudain qu'il ne se détourne et ne parte déjà.

— Thomas ? Ne pars pas encore. J'ai moi aussi quelque chose à te dire. Deux choses. La première est que je sais combien tu es attiré par moi, parce que nous avons la même intelligence, toi et moi, nous sommes semblables, tu me ressembles...

« Et il demeure impassible », pense Gregor Laemmle, « il ne réagit pas ! Il est vrai qu'il a peut-être compris ce que je suis en train de faire, à savoir le pousser à bout. Il en est capable. »

— La deuxième concerne ta mère, Thomas. Je crois qu'*Elle* méritait d'être brûlée vivante, pour avoir fait ce qu'*Elle* a fait de toi. *Elle* était folle, Thomas.

L'Enfant baisse la tête puis dans le même mouvement amorce son pivotement.

— Complètement folle, Thomas. *Elle* ne t'aimait pas vraiment.

Le pivotement est achevé, l'Enfant s'est mis en marche, il repart vers le poste-frontière suisse, seule peut-être une certaine voussure des épaules, presque imperceptible, trahit l'extraordinaire violence de sa fureur et de sa haine, « j'ai vraiment dit tout ce que je pouvais, s'il n'est pas décidé à présent, que pourrais-tu faire de plus, Gregor ? ».

Dix mètres déjà et cette fois le cœur de Gregor Laemmle semble s'arrêter de battre, une indicible jouissance l'envahit : l'Enfant vient de s'arrêter, très lentement il se retourne, les yeux gris exprimant une férocité extrême.

— D'accord, monsieur, dit Thomas.

Qui se remet en marche vers les gardes-frontière suisses. Gregor Laemmle ne bouge pas.

Il attend.

« J'y suis tout de même parvenu ! »

Quattermain s'est figé sitôt qu'il a été en vue du pont, il regarde Laemmle s'éloigner, et ses doigts relâchent la crosse du colt : « Ça n'a pas de sens. A une telle distance, tu le manquerais. »

Il finit par battre en retraite. Il se poste à l'angle qu'il vient à peine de contourner, gardant Laemmle en vue. Le petit homme blond en imperméable crème, mains dans les poches, parle avec un sous-officier aux cheveux gris. On va lui chercher une chope, il se met à en boire le contenu, continuant à sourire entre chaque gorgée.

Mais le regard de Quattermain demeure fixé sur l'autre extrémité du pont, comme s'il y attendait quelqu'un ou quelque chose...

« Quelqu'un. O my God ! »

Thomas vient d'apparaître, Quattermain reconnaîtrait sa silhouette entre cent mille, le gosse se trouve aux côtés de gardes-frontière suisses, qui lui parlent, et semblent lui faire des observations, et lui acquiesce, avec une très grande économie de gestes.

« Ils vont se rencontrer au milieu du pont ! »

Dans la seconde suivante, Quattermain commence à dégager les jumelles cachées sous son manteau. Il se reprend juste à temps : au beau milieu de cette ville allemande, ce serait une pure folie ; déjà des regards intrigués se portent sur lui et ses vêtements de Saville Row. Il revient un peu plus sur ses pas, à la recherche d'un toit, d'où il puisse observer le pont et les deux rives.

Et s'assurer que le garde du corps espagnol de Thomas est bien posté quelque part, comme il en a la quasi-certitude.

Soudain, l'association d'idées se fait presque malgré lui, et un frisson glacé lui parcourt le dos : SOËFT ! *Nom de Dieu ! Soëft !* Il s'élance en courant. Cent mètres plus loin, il retrouve la Mercedes que conduisait l'homme au visage de femme. Vide. Du coup il s'affole, scrute les rebords de toitures : « Il peut être sur n'importe lequel de ces toits ! N'importe lequel ! » Il se fige, se forçant à penser plus vite, « Qu'aurais-tu fait à la place de Soëft ? ». Il pivote sur lui-même, sous l'œil étonné de plusieurs femmes portant des paniers. Un ensemble de maisons lui semble la seule réponse possible, « Quattermain, si tu arrives trop tard parce que tu t'es trompé, tu ne te le pardonneras jamais ! ». Il se met à courir et s'engouffre dans un corridor, escalade une volée de marches, puis une autre, il déboule sur un premier palier, qui semble marquer la fin de l'ascension, « Oh merde ! ». Puis il avise une porte légèrement entrouverte. Derrière, il y a un autre escalier qu'il gravit. Il parvient à un couloir sur lequel s'ouvrent des chambres. Envahi par la panique, il continue pourtant de raisonner : « Le pont se trouvait sur ma droite quand je suis entré dans cette maison, il est donc désormais sur ma gauche. » Il essaie une poignée puis une autre, « il ne se serait pas enfermé, il n'en pas eu le temps ». La troisième porte cède, révèle une chambre vide... par la fenêtre de laquelle on aperçoit parfaitement le pont.

Et même Gregor Laemmle qui vient de s'y engager,

seul sur le tablier pour l'instant. Quattermain ressort. La quatrième porte résiste comme les deux premières, il va s'en éloigner quand un détail le frappe : cette porte-ci est différente des autres, elle est munie d'une serrure, d'une targette, *à l'extérieur.* « J'y vais. » Il prend son élan et la frappe de l'épaule, le mince panneau de bois se fend, de l'air froid lui arrive immédiatement au visage. Il s'acharne, hors de lui, crée un trou suffisant dans le panneau pour pouvoir passer la main et actionner le verrou minuscule. Dès lors, il est dans un troisième escalier, rustique, en haut duquel une porte a été laissée ouverte. Il se précipite... et manque s'écraser dans la rue trois étages plus bas : il est sur un toit, à forte pente, couvert de tuiles. Se raccrochant au chambranle, il prend dans sa main le 45, « où est ce fils de pute ? ».

A trente mètres de lui, même pas. Soëft est allongé à plat ventre. Il est en train de charger, calmement, un fusil dont le canon est surmonté d'une lunette de visée.

Le colt 45 que, pour plus de sûreté, Quattermain tient à deux mains, vise très précisément la nuque blonde.

Deux secondes.

Quattermain abaisse l'arme, « un seul coup de feu et tu seras encerclé comme un rat qu'on veut écraser à coups de planche. Tue-le, mais sans bruit ». Il conserve le 45 dans la main droite, deuxième phalange de l'index sur la détente et de son autre main, se déchausse. Tuile après tuile, il progresse, une cheminée s'interpose durant quelques secondes et quand il l'a contournée, il retrouve Soëft, crosse fichée dans l'épaule, à la recherche de la meilleure assiette possible.

Et dans le prolongement très exact de son fusil pointé, il y a Thomas, en train de marcher sur le pont de Rheinfelden à la rencontre de Gregor Laemmle.

L'index du tireur n'est pas encore sur la détente, mais sur le pontet semi-circulaire, qu'il effleure et caresse en un lent va-et-vient. C'est ce doigt que Quattermain fixe, « s'il touche la détente, je tire... ».

Cinq, puis quatre mètres, l'homme n'est plus qu'à cinquante centimètres de Quattermain quand le corps étendu bouge soudain, avec une prestesse inconcevable. Dans le dixième de seconde qui suit, le canon du fusil est braqué sur l'Américain.

— Je vous reconnais, dit Soëft en français.

— Je l'espère bien, dit Quattermain.

Soëft sourit de ses lèvres rouges.

— Vous ne pourrez pas vous servir de votre arme, dit-il en fixant maintenant le canon du colt à un mètre de son propre visage. A la moindre détonation, on viendra. La ville est pleine de soldats.

— Ce détail ne m'avait pas échappé, répond Quattermain, qui en même temps enfonce jusqu'à la garde dans la gorge de Soëft le poignard de tranchée que tient sa main gauche.

Le fusil à lunette s'échappe des mains de ce qui déjà est un cadavre, il glisse le long du toit, reste une seconde en équilibre au bord de celui-ci, puis tombe dans la rue.

Quattermain est à genoux, emporté par son propre élan. Il laisse le poignard où il est. Il aspire un grand coup, cherchant désespérément son souffle.

« Fiche le camp d'ici ! »

Malgré l'ordre que lui lance son cerveau, il lui faut un temps fou pour simplement se redresser, *« My God !*

« Fous le camp ! le fusil va alerter tout le monde, on va venir ! »

Hébété, il reporte son regard sur le pont, Laemmle et Thomas jusque-là face à face viennent à l'instant de se séparer. Thomas s'éloigne...

« Il va se retourner... »

Thomas se retourne, prononce deux ou trois mots, pivote à nouveau et se remet en marche, silhouette étrangement raide.

« Quattermain, fous le camp nom de Dieu ! »

Il parcourt trente mètres en arrière jusqu'à la porte

en haut du petit escalier de bois, mais au moment de s'y engager, c'est plus fort que lui : il jette un dernier regard en direction du pont, se servant cette fois de ses jumelles : Thomas vient de repasser la barrière des gardes-frontière suisses, il est à peine visible, en partie caché derrière les soldats. Le grossissement des objectifs rend parfaitement compte de son regard gris, formidablement acéré. Et Thomas lève le bras droit, comme il le ferait pour saluer une dernière fois Gregor Laemmle demeuré quant à lui immobile à l'exact milieu du pont sur le Rhin.

Quattermain n'en voit pas davantage. Il vient de capter un bruit de pas dans l'escalier. Tous ses réflexes retrouvés, il file, s'écarte de la porte, court sur les toits, ayant eu juste le temps de ramasser ses chaussures. On crie derrière lui. Il saute par-dessus une première ruelle — sans trop de peine, elle est large de deux mètres au plus —, gravit une pente, en descend une autre et cette fois, manque son but, se rattrapant d'extrême justesse à une gouttière. Il est suspendu en l'air et l'une des chaussures dont il tenait les lacets entre ses dents part dans le vide, elle tombe aux pieds d'un homme qui aussitôt lève la tête et le voit. Quattermain déplace ses mains et se déplace lui-même, il parvient à la verticale d'un balcon de bois accroché à une façade. Il desserre les doigts et deux mètres plus bas s'affale. On crie de plus en plus aux alentours, mais, bizarrement, assez loin de lui. Il enfonce une porte-fenêtre, traverse une pièce, puis une autre, sort dans un couloir, se jette dans le premier escalier qu'il rencontre.

Une rue. Un homme l'interpelle et tente même de l'accrocher par la manche. Il se dégage violemment et se remet à courir.

Thomas entre les silhouettes massives des gardes-frontière suisses, mais bien derrière elles, à cinq ou six bons mètres en retrait, lève le bras, puis l'abaisse.

Une seconde, pas plus, son index se pointe en direction de Gregor Laemmle qui le regarde.

Miquel comprendra.

Il fait demi-tour, marche vers sa bicyclette et l'enfourche.

« Il voulait que tu le tues... »

Il a parcouru au moins trois cents mètres quand le coup de feu éclate.

Un coup. Pas deux.

Il quitte la route et passe sous des arbres, il laisse tomber son vélo sur le sol et braque les jumelles qu'il a sorties de son sac. Les gardes-frontière des deux pays se sont précipités vers l'Homme aux Yeux Jaunes dont Thomas voit très distinctement le visage. Le visage est très calme mais il est plein de sang, il a un trou entre les yeux.

« Il voulait que je le tue... »

Il se remet en route et arrive dans la ville suisse de Rheindelfen. Des enfants passent, qui vont à l'école, il marche parmi eux. Une petite fille lui demande s'il est nouveau et il voudrait répondre que oui, qu'il vient de Zurich, que son papa et sa maman vont désormais habiter ici...

Mais il n'arrive pas à prononcer un mot, rien à faire, et la petite fille, puis d'autres le considèrent avec étonnement. Il pense qu'il devrait surveiller ses yeux, « sûrement que j'ai l'air de quelqu'un qui a vu le diable, je dois faire attention. Oh, Maman ! je l'ai fait à cause de ce qu'il a dit de Toi, ça n'était pas possible qu'il vive, après ça, qu'est-ce que je pouvais faire ? Il voulait que je le tue, Maman, je l'ai tué, je suis drôlement malheureux, j'ai envie de me coucher par terre et de pleurer, c'est trop dur ». Il marche dans les rues de Rheinfelden et se cache un long, très long moment dans un recoin derrière un lavoir. Il appuie sa tête contre le mur, mais il n'arrive pas à fermer les yeux, ni à pleurer non plus, « et puis ce n'est pas vrai que je lui ressemble, ce n'est pas vrai, c'est tout. Il a dit ça pour me mettre très en colère, il l'a dit exprès, c'est clair je le savais, et pourtant je me suis quand même mis en colère, j'aurais voulu le tuer moi-même et maintenant j'ai honte. »

Il se laisse glisser à terre, sa joue contre les pierres et il a beau commander à ses yeux de se fermer ou alors de pleurer, tu parles, rien à faire.

Ça va passer.

C'est juste difficile pendant un moment, c'est tout.

Ça va passer.

« Je ne tuerai jamais plus personne, c'est trop horrible. »

Ça passe un tout petit peu. Il se relève, tenant la tête baissée pour qu'on ne voie pas ses yeux. Il avance le long d'une rue qui débouche sur une route et là il y a François Darder debout à côté d'une voiture. François le prend contre lui, lui tapote la tête, ne dit rien, simplement il le fait monter dans la voiture et il met son moteur en marche et ils rentrent à Genève.

« Qu'est-ce que c'est dur... »

— Tu n'as plus besoin de te cacher, Miquel.

— *No estoy seguro,* je ne suis pas sûr. Peut-être que quelqu'un m'a vu, sur le bord du Rhin.

— Je ne crois pas.

— Viens t'asseoir près de moi.

— Il vaut mieux pas, Thomas.

Silence. Thomas contemple le lac de Genève par-delà les pelouses du parc. Il n'a pas entendu Miquel arriver, peut-être que Miquel est assis sur un banc, de l'autre côté du buisson, ou peut-être qu'il est debout.

« ... Il va partir, Miquel va partir et rentrer dans son pays à Majorque, c'est ça qu'il a envie de me dire et il n'ose pas. Il ne sera plus derrière moi, invisible, avec son fusil, plus jamais... D'accord, tu devrais être content, pour une fois que quelqu'un que tu aimes n'est pas mort. Il va rentrer à Majorque et il retrouvera sa *novia,* ils se marieront et auront des enfants et il ne manquera de rien. *Elle* avait fait ce qu'il fallait, pour l'argent. D'accord... Mais ça te fait vraiment du mal, qu'il s'en aille, ça te déchire la poitrine. »

Il dit de sa petite voix claire et apparemment sereine :

— Je crois que le moment est venu que tu rentres à Majorque, Miquel.

— Peut-être que tu as encore besoin de moi, Thomas.

— Non. C'est fini. *Seguro.*

— *Estoy muy triste, Tomás.*

— *Que va !* Tu as envie de rentrer à Majorque, non ?

— *Sí. Claro que sí.*

— Alors tu rentres à Majorque, tu maries ta *novia* et tu te construis ta maison, c'est tout. Ce n'est pas triste, ça. Qu'est-ce que tu as fait du fusil ?

Miquel dit qu'il l'a jeté « dans la rivière », c'est-à-dire le Rhin.

Il dit aussi que *nunca le ha gustado de matar la gente,* que ça ne lui a jamais plu de tuer les gens, jamais, et qu'il aimerait autant ne plus avoir à le faire jusqu'à la fin de sa vie, c'est juste Dieu qui a voulu qu'il tire aussi bien, Javier avait raison, mais s'il pouvait maintenant ne plus toucher un fusil, ce serait mieux, *eso es lo que piensa,* voilà ce qu'il pense, et bien sûr il est content de rentrer à Majorque, mais quand même il est très triste de quitter Thomas...

C'est un sacrément long discours pour Miquel, sûrement le plus long qu'il ait jamais fait et sa voix était vraiment drôle à la fin...

— Ne pleure pas, Miquel, dit Thomas en contrôlant sa voix.

Parce qu'il sent qu'il ne faudrait pas grand-chose pour qu'il ait un sacré chagrin lui aussi, « c'est bizarre comme tu es devenu faible maintenant que cette fièvre que tu avais en toi est partie ».

— Ne pleure pas. Non, Miquel. S'il te plaît.

Et heureusement un couple passe dans l'allée en le regardant gentiment ; l'homme et la femme sont très vieux, ils marchent à tout petits pas, lui a une canne et des bottines avec des machins en tissu gris par-dessus, ils sont élégants, sûrement qu'ils ont dans les deux cents ans à eux deux, ils regardent Thomas assis seul sur son banc, avec des oiseaux à côté de lui qui picorent les miettes de sa brioche. Et lui Thomas lit dans leurs yeux ce qu'ils pensent, c'est clair : ils pensent qu'il est un joli petit garçon avec une mèche noire sur le front et ils se disent que ce doit être merveilleux d'avoir dix ou douze ans et d'être tranquillement assis dans un parc à Genève, et de donner de la brioche aux oiseaux.

Tu parles.

Il incline très poliment la tête, comme *Elle* lui a appris à le faire. La dame lui sourit, le monsieur soulève son chapeau et ils s'éloignent, c'est le temps passé d'autrefois qui s'en va avec eux.

— Je viendrai te voir à Majorque, Miquel, dit Thomas. Elle s'appelle comment, ta *novia, nunca me lo has dicho,* tu ne me l'as jamais dit...

— Catalina.

— Je suis sûr qu'elle est *muy guapa.*

— *Lo es,* répond Miquel — et ça a marché, le coup de lui parler de Catalina (je n'avais pas du tout oublié son nom, j'ai juste fait semblant, il m'a dit deux fois qu'elle s'appelait Catalina, à Sanary, la première fois où je suis allé me baigner la nuit, ça fait bien trois ans et demi, et la seconde fois en Corrèze ; je n'oublie jamais rien, même quand je veux, je voudrais bien que ma mémoire soit moins bonne...), bon, ça a marché, en tout cas, Miquel ne pleure pas.

— Le moment est venu que tu partes, Miquel, et je m'en fiche pas mal que ça soit imprudent : puisque tu ne veux pas venir, c'est moi qui viens. On ne va pas se dire au revoir sans se regarder, c'est complètement crétin.

Il quitte très doucement son banc pour ne pas effrayer les oiseaux mais quand il a fini de contourner le buisson, il découvre qu'il n'y a plus personne.

Miquel est parti, jusqu'au bout il aura été invisible, c'est son goût, rien à dire. Et en plus, peut-être qu'il avait raison et que ce n'était pas prudent, qu'on puisse les voir ensemble : les policiers suisses ont interrogé Thomas, après Rheinfelden, il a eu beau dire qu'il ne comprenait rien du tout à la mort de l'homme sur le pont, c'est clair qu'ils avaient des doutes. Sans les Huit Hommes, sûrement que ça aurait été plus loin.

Il sort du parc, suit le quai Wilson puis le quai du Mont-Blanc, et retraverse le Rhône. Peut-être que Miquel est encore un peu derrière lui, peut-être plus, et il a un grand moment de peur terrible, rien que de penser que ça aussi c'est fini, que plus jamais l'Invisible ne lui ouvrira la route ou le protégera à distance. De la peur qui petit à petit se transforme en un sentiment vraiment effroyable de solitude, « qu'est-ce que je suis seul, les Darder sont tous drôlement gentils, pas de problème, mais à qui je vais parler maintenant, je n'ai plus personne et une supposition que je tombe dans le Rhône et que je me noie, je serais mort deux fois, une fois pour de bon et une autre parce qu'il n'y aura pas un chat pour se souvenir de moi, passé deux jours ou trois. Tu meurs vraiment quand personne ne se souvient plus de toi avec amour, avec la poitrine qui se déchire rien que de penser à toi. C'est pour ça qu'*Elle* n'est pas morte, pas vraiment, *Elle* mourra quand je mourrai, c'est tout ».

Il suit la rue du Rhône longée par des tramways à trolley, et entre dans le magasin de Jean Darder, qui est un sacrément beau magasin avec douze ou quinze employés. Dès que celui-ci le voit, il lui fait signe, d'un air qui annonce — ça crève les yeux — une mauvaise nouvelle. Jean Darder lui dit d'entrer dans le bureau derrière et dans ce bureau, il y a un homme que Thomas n'a jamais vu, un gros type qui sûrement est américain, tu vois sa cravate et tu as compris.

Et tu comprends autre chose, tout de suite. Lorsque Jean Darder se retire et les laisse seuls, l'Américain et lui, Thomas. Quand l'Américain commence à parler. Par le ton de sa voix aux premiers mots. Par son regard. Cet Américain-là dit qu'il se nomme Joe Sowinski, il dit : « Vous avez vraiment fait du bon travail, ta mère et toi, il est mort par votre faute », c'est vrai que David était un peu fou et qu'il était certainement le plus mauvais financier d'Amérique, « mais nous, nous l'aimions, peut-être que tu l'aimais un peu aussi, petit, quoique ça m'étonnerait, avec ton visage impassible et tes yeux de hibou, tu ne dois pas aimer grand monde » ; lui Joe Sowinski et tout le Clan avaient fait le nécessaire pour que David pût s'échapper d'Allemagne, « nous avons réussi à lui faire gagner la Suisse, il y était voici trois jours, mais il est reparti, ce fou, il est allé te chercher en Allemagne et nom de Dieu putain de môme, il n'avait pas disparu depuis une heure de Zurich quand nous avons appris que tu t'étais présenté à notre agence de Genève... ».

— Ça ne tiendrait qu'à moi, je ne sais pas ce que je te ferais, petit. Mais j'ai des ordres. L'oncle et les cousins de David ont décidé que tu recevrais quinze mille dollars. Bien entendu, ils ne croient pas du tout que tu es le fils de David. Mais David le croyait et ça vaut quinze mille dollars.

Thomas fixe Joe Sowinski. Il pense : « Je me demandais quel dernier coup avait pu jouer l'Homme aux Yeux Jaunes. Maintenant, je le sais. »

Il demande :

— Quand M. Quattermain est-il parti pour l'Allemagne ?

— Depuis quatre jours.

« La veille du jour où j'ai tué l'Homme aux Yeux Jaunes. C'est vraiment clair. »

Il dit :

— Je vous remercie infiniment de cet argent que vous voulez me donner, monsieur. Mais je ne peux pas l'accepter, excusez-moi. Je ne veux pas d'argent du tout. Tout ce que je veux, c'est que vous vous en alliez le plus vite possible. Excusez-moi de ce que je vais vous dire, monsieur, mais je crois que vous êtes vraiment très bête.

Thomas est étonné par tout ce qui se passe : il y a seulement quelques jours, il aurait eu très envie de demander à Miquel de tuer cet homme qui prétend s'appeler Sowinski (« Miquel aurait peut-être dit non, mais en tout cas, je le lui aurais demandé ») ; plus maintenant — « et tu te fiches complètement de la tête que le Sowinski est en train de faire, qu'il ait l'air gêné et tout, ça n'a plus d'importance ; rien n'en a, de l'importance, d'ailleurs, c'est marrant comme tu es calme, plus rien ne te touche, à croire que tu es mort en dedans de toi. Ça fait drôle ».

Sowinski s'en va, Jean Darder entre et demande si ça va.

— Ça va, dit Thomas en souriant. Ça va. Je crois que je vais rentrer place de Jargonnant et m'allonger un moment pour lire.

— Je vais te raccompagner, Thomas.

— S'il vous plaît, non. *S'il vous plaît.*

Il marche un tout petit peu dehors sur le trottoir et vraiment, ça fait drôle : il ne se sent même pas marcher, il entend des bruits, les bruits de la ville, mais ils sont très loin, « comme quand tu dors l'après-midi et que le monde continue à s'agiter dehors. D'ailleurs, il n'y a qu'à voir comment tu es monté dans ce tramway, tu y es monté sans le vouloir vraiment, sans raison, comme ça. Tu ne sais plus trop ce que tu fais, il faut le reconnaître, ça ne t'était jamais arrivé. Tu es peut-être en train de devenir fou...

« Alors forcément c'est un rêve, ce qui arrive, qu'est-ce que ça pourrait être d'autre ? C'est à peine moins idiot que si tu croyais voir l'Homme aux Yeux Jaunes assis face à toi dans le tramway et te souriant, bien qu'il soit mort... »

Il ne tourne pas la tête. « C'est un rêve, je te dis. » Il baisse les yeux et regarde la très-très grande main très maigre, avec des doigts drôlement longs, qui est maintenant posée sur son genou.

Et l'Américain (le vrai, pas l'autre), l'Américain dit tranquillement :

— Bon, d'accord, nous avons eu un peu de mal à nous retrouver, mais nous y sommes arrivés tout de même, non ?

— Thomas ?

— Oui, monsieur.

— Est-ce que le Tireur Invisible est toujours aux environs ? Ça m'ennuierait qu'il me regarde dans sa lunette.

— Il s'appelle Miquel Enseñat, il est parti retrouver sa *novia* à Majorque, ou alors il va partir. Il n'est plus là.

— Je déteste profondément Joe Sowinski, dit Quattermain avec toute la prudence du monde ; il a exactement l'impression d'avancer à très petits pas sur un terrain miné : le gosse est visiblement dans un état d'intense nervosité — « chaque mot que tu prononces, David, peut tout faire basculer ; peut-être ne joues-tu pas ta vie, mais certainement une grande partie de cette vie. Puisqu'en somme tu ignores s'il accepterait d'être ton fils, lui... ».

Il reprend :

— Je déteste Joe Sowinski et je préfère ne pas savoir ce qu'il a pu te dire, dans le magasin de ton nouvel oncle. Je le saurai, mais plus tard. Pas maintenant. Étant moi-même assez nerveux, je serais capable de lui casser deux ou trois lingots d'or sur la tête.

Thomas ne bouge pas, il regarde fixement devant lui, prunelles écarquillées.

— Nous pourrions parler de Zaugg, dit Quattermain. Zaugg est un pilote d'avion. C'est un Suisse à la puissance douze, il est un peu moins calme qu'un lingot d'or, mais pas beaucoup moins. Il m'a attendu trois jours et trois nuits, en pique-niquant dans la Forêt-Noire, et quand je lui ai demandé « pourquoi », il m'a répondu « pourquoi pas ? ».

— Qu'est-ce que vous avez fait, vous, dans la Forêt-Noire ?

— Rien de spécial. Tu as déjà essayé de marcher dans une forêt ? Personnellement j'ai inventé une méthode : puisque de toute façon tu ne peux pas faire autrement que de marcher en rond, eh bien, tu marches en rond, tu le fais exprès. Ça ne rate pas : immanquablement, le troisième jour, tu trouves un aéroplane avec un Suisse qui t'attend. L'important, c'est que le Suisse ait du chocolat — ce qui est normal pour un Suisse — parce qu'au bout de trois jours, tu commences à avoir fichtrement faim.

Quattermain ne cesse d'observer le petit profil aigu et il a lui-même le cœur entre les dents, et si ce n'est pas de la panique qu'il éprouve, la ressemblance est étonnante.

— Soëft, dit soudain le gosse. Il s'appelait Soëft. Il n'aurait pas laissé mourir l'Homme aux Yeux Jaunes sans essayer de le sauver. Vous l'avez tué, n'est-ce pas ?

« Ne te sers pas de ce genre d'arguments, David. En aucun cas. »

— Le nom m'est tout à fait inconnu, dit Quattermain, s'efforçant à la plus grande sincérité possible.

— Il avait vingt-cinq ans environ, il était grand et blond avec des lèvres rouges.

— J'ignore de qui tu parles, Thomas. Je ne suis pas précisément Pistol Peter, en fin de compte.

— Vous êtes un homme normal, dit le gosse.

Le souffle manque à Quattermain et il doit aspirer un grand coup.

— Et c'est mal ou bien, d'être un homme normal ?

Silence.

— C'est bien, dit le gosse. C'est vraiment bien, même.

« Bon Dieu, David, tu ne vas tout de même pas pleurer ! »

— Je voudrais voir ce M. Zaugg un jour, reprend le gosse sans détourner le visage et continuant à fixer le vide de ses yeux élargis.

— Cela peut se faire, Thomas.

— Je serais content d'y aller avec vous, monsieur.

Quattermain, faute de mieux, enfonce ses mains dans les poches de son imperméable.

— Thomas, dit-il avec une douceur infinie, ça m'ennuie vraiment que tu m'appelles « monsieur », tu sais ?

Silence.

— Tu pourrais peut-être m'appeler David. Par exemple.

— Je pourrais, dit le gosse.

— Mais ça ne te dit pas grand-chose, c'est ça ?

— Pas grand-chose, c'est vrai.

Silence.

— Qu'est-ce que tu proposes ?
« Oh nom de Dieu, David ! »
— On pourrait peut-être parler anglais un petit moment, tous les deux ? Juste pour voir si tu n'as pas oublié les mots, en anglais...
— Quels mots ?
— N'importe lesquels, dit Quattermain. *Papa,* par exemple.
Silence.

« ... Et le barrage se rompt, rien à faire, c'est plus fort que toi, Thomas, tu ne peux plus tenir, même quand *Elle* est morte ça ne t'était pas arrivé, mais cette fois c'est vraiment trop, ça prouve que ta fièvre est tombée pour toujours, que tu es redevenu un petit garçon ordinaire, normal, l'Homme aux Yeux Jaunes se trompait drôlement, tu ne lui ressembles pas du tout, il était fou de dire ça, il voulait te faire du mal — peut-être que c'était sa façon de te dire qu'il t'aimait, mais cet amour-là, tu n'en as jamais voulu...

« Et ça ne fait rien si tout le monde te voit pleurer, ça ne fait rien, tant pis, l'histoire s'arrête et une autre commence. Tu n'es plus seul du tout. »

Le sanglot remonte de sa poitrine, il roule comme une vraiment grosse vague, il emporte tout et il éclate. Un moment Thomas pleure sans bouger et puis il se penche sur le côté et il appuie sa joue contre l'épaule de David Quattermain. Il continue à pleurer, mais c'est bon, tout passe. Il dit :

— D'accord pour Daddy. D'accord. D'accord, daddy.

Aux lectrices et lecteurs de Daddy

... En espérant qu'ils seront
— comme je l'ai été moi-même —
fascinés et émus par l'extraordinaire Thomas,
le petit garçon aux grands yeux gris...

Amicalement

FICHE D'IDENTITÉ

Loup Durand est né le 18 septembre 1933... dans le bureau de poste d'un petit village du Var, Flassans-sur-Issole, que ses parents traversaient en voiture. Il a d'abord suivi son père ingénieur dans ses diverses affectations à travers le monde, puis a voyagé pour son propre compte. Études universitaires à Marseille, Aix-en-Provence, Londres et New York. Il a visité plus de cent trente pays et connaît une demi-douzaine de langues.

Il a exercé les métiers les plus divers — docker, barman, assistant commissaire de bord ou interprète — mais, le plus souvent, celui de journaliste ; en général comme reporter indépendant, pour le compte surtout d'agences de presse américaines.

Il est l'auteur d'une vingtaine de romans, d'abord policiers (dont *La Porte d'or,* prix du Quai des Orfèvres en 1967, et *Un amour d'araignée,* prix du Roman d'Aventures en 1976). Mais il n'a véritablement commencé — jusque-là, il ne s'agissait que d'un passe-temps — à écrire qu'en 1976. Il a dès lors publié, notamment, *Jaraï* (1980), *La Porte de Kercabanac* (1982), la série *TNT* chez Robert Laffont, et enfin *Daddy,* prix des Maisons de la Presse 1987.

Tous ses romans ont fait l'objet de multiples traductions à l'étranger.

Les droits d'adaptation cinématographique de *Daddy* viennent d'ailleurs d'être achetés par la compagnie américaine Columbia.

Marié depuis 1961 à une Française rencontrée au Cambodge, il a un fils de vingt-quatre ans. Entre deux voyages, il réside aux Baléares.

POURQUOI J'AI ÉCRIT « DADDY »

Tout a commencé voici trois ans avec un personnage qui, de plus en plus, est revenu me hanter : celui d'un petit garçon de dix ou douze ans, aux grands yeux gris fixant le monde avec une gravité intense, une mèche noire sur l'œil. Un jour, j'ai découvert qu'il se prénommait Thomas et qu'il était, comme l'on dit aujourd'hui, surdoué. D'une intelligence hors du commun, presque effrayante. Mais dans le même temps, il était un petit garçon ordinaire (comme moi je l'étais, qui n'étais pas surdoué), capable de souffrir autant, et peut-être plus que quiconque, en raison justement de son anormale capacité de perception. Il m'a en effet toujours paru évident qu'une intelligence et une sensibilité extraordinaires au sens propre, si elles peuvent être de formidables atouts, engagent une responsabilité plus grande et surtout, dans tous les cas, constituent un terrible fardeau.

De même ai-je toujours cru, et crois encore, qu'il existe au cœur de l'enfance, fût-elle ou non surdouée, une période étrange, comme divine, où les rêves n'ont pas de limite, où l'on croit à l'impossible parce qu'on ne sait pas encore que l'impossible existe. J'ai toujours cru et crois encore que chacun de nous, homme ou femme, n'imagine et ne crée qu'à proportion de cette part d'enfance qu'il a conservée en lui. Regardez jouer un enfant, regardez ses yeux quand il se concentre.

lorsqu'il rêve. Quel adulte pourrait atteindre à un tel degré de concentration ?

... Mais avant toute chose, j'ai voulu écrire un roman d'aventures, Stevenson et Dickens et Dumas réunis (rien que cela ! mon immodestie est proprement miraculeuse !). J'ai rêvé de faire l'un de ces livres dont on ne peut plus s'empêcher de tourner les pages, en un piège délicieux qui vous enferme, à sa lecture, dans une bulle où plus aucun événement extérieur ne peut plus vous rejoindre. Tous nous avons besoin de rêver, et d'être transportés, serait-ce quelques heures, dans un autre univers où les fins sont heureuses.

J'ai voulu écrire une histoire d'amour. Qu'elle se déroule durant la Seconde Guerre mondiale et soit peuplée d'affreux nazis et gestapistes français me paraît de très peu d'importance ; il me fallait simplement un cadre et un contexte d'exception, où pût courir une histoire exceptionnelle.

Histoires d'amours, en vérité. Amour bizarre et trouble de Gregor Laemmle pour l'enfant qu'il poursuit (toute l'étrangeté des rapports entre le chasseur et son gibier)...

Amour paternel d'un Quattermain, l'Américain si tranquille, projeté dans une aventure infernale, au milieu du formidable duel de deux intelligences engagées dans une traque dont j'ai tout fait pour qu'elle soit hallucinante...

Amour enfin, et surtout ô combien, de Thomas pour *Elle,* que même dans sa tête où tourne la Mécanique implacable il n'ose appeler « Maman » — parce qu'alors il s'abandonnerait à tant de douceur et de déchirement qu'il en serait peut-être détruit, dans ce jeu mortel où la Litanie l'a entraîné. *Elle* qui passe dans l'histoire comme une ombre de légende, mythique et insaisissable, au volant de son admirable Hispano-Suiza argent et noire...

Loup DURAND

« DADDY » ET LA CRITIQUE

UNE MERVEILLE

« Une merveille... presque un danger tant la mécanique fonctionne diaboliquement. Je serais tentée de vous dire comme le fit M. Pivot lors d'une de ses " Apostrophes " : " Je suis prête à rembourser le livre à ceux qui ne l'aimeraient pas. " Pas d'inquiétude, dès la première page on sait que Loup Durand a gagné, qu'il nous mènera exactement où il le désire, au bout de la quatre cent troisième page.

Pour tant d'habileté, d'intelligence, il faut dire bravo ! Le maître joue cette fois-ci en compositeur et non plus en exécutant et, s'il réalise bien les idées des autres, il montre dans ce livre qu'il sait créer avec plus de maestria encore. (...) Les personnages s'imposent, balayent les événements ou plutôt les dominent, les provoquent ou les détruisent. L'intelligence de ce récit est telle que chaque lecteur joue complètement la partie d'échec engagée. »

Catherine Hermary-Vieille, *le Figaro*

UN STYLE EFFICACE

« Loup Durand travaille loin de Paris et ça lui réussit. Son nouveau livre ne vous laisse pas un instant de répit et gare à celui qui voudrait vous l'emprunter en cours de lecture ! C'est un suspense comme on n'en rencontre pas souvent, et en plus ça déborde de tendresse. Il y en a vraiment pour tous les goûts. (...) Le style est efficace, les personnages superbement campés jusqu'au moindre deuxième couteau, et le jeu est très dangereux. On arrive à bout de souffle à la dernière page. Je ne vous raconte rien. C'est inracontable. »

Danièle Mazingarbe, *Madame Figaro*

DES THÈMES PROFONDS

« Les thèmes traités par Loup Durand — l'enfance, la poursuite, la disparition de la mère, la recherche du père, un trésor à la clef — sont si profonds que les questions qui surgissent au fil d'un suspense constamment maintenu apparaissent presque secondaires. Loup Durand sait manier le doute et le mystère comme peu de romanciers aujourd'hui. Chez lui, certaines trouvailles poétiques le sont d'autant plus que la technique exigeante du best-seller leur donne un caractère d'évidence quasi mathématique. (...) D'innombrables références qui, chez d'autres, seraient lourdes passent dans le ciel de cette fiction, légères comme des nuages. Stevenson, Musil, Thomas Mann, Fritz Lang, Pistol Peter et Jules Verne naissent, disparaissent au détour des phrases d'un récit entièrement au présent, qui transforme la narration en monologue et donne à ce pavé le ton naïf et féroce d'une comptine. »

Jean-Baptiste Michel, *l'Express*

RICHE EN FANTASMES

« Avec *Daddy,* Loup Durand sera enfin reconnu pour ce qu'il est, pour ce qu'il aime, un ami inséparable, celui dont on ne lâche pas le livre avant la dernière ligne. (...) Non seulement Loup Durand aime raconter des histoires, mais il aime sans doute aussi les enfants. En tout cas, il en parle merveilleusement bien. Son héros à la fois enfantin et génial doit ressembler au Loup Durand qui racontait le dernier jour de classe, etc. (...) On peut lire à la lueur de la psychanalyse ce roman aussi riche en fantasmes et en mythes que les contes de Perrault. Recherche de paternité, recherche d'identité... »

Pierrette Rosset, *Elle*

ON NE PEUT PLUS LE LÂCHER

« Voilà un roman à interdire à tous les publics. Il est truffé d'invraisemblances, bourré de sadisme complaisant et pétri de mauvaises intentions. Bien pire : sitôt passé la quarantième page, on ne peut plus le lâcher. Pour le lire d'une traite, il faut pouvoir s'abstraire de ses tâches professionnelles ou familiales, se fâcher avec sa femme ou ses amis. (...) Loup Durand poursuit, imperturbable, son bonhomme de récit. On croit le deviner guettant le lecteur derrière chaque péripétie. (...) C'est la tradition du roman populaire savamment respectée. Tous les genres sont rassemblés en un seul livre propre à réconcilier les intellectuels et le grand public. Et les personnages les plus variés sacrifiés sur l'autel du suspense. Allez dire après cela que *Daddy* n'est pas une réussite. »

Gilles Pudlowski, *le Point*

Aubin Imprimeur
LIGUGÉ, POITIERS

Achevé d'imprimer en février 1988
pour le compte de France Loisirs
123, boulevard de Grenelle, 75015 Paris
N° d'édition 13617 / N° d'impression L 26704
Dépôt légal février 1988 / Imprimé en France

ISBN 2-7242-3558-4